U0457048

国家社会科学基金重大项目（16ZDA196）

“苏联科学院《俄国文学史》翻译与研究”阶段性成果

民族精神生活的艺术呈现

俄罗斯文学与文学史研究

汪介之　主编

中国社会科学出版社

图书在版编目(CIP)数据

民族精神生活的艺术呈现：俄罗斯文学与文学史研究/汪介之主编.
—北京：中国社会科学出版社，2018.9
ISBN 978 - 7 - 5203 - 3100 - 5

Ⅰ.①民… Ⅱ.①汪… Ⅲ.①俄罗斯文学—文学研究②俄罗斯文学—
文学史研究 Ⅳ.①I512.06②I512.09

中国版本图书馆 CIP 数据核字(2018)第 204668 号

出 版 人	赵剑英	
责任编辑	曲弘梅	
责任校对	石春梅	
责任印制	戴 宽	

出 版	中国社会科学出版社	
社 址	北京鼓楼西大街甲 158 号	
邮 编	100720	
网 址	http://www.csspw.cn	
发 行 部	010 - 84083685	
门 市 部	010 - 84029450	
经 销	新华书店及其他书店	

印刷装订	北京君升印刷有限公司	
版 次	2018 年 9 月第 1 版	
印 次	2018 年 9 月第 1 次印刷	

开 本	710 × 1000 1/16	
印 张	27.25	
字 数	383 千字	
定 价	116.00 元	

凡购买中国社会科学出版社图书,如有质量问题请与本社营销中心联系调换
电话:010 - 84083683
版权所有 侵权必究

倾听专家组成员意见

课题组

项目开题论证会

小组讨论会

目　　录

俄罗斯文学与文化研究

俄罗斯经典作家作品研究

中俄文学关系研究

俄罗斯文学史研究

目　录

俄罗斯文学与文化研究

俄罗斯文学与现代化转型之关系的历史回望

汪介之

俄罗斯文学作为民族现代化进程的重要组成部分，以其特有的方式见证和参与了这一进程，致力于对现代化所面临或遭逢的一系列根本问题做出探讨与回应，如东西方之间的道路选择，知识阶层价值与作用的认定和发挥，以及同关于现代化的过程、方式和后果的思虑相关的忧患意识与乡土情结的体认和疏泄，等等。俄罗斯文学对这些问题的探索、呈现和表达显示出它在现代化进程中不可替代的作用，文学也不仅因此成为现代化运动的生动艺术录影，而且构成了总结现代化历史经验的思想资源。

一　东西方文化之间的徘徊

俄罗斯民族独特的地理位置、历史沿革和文化传统，决定了它在东西方文化之间的选择和徘徊，贯穿于整个现代化进程，至今仍悬而未决。俄罗斯文学从其开始勃兴之际起，便以特有的方式参与了这一讨论。1836 年恰达耶夫发表的《哲学书简》，作为俄罗斯现代意识觉醒的理论标志，率先提出了本民族的发展道路和取向问题，开启了 19 世纪 40 年代斯拉夫派与西欧派之间的争论。这场争论的结果既没有胜负之分，也没有形成任何获得广泛认可的结论，但它毕竟经由社会舆论而推动了 1861 年农奴制改革。面对改革后资本主义的迅速发展，知识界仍然不能回避在东西方之间的选择问题。在宗法制秩序面临解体，工商业阶层不断壮大，城市文化日益发达的背景下，一度信奉西欧派观点的陀思妥耶夫斯基在流放期间逐渐形成了承接斯拉夫主义的"土壤派"理论，而作为"东方制度、亚洲制度的思想体系"①的托尔斯泰主义也随后形成。这就使得19世纪后期俄国思想界、文学界在东西方之间进行选择这一天平上，明显地偏向东方一侧。

19世纪末20世纪初，由于民粹派运动失败，晚期封建制弊端日益暴露，同西方先进国家的经济文化落差越发明显，"世纪末"危机感的蔓延，俄罗斯知识界再度展开了关于东西方问题的讨论。和先前的斯拉夫派、西欧派不同，作为俄国象征主义先驱的诗人兼宗教哲学家弗·索洛维约夫及受其影响的一代作家，都强调俄罗斯负有"综合"东西方的使命，其观点中有着传统的"弥赛亚"意识的明显渗透。索洛维约夫曾在《三种力量》一文中指出：世界历史中的两种彼此对抗的力量——穆斯林的东方和西方基督教文明——各自运作的结果，都将给人类带来有害影响；只有以俄罗斯为代表的第三种力量，才能成为这两种力量之间的调和因素。索洛维约夫对东方和西方都同样抱有警惕，并认为只有俄罗斯能够把这两种力量"综合"起来，实现它的救世使命。

索洛维约夫的上述思想被俄国"年轻一代"象征主义者直接承续下来，并由于他们的发挥而一度风靡俄罗斯。作家别雷曾经说过："俄罗斯是一片处女地，她既不是东方，也不是西方，……她既不应成为东方，也不应成为西方，但东西方在她身上交汇，在她身上、在她独特的命运中有着整个人类命运的象征。……这个民族负有调和东方与西方、为各民族间真正的兄弟情谊创造条件的使命。"②在别雷的三部曲《东方或西方》第2部《彼得堡》中，俄罗斯就被理解为东西方文化冲突的场所。这座都城是俄罗斯的象

---

① 列宁：《论文学与艺术》，中国社会科学院文学研究所文艺理论研究室编，人民文学出版社1983年版，第235页。

② Б. Андрей. *Критика. Эстетика. Теория символизма: в 2 – томах. Т. 2.* Москва: Издательство Искусство，1994. C. 491.

征，也即东西方两个世界交接点的象征。作品直观地显示出两种文化的矛盾：西方的唯理主义、实证主义和东方的因循守旧、破坏性本能发生碰撞，演化成一种神秘的危害力量。小说从多方面暗示：彼得一世创建彼得堡，成了俄国历史进程中遭遇一种"劫运"的起点；他机械地接受了西方的原则和方法，却不能在东西方的融合中建立一种新的统一和谐，造成了俄罗斯无法走出的困境；1905年革命标志着彼得一世以来俄罗斯荒谬历史的终结，而其后俄罗斯的"劫运"将是对于历史的启示录式的飞跃。

俄罗斯与东西方的关系问题，在历史剧烈变动的时代，激动着许多思想家和文学家。在别尔嘉耶夫和高尔基之间就曾发生过一场绵延多年的争论。1915年，别尔嘉耶夫发表《俄罗斯灵魂》一文，描述了俄罗斯民族性格的矛盾，强调俄罗斯不能像东方那样限制自己并与西方对立，而应当成为两个世界的连接器。同年，高尔基也推出《两种灵魂》一文，认为在俄罗斯灵魂中，东西方两种精神并存且彼此冲突，造成了它的内在矛盾和不稳定性。他呼吁俄罗斯人同自身的"亚细亚心理积淀"进行斗争，承认西欧文化的优势并向其学习。针对高尔基的《两种灵魂》，别尔嘉耶夫发表了一篇评论《亚细亚的和欧罗巴的灵魂》。他强调：东方是一切伟大宗教和文化的摇篮，而欧洲的理性和科学却有着内在的悲剧性和深刻的危机，因而不能简单地对欧洲文化顶礼膜拜，蔑视东方文化。他还指出：不应把俄罗斯的独特性和落后性相混淆，这种落后应该通过激发创造新文化的积极性来克服。

十月革命期间，高尔基在《不合时宜的思想》中，把革命过程中出现的种种负面现象和民族劣根性联系起来，继续强调必须根除民族文化心理中落后愚昧的亚细亚因素。别尔嘉耶夫出国后则出版了《不平等的哲学》，从宗教哲学视角对十月革命进行批判性反思，认为俄罗斯是一个以农民为主体的国度，其居民不是欧洲人，而是东方人、亚细亚人，具有游牧民族的本能，其愚昧落后难以避免。但他不像高尔基那样认为这样的社会心理条件决定了革命的时机不成熟，而是指出：在这样的国度发生的剧烈历史变革，其形式和结果都不可能是个性的自由解放。别尔嘉耶夫后来还在《俄国共产主义的起源与意义》一书中，认定俄罗斯负有"解放各民族"的特殊使命，把"第三国际"在莫斯科的建立视为对"第三罗马"的取代，认为"第三罗马的许多特点转移到了第三国际"，并断言"这是俄罗斯弥赛亚意识的一种转换"①。别尔嘉耶夫与弗·索洛维约夫的思想联系，于此可见一斑。

在这场断断续续的争论中所表达的不同见解，对于革命后俄罗斯现实的影响是完全不同的。别尔嘉耶夫是从他的宗教哲学观念出发来谈论东西方问题的，因此，即便他关于俄罗斯负有拯救世界之使命的思想，与苏联官方宣传的世界革命理论有着某种契合，也不可能被纳入官方意识形态体系中。高尔基虽然被苏联官方宣布为无产阶级作家，但他所守护的实际上是启蒙主义和民主理想。他反复强调的向西方先进文化学习的主张，不仅和主流意识形态相冲突，也因掌权者的沙文主义心态而一再遭遇排拒。直到苏联解体前夕人们再度思索俄罗斯的命运时，才重新提起上述争论。

在苏联时期，俄罗斯的现代化进程呈现为一种特殊的形式，那一时段的政治格局和社会氛围，使得对于东西方问题的考量几乎完全从文学界、思想界淡出。只有被称为"氢弹之父"的核物理学家安德烈·萨哈罗夫自 20 世纪 70 年代初期起涉足社会政治生活领域以后，曾大力主张过苏联应当走西方的民主化道路。1989 年，萨哈罗夫成为民主改革势力的领导者之一。这是俄罗斯现代化进程发生巨变的征兆之一。随后，当关于俄罗斯民族的命运和道路的追问又一次无可回避地提到了人们面前时，知识界再度回到这一老问题上来。在索尔仁尼琴、利哈乔夫等人的形成论争态势的表述中，可以看到他们对于东西方问题的重新思索。但他们的观点绝不是以往斯拉夫派或西欧派思想的重复，而是就一个老旧的问题提出了新见解，并或隐或显地影响着苏联解体后俄罗斯的自我定位和道路选择。

---

① Бердяев Н. *Истоки и смысл русского коммунизма.* Москва：Издательство Наука，1993. С. 118.

索尔仁尼琴在 1974 年出国前，就曾提出俄罗斯应当在西方资本主义和苏联社会主义两种模式之外寻找第三条道路。苏联解体前后，在表达自己关于民族命运与前途的看法时，他再次论及俄罗斯与西方之间的关系问题。20 世纪 90 年代，他先后推出《我们如何安排俄罗斯》等三部政论，对历代沙皇一一予以评说，揭示了当今俄罗斯存在的种种弊端，试图为俄罗斯走出危机与困境指明路径。索尔仁尼琴对于彼得一世及其改革进行了猛烈抨击，认为他脱离成熟的社会心理条件而盲目引进西方文明的个别成果，其结果是贻害无穷。索尔仁尼琴号召人们警惕西方资本把俄罗斯变成其殖民地，主张恢复 1861 年农奴制改革后在俄国出现的"地方自治"管理体制。他的观点显然和 19 世纪斯拉夫派、陀思妥耶夫斯基的"土壤派"理论较为接近，故被称为"新斯拉夫派"。但索尔仁尼琴既不否认西方世界的先进、发达和富有，也不讳言本民族的落后和弊病；只是他不赞成俄罗斯向西方学习，而是主张它应坚持自己独特的发展道路。

1999 年，文学史家、文化学家德·利哈乔夫出版《关于俄罗斯的沉思》一书，就俄罗斯究竟是东方还是西方的问题，发表了自己新颖独到的见解。利哈乔夫从民族起源、国家制度、民主传统、宗教信仰、经济来往和艺术成就等方面，指出了古代俄罗斯和东方的文化联系极为有限，从而说明了俄罗斯的"非东方性"。他突破了俄罗斯究竟是东方还是西方这一旧有框架，认为在俄罗斯文化的形成中具有决定意义的，"是南方和北方，而不是东方和西方；是拜占庭和斯堪的纳维亚，而不是亚洲和欧洲"。[①] 他强调俄罗斯文化主要是斯拉夫文化、斯堪的纳维亚（北方）文化和拜占庭（南方）文化的融合，而不是东方与西方、亚洲和欧洲文化的融合。这样一来，困扰几代思想家、文学家的东西方问题便被南方和北方问题所置换。显然，利哈乔夫有意把对于俄罗斯及其文化的归属问题限定在欧洲本身的范围内予以讨论。在认定俄罗斯及其文化的欧洲

---

① ［俄］德·谢·利哈乔夫：《解读俄罗斯》，吴晓都等译，北京大学出版社 2003 年版，第 21 页。

根源与欧洲属性时，他还论证了俄罗斯文化的独特性，强调现代化的关键在于保持和发扬本民族文化的价值与特色。他拒绝关于俄罗斯负有拯救世界的使命的"弥赛亚说"，把莫斯科是"第三罗马"的理论称为"莫斯科帝国主义"，断言俄罗斯过去和现在都不肩负任何特殊的世界历史使命。这一观点无疑是与弗·索洛维约夫、一代象征主义者和别尔嘉耶夫等人的思想针锋相对的。

在冷战结束、苏联解体、加强和西方世界的联系成为俄罗斯当务之急的背景下，如果说知识界又出现了新一轮斯拉夫派和西欧派之争，那么索尔仁尼琴和利哈乔夫正是这两种倾向的主要代表。历史已经表明，索尔仁尼琴的新斯拉夫主义，响应者无几，不过他关于俄罗斯应当坚持自己独特发展道路的主张，却受到人们的重视；利哈乔夫的思想影响，则可以在当今俄罗斯的经济、政治体制改革和对外政策中发现不少痕迹。当然，文学家、思想家们的见解对于现实社会的影响总是隐性的而非显性的，几代俄罗斯学者对于东西方问题的继续考量也是如此。但是，他们的不倦探索及其成果，却不仅映照出俄罗斯现代化进程的一个侧面，而且也将作为一种宝贵的精神资源，继续为俄罗斯民族在自我身份定位、发展道路选择和国际关系处理等方面提供参照与启示。

二　知识阶层使命与命运的寻思

知识阶层作为现代化的行为主体，承担着唤醒民众、传承文化、抵御各种社会弊端的使命，知识者群体本身也经历着动荡与分化。俄罗斯文学卓越地表现了知识阶层的历史使命、社会责任与文化担当，书写着一代代知识者在现代化激流中的命运，显示出文化转折的历史印痕和现代化行程的运行轨迹。

现代化转型的主体是人，领航机则是知识分子。俄罗斯现代化进程中知识分子的历史作用不言而喻。现代化转型中出现的各种思潮，无一不是知识分子所提出，知识分子也是这些思潮的载体。爱德华·W. 萨义德曾在《知识分子论》中强调知识分子必须肩负起

"这些极为重要的任务——代表自己民族的集体苦难，见证其艰辛，重新肯定其持久的存在，强化其记忆"，此外还应当"明确地把危机普遍化，从更宽广的人类范围来理解特定的种族或民族所蒙受的苦难，把那个经验连接上其他人的苦难"①。俄罗斯知识分子在民族现代化转型中的角色，十分符合萨义德的上述定位。

伴随着民族现代化转型的历史行程，俄罗斯文学出色地描写了各个时期、各种类型的知识分子形象。透过这类形象，作家们探讨了知识分子同人民的关系，知识分子的历史地位与作用，知识分子的命运和出路等问题。因此高尔基说：在俄国文学里，知识分子"内心生活的全部历史，是特别详尽、深刻而且忠实地被描画出来"②。文学成为知识分子心灵历程、精神历程的形象描述，其中有不少作品带有自传性，往往是作家生活史、心灵史的艺术写照。这一特点使俄罗斯文学具有特殊的魅力。

普希金笔下的叶甫盖尼·奥涅金是俄国文学中第一个被称为"多余的人"的贵族知识分子。这一形象表现了19世纪初期俄国青年的苦闷、彷徨和追求，反映了那些厌恶贵族生活圈子、但又找不到出路的青年知识者的悲剧命运。莱蒙托夫的小说《当代英雄》中的毕巧林，则是一个对上流社会不满的贵族青年，但他无法摆脱贵族生活，没有理想，玩世不恭，感到苦闷绝望；他既否定现存的社会，也蔑视自己，同样成为一个"多余的人"。赫尔岑的小说《谁之罪？》中的别尔托夫，也是一个"多余的人"形象。作品通过他和另外两个正直、善良的青年都陷于"灾祸和不幸"的命运，指出封建农奴制是扼杀青年的罪魁祸首。冈察洛夫的长篇小说《奥勃洛摩夫》的同名主人公是俄国文学中最后一个"多余的人"形象，标志着贵族知识分子先进性的终结。取代贵族知识分子而走上俄国历史舞台的平民知识分子，在文学作品中是以"新人"形象出现

---

① ［美］爱德华·W.萨义德：《知识分子论》，单德兴译，生活·读书·新知三联书店2013年版，第41页。

② ［苏］高尔基：《俄国文学史》，缪灵珠译，上海译文出版社1979年版，第108—109页。

的。车尔尼雪夫斯基在长篇小说《怎么办?》中,塑造了一系列"新人"形象,他们都具有理想化的"新人"品格。

知识分子的使命与命运在屠格涅夫的系列小说中得到了循序渐进的展现。19 世纪 50 年代,他以《罗亭》和《贵族之家》塑造了"言辞多于行动"的贵族知识分子罗亭和无力反抗传统道德的拉夫列茨基两个"多余的人"形象,60 年代则在《前夜》中第一次塑造了"新人"——英沙罗夫和叶琳娜的形象,及时反映出平民知识分子取代贵族知识分子的历史真实。在《父与子》中,他又通过大学生巴扎罗夫和贵族基尔沙诺夫兄弟的纠葛,揭示出新旧两代知识分子之间的冲突。《烟》的主人公李特维诺夫是作家的理想人物,但事业上、爱情上的失败,却使他感到浮生若梦,一切都是过眼云烟。这一形象表现了 1861 年农奴制改革后知识分子的思想低潮。《处女地》则反映了 70 年代民粹派"到民间去"的活动及其失败,在改良主义者沙罗明身上寄托了作者的渐进主义理想。屠格涅夫的 6 部长篇小说就这样构成 19 世纪 40—70 年代俄国知识分子精神生活的艺术编年史。

在契诃夫的作品中,有着各种类型的知识分子形象,如《第六病室》中的拉京,《姚尼奇》中的同名主人公,《文学教师》中的尼基京,《没意思的故事》中的斯捷潘诺维奇,《樱桃园》中的特罗菲莫夫,等等。作家同情他们思想受禁锢、人身遭迫害、理想不能实现的命运,也揭示了他们难以抵制庸俗风气或种种有害流行思潮影响的局限——这些形象常常是作为民族文化心态的体现者存在的。《樱桃园》中的特罗菲莫夫发出的"你好,新生活"的呼喊,则表达出 20 世纪初知识分子对于社会生活变动的预感,对于未来的祝愿。

从奥涅金到特罗菲莫夫,不仅映照出 19 世纪俄国知识分子精神生活变动的轮廓,而且显示出现代化进程中思想文化转型的迹象。20 世纪俄罗斯的现代化转型,呈现出更为复杂的历史情状,文学也以独特的方式表现了新的历史语境中知识分子的命运,艺术地呈现出知识分子与现代化转型的复杂联系。在这一领域中具有披荆斩棘之功的当推高尔基和帕斯捷尔纳克。

关于俄国知识分子的文化使命、历史作用、精神特征和命运道路的思考，一直在高尔基的全部思想中占有重要位置。他在不同时期写过许多以知识分子为主人公的作品。在社会批判时期的创作中，他的这类作品大都是抨击知识分子缺乏社会改造的热情，忘却使命感，安于现状，无所追求，在平庸无聊的生活中打发光阴。在民族文化批判时期，他笔下的知识分子，则有很多是超越庸俗环境和陈腐观念之上的有识之士。作家在这类知识分子形象身上，寄托了唤起民众意识觉醒、传播先进思想文化、提高民族精神心理素质的愿望。他的最后一部长篇小说《克里姆·萨姆金的一生》，描写的是 19 世纪 70 年代出身于俄国外省某城市一个"中等"家庭的知识分子的人生道路。萨姆金的性格特征、思维方式、文化心理和命运归宿，在很大程度上具有可据以认识俄罗斯、了解俄罗斯人灵魂的意义。他的精神文化性格，既从一个侧面体现了民族文化心理的消极特征，又是这一民族文化环境的必然产物。他的空虚无为的一生，既表征出横跨两个世纪 40 年间知识分子的沉浮起落，又勾画出他们无可回避的命运轨迹。借助这一形象，高尔基艺术地揭示了部分知识分子市侩化的历史真实，对民族文化心理弱点进行了痛切的批判。从作品中还可品味出作家关于提高民族文化心理素质、创造良好的社会文化环境和知识分子历史作用的发挥等几个方面互为条件、互为因果的思考，聆听到一代忧国忧民的真诚知识分子的心声。

帕斯捷尔纳克的长篇小说《日瓦戈医生》，可以说是 20 世纪上半叶俄国知识分子命运的一部艺术编年史，又堪称一部通过个人命运而写出来的特定时代的社会精神生活史。它是作家在战后岁月里对 20 世纪前期历史所作的一种诗的回望，也是他与时代的一部艺术性对话。作品着重表现了日瓦戈的人道主义观念与那个血与火的时代之间的悲剧性精神冲突。在历史发生深刻变动的年代，他一直把个性的自由发展、保持思想的独立视为自己最主要的生活目标。他以人道主义的眼光看待一切人和事，区分善与恶。他那种童稚般单纯的心灵，超凡脱俗的胸怀，使他无法接受一切形式的暴力。他在人类思想水平、道德水平和价值标准还没有达到认可他的精神追求高度的时代"过早地"出现了，他超越了那个时代，结果反而好像落后于时代。这是他的悲剧。作家同情、肯定主人公的精神追求和道德理想，经由他的遭遇反映了十月革命前后一代知识分子的思想情怀和共同命运。

不难看出，俄罗斯文学实际上构成了俄国"知识分子的思想体系"，成为知识分子精神历程、心灵历程的形象描述；作为心灵的创造物的作品，往往是创造者心灵运动的形象记录。诸多描写知识分子的作家本人，在精神上和他们笔下的主人公有一种天然的血统联系。很多作家描写知识分子的作品都是自传性的，或带有一定的自传性成分。奥涅金之于普希金，毕巧林之于莱蒙托夫，罗亭和拉夫列茨基之于屠格涅夫，直到日瓦戈医生之于帕斯捷尔纳克，等等，莫不如此。契诃夫和高尔基在各自作品中的知识分子形象身上，凝铸了自己以及世纪之交整整一代知识分子的热情与痛苦、困惑与忧虑。每一位作家笔下的知识分子形象，都不只是作家自我心灵与生活的艺术写照，也不只是作家思想的载体，而是特定时代知识分子的性格、心理和命运的艺术概括。这些作品连缀起来，便构成一整部知识分子心灵历程的形象化历史，并映现出俄罗斯现代化转型的全部艰难历程。

三　苦难体验、忧患意识和沉郁苍凉的底色

由俄罗斯的天然条件和宗教情怀所构筑的苦难体验、忧患意识和乡土情结，在现代化转型中具有了更丰富的内涵。民族现代化转型及其所引发的一系列问题，使得这种感受与体验在俄罗斯文学中有了更具体、更鲜明的表现。文学映射出千百万民众面对时代巨变的复杂情怀，既涵纳着对当下处境的忧虑、对历史的反省和对未来的瞩望，也表征出回归生命原点和重建精神家园的渴求。俄罗斯文学不仅由此而形成了其特有的精神文化价值，彰显出深刻的伦理意义，也锻造出它那特有的厚重感和经久不衰的独特魅力。

别林斯基在谈到俄罗斯诗歌的基本情调时说过，这个民族的诗章往往散发着一种"销魂而广漠的哀愁"，打上了长期苦难生活的印痕。这种根植于民族精神性格中的忧郁音调，渗透于作家的灵魂，内在地制约着他们的气质与作品的风格，决定了俄罗斯文学的底色和总体美感特征。别林斯基指出：普希金诗歌创作的基本风格特色是"明朗的忧郁"；"忧郁和惆怅"是普希金诗歌和声中主要的音响之一，它赋予这位诗人的歌行以恳挚、亲切、柔和与润湿的特色。在论及普希金"过渡时期"的诗作时，别林斯基曾写道："普希金所特有的因素是主宰这些诗的一种哀歌式的忧郁。"① 当诗人更多地关注俄罗斯现实、关注俄罗斯命运时，在他的灵魂深处，更产生出英国诗人拜伦式的痛苦的沉思，并像赫尔岑所说的那样，"逐渐成为庄重、忧郁、严厉、悲剧的诗人"②。诗人书写自己"郁郁的思念""迷惘的徘徊"，表现"别离的痛苦""沉郁的吐诉"以及"预感、思虑、深沉的忧愁"，感叹"凄凉的命运"和"一去不复返的往日的记忆"。然而，普希金的忧郁绝不是"温柔脆弱的心灵的甜蜜的哀愁"，它"消释灵魂的痛苦，治疗内心的创伤"③。这种忧郁是一种纯粹俄罗斯精神和情感的表现，也就是俄罗斯民歌中那种抓住我们灵魂的东西。

普希金的后继者莱蒙托夫的"注满了悲痛和憎恨的铁的诗句"，集中反映了十二月党人起义失败后俄罗斯人所共有的痛苦和忧郁。别林斯基发现：莱蒙托夫的长诗《沙皇伊凡·瓦西里耶维奇、年轻的禁卫兵和勇敢的商人卡拉希尼科夫之歌》中禁卫兵的语言，充满着一种"深刻的哀愁"，"这种哀愁构成着我们民族诗歌的基本因素，亲如血肉的力量，主要的调子"！他的《邻居》一诗，则是"像泪珠一般一声声流出的忧郁的、优美的歌声"，这是一种"发

---

① ［俄］别林斯基：《别林斯基选集》（第4卷），满涛、辛未艾译，上海译文出版社1991年版，第309页。
② ［俄］赫尔岑：《论文学》，辛未艾译，上海文艺出版社1962年版，第61页。
③ ［俄］别林斯基：《别林斯基选集》（第4卷），满涛、辛未艾译，上海译文出版社1991年版，第376页。

自强大、坚实的灵魂的安详而温顺的愁怅"①。赫尔岑也认为,莱蒙托夫的沉思"就是他的诗歌,他的痛苦,他的力量"②。和普希金的忧郁有所不同,莱蒙托夫的忧郁更多地和痛苦与悲愤相联系,但同样参与了俄罗斯文学基本情调的构成。

忧郁与苍凉不仅是俄罗斯诗歌的基调,也是俄罗斯散文的底色。果戈理的作品虽然充满喜剧性情节、幽默感和十足可笑的人物,但其实是一种"含泪的喜剧",也即运用了"以喜剧的形式写悲剧"的手法。作家善于发掘生活中和人们灵魂中可笑的东西,又能让读者的笑迅速消融在悲哀之中,令读者在笑之后忧郁地叹息。正是从这个意义上,赫尔岑才把他的讽刺杰作《死魂灵》称为"充满一种深沉痛苦的史诗"。

在俄罗斯文学中,屠格涅夫也许是最有忧郁气质的作家。美国诗人惠特曼称他为"高尚而又伤感的"作家,法国作家福楼拜则说他有着一种"迷人忧郁"。屠格涅夫善于以温情脉脉的笔调描写男女主人公的悲剧命运,牵动着一代代读者的心弦。他作品中的景色描写,也总是同人物的悲切、哀婉、缠绵的情绪交融在一起,带上了一种怅惘、柔弱的色调。他的作品往往都散发着浓郁的抒情气息,糅合着淡淡的哀愁,具有一种不可思议的艺术魅力。与屠格涅夫相似,19 世纪末 20 世纪初的俄罗斯作家契诃夫,也被同时代作家称为"'阴暗的'现实的行吟诗人","歌唱'寂寞的'人们的悲哀与苦难的忧郁的歌手"③。

这种忧郁与苍凉在 20 世纪俄罗斯文学中获得了自然延伸,并具有了更为鲜明的体现。"俄罗斯诗歌的月亮"阿赫玛托娃是以她的那些隽永含蓄的爱情诗步入白银时代诗坛的,但是当她把全部激情从咏叹个人遭遇转向沉思国家民族的命运,写出了《安魂曲》

---

① 〔俄〕别林斯基:《别林斯基选集》(第 2 卷),满涛译,上海译文出版社 1979 年版,第 485、526 页。

② 〔俄〕赫尔岑:《论文学》,辛未艾译,上海文艺出版社 1962 年版,第 86 页。

③ 〔苏〕高尔基:《论文学》(续集),冰夷等译,人民文学出版社 1979 年版,第 48 页。

（1935—1940）这样的杰作时，便成为 20 世纪俄国诗坛上最伟大的诗人之一。《安魂曲》的书写与诗人个人的悲剧性遭遇密切相关。在"一切都永远紊乱了"的特殊历史年代，诗人遭受了难以承受的沉重打击，经历了漫长的精神折磨之苦，但是她没有停留于咀嚼个人与家庭不幸，而是经由自身的痛苦体验到了民族的苦难，并将个人的悲剧性倾诉升华为民族与人民的呐喊："亿万人民通过我呐喊呼叫，／假若有人堵住我苦难的声音，／但愿在我被埋葬的前夜，／他们仍然会把我怀念。"① 深切的个人不幸与民族的灾难融合为一体，使这部长诗获得了惊人的艺术力量，成为一个特殊历史时代中俄罗斯命运的一份艺术备忘录。

对于这些诗人和作家而言，俄罗斯究竟意味着什么？他们对俄罗斯究竟怀着怎样深沉的感情？流亡女诗人季·沙霍夫斯卡娅在远离祖国之后写下的诗句对此做出了卓越的表达："俄罗斯是痛苦，是漂泊的忧愁，／是怎么也无法消解的渴求，／是被每个人抓住不放的／一把温暖的骨灰，一抔沙土。"② 诗人以真诚的歌哭，喊出了一代流亡者的心声，也无可争辩地表明忧郁与苍凉、冷峻凝重的风格特色渗透于整个俄罗斯文学。

俄罗斯文学的这种以冷峻凝重、沉郁苍凉为总体特色的主导风格，其形成既和俄罗斯特殊的自然地理条件相联系，又是这个民族在其漫长的历史行程中积淀而成的文化心理结构的必然显现。但是，俄罗斯人没有在这种苦难面前自怨自艾，自暴自弃，而是培养了一种对"对苦难的坚忍耐力，对彼岸世界、对终极的追求"③。于是，民族的苦难便化为一种精神财富。这种独特的苦难体验和俄罗斯人的宗教意识互为表里，彼此交融，造就了该民族精神心理方

---

① Баранников А. В. *Русская литература XX века. Хрестоматия: В 2 ч..* Москва: Издательство Просвещение, 1993. С. 158.

② Агеносов В. В. *Литература русского зарубежья.* Москва: Терра. Спорт. 1998. С. 9.

③ Бердяев Н. *Русская идея: Основные проблемы русской мысли XIX века и начала XX века.* Москва: ООО Издательство АСТ, 2000. С. 18.

面的一个重要特点，而文学正是这种精神心理特点的形象表达。正
如别尔嘉耶夫所说："俄罗斯文学不是产生于令人愉悦的创造力的
丰盈，而是产生于个人和人民的痛苦和多灾多难的命运，产生于对
拯救全人类的探索。而这就意味着，俄国文学的基本主题是宗教
的。"① 宗教、形而上学问题和社会问题折磨着俄罗斯文学。关于
生活的意义、关于从罪恶与苦难中拯救人、人民和人类的问题在艺
术创作中一直占据优势地位。别尔嘉耶夫无疑是准确地把握到了俄
罗斯文学与民族精神的内在联系。

　　俄罗斯文学沉郁苍凉的底色表征出的另一精神文化内涵，是这
个民族的乡土情结，也即对故乡、土地和家园的依恋。俄罗斯人迷
恋漂泊，但流浪不是他们的归宿，只是使他们得以从另一个角度体
验苦难，从远处回望家园，其乡土情结在回望与比照中得到升华。
处于流亡状态的俄罗斯人，在回首往昔、怀念故土时，特别能够体
验到文学和民族命运、民族灵魂的血肉联系。20 世纪 30 年代，流
亡诗人和批评家伊万·伊里因曾做过题为《俄罗斯诗歌中的俄罗
斯》的演讲。他指出：对祖国的眷恋、牵挂以及由此而产生的忧
郁，是俄罗斯诗歌的基本主题。它不是表现为对俄罗斯大自然与日
常生活的渴望，而是表现为对她的一种斩不断的精神联系。"俄罗
斯诗歌像是祈祷，像是歌唱"，它歌唱的是自己的心曲。世界上未
必有哪一个民族的诗人，能够像俄罗斯诗人一样，同时又是"民族
的先知和智者，民族的歌手和乐师"②。俄罗斯诗歌融入大自然和
俄罗斯人的灵魂中，参与了俄罗斯人的精神生活和宗教生活。诗歌
以自己特有的方式感受、叙说着俄罗斯，体验着她的历史和命运，
她的痛苦与欢乐，爱与恨，悲伤与热情。俄罗斯诗歌即是俄罗斯心
灵的产物，俄罗斯心事的流露，全体俄罗斯人民的心声。伊里因以
诗一般的语言表达了自己对于俄罗斯诗歌的理解和热爱，同时把净

① Бердяев Н. *Истоки и смысл русского коммунизма.* Москва：Издательство Наука，1993. C. 63.

② Ильин И. А. *Одинокий художник：Статьи，речи，лекции.* Москва：Издательство Искусство，1993. C. 171，173－174.

化心灵的希望寄托于诗歌。

20世纪60—70年代，随着经济的发展，苏联社会日益城市化，千百万农民离乡进城，传统的"农民的俄罗斯"渐渐走向消亡。在这一背景下，农村散文的创作出现了繁荣，舒克申、拉斯普京等，是这一领域最有成就的作家。舒克申在他的小说《红莓》（1973）中，以抒情性和哲理性水乳交融的笔调，描写了主人公叶戈尔复杂而充满矛盾的性格和悲剧性结局，让读者品味人生道路的艰难。作品中关于俄罗斯土地和乡村的描写，不仅体现了作者对乡土的热爱，而且构成善良的俄罗斯母亲和淳朴的道德风尚的象征性意象；对待俄罗斯土地和乡村的态度，成为检验主人公心灵与道德水准的标尺。拉斯普京则在他的《最后的期限》（1970）和《告别马焦拉》（1976）等小说中，描写了西伯利亚人的伦理关系和道德面貌，严峻审视民族文化心理的基本特点及其在当代的演变。作家谴责那种忘恩负义、忘本忘根、对故土家园没有感情的道德蜕化现象，表达了对那些保留着民族传统美德的老一代农民的深深敬意，对故乡一草一木的无限眷恋。这类农村散文生动地表现了俄罗斯人在现代化转型中的乡土情结，并同样呈露出沉郁与苍凉的艺术风格。

由此可见，俄罗斯现代化转型历史步履的艰难与沉重，是和这个民族在东西方文化之间的长期徘徊和选择相联系的，并始终渗透着知识分子对民族命运的忧虑以及他们自身的困厄与痛苦思考，引发出千百万民众面对时代巨变的复杂情怀，以及回归生命原点和重建精神家园的渴求。这也就决定了一代代俄罗斯作家所吟唱的，大都是一种忧郁而悲壮的旋律。俄罗斯文学沉郁苍凉、冷峻凝重的总体特色，不仅使它拥有了独特的艺术魅力和特有的厚重感，而且成为俄罗斯民族别具一格的精神文化印记，也为总结和反思现代化行程的历史经验提供了有价值的参照。

（作者单位：南京师范大学文学院）

"聚合性"与陀思妥耶夫斯基的
复调艺术

王志耕

  巴赫金以其复调理论为陀思妥耶夫斯基诗学研究开辟了新的天地。在探讨陀思妥耶夫斯基创作"多声部性"的成因时，巴赫金辨析了多位批评家的观点，如伊万诺夫的宗教体验说、格罗斯曼的戏剧形式说、恩格尔哈特的思想小说说以及卢那察尔斯基的社会因素说等，但他认为，上述诸观点有着共同的缺陷，他们走进了复调小说的迷宫却找不到通路，即对复调的成因做了错误的推论。为了解决这一问题，巴赫金主要做了两个方面的工作：一是强调形式本身对内容的强大制约功能，即他的艺术形式具有"解放人和使人摆脱物化的意义"；二是以历史诗学的方法，追溯了复调性的来源，考察了欧洲的文化狂欢传统及狂欢式"世界感受"转化为体裁传统的过程与机制。

  巴赫金的论证独出机杼，富有启发性。但是，陀思妥耶夫斯基诗学原则的成因是多方面的，其中必然包括作家所置身其中的民族文化的制约因素。而在当时的政治背景之下，当巴赫金谈到历史诗学这一概念时，有意避免涉及俄罗斯的文化问题，因为俄罗斯文化不可避免地要涉及其宗教内涵，而"宗教"是一个禁忌话题。如俄罗斯国立人文大学教授叶萨乌洛夫说："陀思妥耶夫斯基诗学中的东正教'符码'是如此显而易见，在我们考察的范围里不能不产生这样一个无法回避的问题：为什么复调小说理论的创立者在其印行了两版的著名著作中、恰恰是在对陀氏诗学的研究中，却对其宗教范畴未加阐明呢?”对此,叶萨乌洛夫引述了巴赫金的发现者之一鲍恰罗夫对巴赫金晚年谈话的记录,说明其不得不仅限于“文体研究”的苦衷,巴赫金曾谈到,在当时“不自由的天空之下”,他只能“将形式从主干中剥离出来,仅仅是因为不能谈那些主要的问题……那些哲学思想,以及毕生都折磨着陀思妥耶夫斯基的问题——上帝的存在。我不得不始终绕来绕去,不得不克制自己……甚至对教会加以谴责”。① 这样,巴赫金放弃了从陀思妥耶夫斯基所身处的、在血液里和天性中所秉有的俄罗斯文化要素角度去解析其诗学原则的形成。

因此,在今天我们有必要在这一问题上做出新的阐释,探讨复调艺术的民族文化成因。

一

从文化诗学的角度来看,陀思妥耶夫斯基诗学的多声部性与其宗教和社会理想有着密切的关系。这一诗学原则的成因既有欧洲民间狂欢化世界感受及体裁传统的影响,也有时代因素的促进,同样也有作家自身所承袭的俄罗斯文化的宗教精神,这就是村社性(общинность)与聚合性(соборность)观念。

村社(община),是俄国社会的一种独特现象,俄国几乎是从原始的部落状态迅速进入封建社会的,因此,原始的共同观念也得以保存下来,它成为俄罗斯文化中集体主义传统的源头之一。另外,广袤无垠的原野使得俄国人的土地私有观念相对淡漠,这就为村社的形成提供了民众的意识前提。在俄罗斯的村社中,土地与生产资料等共同占有,而且这种公有制不是强制性,而是自发形成的,于是在观念上个人便与集体达于一致,个人因此成为其中的一员,个体的存在也与集体的存在互为依赖。19 世纪的斯拉夫主义

---

① Есаулов И. А. *Категория соборности в русской литературе.* Петразаводск: 1995. С. 130, 132. Бочаров С. Г. Об одном разговоре и вокруг него // *Новое литературное обозрение.* 1993. № 2. С. 71 – 72.

者和民粹派曾极力主张恢复村社制度，以创造一种不同于西方的新型乌托邦。早在1838年斯拉夫主义的奠基者基列耶夫斯基就说过：“回顾以往俄国的社会体制，我们可以发现与西方的许多不同之处，首先就是体现为诸多小型所谓米尔（мир）的社会构成。”米尔的观念就是大家共同拥有。“家庭隶属于米尔，人数更多的米尔隶属于村社大会（сходка），村社大会隶属于市民大会（вече），以此类推，直到所有部分的团体合到一个中心，一个统一的东正教会。”①这里，基列耶夫斯基把村社结构与教会的存在联系了起来，因为，村社这种在俄国自然形成的社会形式与正教的核心理念达到契合。正教的这个核心理念就是“聚合性”。

早期基督教以“自由、平等、博爱”的口号致力于在大地上创立一个普世教会（кафолическая церковь），公元4世纪的《尼西亚信经》即确定教会是“统一的、神圣的、普世的和使徒的”。然而，事实上，这种理想随着基督教会的机构化和权力化，在东西教会开启争端之后便只成了一句口号。文艺复兴之后，新教兴盛，天主教已经意识到所谓普世教会不过是空想而已。在西欧，一方面是以罗马天主教会为中心的权力体制越来越严格，等级意识越来越浓厚；一方面是“因信称义”的观念越来越普遍，教会意识越来越淡薄，所以普世教会的理想便不复存在。正是在这样的背景之下，东方正教打出鲜明的普世教会旗帜，以表明自己的正统基督教立场。因为基督教的真理是普世性的，尽管正教教义认为，只有主教公会议才有权力发布真理，但这真理不是通过教会发挥作用的，甚至也不是通过主教公会议发挥作用，因为从形式上来看，没有一个真正意义上的世界性会议，即使真有一个具备了全球性外部特征的公会议，它可能实际上也是分裂的。因此，普世性不是机构上的普世性，它应是真理中的普世性。②

针对上述现象，正教神学家们首先主张建立一个真正的统一教

---

① Киреевский И. В. В ответ А. С. Хомякову //Полн. собр. соч.. М.：1983. С. 194，195.

② См.：Булгаков С. Свет невечерний. Созерцания и умозрения. М.：1994. С. 53.

会，这种教会不是形式上的，而是在圣灵的感召下所凝聚起来的。这种"教会唯一"论的代表人物是19世纪著名的神学家霍米亚科夫。霍米亚科夫认为，东西方教会以及以各种形式存在的教会不应是诸多个体的存在，它们应当成为承受上帝恩宠的统一体。"教会名为统一的、神圣的、聚合的（全世界的和普世的）使徒教会；因为它是唯一的，神圣的，因为它属于整个世界，而不是某个地方；因为它为之祝圣的是整个人类和大地，而不是某一个民族或国度；因为它的实质在于，大地上承认它的所有成员的灵魂与生活的和谐与统一；最后，因为在使徒的经典和学说中包含着它的信仰、它的希望和它的爱的完满。"① 在这里，霍米亚科夫提出"聚合的"一词，以代替被歪曲和误解的"普世的"，从此，"聚合性"概念被提出。这个词是以俄文的"собор"（指隆重性质的聚会）为词根的。在他们看来，普世公会议本应是全人类的，既然它作为一种实体已不复存在，那么不妨将其抽象化，以代表普世的观念与精神。霍米亚科夫说："собор 不仅在许多人于某个地点公开聚集这一意义上，而且在这种聚集的永久可能性这一更为普遍的意义上体现了聚合的思想，换言之，体现了多样统一（единство во множестве）的思想。……普世教会就是包容一切的教会，或者是所有人的统一体的教会，是自由的统一意志、完整的统一意志的教会，在这种教会中，民族性消失了，不分希腊人还是野蛮人，没有财富的差别，不分奴隶主还是奴隶，这就是那在旧约中预言过而在新约中实现的教会，总之，就是使徒保罗所断定的教会。"② 也就是说，普世教会不应以机构化为前提，它首先应在"永久可能性"上体现出来，"聚合"不是具体地点的聚会，而是精神的凝聚与意志的统一，不是外部的统一，而是内部的统一，"外部的统一只是仪轨联系的统一；而内部的统一是灵魂的统一"③。

---

① Хомяков А. С. Церковь одна // Сочинения богословские. СПб. : 1995，с. 41.

② Хомяков А. С. О значении слов «кафолический» и «соборный»// Сочинения богословские. СПб. : 1995. С. 279.

③ Хомяков А. С. Церковь одна // Сочинения богословские. СПб. : 1995. С. 49.

　　显然，聚合性并不仅仅是个统一体的问题，因为统一体应该说只是一种终极性目标，它之能成为一种普遍意识必须借助某种伦理观念，而每一个怀有现实感的宗教哲学家都会选择"爱"来阐释自己的学说。主张聚合性的思想家们也不例外。创造统一体的神学目的是获得上帝的真理，即实现创造的必然，而获得真理的途径就是爱，与其如使徒约翰所说"上帝即爱"，不如说爱是上帝体现在人身上的最明显的属性。只有爱他人者方可进入真理的世界，所以在正教的弥撒大祭上，先要由助祭宣告"让我们彼此相爱，共同信仰"。① 而"彼此相爱"便是聚合性的根本特性之一，爱就是沟通与交流，因而爱也就是获得真理的必要条件。聚合性概念将具体情境的集合抽象化，通过爱将其转变为一种伦理观，使之具有更为广泛的适应性。俄国的流亡哲学家森科夫斯基在评述霍米亚科夫的"聚合性"思想时，便认为："为了获得真知，需要'许多人'的'聚合'（соборование），需要总体的、令人感到温暖的、沐浴着爱的认知劳动。"②

　　但聚合不仅是统一，而如霍米亚科夫说的是"多样统一"（единство во множестве）。因为如别尔嘉耶夫所说："东正教只能靠自由来维持，只有在自由基础上，才能保持东正教对天主教和其他宗教的相对优点。"③ 所以，有关"自由"的论题便成为所有正教思想家关注的焦点。或者说，正教显然意识到自己是边缘化的，所以他们在强调统一时必然会考虑到自己作为他者的权利，而必然提出"自由"的问题，强调"统一"的前提是"多样"。这也就是霍米亚科夫为什么在表述"完整的统一意志"（единодушие полное）的教会时，还要加上另一个定语"自由的"（свободное единодушие），用当代正教思想家尼·斯特卢威的话说，霍米亚科夫的公式就是，聚合性就等于"爱中的自由统一"。斯特卢威进一

　　① См.：Флоренский П. А. *Столп и утверждение истины.* М.：1990. С. 85 – 86.
　　② Зеньковский В. В. *История русской философии. Т. 1, ч. 1.* Л.：1991. С. 207.
　　③ ［俄］别尔嘉耶夫：《自由的哲学》，董友译，学林出版社1999年版，第205页。

步解释道:"聚合性就是在最广泛的多样化同时的最大限度的统一。"① 总之,聚合性的两个基本因素就是——爱与自由。

基于普世教会理想的聚合性作为一种精神,为俄国知识阶层提供了解决现实苦难的思想基础。所以到 19 世纪,"聚合性"这一充分俄化的神学概念便成为俄国思想界,尤其是斯拉夫派的社会理想。而到了陀思妥耶夫斯基的思想中,那在霍米亚科夫和其他神学家那里没有得到明确阐释的个性观念更是得到了新的、充分的展示。

二

许多评论家在谈到陀思妥耶夫斯基的社会理想时,总是首先提到他的否定社会主义的思想,而往往忽略了他曾经是俄国第一个社会主义小组的成员,并因此而遭流放和苦役。尽管他在晚年的时候思想发生了某些变化(这些变化被某些人过于夸大了),但他的社会理想并没有发生根本的转变,不过就其自身而言更为成熟了而已。

陀思妥耶夫斯基在 1877 年的《作家日记》中有一篇文章,题目叫作《三种理念》。在他所论述的三种理念中,一种是法国的革命理念,它与天主教思想如出一辙;一种是德国的新教型理念,它"仅仅幻想和渴望自身的联合,以宣扬它高傲的理念",它相信"世界上没有高于德国人的精神和语言"。显然,这两种理念是不可取的,于是陀思妥耶夫斯基提出了第三种理念:"在东方,那第三种世界理念的确已闪耀出前所未有的光芒——这就是斯拉夫理念,一种正在壮大的理念,——或许它就是未来解决人类和欧洲命运的第三种可能性。……显然,我们俄罗斯人有两种较世界上其他民族更为巨大的力量,——这就是我们民族千百万人的完整性和精

---

① Струве Н. О соборной природе церкви // Православие и культура. М. : 1992.
С. 182.

神的不可分割性，以及人民与君主的密切统一。"①

在以前两种理念统治的西方世界里，缺少陀思妥耶夫斯基理想中两种最重要的因素：自由与爱，也就是构成"聚合性"的两个根本条件。在强制性统一的社会里，正像在天主教会的权力机构中一样，存在的只是单向隶属的等级关系，它们所有的只是个体主义，而不是个性自由。陀思妥耶夫斯基所选择的自然就是他所说的第三种理念，即以俄国为代表的斯拉夫理念，或者"俄国的社会主义"。尽管他本人并没有明确地使用过"соборность"这个概念，但他的显性的东正教思想在很大的程度上来自霍米亚科夫，而他的社会理想从总体上与霍米亚科夫的观念恰相吻合。在他看来，俄罗斯理念中不仅包括"我们民族千百万人的完整性和精神的不可分割性"，而且更重要的是，在俄罗斯人的天性中有一种对"博爱的共同体"的要求，而这种要求塑成了俄国人民的独特的"社会主义"思想，他说："这种社会主义的目标与结局就是在大地上实现的全民的和全球的教会。……我谈的是俄国人民心中那永存的不尽的渴望，渴望为基督的伟大的、共同的、全民的、博爱的统一。……俄国人民的社会主义不是共产主义、不是种种机械的形式：他们相信，拯救最终只能靠为基督的世界统一。这就是我们俄国的社会主义！"② 俄罗斯民族天性中的这种要求在某种意义上说是来自村社文化，陀思妥耶夫斯基认为在原始的氏族公社中，人们过着没有私有观念的群体生活，彼此依赖，而"文明"促进了个性意识的产生，并进而破坏了群体观念，破坏了大家共同遵守的质朴的生活规则，从而形成了个性与群体的对立，或者说，群体分解成为个体。陀思妥耶夫斯基没有使用"异化"这一概念，但他称之为"非正常"状态。因此，人类必须跨越这一阶段进入更高阶段，这个更高阶段应该促使个人和群体恢复协调一致的相互关系，也就是使单个

① Достоевский Ф. М. Дневник писателя 1877г. （Три идеи） // Полн. собр. соч. Т. 25. Л. : 1983. С. 7 – 9.
② Достоевский Ф. М. Дневник писателя 1881г. // Полн. собр. соч. Т. 27. Л. : 1984. С. 19.

的人在保持"意识和智力的充分威力"的情况下"复归群体"。①
这个所谓"复归群体"的"更高阶段",实际上就是一个建立了
"соборность"的形态。因为这里虽然陀思妥耶夫斯基没有明确表
示这种状态是一种什么样的社会体制,但从他对俄罗斯民族的赞美
中可以看出,既然对人民来说教会就是一切,则人民的最高理想就
是建立一种统一教会的社会形态。由此我认为,《卡拉马佐夫兄
弟》中佩西神父所说的话正是代表了陀思妥耶夫斯基的心声:"并
不是教会变成国家,您要明白!那是罗马和它的幻想。那是第三种
魔鬼的诱惑!相反地,是国家变为教会,升到教会的地位上去,成
为整个地球上的教会,——这和教皇全权论,罗马以及您的解释全
都相反,这只不过是正教在地上的伟大使命。灿烂的星星会从东方
升起来。"②正如布尔加科夫所指出的:"陀思妥耶夫斯基把在历史
中实现这一理想与俄罗斯民族的宗教使命及其全人类精神和综合结
构联系起来。民族的使命取决于人民的理想,取决于它从中发现最
高真理与法则的东西。"③

　　人民理想的教会形态就是个性与群体的辩证统一。所以说它是
"理想的"形态,就是因为现阶段仍是一个过渡期,主宰这个过渡
期的仍是个体主义的法则,尽管在俄国人民的天性中有着对博爱统
一体的追求,但他们仍不免被"文明"所浸染。因此,陀思妥耶夫
斯基虽然十分清楚他置身其中的社会现状,但他要挑战的也正是这
种文明给人类带来的恶果。他说:"照基督的圣训那样去爱人如己
是不可能的。在大地上维系的是个性法则。自我就是障碍。只有基
督能够做到,但基督自古以来便是一种永恒的理想,人向往着这一
理想,按照自然规律人也应当向往他。然而在作为肉身之人的理想
的基督出现之后,问题便如白昼一样明朗了:个性的最高的极度发

　　① 参见[苏]格·弗里德连杰尔《陀思妥耶夫斯基的现实主义》,陆人豪译,安
徽文艺出版社1994年版,第31—32页。

　　② [俄]陀思妥耶夫斯基:《卡拉马佐夫兄弟》(上),耿济之译,人民文学出版社
1999年版,第88—89页。

　　③ Булгаков С. Н. Очерк о Ф. М. Достоевском // Тихие думы. М. : 1996. С. 201.

展正是、也必然会达到这样的地步（就发展的尽头、目的达到的那一点而言），即为了使人找到、意识到、并以天性的全部力量确信，人以其个性、以其自我的全部发展所能提出的最高需求，就如同是消解这个自我，将它整个都不加区别、无条件地献给所有人、献给每一个人。这也就是最高的幸福。这样一来，自我的法则便与人道主义的法则相融合，而在这种融合中，两者，即自我与所有人（看起来是极端对立的双方），这彼此互不相容的事物，在那一时刻就会分别达到其个体发展的最高目的。这就是基督的天堂。不论全人类的，还是部分的、每一个体的全部历史，都不过是发展、斗争、追求与达到这一目的。"① 这里必须明确的是，消解自我绝不是消灭自我，因为没有自我也就没有群体，如同没有群体也就没有自我一样；自我发展的最高目的是诸自我联合为整体，而整体发展的最高目的就是使每一个自我得到充分的发展。20 世纪初的著名宗教哲学家弗兰克对此有过精辟的分析："谈到俄国特有的精神集体主义真正的内在实质，首先，它与经济的、社会政治的共产主义没有任何相通之处，而其次，尽管这种集体主义与个人主义是相对立的，但它绝不敌视个性自由和个体性观念，相反，却把这些观念视为其坚实的基础。这里所说的是一个独特的概念，这一概念在俄国教会用语中、后来在斯拉夫主义者们的著作中用一个源自‘собор’一词、不可转译的词来表述：‘соборность’。"即"聚合性"。在这种聚合性之下，"‘我们’不是被视为外在的、只是后来才形成的综合体，不是若干的‘我’或‘我’和‘你’的结合，而是原初即有而不可分离的它们的统一体，‘我’就成长于这个统一体的怀抱，并且只有依赖于此‘我’才成为可能。不仅有‘我’和‘非我’这些相互关联的概念，像人们常常认定的那样；同样相互依赖的关联性概念还有‘我’和‘你’、我的意识和与我相对并意向于我的他人意识，两者共同构成‘我们’这个原初性整体的彼此

---

① Достоевский Ф. М. Записи публицистического и литературпно - критического характера из записных книжек и тетрадей 1860 - 1865 гг. // Полн. собр. соч . Т. 20. Л. : 1980. С. 172.

整合、不可分割的两个部分。每一个'我'不仅包含在'我们'之中、与之相联结并与之相对应，而且可以说，在每一个'我'之中就其自身而言也都内在地包含着'我们'，因为'我们'恰恰就是'我'的最终支柱、最深之根和活的载体。简而言之，'我们'就是这样一个具体的整体，其中不仅存在着与之不可分割的诸部分，而且其自身也内在地贯穿于每个部分，并在每个部分中完整地存在。这里所说的是精神领域中的一种经过合理而缜密思考的有机世界观。然而就其独特性与自由而言的'我'并未因此而被否定；相反，有一种见解认为，'我'只有通过与整体的联系才能获得这种独特性和自由，可以说，它浸透着来自人类超个体共性的生命汁液"①。

可以认为，弗兰克所阐述的也正是陀思妥耶夫斯基思想的内在实质，它可以概括为整体联系中的对话，也就是"聚合性"的爱与自由的多样统一。我们说，所谓"复调"艺术就是在这种俄罗斯特定的文化结构中出现的。

三

正如巴赫金所论述的狂欢式的世界感受可以转化为小说叙事中的众声喧哗一样，聚合性理念在陀思妥耶夫斯基的创作中转化成了一种总体原则之下的复调。在艺术的叙事中，群体与个性的结构对应呈现为作者与主人公。在传统的艺术中，作者与主人公处于一种对立状态。因为二者表现为支配与被支配的关系，是一种绝对等级性关系。而在陀思妥耶夫斯基的艺术世界中，出现了全面对话的形象体系与情节结构。巴赫金将其与梅尼普讽刺、苏格拉底对话等欧洲古代叙事艺术归于同一类传统，并把这类传统的文化原因归于狂欢节现象，而放弃了对这种叙事形态的俄罗斯文化成因的考察。他认为："狂欢式（意指一切狂欢节的庆贺、仪礼、形式的总

① Франк С. Л. *Русское мировоззрение.* СПб.：1996. С. 178 – 179.

和）……转为文学的语言，这就是我们所谓的狂欢化。"① 因此巴赫金得出的结论是：陀思妥耶夫斯基的创作是一个纯粹多元的世界。就此他否定了作为其创作的哲学基础的宗教观念，因为这种基础是"一元论的唯心主义土壤"，而在这种土壤上要出现"复调"意识是"最为困难的"，并且"统一精神"对陀思妥耶夫斯基而言格格不入。但巴赫金也承认陀思妥耶夫斯基本人的思想也在作品中投射出来，因此，他接下来说："如果一定要寻找一个为整个陀思妥耶夫斯基世界所向往又能体现陀思妥耶夫斯基本人世界观的形象，那就是教堂，它象征着互不融合的心灵进行交往。聚集到这里的既有犯了罪的人，又有严守教规的人。这或许可能是但丁世界的形象，在这里多元化变成了永恒的现象，既有不思悔改的人又有忏悔者，既有受到惩罚的人，又有得到拯救的人。这样一种形象符合陀思妥耶夫斯基本人的风格，确切些说是符合他的思想特点。"② 我认为这段话说明其实巴赫金是意识到复调的宗教世界观基础，只不过这一问题在当时无法深入研究而已。

此外，尽管巴赫金对象征主义理论家伊万诺夫的观点进行了反驳，但他的复调理论明显受到后者的影响，这一点是无可回避的。伊万诺夫第一个发现了陀思妥耶夫斯基创作的对话现象，他对"聚合性"概念也同样做过哲学分析，尽管他没有明确阐述陀思妥耶夫斯基诗学与"聚合性"的关系，但他的描述足以为我们提供清晰的线索。应该说，避开他的观点就不能充分说明陀思妥耶夫斯基复调原则的文化根源。最早发现巴赫金的学者之一鲍恰罗夫认为，"应该去读一读维亚切斯拉夫·伊万诺夫，以便更好地理解巴赫金。在伊万诺夫那里我们会找到对巴赫金某些既事关重大又令人猜解的论点的解释"。③ 在这令人猜解的问题中最重要的一个，就是伊万诺夫是如何在同一语境中论述

---

① ［苏］巴赫金：《陀思妥耶夫斯基诗学问题》，白春仁、顾亚铃译，生活·读书·新知三联书店 1988 年版，第 175 页。

② 同上书，第 57—58 页。

③ См.：Есаулов И. А. *Категория соборности в русской литературе.* Петразаводск：1995. С. 131.

"聚合性"的哲学思想和陀思妥耶夫斯基诗学中的对话关系的。

伊万诺夫认为，小说体裁的规定性实际上是与陀思妥耶夫斯基的形而上学的艺术描写达成对应，而这种对应则首先是基于陀思妥耶夫斯基对人与上帝、人与人之间的关系的基督教神秘主义观念。他说：在陀思妥耶夫斯基形而上学的描写中，"每一个人物都以其内在于上帝或与上帝相对立并由他而来的自由意志任意而行，看起来好像外在的、表面的行为与骚动完全取决于生活规律，但那原初的决定，无论有没有上帝，时时刻刻都体现在人对所受使命的有意识的赞同，这种使命是赋予无数灵魂的，他们遵照这使命做事，做这而不做那，遵照这使命说话，说这而不说那。因为在那一揽子完成的选择时，就每一个单独的情形而言不能有别的做法，抗拒是无法做到的，既然选择已一揽子完成，所以它是不变的，因为它不能在观念上，也不能在记忆中，而只能在人的自我的本质中才能使这个我从其本质中解放出来：这时人失去自己的灵魂，使自己的灵魂个体脱离自我并忘掉自我之名；他仍在呼吸，但已不存一丝自我之望，而沉没于世界或俗世的聚合性意志之中，完全消解于其中，并从中仿佛重新一点一点聚拢起来，沉积为新的具形的我，成为住在自己老房子里的、等待旧主人到来的从前肉体里的宾客和外来人。古代狄俄尼索斯宗教的纯粹形式是建基于对这一再生性精神历程的确定和预感之中，而这一过程本身则构成了基督教神秘主义训诫的核心内容，就艺术所能受到的影响而言，陀思妥耶夫斯基善于把这一过程具象化为个人内在新生的诸形象"。① 作为象征主义者的伊万诺夫在这里要表明的是，陀思妥耶夫斯基创作中的对话从本质上展现了一种宗教体验的转移，它以外化的形式重构了人的"再生性精神历程"。这种宗教体验的基础便是对教会斯拉夫语中对上帝的呼语"你在"（Ты еси）的体认。"你在"本来是人对上帝作为造物主本质，或者"道"（Слово）的一种肯定，是人同时体认到自我个体的存在

---

① Иванов Вяч. И . Достоевский и роман – трагедия //Родное и вселенское. М. : 1994. С. 290 – 291.

和终极本质的存在的一种状态。但是，在人的这种体验之中，同时大写的"你"也可以转化为小写的"你"，大写的"道"也可以转化为小写的"言"（слово）。① 诸多小写的"你"构成对话的依赖性关系，"你在"不是说"你作为现存之物被我认知"，而是"你的存在作为我的存在而被我体验"，或者说，"我由你的存在而自我认知为现存之物"。这样，在陀思妥耶夫斯基的世界中出现了一个"道"转化为"言"、而诸多之"言"再整合于"道"的聚合性联合体。在这个联合体中，聚合起来的诸个性就其独一无二的特性、就其总体的创造自由而言达到完全开放与确定，每种个性都成为畅所欲言的、崭新的、对所有他人和整体都必不可少的一种言；而"道"在每一个性之中成为肉身，与所有个性同在，在所有个性之中发出不同的声音；同时，每一个性之言都在全体个性之中得到回应，而全体个性成为同一种自由的和谐，因为所有个性又均属于同一种"道"。这种理想的聚合性世界在现实中从未成为既成事实，它作为一种使命在俄罗斯的精神中存在着，并通过象征性的艺术在陀思妥耶夫斯基的世界中体现出来。② 伊万诺夫的可贵之处在于，他在聚合性与陀思妥耶夫斯基独特的诗学之间为我们提供了一个新的角度，使得我们有可能发现这种独特诗学的文化成因。甚至有的学者认为，复调理论本身就是"聚合性"的一种体现，不从这一角度去解析就不能完整地说明陀思妥耶夫斯基的诗学原则。③ 而在我看来，陀思妥

---

① 大写的"言"在中文中被译为"道"，因为在《圣经》的原文中，这个大写的"言"所蕴含的就是上帝的属性，就是逻各斯。圣经中所谓"太初有道"，即是指上帝创世时的"要有……"之言。

② См.：Иванов Вяч. И. Легион и соборность // Родное и вселенское. М.：1994. С. 100.

③ 参见 Есаулов И. А. Категория соборности в русской литературе. Петрозаводск：1995. С. 132. 文中在论及伊万诺夫的理论时说："可见，这位最重要的俄国象征主义者对陀思妥耶夫斯基的评述不仅是对巴赫金诗学的一种独特的'注解'，而且如同是——在自由的天空下——提前重构了此后的'闪烁其词'，营造了一个完全相同的理解语境，而这一语境是深深植根于俄罗斯宗教文化之中的。在这一理解语境中，巴赫金的复调理论从本体上是与东正教的聚合性思想有着亲缘关系的——因此不考虑到这种亲缘关系就未必能对其准确领悟。"

耶夫斯基的宗教哲学观念是制约他创造复调世界的重要原因，这一世界观中所存在的宗教人类学形态与艺术的构形原则在作为"最高现实"的作品中达到同构，因而产生了统一体中的自由对话。巴赫金将他的作品称为"复调小说"，但我认为称之为"聚合性小说"或许更为恰当。

所谓聚合性小说的特征就是除了"语言杂多"或复调之外，还有一个统一性原则，或称整体性空间。

完全否定统一性的存在无论从小说内容还是形式上来说，都是违背创作规律的。因此，巴赫金总是一面否定，一面把他思考的某些问题暴露给我们。比如，他认为，"在陀思妥耶夫斯基关于构形见解的思想体系（формообразующая идеология）中，恰恰缺少任何思想体系无不视为基础的两个基本因素：个别的思想和多数思想结合而成的指称事物的统一体系"。也就是说，巴赫金承认即使是构形的思想体系也应有一种统一体系，而在陀思妥耶夫斯基那里却没有，"由于构形思想采取这样一种角度的结果，在陀思妥耶夫斯基面前展现出来的，不是一个由描写对象组成而经他的独白思想阐发和安排起来的世界，而是一个由相互阐发的不同意识组合起来的世界，是一个由相互联结的不同人的思想意向组合起来的世界"。[1]但是，巴赫金又认为陀思妥耶夫斯基是以另外一种形式来代替了这种统一体系，他认为陀思妥耶夫斯基"在这些不同的意向之中，寻找一个最崇高最有权威的意向；他并不把这个意向看成是自己的一个真实的思想，而看作是另一个真实的人以及他的言论。他觉得，思想探索的结果应是出现一个理想人物的形象，或者是基督的形象，应该由这个形象或这个上天的声音来圆满地完成这个多种声音的世界，由它组织这个世界、支配这个世界。正是写出这样一个人的形象和他的声音（对作者来说是他人的声音），才是陀思妥耶夫斯基遵循的最高的思想准则：这不是要忠实于自己的信仰，也不是

---

[1] ［苏］巴赫金：《陀思妥耶夫斯基诗学问题》，白春仁、顾亚铃译，生活·读书·新知三联书店1988年版，第139页。

要求抽象信仰本身的正确，而恰恰是要忠实于一个权威的人的形象"。① 所谓在不同的意向之中"寻找一个最崇高最有权威的意向"，这句话潜在这样的问题：谁来寻找？因为"寻找"本身就是一种意向，而且很可能是一种主导意向；所谓权威就意味着等级，而本来在复调性对话中是没有等级的，如果承认存在等级，则意味着这个"权威"是一种统一性思想，或主导声音。——所以，经我们这样加以解释，就会看出，巴赫金所描述的正是我们所谈的"聚合性"结构。

诚如巴赫金所言，陀思妥耶夫斯基是要在复调化的众多声音中寻找一种权威的声音，但"寻找"就说明主体的一种先在结构的存在，即它本身就是意向性的，它将以这种意向与所有作为他者的主人公进行边缘交合，从而使所有他者获得对同一意向的交流权。这里不是一种等级关系，而是一种价值空间和交流者的关系，也就是说是一种"聚合性"模式。价值空间的实现必然依赖于创造者以及创造者的信仰，巴赫金在《审美活动中的作者与主人公》中也说，"对一个具体而确定的他人生活，我则在很大程度上要通过时间来加以组织（当然是在我不把他的事业或他的思想同他的个人分离开来的情况下），但不是组织在纪年的顺序时间里，也不是在数学意义上的时间里，而是在有着情感价值内涵的生活时间里"。尽管他同时也说，"唯心主义在自我体验中有直觉的可信性；唯心主义是自我体验的现象学，而不是体验他人的现象学"。② 但既然是"我"将"他人"组织在"有着情感价值内涵的生活时间里"，则"我"对"他人"的他者逻辑是否如巴赫金认为的那样无能为力呢？显然不是。所谓充分尊重每一个他性主体的地位，在我看来，仍不过是作者本人对某种意向的肯定，这也就是将其纳入作者所规定的有情感价值内涵的生活时间里。在这一点上，伊万诺夫提出的"渗透"（проникновение）概念是有道理的。他说："陀思妥耶夫斯基所捍

① ［苏］巴赫金：《陀思妥耶夫斯基诗学问题》，第 145—146 页。
② ［苏］巴赫金：《审美活动中的作者与主人公》，晓河译，见《巴赫金全集》第 1 卷，河北教育出版社 1998 年版，第 208 页。

卫的现实主义的基础不是认知，而是'渗透'：陀思妥耶夫斯基喜欢这个词是不无道理的，他由这个词引出另一个新词——'被渗透的'（проникновенный）。渗透就是主体的某种 transcensus，就是主体的这样一种状态，在这种状态中不将异己之我感受为客体，而是另外一个主体。这不是个体意识范围内的边缘性散播，而是在其普通协调关系各个固定的中心点上的转移；这种移动的可能性的出现只有靠内在体验，也就是对人和对活的上帝的真爱体验，对个性自我疏离的体验，总之，是在爱的激情中所得到的体验。"[①] 我无论如何不能接受"没有体验的他者充分自足"之说的成立，即使如巴赫金所说的在"艺术构思范围内"也是如此，作者尊重艺术形象的内在规律，其前提是作者对这一形象的"渗透"，是将这一形象作为一个"固定的中心点"而纳入其"普通协调关系"。

　　陀思妥耶夫斯基寻找主导意向的目的便是建立聚合性结构中的这一"普通协调关系"，在这一过程中作者的意愿具有很大的积极性（巴赫金也承认这一点）。它的积极性就体现在，人们总是很容易发现作者的声音。比如，在《一个荒唐人的梦》中，"我"与梦境中的"我"构成对话，文明与外星球生活构成对话，但读者并不会因此而陷于迷茫，因为他们很清晰地被一个主导声音所控制："上至明哲的圣贤，下至卑贱的盗贼，其实都在奔向同一个目标，至少都在努力奔赴同一个方向，只是所走的道路不同罢了。这是一条古老的真理，不过这里也有一点新情况：我不可能糊涂透顶。原因是我看到了真理，我看到并且懂得，人是能够变得美好幸福的，而且绝不会失掉在世上生存的能力。我不肯也不能相信，邪恶是人类的正常状态。"[②] 此外，在多种声音混杂中，我们总是能够通过这一个或那一个声音听到作者信仰的回声，感受到对话的总体价值取向。甚至在与基督对话的宗教大法官的论证里，我们也可以看到

---

　　① Иванов Вяч. И. Достоевский и роман – трагедия //*Родное и вселенское*. М.: 1994. C. 294 – 295.

　　② ［俄］陀思妥耶夫斯基：《一个荒唐人的梦》，潘同珑译，见《陀思妥耶夫斯基选集·中短篇小说选》，人民文学出版社 1997 年版，第 665—666 页。

这种总体价值取向的体现。如他在无可辩驳的论证之后说："是不是只有几万伟大而强有力的人是你所珍重的，而那其余几百万人，那多得像海边沙子似的芸芸众生，那些虽软弱但却爱你的人就只能充当伟大和强有力的人们脚下的泥土么？不，我们也珍视弱者。"①这里通过宗教大法官的歪曲性解释，基督似乎成为"被告"，但这段话无论它是否作为宗教大法官的掩饰之辞，其主旨又与基督的基本教义相符合，从而在为自己奠定合法发言者地位的同时，也成为在统一意志下的辩驳。其实，即使在作者声音离场的状态中，聚合性的统一意志仍旧以潜在的状态存在着，这种现象通过一个象征性的情节可以体现出来。斯麦尔佳科夫在弑父之后与伊万有一个对话：

> "'做了？'那么难道真是你杀的？"伊万觉得一阵浑身冰冷。……"你知道么：我怕你是一个梦，你是坐在我的面前的一个幻影。"他喃喃地说。
>
> "这儿什么幻影也没有，只有你我两个，此外还有一位第三个。这第三个人，他现在显然就在我们两人中间。"
>
> "他是谁？谁在这里？第三个人是谁？"伊万·费多罗维奇惊惶地问道，环视着四周，眼睛匆促地向四个角落里搜寻什么人。
>
> "第三个人就是上帝，天神，它现在就在我们身边，不过不必找他，您找不到的。"②

其实不仅在斯麦尔佳科夫的心中，就是在并未意识到第三者存在的伊万心中，同样存在着一个审判者。这个审判者就是所有对话的制约者。

---

① ［俄］陀思妥耶夫斯基：《卡拉马佐夫兄弟》（上），耿济之译，人民文学出版社1999年版，第379页。

② ［俄］陀思妥耶夫斯基：《卡拉马佐夫兄弟》（下），耿济之译，人民文学出版社1999年版，第943—944页。

制约者作为一种统一精神的存在为个性的声音提供了可能的最大空间。这句话听起来是自相矛盾的，但所谓自由，本质上就是戒律下的自由。没有戒律的自由便已不是自由，而是"恣意妄为"，恣意妄为则导致罪孽与堕落。同样，所谓对话就是同一语境下的对话，即在伦理意义上是对同一价值标准的对话，其总体意向趋于对某种终极价值的确认。同样，就伦理意义而言，陀思妥耶夫斯基的对话是"未完成"的对话，对话者自身也始终处于某种"未完成"状态，但对话自身的约定性始终存在。它"不肯定他人的思想，更不把他人思想同已经表现出来的自己的思想观点融为一体"①，然而，它却使他人的思想在自由对话的同时以作者未经表现出来的思想作为参照，从而引导对话趋向对这一思想的认同。法国人纪德也发现了这一现象，他说："我们在陀思妥耶夫斯基的作品中也注意到一个特殊的需要，即结集、集合、集中，在小说的一切成分之间创造出尽可能多的互相关系和互相依赖。他笔下的事件不像斯丹达尔和托尔斯泰小说中那样沿着一条溪流缓慢而平稳地发展，而总有一些时候互相混杂、互相纠结到一个旋涡中去。故事叙述的因素——伦理道德的、心理的以及外部的——正是在旋涡中分而后合，离而又聚。"② 作为诗人的纪德没有用理论化的语言做出表述，但他显然注意到了一种凝聚性的存在，而正是这种凝聚性为陀思妥耶夫斯基的小说提供了自由对话的最大空间，其复调现象本身就说明了这一点。因为在陀思妥耶夫斯基所信奉的基督统一意志之中，就包括对个性多样化、存在的多元性与复杂性的肯定，正如别尔嘉耶夫所说的："人的个性在他那里从未淹灭于神灵和神性的统一之中。他始终与上帝进行着有关人类个性之命运的辩争，并在这种命运的问题上丝毫也不愿让步。他沉迷于对人、而不仅是上帝的感受与体验。他永远因渴望人的不朽而殚精竭虑。他宁可赞同斯维德里

---

① ［苏］巴赫金：《陀思妥耶夫斯基诗学问题》，白春仁、顾亚铃译，生活·读书·新知三联书店1988年版，第128页。着重号为引者所加。
② 安德烈·纪德：《关于陀思妥耶夫斯基的几次谈话》，余中先译，见《陀思妥耶夫斯基的上帝》（《世界文论》〔4〕），社会科学文献出版社1994年版，第122—123页。

盖洛夫在与蜘蛛为伴的小屋里所做的有关生命永恒的可怕噩梦，也不赞同使人消失在无个性的一元论之中。"①

　　自然，陀思妥耶夫斯基直到生命结束也没有弄清个性的自由选择与上帝必然意志之间的悖谬关系，但正如我们所看到的，作家这种充满辩证精神而未完成性的思考却在其艺术创作中留下了一种崭新的形态，这就是统一价值关系中的自由对话。

（作者单位：南开大学文学院）

---

　　① Бердяев. Н. Откровение о человеке в творчестве Достоевского // Философия творчества, культуры и искусства. М. : 1994. С. 159.

试论苏联文学对历史的文本建构

董　晓

　　任何文学文本就其本质而言，其实都隐含着对历史的个人感受，都折射出对历史的理解，因而从根本上讲是在直接或间接地完成一次对历史的文本建构，因为无论是作家对人的某种微妙的心理做何种精致细腻的体察，这种体察其实都蕴含着作家内在的、当下的历史感。从这个意义上讲，考察文学对历史的文本建构过程中的诸种规律性问题，更应当从狭义上而不是广义上去理解文学对历史的解读，即探讨历史是如何进入作家的审美视野的，作品的艺术世界是怎样呈现历史的。就苏联文学而言，由于 19 世纪俄罗斯经典作家遗留下来的对历史进程高度敏感的传统的影响（如屠格涅夫的《罗亭》《贵族之家》《前夜》《父与子》《处女地》《烟》等一系列表现社会历史进程的小说、列夫·托尔斯泰的史诗性巨著《战争与和平》等），同时也是因为苏联作家在极为特殊的政治——意识形态氛围之下形成的对历史进程问题的超乎寻常的关注，对 20 世纪苏联历史进程的表现一直是苏联文学当中颇为重要的话题，而考察苏联文学对历史的不同的文本诠释，对理解文学对历史的文本建构过程中的诸多规律性问题是不无裨益的。

一

　　苏联作家对苏联历史的高度关注应该说与苏联历史的特殊性不无关系。20 世纪的苏联历史本身，自 1917 年十月革命开创人类历史"新纪元"起，直至1991年庞大的国家顷刻间分崩离析，充满了极其鲜明的复杂性与悲剧性，这也为作家提供了无限宽广的文学阐释空间。不过，这复杂而悲壮的历史进程却也在考验作家的历史眼光：如何在历史的文学文本化过程中洞察出历史进程的内在的、本质的规律，而非仅仅呈现出外在的、表象的历史事件。作家审视历史的眼光之高低与其对自身创作主体性的把握有本质的联系。失却了主体之独立性，其对历史的观照则难免肤浅与表面，对历史的文本建构也就难免丢失历史的本质的真实性。这种现象在苏联20世纪50年代之前的众多主流文学作品中普遍地存在。

苏联主流文学关注历史话题，官方意识形态的诱导是一个重要的原因。十月革命产生了一个新的苏维埃政权，这个崭新的政权是人类历史上首次将关于公平与正义的乌托邦理念付诸社会实践的伟大尝试。为这一历史巨变献上赞歌，颂扬这一伟大的创举，证明这一历史变迁的无可置疑的合理性，成为国家乌托邦主义对文学的必然要求。于是，表现苏联历史的进程成为十月革命之后苏联主流作家们最为热衷的主题之一。然而，热衷的背后则是历史感的普遍缺失。

历史感的失却体现为作家在纷呈复杂的历史进程面前丧失了独立的判断力，迷失在历史事件所形成的一个又一个巨大的历史旋涡之中而无力对历史的行程做出独立的判断，无力对历史进程的本质因素做出深刻的洞察。众多苏联主流文学作品试图表现历史进程的真实面貌，殊不知，其文本构建出来的历史面貌，乃是官方意识形态观念剪裁下的历史片段，是意识形态观念观照下的历史印象，其间缺失的恰恰是个人本真的独立的审视眼光。长篇小说《苦难的历程》三部曲之第三部《阴暗的早晨》，剧本"列宁三部曲"（《带枪的人》《克里姆林宫的钟声》《悲壮的颂歌》），长篇小说《远离莫斯科的地方》，纪实性小说《卓娅和舒拉的故事》《普通一兵》《教育诗篇》以及自传体小说《钢铁是怎样炼成的》等，均体现了这一点。

以既定的官方意识形态观念去框架历史，势必将原本复杂、多面而鲜活的历史进程简化为由既定观念拼接而成的"观念的演进",从而使历史的演进成为观念的佐证。阿·托尔斯泰的《苦难的历程》三部曲之第三部《阴暗的早晨》(*Хмурое утро*,1940)力图展示新生的苏维埃政权所经历的不平凡的最初岁月。客观而言,阿·托尔斯泰作为苏联文学第一流的大作家,其宏观把握历史的能力不可谓不强。然而,在国家政治意识形态的统摄下,这位天才作家对历史的审视也就失去了深远的洞察力,只能依附于国家乌托邦精神,在作品中做出一番回应,按照苏维埃政权的理念框定一下历史进程的合理性与必然性。包戈廷的剧作"列宁三部曲"[《带枪的人》(*Человек с ружьём*,1936)、《克里姆林宫的钟声》(*Кремлёвские куранты*,1941)、《悲壮的颂歌》(*Третья, патетическая*,1958)]同样"标准化"地展示了十月革命至新经济政策时期苏维埃政权延续的合理、必然的历史逻辑。

在主流文学作品所构建的文本世界里,历史事件依然维持着外在的原貌,作家自觉或不自觉地试图展现历史事件的真实面貌。于是,在《阴暗的早晨》、"列宁三部曲",以及尼古拉·奥斯特洛夫斯基的自传体小说《钢铁是怎样炼成的》(*Как закалялась сталь*,1936)等作品中,我们可以领略到波澜壮阔的历史画面中一个个真实的历史事件:十月革命、国内战争、新经济政策等;在阿扎耶夫的长篇小说《远离莫斯科的地方》(*Далёкие от Москвы*,1948)、科斯莫杰米扬斯卡娅的纪实性小说《卓娅和舒拉的故事》(*Зоя и Шура*,1943)、茹尔巴的纪实性小说《普通一兵》(*Матросов*,1945)里,我们也可以领略到卫国战争真实的历史氛围。

然而,真实的历史事件仅仅是表象化历史面貌。仅仅展现真实发生过的某些历史事件,还远不足以揭示历史的真实性。对历史的真实性的揭示一方面依赖于作家独立于意识形态观念框架之外的客观的眼光;另一方面,更仰仗于作家透过事件之表象,探究历史之本质内涵的思考力。缺失了这两个方面,文学文本所构建的历史,要么是一个被任意裁剪的不完整、不全面的历史,是一个被部分遮蔽、被部分掩盖的残缺的历史,要么就是一个被历史表象所迷惑了的被严重误读了的历史。这都从根本上违背了历史的真实。譬如,《卓娅和舒拉的故事》以及《普通一兵》均是以真实人物的生活经历为基础写成的纪实性作品。作品中展现的卫国战争时期的历史事件均有无可置疑的真实性。但是,在作者强烈的政治意志的驱使下,小英雄们真实的行为却得到了并不真实的诠释,乃至整个卫国战争期间苏联军民顽强抵抗的真实历史画面得到了并不真实的阐释:一切的英勇行为均来自苏维埃意识的鼓舞。于是,真实的卫国战争英雄们身上被灌输了一种政治说教:这些英雄只有自觉地融注于高度的苏维埃政治教化中,才能成长为英雄,他们在战场上的英勇得益于他们所受的乌托邦精神的熏陶。这就显然违背了历史的真实。因为,但凡读过托尔斯泰的《战争与和平》的人不会不知道,在俄罗斯人的精神中有着一种对故土的神圣情感,这种情感超越了一切政治和意识形态层面,这种情感赋予了俄罗斯人以巨大力量,使他们战胜了拿破仑和希特勒。在苏德战争最艰苦的年代里,有多少红军将领夜里还在囚牢中等候着黎明时分的枪决,可天亮时却被告知立刻脱下囚服,换上军装,开赴前线指挥部队。他们把一切怨言乃至怨恨都埋在心里,为了俄罗斯的土地,忍辱负重,英勇作战。拯救了苏联的正是这种具有悲壮感的精神。可是,这一切在作者的视野中都消逝了,作者竭力要让人们相信,只有听命于官方乌托邦精神的宣扬,真诚地信仰官方乌托邦神话,并以此框定自己的言行,才能成为真正的英雄。可见,这几部以真实历史事件为依据的作品却从根本上偏离了内在的真实性。同样,我们完全不应当怀疑《钢铁是怎样炼成的》这部作品的作者试图展示历史真实的愿望。然而,由于作者头脑中强烈的意识形态观念使得他无法做到真正地洞察当时的社会生活之本质,无法真实地展现历史,只能对当时的历史事件做表面的叙述,以官方话语对之做教条化的阐释。①

    丧失了对历史的独立思考而依附于意识形态的统治话语,最终

---

① 参见余一中《历史真实性是检验现实主义文学作品的重要标准》,载《俄罗斯文艺》2004 年第 3 期。

则有可能导致对历史的肆意篡改，置表象的历史真实于不顾。《远离莫斯科的地方》便是典型的例子。作者明明知晓卫国战争期间远东输油管道的铺设这一历史事件的真实面目，却在政治意识形态观念的驱使下，刻意篡改了真实的历史面目，将囚犯铺设石油管道的真实事件描述为一批共产党员、共青团员积极分子的伟大壮举。

苏联主流文学对历史的书写呈现出一种滑稽的悖论：作家俨然以历史的主人的姿态，以一种意识形态的话语裁剪、割裂、组装着历史，殊不知，他们实际上成了构成那段荒诞历史的一员，自身演绎了历史的荒诞滑稽性，成为历史统治下的一粒可怜的尘沙，一颗小小的螺丝钉，最终为历史所抛弃。

二

苏联主流文学作品对历史的文本建构所面临的最大的尴尬在于：随着历史的变迁，主流文学作品对历史的文本建构愈来愈显示出作家历史眼光的局限性，无法超越当下的现实语境而获得对历史的透视。对历史的表象真实的追求无法掩盖对历史内在真实性的洞察的缺失，陷入当下现实话语泥潭的作家无力面对历史的变迁对作家思想的拷问。当年热情讴歌苏联农业集体化历史的作品无法经受住今天的读者的追问。历史残酷的变迁击碎了当年这类主旋律作品对历史的描述的虚妄，暴露了这类作家历史眼光的肤浅。而与之相反，在苏联一些非主流文学中，却保存着对历史的深刻洞察力，超越了当下的语境，经受住了时间的考验。

格罗斯曼的长篇小说《生活与命运》、中篇小说《一切都在流动》、索尔仁尼琴的长篇纪实报告文学《古拉格群岛》、雷巴科夫的长篇小说《阿尔巴特街的儿女们》、格拉西莫夫的中篇小说《夜半敲门声》、别克的纪实性小说《新的任命》，以及阿扎耶夫的长篇小说《囚车》等，构成了苏联主流文学之外的另一条引人注目的风景线。这些作品无一例外，在其完成之际均无法取得正式出版的合法身份，都面临着被历史尘封的命运。而与红极一时的那些主流文学作品相反，这些在当年无法与读者见面的非主流作品又恰恰对历史的进程做出了虽不合时宜但却发人深省的思考。

这一类作家与主流文学作家最显著的区别在于，他们能够不依附于官方的主流意识形态话语，凭借自身独立的思想观念，对历史的进程做出独立的评判。精神的独立使得他们能够透过历史事件的现象发现历史现象背后所隐藏着的悲剧性的一面。格罗斯曼的长篇小说《生活与命运》（*Жизнь и судьба*，1988）以苏德战争为背景，表现了苏联战前与战后的历史变迁。作家对官方宣扬的卫国战争神话，对苏联历史的国家乌托邦神话进行了深刻而独到的消解，因而具有了历史阐释的深度。"斯大林建设的一切是国家的需要，而不是人的需要。需要重工业的是国家，而不是人民。……这是南北两极，一端是国家的需要，另一端是人的需要，它们是永远不会一致的。"① 小说中德国军官对被俘红军将领所说的一番话是颇有意味的："您自以为在憎恨我们，但这只是一种错觉：您所憎恨的是你们自己，我们不过是你们的化身而已。"格罗斯曼说："胜利的人民和胜利的国家之间无声的争论仍在继续。这场争论关系到人的命运，人的自由。"② 长期以来，苏联卫国战争的胜利成为苏联官方借以宣扬其国家乌托邦精神最得意的招牌，而在格罗斯曼笔下，这一招牌被彻底击碎了：随着对德战争的胜利，人民从一种专制的铁蹄下走出来，又跳入了另一个专制的火坑中。在这里，格罗斯曼思考对比了两个集权者。他们以各自的专制政体共同构建了国家乌托邦的神话。李慎之先生在其为《美丽新世界》中文版所写的序言中分析了这两种左的和右的乌托邦，并指出：经过 20 世纪，人类作为全体，才进一步觉悟到人类最可宝贵的价值正是个人的自由。对自由的渴望，正是《生活与命运》这部被后来的评论界称为 20 世纪的《战争与和平》的巨著思考历史的最核心的思想。格罗斯曼的独立意识使他透过社会现象的表层，对历史进行了超前的思考。这

---

① 〔俄〕瓦西里·格罗斯曼：《生活与命运》，翁本泽等译，上海译文出版社 1993 年版，第 299、301 页。

② 同上书，第 443、755 页。

部小说对苏联历史，对苏联卫国战争神话的颠覆力是空前的。同样，格罗斯曼的绝笔之作《一切都在流动》（*Всё течёт*，1988）亦是以其冷峻的历史反思，解剖了苏联历史的诸多悲剧之根源。集中营里地狱般的景象、人性的扭曲和压抑、农业集体化之后农村易子而食的人间悲剧，以及社会政治生活中的极端虚伪性和一切领域里的高度政治——意识形态化等，都迫使人们重新体验那个历史时代压抑沉重的氛围。

与格罗斯曼相类似，索尔仁尼琴以卷帙浩繁的长篇小说《古拉格群岛》（*Архипелаг ГУЛАГ*，1990）完成了他对苏联人的苦难史的回望与思考。这是一本讲述 20 世纪苏联人心灵之苦难史的书，作家赋予该书的是一种超越了政治层面的对人的精神之苦难的观照。正是在这一基础上，作品对民族历史进行了空前彻底的反思。作家深刻批判了苏联历史进程中国家乌托邦主义的方方面面。在索尔仁尼琴对苏联整个悲剧性历史的严峻审视中，斯大林时代、赫鲁晓夫时代乃至勃列日涅夫时代的乌托邦国家神话一个个地遭到了覆灭。

以这种独立的主体意识深刻地反思苏联历史的悲剧性，在其他一些被禁之书中都有不同程度的体现。譬如，别克的绝笔之作《新的任命》（*Новое назначение*，1985）反思了所谓"斯大林模式的社会主义"的兴衰历程；雷巴科夫的长篇小说《阿尔巴特街的儿女们》（*Дети Арбата*，1985）尖锐地揭示了斯大林统治时期的恐怖氛围；特瓦尔多夫斯基的长诗《凭着记忆的权力》（*По праву памяти*，1985）揭露了个人崇拜泛滥时期的历史真相，描述了国家乌托邦主义给人带来的巨大灾难；阿扎耶夫的长篇小说《囚车》（*Вагон*，1986）恰恰解构了作者本人十多年前创作的谎言文学《远离莫斯科的地方》，还原了苏联 20 世纪 30—40 年代那段充满痛楚的历史面貌。

这一类作品对历史的深刻洞见不仅源自作家具有不依附于主流意识形态话语的独立的精神品格，更是由于作家在书写历史画卷的过程中灌注了深厚的人道主义精神。这种人道主义精神在当时的语境下往往表现为对自由的渴望。这种体现了对人的苦难的人道主义关怀的自由思想，赋予了作家超越历史表象，挖掘其深处的悲剧性的眼光，故作家对历史的阐释便避免了那些主流文学作品所具有的"时效性"。这类作家以过人的勇气，拨开历史表象的光环，直面残酷的历史真相。就对历史进程的客观真实性的体现而言，这类作品显然要高于那类主流文学作品。

然而，尽管这些"不合时宜"的作家比主流文学作家更富有直面历史真相的勇气，因而也更逼近历史的真实，但是，由于他们对历史的文本建构主要依靠作家对历史的理性的批判，作品文本之艺术世界的审美因素还没有与作家对历史的体悟完美地融合起来，艺术审美成分（如对人物性格的刻画、对人物心理层面的挖掘等）还往往游离于作家对历史的思考之外，因此，历史在这里往往是不带任何变形地，"非陌生化"地直接进入作家所建构的文本之中的，因而读者从中得到的对历史的感悟往往并非全部来自审美体验的结果，所以，这种对历史的文本建构往往会因作家对历史进行直接的、非审美性的理性判断而在某种程度上限制了读者自由感悟历史之真谛的权利，缩小了读者自由体验的空间，削弱了文学本身所天然具有的对事物本质的洞察性与穿透力，从而为持不同历史观念和政治理念的人提供了支持或反对该文本的理由，没有在更深一层面上实现文学对历史的超越性的阐释。

三

从根本上讲，文学对历史的感悟应当是间接的，而非对历史的直接的观念性的阐发。历史唯有与作家创造的审美的艺术世界水乳交融，成为这个艺术世界不可分割的有机部分，方能真正地提供给人们无限的想象与体悟的空间。文学对历史的文本建构只有在这个意义上讲才算真正成功。

就苏联文学而言，文学大致通过两种途径来实现对历史的文本建构：一是通过对人的命运的展示，透过人物精神世界的波澜，表现个人在历史的旋涡中的挣扎与彷徨，以此来透视历史的面貌。文学作为人学，归根结底应当触及人的灵魂深处的涌动。对历史进程的体悟如若能够建立在对人的心灵之痛的深刻挖掘之上，便可获得真正的深度。肖洛霍夫的长篇小说《静静的顿河》、帕斯捷尔纳克的长篇诗化小说《日瓦戈医生》等作品便是典型的例子。

在苏联主流文学作品中，肖洛霍夫的长篇小说《静静的顿河》（*Тихий Дон*，1936）是一部身份极为可疑的作品，这部作品居然被苏联官方接受和认可，并且还竟然一度被官方视为主潮文学中的一部"红色经典"，显然有一定的不为人知的历史背景。关于这部作品问世过程中的蹊跷已有许多考证文章进行了论证。该小说无论从哪种角度去看，都是对主流意识形态所描述的历史图景的颠覆，其反乌托邦情感是异常明显的。这部史诗般的巨著真实地表现了哥萨克人在革命动荡岁月中的经历。他们的心酸、苦楚、旺盛的原始生命力、对土地的眷恋、蛮性与善良相交织的质朴的本性，均在男主人公葛利高里和女主人公阿克西妮娅、娜达莉娅身上体现出来。他们的痛苦与悲哀、欢乐与幸福均来自他们真实的人性。而葛利高里在红军与白军之间的犹豫选择和最后的迷茫，隐含着社会的悲剧和历史的荒诞性。小说一方面出色地描绘了哥萨克人本真的生活，他们祖祖辈辈生活在这片沃土上，劳动、恋爱、繁衍，淳朴而焕发着生命的激情。葛利高里与他的情妇阿克西妮娅之间的情爱正体现了他们生命力的旺盛与冲动。另一方面，小说刻画了布尔什维克们的残酷与冷漠，他们在作家笔下成了革命的机器，成了政治原则的化身，他们的自觉性与葛利高里的本真性成了鲜明的对照，布尔什维克领导的红军将革命风暴带到了宁静的顿河草原上。自由自在地生活着的哥萨克农民被迫迎来了历史的变动。葛利高里在这场残酷的动荡中必须做出人生的选择。他选择的标准其实很朴素：无论是红军还是白军，只要谁能使他自由地在这片土地上生活，想吃什么就种什么，想爱哪个姑娘就去追求，无拘无束地过日子，那么他就跟谁。葛利高里是个自由淳朴的哥萨克，他在红军与白军之间的徘徊正是出于这种朴素简单的生活要求。可是，如此简单的要求，在那个残酷的年代里，也无法实现。无论是红军还是白军，都无法满足葛利高里这一最基本的生活愿望。最后，他也只能抱着冤死的阿克西妮娅的尸体，缓缓地走向没有出路的未来。革命究竟给普通的哥萨克农民带来了什么？从小说主人公悲剧性的结尾中，似乎可以感受到作者的某种暗示。小说对国家乌托邦主义的颠覆是相当明显的。也正因为这部小说所具有的鲜明的反乌托邦性，使得它在苏联20世纪20—50年代的主流文学中显得十分特殊。苏联农业集体化运动的悲剧性、苏联历史进程的悲壮性，通过哥萨克农民葛利高里悲剧性命运的折射，得到了深刻而真实的展现。

　　诗人帕斯捷尔纳克的抒情巨著《日瓦戈医生》（*Доктор Живаго*，1987）也同样以一曲优美的爱情之歌写出了苏联历史的沧桑与悲剧，其反乌托邦精神是超越那个时代的。作品是作家对俄国1917年两次革命，特别是十月革命前后动荡岁月的历史沉思，按作者自己的话，"是我第一部真正的作品，我想在其中刻画出俄罗斯近45年的历史"[1]。小说里所涵盖的历史事件足以表明作家宏大的历史视野。难怪美国人埃德蒙·威尔逊将它同《战争与和平》相提并论。小说正是在这一宏大历史背景之下，通过传统知识分子日瓦戈的人生遭遇（尤其是爱情经历），表现了作家对历史的感悟。美国人威尔逊把《日瓦戈医生》概括为"革命—历史—生命哲学—文化恋母情结"这14个字，颇为精当。小说浸透了对基督教教义的评论、关于生命和死亡的思考、关于自由与真理的思考、关于历史与自然和艺术之联系的思考，作者是以某种不朽的人性，以某种先验的善和正义等宗教人本主义观念作为参照系来审视革命运动和社会历史变迁的。而这一切又都是通过中心主人公日瓦戈医生的视角来表现的，因此，作家对历史的审视完全熔铸到对人物心灵历程的表现中，作家对历史的思考便获得了对人的精神世界的展示这一坐标。日瓦戈医生这个人物是一个典型的俄国传统知识分子形象，在他的身上可以清晰地体会到只有俄罗斯知识分子才具有的

---

① Борис. Пастернак. "Воспоминания". *Новый мир*. 1988，№ 2. С. 226.

对世界、对生命的体悟方式。他以俄国知识分子典型的生活方式生活着，思考着只有俄国知识分子才会琢磨的问题。上帝—死亡之谜—俄罗斯母亲的命运，这曾萦绕在果戈理、托尔斯泰、陀思妥耶夫斯基等俄罗斯文化巨匠们心头的永恒的疑虑，正是帕斯捷尔纳克通过他心爱的主人公加以思考的纯粹俄罗斯式的问题。当年这部小说在苏联不能出版，盖因作家对历史的价值判断与当时苏联官方意识形态话语相悖，被扣上"政治反动"的帽子。然而，从根本上讲，这部作品对俄国历史的考量恰恰应当说是非政治性的，是以个性的、自主性的对当时集体意识的批判性思考。这种从哲学上对社会历史变迁的透视，正是知识分子以其独立的理性精神审视世界的可贵方式。《日瓦戈医生》对俄国历史的思考的非政治性，正是这部小说对历史感悟的价值所在，它决定了这部以哲学与文化的反思超越了当下社会意识形态层面，揭示了"人的存在"的意义，揭示了"人的存在"的悲剧性色彩等广泛形而上问题的小说具有了对历史的深层次体悟，揭示出了历史的洪流巨变中人的存在的悲剧性，揭示出了历史进程的荒诞性，使这部小说成为"人类文学史和道德史上的重要事件，是与 20 世纪最伟大的革命相辉映的诗化小说"①。而最为可贵的是，小说中对历史进程的体悟与探寻均以诗的意蕴呈现出来。这部历史视野宏大的小说，首先是一首诗，一首爱情诗——"拉拉之歌"，从而使它所包含的一切关于历史的思考真正具有了震撼力。西班牙作家略萨称这部小说是"抒情诗般的创作"②，苏联学者利哈乔夫把它看作"对现实的抒情态度"③，都是精辟之见。的确，《日瓦戈医生》最大的独特性就在于它以诗的韵味审视了俄国革命的历史。这首"拉拉之歌"所表达的"革命—历史—生命哲学—文化恋母情结"的主题，是那些充斥着激昂

① 赵一凡：《埃德蒙·威尔逊的俄国之恋》，载《读书》1987 年第 4 期，第 35 页。

② ［西班牙］保罗·略萨：《谈谈〈日瓦戈医生〉》，载《外国文艺》1994 年第 4 期，第 214 页。

③ ［俄］德米特里·利哈乔夫：《论〈日瓦戈医生〉》，载《外国问题研究》1990 年第 2 期，第 35 页。

的国家乌托邦主义政治说教的伪文学作品所无法比拟的。作家对历史的沉思和文学建构，是从日瓦戈和拉拉的爱情的闪光中折射出来的，作家幻想出了一个只属于日瓦戈与拉拉这两个充满真正人性之光芒的人物的世界，这个世界充满着诗意，精神、艺术、美、大自然浑然一体，心灵高度自由。然而，这个美丽的童话般的世界在诗人的笔下被无情地摧毁了，这个迷人的世界无法与国家乌托邦主义的实践相对抗，等待它的只能是悲剧性的毁灭。通过日瓦戈医生的悲剧，作家"抒情地"表达了对历史的悲剧性进程的批判。诗人帕斯捷尔纳克对日瓦戈医生这个人物心灵历程的诗性把握，成就了作家对历史进程的独特的感悟。

《静静的顿河》和《日瓦戈医生》的作者，一个是刚刚 20 岁的涉世未深的青年，一个是幼稚单纯的诗人，可以说，他们都缺乏足够的历史经验的积淀来构筑宏大的历史叙事。但是，他们又都有着窥探人的情感世界的冲动，有着自由地把握人的命运的欲望。于是，他们通过对人的命运、人的精神世界的自由的领悟，建立起了观照历史的坐标，不经意间触及到了历史的真正的脉搏。阿·托尔斯泰《苦难的历程》三部曲之前两部《两姊妹》和《1918》之所以在艺术成就上高于第三部《阴暗的早晨》，盖因前两部对历史进程的展示均是通过作家对主人公的精神探寻的表现实现的。小说主人公对生活意义的思索构成了作品的基本内容。在俄罗斯经历着灾难深重的历史动荡的背景之下，作品主人公们渴望着生命的自由与完善。这与第三部《阴暗的早晨》中赤裸裸的意识形态话语是截然不同的，故读者能够在其中通过主人公复杂的心路历程感悟到历史进程的脉搏，而非仅仅看见主流意识形态话语所构建的历史图景的简单图解。

成功实现对历史的文本建构的第二条途径是突破对历史事件的宏大叙事模式，破除对历史进程进行整体性的宏观把握的设想，摈弃对历史事件或历史进程进行表象的真实再现的企图，以隐喻或者象征的方式表达对历史内在真实性的哲理化思索。这种对历史的叙述方式早在 20 世纪初白银时代的小说中就已经出现（如安德列·

别雷的象征主义小说《彼得堡》），而之后的再次出现则是到了 20 世纪 70—90 年代。

安德列·比托夫在他的小说《普希金之家》（*Пушкинский дом*，1988）中，通过对奥多耶夫采夫一家三代知识分子在不同历史时期的命运与精神状态的展示，揭示了苏联国家乌托邦主义对人的精神的压抑与愚钝，展示了苏联历史进程的荒诞性。而对苏联历史进程之荒诞性的体悟是隐含在作家颇具颠覆性的调侃叙述中的，这与索尔仁尼琴或格罗斯曼式的"愤怒的呼声"格调迥异。该小说对苏联官方历史话语的独特的颠覆力来自作家非传统写实主义文学创作观和其"消解性"的世界观。作家在小说中呈现了异样的创作观念。作家力图表明，与自由相对立的，并不是强权，而是现实的虚假性。现实被虚假的替代物，被一整套假定的意义和丧失了原始真品的复制品所充斥。这部作品最本质的意义就在于启发了人们去思考苏联历史进程中最隐秘的精神机制——虚假性。这一社会机制有着顽强的生命力，它不会随着外部政治环境的变化而轻易改变。因此，在比托夫看来，斯大林的死并不能意味着从独裁桎梏下解放出来的自由时刻已经到来，相反，这意味着虚假性的延续，意味着全社会都将在一种虚幻的"胜利"中延续着一种实质的悲哀。比托夫认为，斯大林之后的"解冻"年代不仅没有动摇苏联社会这一根本性社会机制，反而使之更加隐蔽，因而实质上使之更加完善了。比托夫试图说明，非现实性就是生活的存在条件。这种非现实性确立了小说主人公虚假的生活，这种生活的非现实性具有强大的解构力量，它解构了现实社会的思想观念和思维方式。应该说，比托夫在 70 年代初的这一艺术观念甚至比西方的德里达和波德里亚诺等所谓后现代主义哲学家们更早地表达了对现实生活之虚构性的看法。他以此观念对苏联历史之荒诞性的审视，剥去了一层层神圣而虚假的外衣，显露出历史本质的真实性。

维涅季克特·叶罗菲耶夫的小说《莫斯科—彼图什基》（*Москва - Петушки*，1988）通过小说主人公——工人维涅季卡·叶罗菲耶夫的荒唐经历，颠覆了"发达社会主义"的国家乌托邦神话。小说主人公是一个醉鬼，整日处在半清醒半迷糊的状态。作家在表现这个醉鬼非正常的语言与思维的过程中，戏谑地展现了苏联历史进程的虚伪的表象，对国家乌托邦的神话进行了效果独特的调侃，以怪诞反讽的艺术风格实现了对苏联官方勾画的历史图景的颠覆。

弗拉基米尔·马卡宁的长篇小说《地下人，或当代英雄》（*Андеграунд, или Герой нашего времени*，1998）则以反讽的、调侃的、冷峻的语言，消解了过去苏联时代官方文学对历史的抒情化、激情化的叙述风格，在刻意的碎片化、肢解性的反讽叙述中，表达了对苏联直至解体之日那段动荡历史的不可捉摸的滑稽荒诞性。在这里，作家对历史的感悟更具反乌托邦色彩：当许多俄罗斯人在憧憬着改革的光明前程时，冷静而睿智的马卡宁却无情地消解着人们天真的幻想："哪里也不像俄国这样，任何一种思想过一段时间都要翻新一次。我们不是各种思想的受难者，而是它们痛苦地改变着的解读的受难者……"当代苏联历史的震荡与变迁，当代俄罗斯人在这场历史的衰落中社会身份的荒诞性转换（如昔日的党棍与今日的所谓民主派斗士的身份转换），在这里通过地下室人"阿地"和作者自己这双重视角的反讽叙述，呈现出了其本身的滑稽性与荒诞性的本质。

哈里托诺夫的长篇小说《命运线，或米洛舍维奇的小箱子》（*Линии судьбы, или Сундучок Милашевича*，1992）则有意将历史视为可以随意拼贴的碎片，借助主人公将记载着历史事件的无数个糖纸任意组合所得出的对历史的不同描述，显示出对历史进行多样阐释的可能性，表达了当代俄罗斯人对历史进程之荒诞性的无奈感。

无论是比托夫、叶罗菲耶夫，马卡宁，还是哈里托诺夫，在他们对历史的文本建构中，都刻意凸显了个人在历史进程中的被动性。他们都意识到了历史进程中个人的渺小与无奈，但都从根本上真切地把握了历史进程的本质的荒诞性，从这个意义上讲，他们成为认识历史的主体；而当年苏联文学中从官方意识形态立场出发，以宏大叙事来试图把握历史规律的主流作家则正相反，他们在建构历史的文学表达话语时，自认为是历史的主人，但实则成为历史进程中的一粒湮没在历史的长河中的尘沙，反倒成为历史所嘲弄的客体。

历史一旦被阐释，其实就已经成为文本。而文学之为文学，从根本上讲是对人的精神世界的探寻。故文学对历史的文本建构根本上是为了探寻历史中的人及其对历史的个性化体悟。在此基础上折射出来的作家本身对历史的认识势必是个性化的，势必带有个人观念的烙印，诚如法国文论家卢波米尔·道勒齐尔所言："历史小说作家可以自由地将某些历史事实包括在他的虚构世界里，将另一些历史事实排除出去。"① 关键在于，作家的这种观念究竟是其独立的自由意志的产物，还是仅仅为被强加于己的外在的立场；究竟是作家审美体验的结晶，还是仅仅为理性观念的宣泄？其间的不同决定着作家对历史的文本建构之深度。肆意篡改真实的历史事件固然是对历史的不负责任，但仅仅局限在孤立的真实历史事件上仍然是远离对历史的深刻把握的，文学作品对历史的把握的深刻性离不开作家对历史和历史中的人的超越性思考。

（作者单位：南京大学文学院）

---

① ［法］卢波米尔·道勒齐尔：《虚构叙事与历史叙事：迎接后现代主义的挑战》，见［美］戴卫·赫尔曼主编《新叙事学》，马海良译，北京大学出版社 2002 年版，第189 页。

俄罗斯文学中的克里米亚文本初探

王加兴　　崔　璐

　　自 20 世纪 80 年代起，俄罗斯语文学界相继提出了"彼得堡文本""莫斯科文本""彼尔姆文本"等概念。地域的文本映像和文本上的地域性已经成为研究界普遍关注的对象。阿巴舍夫（Абашев В. В.）认为："在某地的象征表现手法的自发而不间断的形成过程中，会构成一个较稳定的语义常项网（сетка семантических констант）。这些语义常项逐渐变成描述某地的主导范畴，其实也就开始编制作为新颖表现手法的独特模型的程序。这样便会形成文化的地域文本（локальный текст），我们对某地的认知、看法和态度由此而得以确立。"① 可以说，地域文本拓展了狭义上的文学文本概念，将文本分析与地方志研究相结合，从而使人们以一个崭新的视角来解读某一地域的历史文化。

　　克里米亚（Крым，又译"克里木"）在俄罗斯历史文化中一直扮演着耐人寻味的角色。这一地名同莫斯科、彼得堡一样，已超出了普通的区域地理范畴而被赋予独特的象征含义。半岛地理位置显要、民族成分复杂，其特殊的地理形态和历史记忆构成了克里米亚独一无二的文本属性。从文学的角度看，脍炙人口的精品佳作一直是克里米亚文本的核心组成部分，俄罗斯文学大师们的生动描绘和形象刻画不仅加深了广大读者对该地历史文化风貌的认识，而且

---

① Абашев В. В. *Пермь как текст. Пермь в русской культуре и литературе XX века.* Пермь：Изд – во Пермского университета，2000. С. 11 – 12.

还使半岛获得了广泛的身份认同。

一 浪漫主义的神话边疆

据考证，居住在克里米亚①的早期族群为基梅里亚人、西徐亚人和塔夫拉人。公元前 6—前 5 世纪，克里米亚被希腊人占领，后又被罗马帝国征服，因此俄罗斯人最初是从拜占庭文学的译作中读到关于克里米亚的文字描述的。其中有不少作品都记载了罗马教皇克雷芒一世（Климент I，卒于约公元 98 年或约 101 年）为追求宗教信仰不惜在赫尔松涅斯②（Херсонес）历尽千难万险的传说。这一传说后来构成了克里米亚神话的一部分。而说起克里米亚神话，更广为人知的是大公弗拉基米尔一世在赫尔松受洗的传说。据记载，大公弗拉基米尔正是受到克雷芒一世的感化，从赫尔松向当时的罗斯派遣了大量神职人员，东正教因而才得以在古罗斯传播。尽管有关赫尔松传说的版本各不相同，但可以肯定的是，克里米亚作为"东正教的摇篮"和朝圣之地从此便进入了古斯拉夫人的意识之中。也因此，克里米亚神话成为俄罗斯历史最悠久的文本主题之一。

1783 年，克里米亚被正式纳入沙俄帝国的版图，此后半岛的封建化进程明显加快。为了宣示对克里米亚所拥有的主权，叶卡捷琳娜二世专程前往克里米亚"度假"。俄国达官显贵们也纷纷在半岛修建庄园领地，原本具有鞑靼民族格调和古希腊罗马风情的建筑，因地缘政治之故又汇入了斯拉夫文化元素。而在文学方面，被叶卡捷琳娜二世流放至此的诗人博布罗夫（С. С. Бобров，1763—1810）虽处在孤寂情绪中，却写下了大量的诗篇而被公认为克里米

---

① 该半岛在历史不同时期至少有过四个名称。最古老的称呼是"塔夫里卡"（Таврика），自 13 世纪开始叫作"克里米亚"，15 世纪起改称"塔夫里亚"（Таврия），1783 年归属俄国后改为"塔夫里达"（Таврида，又译"塔夫利达"）。

② 古城，公元前 5—前 1 世纪时为古罗马城邦。中世纪被称为赫尔松、科尔松。其废墟在现今塞瓦斯托波尔市郊。

亚文本的奠基人。克里米亚的形象从此便进入了俄罗斯文学的殿堂。半岛最初是以荒芜偏僻的形象出现在文学中的，直到 1820 年普希金被放逐至此，克里米亚文本才开始形成全面又独具一格的神话代码。

对于处在浪漫主义创作时期的普希金，克里米亚的象征意蕴已不是荒芜的蛮夷之地，而是"那令人陶醉的南方大陆的边沿"①。诗人在此逗留的三周内只写下了四首诗歌，就数量而言，似乎不足为道。但从南方归来以后，诗人便时时浸淫在美好追忆中，关于克里米亚的回忆和想象为诗人的神话创作提供了丰富的养料：

> 和平之乡，那里一切都令我向往，/挺拔的杨树耸立在山谷中，还有/微睡的郁郁柏树和娇嫩的桃金娘，/南方的海浪发出醉心的喧响，/我曾在那边山上，满怀诚挚的思念，/俯瞰着大海，懒懒地消磨时光……②

在这首题为《渐渐稀薄了，飞跑的层云》（1820）的诗中，诗人勾勒出印象中的南方风情。而其中的灌木"桃金娘"，在希腊神话中是和平、安宁、欢乐的象征，在古代常为地中海沿岸诗人们所吟咏。可以看出，克里米亚的形象已融入了普希金对幸福的感知和认识。至此，克里米亚神话基本上形成了以柳岸、晴空、碧波、长滩等为核心语义的文本模式。半岛的旖旎风光和诗人的浪漫主义情怀使大海的传统形象发生了嬗变——原本冷漠无情的大海，呈现出温柔、细腻的色调，甚至获得了"情爱"的色彩。这样的例子不胜枚举："南方的海浪发出醉心的喧响"（《渐渐稀薄了，飞跑的层云》），"在吻着塔夫利达的碧波间"（《海仙》），"陶醉于大海涛声的甘甜"（《陆地与海洋》），"这幸福的地方浪花飞溅，亲吻着锦绣

---

① ［俄］普希金：《普希金抒情诗选》（上册），查良铮译，译林出版社 1991 年版，第 343 页。

② 肖马、吴笛主编：《普希金全集》（1），乌兰汗等译，浙江文艺出版社 1997 年版，第 442 页。

的岸边"（《塔夫利达》）等。可见，在诗人的诸多作品中克里米亚总是与海洋联系在一起的。展现在我们面前的与其说是现实景观，不如说是经诗人的瑰丽想象而被赋予浪漫色彩的海洋。事实上，在半岛流放期间，普希金一直受惠于拉耶夫斯基（А. Н. Раевский，1795—1868）家人的温馨与和睦，而得以潜心钻研拜伦的作品。拜伦和黑海成为这个夏天诗人难以忘怀而又影响深远的"符号元素"。这些元素不仅促使诗人用一种浪漫主义的情怀书写克里米亚半岛的自然现实，而且还成就诗人达到了 19 世纪 20 年代浪漫主义诗歌创作的顶峰。有学者认为，普希金的克里米亚文本"是浪漫主义的最后贡献，因为正是克里米亚主题始终处于普希金浪漫主义感受的中心位置"①。

　　推崇神话的积极作用是浪漫主义哲学和美学思想的重要内容之一。诗人在《摘自给 Д. 的信》中写道："神话传说对我来说似乎比历史回忆更加美妙……"信中流露出诗人在克里米亚观览狄安娜神庙遗址的感受；另外，作者也以古希腊神话主人公俄瑞斯忒斯与皮拉得斯的故事歌颂高尚的友谊："复仇女神的险恶的仇恨，/在这里得以平息。/塔夫利达的预言家/在这里把手伸给兄弟。"②古希腊神话同样也是解读《普罗塞耳皮娜》《致奥维德》《海神》等普希金诸多浪漫主义诗歌的关键代码。其实，克里米亚一直是构建古希腊神话重要的地域空间，古希腊神话作为不可或缺的组成部分也早已融入半岛文化的整体之中。置身神秘的半岛，普希金深受其感染，并借重古希腊神话诸种形象在其诗歌文本中勾勒描绘出克里米亚的风土人情。

　　众所周知，拥有出海口一直是俄国历代君主的夙愿。早在彼得大帝时期沙俄帝国就曾为夺取南方的出海口付出过艰辛努力。而叶卡捷琳娜二世对克里米亚半岛的吞并则彰显了极权专制征服南方和

---

① Томашевский Б. В. *Пушкин.* Москва – Ленинград：Изд – во Академии наук СССР，1961. С. 46.

② 肖马、吴笛主编：《普希金全集》（1），乌兰汗等译，浙江文艺出版社 1997 年版，第 530 页。

海洋的威望。半岛上的古希腊罗马遗风也被视为俄罗斯与希腊文明相联系的"明证"。沙俄帝国实现了开拓"从维京到希腊之路"的构想，重塑了统治南北两端的神话。彼得堡和克里米亚同处俄罗斯广袤国土的边缘位置，位居南北两端，从地域文本的视角来看，二者遥相呼应，构成二元对立的格局：彼得堡面向西方，意味着通往资本主义现代化之路；而克里米亚背扼希腊，象征着回归文艺复兴的传统。如果说前者勾连未来，那么后者则回首过往。在普希金的克里米亚文本中，我们可以明显地感受到帝王思想影响下强化古希腊罗马文化传统的政治诉求。普希金诗歌与希腊神话的互文，可以说，是半岛神话氛围的滥觞，直接影响着后人对克里米亚的某种期许和企盼，其神话特征在后来的克里米亚文本中都不断得以反映和表现。例如，白银时代诗人曼德尔施塔姆的诗歌《一缕金色的醇酒从瓶中溢出》就有浓厚的古希腊文化意蕴："这儿，遍布碎石的陶里斯①是希腊的杰作，/这儿，金子般的耕地已经荒废。/而寂静伫立在白色的屋里像一个飞转的轮子，/散发着醋，香粉和窖藏葡萄酒的气味。/你可记得在希腊的屋里大家争相宠爱的妻子？"②虽然此诗写于 1917 年，然而在诗人眼中，克里米亚并不具有革命时代的特征——社会动荡、民生凋敝，而是一幅古希腊城邦体制下平静祥和的生活景象。可见，黄金时代所产生的克里米亚语义形象依旧活跃在白银时代诗人的潜意识中。

除却希腊神话外，鞑靼神话也是普希金克里米亚文本的构成要素。在沙俄帝国吞并克里米亚之前，半岛曾被金帐汗国统治。"克里米亚"一名本身即源自早期鞑靼可汗的名字。普希金在巴赫奇萨拉（Бахчисарай）逗留期间，曾在坊间听到这样一则"泪泉"神话：暴戾孤僻的鞑靼可汗基列伊（Хан Крым Гирей，1717—1769）对一位被俘的波兰姑娘玛利亚一见钟情。纵有三千后宫佳丽，可汗偏偏对这位外族姑娘情有独钟，甚至将年轻美貌的皇后也抛诸脑

---

① 古希腊人称克里米亚为陶里斯。

② ［俄］曼德尔施塔姆：《曼德尔施塔姆诗选》，杨子译，河北教育出版社 2003 年版，第 67 页。

后。玛利亚不幸早逝，可汗在王宫幽静的一隅修建了一座喷泉，以寄托对她的无尽哀思。普希金以克里米亚为故事背景，以鞑靼可汗为人物原型，写下长篇叙事诗《巴赫奇萨拉的喷泉》（1821—1823）。值得注意的是，普希金对可汗后宫的争芳斗艳着墨较多。其实，文本的建构是对这一地域的历史文化价值的婉曲反映。远据南方的克里米亚，对于当时大肆扩张的沙俄帝国而言，恰似皇权所辖的一座后宫。另外，热情奔放的格鲁吉亚女郎沙莱玛和温柔安静的波兰姑娘玛利亚形成鲜明的对比。长诗中基列伊对玛利亚的迷恋暗示着基督文明对鞑靼克里米亚的征服，而沙莱玛的妒忌在某种程度上也反映出穆斯林对基督世界的微妙态度。骁勇善战的鞑靼可汗在浪漫主义的诠释下竟变成了坠入真爱的恋人。诗人这样感叹道："爱的喷泉，生机盎然的喷泉；/我带给你的礼品是两朵玫瑰。/我爱你滔滔不绝的细雨呢喃，/我爱你洋溢着诗情的泪水。"[1] 这几行诗句已成为口口相传的爱情告白。似乎作为对文本的回应，时至今日也会见到工作人员每天都在汗宫"泪泉"的托盘上放上两朵玫瑰。地域文本中艺术形象所具有的影响力和感染力由此可见一斑，这方地域自然也被抹上了一层诱人的神话色彩。甚至有人认为，普希金在《巴赫奇萨拉的喷泉》中缔造了"第一个具有全民族意义的克里米亚神话"[2]。巴尔捷涅夫（П. И. Бартенев，1829—1912）曾在《普希金在俄罗斯南方》中对诗人的神话效应做了有力的证明："古尔祖夫（Гурзуф）的常住居民和当地的鞑靼人信誓旦旦地说，只要诗人一坐在柏树下面，夜莺就飞过来和他一起歌唱；从此每个夏天都有长着羽毛的歌者频频造访这里；但诗人去世了，就再

---

① 肖马、吴笛主编：《普希金全集》（2），乌兰汗等译，浙江文艺出版社1997年版，第35页。

② Строганов М. В. «Мифологические предания счастливее для меня воспоминаний исторических …» //Крымский текст в русской культуре: Материалы международной научной конференции. Под ред. Н. Букс, М. Н. Виролайнен, Санкт – Петербург: 2008. С. 74.

也没有夜莺飞来了。"①

　　总的来说，普希金以其浪漫主义情怀在克里米亚文本中呈现出多元的历史文化内涵，既有鞑靼历史传说，又有古希腊神话，不仅有伊斯兰教成分，也有基督教元素。诚如格列博夫（Г. С. Глебов）所说："（普希金）以一个历史学家而不是自然主义者的眼光来看待世界。"② 克里米亚作为普希金诗学体系的神话要件，具有独特的语义结构和特定的情感价值。

二　爱国主义的铁血疆场

　　如果说克里米亚的神话色彩是俄国人所赋予的，那么现代欧洲人对此地的印象首先与克里米亚战争有关。这是自拿破仑帝国衰落后最大规模的一场战争：为争夺黑海地区及巴尔干半岛的控制权，1853 年奥斯曼帝国、英国、法国和撒丁王国先后向沙皇俄国宣战。经过三年的激战，克里米亚西南端的港口城市塞瓦斯托波尔（Севастополь）被联军攻陷，战争以沙俄军队失败告终，史称"1853—1856 年克里米亚战争"。在这次战争中参战国首次使用了包括先进武器和即时通信工具——电报机在内的现代技术装备，故而它被称为近代世界的第一场现代化战争。先进的科学技术在战争中给人类所造成的灾难，使那些沉浸在浪漫主义幻想中的俄国人对克里米亚半岛的感知开始发生变化——转向客观和理性。于是，关于克里米亚半岛的浪漫主义神话开始瓦解，我们可以在克里米亚的相关文本中深切地感受到这一点。例如在诺贝尔文学奖获得者布宁的小说《阿尔谢尼耶夫的一生》（1927—1933）中，有一章讲的是主人公的克里米亚之行，作者这样概括主人公对克里米亚战争的印

---

　　① Бартенев П. И. О Пушкине: Страницы жизни поэта. Воспоминания современников. Москва: Советская Россия, 1992. C. 152.

　　② Глебов Г. Философсофия природы в теоретических высказываниях и творческой практике Пушкина// Пушкин. Временник Пушкинской комиссии. Москва – Ленинград: Институт Литературы Академии наук СССР, 1936. C. 198.

象："这与我对克里米亚战争时代的模糊概念有关：多棱碉堡、突袭猛攻、'农奴制'特殊时代的士兵，以及尼古拉·谢尔盖耶维奇叔叔在马拉霍夫古墓上的阵亡。"① 俄罗斯民族的这段集体记忆在克里米亚文本的发展史上弱化了其异域情调，而强化了俄罗斯的身份认同感。

关于克里米亚战争的描述更为集中地反映在列夫·托尔斯泰的特写式小说《塞瓦斯托波尔故事》（1855—1856）中。克里米亚战争爆发后不久，年轻的托尔斯泰便自愿调赴半岛参加塞瓦斯托波尔保卫战。作家根据亲身经历，写下了战地手记："你在这儿看到的战争，不是军容整齐的队伍、激昂的军乐、咚咚的战鼓、迎风飘扬的旗帜和跃马前进的将军，而是战争的真实面目——流血、受难、死亡……"② 作家以写实手法将战争的激烈场面和残酷景象（如战士们射杀敌军，包扎伤口、埋葬战友等细节）一一呈现在读者面前。该文本所描写的城市被摧毁的颓败景象，战士们浴血奋战的场面，以及当地的民族风情与同一时期彼得堡文本所反映的上流社会的浮华、慵懒及西化形成强烈对比。透过弥漫的硝烟，读者不仅能目睹到俄国普通士兵浴血奋战的场景，更能强烈地感受到他们的爱国情怀和英勇气概，他们的顽强斗志和淳朴气质。作者这样描述战士们撤离塞瓦斯托波尔时的沉痛心情："离开这个牺牲了那么多英勇伙伴的地方，离开这个洒遍了鲜血的地方，离开这抵抗人数超过自己一倍的顽敌达十一个月之久、如今却奉命不战而退的地方……还有一种更加沉重的蚀骨的感情：又像是悔恨，又像是羞耻，又像是愤怒。从北岸回顾已放弃的塞瓦斯托波尔，几乎每个士兵心里都感到说不出的沉痛，他们一边叹气，一边向敌人那边挥动拳头。"③ 需要说明的是，这部现实主义小说并未像古典主义和浪漫主义战争

---

① ［俄］布宁：《阿尔谢尼耶夫的一生》，章其译，长江文艺出版社1984年版，第194页。

② ［俄］列夫·托尔斯泰：《一个地主的早晨：中短篇小说》（1852—1856），草婴译，外文出版社1997年版，第112页。

③ 同上书，第250—251页。

文学那样仅止于对英雄壮举的讴歌和赞美，而是将人性中怯懦、害怕、虚伪的一面尽显无遗。

塞瓦斯托波尔作为一座黑海沿岸城市，是在克里米亚并入沙俄版图之后才宣告成立的，建城伊始，俄国便决定在此设立海军基地，以解决将来的黑海舰队驻地问题。自古以来，这座港口就有着重要的政治军事意义。在历史上，塞瓦斯托波尔曾不止一次地见证了俄罗斯军队所取得的辉煌战绩。杰出的海军上将乌沙科夫（Ф. Ф. Ушаков，1745—1817）就曾积极参与该基地的建设，并率领黑海舰队从这里出发，在俄土战争（1787—1791）中重创土耳其舰队。托尔斯泰相关文本所产生的巨大影响，使得这处战略要地成为爱国主义和英雄主义的一个符号。一个多世纪以来，"塞瓦斯托波尔精神"不断得以传承和弘扬。在卫国战争期间，虽然塞瓦斯托波尔处于德国纳粹的重重包围，但苏联红军殊死抵抗，历时 250 天的塞瓦斯托波尔战役作为顽强防御的范例而载入军事史册，该城因此而获得"英雄城市"的光荣称号。叫歌叫泣的英男事迹曾多次被写进文学作品，并被搬上荧屏，俄罗斯大众对这座城市的认知也不断得到深化。如今在这黑海岸边依然屹立着克里米亚战争和卫国战争的纪念碑。在特殊的历史境遇下，这座城市所具有的象征意义已代表了整座半岛的精神风貌。

不难发现，在俄罗斯民众的心目中，克里米亚的形象经历了曲折的历史变化：从最初的蛮荒之地到充满浪漫色彩的神话，再到俄国将士浴血奋战的疆场。

三 动荡世界的精神家园

俄国著名医生、学者博特金（С. П. Боткин，1832—1889）经研究发现，位于半岛南岸的雅尔塔（Ялта）有着得天独厚的自然条件，这里的地中海气候十分有利于治疗疾病、调养身心，于是达官显贵趋之若鹜，罗曼诺夫家族在雅尔塔附近的庄园几近成为皇家行宫，朝臣诸公、商贾士绅也纷至沓来。在资本主义发展初期的俄国，上层社会流行的时尚引领着整个社会的风尚，到克里米亚疗养、度假、消遣、休闲的游客络绎不绝。战后的克里米亚半岛正处于百废待兴的状态，这一新变化有力地促进了克里米亚相关产业的蓬勃发展。渐渐地，在克里米亚的文本空间里沉淀出新的语义符号——"疗养胜地"。雅尔塔作为富人权贵消遣休闲的天堂，与克里米亚文本所蕴含的另一个意义——"塞瓦斯托波尔精神"形成了强烈的对比。曾亲历塞瓦斯托波尔战役的托尔斯泰1885年再次登上半岛时写道："昨天……午餐后我要了一匹马，往雅尔塔骑去，走了20俄里。已经没有了我所熟悉的那个雅尔塔的印记，而是一幅异常繁华、伤风败俗的景象。"[①] 此番景象之所以在托尔斯泰看来是"伤风败俗"，这与他对西方上流社会生活方式的彻底否定有着很大的关系。

另一位文豪契诃夫却从这种看似"伤风败俗的景象"中发现了上流人士的精神救赎。这位文学大师的最后五年便是在雅尔塔度过的，其传世之作《三姊妹》《樱桃园》《牵小狗的女人》等也正是在这里写就的。短篇小说《牵小狗的女人》（1899）的故事发生地正是雅尔塔。小说情节是从男女主人公古罗夫和安娜的偶遇开始的。然而作家无意将这场邂逅写成一桩俗套的风流韵事，而是着力表现两人相爱的自我觉醒。男女主人公在这里不仅疗养了身体，更重要的是，还实现了精神的自我救赎。从"艳遇"到真爱的转换过程中，他们开始认真思考两人关系中"美好的、诗意的或者是有启迪意义的"东西[②]。他们试图摆脱桎梏，冲破樊篱，寻找属于自己的精神家园。文本中，作者刻意凸显出克里米亚特殊的历史文化环境和地理位置——远离尘嚣、怡养性情的安逸空间与弥漫着商业气息的繁华都市莫斯科形成鲜明对比：如果说莫斯科的交际界充满了虚伪与狡诈，那么雅尔塔的人际交往则更加真实与单纯；如果说生活在莫斯科会感到压抑，那么小住雅尔塔则意趣横生；如果说莫斯

---

① Толстой Л. Н. *Полное собрание сочинений в 90 томах.* Т. 45. Москва：Государственное Издательство Художественной литературы, 1956. С. 117.

② 童道明：《阅读契诃夫》，上海三联书店2008年版，第138页。

科的生活多半是公开透明的，那么在雅尔塔似乎一切都罩上了一层隐秘的面纱。契诃夫用独特的视角来构建克里米亚文本，在针砭城市生活弊端的同时，更是表达了自己对美好生活的追求与期待："似乎再过一会儿，就会找到办法了，新的美好的生活就要开始了。"①

海洋元素一直是克里米亚文本的标志性符号。而在契诃夫的这篇作品中，大海充当着主人公从堕落转向觉醒的见证者："（大海）也许正蕴藏着我们的永恒救赎的保证，人类生活的不断前进与不断完善的保证。"② 尽管契诃夫身处雅尔塔时，因暂时离开了熟识的文学圈而一度陷入孤独，然而也正是在这里，作家与未来的妻子奥尔加·克尼碧尔开始了频繁的鸿雁传书，并很快发展到情深意浓的热恋。难怪作者会这样描写男主人公古罗夫揽镜自照时的情景："他感到奇怪，在最近几年里，他竟变得这么老态，这么难看……只是到了现在，当他的头发已经白了，他才真正用心地爱上一个人——这是他平生第一遭。"③ 真爱的救赎让文本带有"自我心理分析"的色彩，实现了作者艺术性的自我认识和对自身存在的成功刻画。

紧随契诃夫的足迹，布宁、高尔基等一大批杰出的俄国文化活动者也纷纷慕名而来，并由此形成了半岛的文化圈。他们与契诃夫一道共同为克里米亚文本谱写了光辉灿烂的新篇章。在很长一段时期内，雅尔塔总是与契诃夫的名字相伴相随。著名作家帕乌斯托夫斯基曾说过这样一句话："对我而言，之所以存在雅尔塔，只是因为安东·巴甫洛维奇·契诃夫的家在那里。"④ 契诃夫的雅尔塔已经成为克里米亚文本不可或缺的组成部分。后人为了纪念《牵小狗的女人》，还特地在雅尔塔竖立了小说男女主人公古罗夫和安娜的

---

① 童道明：《阅读契诃夫》，上海三联书店 2008 年版，第 145 页。
② 同上书，第 135 页。
③ 同上书，第 144 页。
④ Бусловская Л. *Паустовский в доме Чехова.* http：//chekhov－yalta.org/ru/nauch-naya－rabota－muzeya/article－page－2.html.

雕像；此外，还将作家在雅尔塔郊外的白色别墅（1946 年更名为"契诃沃"——Чехово）辟为博物馆供人参观，此馆后来也成了克里米亚标志性景观之一。

在风起云涌的峥嵘岁月，除却真爱的救赎，克里米亚还扮演着文化救亡者的角色。19 世纪末 20 世纪初，政治文化的多元性成为俄语文本的常态语境，即所谓俄罗斯"白银时代的文化"特征。

1907 年，诗人、社会活动家沃洛申（М. А. Волошин，1877—1932）在克里米亚东南部城镇科克捷别利（Коктебель）落户后，陆续邀请了茨维塔耶娃、曼德尔施塔姆、高尔基、安德烈·别雷、埃夫隆、古米廖夫、阿·托尔斯泰、左琴科、布尔加科夫等一大批各种不同信仰、派别及阵营的作家诗人前来做客。一时间克里米亚会聚了俄罗斯白银时代的文化先锋。尤其值得一提的是，沃洛申并未像其他人那样仅仅是克里米亚的匆匆过客，而是在此定居了下来，即便在 1917 年之后他也没有离开过科克捷别利，更未想要移民国外。沃洛申在向友人发出邀请时这样写道："我想和你在这片土地相遇，我们将永远驱除彼得堡生活的阴霾。"① 克里米亚的地理位置和文化氛围使他成功摆脱了机械文明和意识形态的困扰，他一方面在重重困难中坚守着俄罗斯文化传统："自然地域上的祖国与精神层面上的祖国现在像做过外科手术似的分离开来了……；甚至就连流亡、移民国外都无法做到，因为俄罗斯现已不复存在。我们精神上的祖国——罗斯……不再有国家、空间上的体现形式。但她对我们来说，一直具有某种精神价值，这种价值就其本质而言，与先前的是相一致的。"② 另一方面，他对克里米亚寄予厚望，因为在他看来，半岛是一片崭新的天地，它孕育着俄罗斯的未来：

> 要像风一样清纯，像海一样浩瀚，/像大地一样积淀着记忆。/去爱那远航的帆船/还有那浩渺碧波的欢歌。/所有世纪

---

① Купченко В. П. *Труды и дни Максимилиана Волошина. Летопись жизни и творчества.* 1877—1916. Санкт - Петербург: Алетейя, 2002. C. 188.

② Волошин М. А. *Коктебельские берега* . Симферополь: Таврия, 1990. C. 203.

和种族之生命的悸动／在你身上蕴藏。永永远远。此时此刻。①

卫国战争期间，红白两军政治军事势力在半岛上展开拉锯战。沃洛申的克里米亚文本片段，曾被白方志愿军作为宣传口号印在头巾上。在紧要关头，它们同时鼓舞着两个敌对阵营的士气。卡达舍夫（В. Кадашев）甚至认为，沃洛申做出了勇敢的尝试——去寻找比勃洛克提出的更有前景的出路，以摆脱革命导致的俄国救世论悲剧。② 不难发现，沃洛申在克里米亚以继承和进一步弘扬俄罗斯的文化传统为己任，一直守护着自己的精神家园。

四　世界主义大家庭

十月革命后，克里米亚划归俄罗斯苏维埃社会主义联邦共和国（简称"苏维埃俄国"）管辖。克里米亚文本所固有的传统符号系统被彻底改造甚或颠覆。马雅可夫斯基在《克里米亚》（1927）一诗中写道：

> 水／在奔腾，喧哗。／半人半鱼的河妖、海神／全被逐出了／官门。／在波涛战士的／森严警戒下，／打入海水深处囚禁。／而官中的生活／已经变了样：／戏水逗浪／玩了个舒畅，／工人，／请到公爵床上／躺一躺。／山在燃烧，宛如熔铁炉。／海披一身蓝色工作服。／在巨大的／克里米亚／锻造厂里／正在加速进行／人的修复。③

---

① Волошин М. А. *Стихотворения. Статьи. Воспоминания современников.* Москва：Изд - во Правда，1991. С. 203.

② Купченко В. П. *Странствия Максимилиана Волошина.* Санкт - Петербург：Logos，1996. С. 334.

③ ［俄］马雅可夫斯基：《马雅可夫斯基诗选》（下），飞白译，上海译文出版社1981年版，第46页。

　　可见，在新的时代条件下，克里米亚被视为可以重新塑造人的锻造厂。苏联时期，克里米亚符号代码的变异性在许多文本中都得到了反映。

　　当代作家对其中被颠覆的象征符号又进行了重组。例如，在阿克肖诺夫（В. П. Аксёнов，1932—2009）的小说《克里米亚岛》（1981）中，被夸张的现实与合理的想象实现了巧妙而有效的结合。这部虚构的小说情节是根据另类历史（альтернативная история）而展开的：克里米亚由半岛变成了一座完整的岛屿，白军在国内战争期间凭借特殊的地理位置和西方列强的支持击退了红军的进攻，并在克里米亚保留了沙俄时期的历史文化遗迹。小岛最终获得独立，甚至迎来了繁荣。《克里米亚岛》用现代笔法描写了这一地域文本所特有的神奇色彩和异邦风情等典型元素。小说中既有克里米亚文本的代表人物——普希金和沃洛申的纪念碑，还有对克里米亚经典文本（如《牵小狗的女人》）的互文。值得注意的是，作者将这些传统符号置于全球化的背景下加以审视，从而突出了文本的另一个语义特征——"世界主义"。作为一个岛屿，克里米亚并不是一个封闭的空间，而是处于与周遭世界的互动之中：一方面，它总是受到外界政治、经济、文化的各种影响；另一方面，它的变化也会导致外界发生某种相应的变化，甚至会影响到与之相关的政府决策，因此从某种程度上来说，它也具有反作用力。

　　小说的"世界主义"观念仅从词汇运用上即可看出其端倪，作者为了再现社会环境的典型特征，夹用了大量的外来语，如：бэби（意为"宝贝"，源自英语"baby"），дад（意为"老爸，爹爹"，源自英语"dad"），уик - энд（意为"周末"，源自英语"week-end"），фривей（意为"高速公路"，源自英语"freeway"），等等；此外，作者还用外来词独创了一些新词，如：Яки（"亚基"，小说中特指克里米亚人，源自鞑靼语"Яхшы"和英语"ok"二词），холитуй（意为"节日"，源自英语"holiday"和鞑靼语"Сабан - туй"），等等，此类新词无疑为克里米亚文本注入了新的活力。而《克里米亚岛》写于20世纪70年代末，当时的苏联社会仍处于较为封闭的状态，作者却凭借丰富的想象力和非凡的预见性，准确地勾勒出了克里米亚未来的发展走向。作者同时指出，半岛在分享全球化果实时，也不得不承担经济转型带来的道德缺失、精神匮乏等弊端："雅尔塔的姑娘们用苏联人的方式自称'有形儿'。她们哪是什么半裸，简直就是赤身裸体——乳头和私处用彩色纱布罩着，相形之下，过去十年最出位的任何一种比基尼都只不过是修女的装束而已。"[1]

有关岛屿的归属权和未来发展道路等问题，小说中的三代主人公持有截然不同而又颇具代表性的观点。安德烈·卢奇尼科夫是当地著名报社的主编，他一直都在为克里米亚加入苏联而不懈努力。其父却坚持主张半岛应保留沙俄时期的文化传统。其子安东则反对父亲的立场，支持岛屿独立。在小说中，由各民族组成的克里米亚人被称为"亚基"，而安东认为："亚基——……是克里米亚岛上正在形成的一个民族，由鞑靼人、意大利人、保加利亚人、希腊人、土耳其人、俄国军队和英国舰队的后裔所组成。亚基——是一个年轻人的民族，是我们的历史和未来，所以我们并不在乎什么马克思主义和君主主义，不在乎文艺复兴和'共同命运的思想'[2]!"[3]安东的观点在很大程度上代表了新锐一族对半岛的身份认同和价值判断：拥有多个民族、多元文化的克里米亚不仅要获取相对独立的地位，而且还应当积极融入国际大家庭中去。由此可见，作品中的世界主义观念反映出克里米亚乃至俄罗斯与其他各国之间所形成的相互依存却又充满矛盾的复杂关系。在这里，克里米亚是一个地理隐喻，它似乎是俄罗斯的一个缩影，投射出这一大陆国家的过去，同时也在某种程度上预示着它的未来。由此看来，克里米亚作为一个试验场，在文本中显示出了警示教育的功能。小说末尾，克里米

---

① Аксёнов В. П. *Остров Крым*. Москва：Сов. - брит. творч. ассоц. Огонек - Вариант，1990. С. 143.

② "共同命运的思想"是小说中主人公为克里米亚能加入苏联而主张的一场运动。

③ Аксёнов В. П. *Остров Крым*. Москва：Сов. - брит. творч. ассоц. Огонек - Вариант，1990. С. 51.

亚加入了苏联，但主人公却不得不面对失去所有亲人的悲剧结局。阿克肖诺夫借重这方与俄罗斯大陆相隔离的土地，艺术性地表达了反乌托邦的立场及其价值观。

关于克里米亚文本所蕴含的"世界主义"思想在另一位当代作家柳·乌利茨卡娅（Л. Е. Улицкая，1943—）的小说《美狄亚和她的孩子们》（1996）中也得到了反映。小说可以说是克里米亚普通家庭的一部家族史。在克里米亚小镇土生土长的美狄亚虽无子嗣，但她那充满温馨的家园却牢牢地吸引着散居各地的众多子侄。尽管他们民族身份不尽相同，却都心系克里米亚，他们每年来半岛一趟，欢聚美狄亚家中。即便在美狄亚去世之后，他们依然乐此不疲。小说借此讲述了在不同的政治局势下克里米亚人颠簸曲折的艰辛历程，这也从一个侧面反映了半岛上复杂多样的民族成分及多元文化；另外，小说着力描写的费奥多西亚郊区也充分见证了俄罗斯一个世纪以来动荡不安的历史变迁。美狄亚及其家族生活的故事让读者真实感受到了克里米亚历史上各民族之间友善亲和的关系，以及这种关系在现代社会的传续。因此，在世界主义的大语境下，克里米亚成了文化兼容的象征。这是作者对半岛文化角色所做出的全新阐释。

作为一个独特的文化空间，克里米亚是由古尔祖夫、塞瓦斯托波尔、雅尔塔、科克捷别利、辛菲罗波尔等不同城市的地域符号组合而成的意象综合体。在不同的历史背景下，克里米亚文本也不断地重新编码，从而构成了多维而复杂的时空图谱。需要指出的是，克里米亚文本建构过程所呈现出的异质性与同质性并存的矛盾特征应引起我们的注意：一方面，克里米亚因地处南部边陲、充满异域风情，而被视为"天涯海角"，几无古罗斯文化遗风，因此从这一意义上说，克里米亚文本与传统的莫斯科文本，甚或彼得堡文本形成鲜明的对比；但另一方面，克里米亚与俄罗斯命运相牵、血肉相连，尽管在历史上也曾脱离过俄罗斯，但最终又得以回归，克里米亚文本符号机制的变异也从一个侧面反映了整个俄罗斯从诞生、发展、扩张、防御、衰落、重建的历史变迁。阿巴舍夫认为，每一处生存之地都会被看作世界的某个中心，"问题不在于地理位置，而在于我们的视角构建，和它对事物内部形式的敏感度"①。在俄语文学中，克里米亚文本既继承着俄罗斯文化传统的语义形象，又经受着现代性的冲击和碰撞，而彰显出不同时代背景下所建构的民族符号与历史叙事等特征。

（作者单位：南京大学外国语学院）

---

① Абашев В. В. *Пермь как текст. Пермь в русской культуре и литературе XX века.* Пермь: Изд – во Пермского университета, 2000. С. 395.

历史的"误判"

——列夫·托尔斯泰与诺贝尔奖

杨　正

列夫·托尔斯泰为何从未获得诺贝尔奖？到底是托尔斯泰拒绝了诺奖还是诺奖拒绝了托尔斯泰？这些问题一直以来都是全世界文学爱好者关注的话题。目前国内外研究者①基本都一致认为是托尔斯泰出于对金钱的憎恶，因而事先公开表明拒绝领奖。国外也有研究者认为，拒绝托尔斯泰是瑞典学院有意为之，其目的就在于利用托尔斯泰的巨大影响力引起世人对新文学奖项的关注，是一种反其道而行之的高超策划手段，比如就有评论家将瑞典学院的做法称为"赫洛斯塔图斯之举"②。对上述两种观点我们不应当立即做出单纯的是非判断。从我们现掌握的资料来看，托尔斯泰与诺贝尔奖的关系问题中掺杂了不少复杂的因素，为了使我们的分析能更接近事实的真相，就有必要进一步发掘托尔斯泰与诺贝尔奖关系问题中的更多"内幕"和细节。

---

① 参见冯增义《为什么托尔斯泰没有得诺贝尔文学奖》，载《俄罗斯文艺》1993年第5期，第64页；刘文飞：《诺贝尔文学奖与俄语文学》，载《外国文学动态》1997年第3期，第4—7页；《一个仇视金钱的怪人——托尔斯泰为何未获诺贝尔奖》，见赵家业编著《诺贝尔趣话》，福建人民出版社2005年版，第13—15页；王开林：《托尔斯泰为何与诺奖无缘》，载《北京日报》2012年12月24日。Хетсо Г. Почему Лев Толстой не стал нобелевским лауреатом. // *Литературная газета.* 16 октября 1996；Блох А. М. *Советский союз в интерьере Нобелевских премий：Факты. Документы. Размышления. Комментарии.* СПб.：Издательство «Гуманистика», 2001.

② Марченко Т. В. *Сто лет нобелевской премии по литературе：слухи, факты, осмысление.* // *Известия РАН. Серия литературы и языка.* 2003. №6. С. 30.

托尔斯泰与诺贝尔文学奖

诺奖的创始人阿尔弗雷德·诺贝尔无论是与文学，还是与俄罗斯这个国家都有较深的渊源。他不仅是个发明家，还是个文学爱好者。他用英文写过诗，甚至还创作过剧本。9 岁时来到彼得格勒，在俄国前后生活了 20 多年。1991 年，为纪念诺贝尔奖首次颁发 90 周年，瑞典诺贝尔基金会出资在圣彼得堡市（历史上曾有彼得格勒、列宁格勒等旧称）建立该奖创始人的青铜纪念碑。他对同时代的俄国作家托尔斯泰十分推崇，在其私人书信中经常可以发现他引用托尔斯泰的经典名句。诺贝尔奖首次颁发的时间是在诺贝尔逝世 5 周年即 1901 年 12 月 10 日，选择在这一天颁奖成了延续至今的传统。诺贝尔奖创立伊始，托尔斯泰的国际声誉正如日中天。1899 年他完成长篇小说《复活》，这部作品后来被诗人亚·勃洛克称为"旧世纪留给新世纪的遗嘱"[①]。这一切似乎都表明被誉为"最后一个预言家"的托尔斯泰有足够的理由成为首位诺贝尔文学奖得主。不过，事实是法国诗人苏利·普吕多姆成了首次获得这一殊荣的作家，托尔斯泰甚至未获提名。

首届诺贝尔文学奖颁发中的"意外"结果在瑞典国内引起一片哗然。该国的许多报纸接连刊登了国内知名人士抨击文学院、支持托尔斯泰的文章。1902 年 2 月 24 日的《瑞典日报》上发表了著名作家奥古斯特·斯特林堡的一篇文章。他认为，绝大多数的瑞典文学院成员都是"文学界不怀好意、墨守成规、不求甚解的人，却不知为何让他们成了审判员。这些老爷们的艺术观念幼稚得像个孩童，他们以为只有用诗歌形式，最好是合辙押韵的诗歌形式写出来的东西才能算是诗。比如说，托尔斯泰向来以描写人物命运而著称。既然是个历史画卷的描绘者，他们就不会认为托尔斯泰是个诗

---

① Блок А. *Записные книжки. 1910—1920*. М. : Художественная литература, 1965. С. 114.

人，理由是：他从不写诗"！① 丹麦文学批评家乔治·勃兰兑斯则写道："现世的作家中列夫·托尔斯泰是第一位的。没有人能够像他一样让别人产生如此崇敬之情！我敢断言，除了他，没有第二人。"② 从上述二人的激烈反应可以看出，那时的托尔斯泰至少在欧洲无疑是具有极高声望的大作家。接下来的事情更加清楚地说明了这一点。

1902 年 1 月，就在首届诺贝尔文学奖颁发后仅过了一个多月，42 位瑞典著名作家、艺术家和评论家联名表示抗议，并给托尔斯泰写了一封公开信："鉴于诺贝尔奖首次颁发的结果，我们，即在信末署名的瑞典作家、艺术家及评论家们，希望向您表达对您的崇敬之情。在我们看来，您不仅是当今文学的宗师泰斗，还是一位思想热烈、感情真挚的大诗人，因此在这样的场合理应首先被记起。虽然根据您个人的看法您从来都不热衷于获得该奖，但我们更加强烈地感觉到有必要向您致敬。我们认为，基于现有的人员组成，负责颁发该文学奖项的机构既不能代表作家和艺术家的意见，也无法代表社会舆论。就让国外的人都知道，就算在我们这个遥远的国度，最基本也是最强大的艺术也是建立在思想和创作自由基础之上的。"③

为什么拥有如此众多支持者的托尔斯泰却在 1901 年都未获得提名呢？上述 42 人中有许多人是拥有提名权的，不过大家也许都忽略了这一细节，没有一人主动发起提名。比如奥斯卡·莱韦尔廷教授就承认，他原以为"托尔斯泰获得提名是自然而然的事"④。

面对如此热情的支持者们，托尔斯泰无法继续保持沉默。他于 2 月 4 日（俄历 1 月 22 日）给上述 42 人写了封回信："尊敬的同行们！我非常满意诺贝尔奖没有授予我。首先，这为我省去了

---

① Нобелевская премия: правда и миф. http://www.dvpt.ru/? page = nobel.
② 同上。
③ 同上。
④ Хетсо Г. Почему Лев Толстой не стал нобелевским лауреатом. *Литературная газета*. 16 октября 1996.

如何处置这笔钱的麻烦。在我看来，和所有的钱财一样，这笔奖金只会给人带来坏处。其次，受到如此众多虽陌生却令我十分敬重的人士的同情，我感到异常高兴。亲爱的同行们，请接受我对大家衷心的感谢和最美好的祝愿。"① 仅从这封信中我们很难看出托尔斯泰有任何表示拒绝诺奖的决心。信中更多的是对其支持者真诚地表达谢意。当然，从另一个角度看，这封信的前半部分内容有贬低诺奖之嫌，而且"事先拒绝一份尚未颁发的荣誉，这明显刺激到了瑞典学院，也导致了他们用多疑和害怕的眼光来看待作家的许多作品"，从而给托尔斯泰未来的诺奖之路蒙上了一层阴影。例如，斯文森（1986 年起任学院常务主席的私人秘书）就曾认为，托尔斯泰关于诺贝尔奖奖金微不足道甚至有害的个人观点使得诺奖委员会产生了"不应把奖金强加给伟大作家"的想法，因为"一旦授予他就意味着必须不断强调授予的原因纯粹是崇拜其文学创作，而与此同时还必须指出，他的宗教和社会政治思想是不成熟和错误的"②。

然而，首次颁奖引起的巨大社会反响使得瑞典学院再想绕过托尔斯泰已无可能。次年，托尔斯泰成为 34 名候选人之一，并且从 1902—1906 年连续 5 年都被提名诺贝尔文学奖，不过每次都与诺奖失之交臂。

诺贝尔文学奖评审委员会委托阿尔弗雷德·延森对托尔斯泰的文学创作写评语。延森是一名瑞典斯拉夫学专家，对托尔斯泰的后期创作十分否定。他在评语中写道："可以把托尔斯泰称作俄罗斯伟大的良心，但却不能把他称为该国伟大的心灵，更不能称为该国未来的伟大思想。"③ 依据这一评语，评审委员会也做了一份报告。

---

① Толстой Л. Н. *Полное собрание сочинений в 90 т.* Т. 73. М. : Художественная литература, 1954. С. 204 – 205.

② Марченко Т. В. *Сто лет нобелевской премии по литературе: слухи, факты, осмысление.* // Известия РАН. *Серия литературы и языка.* 2003. №6. С. 31.

③ Хетсо Г. *Почему Лев Толстой не стал нобелевским лауреатом. Литературная газета.* 16 октября 1996.

报告虽然强调指出，托尔斯泰是散文创作的艺术大师，在世界文学中占有很高的地位。报告也肯定了《安娜·卡列尼娜》具有"更高的艺术价值"，是一部充满"深刻伦理观"的作品。带有"道德愤慨"的《复活》也属于这些杰作之列。由于这些不朽的作品，人们本来"相对比较容易授予这位伟大的俄国作家文学比赛的桂冠"。然而，他的作品中表现了"宿命论的特征""夸大机遇而贬低个人主动精神的意义"，有着"可怕的自然主义白描式的《黑暗的势力》和有着'消极禁欲主义'的《克莱采奏鸣曲》使他一落千丈"。特别是他对国家和《圣经》的批评："他不承认国家有惩罚权力，甚至不承认国家本身，宣扬一种理论无政府主义；他以一种半理性主义、半神秘的精神肆无忌惮地篡改《新约》，尽管他对《圣经》极为无知；他还认真地宣称不论是个人还是国家都没有自卫和防护的权力。"[①] 此后托尔斯泰的几次提名也几乎以同样的理由被否决。这份报告基本为托尔斯泰的诺奖命运盖棺定论，诺贝尔文学奖的大门从此对托尔斯泰永远关闭。

由此便自然产生了一个问题。究竟是什么原因导致瑞典学院对托尔斯泰文学创作的评价与普通大众的观点完全相左？埃斯普马克的《诺贝尔文学奖内幕》一书对于该问题的解答大有裨益。书中他将维尔森任评审委员会常任主席期间的历史（1901—1912）称为维尔森时代。他认为，该时代的特点就是评选标准紧紧围绕诺贝尔遗嘱中的"理想倾向"，并将之概括为"高尚、纯洁的理想"。该标准集中反映在 1905 年诺奖委员会结论性报告里："即使对托尔斯泰很多作品很崇拜的人，也可能会提出这样的问题，在这样一位作家身上怎么能体现出纯洁的理想。他的最伟大的作品《战争与和平》中认为盲目的机遇在世界重大历史事件中起到决定性作用；在《克莱采奏鸣曲》中，他谴责真正夫妻间的亲密关系；他在不少作品中不仅否定宗教，而且否定国家，甚至否定所有权，而他自己却一贯

[①] ［瑞典］谢尔·埃斯普马克：《诺贝尔文学奖内幕》，漓江出版社 2001 年版，第 29 页。

享有这种权利，以及反对人民和个人有权自卫和防护。"① 这样一来，托尔斯泰一直与诺贝尔文学奖无缘的根本原因即在于诺奖评选初期所坚守的一套评选标准。该标准以 19 世纪早期的理想主义和更早的古典主义美学为参照，因此"基督教文化背景，以及由他衍生的国家观念、家庭观念、道德观念、爱上帝和有神论观点是获奖的必需因素，康德、谢林、黑格尔的德国古典唯心主义美学和歌德式的讲究高尚、理性、均衡、和谐与适度的形式构成了评奖标准的文学理论基础"②。

相对于一直孜孜不倦的法国人哈勒威（他在 1902—1906 年连续提名托尔斯泰）来说，作家的祖国俄罗斯行动上迟缓了许多。仅有的一次提名发生在 1906 年，俄罗斯科学院终于决定提名托尔斯泰角逐诺贝尔文学奖。在提交给瑞典学院的申请表中俄罗斯院士科尼、阿尔谢尼耶夫和孔达科夫对托尔斯泰的长篇小说《战争与和平》以及《复活》给予了高度评价。戏剧性的是，这份提名到达瑞典时已过了规定的最后期限。

当托尔斯泰得知自己再次被提名且"有可能获奖"后，他立马给芬兰作家、翻译过自己作品的阿·埃尔涅菲尔特（Арвид Ернефельт）写了封信："我有件急事求您……首先，别让人知道我给您写过信。我的请求是：比留科夫③告诉我……有可能授予我诺贝尔奖。如果发生这种情况，我将为拒绝接受而感到很不愉快。因此，我恳请您，要是您——如我所想的那样——与瑞典方面有什么关系，尽量促使诺贝尔奖不要授予我。可能，您认识委员会的成员，或者您能给主席写信，请求他不要宣布此事，不要做这件事。……但我不便预先拒绝他们可能不打算授予我的东西，因此请

① Блох А. М. *Советский союз в интерьере Нобелевских премий：Факты. Документы. Размышления. Комментарии.* СПб.：Издательство "Гуманистика"，2001. С. 35.

② 李青果：《一碗水端不平》，《读书》1998 年第 9 期，第 118 页。

③ 比留科夫（П. И. Бирюков）是托尔斯泰的好友兼信徒，第一部托尔斯泰传记的作者。

您竭尽全力，促成他们别把奖授予我，以免会因为我的拒绝而将我置于不快的处境。"① 正是这封信让许多人认为，是托尔斯泰主动拒绝了诺贝尔文学奖。然而，如前文所述，这并不是托尔斯泰最终未获奖的决定性因素。该信写于 10 月 8 日（俄历 9 月 25 日），此后便发往芬兰，再转到瑞典。按照当时的邮政投递速度，最早也要到 10 月中下旬才能达到瑞典。而根据惯例，诺奖一般在 10 月 21 日（即诺贝尔诞辰日）前揭晓。因此，就算瑞典方面能赶在该日期之前收到此信恐怕也不会对评奖结果产生实质性的影响，那时人选应该早已确定，即便想更改时间也不允许。事实上，托尔斯泰本人也预感到"他们可能不打算授予"自己诺贝尔奖。的确，如用维尔森标准来衡量，托尔斯泰和其同时代的大作家易卜生、斯特林堡等人一样都是危险的"无政府主义者"，他们当时的社会影响力不但算不上是"理想的"，而且更是消极的、有害的。退一步说，诺奖委员会应该不会仅仅因为某位候选人事先表明拒绝奖项就会另择他人。事实上，1964 年萨特就公开拒绝诺贝尔文学奖，然而当年的奖项还是照样颁发给他。此事虽然发生在托尔斯泰逝世之后半个多世纪，但至少能够表明在诺奖问题上个人（包括委员会成员以及候选人）的感情因素绝对不是起决定作用的。

由此看来，托尔斯泰未能获奖系诺委会炒作一说也难以成立。首先，瑞典学院的教授们不可能连续多年拿某一位作家的不获奖来炒作。其次，诺奖评审委员会成员总体上思想保守，且一向恪守古典式的"理想倾向"，如此手段的炒作不大符合他们的形象。对于保守的瑞典学院来说，作为一个新设立的奖项至关重要的应该是充分遵守创立者的遗愿，以维护他的声誉。正如埃斯普马克所说的那样："这种奖金之所以特殊，不仅是因为院士们自己对评价的基础有着意见分歧，还因为阿尔弗雷德·诺贝尔的遗嘱要求奖励那些'富有理想倾向'的作品这一硬性规定。实际上，文学奖的历史有

① Толстой Л. Н. *Полное собрание сочинений в 90 т.* Т.76. М.：Художественная литература，1956. С. 201 – 202.

75

很大一部分是在煞费苦心地解释那个含混不清的遗嘱。"①

诺贝尔奖评选委员会和外界人士对于遗嘱中"理想倾向"含义的不同解读直接造成了他们对托尔斯泰创作的不同态度，这就必然会给诺奖的评判带来一定的风险。埃斯普马克同样注意到了这一危险性："'富有理想'一词在一二十年前就因为发现乔治·勃兰兑斯的一封信而有了新的解释。他在信中说，他曾经问过诺贝尔的挚友古斯塔夫·米塔格－列夫列尔关于这个词的含义，得到的回答是，诺贝尔是'无政府主义者'；他所说的'富有理想'是对宗教、王权、婚姻以及整个社会秩序采取批判的立场'。"② 瑞典诗人厄斯特林干脆直接指出，诺贝尔身上有着"乌托邦式的理想主义和席勒身上的带有宗教色彩的反叛气质"③。用克努茨·安德隆的话说，当他讲"富有理想的倾向时，他肯定是有比他的解释者所能理解的更大的反叛和自立的倾向"④。因此，可以说在维尔森时代所采取的忠于王位、祭坛和现存社会秩序的做法实际上与遗嘱人的观点背道而驰。结果造成了从托尔斯泰开始一系列候选人在该标准的衡量下多次遭到否决的"误判"，这不能不说是诺贝尔奖历史上的一大憾事。

托尔斯泰与诺贝尔和平奖

有研究者在位于挪威首都奥斯陆的诺贝尔学院档案馆中找到了托尔斯泰曾三次被提名诺贝尔和平奖的相关资料。不过，诺贝尔和平奖评选委员对待托尔斯泰的态度一直都非常谨慎。原因可能是多方面的。

我们知道，诺贝尔生前共立过三份遗嘱，最后一次是 1895 年

---

① ［瑞典］谢尔·埃斯普马克：《诺贝尔文学奖内幕》，李之义译，漓江出版社 2001 年版，第 7 页。
② 同上书，第 9 页。
③ 同上书，第 10 页。
④ 同上。

11 月，即他去世前一年。这份最终的遗嘱于 1897 年初在瑞典公布于众。虽然此时诺贝尔奖（包括和平奖在内）尚处在最初的酝酿阶段，不过关于诺贝尔遗嘱的讨论在国际社会范围内已经展开。托尔斯泰也以自己的方式参与了这次的讨论。1897 年 10 月，他给斯德哥尔摩日报社（Stokholm Tagblatt）编辑写了一封信，信中首先指出执行诺贝尔遗嘱中有关和平奖的标准有很大的难度："我认为，诺贝尔遗嘱中提出的为和平事业做出最大贡献的条件执行起来异常困难。那些真正为和平事业服务的人，他们之所以这样做，是因为他们是在侍奉上帝。所以他们不需要也不会接受金钱的奖励。"① 接着他建议应该把奖金转赠给被流放至高加索的俄国反仪式派教徒（духоборы）家庭，并认为只有他们才是最有资格、也是最需要得到这份物质奖励的群体："但我认为，如果把钱转赠给那些为和平事业做出贡献的穷困潦倒的家庭，遗嘱中所表达的条件就完全能够满足。我指的是高加索的反仪式派教徒。当今没有人比这些人更实在更有力地持续为和平事业做贡献。他们为和平事业所做的是：整整超过一万的人，他们坚信作为基督徒就不应当去杀人，便毅然拒绝服兵役……因此被关了禁闭（这是一种最可怕的惩罚的方式之一）……他们的家人从居住地被流放到鞑靼人和格鲁吉亚人的村落，那里他们既没有土地，也没有赖以生存的工作。"② 信的最后，托尔斯泰再次强烈呼吁把诺贝尔和平奖奖金用于支持这些家庭："这就是为什么我相信，没人比他们为和平的事业做出了更大的贡献。他们的家人此刻的凄惨处境……使我们相信，把诺贝尔遗赠给那些为和平事业做出最大贡献者的钱授予他们，是最公正不过的了。"③ 这封信于该年 10 月份被翻译成瑞典文在该国各大报纸刊登。

另一个原因可能与一则英文报道有关。托尔斯泰作品的英文译

---

① Толстой Л. Н. *Полное собрание сочинений в 90 т.* Т. 70. М.：Художественная литература，1954. С. 149.

② Там же. С. 149 – 150.

③ Там же. С. 153.

者埃尔莫·默德（Aylmer Maude）在一家英国报纸上读到这样的内容："有人对本报说，托尔斯泰公爵对他讲，每天他拿起早报时都会希望读到布尔人把英国人痛揍一顿的消息。"[①] 据默德所说，这则报道在英国被各大报纸转载，闹得沸沸扬扬。他不相信托尔斯泰会说这样的话，因此，他将该报道内容剪下来寄给了托尔斯泰，并建议他写点东西反驳。托尔斯泰在 1900 年 2 月 9 日（俄历 1 月 27 日）给默德的回信中对此事作了这样的回应："当然，我没有过那种话，我也不会这样说。事情是这样的，一位报社记者拿了一本自称是自己写的书来给我看。当他问我对战争的看法时，我是这样回答他的：当我猛然发现自己在生病期间曾希望在报纸上看到布尔人胜利的消息时，我自己都感到后怕；同时我又很高兴有机会在给沃尔康斯基的信中表达我对战争的真实态度。那就是任何军事胜利我都不支持，……我只支持那些消灭战争根源的人。这些根源有来自黄金、财富、军功的诱惑和一切恶的最主要根源——来自爱国主义和为兄弟间残杀辩护的虚假宗教的诱惑。"[②] 默德将这封回信翻译成英文后收录其 1901 年出版的专著《托尔斯泰问题》。

就影响力而言，上述两件事诺贝尔奖委员会应该都是知情的。它们必然会影响诺贝尔和平奖委员会对托尔斯泰的考量，加上瑞典学院"理想倾向"标准的制约，因此挪威方面对托尔斯泰作为和平奖候选人表现得一直都不热衷。然而，在诺贝尔奖评选委员会之外支持托尔斯泰获奖的人大有人在。其中，最热心的支持者当数挪威犹太人记者米·列文。他是个俄裔，曾多次指责诺贝尔和平奖委员会不该忽视托尔斯泰这样一位"比任何诺奖候选人都更加热爱和平"的人士。

列文的努力没有白费。1909 年 1 月底，著名的反战主义者尼古拉·索伦森找到他，除了向他转达时任诺贝尔和平奖委员会主席、挪威前首相约尔根·勒夫兰的问候外，还提到托尔斯泰之所以一直

---

① Толстой Л. Н. *Полное собрание сочинений в 90 т.* Т. 72. М.：Художественная литература，1933. С. 291.

② Там же. С. 289 – 290.

没有获得诺贝尔和平奖是因为"从未被提名过",后来的事实证明这一理由不过是其客套的托词罢了。列文迅速与挪威议员阿·埃里克森取得联系。后者与其他三位议员一起向挪威诺委会发去了一封推荐信:

> 尊敬的诺贝尔奖委员会!
> 谨以此信联名推荐列夫·托尔斯泰为今年诺贝尔和平奖的候选人。
> 他是位伟大的天才,不仅他的朋友们,甚至连整个文明世界的反对者们都对他无比景仰。他比任何人都更加热心于和平事业,强烈希望消除各国人民的战争情绪。他在对待日俄战争问题上的英勇表现对所有真正爱好和平和维护人道主义精神的人士来说是难以磨灭的功绩。
>
> 克里斯蒂安尼亚①
> 1909 年 2 月 1 日②

由于这封信的签名者都是挪威的政要,挪威诺委会决定首先向专家征求意见。这项任务委派给挪威外交部档案馆馆长卡尔·哈默,他写了一份关于托尔斯泰的长篇报告。报告中他承认托尔斯泰是个"文学天才"。但作家肤浅的、不成体系的哲学思想表明他是一个不求甚解的人。虽然,托尔斯泰唤醒了人们心中的真理,但他认为,这还不足以成为他获得诺贝尔和平奖的理由。

1910 年 2 月,列文去亚斯纳亚·波利亚纳庄园拜访托尔斯泰。关于这次见面后来他写道:"托尔斯泰对于被认为不配得到诺贝尔和平奖一事一点儿也没感到奇怪和愤怒。不过,他强烈不满对他与无政府主义者们来往的指责。他给我们看了两封无政府主义者的来信,信中骂他宣扬忍耐,对敌人表示宽恕,从不使用愚蠢的暴力。"

---

① 挪威首都奥斯陆的旧称。

② Хетсо Г. Почему Лев Толстой не стал нобелевским лауреатом. *Литературная газета*. 16 октября 1996.

与此同时，托尔斯泰的另一位支持者赫·科林做了最后一次努力，致信给挪威诺委会，并希望能够对其决策施加影响。他写道："人们不禁要问，为何这位宣扬和平的俄国人迄今为止都没有获得诺贝尔和平奖。答案是显然的：他是个狂热的反战主义者。而这在我们国家是不受欢迎的。实际上，托尔斯泰和第一批基督徒以及基督教的创始人一样是以一种虚无主义者的态度坚决反对以暴力抗恶的。就连基督本人在今天恐怕也得不到诺贝尔和平奖。因为他也曾宣扬不要反抗不公正行为。"①

不过托尔斯泰本人对于提名诺贝尔和平奖一事并不赞成，这与对待文学奖提名的态度是一致的。1910 年 10 月 7 日（俄历 9 月 24 日）托尔斯泰在给列文的回信中再度重申了自己的观点："我没打算把并未得到的奖金送给那些反仪式派教徒们，但我请求过不要授予我奖金，以免让我陷入难堪的境地。因为我会拒绝领奖，而这一举动可能会引起我的继承人们的不快。我拒绝是因为坚信金钱的绝对害处。"② 实际上，托尔斯泰被授予该奖项的可能性也不大，因为无论是他创作中体现的思想，还是他的一些做法都似乎与诺贝尔奖委员会针锋相对。这就让本来对托尔斯泰就持有谨慎态度的诺奖委员会更加坚定了不授予托翁诺奖的决心。对此，赫·科林不无嘲讽地感叹道："他是个过于伟大的理想主义者，因此无法获得专门颁发给有理想主义倾向作家的奖项！他是个过于伟大的和平使者，因此无法获得和平奖。或许，把诺贝尔和平奖颁给如此伟大的人物需要极大的勇气！与此同时，我们不得不对我们缺乏这样的勇气而感到遗憾。"③

1910 年 10 月底托尔斯泰从亚斯纳亚·波利亚纳庄园秘密出走，

---

① Хетсо Г. Почему Лев Толстой не стал нобелевским лауреатом. *Литературная газета.* 16 октября 1996.

② Толстой Л. Н. *Полное собрание сочинений в 90 т.* Т. 82. М. : Художественная литература，1956. C. 167.

③ Хетсо Г. Почему Лев Толстой не стал нобелевским лауреатом. *Литературная газета.* 16 октября 1996.

11 月初在一个叫阿斯塔波沃的小车站与世长辞。在得知托尔斯泰的死讯之后，约尔根·勒夫兰给作家的妻子发了一封唁电："挪威诺贝尔学院谨向您表达我们真挚的同情，我们与您一起承担这个不仅是俄罗斯人民的，也是整个文明世界的巨大损失。"①

托尔斯泰同样不止一次地无缘诺贝尔和平奖的事实再次表明，作家始终未能获得诺贝尔奖的根本原因还是在于当时诺奖委员会所一贯秉持的评选标准，"主动拒绝"说和"炒作"说均是难以站住脚的。

托尔斯泰与诺贝尔奖的关系随着前者的逝世而告终结。但有意思的是，在此后的诺奖历史上仍出现过托尔斯泰的身影。1929 年托马斯·曼因早在 20 多年前就发表的小说《布登勃洛克一家》而获得该年度诺贝尔文学奖。评委之一的哈尔斯特罗姆在报告中肯定这部小说是"资产阶级长篇小说创作中的一部杰作"，甚至可以说是"当代所有长篇小说创作中的顶峰"。接着，他以托尔斯泰的创作为评价尺度来衡量该作品的价值，称它"接近于托尔斯泰的古典现实主义"。另外，1933 年瑞典出版的权威百科辞典《北欧家庭书》（*Nordisk Familjebok*）中托尔斯泰词条的作者对延森关于托尔斯泰的评论提出批评，认为延森的评论是对作家创作及个性的"既不全面，也无根据的审视"。上述举动是否可以视为诺奖委员会成员和评论家们有意在给曾遭受不公正待遇的托尔斯泰"平反"，我们则不得而知。

（作者单位：南京大学外国语学院）

---

① Хетсо Г. Почему Лев Толстой не стал нобелевским лауреатом. *Литературная газета*. 16 октября 1996.

宗教、神话和抒情

——试论俄国象征主义戏剧类型

余献勤

俄国象征主义戏剧（русская символистская драма）出现于 20 世纪初。在这之前，西欧象征主义戏剧从 19 世纪末开始进入俄国剧坛，引起强烈的反响；20 世纪伊始，俄国象征主义诗人为探索解决社会矛盾，实践艺术改变社会和个人的美学理念，开始尝试戏剧创作；世纪初俄国剧院生活的繁荣和新剧演剧艺术的兴盛为象征主义戏剧提供了舞台，这些都促成了俄国象征主义戏剧成为 20 世纪俄国现代戏剧的重要现象。在俄国象征主义戏剧存在的约 20 年中，诞生了 40 余部作品。创作戏剧的除了如吉皮乌斯、安年斯基、伊万诺夫、勃洛克等象征派诗人外，还有安德烈耶夫、列米佐夫等非象征派剧作家，他们在 1907 年前后不约而同地完成了一些纯象征主义的或象征主义色彩浓郁的戏剧作品。

俄国象征主义戏剧体裁、题材、形式多样。从体裁来看，有悲剧、正剧、神秘剧、抒情剧等；从题材来看，有宗教、神话、心灵等；从语言形式来看，有韵文、散文或二者兼而有之。它们的共同之处在于追求多层面的事件与多义性，赋予外在事件深刻的神秘化蕴含。戏剧人物一般没有具体的生活特征，情节和主题往往超越日常生活，事件背景也脱离现实，事件的描写和刻画"超时间和空间"。不论这些剧作差异有多大，作家的初衷都与艺术改变生活、艺术接近生活、艺术再造生活的观念有关。在本文中，我们无意展现俄国象征主义戏剧的全部形态，只试图从宗教、神话和抒情角度探讨俄国象征主义戏剧的主要类型。

一 宗教神秘剧（мистерия）

一些象征主义戏剧家和理论家们首先在中世纪神秘剧中看到了未来戏剧的雏形。别雷说："正剧来自神秘剧，它注定向它回归。"[①] 中世纪神秘剧取材于《圣经》故事，宣扬基督教教义。与之相似，20世纪初的俄国神秘剧也带有鲜明的宗教色彩，不过它们不以《圣经》为题材，其宗教内涵明显具有时代的印记，显示出世纪之交梅列日科夫斯基的新基督教和索洛维约夫的末世论说之争。

在神秘剧体裁上做出尝试的有吉皮乌斯、别雷、列米佐夫等人。吉皮乌斯以安徒生童话《美人鱼》为基础创作了神秘剧《圣血》（Святая кровь, 1901）。剧中美人鱼渴望获得人类不灭的灵魂，并求助于年迈的东正教神父潘努基。洞悉一切的仁慈神父最终为美人鱼举行了洗礼，并死于美人鱼的刀下，用自己的"圣血"成就了美人鱼的愿望。《圣血》剧中美人鱼借"圣血"而获得人类灵魂这一情节揭示出梅列日科夫斯基关于新基督教在未来将融合"精神王国"和"肉体王国"的思想，其中湖边隐修院里的僧侣和美人鱼分别代表重精神的基督教世界和重肉体的多神教世界。《圣血》作为第一部神秘剧作品，作为第一次把象征主义的宗教乌托邦理论付诸戏剧实践的尝试，无疑具有重要价值。

安德烈·别雷集诗人、小说家、理论家和文化哲学家于一身，他在象征主义戏剧理论和实践方面的贡献引人注目。他撰写了一系列理论文章，力图阐发象征主义的宗教性，认为神秘剧"宣传新型的生活关系"，能够从内在对人实施根本的变革，并号召"集体性地创造这一关系"[②]。神秘剧《来者》（Пришедший, 1903）和

---

① Белый А. *Символизм как миропонимание*. М.：Республика, 1994. С. 106.

② Бугров Б. *Драматургия русского символизма*. М.：Скифы, 1993. С. 22.

《黑夜之喙》（Пасть ночи，1906）就是剧作家的尝试成果。从某种程度上说，两部神秘剧实质上是对索洛维约夫的神秘宗教观的戏剧展示，后者把人类历史视为善与恶悲惨交锋、对峙的过程。《来者》表现了人们在不远的将来，在面对新基督思想占据上风和反基督即将到来时所表现出的惶恐与不安。《黑夜之喙》刻画出可怕的预言应验之后的悲壮场面。光荣教堂被邪恶之王摧毁后，先知带着最后的信徒们躲进深山，在狂风大作的黑夜中，人们聚集在悬崖边上，用祈祷抵挡住邪恶军队的攻击，尽管力量衰竭，他们仍坚守自己的信仰，迎接即将来临的死亡。两部剧中，希望与绝望、预言和现实同时并存，表现了剧作家充满痛苦的双重体验。别雷的作品属于俄国象征主义戏剧的早期探索，表现了"对当时的现实有深度个性的体验"[1]。

在神秘剧方面比较成功的当属列米佐夫，一个象征主义流派之外的剧作家。他在《新戏剧协会：来自赫尔松的一封信》一文提出了"神秘剧性质"的戏剧观念："戏剧不是娱乐和游戏，不是人类痼疾的复制品，而是祭祀，是祈祷，或许，在神秘仪式中隐藏着救赎……"[2] 其处女作《鬼戏》（Бесовое действо，1907）就是这一观念的成功实践。《鬼戏》结合了中世纪道德剧和神秘剧的特点，融合了古罗斯文学的主要题材，如生与死的争论，违反教规者痛苦地死亡和遵守教规者寿终正寝的相互对照，魔鬼引诱修士等。一个名叫"生"的傲慢富人，因犯下种种罪恶受到地狱小鬼各种刑具的折磨并痛苦死去。而这一可怕场景让"生"的侍从深受震撼，他决定皈依宗教，隐居洞穴，成为"苦行僧"，不论小鬼还是冥王如何诱惑都不能让他犯下罪孽，最后平静离世，诱惑他的小鬼们则被冥王贬到人间做苦役。《鬼戏》中的空间充满了对立——人间与地狱，隐修洞穴内外，象征着信仰永恒道德

---

① *История русской драматургии. Вторая половина – начало XX века. До 1917.* Ленинград：Издательство Наука，1987. С. 558.

② Ремизов А. Товарищество новой драмы. Письмо из Херсона// *Весы*，1904，№4. С. 36–37.

准则的神圣罗斯和象征着丑陋残酷、丧失个性的群魔世界。与对立的空间相呼应的是人性中对立的两极——神性和猴性，分别体现在苦行僧、"生"与魔鬼的对照上。生活则是"魔鬼的轻松喜剧"，是邪恶势力造成的混乱，隐藏其中的是对立思想的统一体，其中充斥着绝望与希望，怀疑与信念。剧中列米佐夫展示了地狱王国成员完整的等级，大大小小的魔鬼，从最高的冥王到最下层的无名小鬼，组成了一幅群魔图，未来派甚至说，正是列米佐夫给俄国文学中的鬼现象画上了句号。

列米佐夫的戏剧根植于古罗斯文化，具有民间广场狂欢的性质。同时代学者库兹明科认为，"这种性质把高雅的与低俗的、永久性的与目前大众关心的、悲剧性的与滑稽可笑的内容结合起来"①，使得戏剧兼具崇高与低俗、永恒与当下、悲剧与滑稽等多重特点。作品具有悲喜剧性质，结构好似大杂烩，语言俏皮，渗透着深刻的哲理，这些成就了列米佐夫戏剧的独特风格。

二　神话悲剧（мифологическая трагедия）

神话在俄国象征主义的理论和文学创作中具有重要地位。神话是"大地之花"，是"大地（美学与伦理）和天空（宗教）之间的中间地带"②，"神话从象征中长成"③。神话创作和神话化成为象征派理解现实的一个基本原则。

俄国象征主义诗歌、小说和戏剧中充满各种层面的神话形象。在文学层面，有古希腊神话、东方神话等；在历史层面，有创世神话等；在宗教层面，有索菲亚神话、末世论神话等。就戏剧而言，古希腊神话为 20 世纪初的俄国象征主义戏剧提供了极为重要的题材。涉猎古希腊神话悲剧的象征主义戏剧家有安年斯基、维·伊万

---

① 俄罗斯科学院高尔基世界文学研究所：《俄罗斯白银时代文学史》第 3 卷，谷雨、王亚民等译，敦煌文艺出版社 2006 年版，第 317 页。

② Блок А. *Собрание сочинений*. Т. 7. М. , Л. : Гослитиздат, 1963. С. 63.

③ Белый А. *Символизм как миропонимание*. М. : Республика, 1994. С. 344.

诺夫、勃留索夫和索洛古勃，其中安年斯基、维·伊万诺夫的成就尤为突出。

（一）安年斯基的仿古希腊神话悲剧（элинская трагедия И. Анненского）

古希腊神话强烈吸引着19—20世纪之交的象征主义作家。他们不仅在抒情诗中使用那些吟诵千年的神话形象，还试图复苏古希腊神话悲剧，重写或改写古希腊神话情节，借此宣扬象征主义的戏剧观念，以期达到生活再造的目标。安年斯基在1902年题为《古希腊悲剧》的演讲中提出，古希腊戏剧吸引当代诗人之处就在于"美"："我们大家首先都想在舞台上看到美，不过不是雕像般凝滞的美，也不是装饰性的美，而是那种具有神秘力量的美，它把我们从蛛网般纷乱的生活中解放出来，并让我们顿悟难以领悟的东西，即音乐的美，而恰恰是这种美构成了古希腊悲剧的理想，它用自己的光彩把古希腊人的戏剧变得伟大和不朽。"[1]

如果说象征主义的神秘剧期望用宗教故事变革人的内心，安年斯基则期望古希腊神话悲剧以"美"征服和感染人心。

关于安年斯基，当代文学评论家金兹堡曾经说过："安年斯基是象征派中除勃洛克之外最吸引当代读者的一位诗人。"[2] 我们认为，这句话换成戏剧也十分恰当。在象征派作家中，安年斯基率先举起复苏古希腊神话悲剧的大旗，在短暂的创作生涯中他共完成了四部古希腊神话悲剧体裁的剧本——《哲学家梅兰尼帕》（Меланиппа – философ，1901）、《国王伊克西昂》（Царь Иксион，1902）、《劳达米亚》（Лаодамия，1902）和《琴师法米拉》（Фамира – кифарэд，1906年完成，1913年发表）。虽然这些剧作在作家生前并未受到读者的关注和导演的青睐，但作家本人不以为然，坚称自己是"完全为着未来而工作"，坚持自己的美学信

---

① http：//az. lib. ru/a/annenskij_ i_ f/text_ 0750. shtml.
② Гинзбург Л. *О лирике.* Л.：Советский писатель，1974. С. 311.

条——"阿波罗精神",即"通过整合过去而走向未来"。① 不过就像他被视为"小众诗人,诗人中的诗人"一样,他的剧作受到行家里手的好评,其作品至今仍被公认为"象征主义戏剧中最为重要的现象之一"。②

安年斯基有意识地寻求"把古希腊世界与当代心灵融合起来"③,因为在他看来,古希腊神话和悲剧包含着人类的普遍价值,其内涵能容纳新象征主义,可以将其现代化。剧作家在作品里保留了古希腊悲剧的基本结构要素,如序幕、歌队的合唱以及合唱的形式,还保留了古希腊悲剧中的传统辅助角色,如领唱、信使、奶妈等。除与古希腊悲剧有着外在结构形式方面的相似之外,安年斯基还为剧作增添了现实意义的内容,或者说"当代心灵"。而这一点体现在诸多方面,比如主人公都是个性鲜明的反抗型人物,他们既孤独又痛苦,敢于向命运和周围的势力发出挑战,虽然各人有各自反抗的理由。梅兰尼帕为了拯救自己的孩子,极力克服对父亲权威的畏惧,丝毫不害怕受到惩罚;国王伊克西昂用杀死家人这一怪异的行动来向神祇们发难;劳达米亚对战争中死去的丈夫所怀有的幻想爱情被周围人视为古怪而又病态;沉迷于音乐的琴师法米拉向主司音乐的缪斯发出挑战,渴望获得和谐之音,最后受到失明失聪的惩罚也无怨无悔。他们的人生悲剧与色彩斑斓的世界形成鲜明的对照。世界尽管美好,主人公命中注定要离开它,或走向死亡,或受到终身的惩罚。在这些作品中,人物语言带有鲜明的时代特征,情景说明与古希腊悲剧规范有极大的偏差。作者就像画家一样,把人物的肤色和脸型,眼睛和头发的颜色,还有双手的形状以及人物的姿势都描绘得分外精细,栩栩如生,连同情景说明中的风景也五彩缤纷,细致入微。音乐贯穿了安年斯基的作品,不仅轻歌曼舞与人

① Канунникова И. А. *Русская драматургия XX века.* М.：Флинта － Наука, 2003. С. 29.

② *История русской драматургии. Вторая половина － начало XX века. До 1917.* Ленинград：Издательство Наука, 1987. С. 559.

③ Анненский И. *Драматические произведения.* М.：Лабиринт, 2000. С. 48.

物的内心感受相应和，而且连乐器也被赋予了特殊的象征意义。如《琴师法米拉》中的基萨拉琴成为"阿波罗"意识的象征，"它明确和谐的意义，引领走向灵魂的和谐之路，不让灵魂脱离自己的轨迹，陷入混沌"。① 四部剧作在人物塑造和作品结构等方面有着鲜明的内在相似性和连续性，因此赫鲁斯塔列娃把安年斯基的悲剧称为"十分完整的一组戏剧——关于人的四联剧"②。

（二）伊万诺夫的"聚合性"戏剧（《соборный》 театр В. Иванова）

伊万诺夫从另一角度看到古希腊神话悲剧的当代意义。象征主义大力宣扬古希腊悲剧并试图复兴这一戏剧体裁，这是其"大型的容纳古今时代的思想斗争的一个方面，而且斗争不仅限于思想领域，还有宗教意义"③。维·伊万诺夫也认识到古希腊神话悲剧的宗教价值。他较早关注并宣传尼采哲学，深入研究了狄奥尼索斯和前狄奥尼索斯理论④，对尼采有关狄奥尼索斯所代表的、在古希腊文化中占据首位的"音乐精神"学说甚为着迷。在《预感与征兆：新有机时代和未来戏剧》一书中，伊万诺夫提出创建神秘的"聚合性"戏剧的观点，呼吁并亲自尝试创作狄奥尼索斯戏剧。伊万诺夫认为，戏剧艺术诞生于受难之神的祭坛，是纪念他的一种崇拜弥撒仪式。神圣的悲剧是对神秘主义的教堂群体进行精神净化和变革的形式。伊万诺夫提出，复苏古老的演剧可以使当代舞台向宗教仪式回归。在极端个人主义的时代，戏剧应该回到全民戏剧的聚合性道路上，演员和观众将在狄奥尼索斯狂喜中合而为一，人类对统一、

---

① Канунникова И. А. *Русская драматургия XX века.* М.：Флинта － Наука，2003. С. 33.

② Хрусталева О. О. *Эволюция героя в драматургии Иннокентия Анненского// Русский театр и драматургия эпохи революции 1905－1907 годов.* Л.，1987. С. 71.

③ *История русского драматического театра：от его истоков до конца XX века.* М.：РАТИ － ГИТИС，2009. С. 347.

④ 维·伊万诺夫从 19 世纪 90 年代开始游学，对古希腊酒神崇拜有深入的研究，其博士学位论文就是以"狄奥尼索斯和前狄奥尼索斯理论"为题的。

和谐的渴望将得到满足。

伊万诺夫在进行理论探索的同时，还完成了《坦塔罗斯》（Тантал，1905）和《普罗米修斯》（Прометей，1916）两部作品。如果说安年斯基的悲剧充满追求和谐的阿波罗精神，那么伊万诺夫的悲剧则充溢着狄奥尼索斯那种不羁的创造力。在伊万诺夫看来，阿波罗精神是人类和谐、秩序和造型完美的守护者，而狄奥尼索斯精神所固有的非理性的迷醉状态能够把人们从日常烦扰中解放出来，最终达到消弭极端个人主义，实现全民聚合的目的。

悲剧《坦塔罗斯》的主人公是宙斯之子——半人半神的坦塔罗斯王。他拥有富足的生活，尽管他的任何愿望都能实现，但坦塔罗斯却认为自己比天神还悲惨，因为"他缺少不可能实现的愿望，而已经实现的却让他腻烦"，他渴望不受任何道德规范的束缚，成为照耀诸神的太阳，而非领受诸神的光芒。对他而言，短暂疯狂的一瞬远比司空见惯、无忧无虑的生活珍贵，尽管他知道行动之后可能是死亡。坦塔罗斯为人们盗取诸神的圣餐，不料人们并不愿意当天神，和坦塔罗斯分享圣餐的只有国王伊克西昂和西西弗斯。因为反抗天神的大胆行为，坦塔罗斯们受到了惩罚，被抛入地狱。坦塔罗斯挑战现存的和谐秩序，追求无序的混沌的快乐，其反抗带有狄奥尼索斯的性质。和《坦塔罗斯》相比，悲剧《普罗米修斯》有着同样的狄奥尼索斯崇拜，同样是反抗天神，只不过后者的同名主人公的行为带有全民性。为了人类，他不惜违抗宙斯之令盗取了天火，而人类对此却不理解，为了潘多拉而不再尊他为王，最终普罗米修斯为天神所缚，待人类醒悟过来已为时已晚。普罗米修斯自我牺牲的壮举恰恰体现了从个人到共同性、从被奴役到自由艰难上升过程中个体的自我毁灭。合唱队代表了作者的立场，它一方面对主人公们的勇敢和坦诚给予正面的评价，肯定他们反抗行为所蕴含的自我牺牲精神，另一方面批评了他们的个人主义，呼吁恢复自然的宗教集体状态，用自己的同情使主人公参与到人们的心灵活动中。

两部悲剧（《坦塔罗斯》和《普罗米修斯》）的诞生意味着伊万诺夫戏剧理念从单纯狄奥尼索斯剧到人民大众剧的演变，也证实了伊万诺夫试图通过戏剧改变社会和个人的构想以及"戏剧问题是我们今日所体验到的文化历史革命的中心策源地"① 这一观念。

除了安年斯基和伊万诺夫，索洛古勃的《智慧蜜蜂的恩赐》（1907）、楚尔科夫的《阿多尼亚》（1911）也完成了以古希腊神话为题材的悲剧。不过，任随剧作家们多么努力地创作和宣传仿古希腊神话悲剧，在 20 世纪初的俄国，古希腊悲剧热也仅仅局限于狭窄的受众范围，没有在民众中产生广泛的影响，对此曼德尔施塔姆认为原因在于"俄罗斯当代艺术中缺乏全民的整体意识，这是悲剧无可争辩、绝对需要的先决条件……"②

（三）抒情剧（лирическая драма）

"综合"（синтез）是俄国象征主义的重要特征。象征主义者们试图通过艺术综合的方式"解决普世的、超越尘世的、神秘主义及末世论等诸多问题"③。勃洛克也是这一艺术特征的践行者。抒情诗是最为主观的一个文学类别，执着描绘诗人的心灵生活。戏剧是对外在世界的事件、人物及其相互关系的再现。源于早年对戏剧的爱好和表演训练，戏剧因子融入了勃洛克的抒情诗，使内向性的艺术世界具备了戏剧性和对话性。1905 年俄国革命之后抒情诗人勃洛克渴望走向社会，开始尝试戏剧创作。勃洛克将抒情因子引入戏剧，并且在俄国戏剧史上第一个使用了"抒情剧"来定义他于 1906 年完成的戏剧三部曲：《滑稽草台戏》（Балаганчик）、《广场上的国王》（Король на площади）和《陌生女郎》（Незнакомка）。

苏联学者多波列夫把另类的情节、另类的主人公、抒情性视为

① Русская литература рубежа веков（1890 – е – начало 1920 – х годов）. Книга 2. М.：Наследие，2001. С. 227.

② 俄罗斯科学院高尔基世界文学研究所：《俄罗斯白银时代文学史》第 3 卷，谷雨、王亚民等译，敦煌文艺出版社 2006 年版，第 93 页。

③ Минералова И. Г. Русская литература серебряного века. Поэтика символизма. М.：Флинта – Наука，2004. С. 29.

抒情剧的艺术特点。他说："情节的展开没有严格的连贯性。心灵的某一次律动就可能吸引戏剧家的目光，于是他会比平常更长久地审视它。……在这种情况下，更多的注意力将被投注到戏剧的第二层面，即心理层面和隐含寓意。"① 当代学者茹尔切娃则认识到了抒情因子的结构作用。茹尔切娃认为，在抒情剧中，抒情因子并不仅仅用来抒发情感，它还是情节的构成因素，而这一现象始自勃洛克的抒情剧。

在1906年出版的《戏剧》序言中勃洛克指出："这三部小型戏剧实质是抒情剧，也就是用戏剧形式呈现的个体心灵的感受，诸如犹疑、激情、失败和沮丧。"② 剧作家认为，时代精神与颓丧、矛盾的考验在这里得到了某种表达，正是借助这一考验，当代读者的心灵走向新生。

《滑稽草台戏》通过"戏中戏"和"剧中剧"提出爱情、幻想、生命、存在等问题。《广场上的国王》寓言似地表现拯救和毁灭的神话。小丑、一对恋人、几个工人等人物的对白传达出民众的情绪，从期待、焦虑、绝望至愤怒，情绪的变化推动着情节的发展，诗人和建筑师之女试图用爱和诗歌拯救即将到来的毁灭，却最终失败，愤怒的民众推倒了宫廷广场上象征权力和旧秩序的国王雕像。《陌生女郎》里在彼得堡的末流酒馆、郊外雪地和上流社会的客厅上演了三场幻梦。然而在每个时空中发生的故事之间和人物之间没有通常戏剧中的连贯性，仅仅是一颗玛利亚之星把剧中三场梦幻串联在一起。小酒馆中有人幻想玛利亚星，雪中小桥上有人看见玛利亚星星坠落，而后星星化身为名叫玛利亚的女子光临上流客厅，不过却无人能识，最后悄然消失。

在这三部作品中，戏剧情节并非揭示人物角色之间的争斗，或是人与不可战胜的厄运的搏击，而是建立在情绪的发展变化之上。剧中人物没有社会时代背景，具有超越时代的特征。主人公都是幻

---

① Добрев Ч. *Лирическая драма*. М. : Искусство, 1983. С. 81 – 83.
② Блок А. *Собрание сочинений*. *Т. 4*. М. , Л. : Гослитиздат, 1961. С. 434.

想家，一直处于探索和寻找的状态。剧中人物大量的独白语言超过对白。戏剧事件进展缓慢，缺乏通常戏剧的连贯性。戏剧的抒情性压倒叙事性，较多关注主人公的内在世界，情节也并非按照逻辑顺序线性演进，而是依托联想得以展开，从而使作品充满浓郁的抒情色彩。

俄国象征主义戏剧家们一致追求艺术创新，或尝试改革宗教神秘剧，或钟情于重现与现代文明相去甚远的时代文化（如古希腊罗马和中世纪文化），或把人类置身于未来的挑战面前，对人类生存意义进行深刻的哲理探索和思考，从而试图寻找解决现实问题的出路，扩大戏剧艺术的影响力。

俄国象征主义戏剧既是象征派作家从诗歌领域向戏剧领域的自然延伸，也是不同流派作家的戏剧探索、戏剧观念的具体体现和实施。与同时期独霸俄国戏剧天下的现实主义戏剧相比，象征主义戏剧家着实不多，作品数量也不够丰富，但他们以自己的创作理念和戏剧革新给当时的俄国剧坛注入了新鲜的活水，丰富了俄国现代戏剧的形态，在 20 世纪俄国戏剧史上留下了一笔宝贵的财富。

（作者单位：解放军外国语学院）

《彼得堡》：意识之域，心灵之旅

管海莹

　　《彼得堡》是俄国象征主义大家别雷（Андрей Белый，1880—1934）的代表作，是他的思想探索与艺术创新的主要成果。别尔嘉耶夫曾专门撰写长篇论文《长篇小说之星》评价别雷的《彼得堡》，认为别雷"以新的方式使文学回归俄罗斯文学的伟大主题。他的创作与俄罗斯的命运、俄罗斯心灵的命运息息相关"①。别尔嘉耶夫道出了俄国象征主义者的一个显著的民族特色。别雷认为象征主义是"实现人类理想的真正唯一的手段"②。他将象征主义理解为一种"世界观"，"思想的武器"，可以"重铸性灵""改造社会"，并能以此探索国家、民族的发展道路。

　　然而这种信心是来之不易的。它源于别雷为绵延了两个世纪的彼得堡神话寻找到了一种现代的形式。别雷用心灵的空间替代历史和地理的空间。心灵成为别雷的领地。在《彼得堡》中，作家的意识分裂为诸多意识，众意识独立发展又相互碰撞、对话，模拟并演绎了主体意识，而众意识的外化形式则表现为小说的人物、时间、地点、场景和事件。它们带着各自所承载的全部历史文化信息成为小说中的象征存在。各象征存在形成了作品深层主题的结构之网，一切外部的客观存在都因和意识在一起才有了意

---

　　① Бердяев Н. Астральный роман: размышление по поводу романа А. Белого «Петербург» //О русских классиках. М. : Высш. Школа. 1993. С. 319.

　　② Белый А. *Критика. Эстетика. Теория символизма*, Т. Ⅱ. М. : Искусство, 1994. С. 103.

义。因此，整部《彼得堡》可以视为作家展现自己的心灵历程而创建的"意识之域"。

时空——意识的背景

《彼得堡》这部小说中的时空，从浅表层次来看，只是描写了1905 年 9 月 30 日到 10 月 9 日期间的俄罗斯首都——彼得堡；然而，这一有限的时空却联结着俄国的历史和未来，彼得堡文化、俄罗斯文化乃至世界文化的走向问题。更为重要的是，这一时空在小说中成为作家展现自我意识的一个基础背景。

勃洛克在散文《天灾人祸之时》（Безвременье，1905）中，曾生动地描述过 20 世纪初的俄国：社会萧条、文化停滞、天灾人祸。而人祸犹如催化剂加重了各种危机[1]。恐怖和奸细行为成为那个时代的历史特征。社会政治事件促进了别雷的思考，促使他反思俄国二百年来的历史进程。自彼得大帝定都彼得堡后，国家就进入了历史上的"彼得堡时期"。这个时期以彼得轰轰烈烈的改革，一面加强中央集权，一面建立"通往欧洲的窗口"、定都彼得堡为起点，却以 1905 年革命、迁都莫斯科为终点。俄国历史发展上的"彼得之圈"结束了，它以强权开始，以暴力结束，国家重又陷入混乱和危机之中。

"彼得之圈"究竟给俄国的历史和未来带来了什么？别雷在《彼得堡》中将俄国历史进程压缩在 10 天内予以表现。故事时间是1905 年秋天，从 9 月 30 日到 10 月 9 日，然而这只是故事形式上的时间。实际上，别雷描绘和关注的范围不仅是 1905 年的俄国革命本身，还有近二百年来的俄国历史。在这个时间段里作家透视了俄国的历史和未来。别雷看到，彼得大帝无度地加强中央集权，危害了俄国作为一个独立自主的民族国家的发展。彼得全力追求"进

---

① 见 Блок А. А. *Полное собрание сочинений и писем. Проза* (1903—1907) Т. 7. М.：Наука. 2003. С. 21 – 31.

步"的改革实际上只是致力于生活表面形式的重建，它破坏了与传统的联系，而稳固的"秩序"是靠传统的力量来支撑的。因此国家渐渐失去平衡，陷入混乱。彼得的活动影响了社会政治和心理道德两个层面。它使俄罗斯的一切，从个人的日常生活、心理到国家政体特点都产生了致命的分裂性。别雷认为这是最大的奸细行为，它谋杀了国家的未来。

作家选取了1905年革命前的这段时间为媒介，表现出俄国历史进程中的国家生活、个人生活的混乱和分裂状态，探求国家、民族未来发展之路。无度的集权最终演变为极端的混乱，使这个时间不仅具有反讽意义，同时也拥有一种象征意义。它不仅是"彼得之圈"历史的终结点，也是一段新历史的起点。小说中的时间传达出的是别雷对历史、对现实的这样一种感受，为整部小说奠定了一个基调。

小说的地点是彼得堡。对俄国的知识分子来说，这座彼得之城已经不是一个纯粹的地理概念，成为凝聚了俄国知识分子的精神追求的一种象征。这座在涅瓦河畔的沼泽地上建起的都城，是彼得一世欧化政策的纪念碑。立于涅瓦河畔彼得大帝的纪念像"青铜骑士"则成为国家意志、人民命运的象征。普希金在《青铜骑士》中就曾吟咏过彼得大帝和彼得之城。这起源于普希金的彼得堡神话，经由果戈理和陀思妥耶夫斯基的继承和发展，由别雷为它画上了句号。如果说普希金对这座彼得之城的态度是摇摆不定的，那么别雷则是否定的。这个"了望欧洲的窗口……北国的精华和奇迹"[1] 使得"……俄罗斯被分成了两半"[2]。

《彼得堡》在开场白中就划分出相互关联的两个方面：西方—东方和俄罗斯的命运。首都城市莫斯科象征着俄罗斯民族生活的本色、纯洁性、共同性。城市之母基辅则是斯拉夫人团结一致的象征。而彼得堡，这个俄罗斯的欧洲城市成为生活的外来因素、非民

① ［俄］普希金：《普希金长诗选》，余振译，外国文学出版社1984年版，第349—350页。

② ［俄］安·别雷：《彼得堡》，靳戈、杨光译，作家出版社1998年版，第153页。

族因素的象征。紧接着在第一章中，作家又借助参政员的思绪向读者交代了两百年前城市产生的背景。他的着眼点在于彼得堡从此成为东方和西方"两个敌对世界的交接点"。因而，彼得堡对于整个俄罗斯的生活来说，具有不祥的意义。

作家借旧俄帝都彼得堡——一个建立在血泊和沼泽之上的城市必遭覆灭之灾的传说来对应 1905 年革命风暴后曾经拥有辉煌的彼得堡文化已经名存实亡的现实。彼得大帝选择的欧化道路造成了俄罗斯无可避免的悲剧。1905 年革命是历史对俄罗斯的报应，是西方唯理主义、实证主义的文化和东方愚昧、破坏性本能之间的冲突。别雷在小说中展现了一个处于世界历史进程中的"东方"和"西方"、欧洲和亚洲两股主要势力交叉点上的国家，表明由于这种特殊的位置，俄罗斯在自己历史命运的形态上呈现出双方的特点。

俄国别雷研究专家多尔戈波洛夫指出："从普希金的《青铜骑士》到别雷的《彼得堡》，彼得和彼得堡的题目从俄国历史命运主题演变到更广阔的东西方问题。通过彼得堡这个具有种种特性的问题，推演出不仅是地理上的、社会上的，同时也是道德心理上的东西方因素。"[1] 可见别雷的彼得堡是东方和西方问题、亚洲和欧洲问题的承载者，它传递着作家对文化发展、国家乃至世界未来的认识。

宏观的时空背景表现了作家的整体意识，是整部小说的基础。作家认为"彼得之圈"将俄国引向历史的死胡同。欧洲的文明戕害了俄国的文化。别雷希望能在俄罗斯人和人民生活中找寻到调和之物，调和历史矛盾。小说展现的是作家的一段心灵之路，涵纳了作家对国家乃至人类历史和未来的思考。

---

① Долгополов Л. К. *Андрей Белый и его роман «Петербург»*. Л., сов. писатель. 1988. С. 281.

人物——意识的演绎者

和以往一般小说不同的是，《彼得堡》中的人物不仅是作家描写的对象，更是作家意识的演绎者。也就是说，由作家意识衍生出了小说的人物以及人物的意识，各人物的意识共同演绎了作家的意识。因此小说中的人物，首先都是意识的载体，由作家意识幻化而来的人物意识依赖人物得以存在，而这些人物或多或少都带着作家的主观倾向。在作品第一章的结尾作家交代他们"是作者想象的产物：无用的、无聊的大脑游戏"①。

作家首先设计的中心人物是参政员阿波罗。他已不是希腊神话中的太阳神，而只是一个有着"极难看外貌"的"干瘦"的矮老头。他是俄国国家性的代表，从外貌和心灵上直接与彼得相连。他热衷于欧洲表面的几何型状态，还极力促成俄国进口美国的打捆机。但是欧洲的自由思想、人文精神、民主传统却不为阿波罗所接纳，他追求只是欧洲文明的表面进步的形式。他冷酷无情、精于计算、心灵僵滞。在他统治的国家中，混乱、放纵、革命成为主宰。他自己的生活也是一团糟：妻子私奔、儿子背弃、好友被杀。

由阿波罗的意识衍化出三种主要人物：儿子尼古拉、奸细利潘琴科和莫尔科温、恐怖分子杜德金。尼古拉憎恨作为国家机器象征的父亲，曾向革命党许诺要杀死父亲。但他又是儿子，血缘和亲情不容他弑父。他的表现象征着青年俄罗斯在探寻未来之路时，应当如何对待彼得缔造的历史环圈。当尼古拉快要忘记自己的诺言时，被要求践诺，这也就意味着他将被卷进奸细之网，而最终他摆脱了彼得之圈，走向朝圣之路，也象征着罗斯走向新生。

恐怖分子杜德金是国家恐怖衍生出来的个人恐怖的代表。他尊铜骑士为师，宣称自己斗争的目的是为了破坏文化；而一旦文化遭到破坏，他也就失去了与传统的联系，变得没有根基，而没有了根

---

① ［俄］安·别雷：《彼得堡》，靳戈、杨光译，作家出版社1998年版，第84页。

基，也就没有了前途。因此他思维混乱，犹如恶魔缠身。当他了解到利潘琴科的出卖行为后，彻底丧失了理智。杜德金明白他什么也不是，只是奸细行为的附属品，实施奸细行为的一个帮凶。他买了剪刀，暗杀了利潘琴科，而自己也发了疯。关于他的最后一幕是发疯的杜德金模仿铜骑士的塑像，把被杀的利潘琴科当马骑。这是对奸细行为的辛辣嘲讽和彻底否定。

双面奸细利潘琴科是革命党的重要人物，参加制定纲领，领导革命党人的活动，接受法国人资助的活动经费，利用革命过着舒适的生活。同时他又充当当局密探，告密，拿赏金。他导演了一场谋杀阴谋：如果谋杀成功，他可以从革命党一方捞取资本；如果不成功，他可以嫁祸于同是革命党人的杜德金或者凶手尼古拉，而他始终是幕后指挥。利潘琴科不仅是奸细行为的化身，同时也象征着当时俄国社会的混乱状况：革命党还是密探，伟大的改革者还是毁灭性力量的化身，东方还是西方，一切都交织起来，纠结在一起。

我们看到，由作家的想象诞生出参政员，再由参政员的意识产生了新的人物。新的人物分别代表着混乱中的俄国的三种力量，共同演绎着对老阿波罗的恐怖活动。阿波罗的高压政策不仅没有使国家平静，反而使革命活动高涨，代表人物就是恐怖主义者杜德金。密探不仅是阿波罗认为的"坦率的仆人"，而且出色地发挥着他的恐怖政策。正是密探（利潘琴科和莫尔科温）设置了新的恐怖游戏来对抗一个老恐怖（参政员）和一个认为世界是"由火和剑组成"的小恐怖（参政员的儿子尼古拉）。在这场游戏中，以冷酷压制一切异端的参政员必须采取恐怖政策对付的居然是自己的儿子，儿子革命活动的对象则是父亲。人物、情节共同构成了对暴力、恐怖的反讽，既是对阿波罗的反讽，更是对以阿波罗为代表的彼得堡的黑暗势力的反讽。最后炸弹在阿波罗的书房爆炸，象征着那个诞生恐怖的中心被炸毁。作者借阿波罗和其他人物的象征意义，嘲讽了帝国末日的官僚高压统治下社会的混乱局面，既讽刺了国家恐怖主义，又讽刺了个人恐怖主义。利哈乔夫评价道："别雷与国家恐怖主义和个人恐怖主义都划清了界线，同时从两者身上撕去了任何浪漫主义情调。"①

可见，《彼得堡》中的每个人物，都只是各自所代表的意识的化身；人物与人物之间的关系，只是演绎了不同意识之间的冲突。这些人物都是作家意识的演绎者，他们共同表现了作家的主观意识。

意识及其象征物：人物关系的参照

人物的意识不仅演绎了作家的意识，同时人物的意识也是了解人物之间的真正关系的最佳参照。《彼得堡》情节简略，人物言语空洞，人物关系的外部描述十分单薄。表面上父子关系、朋友关系和夫妻关系非常冷淡，互相之间有如陌生人。例如父亲阿波罗和儿子尼古拉虽同住在一栋房子里，但在日常生活中他们之间只有十分简单的对话，一些客气的问候，父子关系十分冷漠。然而何以理解他们之间真正的深层次的联系呢？别雷将坚实、丰厚的心理内容视为冰山之底。他越过对人物的外在的性格、行为、环境的描绘，反传统地直接将读者带入人物的一系列的心理活动中去了。因为他相信，人与人之间的真正关系不在于彼此之间说了些什么，而在于彼此间不能言说的部分。

如阿波罗和尼古拉的父子关系在各自心灵发展的轨迹中得到确认的同时，他们之间的那种爱与恨，亲近与厌恶，依恋与疏远都在各自意识的发展中得到了最好的表现。相互换位的意识在发展，从他们意识的逻辑发展中，我们可以看到他们父性子承的关系。

又如莫尔科温跟踪尼古拉到小酒馆，自述："把我们联系在一起的关系……这是一种血缘关系……我啊，尼古拉·阿波罗诺维奇，知道吗，是您兄弟……"② 读者也许会迷惑于这句话。但只要深入阿波罗的意识深处，结合莫尔科温的所思所想，读者就会认同

① 俄文版《彼得堡》"原编者的话"，见［俄］安·别雷《彼得堡》，靳戈、杨光译，作家出版社1998年版，第3页。

② ［俄］安·别雷：《彼得堡》，靳戈、杨光译，作家出版社1998年版，第329页。

这句话。莫尔科温是奸细行为的化身，他承袭的正是来自阿波罗所代表的彼得所实施的历史性的奸细行为。

尼古拉和杜德金的关系也是这样。从他们的谈话来看，不管谈什么，他们相互之间，都难以理解，然而他们在意识之中却又如此相像，杜德金就像是尼古拉分裂意识的化身，是尼古拉的同貌人。他和尼古拉一样，也承受着末日审判。比如，在"可怕的审判"一节中，尼古拉在迷迷糊糊的梦呓中相信"他只是炸弹，在这里他要爆炸……是零"①。联系前面小说中杜德金的表白"我只是个破坏者，是零"，我们可以看清他们的共同之处。另外，在杜德金和利潘琴科、利潘琴科和尼古拉之间，他们表面上难以捉摸，但通过每个人的"第二空间"②，即他的意识空间，我们可以发现人物之间真正的联系。

把所有的人物联系在一起的是彼得堡这个具有人格化力量的象征物，也即历史人物彼得大帝的意识的象征物。曾有论者认为彼得堡才是小说真正的主人公③。确实，彼得堡从彼得大帝改革、强行迁都起就开始了自己的生命历程。它作为彼得实施的奸细行为的化身，是一个历史悲剧的承载者。

彼得大帝的纪念像——铜骑士历经岁月磨砺，依旧矗立在参政院广场，它代表着彼得堡的精神。1905 年 10 月铜骑士出现在彼得堡的街头，跟踪着小说中的人物，甚至潜入人物的幻觉，左右人物的思考。铜骑士代表着彼得堡所拥有的黑暗力量，渗入了每个人的心中，实施了奸细行为，破坏了人的心灵，使人失去了个性，失去了完整性，发生意识的分裂。人性的不完整不仅造成人的异化，还造成人与人关系、人与社会关系的异化，引发一系列毁灭文化、背弃伦理的社会现象。

---

① ［俄］安·别雷：《彼得堡》，靳戈、杨光译，作家出版社 1998 年版，第 239 页。

② Пискунов В. «Второе пространство» романа А. Белого «Петербург» //Андрей Белый. Проблемы творчества. М., Советский писатель. 1988. С. 193.

③ Келдыши В. А. Русская литература рубежа веков II. (1890 – е—начало 1920 – х годов). ИМЛИ РАН. М., «Наследие», 2001. С. 267.

彼得堡就这样以自己强大的精神力量控制着彼得堡的居民（甚至以发布通令的形式控制着其他城市），把他们共同纳入彼得制造的历史环圈中。彼得堡从它诞生之初，就具有了分裂性的特征。到了帝国末日，彼得堡更被证明不仅不是引领整个俄罗斯完成自己神圣历史使命的领头人，而且是葬送整个俄罗斯前途和未来的罪魁祸首，它使整个国家在彼得环圈上"白白地跑了一百年"。彼得堡在帝国开端和帝国末日之间画上了等号，把历史变成了无意义的重复，使国家重又陷入混乱、落后的状态。别雷在他的小说中，通过彼得堡这一人格化了的象征物及其对人物意识的制约作用，传达出对于"彼得之圈"的历史判定。

场景和事件——意识的内景画

《彼得堡》中的场景，也成为作家意识或者人物意识的内景画，而且似乎具有印象主义的特点。

在小说中，彼得堡首先被人格化了，它既是彼得大帝的意识的象征，又成为作家意识中的那些悲剧性内容的化身。作家的新彼得堡神话里充满了这种悲剧气氛。别雷选择磷光闪闪的月色为背景，用绿和灰为主色调渲染出彼得堡的特点。"绿色的闪着磷光的"城市犹如没有生命的地狱。在这个哈得斯的王国中，人有如影子，没有容貌，没有个性，只有鼻子，帽子。城市的街道都是直线型的，直线型外观既象征着心灵的停滞，也指向城市必遭灭亡的悲剧性命运。所以，"彼得堡——是一个……属于阴间的国家"[1]。

既然别雷的彼得堡已经不再只是具体的城市，所以其中的街道、广场、运河、小巷等在别雷看来也有了另外的含义。它们不仅是人物行动和生活地点，更是具有深刻意义的象征存在。城市的布局符合别雷的要求。多尔戈波洛夫曾详细考察过小说中出现的彼得

---

① ［俄］安·别雷：《彼得堡》，靳戈、杨光译，作家出版社1998年版，第475页。

堡市的一些具体的地点和路线，认为它与现实并不完全相符，但它反映了别雷创作的主要倾向。① 例如在小说最初的几页中作者就将彼得堡分为两个区域，一个是中央区域，一个是岛屿区域，中央区域以涅瓦大街和参政院广场为代表，也是主要人物阿波罗的主要活动舞台，因为这里能够表现出他的本质。岛屿地区，以瓦西里岛为代表。恐怖分子杜德金的主要空间舞台就是象征混乱的瓦西里岛。这两个地区相互对立，因为它们各自代表了生活的两部分，一个是中心，一个是边缘，一个要求统治和秩序，一个要求反叛和混乱；但它们既相互分离又紧密相连，共属一个整体。小说中的人物也时常跨越自己的属地进入另一个空间。还有作者十分热衷描写的铜骑士广场、政府机构、参政员的家、杜德金的房子等，都不只是简单的外部环境的描写，它们和人物的活动紧密相连，以自己的全部象征意义共同参与小说主题的创造。

　　小说中事件的发展也与人物意识的发展密切相关。小说的主要故事情节十分简单，大部分事件发生在 24 小时之内。作家在介绍关键事件、情节发展时只有寥寥数笔，但对于在主人公的意识中由外在事件引发的一连串以心灵为基地发生的事件，作家却不惜笔墨。

　　在现实中，尼古拉虽多次扬言弑父，并启动炸弹的定时装置，但他没有亲手杀害自己的父亲。然而在他的意识中，弑父场面却多次出现，并且他也多次接受灵魂的审判。他像受难的酒神苦苦寻求着心灵的出路，在意识中不断地反省。在经历了对沙丁鱼罐头的感受后，尼古拉的心"原先它是毫无意义地在跳；现在它的跳动有了意义；在他身上跳动的，还有感情；这种感情意外地在颤抖；现在的这种震荡——它在震荡，把自己的心灵翻个底朝天"②。他曾视为怪人的父亲——吞食自己孩子的父亲，在尼古拉的眼里成了需要呵护和维护的孩子。小阿勃列乌霍夫对老参政员的关系在下意识地

---

　　① Долгополов Л. К. *Андрей Белый и его роман* 《Петербург》. Л. , сов. писатель. 1988. C. 321.

　　② ［俄］安·别雷：《彼得堡》，靳戈、杨光译，作家出版社 1998 年版，第 506 页。

改变。所以在现实中他才没有选择走上弑父之路。参议员从他儿子的叛逆行为侵扰他意识的那个时刻（即假面舞会一场）起便失去了权利。在父亲的意识中，无异于发生了一场地震，震中瓦解，坚冰消融；和儿子一样，父亲也在意识发展中找到了出路，最后在现实中父子相容。

　　外在事件和内心剧烈的意识活动犹如小说发展的显线索和隐线索，它们互相支撑，相互影响，共同引导小说的发展。小说共分八章，外部情节发展到第五章的最后一节"可怕的审判"时候，我们通过尼古拉的意识已经知道，小说的中心事件——弑父事件已经结束，尼古拉彻底放弃了自己在现实生活中的计划。但是，小说的中心描写对象——尼古拉在意识中的自我完善并未结束。心灵在意识的发展轨迹中不断完整，不断壮大，直至完全拥有对抗分裂心灵的彼得之圈的力量。最后一章结束之时，就是主人公的心灵走出彼得缔造的历史环圈（它也是主人公的心灵魔圈）之日。整部小说的彼得堡系列事件也以尼古拉彻底离开彼得堡、再也没有回来而告终。外在事件的结束为主人公的心灵成长作了最好的注释。

　　综上所述，在《彼得堡》中，别雷创造了一个"意识之域"。他通过一系列具有典型意义的"时间、地点、人物、环境、事件"在自己意识上的投影，展现了自己对俄国历史和文化发展轨迹的反思。别雷认为"奸细行为"渗入了人的心灵，造成人性异化，成为俄国发展道路上的绊脚石。他认为通过潜入潜意识能"揭示出以往人们所未能揭示的人的特殊品质、天性和从属性"[1]。这样就打开人的有益的"第二空间"，它可以对抗"奸细行为"，发展出真正完善的个性，到达心灵的彻底解放，而这也是解决历史上俄罗斯和东西方之间冲突问题的最佳途径。

---

① Долгополов Л. К. Начало знакомства // Андрей Белый. Проблемы творчества. М., Советский писатель. 1988. С. 51.

从《彼得堡》开始，别雷实现了被描绘的事件、物质世界和人物在主观意识中的体系性的投影。他创造出一个纯粹意识的世界，存在的世界，以独特的形式表达了自己的美学追求、历史观念和哲学理想。

（作者单位：南京师范大学外国语学院）

《岩石集》的"世界文化"网络

王 永

奥西普·埃米尔耶维奇·曼德尔施塔姆（Осип Эмильевич Мандельштам，1891—1938）是俄罗斯白银时代阿克梅派诗人，被誉为"20世纪俄罗斯第一诗人，堪比黄金时代的三大巨擘：普希金、丘特切夫和莱蒙托夫"[①]，与阿赫玛托娃、帕斯捷尔纳克、茨维塔耶娃并称为"俄罗斯白银时代诗坛的四巨匠"。文艺批评家什克洛夫斯基称其为"天才"诗人。在诺贝尔文学奖获得者布罗茨基的眼中，曼德尔施塔姆"以其本质上全新的内容而独树一帜"[②]。德语诗人、翻译家保罗·策兰甚为推崇曼德尔施塔姆的诗歌，翻译并出版了曼氏诗集。他在1960年2月28日致司徒卢威的信中说："曼德尔施塔姆：我很少再有像读他的诗时的那种感受，就好像在走一条路——这条路的旁边是无可辩驳的真实，为此我感谢他。"[③]曼德尔施塔姆在俄罗斯诗歌中的地位是毋庸置疑的，正因如此，他才成为俄罗斯白银时代诗歌研究中的一个热点。

在阐述阿克梅派的创作理念时，曼德尔施塔姆明确指出，阿克

---

① Мандельштам О. Э. *Собрание сочинений в четырех томах*. Т. 1. М.：TEPPA，1991. C. LXI.

② ［俄］曼德尔施塔姆：《曼德尔施塔姆随笔选》，黄灿然等译，花城出版社2010年版，代序第13页。

③ Ralph Dutli：Im Luftgrab. Vorwort des Herausgebers. In：Ossip Mandelstamm：*Im Luftgrab*. Herausgegeben von Ralph Dutli. Zürich：Ammann Verlag 1988, p. 15.

梅派诗学的一大特征是"对世界文化的眷念"①。那么,曼德尔施塔姆作为"阿克梅派的信徒"②是如何践行这一诗学原则的?他在创作中"对世界文化的眷恋"又有哪些具体表现?原因何在?他的第一部诗集《岩石集》可以回答这些问题。

一 用节点和坐标建构世界文化网络

《岩石集》"'浓缩'了诗人艺术世界几乎所有的特点,这些特点在其生活和创作历程的不同时期,虽然在表现方式上有所差异,但却始终保持着内在的统一性和完整性"③。而《岩石集》的这种统一性和完整性,体现为诗人笔下"世界文化"网络的特征。上至古希腊罗马,下至诗人所处时代,他的"世界文化"网络是一个以欧洲为中心,辐射到美洲、亚洲和非洲的时空域。在这个巨大的网络中,诗集中的人物、建筑、国家、山川、河流等构成了一个个相互联系的网络节点。

从时间轴上看,《岩石集》描写的始自古希腊罗马并一直延续到诗人所处时代的各类人物,都是不同文化的代表性符号。例如古希腊罗马时期的苏格拉底、恺撒、西塞罗、奥古斯都、奥维德、查士丁尼等,他们是西方古典文明的符号;近代时期的马丁·路德、彼得大帝、波拿巴、巴赫、贝多芬等,他们是宗教、政治、艺术的文化符号;工业革命时期的狄更斯、福楼拜、仲马、左拉等,他们是文学与社会的文化符号;而与诗人同时代的魏尔伦、格·伊万诺夫、阿赫玛托娃、古米廖夫等,则是同诗人自己紧密相连的诗歌的文化符号。

在《岩石集》构建的文化网络中,"圣索菲亚大教堂""Notre

---

① 阿格诺索夫:《白银时代俄国文学》,石国雄、王加兴译,译林出版社 2001 年版,第 234 页。

② Роговер Е. С. *Русская литература XX века*. СПб. : ПАРИТЕТ, 2003. С. 334.

③ 阿格诺索夫:《白银时代俄国文学》,石国雄、王加兴译,译林出版社 2001 年版,第 236 页。

Dame"和"海军部大厦"这三首诗构成了"世界文化"时间轴上的三个坐标。这三个坐标以建筑标志,代表了古罗马帝国、中世纪及现代这三个历史时期的文化。它们把世界文化节点中的历史人物作为不同时期的文化符号串联在一起,编织出一张承载厚重历史文化的欧洲文化史网络。"圣索菲亚大教堂"是古典文化的符号。这座位于伊斯坦布尔的有"一百零七根绿色大理石柱"的东正教教堂,是"在尘世漂游的庙宇"。"光"透过穹顶的"四十个窗洞"照射进教堂内部,赋予了教堂以"庄严"的感觉。同时,诗歌在对教堂的建筑构造进行描写时,也揭示出这座建筑蕴含的历史文化。自公元6世纪东罗马帝国皇帝查士丁尼一世下令修建以来,这座教堂见证了拜占庭帝国的兴衰以及奥斯曼帝国曾经的辉煌:

> 圣索菲亚——上帝判定
> 所有的民族和国王在此停留!
> 须知,据目击者声称,你的圆顶
> 仿佛用铁链系挂于天庭。①

"上帝判定",希腊人、罗马人、土耳其等民族,以及查士丁尼、穆罕默德等国王"在此停留"。这一个个由人物体现的文化符号,在圣索菲亚大教堂里成为固化的历史,见证了时代更替、帝国兴衰的真理,那就是"智慧的球形建筑/比民族和世纪活得更长久"。

巴黎圣母院(Notre Dame)是另一个文化坐标。这座依据"神秘的平面图"建成的"巴西利卡式教堂",有着"轻便的十字穹顶"。它那"马鞍形的拱门将力量凝聚在这里,/为的是让负重不去压垮墙壁"。同样,这首诗在描绘教堂建筑的同时,也揭示了蕴含于其中的历史文化:

---

① [俄]曼德尔施塔姆:《黄金在天空中舞蹈》,汪剑钊译,上海文艺出版社2015年版,第35页。本文以下所引曼德尔施塔姆诗歌,译文均出自这一译本,引用时仅在引文标出页码,不再加注。

> 在罗马法官审判异族人的地方，
> 矗立着一座巴西利卡式教堂
> ……
>
> 自然力的迷宫，不可思议的森林
> 哥特式灵魂那理智的深渊，
> 埃及的强力和基督教的胆怯，
> 橡树挨着小树，垂直线是准绳。（37 页）

　　巴黎圣母院的前身是巴黎第一座基督教教堂——圣斯蒂芬巴西利卡式教堂，自 12 世纪开始建造，至 14 世纪最后建成，业已成为中世纪哥特式教堂的典范。教堂顶部耸立着多座尖塔，最高的一座有 96 米，为"橡树"材质。与此相比，其他细瘦的尖塔犹如"小树"。教堂内庞大的肋骨状构架和垂直线条，宛若"自然力的迷宫，不可思议的森林"。置身于这座集宗教建筑艺术与历史文化于一体的教堂中，仿佛落入了"哥特式灵魂那理智的深渊"，能感受到"埃及的强力和基督教的胆怯"。

　　"慵懒地伫立"在"北方的首都"的"海军部大厦"，同样是一个文化坐标。作为圣彼得堡的地标建筑，海军部大厦占据着中心位置，从远处就可以看见那"透明的刻度盘"，那"空中的帆船和高不可攀的桅杆／是彼得历代继任者的量尺"。显然，海军部大厦不仅是这座城市地理意义上的中心，而且在俄罗斯历史文化中占有显著地位，象征着彼得大帝时期俄国的崛起和文化的繁荣。诗中描写道：

> 上帝友善地赋予我们四种自然力，
> 但自由的人却创造了第五种。
> ……
>
> 任性的水母愤怒地吸附着，
> 铁锚在生锈，就像被扔弃的犁铧；

> 镣铐的三个维度就这样被砸断,
>
> 于是,全世界的海洋都敞开!(46 页)

"四种自然力""水母""铁锚",都是大厦塔楼上的雕塑。在塔楼第二层的 28 根廊柱上,有 28 尊雕像,其中有火、水、土、空气"四种自然力"。塔楼正面的檐上墙,雕刻着"建立俄国海军"的浮雕,描绘了海神波塞冬把象征海洋权力的三叉戟交给彼得大帝的场景,位于浮雕正中心位置的是彼得大帝。"自由的人"彼得大帝建立的俄国海军,创造了"第五种"力量,成为俄国海军荣耀与实力的象征。自此,"全世界的海洋都敞开",船舶由海军部大厦进入涅瓦河,由此通过芬兰湾入波罗的海,打开了"通向欧洲的窗口",建立起俄国与欧洲沟通的桥梁,使俄国文化逐渐融入欧洲文化。

在世界文化的空间轴上,诗集中出现的遍布亚洲、美洲、欧洲和非洲的国家、城市、河流、山川等名称,都同样是处于世界文化网络不同节点上的文化符号。国家如意大利、波兰、西班牙、俄罗斯、美国、埃及等,是代表世界不同民族文化的象征性符号。城市如雅典、比雷埃夫斯、特洛伊、罗马、热那亚、伦敦等,是代表不同历史文化的象征性符号;河流山川如阿索斯圣山、阿芬丁山、卡皮托利山、阿尔卑斯山、涅瓦河、泰晤士河等,是不同地域文化的符号。在这个网络空间里,欧洲的文化节点多达 28 个,在整个网络节点中占到 87.5%。由此可以看出,这张世界文化的网络通过三大坐标把众多节点联结在一起,实际上构建的是一张以欧洲为中心而辐射至其他地域的世界文化网络。

作为空间网络中心节点的欧洲,通过浩渺的海洋连接至亚洲和美洲:"习惯了辽阔的亚洲和美洲,/大西洋冲刷欧洲时不再汹涌"。在诗人的笔下,欧洲是"被海水抛出的最后一块大陆":

> 生动的海岸蜿蜒曲折,
>
> 半岛如轻盈的雕像;

> 港湾的轮廓女性般柔美：
> 比斯开湾，热那亚湾，一条慵懒的弧线……（63 页）

在这首诗中，诗人用俯瞰的视角勾勒出欧洲大陆的版图。她有曲折的海岸线，有鬼斧神工雕琢出来的巴尔干半岛、亚平宁半岛、伊比利亚半岛、斯堪的纳维亚半岛。比斯开湾、热那亚湾不仅本身的弧度柔和温顺，而且其俄文名称的词法属性为阴性，令人联想起女性的温柔。同时，这片大陆又是"专制君主的欧洲""新的爱拉多"：

> 一片征服者古老的土地
> 欧洲穿着神圣同盟的破衣烂衫；
> 西班牙的脚踵，意大利的水母，
> 没有国王的温柔波兰。（63 页）

显然，诗人的主旨并不在于单纯描绘欧洲的形状，还在于揭示这片土地走过的历史。在欧洲大陆上，19 世纪初结成的神圣同盟，先后镇压了意大利革命和西班牙革命。而如今，第一次世界大战的炮声又将她撕裂，致使"神秘的版图发生变化"。

综上所述，《岩石集》借助一个又一个节点，构筑了一个上下几千年、纵横数万里，以欧洲为中心，延伸至美洲、亚洲及非洲，涵盖各个时期欧洲文明的"世界文化"网络。

二 俄罗斯的古希腊罗马文化底色

在《岩石集》建构的世界文化网络中，古希腊罗马文化是这张网络的底色。从数据统计中可以看出，同古希腊罗马文化相关的人物多达 16 人，占到所有人物总数的 31.37%。除了现实中的人物君主帝王查士丁尼大帝、哲学家苏格拉底、政治活动家西塞罗、文学家荷马和奥维德外，还有神话中的人物阿佛洛狄忒、狄奥尼索斯、海伦、缪斯、俄耳甫斯、狄安娜等。这些人物作为特色鲜明的古典文化符号分布在不同的国家和地域中，并同国家和地域融合在一起，变成新的文化符号。人物同国家、城市、山川等相融合演变成新的文化符号，爱拉多（古希腊）、特洛伊城、罗马（罗慕·洛，Romulus）、阿芬丁山、卡皮托利山、阿索斯圣山、萨拉米斯岛等。这些词汇表现出欧洲古典文化是由不同文化融合而来的特征。也正是这种融合，构成了古希腊罗马文化不同于其他文化的基本特色。

诗人借助这些从不同文化融合而来的文化词语的本义和隐喻，构筑起一个独特的"古希腊罗马文化"的语义空间。罗马、阿芬丁山、卡皮托利山、埃及、荷马、特洛伊、爱拉多等词，不仅表达本义，而且可以引起关于古希腊罗马文化的联想。诗人如此看重古希腊罗马文化，是同俄罗斯文化的构成特征分不开的。

首先，俄罗斯文化带有深刻的古希腊文化烙印。在"词的本质"一文中，曼德尔施塔姆指出，俄罗斯文化同希腊文化有着天然联系："俄语是一种希腊化的语言。……希腊文化的有生力量在西方让位于拉丁文化的影响，并在后继无人的拜占庭文化中短暂逗留后，一头扑进俄罗斯言语的怀抱。"①

这段文字表明，俄语文字有很深的希腊渊源。俄语字母为西里尔字母，脱胎于希腊字母的格拉哥里字母。由拜占庭帝国的基督教传教士西里尔和梅福季在 9 世纪为在斯拉夫民族传播基督教而创造的俄语，在"罗斯受洗"后成为东正教教会的官方语言，因此希腊字母构成了斯拉夫文化之源。在曼德尔施塔姆看来，俄罗斯是希腊文化传统的继承者。因此，作为古希腊文学基本精神的生命意识、人本意识和自由观念，自然而然地融入了他的诗歌创作中，成为他获得诗歌创作动力的重要来源。

在诗人的笔下，自由既是他本人所感受到的"恬静的""透明的""自由"，也是他眼中具有自由本质的人或物体。那是"建立

---

① Мандельштам О. Э. *Собрание сочинений в четырех томах.* Т. 2. М.：ТЕРРА，1991. С. 245.

第五种自然力"的"自由的人"彼得大帝，拥有"我的权杖，我的自由"的恰达耶夫，在"一战"期间致力于和平、反对战争的罗马教皇本笃十五世。那座"廊柱圈成一个半圆"的喀山大教堂，就是自由圣殿。在诗人看来，自由具有与法律同等的崇高地位：

> 我要把自己的王冠
> 庄严地敬献给你，
> 希望你由衷地服从自由，
> 恰似服从法律……（73 页）

其次，在俄罗斯文化中，"罗马"是"世界文化"的中心。《岩石集》中的"罗马"，既是古罗马时期的罗马，如诗歌"他们委屈地走向山冈"；也是天主教的罗马，如诗歌"写给本笃十五世教皇通谕"。俄罗斯文化怎样继承古罗马文化，"第三罗马"概念似乎是一条把二者连接起来的罗马文化通道。布罗茨基在"逃离拜占庭"一文中有一段形象的精彩文字，描述他如何"在博斯普鲁斯岸边""观看'第三罗马'① 的航空母舰慢慢穿过'第二罗马'的闸门，驶向'第一罗马'"②。

但是诗人也看到，俄罗斯的罗马文化之根并不牢固。天主教的罗马要在俄罗斯文化与西方文化之间筑起一道屏障，使"俄罗斯文化和历史""永远在四面八方漂浮"。诗人说："即使在今天，我们的文化也仍然在漫游，仍未找到它的墙。"③ 这就是说，俄罗斯文

---

① 1453 年，东罗马帝国为奥斯曼帝国所灭，此后，拜占庭帝国末代皇帝君士坦丁十一世的侄女索菲娅·帕列奥罗科嫁给了莫斯科公国大公伊凡三世，使其成为拜占庭帝国的继承者，莫斯科成为东正教中心，从而在俄国形成了"第三罗马"的概念。简言之，罗马帝国时期的罗马为"第一罗马"；罗马帝国分裂后的东罗马（拜占庭）帝国首都君士坦丁堡为"第二罗马"；东罗马帝国灭亡后的莫斯科为"第三罗马"。

② ［美］约瑟夫·布罗茨基：《小于一》，黄灿然译，浙江文艺出版社 2014 年版，第 386 页。

③ ［俄］曼德尔施塔姆：《曼德尔施塔姆随笔选》，黄灿然等译，花城出版社 2010 年版，第 48、55 页。

化植根于古希腊罗马文化之中，但是当罗马帝国灭亡罗马成为拉丁文化中心之后，俄罗斯文化同西方文化之间就产生出更多的疏离。正是这种疏离，引发了诗人对俄罗斯历史文化的深层思考："让我们来谈谈罗马——神奇的城市！／它用胜利确立圆顶。"

在诗人心目中，罗马是一座神奇的城市。作为欧洲的中心，欧洲文明的发源地，罗马集中体现了欧洲的历史命运与社会变革。历史上，这座城市的庶民们"在阿芬丁山上永远等待国王"，"我们这些铁人们被判定／去保卫安全的卡皮托利山"。从王政时期到共和时期，公民充分显示出其力量。"在无数世纪中生存的并非罗马／而是人在整个宇宙的位置。"诗人这样说：

> 自然就是罗马，罗马倒映着自然。
> 在透明的空气中，我们看到了
> 公民力量的形象。仿佛在蓝色的杂技场，
> 在空旷的田野，在林立的柱廊间。（60 页）

凭借一次又一次的胜利，罗马成为天主教中心，成为西方文化中心，"圆顶"的圣彼得大教堂成为其见证。

这个神圣的罗马是俄罗斯文化的源泉，构成了诗人思考历史的载体。

> 庙堂那小小的躯体
> 比巨人更多一百倍的生气，
> 那巨人靠着整块岩石
> 无助地贴紧着大地！（58 页）

望着眼前这座由"罗马的俄罗斯人"设计建造的喀山大教堂，诗人联想起矗立在十二月党人广场上的"巨人"。这巨人是骑在马上的彼得大帝——青铜骑士雕像，受到普希金的颂扬。这座雕像的底座是重达 40 吨的整块花岗岩，与此相比，喀山大教堂虽然有 96

根围成半圆形的柱廊，但"庙堂"本身只有"小小的躯体"。然而，这"小小的躯体"却比腾空而起的巨人"更多一百倍的生气"。这不仅是因为这座教堂以罗马的圣彼得大教堂为原本而建，具有同罗马的天然联系，而且也因为这里供奉着俄罗斯军队的保护神——喀山圣母像，保佑伊凡雷帝打败了蒙古军队，并使库图佐夫元帅打败了拿破仑。在教堂里，安放着俄法战争期间库图佐夫元帅的灵柩。

在另一首诗《权杖》（1914）中，诗人通过恰达耶夫的形象表达出个人的历史观。

> 我拿起权杖，心情舒展，
> 向遥远的罗马出发。
> ……
> 积雪逐渐消融在悬崖上——
> 被真理的太阳所烤化……
> 人民是对的，他们给我权杖，
> 因为我亲眼见过罗马！（64—65 页）

罗马同真理和权力相关，是恰达耶夫前往找寻道德与理性统一的目的地。在诗人眼中，恰达耶夫是彻底拥有内心自由的人。"恰达耶夫在俄罗斯找到了唯一一种馈赠：道德自由，选择的自由……恰达耶夫接受了自由，把它当作权杖，出发去了罗马。"去亲眼看见"自己的西方，历史和伟大的王国，凝固于教堂和建筑中的精神家园"。恰达耶夫意识到，"在西方存在着统一！"而俄国"同统一的世界割裂，同历史脱离"，因此，他遥望着"一个点，那里，统一构成了被悉心保护、代代相传的肉体"①。

在这一点上，曼德尔施塔姆赞同恰达耶夫的观点，把罗马视为

---

① Мандельштам О. Э. *Собрание сочинений в четырех томах.* Т. 2. М. : ТЕРРА, 1991. С. 287, 286.

西方文化的中心。因此，"坚信西方文化密不可分的完整性"，"构成了曼德尔施塔姆诗歌的典型特征"①。不过，诗人同时认为，"恰达耶夫在发表他有关俄罗斯的意见，认为俄罗斯没有历史，也即俄罗斯属于没有组织的、非历史的文化现象的世界时，忽略了一个因素——俄罗斯的语言。这种如此高度组织、如此有机的语言，不只是进入历史之门，而且其本身就是历史"②。这或许就是古希腊罗马文化之所以在这部诗集中占据如此重要地位的原因，诗人试图借此构建起联系俄罗斯与西方文化的桥梁。

三　世界文化网络的文学艺术载体

在《岩石集》的"世界文化"网络中，文学艺术构成其最为重要的载体。据统计，在诗集的人名中，文学家、艺术家以及文艺作品中的人物有 40 个，占人物总词数的 78.43%。这些人物几乎涵盖了欧洲文学与艺术史的主要阶段及流派：古希腊罗马神话、《圣经》故事、巴洛克风格（巴赫）、古典主义（作曲家贝多芬；文学家拉辛、苏马罗科夫、奥泽罗夫等）、浪漫主义（爱伦·坡）、现实主义（狄更斯、福楼拜）、自然主义（左拉）、现代主义（魏尔伦、阿赫玛托娃）。如此高的比例，如此全面的呈现，充分说明曼德尔施塔姆对文学艺术情有独钟。此外，人物的另一个特点是在这些文学艺术家中以诗人、戏剧家和音乐家居多，而且绝大多数集中在俄国、法国、德国这三个国家。将这些特点与曼德尔施塔姆的生平相联系，可以发现，《岩石集》对文学艺术的书写带有诗人自己的生活烙印。

曼德尔施塔姆出生于华沙（时为俄国领土），他的母亲是一位音乐家。1897 年，他跟随父母迁居彼得堡，后进入捷尼舍夫学校

---

① Террас В. И. Классические мотивы в поэзии Осипа Мандельштама // *Мандельштам и античность*. М. : Радикс, 1995. 27.

② ［俄］曼德尔施塔姆：《曼德尔施塔姆随笔选》，黄灿然等译，花城出版社 2010 年版，第 50 页。

学习，其语文老师为诗人弗拉基米尔·吉皮乌斯①；该校还时常举办"当代诗歌与音乐"晚会。母亲的音乐素养、吉皮乌斯的诗歌创作、学校的文艺活动，无疑对曼德尔施塔姆的兴趣爱好起到了指引的作用。此外，彼得堡浓厚的文学艺术氛围也熏陶着未来诗人的情趣。他可以"从带刺的栅栏后捕捉到柴可夫斯基那宽广、平稳、纯小提琴的作品"，也可以在科米萨尔热夫斯卡娅的小剧院里"呼吸着一种戏剧奇迹的荒诞的、不现实的氧气"。此时，他对诗歌和音乐热爱已完全确立。1908 年，他在巴黎写信给吉皮乌斯说："我这里的生活颇为孤寂，几乎完全专注于诗歌和音乐。"②

1908—1910 年，曼德尔施塔姆在法国巴黎大学和德国海德堡大学游学，尤其喜爱诗人波德莱尔和魏尔伦的作品。在这期间，他认识了阿克梅派诗人古米廖夫，常常回到彼得堡到"塔楼"听象征主义诗人伊万诺夫的诗学讲座。1911 年，他进入彼得堡大学历史语文系罗曼日耳曼语专业，学习古法语及文学。次年，他加入"诗人车间"，成为古米廖夫和阿赫玛托娃的好友。1915 年 6 月底，与诗人茨维塔耶娃相识。9 月回到彼得堡，开始翻译法国剧作家拉辛的作品《费德拉》。

从这段履历不难发现，曼德尔施塔姆之所以偏爱诗歌、戏剧、音乐，钟情于俄国、法国、德国的文学艺术家，同他的成长经历密不可分。对诗人而言，这些诗人、戏剧家、音乐家，以及他们的作品，已然成为他生活中不可或缺的部分，甚至彻底溶于其血液中。

正因如此，在《岩石集》中，生活于不同国度、不同时期的文学家、艺术家，可以穿越国界，抚平时间的落差，共存于现实中。在"我们无法忍受紧张的沉默"时，"一个可怖的人诵读'尤娜路

---

① 俄罗斯文学史上有三位姓吉皮乌斯的诗人。弗拉基米尔·吉皮乌斯（1876—1941）和瓦西里·吉皮乌斯（1892—1942）是兄弟，写诗时通常使用笔名。前者用弗拉基米尔·别斯图舍夫或弗拉基米尔·涅列金斯基，后者用瓦西里·加拉霍夫。我国读者较为熟悉的是两兄弟的亲戚，女诗人济娜伊达·吉皮乌斯（1869—1945）。

② ［俄］曼德尔施塔姆：《曼德尔施塔姆随笔选》，黄灿然等译，花城出版社 2010年版，第 180、213、363 页。

姆'",而"竖琴在吟唱埃德加的《厄舍府》"。"当我听到英语的时候，……我看见了奥利佛·退斯特"，以及狄更斯笔下的"董贝事务所"。作家和诗人们或他们笔下的主人公时常来到曼德尔施塔姆面前：

> 晶亮的刻度盘照耀着我
> ……
> 巴丘什科夫的傲慢令我厌恶，
> "几点钟？"这时有人问道，
> 可他老练地回答："永恒。"（28 页）

甚至跟他对话：

> 福楼拜和左拉的神父——
> ……他点头示意，
> 姿态是那么彬彬有礼，
> 在与我交谈时指出：
> "您将像一名天主教徒那样死去！"（71—72 页）

当然，这些文学艺术作品不只是滋养诗人生活的养分，更是世界文化的载体。如巴赫的音乐是巴洛克音乐的代表，令人联想到教堂的肃穆与神圣：

> 在喧闹的酒馆，在教堂里，
> 音调嘈杂，七嘴八舌，
> 而你在欢呼，就像赞美诗，
> 哦，最有理智的巴赫！（42 页）

而"半侧身子"，"那一条伪古典主义的披肩/从肩膀滑落，变成石头"的阿赫玛托娃，酷似"——愤怒的费德拉——拉莎丽/曾经就这样站立"。

可以说，将彼时此时、彼处此处的文化历史事件同现发挥到极致的，当属"彼得堡诗篇"。尽管曼德尔施塔姆是一个"到处流浪的诗人"，但他居住时间最长，最为亲近的城市无疑是彼得堡，对这座城市，他"熟悉到泪水／熟悉到筋脉，熟悉到微肿的儿童淋巴腺"。这座城市见证了俄罗斯文学艺术的辉煌，普希金等文学家和艺术家的灵魂深入其骨髓。因此，彼得堡的文化痕迹俯拾皆是：

> 北方假绅士的包袱沉重——
> 奥涅金长久的忧伤；
> 元老院广场白雪皑皑，
> 篝火的青烟和刺刀的寒光。
> ……
> 一辆辆汽车飞进迷雾；
> 自尊、谦虚的徒步旅人——
> 怪人叶夫根尼——羞于贫穷，
> 呼吸汽油，诅咒命运。（40—41 页）

在"诗篇"中同现的有果戈理笔下的"北方假绅士"、普希金诗体小说中的"奥涅金"、别雷小说中的"怪人叶夫根尼"。奥涅金的忧伤同元老院广场的刺刀相伴，提醒着现代人十二月党人的命运。怪人叶夫根尼的贫穷令人联想到俄国当时的现状。关于普希金、果戈理的记忆，更是黄金时代俄罗斯文学的见证。这首诗以古喻今，打破时间的阻隔，打破真实人物与艺术形象的界限，体现出诗人对俄国历史文化的焦虑与思考。

由此可见，在《岩石集》中，文学艺术是曼德尔施塔姆用于表达世界文化的载体。从那些优美的诗行里，我们能够感受到世界文化就蕴含在文学作品中，流淌在音乐的乐符中，凝固在建筑符号中。

（作者单位：浙江大学外国语言文化与国际交流学院）

118

俄罗斯后现代主义文学中的
民族文化建构

赵　杨

　　毋庸置疑，俄罗斯后现代主义文学是在西方后现代文化思潮的影响下产生并发展起来的。然而，作为俄苏文学自身发展所滋养出来的俄罗斯后现代主义文学又与民族文化传统具有不可剥离的内在联系，这一点似乎有悖于西方后现代主义思潮所遵从的"反传统"思想倾向。其实不然。法国理论家利奥塔认为，"后现代"不应理解为和现代相断裂的一个崭新的历史时代，它不是位于现代之后，而是隶属于现代的一个部分。"后现代主义不是穷途末路的现代主义，而是现代主义的新生状态。"① 具体到俄罗斯后现代主义文学，应该看到，俄罗斯后现代主义文学其实包含了一个非常宽泛的创作群体，其中每一个作家都有各自的艺术特质，其作品的思想与审美价值都不尽相同。但在他们各具特色的艺术创作中，都体现出了作家们对俄罗斯文学传统的认同。从以马卡宁、哈里托诺夫、彼特鲁舍夫斯卡娅、塔·托尔斯泰娅、弗·索罗金等俄罗斯后现代主义作家为代表的创作中，我们可以看到，俄罗斯后现代主义文学恰恰验证了法国人利奥塔的说法。

　　众所周知，俄国白银时代现代主义文学中先后出现的象征主义、阿克梅主义、未来主义诗歌流派，从实质上说，都是 19 世纪

---

① ［法］让－弗朗索瓦·利奥塔：《后现代性与公正游戏》，谈瀛洲译，上海人民出版社 1997 年版，第 143 页。

末 20 世纪初从西欧嫁接到俄国文学上来的产物。美学思想上，它们宣传"为艺术而艺术"的理念，追求艺术的非理性，崇尚艺术的形式美，用唯美主义、形式主义取代传统的现实主义。俄国白银时代的现代主义者们旗帜鲜明地开辟了一隅与过去的文学完全不同的艺术天地，给文学在表现和揭示人的内在的秘而不宣的情感方面，提供了一种前所未有的可能性。他们在文艺活动中的个人体验，虽然表面上充满了低沉、消极的调子，但其中潜藏着的恰恰是他们对生活、命运、生存的强烈追求和眷恋。尽管"白银时代"曾因苏联特殊的政治氛围而迅速终结，但这种可贵的追寻真理的现代主义精神却一直烛照着后世的俄罗斯知识分子，包括时隔半个多世纪的后现代主义作家们。这些后辈作家正是凭借着白银时代前辈作家的艺术理念才完成了他们对当代苏联社会生活的后现代式的颠覆。其实，无论是白银时代的现代主义文学，还是以鲜明的后现代主义风格颠覆了苏联强权主义话语模式的俄罗斯后现代主义文学，在它们独特的艺术世界里都隐藏着俄罗斯作家所特有的对民族历史、对俄罗斯人的悲剧性命运的探索和体悟。这正是俄罗斯文学传统的影响所在。

马卡宁的《损失》以令人窒息的破碎画面喻示了苏联停滞时期沉闷的生活气象。《那儿曾有一对儿……》以健身器材跑步机上原地踏步的重复运动暗喻苏联社会整个历史进程的可悲性。《铺着呢绒，中间放着长颈瓶的桌子》以异常凌乱的生活流程揭露了苏联极权体制给人们带来的普遍高压，主人公无数次面对着由"桌子"围成的审判席，始终无法逃出生活的责难。《豁口》所展示的两个完全不同的世界——"地上"与"地下"暗指苏联解体后的混乱的社会现实和远离祖国过上美好生活的侨民社会，对俄罗斯的深切情感使生活于"地下"的人们放不下对"亲人"的眷恋，而主人公来回穿梭于两个世界之间却最终选择回到"地上"的家园。作家打破了人们对苏联解体后的"自由社会"及西方美丽世界的天真幻想，用主人公最终获得的"盲人手杖"告诫人们要勇敢面对现实，摸索出一条俄罗斯人自己的生存之路。《地下人，或当代英雄》同样以鲜明的后现代话语颠覆了俄罗斯社会文化大转型时期人们对民主自由的天真的期望，主人公的悲惨境遇透露出俄罗斯知识分子坚守精神信仰的高尚的灵魂心迹。而哈里托诺夫的小说《命运线》又何尝不是在纷杂无序的"碎纸片"的背后显示出不同时代的俄罗斯知识分子对人生真理的无悔追求。女作家彼特鲁舍夫斯卡娅则摒弃了现实主义文学全知全能的叙事方式，以极其贴近生活真实本色的个性化描述解构了人们对生活的美好幻想，表达出对"绝望人生"的关注。塔·托尔斯泰娅用后现代话语构筑了一个纯真的童话世界，在远离尘世的氛围中体现出另一种人生，另一种社会态度。维克多·佩列文的小说更是充满了后现代的艺术表现力，但依然没有实现后现代主义文学所谓"价值零度"的创作准则。《百事一代》在对 20 世纪 70 年代出生的一代人的荒诞的成长历程的描述中透露着当代俄罗斯知识分子精神上的痛苦和迷惘。《夏伯阳与虚空》的主人公作为伪人格分裂的精神病患者不断游走在现实与非现实之间，在自己的意识深层不断思考着当代俄罗斯人的生存状态。而弗·索罗金的文本里虽然充满了血腥、暴力和色情，但在这些扭曲、夸张的描述中多少还透露出作家对人性本质的形而上思考，尽管这种思考因作家过多的血腥、暴力和色情描写而受到了很大的限制。

如果说俄罗斯后现代主义作家们继承了白银时代俄国文学的创作理念，那么，由 19 世纪古典现实主义文学、白银时代现代主义文学和苏联时期的现实主义文学共同构成的俄罗斯文学传统则在创作形式上为后现代主义文学奠定了厚实的基础。譬如，彼特鲁舍夫斯卡娅的小说因对残酷现实的描述而被称为"极度的现实主义"；佩列文的作品因具有佛学、玄学思想而被称作"后苏联超现实主义"[1]；而多甫拉托夫的后现代文本因凸显出浓厚的现实主义因素而被某些评论家称为"严肃的存在主义作家"[2]；等等。正如维克

---

① ［俄］亚历山大·博利舍夫：《20 世纪俄罗斯后现代文学概观》，载《俄罗斯文艺》2003 年第 3 期，第 28、35 页。

② 张建华：《荒诞的存在与本真的叙事——多甫拉托夫的后现代主义短篇小说述评》，载《外国文学》2003 年第 6 期，第 23 页。

多·叶罗菲耶夫所说："俄罗斯后现代主义文学是寄生于过去的文化形式之上的。"① 这就是说，在俄罗斯后现代主义文学中包含了过去文学的种种因素。

譬如，对于俄罗斯后现代作家维克多·佩列文，许多评论认为他的创作文本摒弃了俄罗斯文学传统而完全像是后现代的网络游戏。其实，这种说法有失偏颇。以佩列文的长篇小说《夏伯阳与虚空》为例。首先，小说明显是以苏联早期作家富尔曼诺夫的《恰巴耶夫》（又译为《夏伯阳》）中的故事情节为基本背景，其中夏伯阳、女机枪手安妮卡就是《恰巴耶夫》中的人物形象。其次，小说的主人公彼得曾是苏俄国内战争时期彼得堡的一位年轻的现代主义诗人，小说里多处出现主人公的诗句，而这些诗句其实大多来自作家帕斯捷尔纳克的长篇诗化小说《日瓦戈医生》。另外，故事发生于两个不同的时空层面。当主人公置身于现实中时，他是疯人院的病人。从结构上来看，这与布尔加科夫的长篇小说《大师与玛格丽特》颇为相似。在"音乐鼻烟盒咖啡馆"这一章里，佩列文将主人公安置于 20 年代彼得堡上流社会文学沙龙的氛围中，现实中的作家勃留索夫和阿·托尔斯泰直接出现，他们与主人公彼得在咖啡馆里谈论着勃洛克的诗作《十二个》，与此同时，咖啡馆里还上演着话剧《拉斯柯尔尼科夫和马尔美拉多夫》，只不过，这里的"马尔美拉多夫"其实指的是陀思妥耶夫斯基《罪与罚》中的女性主人公"马尔美拉多娃"。整个小说中类似的与传统文学作品的"互文"痕迹俯拾即是。由此，我们便不难理解，为什么有的文学评论家将佩列文称作"地地道道的俄罗斯作家兼思想家"或"类似于托尔斯泰和车尔尼雪夫斯基的作家"了。②

而弗拉基米尔·索罗金小说创作的一个显要特征便是与社会主义现实主义文学紧密相关。他的作品往往以社会主义现实主义话语

---

① ［俄］奥尔加·瓦西里耶娃：《二十世纪俄罗斯诗歌的后现代主义》，陆肇明译，载《当代外国文学》2003 年第 4 期，第 160 页。
② ［俄］亚历山大·博利舍夫：《20 世纪俄罗斯后现代文学概观》，载《俄罗斯文艺》2003 年第 3 期，第 35 页。

模式开端，然后故意突然中断，再以后现代主义文学的创作方式继续，从而达到了对苏联强权话语模式的戏弄和嘲讽。另外，索罗金对于人性中肮脏本质的展示也明显受到两位苏联前辈作家的影响。其中尤·马姆列耶夫便被评论界认作是索罗金的老师。马姆列耶夫在自己 60 年代的小说创作中极力描述了人的色欲、暴虐和神经质等"恶"的本性。马姆列耶夫自己承认，描述人性之恶是为了接近更高的真理。索罗金继承了马姆列耶夫的这一思想主题，在自己的小说中赤裸裸地暴露了人的肮脏本性，凸显出了"摧毁物质身体使灵魂得以复活"的形而上意义所指。另一位对索罗金有直接影响的作家便是集中营文学的拓荒者之一的瓦·沙拉莫夫。[1] 索罗金自己承认："我曾埋头于索尔仁尼琴、沙拉莫夫的小说……那时，集中营文学和文化使我深受感染。"[2] 在小说《科雷马故事》里，沙拉莫夫详细描述了科雷马集中营残酷的日常生活。与索尔仁尼琴不同的是，沙拉莫夫在小说中并未直接地触及社会政治的层面，而是将描述的基点落在对人的丑陋本性的挖掘上。沙拉莫夫认为，这正是"科雷马"极度残暴的首要因素。沙拉莫夫指出："不是善，而是恶构成了人性的基础……在出现了兽性面貌的人类面前任何文明都会在三个星期之内灰飞烟灭。"[3] 沙拉莫夫认为，"只有一种东西是不朽的，那就是艺术。"[4] 因此，在《科雷马故事》中，充满了没有评论、没有激情的平静叙述，只有"艺术性"是小说中唯一闪烁着希望的微弱之光。无疑，索罗金从沙拉莫夫那里继承了很多创作灵感。在对人性的认识上，索罗金同样将"恶"看作人性的本质，所以，在他的小说中处处可见血腥、暴力和色情。只是，这种对血腥、色情和暴力的过度渲染也同时使索罗金的艺术创作成就受到了

---

① 吴嘉佑：《沙拉莫夫——集中营文学的又一拓荒者》，《俄语语言文学研究》2004 年第 2 期，第 12 页。

② Сорокин В. "В культуре для меня нет табу. . . : Владимир Сорокин отвечает на вопросы Сергея Шаповала. " //Сорокин В. Собр. соч. : В 2 т. Т. 1. С. 8.

③ Шаломов В. Из переписки. //Знамя, 1993 №5. С. 152.

④ Шаломов В. Несколько моих жизней: Проза. Поэзия. Эссе. Москва: ЭКСМО, 1996. С. 432.

明显的戕害，限制了他在艺术上的深度发展。

对生活在底层的普通"小人物"的关注始终是俄罗斯文学中的一个重要的传统。在俄罗斯文学中，从普希金的《驿站长》、果戈理的《外套》、陀思妥耶夫斯基的《穷人》到契诃夫的《公务员之死》《苦恼》以及高尔基的《在底层》乃至索尔仁尼琴的《玛特廖娜的院子》，这种对小人物的人道主义关注的文学传统可谓从未中断过。如今，俄罗斯后现代主义作家们，如女作家柳·彼特鲁舍夫斯卡娅和塔·托尔斯泰娅，又各自以独具个性的文学创作继承了这一传统的主题思想。彼特鲁舍夫斯卡娅的《黑暗的命运》描述了一个普通未婚女子被花心男人玩弄的"黑暗命运"；《孩子》讲的是出身贫苦且屡遭抛弃的单身母亲在生下第三个孩子后将其丢弃的悲惨故事；《国度》写的是被抛弃的单身母亲与孩子相依为命的辛酸历程；《午夜时分》描述了一个平民之家三代女性具有相似经历的痛苦悲剧。而托尔斯泰娅的系列短篇故事中的主人公索妮娅、彼得尔斯、舒拉、卓娅等可以说构成了一个"普通人物"的画廊，他们对周围的人、事及政治事件漠不关心，在远离尘世的氛围中体验着只属于普通人的喜怒哀乐。中篇小说《云游者》则以童话方式讲述了流浪汉费林以高明的骗术制造了一个富丽堂皇的"神话世界"，他频繁举办的豪华宴会令同是平民的嘉利娅、尤拉夫妇无比羡慕和向往，然而当谎言被揭穿时，费林不仅没有丝毫愧疚之感，反而以更加坦然风趣的平民本色对现实大加嘲讽，整个小说在戏谑氛围中体现出对"平凡人"的非凡智慧的赏赏。

俄罗斯后现代主义作家所异常执着的艺术表现手法，诸如互文、戏仿、荒诞性、片断性、反讽以及拼贴等使俄罗斯后现代文学与西方后现代文学具有了某些共同的特征。但是，俄罗斯历来是一个"思想的国度"，俄罗斯知识分子所特有的"弥塞亚精神"（神圣的使命感）决定了俄罗斯后现代主义的作家们始终逃不出"思想者的怪圈"。站在全球化语境下的后现代情境中，以"消解权力话语、去中心、消解神话"等为创作理念的俄罗斯后现代主义知识分子们对世界的荒诞性表现出无奈、冷漠甚至末世的绝望，乃至于醉心于解构的狂热，然而，他们内心里却又时常涌动着建构自我理想的激情，执着于对终极理念的探寻。这种双重性特质使俄罗斯后现代主义文学中的主人公们并非如某些西方后现代主义小说的主人公那样不再思索、没有爱憎，恰恰相反，在俄罗斯文学深厚传统的影响下，这些后现代主义文学中的人物几乎都成了"奥涅金"式的思想型"多余人"。

维涅季克特·叶罗菲耶夫的长篇小说《从莫斯科到彼图什基》里的主人公韦尼奇卡在去往心中的乐土——彼图什基的行程中，虽一直在癫癫狂狂地胡言乱语，但这些癫狂的胡言乱语中又无不透露着他"醉眼看世界"的清醒和理智，那些唠唠叨叨的呓语正是他对自己国家进行紧张思索的独特而富有智慧的阐释。然而，正因为"清醒"才使他与周围的人，与整个苏联当代社会格格不入，以致遭到朋友、同事的嫌恶。当韦尼奇卡试图远离莫斯科这个"中心"逃往彼图什基时，他又遭到警察的跟踪、驱逐和殴打，最终惨死街头。韦尼奇卡可谓是一个有思想的人，可他又始终难以发出正义的呼声，也许只有死亡方能证明他的"多余"和那个时代的悲剧。

马卡宁笔下的《地下人，或当代英雄》中的主人公——彼得罗维奇同样以自身存在的悲剧反映了当代俄罗斯社会文化转型时期时代的鲜明特征。作为一位才华横溢的作家，在苏联解体后，彼得罗维奇宁愿为新贵们看家而换取微薄工资来养活自己，也不愿意像昔日同行作家们那样不顾一切地沽名钓誉。彼得罗维奇内心里对整个当代俄罗斯社会充满了冷漠、敌意和鄙视之情，他甚至是个杀人犯，但他的罪恶却因当代俄罗斯社会的虚伪和警察的无能而不了了之。他以自己在当代俄罗斯社会现实生活中的极度"卑微"表达了对整个俄罗斯社会的抵抗和叛逆，这种"在牢不可破的群魔氛围中所表现出来的个性"[①] 恰恰体现了主人公彼得罗维奇内心深处隐藏着的思索精神和建构自我理想的激情。然而，俄罗斯新的民主社会并未改变他"地下人，或当代英雄"的地位，一个坚守高尚灵魂的

---

① См.：*Советская литература*，1991. №4. С. 76.

俄罗斯知识分子终究被无情的时代所湮没。

同是知识分子，哈里托诺夫的《命运线》里的利扎文又何尝不是遭遇着同样的命运。主人公在破碎的糖纸片中不懈地思索并寻找着生活的真相。尽管利扎文终于看到了不同时代的俄罗斯知识分子们坚持真理的人生轨迹，然而，这些不屈从于时代的人们，包括他自己，却始终被俄罗斯社会拒之门外。

安·比托夫的《普希金之家》里的主人公廖瓦·奥多耶夫采夫更是一个典型的"当代英雄"。他出身于贵族知识分子家庭，祖父曾因崇尚自由、反对民族压迫而被流放，父亲则是一个十足的苏联官方的"御用文人"。廖瓦在父亲的影响下，一直生活在乌托邦式的幻想中，对未来充满着期待。然而，面对强权和压制，廖瓦变得愈发懦弱和无能，不仅空有抱负、一事无成，就连面对女朋友对自己的不忠都没有勇气提出分手，结果竟被情敌打倒在"普希金之家"。在小说结尾处，主人公廖瓦漫步在列宁格勒涅瓦河畔的"青铜骑士"雕像旁，心中倍感空虚。此刻，廖瓦内心里已然明了自己就是这个时代的"多余人"。

宗教思想在俄罗斯人的观念中可谓根深蒂固，因此，从 19 世纪俄国古典文学、白银时代的现代主义文学到苏联时期的文学都埋藏着深厚的宗教思想的底蕴。托尔斯泰就曾经写道："我认为没有宗教，人是既不能为善，也不能幸福；我愿占有它较占有世界上任何东西都更牢固，我觉得没有它，我的心会枯萎……"[1] 19 世纪俄罗斯宗教思想家和诗人阿·霍米亚科夫曾写过一段富有宗教激情的优美的诗句："功勋在战斗中建立，功勋在斗争中建立，最高的功勋——在忍耐中，在爱情和祈祷中。"[2] 而当代俄罗斯传统派作家拉斯普京也承认："除了东正教，我尚未发现如今有别的力量能够将俄罗斯人民凝聚在一起，帮助人民经受住苦难。"[3] 宗

---

① ［法］罗曼·罗兰：《托尔斯泰传》，见《傅雷译文集》（第 11 卷），安徽人民出版社 1982 年版，第 347 页。

② 夏忠宪：《拉斯普京访谈录》，载《俄罗斯文艺》2001 年第 3 期，第 59 页。

③ 同上书，第 60 页。

教意识作为俄罗斯民族的一种精神特质，已深深扎根于俄罗斯人的心灵深处，这势必影响作家们对人物的塑造。俄罗斯后现代主义作家们自然也不例外。他们笔下的主人公们大都具有东正教所宣扬的忍受现世苦难的苦行精神，甚至具有从肉体到精神上的自虐倾向。这种对传统宗教思想的继承不仅是俄苏文学自身发展规律的必然趋势，也是它不同于西方后现代主义文学的又一个重要的艺术与思想特色。

典型的例子便是维涅季克特·叶罗菲耶夫的长篇小说《从莫斯科到彼图什基》里的主人公韦尼奇卡。当代俄罗斯文学评论家利波韦茨基从韦尼奇卡的身上看到了"独特的圣愚文化的传统"。的确，主人公韦尼奇卡在迷离的醉境中所达到的那种癫狂的状态在本质上完成了与俄罗斯圣愚文化相同的功能。在这样受虐屈从的痴狂中，既涌动着主人公对当代苏联社会抗拒的激情，又隐含着他对东正教承受现世苦难的坚定信念和遵从。因此，"从莫斯科到彼图什基"与其说是主人公韦尼奇卡通往极乐世界的一个美丽梦想，不如说是他以牺牲自我为代价所完成的一次精神苦旅。主人公不断地自我作践和胡言乱语恰恰体现了他对东正教受苦、忍让精神的认同。俄罗斯民族本是一个与苦难相伴的民族，东正教温顺、忍耐的内核精神更使得苦难意识深入每一个俄罗斯人的内心深处。或许，上帝的这种"恩赐"反倒滋养了俄罗斯人特有的体验苦难的勇气。因此，马卡宁的中篇小说《豁口》中的主人公克柳恰廖夫尽管对"地下世界"极度羡慕和向往，但最终他还是选择回到了充满混乱和饥饿的"地上"来，而"地下世界"在他需要帮助时递上来的一节节盲人的手杖更喻示他要学会面对现实，忍受苦难。《地下人，或当代英雄》里的主人公彼得罗维奇宁愿做一个穷困潦倒的"阿地"，也不屑与世人同流合污，其高昂头颅的"精神自洁"又何尝不是对"苦难"二字的另一种诠释。佩列文的长篇小说《百事一代》中的主人公瓦维连·塔塔尔斯基虽然历尽艰辛，步入商界，最终成为广告界大亨，但是，小说本身绝非只是当代俄罗斯知识分子的一部"成功发迹史"。主人公塔塔尔斯基不单纯是获得了成功，他也是异化和人性野蛮化的体现。但是，作家佩列文也隐约地表现了主人公一边在享受着功成名就后的喜悦，同时内心中也从未停止过激烈的痛苦挣扎。他不断靠吸毒来麻醉自己，折磨自己，这种无奈、痛苦甚至绝望的精神自虐中似乎还隐现着一丝"良心"和渴求向上的正念之光。

此外，对历史、对生存方式的反思是当今俄苏文学的一个重要现象，在这一浪潮中有"六十年代人"（艾特玛托夫、阿斯塔菲耶夫、别洛夫……），有"七十年代人"（马卡宁、基列耶夫、普里斯塔夫金、阿纳托利·金……），也有"八十年代人"（塔吉娅娜·托尔斯泰娅、皮耶楚赫……），甚至还有卡维林、阿夫杰耶科等老一辈作家。在艾特玛托夫的《断头台》中，在阿斯塔菲耶夫的《悲伤的侦探》和《良心泯灭》中，在格罗斯曼的《生活与命运》中，在别洛夫的《前夜》中，在莫扎耶夫的《男人与女人》中……我们都可以看到作家对历史、对人之存在的深沉思考。20世纪80年代末，伴随着"反思"的热潮，后现代作家们也以独特的历史、文化、哲学视角加入了"反思文学"的行列。这同样也体现在马卡宁的《中间化情节》《路漫漫》，哈里托诺夫的《命运线，或米洛舍维奇的小箱子》，柳·彼特鲁舍夫斯卡娅的《夜晚时代》，塔吉娅娜·托尔斯泰娅的《云游者》《克斯》以及维克多·佩列文的《百事一代》《夏伯阳与虚空》等作品中。这一文学倾向表明了俄罗斯古典作家们的传统气质在当今文学中的体现，即强烈的社会参与意识和历史责任感。

新的时代要求作家有新的文学观念。"解冻"时期（即所谓俄国文学的"青铜时代"）之后，苏联作家就开始不断追求艺术创新，追求新的文学观念，譬如老一辈作家艾特玛托夫的《断头台》《成吉思汗上空的白云》等。这无疑促进了当代俄苏文学的丰富与发展，使文坛上不断涌现出新的杰作，如亚里山大·卡巴诺夫的《未归者》、彼特鲁舍夫斯卡娅的《东方神曲》、塔吉娅娜·托尔斯泰娅的《索尼娅》《亲爱的舒拉》以及皮耶楚赫的《罗马特》等。正因为这些作家们在艺术上的大胆求索与创新，俄罗斯后现代主义文学乃至整个当代俄苏文学才会立于世界文坛并显示出独特的艺术魅力。

通过以上分析，我们可以发现，俄罗斯后现代主义文学所体现出来的其自身与俄罗斯传统文化的密切关系，使得俄罗斯的后现代主义文学具有了独特的精神价值建构的意图。在深厚的俄罗斯文化传统的营养滋润下，身处后现代社会文化语境下的当代人的荒诞、迷乱的生存状态，在当代俄罗斯后现代主义作家这里找到了别样的意义阐释空间。在这里，既有百无聊赖的麻木、玩世不恭的乖张、残酷无情的冷漠和摧毁传统的理性、颠覆虚伪的崇高的倾向，又有重建自我的激情；既紧随后现代语境的时尚潮流，又在紧张求索的潜意识中竭力挣脱专制和强权的羁绊，寻找着俄罗斯民族的出路和心灵的自由。这种身处后现代主义社会文化语境下的独特的民族生存方式似乎正与俄罗斯民族性格相契合。高尔基曾在他的文章《论两种灵魂》里这样虽然片面却又是十分深刻地剖析过俄国人的"灵魂"特质，即俄罗斯人的灵魂是显示出人性之伟大、善良、追求心灵自由的欧罗巴精神与代表着落后、野蛮与奴性的亚细亚精神的怪诞结合。这种怪诞的结合是俄罗斯民族区别于西欧民族特性之所在，也正是这种民族的独特性赋予了俄罗斯作家审视、思考世界的独特方式。这恐怕是导致俄罗斯后现代主义文学与西方后现代主义文学有所区别的不可忽略的因素之一。

简而言之，俄罗斯民族的血脉特质决定了俄罗斯后现代主义文学离不开对俄罗斯文化传统的继承。在俄罗斯深厚的传统文化的养分的滋养中，俄罗斯后现代主义文学以新的话语来阐释新的后现代生活空间，使俄罗斯后现代主义文学没有停留在对西方后现代主义文学的浅层次的模仿和赶时髦上，而是凸显出了深厚的俄罗斯民族文化底蕴。

（作者单位：南京大学外国语学院）

俄罗斯后现代主义文学对历史的书写与反思

赵　杨

对社会生活，对历史行程的高度敏感和反思，是许多俄苏作家的一贯传统。1986 年苏联文坛爆发的一场声势浩大的"回归文学热潮"，使许多具有强烈反思精神的文学作品彻底回归，极大丰富了日益活跃的苏联文坛。这些作品所体现出来的独特艺术形式探索和强烈的历史责任感，迅猛推动了白银时代结束后几近消亡的俄苏作家自觉的文体意识和反思精神的复苏。正是在这一背景下，20 世纪 60—70 年代便悄然崛起的新的艺术探索此时迅速繁盛起来，并成为逐渐兴起的"俄罗斯后现代主义文学"的审美基础，使后现代作家们以独特的历史、文化和哲学视角加入了"反思文学"行列。

与此同时，欧美后现代主义作家鲜明的"解构意识"和与之相伴的强烈"文体意识"，启发了一些年轻苏联作家以此来消解苏联的主流意识形态话语，将西方"后现代主义"时代文学的叙事策略转化为苏联本土"后专制主义"时代文学的一种叙事策略。因此，在这一文化观念的转换过程中，既保留了西方"后现代主义"文学的某些文体特征（如碎片化、荒诞性、戏谑化等），又在这些典型的模仿物上面"按下了自己天才的烙印"①，即镶嵌进了隐含的价

---

① ［俄］别林斯基：《文学的幻想》，见《别林斯基选集》第 1 卷，满涛译，人民文学出版社 1958 年版，第 6 页。

值建构——对苏联国家乌托邦主义话语的消解，对历史的反思，对自由精神的认同。然而，与苏联传统的现实主义作家创作相比，在强烈的文学本体意识掩盖下，俄罗斯后现代文学的反思精神从艺术形式乃至文化观念上都有鲜明的独特性。

注重文体意识的反思

苏联现实主义作家对历史的书写和反思往往是以写实性文本为基础的。作家常将人物性格或命运与社会状态直接联系在一起，使作品人物具有"典型性"，符合传统的"心灵辩证法"。譬如，格罗斯曼在长篇小说《生活与命运》中就是通过具体人物在战争期间和在苏联特定历史时期内命运的变迁，表达了深刻的反思精神。中篇小说《一切都在流动》作为《生活与命运》的姊妹篇，同样以传统现实主义的写实风格赋予整部作品以沉重的基调，塑造了不幸的男主人公——在劳改营度过了近 30 年的伊万对历史的思索。在小说中，格罗斯曼通过展现主人公心灵思索的具体历程，表达了自己对俄罗斯历史及民族命运的反思，对近似荒诞的俄罗斯历史进程的认识，对列宁主义的理解，对斯大林时代的批判。另一位现实主义作家索尔仁尼琴同样以写实主义风格创作了苏联文学史上第一部以劳改营为题材的短篇小说——《伊万·杰尼索维奇的一天》。对于主人公伊万·杰尼索维奇来说，比生命和自由还宝贵的是那晚饭时一勺稀稀的热汤和临睡前下铺狱友悄悄送给他的两块饼干、两块方糖，还有一段圆滚滚的香肠。这个卑微的小人物，40 岁就已经秃了顶，牙齿掉了一半，除了一年中有两次给家人写信的权利，早已被社会所遗忘。作家对准了一个劳改营中农民出身的犯人所度过的普通一天，把它作为过去的象征，向我们展示了个人迷信时期的劳改营整体。作家以严格的写实主义笔法，向读者讲述了一个看似平凡的故事，却体现出作者对极权主义者、对国家乌托邦主义的无情揭露与批判。

可以看出，现实主义作家们常常把极普通的人物经过加工而表现出人的全部灵魂，使作品的人和事更有典型性，更具概括力，更发人深省，从而揭示出深刻的政治—历史—社会内涵，使作品蒙上了浓厚的道德色彩，甚至伴随着鲜明的政论色彩。如果说现实主义作家对历史的书写大都通过这种传统的叙事风格显现出来，大都具有鲜明的传统理性主义色彩，那么后现代主义作家对历史的反思则是建立在独特的后现代主义文本基础之上，通过后现代主义反传统的思维方式表达出来的。这些后现代主义文本往往更加具有鲜明的"文体意识"。作家着力凸显作品文本的结构形式的主体性，以便使他们的思想观念获得一种"另类的表达"，诚如巴赫金所说："如果能正确地理解艺术形式，那它不该是为已经找到的现成内容做包装，而是应能帮助人们首次发现和看到特定的内容。"① 因此，在这些后现代主义文学文本中，传统写实性的叙述方式为诸如不确定性、荒诞的时空错乱性、互文性、片段性、戏谑与反讽性等所谓后现代主义文学异常执着的艺术表现手段所替代。

譬如，俄罗斯后现代主义文学的源头之作，安德烈·比托夫的长篇小说《普希金之家》。作家通过对奥多耶夫采夫一家三代知识分子在不同历史时期的命运与精神状态的展现，揭示了苏联国家乌托邦主义对人的精神的压抑与愚钝。而这一层含义是隐含在作家颇具颠覆性的调侃叙述中的，与索尔仁尼琴式的"愤怒的呼声"格调迥异。这种特殊的远离了政治话语的反乌托邦性，使得今天的人们似乎很难理解，为什么这篇小说被苏联官方禁止了近二十年，为什么当这部作品在美国，以及在苏联通过地下刊物方式流传时，被普遍接受成一部"反苏作品"②。该小说独特的颠覆力来自作家非传统写实主义文学创作观和其"消解性"的世界观。

作家在小说中呈现了异样的文体特征。他将作品的写作过程呈现给读者，即小说叙述者时常将小说的写作状况暴露出来，不断破

---

① ［苏］巴赫金：《巴赫金全集》第 5 卷，白春仁等译，河北教育出版社 1998 年版，第 60 页。

② Лейдерман Н. Липовецкий М. *Современная русская литература 1950—1990 – е годы* . Москва：Академия，2003. С. 381.

坏着叙述进程，以此来扩大作品文本空间的自由度，丰富其可阐释性。同时，作家对某些经典作品譬如列夫·托尔斯泰的三部曲《童年》《少年》《青年》的戏仿，加强了文本张力，构成了虚幻的文本叙述世界，以此暗示、象征着现实世界的虚幻。作家力图表明，与自由相对立的，并不是强权，而是现实的虚假性。现实被虚假的替代物，被一整套假定的意义和丧失了原始真品的复制品所充斥。这部作品最本质的含义就在于启发了人们去思考苏联时代最隐秘的精神机制——虚假性。因此，在比托夫看来，斯大林的死并不意味着从独裁桎梏下解放出来的自由时刻已经到来，而只是意味着虚假性的延续，意味着全社会都将在虚幻的"胜利"中延续着实质的悲哀。比托夫认为，斯大林之后的"解冻"年代不仅没有动摇苏联社会的根本性机制，反而使之更加隐蔽，因而实质上更加完善了。作家试图说明，非现实性就是生活的存在条件，它确立了小说主人公虚假的生活以及由此而呈现的非真实的时间与艺术经典中文化生活之间的联系。应该说，比托夫甚至比西方的德里达和波德里亚诺等后现代主义哲学家们更早地表达了对现实生活之虚构性的看法。只不过，他不是针对西方后工业化社会——信息化社会而言的，他的发现来自对苏联社会国家乌托邦主义的理性反思。

哈桑曾把"不确定性"列为后现代主义的首要文体特征①，博尔赫斯则提出"在文学中，不确定是允许的和实际存在的；在现实中亦然"②。正因为认识到存在的多样和复杂，后现代小说家们才在文本中运用了大量不确定性意象，并在文本中取消了必然与偶然的界限。哈里托诺夫的《命运线》就是这样一部典型地表现了人生与历史的不确定性并强调对其进行多维度思考的长篇小说。小说主人公利扎文在得到20世纪20年代作家米洛舍维奇的小箱子之后，打开一看，里面竟全是写满字的包糖纸。为了读懂纸片上密密麻麻

---

① ［美］伊哈布·哈桑：《后现代景观中的多元论》，见王岳川、尚水编《后现代主义文化与美学》，北京大学出版社1993年版，第125页。
② ［阿根廷］博尔赫斯：《博尔赫斯文集·文论自述卷》，王永年译，海南国际新闻出版中心1996年版，第204页。

的文字记载，他绞尽脑汁地进行琢磨，将这些糖纸进行无数次分类、排列、组合，于是，一幕幕旧时小城的生活场景，一个个鲜活的人物形象，渐渐浮现在利扎文的脑海中。然而，这其中真实的成分到底有多少，连利扎文自己也无法确定，诚如作家哈里托诺夫自己所认为的那样，"绝对真理并不存在，存在的只是充斥着省略、偷换、自欺欺人、简化、不真实的生活现实"[1]。显然，这些只是存在于纸片上的人物形象在利扎文的主观意识中变得栩栩如生，但是他们的存在仍是虚无缥缈的，糖纸的无序排列或任意组合以及资料的贫乏使他们的存在具有了一系列可能性与不确定性。作家使主人公利扎文与众多不确定性人物进行"对话""交往"，以俄罗斯知识分子的"命运线"勾勒出特定历史阶段苏联社会的本质面貌，从而获得对真理的个性化思考。

戏谑性是后现代文本书写和反思历史的一个明显特征，塔吉娅娜·托尔斯泰娅的《云游者》比较鲜明地反映了这种文体特色。主人公费林是个不断戏讽文化、蔑视权威的典型后现代主义者，正是他的戏谑意识赋予了他绝对的自由。小说结尾"费林神话"被揭穿，原来他并非富有的贵族，而是一个云游的骗子。然而真相大白并未令费林有丝毫不快，却只令女主人公嘉利娅感到愤怒，因为她内心的"费林神话"被彻底颠覆了。而费林本人依然是无懈可击、不可战胜的，因为他本就处于这神话之外，他就是要与神话进行一场游戏。因此，面对嘉利娅的质问，他竟在音乐的伴奏下悠闲地吃着普通的鳕鱼，还美其名曰："属于雄鹰的鲈鱼"。对于嘉利娅的责问，他不但没有羞愧之感，还滔滔不绝讲起了令人难以置信的童话故事。费林以高度自信、幽默和卓越的智慧彻底摧毁了以嘉利娅为代表的平民心中的神话乃至苏联大众文化中经久不衰的经典权威，而作家独特的反思精神亦由此得到完美体现。

此外，维克多·佩列文的小说更是充满了后现代的艺术表现

---

① Харитонов М. *Избранная проза*：в 2 т. Т1. Москва：Московский рабочий，1994. С. 165.

力，有评论认为其创作像是后现代的网络游戏，其实不然。《百事一代》在对 20 世纪 70 年代人荒诞成长历程的描述中透露着当代知识分子精神上的痛苦和迷惘。小说的叙事表征明显具有后现代文体意识，其第三人称叙语调中的漫不经心、无爱无恨的人生态度极像《麦田里的守望者》，空虚、无奈中浸透着精神自虐。《夏伯阳与虚空》更是充满了与传统文学的互文现象。譬如小说以苏联早期作家富尔曼诺夫的《恰巴耶夫》（又译为《夏伯阳》）中的故事情节为背景，文本中多处诗句来自帕斯捷尔纳克的《日瓦戈医生》，等等。但在这些艺术特征背后同样隐含着作家对民族历史、个人悲剧性命运的思索和体悟。

可见，俄罗斯后现代主义文学作品独特的文本建构，作家所刻意追求的阅读效果，构建了文本世界的巨大张力，使得作品中隐含的对历史的独特反思也具有了与那些现实主义文学作品中的反思精神完全不同的特质。

高度哲理化的反思

传统写实主义作品，如索尔仁尼琴的《癌病房》《古拉格群岛》、格罗斯曼的《生活与命运》《一切都在流动》、雷巴科夫的《阿尔巴特街的儿女们》、格拉宁的《野牛》、杜金采夫的《穿白衣的人们》等，它们对历史的反思均体现在作家对苏联社会生活的某一段具体的历史时期或历史事件的描述之中。譬如，索尔仁尼琴在巨著《古拉格群岛》中概括了在斯大林极权主义统治时期，苏联各地劳改营、监狱和边远地区利用犯人开发的真实情况，作家以白描手法叙述了苏联劳改营的产生、发展和逐渐衰败的过程，对其中涉及的一些本质性敏感问题毫不回避，书中处处闪烁着一个现实主义作家对人间丑恶的痛恨，字里行间的冷嘲热讽也深深地表达出作者对制造人类痛苦者的愤怒和鄙视。

同样，格罗斯曼的《生活与命运》就是以苏德战争期间斯大林格勒战役为背景展开叙述框架的，作家将叙述的视角扩展至战争前后，以史诗的风格展现了苏联那段历史的悲剧性进程。作家写道："斯大林建设的一切是国家的需要，而不是人的需要。需要重工业的是国家，而不是人民。……这是南北两极，一端是国家的需要，另一端是人的需要，它们是永远不会一致的。""胜利的人民和胜利的国家之间无声的争论仍在继续。这场争论关系到人的命运，人的自由。"① 可见，作家径直批判的是苏联官方宣扬的卫国战争神话和整个国家乌托邦主义。

显然，无论是索尔仁尼琴，还是格罗斯曼，他们都是通过对具体的社会历史事件进行思考来表达其创作思想的。这种具体的反思固然难能可贵，但在作家单向性的思考中是否也暗含着某种深层次的乌托邦幻想：随着斯大林国家乌托邦主义的覆灭，俄罗斯人民将会迎来真正的自由？从这个意义上讲，这种类型的历史反思似乎还隐含着一些乌托邦的幻想成分，因而也就不够彻底了。

相比之下，俄罗斯后现代主义作家更侧重在文化意义上对历史进行反思，这种建立在文本主体性建构基础上的文化层面上的反思精神与索尔仁尼琴、格罗斯曼等为代表的写实主义作家的反思精神相比，具有抽象性、广泛概括性、形而上等特质，因而更具普遍意义。他们不再把视线仅仅局限在某一具体事件或某一具体历史时代上，而是力图通过文本的独特建构，使对整个历史、整个社会行为方式的思考达到一个高度哲理的层面，力求从民族文化积淀的层面出发对历史进行形而上思索。因此，他们的反思精神往往更具彻底性。这里不仅随处可见互文性、片段性、戏仿、反讽及拼贴等后现代主义文学的艺术特点，而且，在这些具有解构意义的艺术手段背后都隐藏着个性化的价值批判以及对历史行程的理性化思索，那就是更富哲理性的反乌托邦思想。以马卡宁为例，作家20世纪最后十年的创作明显具有后现代文体特征，而且其中的哲理性反思精神也比其他后现代作家更明显，更具说服力。

---

① ［俄］瓦西里·格罗斯曼：《生活与命运》，翁本泽等译，上海译文出版社1993年版，第299、301、755页。

《路漫漫》于荒诞之中展示了一场真实的噩梦,一场关于"人的永存的罪恶"的噩梦。小说的情节设置和情感内涵与扎米亚京的小说《我们》遥相呼应,对人性善的神话给予了无情颠覆。在这里,马卡宁试图表明"恶"的永恒性。现实社会是一个充满"恶"的世界,而未来社会在高度文明、高度进步的幌子下,仍在进行着20世纪的罪恶,因而更残忍和伪善。人类无论在科技文明的道路上走多远,都逃脱不了"恶"的包围。人类的"善"对于人类自身来说,依旧是一种乌托邦神话。当年扎米亚京在《我们》里以高度敏锐的洞察力,预见了20世纪国家乌托邦神话的危害性,而马卡宁对人类"善"的乌托邦神话的颠覆,则更具抽象的概括意义。这里的思考点已不再局限于对某一国家的历史与未来的审视和预见,而是拓展到了人类一般性的精神层面,因而其反乌托邦思想也就更有了哲理性意味。

《铺着呢绒,中间放着长颈瓶的桌子》凭借着对人的心态的"肢解性"与"延伸、扩散性"展示,使文本中看似破碎、随意性的片段式画面获得了具有意义深度的指向:苏联历史进程的荒诞性。作家以此实现了对苏联国家乌托邦神话的反思,而这是通过对诸多反传统的人物性格和心理状态的抽象化、哲理化表达获得的,如评论界所说,"马卡宁的所谓典型人物已不再是传统的,不再是19世纪那样的了,他的典型人物更趋于一种标志,一种符号意义"[1]。

在短篇小说《有那么一对儿……》中,作家把苏联的历史行程比作芬兰人在家常用的健身跑步器。跑步器上快速转动的踏板象征时间的流逝,而无论踏板怎样日复一日转动,踏板上跑步的人怎样费劲地跑,他实际却在原地踏步。显然,马卡宁试图以此来反思苏联整个历史行程的悲剧性。然而,小说中的情节线索已消失殆尽,只留下一个个彼此并无时空与内容联系的生活片段,有"我"的思

---

① Соловьева И. *Натюрморт с книгой и зеркалом. Вдадимир Маканин, повести.* Москва: Книжная палата, 1988. С. 335.

绪，"我"对历史的反思，对宗教、对"善"与"恶"、对"时光流逝"的体悟。而贯穿这一系列彼此孤立的生活片段的，只是一种哲理性的思维，一种历史的失落感。

《损失》中的后现代主义色彩更加浓厚，其中抽象的哲理与象征贯穿整个作品。小说中一组组零碎、混乱的画面犹如贝克特笔下的荒诞派戏剧，令人感到无比沉闷、窒息：主人公别卡洛夫固执无休地在乌拉尔河下挖着隧道，企图逃到明朗的河对岸；"我"同病友莫名其妙地低声呓语；一个"四十岁人"对农村生活评判。然而，这抽象、荒诞的表面无不隐含着作家内心深处紧张的思考。正如马卡宁所言："生活的'隧道体验'实际上决定了我在勃列日涅夫时代许多年中的思想。这是一种半明半暗、令人窒息的体验。"①

显然，在马卡宁的这些作品中，历史特征被淡化了，人们很难直接感悟到强烈的时代背景与历史事件。正如作家本人所说，"我们的形势明显被政治化了……从艺术的观点来看，我的主要任务便是艺术。迫切的当前题材很少使我心动"②。然而，从作家对生活的把握方式中可以看出，这恰恰又是时代的产物，即马卡宁偏离表面历史背景的创作倾向，除了审美追求使然，不能不说是他作为苏联"七十年代人"的一种惘然与困惑。停滞、荒诞的现实迫使作家"退避三舍"，从而转向深层的、内心的真实，转向更抽象、富有哲理意味的对全人类的"反乌托邦主义"思索。

另一位极具个性的女作家柳德米拉·彼特鲁舍夫斯卡娅在一系列作品名称中时常透露出互文性的信号特征，譬如，《东斯拉夫人之歌》《带狗的女人》《新鲁宾逊》《新浮士德》……但在本文的后现代特征背后则暗含着哲理化的"末世论倾向"。她没有像苏联传统现实主义作家譬如索尔仁尼琴、艾特玛托夫、阿斯塔菲耶夫、舒克申以及特里丰诺夫等人那样坚信，"对社会垢病的揭示与批判是完全符合善良、正义和美的价值判断标准的"。作家认为，无论是

---

① 张建华：《马卡宁访谈》，载《苏联文学》1991年第3期，第3页。
② 郑滨：《当前的题材很少使我心动——记者阿穆尔斯基访马卡宁》，载《苏联文学》1991年第4期，第76页。

对权威的颠覆还是对社会的指责都是一种略显天真、具有乌托邦性质的审美神话,生活的真相远比社会制度所犯下的罪恶这种真相更加复杂和富有悲剧性。因而在作家的叙事语调中没有对社会生活的愤怒与批判,只有理解抑或是屈辱,因为生活本身是一场无法逃避的悲剧。作家将人物命运与抽象的、形而上学的"宿命观"联系在了一起,因此作品中时常出现人被命运主宰的语句:"劫数,命运……非人所愿地扭转了一切……";"一切都明白了……在前面等着她的将是黑暗的命运……";"……没有任何劳动和预见能够使人免于命中劫数,什么也挽救不了,只有打击。"①

同是女性作家的塔吉娅娜·托尔斯泰娅对历史、对社会的书写和反思则凸显了具有反叛意识的童话性,正如评论家所说:"托尔斯泰娅小说的暗喻仿佛是将生活变成童话的魔棒,这是远离被破坏的生活的唯一方式。"②因此,从某种程度上说,托尔斯泰娅的小说展现了光怪陆离、五彩缤纷的童话氛围,并以此表达了解构神话的反乌托邦主义思想。譬如小说《野猫精》便以独特的后现代艺术表现手法创造了一个荒诞的"百科全书"式的神话世界,作为人类发展的一部灾难性预言,其中的反乌托邦思想是不言而喻的。文本中"野猫精"与"孔雀公主"作为两个具有一定文化语义的神话形象,象征着人类心灵的不同层面:善与恶,生与死。它们在主人公别涅季克特的心灵深处彼此对立又相互依存,蕴含着作家高度的哲理性思索:人类灵魂中善与恶的永恒存在以及人类的堕落终将导致自我解体与自我毁灭。

显然,这些作家的创作因具有形而上的、哲理意味的反乌托邦特质使其有别于其他后现代作家,更不同于传统现实主义作家。他们的文本不直接评论社会体制及社会生活,但作为经历过"解冻"与20世纪70—80年代"灰色生活"时期的作家,他们是不会丢弃传统俄罗斯知识分子的"弥赛亚"意识的,强烈的现实感和后现代

① Лейдерман Н. Липовецкий М. *Современная русская литература 1950—1990 - е годы*. Москва:Академия,2003. С. 610.

② Вайль П. Генис А. Городок в табакерке//*Звезда*,1990,№ 8. С. 148.

主义的文化氛围强化了作家思想深处的解构意识，只是这种意识淡化了索尔仁尼琴或格罗斯曼式的对现实生活之苦难的激情化体悟，而且经由冷峻的审视透出对现实生活的本质性悲剧反思。

　　从以上分析可见，后现代主义作家所具有的反思精神，因其所固有的文体意识和形而上哲理化特质，超越了一般写实主义作家对苏联国家历史的书写和直接对抗，实现了反思精神的升华。因此，他们的创作思想直至苏联解体之后仍具有启发意义，他们也不会因苏联帝国的突然性崩塌而像许多写实主义作家（如索尔仁尼琴）那样，陷入失语状态。譬如，当许多俄罗斯人在憧憬着改革的光明前程时，冷静而睿智的马卡宁却以其一贯彻底的反乌托邦情感在其长篇小说《地下人，或当代英雄》里无情消解着人们的天真幻想："哪里也不像俄国这样，任何一种思想过一段时间都要翻新一次。我们不是各种思想的受难者，而是它们痛苦地改变着的解读的受难者……"从这调侃般的话语里，我们可以明显体会出作家内心深处强烈且个性化的反思精神。

　　总而言之，俄罗斯后现代主义文学对历史的书写和反思与传统写实主义文学相比更有自觉的文体意识而鲜有外在的思想观念的表露甚至是直接的政治—意识形态化表述；更有对人类生存方式的抽象、哲理化体悟而鲜有对时事政治的显在兴趣；更有对人类生活进程的荒诞性的悲观体悟而鲜有过于自信的理想主义激情。后现代主义作家们不再像以往大多数苏联作家那样执着于表现鲜明的政治—历史—社会观念，而是将反思精神融入自身的艺术形式探索中，从而在文化立场的高度而不是在政治—意识形态立场的高度实现了对国家乌托邦主义乃至人类一切乌托邦式幻想的反动。这是文学创作的进步。这种艺术探索为当代俄罗斯文学的繁荣做出了不可忽视的贡献。

（作者单位：南京大学外国语学院）

俄罗斯经典作家作品研究

俄罗斯经典作家笔下的暴风雪主题

段丽君

俄罗斯大部分国土处于高纬度地区，冬季漫长寒冷且多暴风雪。作为俄罗斯人常见的一种自然现象，暴风雪神秘、强悍、横扫一切的表征在俄罗斯人情感深处引发种种联想。以至于暴风雪这个"俄罗斯辽阔大地的产儿"①，不仅成为"贯穿 19 世纪俄罗斯文学的一个主题"②，也是 20 世纪乃至当今俄罗斯文学中一道独特的风景线。

俄罗斯文学对暴风雪的描写颇具特色，有些作家直接把作品取名为《暴风雪》，如作为小说家的普希金和列夫·托尔斯泰，作为诗人的莱蒙托夫、布宁、别雷、勃洛克和帕斯捷尔纳克。更多作家则以暴风雪为背景或基点展开叙事情节、描述个人体验、抒发情思，如普希金的《冬夜》《群魔》、涅克拉索夫的《严寒，通红的鼻子》、布宁的《落叶》、勃洛克的《十二个》、帕斯捷尔纳克的《冬之夜》等诗作，皮利尼亚克的《裸年》、什梅廖夫的《夜之声》、帕斯捷尔纳克的《日瓦戈医生》等小说。

本论文将通过文本分析，解读俄罗斯特定文化语境中不同作家笔下的暴风雪主题所蕴含的文化内涵。

---

① Сорокин В. Обнять Метель// Известия, 2 апреля 2010.

② Доманский Ю. Мифологическое начало в повести «Метель» // Культура и творчество. Тверь: Изд – во Твер. ун – та, 1995. С. 83.

一 暴风雪——死亡

自然界的暴风雪是强大而冷酷的。旷野中的行路人往往感到它隐隐的死亡威胁。较早将暴风雪与死亡建立联系的是茹科夫斯基。其后，在莱蒙托夫和布宁的作品中，暴风雪与死亡也相伴出现。

茹科夫斯基的诗歌《斯维特兰娜》有一段描写少女斯维特兰娜占卜婚姻时所做的噩梦。梦中，少女和未婚夫相约举行婚礼，不料却遭遇葬礼："周围突然刮起风暴；／大雪成团降落；／黑鸦呼扇着翅膀；／盘旋在雪橇上方；／乌鸦报凶：忧伤！／马儿仓皇地／紧耸起鬃毛，／警惕地朝着黑暗的远方。"① 梦中，斯维特兰娜被暴风雪和乌鸦引入陈列尸首的茅屋，而死者正是她的未婚夫！恐惧中，女孩唯有紧握十字架祈求上帝庇佑。所幸，这一切不过是噩梦：未婚夫归来的消息让少女瞬间转忧为喜。诗中，暴风雪不是自然真实的，而是梦中的情境，是主人公内心焦虑和恐惧的投射。诗人将冰冷的风雪、报凶的黑鸦与恐怖的死亡联系在一起，把斯维特兰娜紧张的情绪引向恐惧的高潮，准确地映照出少女内心对于婚姻的沉重忧虑，同时，将冰冷的死亡与温暖的归来形成对比，强化了真实世界的幸福爱情。诗中，死亡之冷通过暴风雪之冷得到具象化表现。

莱蒙托夫的《暴风雪呼啸，雪花飘舞纷飞》和《有人在严寒的冬天的早晨……》二诗传达的情绪不同，但意象十分接近。这两首诗都描写暴风雪中孤独的行路人听到钟声的场景。前一首诗中，呼啸的暴风雪和随风而来的"坟墓之音"在行路人心中引发对死亡的联想；后一首诗中，修道院的钟声则唤起人穿越暴风雪的勇气和信念。二诗中，暴风雪是钟声的伴随者，它们都将钟声传扬到远处：或使"坟墓之音"令人心惊，或使修道院的钟声"远远地吹遍天庭"。与寓意不同的钟声相映照，暴风雪已不再是纯粹的自然

---

① 〔俄〕茹科夫斯基：《茹科夫斯基诗选》，黄成来、金留春译，上海译文出版社1985年版，第80页。

现象，而具有明确的象征意味。纳吉娜认为，《暴风雪呼啸，雪花飘舞纷飞》中，莱蒙托夫"将暴风雪主题当作漫漫永夜的时空象征的主题"，暴风雪在莱蒙托夫笔下"是人必遭灭顶之灾、难逃一死的象征"①。其实，应当说，这两首诗中暴风雪所象征的都是死亡。前者中，暴风雪所象征的"死亡"强化了"坟墓之音"的悲切，指的是死亡令人哀叹生命之艰辛短暂；后者中，暴风雪强化了"修道院钟声"的恢宏气势，意味着，死亡也唤起人纯洁精神、超越死亡的勇气。

布宁和莱蒙托夫一样，也通过暴风雪主题参悟生与死的关系。这一主题的内涵在布宁诗歌与小说中是一致的。"在乡村墓地徘徊"②、"日日夜夜/在草原上呼啸"、"闯入空寂无人的房屋——震得玻璃哗哗作响"③、"跳着疯狂的舞蹈，/呼呼地挟着旋卷的飞雪，/在旷野上发出野兽的咆哮，/长驱直入光秃秃的原始森林"的暴风雪是死亡的象征。《暴风雪》中，诗人通过"东倒西歪"的白桦和云杉、"死气沉沉的"的原野和道路，写"游荡"的暴风雪——死神；《母亲》中，"一盏不熄的烛火，夜复一夜照亮侧屋"④，象征慈母之爱的同时，明确了暴风雪象征的死神形象；《落叶》中，暴风雪"把陈旧的椒房摧毁殆尽，/只剩下粗粗细细的木棍。/此后晶莹的寒霜/将挂满这片劫后的瓦砾场"，更是摧折生命的横暴力量。不仅如此，布宁将农家小屋里温馨宁静的生活气息与"呼啸"的暴风雪形成对比，凸显暴风雪蕴藏的死亡意味："米特罗方死了"和"暴风雪在松林中呼啸"使"我""整个身心沉浸在永夜中"。但"我"看见，女仆费多西娅"一天内干了不下数百件家务事""一天来老想着可怜的米特罗方"之后，踏着"悦耳的"脚

---

① Нагина К. «Метель – страсть» и «метель – судьба» в русской литературе XIX столетия//Вестник Удмуртского университета (История и филология).2010，Вып.4.С.13.

② ［俄］蒲宁：《蒲宁文集》第1卷，戴骢、娄自良译，安徽文艺出版社1998年版，第17页。

③ БунинИ. Мать. http：//www. stihi – xix – xx – vekov. ru/ivanbunin305. html.

④ 同上。

步、"微微一笑"、"高兴地说话"，米特罗方的农舍"仍和平日一样充满了日常生活的气息"。"我"在暴风雪后的松林中听见"远处隐约可闻的松涛正在婉约地、不停口地谈论着某种庄严、永恒的生命"，从而顿悟，"为自己能同这雪、这树林、以及林中那些喜爱啃食云杉的嫩枝的兔子这么接近而满心喜悦"①。显然，"我"获得了对生与死、对短暂与永恒更深层次的认知。由此可见，布宁不仅继承了莱蒙托夫的传统，把暴风雪象征死亡的主题引入哲学层面，而且消除了暴风雪—死亡的悲戚色彩。

暴风雪这一自然现象在诗人们心中引发对死亡的联想。从茹科夫斯基到莱蒙托夫，再到布宁，暴风雪与死亡之间的关联愈来愈明确，对死亡的思考也越来越深化：从对自然现象的具体描写逐渐转向抽象的哲学思考，暴风雪也渐次成为死亡的象征。莱蒙托夫不仅看到暴风雪—死亡所隐含的悲切，还看到它所激发的勇气。布宁笔下，"我"对暴风雪—死亡的态度从对立抗拒到坦然接受，表现作者对死与生、短暂与永恒的认识转变是建立在更高的哲学层面之上的。

二 暴风雪——不可抗拒的神秘力量

《斯维特兰娜》中的暴风雪因氤氲的梦境而具有神秘气息。普希金在此基础上发掘暴风雪的神秘性，以暴风雪象征某种不可抗拒的力量。这力量冥冥之中掌控人的行动，影响个人乃至国家民族的未来，有时被解读为命运的具象。

普希金诗中的暴风雪和茹科夫斯基的相似，带有神秘不祥的气息而令人惧怕。普希金在《冬夜》中描写使人惊惧恐慌的暴风雪"扯开帘幕，/飞旋着遮蔽天空；/忽而野兽般嚎叫，/忽而如孩童的啼声，/忽而沿着破旧的房顶/猛地卷起苫草呼呼作声，/又像是迟

---

① ［俄］蒲宁：《蒲宁文集》第 1 卷，戴骢、娄自良译，安徽文艺出版社 1998 年版，第 17、31—32、179—181、184、188 页。

到的行人，/敲打我们的窗棂"①。《群魔》中，夜行者在荒原上所遭遇的暴风雪恶毒诡诈，更加可怖："千奇百怪的群魔，/无休无止、纵情随性，/＜……＞，回旋飞舞"、"一群群恶鬼，哀哭怒号"，它像一群意图陷害行人的恶魔："朝我吐口水"，试图"将我推向山谷"②。它气势汹汹，令人几无抵挡之力。

人在这样的情境下中极易丧失判断力，从而陷入迷途。普希金在小说中深入阐释这一主题。《暴风雪》和《上尉的女儿》中，主人公偶遇暴风雪，预计的行动方向被改变，开始另一番际遇。这种偶然性似乎只能以冥冥之中的命运来解释，不少论者因此将普希金小说中的暴风雪解读为神秘命运的象征③。

中篇小说《暴风雪》卷首，普希金引用茹科夫斯基《斯维特兰娜》中写暴风雪和乌鸦的诗行，意在显示小说与诗歌之间存在着一定联系。表面上看，两者写的都是少女的爱情与私下的婚约，但实际上《暴风雪》中，爱情不再是叙事的中心，普希金将茹科夫斯基诗中处于次要地位的暴风雪推到主要位置，使它成为叙事的关键，并赋予它深刻含义。私奔当晚，玛莎焦虑不安，对于她，屋外的暴风雪"是一种威胁，一种悲哀的先兆"；对于玛莎的恋人弗拉基米尔，"狂暴的风雪遮天蔽日，使他什么也看不清"；在举止轻浮的布尔明那里，暴风雪既"可怕"，又神秘："有一种莫名的不安笼罩着我；仿佛，有人在推我。＜……＞；我等不及了，＜……＞便一头驶进暴风雪中。"④三个人撞入暴风雪，从此改变了生活道路：玛莎和布尔明与不相识的人缔结了婚姻，为此饱受煎熬；弗拉基米尔被迫面对尴尬的结果，深陷痛苦之中，甚至以上战场寻求逃避，并送了性命。

---

① Пушкин А. *Зимний вечер.* http：//www. stihi － xix － xx － vekov. ru/push-kin198. htm.

② Пушкин А. *Бесы.* http：//pushkin. 299. ru/25. htm.

③ 这一点许多论者从不同角度分析过。如 Я. О. Дзыга（*Образ метели у А. С Пушкина и И. С Шмелева*，Русская речь，2010，№. 1. С. 8－13），Кылосова А. ，Югова С. Л. （*Образ метели в русской литературе XIX века*）都提及这一点。

④ ［俄］普希金：《普希金小说选》，刘文飞译，中国文联出版社 2009 年版，第 21—23、29 页。

　　普希金小说中的暴风雪，与茹科夫斯基诗中的不同，它不仅投射出玛莎私奔时的矛盾心理，还投射出玛莎与弗拉基米尔内心激昂的爱欲、对打破社会规则后果的惧怕，投射出布尔明轻浮的品性。此外，它也喻指三位年轻人急于投身其中的社会生活。这些都是年轻人能够模糊地感受到却并不明确了解的，对于年轻人而言恰如门外的暴风雪，是神秘、强横而又充满吸引力的。正是它们暗中推动着主人公的行动，改变着他们的道路。三个人经历暴风雪之夜后，无论是在社会生活中还是在个人性情上都发生了巨大变化：玛莎和布尔明变得谨慎安详，最终得到幸福，而弗拉基米尔因无法保持宁静心境，才去了战场，伤重不治而死去。在这篇小说中，暴风雪喻指的神秘力量既有外部社会因素，也有人内心的因素。迷路的后果也不再像《斯维特兰娜》中的那样可怕。

　　《上尉的女儿》中，年轻军官格里尼奥夫在报到途中遭遇暴风雪："狂风怒吼<……>。刹那间，黑沉沉的天空便和这雪的海洋混成一片。什么都看不见了"、"狂风呼号着，是那么凶猛和残暴，就像一头张牙舞爪的野兽"[1]。迷途的贵族青年遇上了谨慎老练的哥萨克。"冷静""机灵和敏感"的普加乔夫带领真诚善良的年轻人走出困境。这两个身处不同阶层、怀有不同生活经验和信念的人在短暂的接触中彼此有所了解。他们发现对方内心的善意，为对方忠贞勇敢的精神折服，两人之间建立起信任和友谊。这实际上不是两个人的偶然相遇，而是两个阶层的必然相遇。暴风雪在这里不是偶然的坏天气，而是当时俄罗斯社会历史与现实各种因素的综合，是促成两个阶层相遇的历史必然，像不少评论家认为的那样，是"时代的象征"[2]，甚至是"描写世代相传、含义深广的生活模式

---

　　① ［俄］普希金：《驿站长》，冯春译，四川人民出版社1997年版，第92页。

　　② Доманский Ю. Мифологическое начало в повести «Метель» // Культура и творчество. Тверь: Изд – во Твер. ун – та, 1995. С. 83 – 85. Уварова И. Дыхание эпохи: О повести А. С. Пушкина « Метель »// Кубань. 1987. № 1. С. 30 – 32. Щербинина О. Метель: Образы русской трагедии// Родина. М.: 1995. №10. С. 59 – 61.

（*модель бытия*）的普世象征"①。通过暴风雪，普希金在历史和文化层面表现了推动俄罗斯社会发展、影响个人生活轨迹的神秘力量。

叶赛宁中后期的诗歌中延续了普希金诗歌中的暴风雪主题②。像普希金诗歌那样，叶赛宁诗中的暴风雪是邪恶不祥、霸蛮强横的。在《1912 年 4 月 26 日夜的暴风雪》中，诗人写道："你在窗前呼啸不停，/令病痛的心惊恐不安"，"我全身的精神已耗尽，/很快就要藏入墓穴。/到那时你就俯临我歌唱"③；在《暴风雪》中，窗外"暴风雪刺耳地呼啸"、"风拖着长声哭泣，/似乎感觉到/葬礼的临近"④。这两首诗中，暴风雪尽管没有直接与诗人为敌，但却以一副邪恶预言者的嘴脸幸灾乐祸：在诗人看来，它凄厉的呼啸是等待，它在等待享受诗人的夭亡，同时也是一种威胁，让诗人更加心神不宁。在与《暴风雪》同年所写的另一首诗《春天》中，诗人即便挣扎着重聚奋起的力量之后，仍能感觉到对手并不偃旗息鼓，而是一如既往地恐吓威胁："＜……＞暴风雪/你就恶鬼一样呼啸吧，/你就像那赤身的溺水者敲打吧——。"⑤ 次年，暴风雪主题以更强悍的姿态、更频繁地出现在叶赛宁诗中⑥。在这些诗中，暴风雪不仅直接扼杀诗人的希望，同时也让诗人无处躲避。即便在象征着爱与生命的母亲身边，诗人也"觉得，在暴风雪粗野的喧嚣中，花园里椴树正洒落白色花瓣"⑦。象征纯洁希望的"白色花瓣"

---

① Карпинец Т. *Концепт как способ смысловой организации художественного текста：На материале повести А. С. Пушкина" Метель"*. Кандидаткой диссертации.

② 叶赛宁的暴风雪主题是发展的。他早期诗中的暴风雪更具自然性，稍许带有涅克拉索夫暴风雪的色彩，如《寒冬在歌唱，又像在呼寻……》（1910）中，诗人写道：尽管麻雀们"都快冻僵了，又是饥饿，又是疲劳"，可"风雪却仍在怒呼狂喊，/频频叩击护窗的吊板，/越发地撒着怒气"。

③ ［俄］叶赛宁：《叶赛宁抒情诗选》，顾蕴璞译，漓江出版社 2012 年版，第 20—21 页。

④ Есенин С. *Метель*. http：//az. lib. ru/e/esenin_ s_ a/text_ 0360. shtml.

⑤ Есенин С. *Весна*. http：//az. lib. ru/e/esenin_ s_ a/text_ 0370. shtml .

⑥ 如《漫天的风雪纷纷扬扬……》《暴风雪急急地漫天飞旋……》《像吉普赛提琴，暴风雪在哭泣……》等。

⑦ ［俄］叶赛宁：《叶赛宁抒情诗选》，顾蕴璞译，漓江出版社 2012 年版，第 298 页。

凋零，是诗人对暴风雪的最后感受，不久之后，诗人结束了自己的生命。

面对神秘强大力量的威胁，叶赛宁显得怯弱无助。差不多与叶赛宁同时代的什梅廖夫则满怀与之对抗的信心，将坚定的信仰视为获得救赎的法门。什梅廖夫在短篇小说《夜之声》中，描写暴风雪中迷途的行路人和教堂神甫的奇特经历：一位乡间地主偶然起意趁晴好天气去拜访近邻，途中和仆从遭遇突如其来的暴风雪，陷入困境。绝望之时，他们向神求祷，于是听到清晰的教堂钟声。循着钟声他们摆脱了死亡的威胁。钟声是教堂神甫令人敲响的：他睡梦中三次听到神秘的声音，提醒"行路人迷路了"、"迷途的行路人就要冻僵了"，命令他"去，叫人敲钟"①。尽管评论家称，小说中暴风雪被赋予"多层面的象征意义"②，但不可否认，什梅廖夫的描写中，依稀可见普希金诗中乌云和暴风雪邪恶的影子："乌云沉沉像堵墙壁，刮起风来，像大板斧直劈向人的胸前。暴风雪用一块雪幕遮住了天空"③；同时，"教堂的钟声"里，回响着莱蒙托夫诗中的"修道院钟声"，什梅廖夫明确地将它视为神性和永恒的象征。在这个意义上，可以说《夜之声》糅合了普希金的恶魔与莱蒙托夫的死亡主题——魔鬼的引诱会将人带向死亡。骤起的暴风雪和神秘的钟声隐喻魔鬼的引诱随时可能出现、神的救赎也同样相伴左右。从这个角度说，什梅廖夫笔下的暴风雪带有浓厚的宗教意味，普希金和莱蒙托夫的暴风雪主题则蕴含着更多人文关怀和哲学思考。

叶赛宁和什梅廖夫延续普希金诗歌中的暴风雪主题，在描写其邪恶与强悍时，又各自衍生出不同的文化含义。叶赛宁将暴风雪视

---

① Шмелев И. Глас в нощи. http：//smalt. karelia. ru/ – filolog/shmelev/texts/arts/arts. htm.

② Дзыга Я. Образ метели у А. С. Пушкина и И. С. Шмелева // *Русская речь*. 2010，№1.

③ Шмелев И. Глас в нощи. http：//smalt. karelia. ru/ – filolog/shmelev/texts/arts/arts. htm.

为与诗人敌对的邪恶力量，诗人怀着恐惧感与它对峙，最终却难以匹敌；什梅廖夫认为这股力量乃是灵魂随时可能遭遇的引诱与迷惑，坚定的信仰是回归正途的保证。普希金在小说中发展了自己的暴风雪主题。他通过暴风雪阐述命运力量的强大与神秘，探求影响个人及社会生活轨迹的根源。因此，他初期诗歌中对暴风雪的悲愤厌憎情绪在小说里转为平和敬畏基调。

三　暴风雪——小鬼的恶作剧，对人性的考验

果戈理与普希金同处一个时代，但他对暴风雪的态度与普希金截然不同。果戈理笔下，暴风雪不过是小鬼拙劣的恶作剧，是对人性强大与否的考验。果戈理的这一主题在托尔斯泰和布尔加科夫作品中得到发展和传承。

小说《圣诞前夜》和《外套》中对暴风雪都有着墨。在讲述乌克兰乡村奇异生活故事的《圣诞前夜》里，果戈理将暴风雪写成"丑中奇丑的"小鬼拙劣的恶意把戏：小鬼"寻机在铁匠身上出气"，他"把四周冰冻的积雪搅了起来。地面上刮起暴风雪。空中白茫茫一片。雪浪如网，前后飞旋，堵住行人的眼睛、嘴巴、耳朵"。不过，尽管小鬼意图以此捉弄行人、报复年轻的铁匠，但他的把戏除了在世故、奸猾的俗世男女中引发一系列笑料之外，并没有威胁到铁匠，反而弄得"从烟囱里钻出钻进的功夫，他挎在腰间的小盒子＜……＞掉到炉中立刻烧化了 ＜……＞。暴风雪顷刻不见"。① 阴差阳错，小鬼被迫为"强壮英俊的"铁匠所利用，不仅彻底败给了强壮自信的年轻人，还助他成就了一段美妙的姻缘。

在描写彼得堡城市生活的《外套》中，暴风雪依然像怀有恶意的小鬼，是嘲弄、欺侮小官吏的帮凶——阿卡基·阿卡基耶维奇被

---

① ［俄］果戈理：《圣诞前夜》，见《狄康卡近乡夜话》，白春仁译，安徽文艺出版社 1999 年版，第 131、143、146 页。

"大人物"斥骂之后，"在呼啸的暴风雪中蹒跚，<……>；彼得堡的风像通常那样，从四面八方，从各个胡同里吹到他身上。风灌进他的喉咙，眨眼间便使他得了咽炎"。但当阿尔卡季·阿卡基耶维奇化身为彼得堡街头恶魂，向行人、更向命运施加报复时，暴风雪却转而与他一起，呼啸在彼得堡的巷子里，捉弄傲然不可一世的大人物——阿卡基·阿卡基耶维奇动手抢大人物外套的那晚，大人物从晚会上出来，"偶尔不知从哪儿，也不知因为什么原因突然刮起一阵阵的风，不时地打扰了他，像刀子一样扎在脸上，向脸上甩来一团团的雪，把外套领子吹得像帆一样，或者又以非凡的力量猛地把外套领子掀到他头上，使他不得不一次次地从领子里钻出来"①。可以说，尽管果戈理笔下这两处暴风雪具有不同基调，但都脱去神秘、可怖的色彩，变得滑稽可笑了。与普希金诗中的群魔和它们充满恶意的举动相比，果戈理的小鬼和它的暴风雪非但不凶狠可怕，反而脆弱善变：面对强大的人格，会消隐、退让，甚至服从。

列夫·托尔斯泰的短篇小说《暴风雪》虽与普希金的短篇小说同名，但情节和主题却不相同。托尔斯泰写老爷"我"和几个车夫一同穿越暴风雪，"我们听任那几匹马跑了一个通宵，十二个小时，不知道方向，也没有停止过，结果却仍然到达了目的地"。托翁笔下的暴风雪是凶暴、令人不快的："暴风雪越来越猛烈，<……>，凛冽的冷空气更加频繁地灌进皮外套里"，"风似乎不停地在改变方向：一会儿，迎面吹来，吹得雪花糊住眼睛；一会儿，从旁边讨厌地把大衣领子翻到头上，嘲弄地拿它抚摩着我的脸；一会儿，又从后面通过什么隙缝呼呼地吹着"，但它却不神秘，也不可怖："风雪越来越厉害"，"不过，<……>，就像是在寒冬腊月阳光灿烂的节日中午，我们乘着雪橇在村道上游逛，使人觉得又可笑又古

---

① ［俄］果戈理：《外套》，见《彼得堡故事及其它》，刘开华译，安徽文艺出版社1999年版，第209、214页。

怪","我"甚至"精神振奋，觉得胆怯是可笑的"①，这是因为车夫们充满自信的乐观举动抚平了"我"的焦虑情绪——车夫"满有把握"，"口气镇定"，知道"遇到暴风雪该怎么办，最好解下马，让它自由行动，老天爷保佑，它会带你找到路的，有时候也可以观察星星，辨别方向"，他们信赖自己的智慧和驿马的本能："聪明的马很懂事，你没有办法使它迷路的。"② 一路上，车夫们或讲故事或睡觉，"我"也渐渐抛开忧虑，态度安然，甚至一度陷入沉思，听凭车夫和驿马自由行动。可以说，托尔斯泰笔下，暴风雪之夜是大自然教导人的课堂——"我"通过亲身经历，了解了普通人非凡的智慧，认识到人只要从容镇定，信赖造物主赋予万物的灵气，就可以寻得摆脱困境的出路。与果戈理一样，托翁也深信暴风雪并不可怕。但与果戈理推崇人格强大的主题不同，托尔斯泰的思想中渗透了中国老庄哲学"顺应自然，无为而治"的精髓。

布尔加科夫在很大程度上是果戈理"人格强大主题"的忠诚继承者。他早期的短篇小说《暴风雪》写的是青年医生冒着暴风雪出诊，未能挽救病人生命，又冒着暴风雪返回医院的故事。布尔加科夫在小说卷首引用普希金的诗句："忽像野兽般嚎叫，/忽像孩童般哭泣"，但描写暴风雪时却像果戈理那样，将其比作小鬼稚气顽皮的把戏："天无踪，地无影，但见雪旋上下左右滚动，似乎是魔鬼在拿牙粉寻欢作乐"，衬托出医生平和乐观的态度。暴风雪起初做出一副凶狠的样子："风在咆哮，<……>，火炬光摇曳不定"，但见识到医生勇气之后，它却"飒飒地走过屋顶，接着在烟筒里打呼哨，从烟筒里出来，又到窗下胡闹，最后，它隐逸了"。这里，不仅"烟囱"一句有意通过模仿果戈理《圣诞前夜》中的句子复现"小鬼可笑的恶作剧"主题，最重要的是，像果戈理小说里那样，布尔加科夫表现了暴风雪见识到医生无所畏惧的勇气便知趣退让的转变。此外，布尔加科夫还通过呼应托尔斯泰的小说《暴风

---

① ［俄］列·托尔斯泰：《暴风雪》，见《托尔斯泰文集·一个地主的早晨》，草婴译，上海译文出版社1985年版，第256—257、236—237、239—240、250页。

② 同上书，第251、234页。

雪》，加强暴风雪作为大自然对人的考验这一主题：当车夫报告迷路，而且马也已经"快累没气了"的时候，医生"倏地想起一本书里的情节，不由恼起列夫·托尔斯泰。<……> 我可怜自己<……>，但及时醒悟，咬牙说：'这是胆怯！'于是鼓起勇气"。医生战胜了畏怯，穿越暴风雪，回到医院。当他暗自希望"再也不去赶黑（出诊）"时，"'会去的……会去的……'呼啸的大风雪像在发出嘲笑"。① 这时候暴风雪已不复凶恶，反而像一个为人的勇气感到欣慰的调皮精灵了。

在普希金、莱蒙托夫笔下，人在暴风雪面前是卑微渺小的；而在果戈理、托尔斯泰和布尔加科夫笔下，人与暴风雪的关系发生了转变，人凭借力量、智慧和勇气在暴风雪的考验中占据上风，从而使暴风雪退让屈服。这表现出作家对人的坚定信念。这信念在果戈理意味着内心精神的自信自强，在托尔斯泰则意味着顺应自然的智慧，在布尔加科夫却是令人能够战胜内心卑怯的那份勇气。

四　暴风雪——社会的冷漠

维亚泽姆斯基、涅克拉索夫、契诃夫描写暴风雪对人，尤其对身处底层的人，造成的伤害，责怨暴风雪的冷酷与无情，批评社会的冷漠。

维亚泽姆斯基于 1828 年写下组诗《冬日漫画》，其中《暴风雪》写旅行者晴朗的午间突然遭遇暴风雪："突然之间一片漆黑，／狂风呼啸 <……>／，雪从高处砸下，雪从低处喷洒，／一片空蒙，天地不见踪影"，"到处是荒野、积雪，和冻原，／天地间成为雪国"②。突如其来的暴风雪不仅阻断行路人的旅程，使马车在深夜的荒原上"歪斜着——跌入沟中"，更毁坏了行路人的信心——因为"指南针无济于事"，旅行者"无论往哪摸索，总是枉然"。诗

---

① 布尔加科夫：《大风雪》，见《剧院情史》，石枕川译，作家出版社 1998 年版，第 16、18、24、29 页。

② Вяземский П. Метель. http：//www.stihi－xix－xx－vekov.ru/vyazemskiy125.html.

中表现出对暴风雪厌恶、反感的情绪。结合维亚泽姆斯基当时的处境及俄国社会状况①，可以说其中多多少少影射了他作为一个怀有理想却饱受冷遇的人所感受到的俄国社会现实。普希金诗歌《冬夜》和《群魔》中也含有相似的社会批评的情绪。

如果说维亚泽姆斯基是因个人遭遇而怨憎令人不快的社会现实，那么涅克拉索夫则出于同情底层民众而对社会不公发出怨声。涅克拉索夫著名的长诗《严寒，通红的鼻子》中，暴风雪多次出现，几乎成为长诗的主人公，它一次次现身在农家夫妇的生活中，严厉可怖的形象也越来越清晰，它貌似对所有造物一视同仁，但本质上却是农家夫妇的敌对者，它无视他们对爱情和幸福的向往以及他们执着而又艰辛的劳动，冷酷地剥夺他们些许的欢乐与满足，使他们的生活雪上加霜。与普希金和莱蒙托夫诗中通过暴风雪展开对人生及命运的哲学思考不同，涅克拉索夫在其中投入了对社会现实的热忱关注，这从他长诗的开首说明自己"虽不是一个无可指责的战士"，但也"已经认识到自己的力量"，他要写的这首歌，"要比从前的歌儿更悲伤"，因为"这里②只有石头才不哭泣"③ 就可以证实。因此，可以说，涅克拉索夫在描写暴风雪主题时，是带有社会批评含义的。

契诃夫延续涅克拉索夫的传统，关注的是日常生活中令人讶异不快的社会现象。他在短篇小说《哀伤》和《苦恼》中都写到暴风雪。《苦恼》中，满腹丧子伤痛的车夫姚纳在暴风雪中几次试图与乘客说话，以驱除孤单的感受，都未能成功——不仅没有人理解

---

① 从 1822 年开始，维亚泽姆斯基受到多年冷遇，并被暗中监视。他居住在莫斯科，偶尔来往岳父母在奔萨的领地，心情是郁闷的。维亚泽姆斯基、茹科夫斯基、普希金、果戈理和莱蒙托夫作品问世的 19 世纪 30 年代前后，对于贵族和知识分子而言，俄罗斯国内的社会气氛是沉重压抑的。这是因为，1825 年十二月党人事件之后，即位的沙皇尼古拉一世不信任贵族，实行严厉的治国政策，尤其在文化方面主要采取的是钳制措施，发布了一系列限制文化生活的禁令。

② 笔者注：此处指俄罗斯。

③ ［俄］涅克拉索夫：《涅克拉索夫文集》（第 3 卷·叙事诗），魏荒弩译，上海译文出版社 1992 年版，第 128 页。

他的悲伤和孤单，甚至没有人愿意听他说话。暴风雪铺天盖地，将沉重的湿雪压在姚纳肩背，更将人间的冷漠压上了姚纳心头——姚纳最后忍不住向羸弱的老马倾诉伤感；《哀伤》中，镟匠老头在暴风雪中送共同生活了 40 年的老婆去看病。一路上"刀割一样的冷风迎面吹来。四面八方不管你往哪儿看，只有雪花的迷雾在打转儿，弄得谁也说不清这雪是从天上落下来的，还是打地里钻出来的"。镟匠一辈子酗酒打老婆，直到这时候才幡然悔悟，想到应该对老婆子好一点，为此他"满腔忧虑，心慌意乱，甚至在跟大自然做斗争了"。而暴风雪却夺去他重新生活一次的可能——不仅老婆子没到医院就死了，镟匠也受困于哀伤和暴风雪，"完了"①。契诃夫描写下层人无助无奈的命运，在他笔下，暴风雪不仅代表了大自然的无情，也喻指人之间的冷漠，隐含着作者对下层人可悲命运的同情。

维亚泽姆斯基作为一个遭受冷遇的上流社会诗人，在 19 世纪 20 年代后期，敏感地体察到俄罗斯社会生活沉重压抑的气氛。在暴风雪中，他叹息的是俄罗斯现实制度失去方向的混乱。19 世纪中期的涅克拉索夫和 19 世纪晚期的契诃夫不约而同对底层人悲苦的命运怀抱同情：涅克拉索夫通过对比农妇达丽娅对美好生活的向往和暴风雪的冷酷，表现俄罗斯现实生活令人悲伤的一面，而契诃夫则以暴风雪谴责人间的冷漠。

五　暴风雪——变革，扫除旧有事物的不可抗拒的力量

20 世纪初期，俄罗斯社会激荡着变革的热情。象征主义者最先敏感地捕捉到这种热情，并在作品中赋予其不同的形象。别雷、勃洛克以及皮利尼亚克都以暴风雪作为社会变革的象征。

---

① 〔俄〕契诃夫：《契诃夫小说选》，汝龙译，人民文学出版社 1984 年版，第 44、46、50 页。

别雷借助狂野不羁的暴风雪表现这种热情，赋予暴风雪主题新的内涵。《暴风雪之杯》从 1903 年开始酝酿构思，这首诗几乎没有情节，只是通过一系列的意象和场景表现激昂的情绪。尽管在《代前言》中别雷并未明确暴风雪的象征意义，只是笼统指出："暴风雪主题——是一阵令人迷茫惊慌的激情召唤……但去往何处？赴生抑或趋死？通向愚昧抑或开化？爱之心灵在一场场暴风雪中豁然开朗"①，但研究者却认为"对于别雷，暴风雪一直是神秘的符号，是世界急剧变化的标志：'暴风雪——是响亮的号角，是上帝的声音…是幸福的消息'"②。

在这篇诗作中，暴风雪反复出现："暴风雪轰鸣""暴风雪仿佛大洪水席卷而来""暴风雪歌唱、呼啸""暴风雪吹响号角""钐镰的刀口尖声呼啸，将雪花倾泻到房屋上空"……诗人将暴风雪比作"用雪脚掌抓挠窗户的白猫"、"打着旋、忽而往窗内窥视、忽而飞向旷野的雪鸟"、"陡然立起在屋顶的一匹天马，/狂野地嘶鸣，蹄子敲打着铁皮轰轰作声"③。诗中所有的暴风雪意象都是昂奋、躁动的，鼓荡着神秘的热情、冲动和力量。

就这一象征意义而言，勃洛克将其发挥到了极致。他在 1907 年创作的《暴风雪沿街呼啸……》中写道："暴风雪在歌唱，召唤"，风雪中，神秘的"他"告诉"我"："涅槃后心灵才会得以涤荡／＜……＞严寒之秘境甜美……／在寒流之中万物永葆青春……。"④ 诗人将暴风雪视为冲破旧束缚、迈向新生活必经之途，视为令人欢欣的灵魂洗礼。暴风雪不复是怀有恶意的妖魔，而更像一位引领主人公开启幸福之门的先驱。在另一首诗《一夜暴风雪后，森林中一片安宁》中，诗人将暴风雪之后安谧美好的景象写得

---

① Белый А. *Кубок метелей*. http：//az. lib. ru/b/belyj_ a/text_ 0390. shtml.

② Машбиц－Веров И. *Русский символизм и путь Александра Блока*. Куйбышевское книжное издательство，1969. http：//www. biografia. ru/arhiv/blok07. html.

③ Белый А. *Кубок метелей*. http：//az. lib. ru/b/belyj_ a/text_ 0390. shtml.

④ Блок А. *По улицам метель метет*. http：//www. stixi－film. ru/publ/stikhotvorenie_ blok/ po_ ulicam_ metel_ metet/2－1－0－1553.

深情动人："在蔚蓝色的沉寂之中/天神率领自己多翼的大军/正飞越夜晚的树林。"① 长诗《十二个》是勃洛克将暴风雪与革命联系在一起的著名诗篇——他在札记中写道："这首诗是革命飓风在所有海域——自然、生活与艺术，掀起风暴的那个罕见而往往短暂的时期里写就的"②，显然，是革命的气氛激发了诗人的灵感。在《十二个》中，勃洛克将以上两首诗中的主题结合在一起，使暴风雪成为长诗主人公之一，进一步明确暴风雪是革命的象征。诗人笔下的暴风雪气势凌厉："漆黑的夜。/洁白的雪。/风啊，风，/刮得让人站不稳。/风啊，风/吹在神的世界中！"风狂喜奔放："快乐的风/既凶狠，又兴奋"；"风，风在怒号"、"旋风卷起鹅毛大雪，/像柱子，像旋涡"。暴风雪不但"纷纷扬扬，日夜不停"，更重要的是，它一副胜利者豪迈、高傲的姿态："只有暴风雪长长的笑声/在漫天大雪中飞扬。"③ 勃洛克不仅在诗中将暴风雪与十月革命的红旗合为一体，他甚至一度认为："暴风雪打开了他的大门"，他自己也已在"雪的洗礼"地中完成了第二次洗礼，——并向新世界进发"④。尽管后来他说"革命像飓风，像暴风雪"⑤ 时，强调的已不仅是革命凌厉昂奋的一面，更指出它横扫一切的无情，但在诗中，暴风雪是激昂的，象征的是打破枷锁、即将给俄国带来全新变化的变革力量。

　　皮利尼亚克早期小说多以革命为主题，描写革命时期的外省生活，并且总伴随着暴风雪的意象。不少评论家认为暴风雪已成为皮利尼亚克小说中的常见主题之一。这一系列作品中最著名也

① Блок А. *Тишина в лесу*, *После ночной метели*. http：//www. chistylist. ru/stihotvorenie/tishina – v – lesu – posle – nochnoi – meteli/blok – a – a.

② См. Агеносов В. *Русская литература XX века*. 11кл. ： Учеб. Для обшеобразоват. Учб. Заведений. В 2 ч. Ч. 2. М. ：Дрофа, 1999. С. 91.

③ ［俄］勃洛克：《十二个》，见《勃洛克叶赛宁诗选》，郑体武、郑铮译，人民文学出版社1998年版，第232、245、248页。

④ Машбиц – Веров И. *Русский символизм и путь Александра Блока*. Куйбышевское книжное издательство, 1969. http：//www. biografia. ru/arhiv/blok07. html.

⑤ А. Блок, *Интеллигенция и Революция*. http：//az. lib. ru/b/blok＿a＿a/text＿1918＿intelligentzia＿i＿revolutzia. shtml.

最典型的是长篇小说《裸年》、中篇小说《门后》和短篇小说《暴风雪》。

皮利尼亚克在长篇小说《裸年》卷首引用勃洛克著名的诗句："生于消沉时代的人们/不记得自己的道路。/我们是俄罗斯可怕岁月的产儿，/一切都无法忘怀"，并在中篇小说《门后》中将暴风雪与革命画上等号，像写作《十二个》的勃洛克那样，直言"革命就像是一场暴风雪"①。

但以暴风雪隐喻席卷俄罗斯大地的革命时，皮利尼亚克与勃洛克不同：勃洛克乐观激昂地表现革命自由奔放的一面，而皮利尼亚克对革命怀着复杂的情绪。皮利尼亚克在小说《门后》中多次引用普希金《群魔》和《冬夜》中的诗句"乌云接连翻滚疾驰……""它忽而野兽般嚎叫……"，不断强调暴风雪的狂暴凶狠及魔性："这一团团暴风雪的雪团像是什么，难道不像是巫婆的烟幕？暴风雪在田野和城市之上奔突、飞旋、呼号、呻吟……雪团卷起仿佛一根根立柱，房屋、街巷、树木不住地俯仰摇摆。"② 在短篇小说《暴风雪》中，暴风雪不期而至，"一团团雪浪，——十月的第一场暴风雪，——舔舐这枯萎的田野，嘶号、呻吟、奔突＜……＞。暴风雪，暴风雪，暴风雪！雪雾、帘幕、雪尘、漆黑一片"③。在《裸年》中，普希金的暴风雪意象反复出现："迷蒙的白日，迷蒙的黄昏"④、"白色的暴风雪鼓荡着白雪，天空迷蒙一片"、"暴风雪抛出一匹匹风的长练，雪粉飘飞，雪雾弥漫，冷气逼人"、"狼群在暴风雪中嚎叫"、"一阵阵暴风雪扑向树林的路栏，低吼、呼啸、嘶鸣、婆娘般凶狠地撕扯"……对革命，勃洛克欢呼的是它即将扫除腐败带来"光明的未来"，皮利尼亚克却看到"俄罗斯已经变身为一头西装背心下穿着红衬衫的不折不扣的野兽"。革命对于皮利

---

① Пильняк Б. *Собрание сочинений в шести томах.* М.：Терра – Книжный клуб，2003. http：//maxima – library. org/opds/b/53600/read.

② Там же.

③ Там же.

④ 普希金《群魔》中有"乌云接连翻滚疾驰，/雪花飞舞，夜空一片迷蒙"的诗句。

尼亚克"是不可避免的历史必然,是无可逃避的客观现实,是久被困囿的生命力的爆发,是本能的庆典"①。这就是为什么他笔下的暴风雪更多地带有普希金《群魔》和《冬夜》中狂乱恶毒色彩的深层原因了。

　　同样以暴风雪扫除一切的力量喻指变革,别雷、勃洛克和皮利尼亚克各有情怀。别雷和勃洛克的诗歌写于变革之前和变革初始,着重描写变革是不可阻挡的历史脚步,将它当作引领俄罗斯走向幸福未来的先导,因此在诗人们笔下,暴风雪是昂奋的,是令人欣喜欢呼的。皮利尼亚克的小说写于变革发生之后,所以,他一方面认识到变革的必然性;另一方面也觉察并忧虑它的野蛮力量给俄罗斯带来的可怕后果,这就导致,小说家笔下的暴风雪是冷酷的,是使人心惊胆寒的。

六　暴风雪——破坏力

　　暴风雪是贯穿帕斯捷尔纳克整个创作的一个主题意象,在帕氏笔下,它所蕴藏的内涵更复杂。这一主题在帕氏不同时期的创作中分别有不同的含义——"妖魔""死亡""革命"等,但有一点是共同的,即暴风雪象征了一种强大的破坏力:或毁坏传统文化,或扫除旧事物,或毁灭美好的情感,或灭绝幸福的希望,更有甚者,还摧残生命。

　　帕氏早期抒情诗中的暴风雪除了作为自然现象之外,更多地担承着传统的命题,如《暴风雪》一诗中散发着死亡的气息:肆虐于城郊的暴风雪被比喻为"暴风雪女巫师"(ворожея - вьюга),而呼啸于城市的暴风雪则是"怒号"的"暴风雪女巫婆"(пурга - заговорщица)。它"吩咐遮住窗户,糊住窗扇",还"发誓杀死人

---

　　① Пильняк Б. *Собрание сочинений в шести томах.* М. : Терра - Книжный клуб, 2003. http: //maxima - library. org/opds/b/53600/read.

类", 使 "我感到害怕"①。这几乎是普希金暴风雪主题的再现。而在《1918 年末暴风雪中的克里姆林宫》《一月》与长诗《1905 年》中, 暴风雪转而喻指革命。不过, 从《暴风雪中的克里姆林宫……》中 "放声大笑的暴风雪"②、《一月》中可以 "慰藉一切" 的白雪, 到《1905 年》中, 已经变为屠戮同胞的街角和广场上 "浅黄色马匹一般旋舞" "飞旋着划过沉寂"③ 的暴风雪, 这个主题的内涵是发展变化的。在《冬之夜》中, 暴风雪的象征意义是多层面、总结性的。并且, 诗人以与暴风雪对抗的烛光主题凸显暴风雪的象征意义。A. 沃兹涅先斯基认为, "暴风雪是历史的象征, 它正要吹熄这孤零零的烛火, 个性、高尚与知识分子阶层即将消亡"④, 这个解读显得有些隐晦。联系这首诗与《日瓦戈医生》中多次出现的相似主题, 基本可以断定, 烛光是爱与家庭温暖的象征, 是照亮黑暗、温暖心灵的希望, 而暴风雪则象征着试图毁灭这些美好情感的暴力, 它试图像扫除街头垃圾一样, 在扫除社会积弊的同时, 一并扫除俄罗斯文化中备受珍视的良知、和善、宽容与家庭之爱。

在《日瓦戈医生》中, 帕斯捷尔纳克系统地深化了暴风雪主题, 小说中几乎包含了帕氏诗歌中暴风雪主题的各种象征元素, 暴风雪伴随着主人公尤里生活轨迹的每一次重要变化。安葬母亲之后的那个夜晚, 尤里第一次见识到它冷酷的力量: "风雪在院子里咆哮, 空中扬起一片雪尘。< …… >。仿佛是暴风雪发现了尤拉, 并且意识到自己的可怕的力量, 于是就尽情地欣赏给这孩子造成的印象。风在呼啸、哀号, 想尽一切办法引起尤拉的注意。仿佛是一匹白色的织锦, 从天上接连不断地旋转着飘落下来, 犹如一件件尸衣覆盖在大地上。这时, 存在的只有一个无与匹敌的暴风雪的世界。"

---

① Пастернак Б. *Сочинения в двух томах*. Тула, Филин, 1993. http：//rupoem. ru/ pasternak/ stuchat – kolesa – na. aspx.

② Пастернак Б. *Кремль в буран конца 1918 года*. http：//world – poetry. org/paster-nakcontents/ 4292 – kremlvburankoncagoda.

③ Пастернак Б. *Девятьсот пятый год*. http：//www. bookorbita. com/library/klassi-ka/ pasternak_ boris/ 905_ god. html.

④ Вознесенский А. Свеча горела // *Правда*. 1988. 6 июня. С. 4.

暴风雪对于幼年的尤里就是不可抗拒的死亡和充满恶意的神秘命运，它威胁恐吓着年幼的主人公。当尤里与 1905 年革命和 1917 年十月革命相逢时，街道上席卷一切的暴风雪，如同勃洛克长诗中那样，是革命的象征。但帕氏笔下的暴风雪却不像勃洛克诗中那么带有令人欣喜的自由和新生气息，而是令人惊怖慌乱不知所从的。因为，尽管尤里内心被"伟大和永恒的时刻""震撼"，但眼睛里看见的却依然是令人忧虑的景象："这样的暴风雪在空旷的田野会打着呼啸遍地弥漫开来，在城市狭窄的死巷子里却像迷了路似地反复盘旋。"革命后，尤里一家不得不离开莫斯科："狂暴的风雪……更加无阻拦地从外面窥视着空落落的房间"，这蛮横干涉私人生活的力量使尤里和家人不约而同想起令人悲伤的死亡。当尤里得知全家被驱逐时，暴风雪不可避免地又在窗外"飞舞"，"风把雪向一边刮，越刮越快，刮起的雪越来越多，仿佛以此追回失去的时光"①。科马罗夫斯基是被暴风雪带到尤里和拉拉短暂的安宁生活中的，拉拉随即被它裹挟而去。小说中暴风雪—革命主题由"令人振奋"渐次转变为"冷漠"甚至"充满敌意"，并回归到最初的"死亡"，不是没有原因的。其一，早在 1926 年，帕氏就不无失望地在私人通信中写道："表面上的伟大正转向它自己的反面。事实上，伟大正变为微不足道、因循守旧。我们的革命也是这样。"②其二，帕氏将《日瓦戈医生》视为自己"思想方面的一个重大飞跃"，是用以"表现感情、对话和人物"的"我们这个时代的小说"，是一部"领悟莫斯科的生活，知识分子的、象征主义的生活"的"我（帕氏）所理解的现实主义小说"，与此同时，帕氏还将小说看作"代替论述勃洛克的文章"，是"受到来自勃洛克的、不断推动我前进的这股力量的影响"③ 的产物，那么，《日瓦戈医

---

① ［苏］帕斯捷尔纳克：《日瓦戈医生》，蓝英年、张秉衡译，外国文学出版社1987 年版，第 5、266—267、298、572 页。

② Цит. по：Быков Д. *Борис Пастернак*. М.：Молодая гвардия. С. 160 – 161.

③ ［俄］莉·丘可夫斯卡娅：《捍卫记忆——莉季娅作品选》，蓝英年、徐振亚译，广西师范大学出版社 2011 年版，第 278 页。

生》中的革命—暴风雪主题必然涵括了勃洛克、帕氏及其他同时代知识分子对于革命的所有思考以及帕氏穿越历史所进行的再思考，必然更深刻复杂，也必然更接近其本质。

21世纪，暴风雪主题依然吸引着俄罗斯作家。弗·索罗金的中篇小说《暴风雪》讲述的是一位医生被责任召唤，打算奔赴疫病流行的邻近村庄，去送疫苗。他原本期望借车夫的帮助穿越暴风雪，完成拯救使命，不料途中遭遇种种波折。结果，不仅本来相距不远的村庄变得遥不可及，车夫也为保护医生而死，医生在危急时刻侥幸被中国人所救。这是俄罗斯文学史上，主人公第一次没有穿越暴风雪抵达目的地。

至于事件发生的时间，索罗金在访谈中明确地说："此刻发生在这里的事情，可能在19世纪、20世纪发生过……"[①] 因此可见，作家有意识延续了19世纪以来俄罗斯经典文学中的主题，期望将其文本纳入俄罗斯文学经典话语体系之中进行解读。

即便作家不作说明，也很容易发现，索罗金在小说中承袭了普希金、托尔斯泰以及什梅廖夫不同社会阶层共同面对困境的旅程主题，同时，也是对布尔加科夫《暴风雪》主题及情节的复现。

在这部篇幅不大、情节也不复杂的小说中，索罗金几乎糅合了所有前辈作家笔下暴风雪主题的经典内涵：普希金所敬畏的主宰个人及国家生活的神秘命运、涅克拉索夫与契诃夫对社会生活的审视、勃洛克、皮利尼亚克及帕斯捷尔纳克对于暴风雪强悍力量的认识，以及最主要的，列夫·托尔斯泰对于暴风雪的理性思考与平和态度。显然，作家与他的文学前辈一样，思考的是新世纪复杂语境之中俄罗斯国家以及社会各阶层面临的严肃考验，是俄罗斯何去何从的问题。

索罗金小说中，沉闷乏味的暴风雪几乎占据了整个旅程。它"既是其中的主人公，又是事件发生的背景"，它不断阻碍医生的行程，毁坏他们赖以行进的雪橇，泯灭医生前进的热忱和勇气。索

---

① Сорокин В. Обнять Метель// Известия, 2 апреля 2010.

罗金视其为"局限人们生活和命运的自然力"①。

在描写暴风雪时,索罗金着意建立与经典文本的联系。如"前方和周围都是雪花织就的无声而密实的雪墙。一丝风也没有,这种悄无声息的气氛让医生感到更加害怕了"②是对普希金《冬夜》和《群魔》的模仿,"雪花纷飞,风刮得更猛了,风雪打在人的脸上,迫使医生和车夫都扭过身去。医生竖起衣领坐在车上,把车毯一直拉到眼睛跟前。但雪花还是飘进了他的眼睛里,飘到了夹鼻眼镜下面,还想钻进他的鼻孔里"③,是对果戈理《外套》、托尔斯泰《暴风雪》的有意模仿。

索罗金通过对事件进程的描摹与前辈作家形成对话,提出自己的观点。小说中,马儿退化到需要在特制的防寒车斗中驾车,根本无力找寻正确的道路;医生尽管自视颇高,也富有责任感,却缺乏足够的勇气和智慧,他口口声声表示自己要去解救疫病中的村庄,途中却为满足一己欲望不时停留,他的勇气只如火花一现而转瞬寂灭;两位同路者之间既缺乏理解,更谈不上信赖与尊重:医生对车夫怀着冷淡疏远的距离感,关心的只是自己的内心世界,车夫尽管对医生怀抱敬意并有心帮助他完成使命,实际上除了牺牲自己的生命之外,并没有办法将医生送抵目的地。他们一无所成。

索罗金在访谈中说,他将暴风雪作为"无边无际的俄罗斯空间"④的象征,在这位新世纪作家笔下,暴风雪是俄罗斯千百年来必须面对的自然环境和历史文化积淀所引发的一系列问题的综合,是俄罗斯不得不面对的严酷现实。所以,尽管索罗金在小说中对俄罗斯知识分子及普通大众表示失望,但他却并不将暴风雪视为人的对立面,也并不怨恨暴风雪。

---

① Сорокин В. Обнять Метель// Известия, 2 апреля 2010.
② [俄]弗·索罗金:《暴风雪》,任明丽译,人民文学出版社 2012 年版,第 155 页。
③ 同上书,第 73 页。
④ Сорокин В. Обнять Метель// Известия, 2 апреля 2010.

七 结语

利哈乔夫认为，"俄罗斯的文学就是俄罗斯的哲学。＜……＞是俄罗斯文化的表达者"，它"是触及灵魂的质疑、探索，对现实的不满和讽刺。是答案和问题"！① 俄罗斯经典文学围绕着暴风雪这一主题展开的创作是这一论断最贴切的例证。两百年来，俄罗斯作家借由暴风雪这一俄罗斯独特的自然现象，思索着国家的命运，生命的本质，表达对现实的不满，探求自己的答案，与文学前辈讨论的同时也给同辈和后来者提出问题……

茹科夫斯基和维亚泽姆斯基两位先导者开启了暴风雪主题的两个不同文化层面，前者倾向于哲学层面的沉思，后者追求与社会现实的联系。涅克拉索夫追寻维亚泽姆斯基的脚步，透过暴风雪审视社会的弊病。契诃夫发展了维亚泽姆斯基和涅克拉索夫两位前辈的思想，以犀利的眼光洞察到制度及人性的冷漠更甚于自然界的暴风雪。

普希金和莱蒙托夫从茹科夫斯基那里分别拓展出两个不同的主题。普希金结合了茹科夫斯基和维亚泽姆斯基的暴风雪主题，从个人和社会发展的角度审视现实生活，以暴风雪象征神秘强大的命运力量。在普希金看来，暴风雪固然强大，但它带来的并不一定是可怕的结局，人性之中的善美力量也可能消解暴风雪之邪恶；莱蒙托夫则在哲学层面思索死亡，以冰冷的暴风雪象征难以抗拒的死神。果戈理和托尔斯泰继续了普希金提出的话题，得出的结论却与诗人不尽相同：果戈理和托尔斯泰比普希金更乐观，他们认为暴风雪并不可畏——果戈理情怀浪漫，深信精神强大的人类必定会征服暴风雪并成为它的主人；托尔斯泰比果戈理更平和，也更具理想主义色彩，他相信自然万物与人一样富有灵性，人只要与他人及万物和谐相处就必然能突破困境，抵达理想彼岸。

---

① ［俄］德·利哈乔夫：《解读俄罗斯》，吴晓都等译，北京大学出版社 2003 年版，第 42、39 页。

20 世纪的作家和诗人们或从现实生活，或从哲学思辨，或从历史文化层面，与 19 世纪的前辈们商榷争论，探究生死、命运的真相，找寻穿越困境的路径。

布宁和什梅廖夫均从哲学的意义上为人生寻求答案：布宁认识到死亡乃是生命不可分割的部分，正如暴风雪乃是自然的一部分。他认为，对待死亡和暴风雪应摒弃悲喜之念，平和相待，与庄子哲学不谋而合；什梅廖夫认为虔诚的信仰可以解脱人间苦厄，神的家园才是人最值得信赖的庇护所；布尔加科夫却立足现实生活，相信勇气是征服敌手的强大武器，人应该努力克服畏怯。

别雷、勃洛克、皮利尼亚克和帕斯捷尔纳克立足于社会现实，以敏感的心灵和独特的视角，发掘出暴风雪与变革之间的相似关系，在暴风雪席卷一切的强劲姿势中，看到变革除旧布新的宏大气魄，也看到它令人惊骇的破坏力。他们站在哲学的高度思考俄罗斯社会现实的困境。但他们彼此之间对待暴风雪—变革的观点存在分歧：革命前骚动压抑的气氛使得别雷和勃洛克满怀浪漫激情，因期待新世界的净美而欢呼暴风雪的魄力；皮利尼亚克和帕斯捷尔纳克以及后期的勃洛克目睹变革历程，为暴风雪无辨良莠毁坏一切的凌厉气势忧心忡忡。所不同的是，帕氏依然期望爱的烛光能够在肆虐的暴风雪中顽强燃烧。

21 世纪作家索罗金秉持俄罗斯经典文学传统，以求解答国家民族何去何从的问题，但他不再局限于一国文化，而是立足于全球化视野。他将暴风雪看作与俄罗斯相伴相随的文化现实，在 21 世纪语境中思考俄罗斯历史、现状与未来，他延续普希金《上尉的女儿》中将暴风雪视为俄罗斯历史命运的观念，认为暴风雪是俄罗斯地域及文化传统彼此结合而成的宿命。但索罗金摒弃了前辈们的"浪漫""幻想"，不再像普希金、果戈理、托尔斯泰以及布尔加科夫那样乐观地信赖人的智慧与力量。索罗金认为拯救的希望并不在于俄罗斯人个性完善、各阶层的理解协同，也不在于大自然赋予的灵气，而在于学习重新崛起的东方，中国人的智慧才是俄罗斯的希望。

（作者单位：南京大学外国语学院）

重新解读奥勃洛莫夫

陈新宇

俄罗斯经典作家冈察洛夫的长篇小说《奥勃洛莫夫》的同名主人公，是一个著名的文学典型。但是，对于这一形象的意义，却有着不同的理解。通过对俄罗斯批评家视域中奥勃洛莫夫形象研究的梳理，将奥勃洛莫夫放置在"多余人"系列中进行考察，结合当代俄罗斯奥勃洛莫夫研究专家的观点，可以寻得解读这一形象的新视角。本文即尝试以老子的无为哲学对奥勃洛莫夫形象进行一种中国式解读。

一　俄罗斯文学批评家视域中的奥勃洛莫夫形象

奥勃洛莫夫是俄罗斯 19 世纪经典作家冈察洛夫小说《奥勃洛莫夫》中的主人公，曾引起很多批评家的关注，其中著名的有杜勃罗留波夫、德鲁日宁和安年斯基。19 世纪 60 年代，奥勃洛莫夫这个文学人物总是被与俄罗斯消极守旧社会现象联系在一起。对于杜勃罗留波夫而言："奥勃洛莫夫是被揭露殆尽的毕巧林、别里托夫和威信扫地的罗亭。"① 以至于到了 19 世纪 90 年代，依然有很多批评家站在杜勃罗留波夫一边。比如当时的批评家米·普洛托波夫就

---

① http：//az. lib. ru/a/annenskij_ i_ f：Анненский И .Ф. Гончаров и его Обломов //Серия "Литературные памятники". М.：Наука，1979.

直言不讳称奥勃洛莫夫为"丑陋的病态的个体现象"①。

杜勃罗留波夫在《什么是奥勃洛莫夫气质》一文中以文学作品为基础，分析了冈察洛夫的小说内容与历史发展中的俄罗斯民族生活的关联。从奥勃洛莫夫的生活状态联想到俄罗斯民族的发展现状及将来的命运。首先，他对奥勃洛莫夫是持否定态度的，他不能容忍整天什么事不做，只有一个乏味躺姿的伊利亚。在杜式的文章里多次出现奥勃洛莫夫的外号，如"旱獭""懒虫"等。他认为在奥勃洛莫夫这个人物身上"老爷做派"和"道德奴性"交织在一起。以此表达了他对作家所创造的这个文学人物的憎恶。因此该文章具有典型的"现实主义批评"色彩。他认为，奥是"揭秘俄罗斯很多生活现象的钥匙"②。杜勃罗留波夫分析了奥勃洛莫夫从身体上的不动导致心智上的耽于幻想，并且分析了奥勃洛莫夫的不动、不做事或者说无为形成的原因：首先，他不是天生懒于行动，他小时候也有过淘气的企图和好奇心，都被父母和亲人的呵护溺爱扼杀在摇篮里了。他们想不到，他们常挂在嘴边的"扶住"，"站住"，"会摔倒的"，"会碰伤的"，"站住，站住"，"别跑"，"别开门"，"会感冒的"这些词害了小伊利亚。他待在家里啥都不允许做，像备受呵护的温室的花，无法向外寻找力量，只能自闭式地生长。于是他只好在头脑中杜撰诸如非洲人涌入欧洲，发起一场战争，或组织一次十字军东征等伟大的壮举。另外，作家为我们描述了他养尊处优的生活环境：他衣食无忧，身边像扎哈尔那样的仆人就有 300 个，他自己从来没穿过袜子。他之所以不做事，是因为看不到生活的意义，做事的意义。杜勃罗留波夫分析了形成奥勃洛莫夫气质的社会家庭原因，但不是作为袒护奥勃洛莫夫的借口。

此外，尽管杜勃罗留波夫对奥勃洛莫夫持否定态度，但是对作家的写作技巧上却给予很高评价。《奥勃洛莫夫》问世后，尤其是

---

① http://www.litra.ru/biography：Протопопов М. А. Гончаров. // Русская мысль，1891.

② http://az.lib.ru/d/dobroljubow: Добролюбов Н. А. Что такое обломовщина? - «Обломов» роман И. А. Гончарова. //Отеч записки, 1859, № I－IV.

小说的第一部分曾激怒了读者。于是批评家将冈察洛夫与屠格涅夫作比较，为前者做了辩护。他认为读者已经习惯了屠格涅夫善于造势，煽情的写作风格，而冈察洛夫不是那种善于宣泄自己情绪的作家，他很内敛，他在塑造奥这个人物时，表现出的淡定、平静尽管激怒了当时的读者（读者希望作家能刺激他们的感受），但是作家的意图是让笔下的人物慢慢沉潜在读者心里，慢慢地回味，这样会收获完整的感受。因此杜勃罗留波夫认为，这正是冈察洛夫成功塑造奥勃洛莫夫这个人物的独到之处，同时也说明了作家是一个善于表达生活现象厚度的艺术家。

在分析奥这个人物时，如果说杜勃罗留波夫更加关注的是社会历史因素，那么德鲁日宁则把注意力转向了奥勃洛莫夫的诗意天性上，开始竭力为奥勃洛莫夫这个人物辩护。那么批评家是如何接受奥勃洛莫夫这个人物的呢？

首先，德鲁日宁给予小说第九章《奥勃洛莫夫的梦》很高的评价，认为其是帮助读者解读"奥勃洛莫夫"和"奥勃洛莫夫气质"的关键所在。传统的理解认为奥勃洛莫夫村庄是睡梦、停滞和守旧的王国。而德鲁日宁却把它理解为"诗意的栖居"，是形成奥勃洛莫夫纯洁品格的净土。在《奥勃洛莫夫的梦》中，作家为我们生动地塑造了一个活泼可爱，充满好奇心的顽皮的童年、少年形象，让读者看到了一个喝着"童话牛奶"长大的伊利亚·奥勃洛莫夫。在整个小说中奥像一个永远长不大的孩子，而德鲁日宁推崇的正是奥勃洛莫夫身上的那种孩子般的真诚和纯洁。此外，德鲁日宁指出，奥尔嘉这个人物的设置对真正理解奥勃洛莫夫相当重要。批评家认为，小说女主人公奥尔嘉之所以喜欢上奥勃洛莫夫，不是她没有眼光，而是因为奥尔嘉是一个不为上流社会的浮华所动的女子，她在奥勃洛莫夫身上发现了不同于庸俗社会的新鲜的东西，那就是奥勃洛莫夫身上的天真、坦诚、不世俗，不霸道。奥就其天性和后天发展的素质而言，在很大程度上保留了孩童的纯洁和简单。在一个成人身上保留了那些令我们深思的珍贵的品质，这些品质有时候会将幼稚、耽于幻想的奥勃洛莫夫置于我们这个时代的偏见之上，置于他周围那些所谓的务实做事的人之上。批评家自己也承认，"奥勃洛莫夫气质"作为一种社会现象，作为一种行为典型，在日常生活中是令人难以忍受的，但是他是这样为奥辩解的："他不是一个无德的自私者，他不会做恶事，心灵纯洁，没有被俗世的诡辩教坏，尽管他一生无所事事，但却理所当然地赢得了周围人的好感。"①批评家企图以自己的分析说服读者：奥勃洛莫夫不只是激怒了读者（这只是表面印象），而且获得了读者和他周遭人们的喜爱。德鲁日宁的分析令奥这个人物获得了多重内涵。

无独有偶。伊·安年斯基力挺德鲁日宁的观点，为奥勃洛莫夫平反。他分析了作家冈察洛夫作为小说家的描写功力。他指出，不论是在景物、环境的描写上，还是奥勃洛莫夫这个人物形象本身的塑造上都充分展示了作家的绘画技能：具体顷刻的描写胜过了抽象时刻的描写，色彩描写胜过了声音描写；人物的面容、姿态等的典型性的描写胜过了语言的典型性，作家赋予了小说很强的画面感，在不动声色的静观的描写中刻画了一个淡定安详，静而处之，不惊不躁的无比可爱的奥勃洛莫夫形象。批评家指出，正是作家卓绝的写作技巧让他喜欢上了奥勃洛莫夫。"他越是深入到文本，越是能够理解奥勃洛莫夫对长衫和床榻的依恋。"在安年斯基眼里，奥勃洛莫夫几乎近于完美。他身上是有世代形成的惰性，但是从另外一个角度而言，是顽固的自尊占了上风，他不为别人的意志左右；他不愿意工作，做事情，是因为他蔑视功名利禄和世俗的忙碌；他自私，那是因为他天真；他没有贵族老爷派头，他生活为人都很低调；他聪明不世故，他不会撒谎，不会耍滑；他喜欢享受安静的生活，所以才渴望固守田园，与世隔绝。

二 在"多余人"家族中认识奥勃洛莫夫形象

杜勃罗留波夫曾将奥勃洛莫夫与奥涅金、毕巧林、别里托夫、

---

① http://az. lib. ru/d/druzhinin: Дружинин А. В. «Обломов». Роман И. А. Гончарова Два тома. Спб. , 1859.

罗亭前辈多余人形象一起进行了分析，并将其概括为"奥勃洛莫夫"之家。从对做事的态度、对幸福的理解和对女人的态度等方面剖析了"奥勃洛莫夫"之家的共性。我们不妨来考察一下"奥勃洛莫夫"之家。从对做事的态度，他们都"看不到生活的意义，找不到行动的原因，因而厌恶做事"。首先跟踪一下他们的生活轨迹。与奥勃洛莫夫相比，奥涅金、毕丘林、别里托夫、罗亭还是很"动"的。奥涅金的活动路线：彼得堡—乡下—彼得堡—下诺夫哥罗德—阿斯特拉罕—高加索—敖德萨—莫斯科；毕巧林的活动路线：高加索—海滨小城塔曼—五岳温泉疗养地—某要塞—格鲁吉亚—波斯；别里托夫的生活轨迹：相传大学毕业后在某部长处供职，后辞职，十年间从过医、画过画，游荡过欧洲，最后倦鸟归巢，回到俄罗斯，从自家的庄园来到 NN 城参加选举，偶然闯入另外一个家庭，酿成一个幸福家庭的不幸；罗亭在整个小说中也没停止折腾，先是出现在纳塔利亚家的乡村"大厦"，后因不能承担纳塔利亚的爱情而选择逃离；与人合作企图实行改良革新，遭失败，后又与人合作企图办公益事业，由于得不到合作者的信任，愤然离去。在中学里谋职，因与同事关系不和，被迫辞职。年轻时出过国，年老时死在巴黎的街垒保卫战中。从奥涅金到罗亭这几位"奥勃洛莫夫家族"成员就其活动的地理空间而言，从此处到彼处的移动构成了他们丰富的生活经历，最后的结局不是以死亡为自己奔波的一生画上句话，就是继续无奈地漂泊。他们在生活中可能是没有始终如一地做一件大事，但是他们的确为找到自己在生活中的位置而"运动"着。相比之下，奥勃洛莫夫的确大为逊色。奥勃洛莫夫这个人物在这个由四部分构成的小说里，也经历了三个地方的流动：奥勃洛莫夫村庄（童年生活的地方，也是留下他理想生活之梦的地方）—彼得堡（几乎不出门，哪里都不愿意去，更多时间是躺着）—维堡方向（结婚生子，很享受有贤惠的妻子烧饭缝补衣服的日子）。他的活动地点就是他的家，他的卧室，而且多半是躺在床上的，甚至任灰尘铺满居室。就连朋友们叫他去踏春，他都一一拒绝。通常人们休息是为了更好地工作，而奥勃洛莫夫做事是为了更好地休息。因为小说中的他给读者的印象是躺着的时候居多，做事情相比之下就是生活的调剂。奥勃洛莫夫继承了"多余人"前辈的特征——不仅爱读书而且喜欢写作。伊利亚得知有什么好作品，就有意去结识该作品，他会去找，去借，如果很快弄到，他立马就开始读。开始琢磨作品里讲的是什么，就差一步就掌握全书要意了，你看，他已经躺下，漠然地望着天花板，而没读完的书就放在身边……①不仅写东西而且还翻译东西。甚至翻译过赛萨伊的作品。所有"多余人"都不喜欢工作，看不到工作的意义，除了奥涅金和毕巧林，其他"多余人"都有过谋职的经历，但是不是和上司吵架，就是找借口辞职。从对幸福的态度而言，幸福的生活对于他们而言就是"安详，甜蜜的休憩"，奥涅金所渴望的"湖畔漫步，酣睡闲逛，林荫小路，潺潺流水，美人初吻，佳肴美酒，安静独处"也正是是奥勃洛莫夫理想的生活模式。在对待女人的态度上，他们表现得都有些卑鄙。他们只是"愿意同女人调情"，当认真的女人们要求他们做出抉择时，他们都退却了。奥涅金在塔奇亚娜大胆向他表露爱情时退缩了；别里托夫逃离了克鲁兹费尔斯卡娅；罗亭在认真的娜塔莉娅面前甚至惊慌失措了；奥勃洛莫夫也不例外，他也渴望立刻拥有女人，但是当奥尔嘉期待他做出果断的决定时，他也怯懦了，甚至害怕直视奥尔嘉。

　　受杜勃罗留波夫总结的"多余人"共性的启发，我们发现，尽管奥勃洛莫夫从奥涅金等"多余人"那里继承了很多，但还是有不同于"同僚"的地方，不能简单地将其概括为"19 世纪多余人画廊中最后一个多余人形象"。从奥涅金到罗亭，他们身上都有恶魔撒旦的影子，巧舌如簧，善于表演，精通"爱的艺术"②，在女人面前过于自信，而"奥勃洛莫夫"不很擅言辞，更耽于思考和幻想。他不是思想的、言语的巨人，更不是行动的巨人。奥勃洛莫夫也幻想女人的温存，但并没有像毕巧林和罗亭那样被婚姻本身吓

----

① 李辉凡编选：《冈察洛夫精选集》，北京燕山出版社 2010 年版，第 395 页。
② 古罗马诗人奥维德将男人善于诱惑女人的手段称为"爱的艺术"。

到，他生活的习惯更为保守古朴，因此他选择了与一个疼他的女人相守；多余人在生活中角色单一，在生活中是孤独的，而奥勃洛莫夫尽管拒绝了强女人的爱情，但他还算是一个完整的男人，因为他毕竟不只是在婚姻的围城之外徘徊，他有妻儿。因而获得了丈夫、父亲等身份和地位；普希金以奥涅金患上了"忧郁症"为借口来解释他的无所作为；莱蒙托夫的毕巧林以社会腐败作为自己看破红尘，无所事事的理由；罗亭在"多余人"中是最有行动的，但他认为自己追求无果是命里注定的。而奥勃洛莫夫从不为自己的无为找借口，他不想以夸夸其谈和涅瓦街上的散散步来遮掩自己的无为，坦然地选择卧床不动。杜勃罗留波夫认为他们所处的时代不同，他们的气质类型不同，因而形成了各自的人格特征。

三　奥勃洛莫夫的中国式解读

　　既然奥勃洛莫夫是个典型的宅男，如何理解他的躺姿对理解该人物至关重要。彼得堡大学语文系冈察洛夫的研究专家奥特拉京认为，"奥勃洛莫夫的无所事事，整天躺着的状态不仅是一种姿势，其实是代表一种态度和立场"[1]。我很赞同他的观点。正像作家写到的那样："他的躺姿不是因病不得已地躺着，不是因要睡觉必须要躺下，也不是累了偶尔想躺一下，更不是因为犯懒躺下享受一下。这些原因导致的躺姿都是身体的需要，而奥勃洛莫夫的躺姿是一种主观意识支配他这样做的，躺着——是他恒常的生活状态。"奥特拉京教授阐释奥勃洛莫夫的视角令我自然地想到中国老子的生存哲学。老子以哲学的方式探究了人的生存问题。提出"道法自然"，"无为而无不为"[2]，主张万物的生存应当遵道依德，得其生命的自然。主张人生返本归根，明道同玄，重新找回自然真朴的生命。认为自然存在的最佳方式就是"居柔守弱"，在处理人与外

---

　　[1]　Отрадин М. В.《Обломов》 в ряду романов И. А. Гончарова. СПб.：филфак СПбГУ, 2003. С. 12.

　　[2]　楼宇烈：《王弼集校释》，中华书局 1980 年版，第 63 页。

物，他人和自身的关系时，要秉持"不争""不有""谦下""守雌"等德行。所谓的"真"，就是意指那种"见素抱朴""复归于婴儿"的无为状态，也是老子的理想人生状态。按照老子的说法，人最终效法、学习、遵循的对象，便是自然。如果人们学会本着这个原则，就能在精神上找回自己，回到那个安适平和真实的自己，不会扭曲自己，而是活出自己。老子以"圣人处无为之事，行不言之教；万物作而弗始，生而弗有，为而弗恃，功成而不居"。① 由此可见，"无为"，在老子的学说里，只是现象，它蕴含着深刻的处世哲学：自然无争，永处不败之地。

　　回到奥勃洛莫夫这个形象本身，冈察洛夫的这一伟大创造，不论从其"宁静的面容"，"柔弱的身体"，"宽松的穿着"，"温和的举止"乃至其"经典的躺姿"和"蔑视忙碌做事"其实是一种态度，是一种对人世间所谓的入世有为的蔑视。是对老子"无为"主张最好的诠释。令奥勃洛莫夫挥之不去的梦乡——奥勃洛莫夫田庄的生活就如同陶渊明笔下的世外桃源，一种完全融入自然的与世无争，其乐融融的状态。他在城里生活时，脑海里会幻化出这样的图景："夏日的傍晚，他坐在凉台上，在茶桌后面，头上是遮阳的绿荫棚，手里拿着长烟袋，懒洋洋地吸着烟，若有所思地欣赏着浓枝密叶后面展现出来的美景，享受着它的阴凉和静谧"和"远方成熟的庄稼地"，"平静如镜的池水"，"蒸发着水汽的田野"，"成群结队回家的农民"，"绕膝嬉戏的孩子，站在茶炊后面的一家之主的女皇——他的妻子"，"餐具磕碰的声音"，等等。这就是奥勃洛莫夫理想的田园生活。他以古老的奥勃洛莫夫田庄的理想生活来审判时下的生活，他认为幸福就在于安静不动之中，这与他的朋友施托尔茨刚好相反。奥躺在家里，不去散步，不去聚会，而他的朋友施托尔茨不停地出差，不仅在俄罗斯境内各大城市跑来跑去，而且还到欧洲各国转来转去。奥勃洛莫夫认为施托尔茨是有悖生活本然状态的。对于奥勃洛莫夫来说，生活就该是它自然、和谐的样子。人

────────────

① 楼宇烈：《王弼集校释》，中华书局1980年版，第6页。

就该顺其自然，不破坏生活的自然状态。而施托尔茨认为生活的实质在于运动和发展。他承认人类的进步，承认人类为了追求进步而付出的努力。他是个实际的、现实的人，他是近代文明的产物。在性格和个人追求上与奥勃洛莫夫截然相反且情感咨啬的施托尔茨尽管有些"怒其不争"，但是他不得不承认，奥勃洛莫夫具有自己的价值体系，他拒绝遵循普遍公认的价值体系。看来，施托尔茨已经站在老子的高度来评价他的老朋友了。

的确，奥勃洛莫夫的生活方式与公认的社会价值是相悖的。因此他不能理解施托尔茨和奥尔嘉的奔波忙碌，他看不到他们所从事事业的伟大，而且认为他们活着便把自己埋葬了，不值得以那种有为的方式获得爱和幸福。德鲁日宁和安年斯基在一个乍看起来很无趣，无为、无志的奥勃洛莫夫身上挖掘出了他的一种与众不同的生活态度。在与朋友的聊天中，他很低调，很清醒地认识自己，不拔高自己；他认为参与某种活动即等于把自己分解成碎片。他衡量施托尔茨等人的行动是否有意义的标尺是：他们的活动能否解决生活问题。因此不论是功名利禄，还是上流社会的享乐都不能将其从隐居的生活中吸引出来。其实在德鲁日宁和安年斯基对奥勃洛莫夫的评价中已经蕴含了老子的无为哲学的胚胎。令读者感觉有些夸张的奥勃洛莫夫形象，奥勃洛莫夫气质恰恰是体现了道家的主张：旨在否定和消解异化，以求得人性的复归，复归婴儿，复归于朴，不为社会的权威、传统、流行的价值观所迷惑，所局限，而是超脱而行，道法自然，守定一种轻柔、弱势、低调，看似浑浑噩噩的姿态和心态，实则为自己赢得了更大的生存空间。大家都在积极入世地做事情，只有他甘于无为。不愠不怒，泰然处之。正应了老子的"俗人昭昭，我独昏昏。俗人察察，我独闷闷"。[①] 所以从这个角度而言，说奥勃洛莫夫是"最差劲的最没落的多余人形象"是不公平的，相反，奥勃洛莫夫活得最自然，最有境界。刘清平认为，老子"试图在文明人的'有为'历史阶段上，坚执原始人的'无为'存

---

① 楼宇烈：《王弼集校释》，中华书局 1980 年版，第 46 页。

在状态"，实际上"直接洞穿了人的根本存在的深度层面：一方面，'为'构成了'人'的自己如此的现实本性；另一方面，'为'又会导致'人'走向'伪'的异化结局。结果，倘若不能'为'，人就不是'人'；倘若有了'为'，人又变成'伪'"。①奥勃洛莫夫的形象是对老子"无为"哲学悖论的最好注脚了。

有趣的是，老子的无为哲学在中国乃至世界都很有名，但是在中国还没有一个纯粹体现老子哲学的文学人物，而作家冈察洛夫以奥勃洛莫夫这个具体的形象恰恰诠释了老子的无为哲学。奥勃洛莫夫的生活方式是对都市生活的反拨，对乡村生活的渴望，对"诗意的栖居"的向往。将奥勃洛莫夫这个人物放置在现代的语境中来看，从某种意义而言，他是一种象征，是对老子的无为主张的拟人化表达。

（作者单位：浙江大学外国语言文化与国际交流学院）

---

① 刘清平：《无为而无不为——论老子哲学的深度悖论》，见《哲学门》，湖北教育出版社 2001 年版，第 30 页。

《樱桃园》的喜剧哲学构建

王 永 李 培

对俄罗斯作家契诃夫，中国读者最熟悉的莫过于他的短篇小说。然而，他还是"20世纪现代戏剧的开拓者"①。在德国戏剧理论家斯丛狄眼中，作为戏剧家的契诃夫"在传统的基础上树起一座神奇的文学创造物"②。

《樱桃园》是契诃夫的最后一部剧作，作家从1902年年底开始构思，1903年10月12日定稿。1904年1月17日，该剧由莫斯科艺术剧院首演。这天是契诃夫诞辰日，演出当天，剧院精心安排了作家的文学活动25周年纪念仪式。别雷、勃留索夫、高尔基、拉赫玛尼诺夫、夏里亚宾等著名作家及艺术家莅临现场。《樱桃园》得到了斯坦尼斯拉夫斯基的高度评价，认为这是"非凡的成功。从第一幕开始就把听众抓住了，每一个细微的环节都有效果。……没有另外一个剧本曾经得到过一致热烈的认可"③。然而，契诃夫并不认可剧院的演出，因为剧院把《樱桃园》演成了正剧，甚至悲剧。尽管如此，此后的一百多年中，该剧在莫斯科各大话剧院盛演不衰。节目单上，该剧标为"喜剧"。

在中国，《樱桃园》一剧最早于1960年由上戏附属实验话剧团

---

① 童道明：《论契诃夫》，线装书局2014年版，第31页。
② ［德］斯丛狄：《现代戏剧理论（1880—1950）》，王建译，北京大学出版社2006年版，第13页。
③ ［俄］契诃夫：《可爱的契诃夫：契诃夫书信赏读》，童道明译著，商务印书馆2015年版，第342页。

（现为上海青年话剧团）搬上舞台。之后又有徐晓钟、徐卫宏分别执导中央戏剧学院表演系（1994）及上海戏剧学院表演系（2005）演出该剧。2009 年，由林兆华导演的《樱桃园》在国内多家剧院上演，并受邀参加新加坡艺术节。该版本对表演内容及形式做了探索，引起了极大的反响。他将剧本中的部分对白改为独白与叙述，采用独特的舞台构建形式，让剧中主角之一的特罗费莫夫上蹿下跳，显得疯疯癫癫，以此突出该剧的喜剧特点。显然，林导以先锋戏剧的形式演绎了该剧的喜剧本质。

时至今日，《樱桃园》的"喜剧"性质已无异议。研究者指出，剧本"轻松喜剧成分是显在的"，并具有"深层的喜剧性质"①。然而，当我们阅读《樱桃园》或观看该剧时，心情却未必都很"轻松"。那么，这种喜剧的独特性何在？如何构建？本文将通过剧本的文本分析，揭示《樱桃园》所包含的独特的喜剧哲学，深入剖析该剧喜剧哲学的构建方式。

一 樱桃园的喜剧哲学

造成对《樱桃园》是悲剧还是喜剧的不同解读，其根源在于如何理解喜剧的本质。在亚里士多德的《诗学》中，喜剧是"对于比较坏的人的摹仿"，即对"丑"的摹仿，因滑稽而引人发笑。②黑格尔则反对把可笑和讽刺等同于喜剧，认为喜剧性的特征是"主体一般非常愉快和自信，超然于自己的矛盾之上，不觉得其中有什么辛辣和不幸；他自己有把握，凭他的幸福和愉快的心情，就可以使他的目的得到解决和实现"。③因此，喜剧性体现为一种乐观主义的喜剧精神。而大团圆结局更是喜剧的情节结构特征。"在喜剧

---

① 董晓：《从〈樱桃园〉看契诃夫戏剧的喜剧性本质》，载《外国文学评论》1992年第 3 期，第 88 页。

② 亚里士多德：《诗学》，罗念生译；贺拉斯：《诗艺》，杨周翰译，人民文学出版社 2008 年版，第 16 页。

③ 黑格尔：《美学》第 3 卷下册，朱光潜译，商务印书馆 2010 年版，第 291 页。

中，我们常常见到一位小伙子，想得到一位姑娘，他的愿望往往受到某种对立面（通常是父母）的阻挠，但在戏快要结尾时，情节中的某一转机，却使主人公如愿以偿。"①

《樱桃园》中，既没有充当"喜剧面具"的小丑，人物也并非"非常愉快和自信"，更缺少大团圆的结局。无论其人物塑造还是情节构思均同古典喜剧相距甚远。正如英国学者斯泰恩所言，《樱桃园》一剧中"没有反派角色，没有英雄人物，没有道德方面的说教，有的只是对潜在的巨大爆炸性局面的冷静又有趣的描写；实际上写出了旧秩序的崩溃和整个社会等级制度的瓦解。从形式到风格，《樱桃园》均是对19世纪舞台与戏剧手法的断然否定"②。而高尔基更是发现了"剧本里弥漫着绿色的忧郁"③。这也是斯坦尼读过剧本后认定"悲剧"的原因所在。

因此，分析《樱桃园》的喜剧哲学，要先从所谓的"悲"入手。从情节上看，自樱桃园主柳鲍芙从巴黎回来处理入不敷出的庄园到最后庄园被拍卖，直至她惜别不再属于自己的庄园再度远行，其中无疑回荡着忧伤的旋律：第二幕及第四幕中"类似琴弦绷断的声音""斧子在砍伐树木的声音"，都传递出感伤的意境。樱桃园易主，樱桃树被砍伐，都喻示了旧生活的灭亡，新秩序的建立。然而，新主人是一位农奴出身的商人，他能否让"樱桃园"起死回生？为她带来新的繁荣？在剧本中尚未解答。因此，《樱桃园》确实萦绕着"悲"的情绪。契诃夫本人并不否认这一点。在给饰演安尼雅的演员莉莉雅的信中他写道："'永别了，旧的房子，永别了，旧的生活'——您正是应该用那样的情绪说的。""那样的情绪"，指的是"含着眼泪，哽咽着说出来"，而不是"用昂扬的语调"。④

---

① ［加］诺思罗普·弗莱等：《喜剧：春天的神话》，傅正明等译，中国戏剧出版社2006年版，第51页。

② ［英］J. L. 斯泰恩：《现代戏剧理论与实践》，刘国彬等译，中国戏剧出版社2002年版，第119页。

③ ［俄］契诃夫：《可爱的契诃夫：契诃夫书信赏读》，童道明译著，商务印书馆2015年版，第340页。

④ 同上书，第353页。

这意味着，作者意在让安尼雅对樱桃园的失去怀有留恋与惋惜之情。

"悲"情成分最重的当属樱桃园女主人柳鲍芙。对她而言，樱桃园是她生于斯，长于斯的地方。这里有她童年的记忆，有她青春的脚步，这里埋葬着她的丈夫和儿子的灵魂。因此，在她看来，砍倒樱桃树，把地块租给别人盖别墅是无法想象的。她拒绝了罗巴辛提出的唯一能挽救樱桃园的可行性建议，因而最终失去了樱桃园。从这个意义上说，《樱桃园》是个悲剧。如她本人所言，"我是生在此地的，我的父母，我的祖父，当年也都住在此地；我爱这所房子；要是丢了樱桃园，我的生命就失去了意义"①。

但个人的悲剧是否等同于社会的悲剧、时代的悲剧？作者创作此剧的目的是否在于叙述一个人的命运？答案是否定的。剧本不仅讲述了柳鲍芙痛失樱桃园的过程，而且揭示了樱桃园的另一面。其一，美丽的樱桃园以及柳鲍芙这样的人们所拥有的富足生活，是基于农奴的艰辛劳作。他们"都是农奴所有者，都占有过活的灵魂。那些不幸的人类灵魂，都从园子里的每一棵樱桃树，每一片叶子和每一个树干的背后向你望着"②。其二，这个社会是不平等的社会。作家借大学生特罗费莫夫之口说："在我们俄国，只有很少数的人在工作，……绝大多数的知识分子，都是什么也不寻求，什么也不做，同时也没有工作的能力。所有这些自称为知识分子的人，对听差们都是用些不客气的称呼，对农民们都像畜生一样的看待，他们……只在那里空谈科学，……成天夸夸其谈；可是同时呢，我们绝大多数的人民，百分之九十九都还像野蛮人似的活着，工人们都没有吃的，……到处都是臭虫、臭气、潮湿和道德的堕落……"③如他所述，下层社会的人生活际遇极为恶劣，素质低下。作为贵族阶层的代表，柳鲍芙虽然对周围的人不乏爱心，比如她爱罗巴辛，

---

① 〔俄〕契诃夫：《万尼亚舅舅·三姊妹·樱桃园》，焦菊隐译，上海译文出版社2014年版，第237页。

② 同上书，第227页。

③ 同上书，第222页。

爱特罗费莫夫。但在她的心目中，底层人并不占有举足轻重的地位。当加耶夫跟她提起老奶妈去世的消息时，她没有丝毫悲伤的表情，而是平静地坐下喝起了咖啡。她的哥哥加耶夫则整天无所事事，行为举止荒唐，总在嘴里嘟哝着"打白球下角兜，蹭红球进中兜"①。

面对这样的社会，变革在所难免。"为了要在现在过一种新的生活，就得首先忏悔过去，首先要结束过去，而要忏悔过去，就只有经受痛苦……"② 这既是剧中人特罗费莫夫的豪言壮语，又表达出作者的心声。由此我们可以看出，契诃夫笔下的社会变革并非是一种痛苦的、无奈的挣扎，而是带有美好愿景、孕育着希望的进步与发展。从这个意义上来看，贵族社会的消逝不是悲剧，而是希望。这充分证明，在作者的内心深处中，对"小人物"的同情胜于对"樱桃园"的惋惜。

然而，到底由谁来肩负起建设新生活的责任？"樱桃园"由新主人罗巴辛接手。罗巴辛是个商人，在处理樱桃园债务问题上，他显示出商人的精明与魄力。起初，他建议柳鲍芙"把樱桃园和其余的地皮，分段租给人家去盖别墅"③，并且清醒地看到，"已经没有路子可以回头的了"，因此，必须"一辈子里至少拿出一回勇气来，面对一下现实"④。但柳鲍芙并未听从他的建议，最终导致樱桃园被拍卖。此时的罗巴辛显示出极大的魄力，以比押款多到九万的价格压倒竞拍对手，成为樱桃园的新主人。这也意味着在过去的樱桃园之上，将建立起新的生活秩序。新秩序的建立者虽然"飞扬浮躁"，爱"指手画脚"，然而，他却有"柔和的、敏锐的"灵魂。⑤ 罗巴辛对柳鲍芙所提的建议证明，他并非一开始就有夺取土地的贪欲，并非只是唯利是图，而是想把"这么烦乱、这么痛苦的

---

① ［俄］契诃夫：《万尼亚舅舅·三姊妹·樱桃园》，第 199 页。
② 同上书，第 227—228 页。
③ 同上书，第 216 页。
④ 同上书，第 237 页。
⑤ 同上书，第 253 页。

生活赶快改变"，"要叫这片地方都盖满别墅，要叫我们的子子孙孙过起一个新生活来"①。他说，"我只有在工作得很久而还不停歇的时候，才觉得自己的精神轻快，也才觉得自己找到了活着的理由"。罗巴辛的务实精神是显而易见的。正因如此，契诃夫对他的评价是："是个商人，但在一切方面来说他都是个正派人，应该堂堂正正，有知识分子的派头，不小气，不滑头。"②显然，作者对罗巴辛的肯定评价大于否定评价。由这类人成为"樱桃园"的主人，虽然未必符合社会理想，但终究是历史发展的必然，应该是喜大于悲的。

由贵族社会转入商业社会，前景堪忧抑或看好？作者对此问题的思考在特罗费莫夫身上可见一斑。他蔑视金钱，当罗巴辛自动提出要给他钱时，他骄傲地拒绝了，"在你们眼里看成那么重要的、那么珍贵的东西，在我也不过像随风飘荡的柳絮那么无足轻重。……人类是朝着最高的真理前进的，是朝着人间还没有达到的一个最大的幸福前进的"③。他虽然夸夸其谈，不切实际，但不可否认的是，他对未来怀有崇高的理想，并且"预感到幸福将要降临"④。可以认为，在《樱桃园》中，特罗费莫夫是未来理想的化身。或许恰恰由于他代表的是不可知的未来，所以无法在当下有所作为。同罗巴辛一样，特罗费莫夫的存在也是生活之"悲"中的希望。他们对沉重而复杂的社会现实有清晰的认识，但并不因此感到悲观，反而对未来抱有美好的期待。稍有不同的是，在走向更好明天的方式上，务实的罗巴辛选择了接管经营樱桃园，而年轻骄傲的特罗费莫夫则选择了振臂高呼。依照黑格尔对喜剧特征的论述，喜剧性体现为一种乐观主义的戏剧精神。罗巴辛与特罗费莫夫身上所彰显出的乐观主义精神正是蕴于作品"悲"之情节中的"喜"之精神。

---

① ［俄］契诃夫：《万尼亚舅舅·三姊妹·樱桃园》，第248页。
② ［俄］契诃夫：《可爱的契诃夫：契诃夫书信赏读》，第341页。
③ 同上书，第253—254页。
④ 同上书，第228页。

由此可见，契诃夫的"喜剧"精神充满了辩证的意味。"喜"未必没有"悲"，"悲"中未必没有"喜"，但无论如何，前途永远充满希望。这种积极乐观的人生态度正是契诃夫"喜剧精神"的精髓所在，也是打开《樱桃园》喜剧之门的钥匙。契诃夫的"喜剧"，是诗意的生活。无论生活中是苦是悲，应以诗意予以对待，正如《伊凡诺夫》一剧中那句著名的台词："我是来寻找散文的，结果却遇到了诗。"只要我们心中充满诗意，悲剧也可以成为"喜剧"。虽然樱桃园换了主人，虽然樱桃树被砍伐，但樱桃园的美及其文化价值并没有消失。因为"我们"新一代可以"另外再去种一座新的花园，种得比这一座还美丽"①。旧事物必然被新事物所代替，这是一种历史的必然。因此，契诃夫的喜剧哲学是新旧交替、寓喜于悲的哲学。

二 樱桃园——由实在到隐喻

在《樱桃园》所体现的喜剧哲学构建中，樱桃园起到了核心的作用。

有评论家指出《樱桃园》的描绘不真实。俄罗斯作家布宁曾在其回忆中表示不喜欢契诃夫的戏剧，原因是后者不了解真实的贵族生活。"契诃夫对贵族地主的生活，对贵族庄园，对庄园里的花园不甚了解，……我在一个'衰落的'贵族之家中长大，……有一个很大的花园，但不是樱桃园……俄罗斯没有一座花园是纯粹的樱桃园……庄园会有大片的花园种樱桃树，但不可能就在住房的窗下。此外，樱桃树一点都不好看，长得歪歪扭扭的，叶子很小，开出来的花也很细碎……"② 显然，契诃夫笔下的樱桃园不符合贵族庄园的真实情况。那么，作家构思这一非现实的樱桃园用意何在？

第一，从契诃夫的生平中可以发现，樱桃园是他生活中的实

---

① ［俄］契诃夫：《万尼亚舅舅·三姊妹·樱桃园》，第 249 页。
② Бунин И. А. *Собрание сочинений в 9 томах. Т. 9.* М.：Худ. литература, 1965. С. 238.

在。作家一生热爱大自然，在他看来，"与大自然的亲近和闲适乃是幸福的必要条件"。1892 年初，他买下了梅里霍沃的一处庄园，并"栽种了 60 棵樱桃树和 80 棵苹果树"。而在雅尔塔的园内，他也"栽种了 12 株樱桃树"。在这里，他"感到神清气爽"。在给友人的信中他写道："在大自然中有某种神奇的、特别感动人的东西，它用自己的诗意补偿了生活中的种种不便。"① 他对植树造林的热爱反映在其《万尼亚舅舅》的台词里：

> 每当我走过我从斧斤之下解救出来的乡间森林的时候，或者，每当我听见我亲手所栽种的树木，簇叶迎风微微发出响声的时候，我就觉得气候确实有一点受我的支配了，我也觉得，如果一千年以后，人们生活得更幸福的话，那里边也许有我的一点菲薄的贡献吧。每当我栽种了一棵桦树之后，看见它接着发起绿来，随着微风摇摆，我的心里就充满了骄傲……②

可见，对作家而言，樱桃园不仅是一种实在，而且也是其大自然之爱的载体，体现出一种生命哲学。剧本中，作者借加耶夫之口感叹："啊，大自然啊，不可思议的大自然啊，你永远放射着光辉，美丽而又超然，你，我们把你称作母亲，你本身包括了生和死，你既赋予生命，又主宰灭亡。"③

第二，樱桃园还蕴含了新旧更替的意味。在回忆该剧剧名的来源时，斯坦尼斯拉夫斯基写道："他（契诃夫）盯着我说，'我给剧本取了个美妙的名字，美妙的！'……'樱桃园，多美妙的剧名啊！樱桃园！'……过了几天，或许过了一周，……有一次他在我们演出时来到我的化妆间，……'告诉你，不是樱桃园，而是樱桃园'……这次我明白了其中的奥秘：樱桃园是可以带来收入的商业性的、实用的花园，这种花园现在也需要；但樱桃园却不能带来收

① ［俄］契诃夫：《可爱的契诃夫：契诃夫书信赏读》，第108、89、182、79、80页。
② ［俄］契诃夫：《万尼亚舅舅·三姊妹·樱桃园》，第18页。
③ 同上书，第223页。

人，只是保存了过去贵族生活的诗意……"① 让斯坦尼明白奥秘的是"樱桃"这个形容词的重音变化。在俄语中，该词有 вишневый 及 вишнёвый 两种存在形式；前者重音在 и 上，后者重音在 ё 上；前者为陈旧的用法，后者为现代俄语的用法。不妨因此推断，契诃夫所谓的"不是樱桃园，而是樱桃园"就隐含了"新"樱桃园的含义。因此，斯坦尼对契诃夫改动这两个词的意图并未准确理解。按他的逻辑，作者的改动意味着摒弃商业性的花园，而看重诗意的、代表了贵族生活的樱桃园，那该剧为悲剧是顺理成章的，而这不符合作家的本意。

第三，樱桃园是整个俄罗斯的化身。"整个俄罗斯就是我们的一座大花园。"到这里，实体的樱桃园变成了象征意义上的"大花园"，成为社会更替的载体。樱桃园的被砍伐隐含了贵族社会的衰败，即将兴建的别墅村落预示着商业社会的到来。对于这种社会变革，应该感到悲还是喜？作者用意味深长的结尾给出了自己的答案。在即将离开樱桃园之际，安尼雅表示"非常满意"，要"开始一个新生活"，她相信，"会有一个又新又美的世界，在我们面前展开"。成为银行职员的加耶夫也感到愉快，觉得"樱桃园没有卖出去之前，我们心里都很烦恼，很痛苦，"而"现在一切倒都觉得好多了"。即使是对樱桃园极其依依不舍的柳鲍芙，也承认，"我的心思平静多了"，"夜里睡觉也踏实了"。② 喜剧以费尔斯的被遗忘而告终，他的生命就像那"天边传来"的那种"琴弦绷断似的声音，忧郁而缥缈地消逝了"，"打破这个静寂的，只有园子的远处，斧子在砍伐树木的声音"③。樱桃树将被砍除，贵族的时代必将过去，此后的生活值得期待。剧本的结尾更多的是希望，而非悲哀。正如契诃夫本人一再强调的那样，"戏的最后一幕很有喜剧气

---

① Станиславский К. С. А. П. Чехов в Художественном театре//А. П. Чехов в воспоминаниях современников. М.：Худ. литература, 1986. С. 409.

② ［俄］契诃夫：《万尼亚舅舅·三姊妹·樱桃园》，第256—257页。

③ 同上书，第266页。

氛，可整个戏都是喜剧性的，很轻松"①。

　　樱桃园由现实存在变为一种象征，其隐喻富含深刻的哲理。樱桃园是美，是过去的记忆，也是正在建设的现在，还是即将面临的未来。这里浓缩了整个时代的变迁，凝聚着作家对俄罗斯国家命运的思考。社会的变革有如大自然的规律，一切皆有兴衰，社会现象的兴衰是历史的必然，是社会发展的规律；任何社会发展阶段皆植根于社会土壤，由萌芽到发展到衰落，再到新生，由生到死，死而复生。在历史长河中，任何一种社会现象都只是其中一个发展阶段，而处于某个特定社会中的人，也只是某个发展阶段的人。当历史发生变化，从一个阶段转入另一个阶段，不能顺应时代发展的人只能退出社会舞台。

三　《樱桃园》"新""旧"主题的多层构架

　　契诃夫在《樱桃园》中对新旧世界的思考是通过独具匠心的艺术构架完成的。诚如诸多评论家所言，契诃夫的戏剧改变了古典主义戏剧的情节结构特征，具有非情节化特点。他不仅将传统的三幕五幕戏剧改为四幕，从而不可能将高潮置于戏剧中心，而且将戏剧人物生活化，没有截然不同的正面和反面角色。这种舞台表现看似平淡，实则暗流涌动。作者在台前表现真实生活场景的同时，将更广阔的社会空间和更紧张的戏剧冲突置于幕后，用"音乐作品"，"交响乐"式的写法建构起该剧的多层构架。在《樱桃园》中，台前人物、台词及人物行为构成了该剧的表层结构，舞台布景、幕后人物、人物的心理描写及舞台音效构成其深层结构。表层与深层结构有机地结合在一起，架构起一个新旧转换的动态过程，揭示出社会发展的普遍规律。

---

① ［俄］契诃夫：《可爱的契诃夫：契诃夫书信赏读》，第337页。

（一）人物架构

《樱桃园》中的人物群像由幕前人物及幕后人物组成。幕前的人物在第一幕中悉数登场。从女主人柳鲍芙，到她的哥哥加耶夫、女儿安尼雅、养女瓦里雅、商人罗巴辛、地主皮希克、管家叶皮霍多夫、家庭女教师夏洛蒂、女仆杜尼亚莎、大学生特罗费莫夫、男仆费尔斯、小厮雅沙等。而在戏剧的发展过程中，另有一些人物出现，但他们仅停留在幕前人物的叙述中，并未现身舞台。如柳鲍芙的巴黎情人、亡故的丈夫及溺水身亡的小儿子格里沙，她那位很有钱的"婶母"；安尼雅的奶妈；罗巴辛的父亲；参与拍卖的富翁捷里冈诺夫；皮希克的女儿达申卡；雅沙的母亲；等等。这些人物交织在一起，展示出一幅广阔的社会发展图景，一场深刻的社会变革。这些人物不仅涵盖了俄国当时的所有阶层：贵族、小官员、从前的农奴、仆人、新兴资产阶级、平民知识分子，而且反映出时代的变化。

属于"旧"时代的群像中，柳鲍芙是贵族的代表。她沉湎于优越的贵族生活，即使回到祖国特别激动，但对祖国的爱却抵不上对咖啡的执着。"我爱我的祖国，我真爱得厉害呀。我一路上只要往窗子外边一看，就得哭。可是我总得喝我的咖啡呀！"她"不务实际"，面临樱桃园即将被拍卖，她不知所措。虽然希望罗巴辛"告诉我们该怎么办？"却拒绝接受他提出的合理化建议，认为商业行为太"俗气"。她的老奶妈和阿那斯塔西死了，科索伊到城里监察局做事，展现出时代更替的图景。同贵族生活相联系的老人——离去，新的社会生活关系逐渐形成。罗巴辛清楚地意识到了这种变化："从前，乡村里只有地主和农民，可是如今呢，一转眼工夫，又出现了一种到乡下来消夏的市民了。"同为旧时代的代表，幕后人物罗巴辛的父亲是樱桃园的农奴，他"是一个无知的庄稼人，什么都不懂，……喝醉了就用棍子打我（儿子）"。[①] 费尔斯做了一辈

---

① ［俄］契诃夫：《万尼亚舅舅·三姊妹·樱桃园》，第 195、216、198、219 页。

子的仆人，直到最后他也宁愿一辈子伺候主人，不要"自由"。

"新"时代的主要代表是幕前的罗巴辛和幕后参与拍卖的富翁捷里冈诺夫。他们代表了新兴的商人阶层，预示着商业社会的发展。从剧本中看出，作者虽然看到社会的更替不可避免，但对商业社会是否符合社会理想深表怀疑。在《樱桃园》中，罗巴辛这个从底层出来的商人，虽然有务实和不滑头的一面，却依然无法用金钱弥补"无知和粗野"，他"什么书也没有读过"，"字写出来难看得怕人，像虫子爬的，连自己都觉得丢脸"。作者借用特罗费莫夫之口指出，商人是"一个遇见什么就吞什么的、吃肉的猛兽，在生存的剧烈斗争里，是不可少的东西"。①

为了弥补"新"时代的不足，作者还构建了一个理想的"未来"，由特罗费莫夫和安尼雅充当代表。特罗费莫夫对未来充满了美好的遐想，他追求幸福和自由。因此，他"要避免一切肤浅的、空幻的、妨碍我们自由和幸福的东西，……要百折不挠地向着远远像颗明星那么闪耀的新生活迈进"。安尼雅同样憧憬着美好的未来。她深信，可以种一座"比这一座还美丽"的花园，"而一种平静、深沉的喜悦，也会降临在你的心灵上的……"或许，未来还比较遥远，但幸福的脚步越来越近。即使他们未必能看得到幸福，不过，"别人总会看得见的！"②

（二）舞台场景构架

在新旧主题的展开过程中，舞台构架起到了重要作用。其中，第二幕的舞台布景扮演了极为重要的角色：

> 野外。一座古老、倾斜、久已荒废的小教堂。旁边，一口
> 井和一些厚石块，显然是旧日的墓石；一条破旧的长板凳；一
> 条通向加耶夫地产的道路。一边，高耸着一些白杨树的昏黑剪

---

① ［俄］契诃夫：《万尼亚舅舅·三姊妹·樱桃园》，第 219、221 页。
② 同上书，第 226、229、249 页。

影；树的后边，就是樱桃园的边界。远处，一列电线杆子；天边依稀现出一座大城镇的模糊轮廓，只有在特别晴朗的天气里，城影才能看得清楚。①

在这里，位于近景的古老的教堂、古旧的墓石、破旧的板凳构成了"旧"的世界；远景的大城镇则代表了"新"的世界，它的轮廓还不是那么清晰，处于忽隐忽现的状态；樱桃园则成为分割这两个世界的边界。

第三幕同样构成了新旧时代的对抗。那只闻其声，不见其人的犹太乐队，在整个第三幕中为舞会伴奏。舞会上，人们跳着19世纪贵族社会盛行的交际舞，而这种舞会也正在衰落。"老年间，来我们这儿跳舞的，都是些将军、伯爵和海军上将。可是现在呢，请的全是什么邮政局职员啊，火车站站长啊，而且他们还觉得来了是赏给我们面子呢。"② 与此同时，后台在进行拍卖。应该说，樱桃园的拍卖在剧本中是非常重要的内容，但剧作家却把该场景置于舞台之外。与舞会同时进行，欢乐与紧张、松弛与焦灼并存于台前与台后。即将逝去的贵族社会生活与即将来临的商业社会在此被并置于同一时空坐标上，更突出了新旧交替的主题。到第三幕快结束时，罗巴辛让乐师们再次奏乐，这音乐俨然成为庆祝新生活的凯歌。

第四幕的舞台布景同第一幕相同，地点也是"一间相沿仍称幼儿室的屋子"，不同的是窗帘和墙上的装饰已经撤下，一侧还堆着出门的行李。这个幼儿室，曾经是柳鲍芙度过童年的地方，而今，它即将送走旧主人，迎来新主人，从而成为新旧生活交替的见证。

综上所述，我们认为，《樱桃园》体现了契诃夫独特的"喜剧"哲学。面对失去的家园固然不免忧伤。但正如"一岁一枯荣"

① ［俄］契诃夫：《万尼亚舅舅·三姊妹·樱桃园》，第220页。
② 同上书，第240页。

的"离离原上草",事物发展到一定阶段必然被新事物所替代。身
处两个世纪之交的契诃夫对于祖国的命运抱有更多的希望而非绝
望,樱桃园的被拍卖绝非"死亡",而是"重生"。从这个意义上
看,林兆华版的《樱桃园》虽然遵循了契诃夫的喜剧创作主旨,但
他把大学生特罗费莫夫塑造成疯癫的愤青形象,不完全符合契诃夫
的"喜剧"哲学。

剧本最后费尔斯的一句台词:"他们都把我忘了",可以说是契
诃夫的心声。是的,在契诃夫看来,像费尔斯这种现象的消失是必
然的也是必须的,而且不会有人记得。与柳鲍芙相关的庄园文化已
然成为过去的记忆,一个由罗巴辛代表的商业时代即将到来。而人
类的美好理想犹如特罗费莫夫的梦想,依然在空中游荡,只是一个
遥远的未来,但可以让人类满怀希望。这也道出了戏剧理论家尼柯
尔关于喜剧的真谛:"喜剧假定生命是永恒的,死亡不过是一
场梦。"①

《樱桃园》是契诃夫在病重期间艰难完成的作品,他"尽力一
天写四行,而连这差不多都成了不可忍受的痛苦"②。作家在常人
难以忍受的痛苦中完成了其关于喜剧哲学的思考,建构了辩证的喜
剧哲学。

(作者单位:浙江大学外国语言文化与国际交流学院)

---

① 董健、马俊山:《戏剧艺术十五讲》,北京大学出版社2004年版,第107页。
② [俄]契诃夫:《万尼亚舅舅·三姊妹·樱桃园》,第269页。

勃洛克与 20 世纪初俄罗斯现代戏剧

余献勤

亚历山大·勃洛克（1880—1921）是俄国白银时代文学中最杰出的诗人之一，是 20 世纪俄罗斯文学史中公认的经典作家。勃洛克的文学生活恰好是在 19—20 世纪之交展开，他的诗歌映现了这一时代人们思想的波澜和痛苦，被弗·马雅可夫斯基称为"一整个诗歌时代"。同时，勃洛克不单单是俄国象征主义诗歌成就最高的诗人，还是俄罗斯现代戏剧的重要组成，他以自己的戏剧作品和戏剧活动成为时代的表达者、参与者和见证人，正如安娜·阿赫玛托娃所言，是"一座世纪初年的纪念碑"。因此，从 20 世纪初俄罗斯现代戏剧的角度审视勃洛克戏剧很有意义。

一　20 世纪初俄罗斯现代戏剧

在俄罗斯历史上，20 世纪初是一个极为丰富和复杂的时期。期间，俄国社会矛盾极其尖锐，大量的社会政治事件和冲突带来思想的变革，社会精英尤其是知识分子对各种问题纷纷展开深入思考。各种社会和哲学思潮的引入加剧了艺术进程的矛盾和紧张，促使艺术形式发生变革。正是在这样一个新旧交替的时代，俄罗斯戏剧呈现出迥异于之前戏剧的形态，戏剧创作和演剧艺术取得了非凡的成就，现代戏剧得以形成。

现代戏剧不同于前期戏剧最突出的特点是重视心理分析，追求艺术门类的大融合。传统的现实主义戏剧和自然主义戏剧已不能满足新时代提出的任务，即表现人物在世纪之交所感受到的失望、焦虑、绝望、期盼、荒诞等情绪和感受，发掘戏剧冲突背后所蕴含的"全人类"本质等。不论传统的现实主义戏剧还是新兴的现代主义戏剧，都在心理探索、哲学思考、思想表现上追求深度、广度和力度的拓展。

在现实主义戏剧创作领域，契诃夫首开现代之风。在其后期四部戏剧作品中［《海鸥》（1896）、《万尼亚舅舅》（1898）、《三姐妹》（1901）、《樱桃园》（1903）］，人物之间没有传统戏剧的对立冲突，人物命运和事件并非与某一社会问题和政治问题直接相关，剧作家把人物置入平淡的日常生活中，展现人物与环境或是人物自身内心精神的矛盾。在契诃夫以及艺术剧院的影响下，高尔基开始创作戏剧，在其十月革命前完成的代表性戏剧作品中［如《小市民》（1901）、《底层》（1902）、《避暑客》（1904）、《太阳的孩子们》（1905）等］，塑造出形形色色的小市民、流浪汉、知识分子等形象，揭示了他们的心理面貌，展现了阶级意识的形成过程。即便是传统的生活剧，如纳伊坚诺夫的《瓦妞申的孩子们》（1901），也出现心理表现加重的倾向。

在现代主义戏剧创作领域，20世纪伊始，受易卜生和梅特林克等西欧象征主义戏剧家的影响，俄国象征主义戏剧开始萌芽。吉皮乌斯和安年斯基剧作的发表标志着俄国象征主义戏剧的诞生，之后1905—1919年涌现出大量象征主义戏剧作品（出自勃洛克、索洛古勃、列米佐夫、伊万诺夫等剧作家之笔）。这些剧作的形象、情节、语言以及剧作家的戏剧观念都不同于传统的现实主义戏剧，促进了世纪初的戏剧革新。此外，安德烈耶夫也是一位颇具现代意识的戏剧家，不论是其现实主义还是象征主义戏剧，抑或表现主义戏剧，都力图挖掘和表现现代人的种种心理危机。马雅可夫斯基在20世纪第二个十年开始未来主义戏剧创作，在假定性的荒诞时空中展开对生活与存在的深刻思考。应该说，大量剧作家们力图创作开拓性的"新剧"，为演剧提供了有力的艺术支撑。

　　20 世纪初年是戏剧理论大论辩的时期，剧作家、戏剧理论家还有导演都对当时的戏剧状态以及未来戏剧的发展提出自己的看法，多本争鸣式的文集如《戏剧：一本关于新剧的书》（1908）、《戏剧的危机》（1908）、《关于戏剧的论争》（1914）等书的出版充分展现了理论探索的繁荣。在演剧领域，斯坦尼斯拉夫斯基、梅耶荷德、瓦赫坦戈夫、叶弗列伊诺夫、科米萨尔热夫斯基、塔伊罗夫、别努阿等导演为俄国演剧注入了全新的导演理念。新剧院的开办，如彼得堡的科米萨尔热夫斯卡娅剧院、古风剧院等，莫斯科的艺术剧院、室内剧院等，为艺术探索提供了舞台。

　　在 20 世纪初年，戏剧在创作、舞台、理论等方面都迸发出蓬勃的生命力。不过对于那一时代的剧作家而言，戏剧不仅仅关涉戏剧作品和舞台演出，更重要的是，戏剧为现实生活设计样板并展示出来，这也是白银时代作家们尤其是现代派作家热衷戏剧的一个至为重要的动机。库兹明就曾指出："'戏剧'一词，不论其意味着一系列作品还是舞台艺术的技巧和手法，或是二者的价值以及对观众的影响，它都被寄予特别的期待、喜爱和厌恶，以致其成为艺术最执着的问题之一。"[1] 戏剧成为这一文学时代的一大特征。正是在这样一个复杂的历史时期和激情的戏剧时代，勃洛克与戏剧结缘并展露自己的才华。

二　勃洛克与戏剧文学（драматургия）

　　勃洛克与戏剧的缘分始于莫斯科艺术剧院 1898 年在彼得堡的巡演。受到感召的勃洛克一度打算做职业演员，并多次在家庭剧院和业余剧团的舞台上演出，后因专注于诗歌创作而放弃演员梦。不过戏剧并未远离诗人，而是化作戏剧元素融入他的诗歌，戏剧性成为勃洛克抒情诗的一大特征。

　　勃洛克再次与戏剧交集是在 1905 年前后俄国象征主义作家们

---

　　[1]　Вислова А. В. 《Серебряный век》как театр. М. : РИК, 2000. С. 31.

展开的戏剧论争期间。此前的俄国象征主义已经开始尝试把象征主义的领域从诗歌拓展至戏剧。吉皮乌斯和安年斯基的创作预示了俄国象征主义戏剧的两大题材和品格——即分别以神秘与古典美为美学品格的宗教神秘剧和古希腊神话悲剧的诞生，而后勃留索夫、巴尔蒙特和伊万诺夫的戏剧作品在 1905 年得以发表，但真正有影响力的象征主义戏剧作品还未出现。与此同时，象征主义作家们热衷于戏剧理论探索。安年斯基和勃留索夫各自撰文表达了对当时戏剧趋势的看法，前者主张"古希腊悲剧与当代心灵的融合"①，后者提出摒弃舞台上虚假的真实，转向古希腊戏剧中使用的"有意识的假定手法"②，表现艺术家的心灵。

这时的勃洛克已经作为年轻一代象征主义诗人的杰出代表而享誉文坛。1905 年的俄国革命使得勃洛克内心发生变化，他渴望走向生活，走向社会，走向人民所代表的俄罗斯。与此同时，以伊万诺夫为核心的彼得堡年轻一代象征主义者们开始戏剧探索，倡议建立俄国象征主义戏剧剧目。诸多原因促使勃洛克进入戏剧文学领域，并于 1906 年完成了别具一格的抒情剧三部曲《滑稽草台戏》《广场上的国王》和《陌生女郎》，其中《滑稽草台戏》于当年底由梅耶荷德执导，在彼得堡的科米萨尔热夫斯卡娅剧院成功上演，成为俄国象征主义戏剧标志性的事件。

与当时充斥俄国剧院舞台的现实主义戏剧或自然主义戏剧相比，这三部抒情剧有着迥然不同的特征，无论从戏剧结构还是戏剧时空抑或戏剧人物设置等，都体现了"假定性"原则。富有跳跃性的结构，虚虚实实的时空，真真假假的人物，复杂的象征意象，韵文和散文的交错使用，大大丰富了戏剧的内涵，增加了阐释难度，提升了阐释空间，如格拉希莫夫所言，"《滑稽草台戏》为假定性

---

① Канунникова И. А. *Русская драматургия XX века.* М. : ФЛИНТА – Наука, 2003. С. 245.

② Брюсов В. Я. *Сочинения. В 2 - х т. Т. 2. Статьи и рецензии 1893—1924.* М. : Худож. лит. , 1987. С. 367.

戏剧的形成起到了突出的作用"①。

在《滑稽草台戏》中，除了传统的皮埃罗—科罗宾娜—阿尔列金三个角色之外，出现了现实的神秘主义者、剧作者和一些戴面具的中世纪角色，现实的时空、皮埃罗的时空和中世纪时空交织在一起，为传统的滑稽喜剧增添了哲理内涵。存在与虚空、忠诚与背叛、爱情与死亡、寻找与迷失，是这出草台戏提出的问题。《广场上的国王》就是一部俄国革命和社会变革的现代寓言。焦虑绝望的民众推倒了宫廷广场前象征权力的国王雕像，在这愤怒的洪流面前，青春和爱情不堪一击，然而，毁灭之后生活依然如故。《陌生女郎》一剧看似极具现实色彩，剧中的空间就是司空见惯的彼得堡小酒馆、冬天雪中小桥与上流客厅，然而在每个时空中发生的故事之间和人物之间没有通常戏剧中的连贯性，仅仅是一颗玛利亚之星把剧中三场梦幻串联在一起。小酒馆中有人幻想玛利亚星，雪中小桥上有人看见玛利亚星星坠落，而后星星化身为名叫玛利亚的女子光临上流客厅，不过却无人能识，最后悄然消失。但是这种外在的联系只是表象，深层的联系存在于三场梦幻中真实与虚幻、理想与庸俗、美与丑之间的对立，以及人物是否具有洞察这一对立的能力。

勃洛克在出版序言中指出，这三部曲尽管内容迥异，其实是"一个当代心灵的诸多侧面"，即其"犹疑、激情、失败和沮丧"。这个心灵既属于作者，也属于勃洛克同时代的有识之士。三部曲中的主人公有着一致的追求，向往"美好自由光明的生活"，"这一生活能从他们疲弱的肩上卸下难以承担的抒情诗式的犹疑和矛盾的重负，将像幻影一样纠缠不休的同貌人赶走"②。同勃洛克之前的俄国象征主义戏剧（如吉皮乌斯的《圣血》、安年斯基的《哲学家梅兰尼帕》、勃留索夫的《地球》等作品）相比，勃洛克的三部曲

---

① Брюсов В. Я. *Сочинения В 2 - х т. Т. 2. Статьи и рецензии 1893—1924.* М. : Худож. лит. , 1987. С. 575.

② Блок А. *Собрание сочинений*, Т. 4. М. - Л. : Гослитиздат, 1961. С. 434.

少了"异域的汁液"①，多了民族的和当代的因素。在我们看来，这就是勃洛克象征主义戏剧的永恒价值所在，勃洛克用自己的作品使外来的象征主义戏剧与本民族文化产生融合，用象征主义戏剧这一形式来书写本民族的心灵故事。

如果说抒情剧三部曲涉及了少量俄国现实生活的话，那么《命运之歌》就是真正的俄国生活之歌。剧作家通过知识分子盖尔曼寻找生活道路的故事，展现自己对"人民与知识分子"问题的思考。应该说这是俄国文学一个传统的主题，也是勃洛克同时期作家极为关注的问题，勃洛克在戏剧中对其进行了象征主义式的演绎。

剧中男主人公盖尔曼在一个春天的夜晚，听见风的召唤，决定离开宁静幸福的家和妻子叶莲娜，走向大社会。在一个城市的世界工业成就展览会上，他见到代表人民自然力的女演员法伊娜，听见她演唱"命运之歌"，为法伊娜所吸引，并最终得到她的青睐。然而盖尔曼并未从法伊娜身上得到力量和明确的方向，法伊娜对盖尔曼也不无失望，最后两人在雪地中分手。盖尔曼在生活之路上的选择象征着家与社会、宁静与激情、秩序与混沌等种种对立，而这些对立也是俄罗斯人心灵和精神上永远的困惑。戏剧采用了开放式的结局，预示着盖尔曼的探索之路并未终结，仍在继续。

《玫瑰花与十字架》是1912年勃洛克应西林出版社（又译人面鸟出版社）之约而创作的一部四幕正剧。戏剧以13世纪法国南部的阿尔比教派叛乱和十字军东征为背景，展现城堡看门人"不幸骑士"贝特朗的悲剧人生。贝特朗默默地爱着城堡女主人——出身低微的伯爵夫人伊佐拉。冬春交接之际，伊佐拉心情忧郁，游吟歌手一首"苦乐同一是心儿不变的法则"的歌让她对英俊的歌手心生幻想。此时南部发生骚乱，贝特朗被伯爵派往北方打探情况，并受伊佐拉之托寻找那位歌手。贝特朗完成任务后，带着那首歌的作者——年迈的流浪歌手加埃坦回到城堡。第二天正是当年第一个春日，城堡举行歌舞会，加埃坦献上"苦乐歌"。伊佐拉听见熟悉的

① Блок А. *Собрание сочинений*，T. 5. М. – Л.：Гослитиздат，1962. C. 168.

歌曲，然而当她看见歌手并非自己梦中所想象的样子，顿时昏厥，醒来后接受少年侍从阿里斯康的殷勤。这时叛乱者来袭，为了维护城堡主人和自己的荣誉，贝特朗奋勇搏杀，身负重伤。当天夜晚，贝特朗为同阿里斯康幽会的伊佐拉站岗放哨，最后鲜血流尽，死时胸前戴着一朵黑色的玫瑰。

故事虽然发生在 13 世纪的法国，但作者却看到，剧中的时空与 20 世纪初俄国有着相似的"历史恐慌"，城堡主和俄国地主过着相似的生活，也恰恰是在此背景下，戏剧成为时代精神的表达者。忠于职责和爱情、领悟艺术真谛的贝特朗达到勃洛克创作世界中最高境界——艺术家式的人。《玫瑰花与十字架》是"一部被浇铸成完美艺术形式的戏剧……和勃洛克其他戏剧相比，它最清晰、最简洁"[1]，也因其"完美均衡的戏剧形式中融入了深刻而复杂的内涵"[2]，被视为俄国象征主义戏剧的总结性作品。

1913 年之后，因战乱、革命、兴趣等多种原因，勃洛克一度中断了戏剧创作，虽然勃洛克有许多创作构想，但唯一完成的是以埃及法老为题的历史独幕剧《拉姆泽斯——古埃及生活断片》（1919）。无论是结构、人物还是内容，这部散文剧都远逊于前 5 部抒情诗剧。可以这样认为，作为剧作家的勃洛克，其最具代表性的戏剧作品是自 1905 年至 1912 年间完成的 5 部象征主义诗剧——《滑稽草台戏》《广场上的国王》《陌生女郎》《命运之歌》《玫瑰花与十字架》。勃洛克的戏剧历程映现出俄国象征主义戏剧的存在轨迹，一定程度上反映出俄国现代戏剧文学的演变。

三 勃洛克和演剧（театр）

关于勃洛克与 20 世纪初俄罗斯演剧的关系，我们可以从三个时间段来审视：1906—1910 年——勃洛克以科米萨尔热夫斯卡娅剧

---

[1] Громов П. П. *Герой и время*：*статьи о литературе и театре.* Л.：советский писатель，1961. C. 532.

[2] Блок А. *Собрание сочинений*，T. 4. M. – Л.：Гослитиздат，1961. C. 587.

院为中心展开戏剧活动；1912—1916 年——这期间的戏剧活动多跟《玫瑰花与十字架》有关；1917—1921 年——人民教育委员会戏剧部和彼得格勒大话剧院为勃洛克提供了戏剧活动的平台。

如果说对于 1900 年尝试表演戏剧的勃洛克，其接触的还都是业余戏剧爱好者，在 1906 年，勃洛克则和戏剧圈建立了联系，换言之，勃洛克开始真正走进戏剧。这一年不仅仅意味着勃洛克戏剧创作的一年，还是他进入彼得堡戏剧界的一年，对此勃洛克在自传（1915）中涉及对自己影响极大的"事件、现象和思潮"时，特别提到"与彼得堡戏剧界的交往"，"而这开始于已故的维·科米萨尔热夫斯卡娅的剧院"①。

科米萨尔热夫斯卡娅剧院始建于 1904 年秋，从 1906 年春启动改革，由梅耶荷德入主剧院导演，并于该年底开始大量上演现代戏剧，如梅特林克、易卜生和俄国的象征主义戏剧（包括勃洛克的《滑稽草台戏》），1909 年 2 月结束彼得堡的演出季，1910 年随剧院创建者科米萨尔热夫斯卡娅的病逝而解体。恰恰是在 1906—1910 年，勃洛克完成了大量的戏剧批评，为古风剧院翻译了中世纪法国戏剧家吕特博夫的剧本《狄奥菲尔奇迹剧》（1907），为科米萨尔热夫斯卡娅剧院翻译了 19 世纪奥地利戏剧家格里尔帕策的《女始祖》（1909），两剧均得以上演。其戏剧评论处女作就是针对该剧院改革后首演的三部戏剧而作，展现其戏剧观念的重要文章（《论戏剧》《论演剧》《亨利克·易卜生》等）也写于该时期。从中我们既可以看到勃洛克对戏剧本质及其功用的深刻认识，又能了解其对当代俄国戏剧文学、俄国演剧以及未来戏剧的真知灼见，还能知晓其对易卜生和梅特林克两大象征主义戏剧家的深入洞见。

勃洛克认为，戏剧是美与效用、艺术和生活相交接的艺术领域，是最高级的艺术形式。在个人主义面临危机的时代，戏剧脱颖而出，承担起"生活再造"的重任。通过个性与非个性之间的对话、个性与世界之间的对话，戏剧得以实现"生活再造"的使命。

---

① Блок А. *Собрание сочинений*, Т. 7. М., Л.：Гослитиздат, 1963. С. 16.

从勃洛克的戏剧批评可以看出，"心灵、美与益处的统一、英雄"是勃洛克所希望的未来悲剧的关键要素，寻找英雄，追求心灵的和谐、坚守职责、节律感成为勃洛克戏剧努力的目标，也是勃洛克评论同时代戏剧的重要出发点。这样的戏剧观也成为他后来被选到以"崇高悲剧、崇高喜剧和浪漫主义正剧"为宗旨的大话剧院任艺术指导的原因。

1912—1916 年，勃洛克为《玫瑰花与十字架》在艺术剧院的排演写了几篇人物分析和背景评论，为读者和演员理解该剧提供了有益的资料。遗憾的是，该剧虽然历经两百多次彩排，最终还是未能正式登上艺术剧院的舞台。不过勃洛克戏剧的舞台命运已经折射出剧作家与同时代两大戏剧导演——梅耶荷德与斯坦尼斯拉夫斯基的关系。

他的第一部戏剧由梅耶荷德搬上舞台，成为科米萨尔热夫斯卡娅剧院 1906 年末的压轴戏。第一次合作很成功，双方都十分满意，勃洛克称它为"完美的演出"，梅耶荷德则把它称为"确定自己艺术道路的第一个推动力"①。然而，随着梅耶荷德"假定性戏剧"实验性成分的增加，勃洛克对梅耶荷德艺术探索的认同逐渐减弱。早在第一篇戏剧评论中，勃洛克就表达了对梅氏导演的担忧。勃洛克指出，斯坦尼斯拉夫斯基是演员的主宰，演员的一举一动似乎都罩在天才导演的巨大幽灵之下，而梅耶荷德则给演员以自由，激发和调动他们的潜能，以此来实现导演的意图，忠实地演绎作品。勃洛克看到，这样的自由就像双刃剑，"既可能将剧本之船烧毁，又可能用真正的艺术之火将观众点燃"②。或许是因为这些原因，尽管梅耶荷德执导了《滑稽草台戏》和《陌生女郎》，勃洛克还是希望把"自己最喜爱的孩子"——《命运之歌》和《玫瑰花与十字架》交给斯坦尼斯拉夫斯基。而斯氏本人却又不能理解和欣赏勃洛克戏剧的风格和价值，于是，《命运之歌》受拒，《玫瑰花与十字

---

① *История русской драматургии. Вторая половина – начало XX века до 1917.* Л. : Наука, 1987. С. 575.

② Блок А. *Собрание сочинений*, Т. 7. М., Л. : Гослитиздат, 1963. С. 97.

架》数次彩排后最终夭折。

1917—1921 年是勃洛克戏剧活动最为繁忙的时期。他在人民教育委员会戏剧部主管剧目组，审阅剧本，从 1919 年开始主持彼得格勒大话剧院，给演员和观众做报告，撰写文章。从勃洛克的数篇文章和报告可以看出，勃洛克坚决捍卫戏剧的价值，认为戏剧具有锻炼意志的作用，呼吁发掘大众喜爱的戏剧形式，并对过于粗俗之处不露痕迹地予以改进，从而提高群众的修养，培养新型观众。这些活动充分表明，勃洛克"在戏剧主张中最大限度地倾注了自己的社会意识和公民良知"[1]。尤其是在主持大话剧院期间，为实现剧院的艺术宗旨，勃洛克审慎地选择演出剧目，对演员解读上演剧目和演出宗旨。勃洛克在剧院艺术方向上的定位和努力帮助大话剧院迅速跻身于一流剧院之列，勃洛克本人也被称为"大话剧院的良心"[2]。

勃洛克以剧作家、剧评家、翻译家等多重身份参与了俄国戏剧从近代迈入现代的转型。尽管他在《论戏剧》（1908）一文中指出，当今的剧作家已不能像古希腊戏剧时代或莎士比亚时代那样直接指导戏剧演出，只能处于边缘位置，然而，他同那一时代戏剧探索的联系却是割舍不掉的。勃洛克本人不仅奉献出极具时代精神的戏剧作品，而且还对同时代的戏剧积极评说，参与剧院建设。应该说，透过勃洛克及其戏剧这一文学现象，我们可以更好地体味那"恍若戏剧的白银时代"，把握世纪之交各种复杂的思潮以及艺术探索。

（作者单位：解放军外国语学院）

---

[1] Максимов Д. Е. Критическая проза Александра Блока//*Блоковский сборник.* Тарту：Издательство ТГУ，1964. С. 84 – 85.

[2] Волков Н. Д. *Александр Блок и театр.* М. , 1926. С. 155.

论《彼得堡》的多元叙事结构

管海莹

如果说 20 世纪初影响深远的俄国形式主义学派的探索从方法论上注意文学研究中科学的因果关联；那么别雷（Андрей Белый，1880—1934）的小说艺术则从创作实践中反映了其对形式美学问题的科学总结，克服了俄国形式主义把艺术的理性特征和审美特征相剥离的危机。巴赫金曾高度赞扬了别雷在俄国文学中的意义，他说："别雷影响着所有的人，他犹如劫数一般悬置在所有人的头顶之上，欲从这一劫数那儿走开，乃是谁也不可能的。"① 别雷的长篇代表作《彼得堡》因其创作的多层次性和多面性使文本显得十分复杂，以至于俄国别雷研究专家多尔戈波洛夫一度认为，"暂时没有必需的概念和术语"② 来分析它。本论文参照巴尔特的叙事结构分析、格雷马斯的深层语法等理论，分析小说的基本意指方式、记号框架、深层结构以及人物模式和叙述关系等，力求从整体上展示《彼得堡》文本结构化的记号过程。

一

巴尔特指出："名字是某种已被写出、已被阅读、已被完成的

---

① ［苏］巴赫金：《文本、对话与人文》，白春仁等译，河北教育出版社 1998 年版，第 477 页。

② Долгополов Л. К. *Андрей Белый и его роман «Петербург»*. Л.： Сов. писатель，1988. С. 313.

事物的精确的、无可怀疑的痕迹，它们如科学事实一样坚实。……发现名字，即是发现已经构成了代码的东西，它确保了文本和构成叙事语言结构的一切其他叙事之间的沟通。"① 小说《彼得堡》的题名含义极为丰厚，它是小说叙事的起点和着眼点。

我们由《彼得堡》开场白中的标记切入小说的叙事系统。《彼得堡》的开场白十分独特："我们的俄罗斯帝国是什么意思？"② 开场白由系列地学代码展开：俄罗斯帝国（大俄罗斯、小俄罗斯、白俄罗斯等）→城市（莫斯科、基辅、彼得堡）。之后开场白由对帝国的概述转入对核心代码彼得堡的具体描述："关于彼得堡，我们将作比较详细的叙述。"（8 页）最后以"彼得堡：形似一个套一个的两个圆圈中心的小黑点……"（9 页）这句形象的隐喻开场白告终。

开场白中的系列地学代码并非纯粹的地理概念。它同时表现为一种文化代码。首都城市莫斯科象征着俄罗斯民族生活的本色、纯洁性、共同性。城市之母基辅则是斯拉夫人团结一致的象征。而彼得堡——这个俄罗斯的欧洲城市成为生活的外来因素、非民族因素的象征。从这些地学代码所包含的文化意义及其在叙事中表现出来的功能性进行分析，这些地学代码中存在着意指性的对立：俄罗斯—非俄罗斯，莫斯科（基辅）—彼得堡，俄罗斯—彼得堡。

随后彼得堡在第一章中再次出现，由参政员的思绪向读者交代了两百年前彼得堡产生的背景。他再次强调彼得堡从此成为东方和西方"两个敌对世界的交接点"（26 页）。在第二章中作者大胆抛出对俄罗斯未来的预见："尼日涅、符拉基米尔、乌格利奇就在那隆起的高处。彼得堡则将一片荒芜。"（152 页）可见，文中多次出现的彼得堡不仅是具体的城市，还是历史悲剧的承载者、世界发展

---

① ［法］罗兰·巴尔特：《符号学历险》，李幼蒸译，中国人民大学出版社 2008 年版，第 118 页。

② ［俄］安·别雷：《彼得堡》，靳戈、杨光译，作家出版社 1998 年版，第 7 页。本文以下凡引用该译本，仅在引文后标页码，不再加注。

的非逻辑的化身。对别雷来说，彼得堡的重要性和特点体现为受到东西方文化碰撞的彼得堡思想模式。作家正是以此作为小说的基本编码模式。因此有论者指出，彼得堡是《彼得堡》真正的主人公①。

彼得堡神话起源于普希金，经由果戈理和陀思妥耶夫斯基的继承和发展，由别雷为它画上了句号。如果说普希金对这座彼得之城的态度是摇摆的，那么别雷则是否定的。彼得不仅被认作改革者，他的轰轰烈烈的活动不仅使俄国经历了俄国历史的两个时期（彼得之前和彼得时期），还反映了世界历史进程的两个趋势，两种生活方式——欧洲的和亚洲的，西方的和东方的。别雷反思了俄国二百年来的历史进程。自彼得大帝定都彼得堡后，国家就进入了历史上的"彼得堡时期"。这个时期彼得进行轰轰烈烈的改革，一面加强中央集权，一面建立"瞭望欧洲的窗口……北国的花园和奇迹"②，以定都彼得堡为起点，却以1905年革命、迁都莫斯科为终点。它以强权开始，以暴力结束，国家重又陷入混乱和危机之中。洛特曼认为，在观念层上"彼得堡"成为"一种无时间性的存在"③。

在《彼得堡》的英译本的介绍中，译者曾指出："《彼得堡》成功地将观念注入有机体，犹如将血液注入了有机体。"④ 别雷将对彼得堡思想模式的历史判定融入了小说创作。彼得堡作为昔日帝都影响了百年来俄罗斯的发展，如今它已成为俄罗斯继续发展的障碍。若是俄罗斯一直以处于东西方文化的夹击之中彼得堡思想模式为发展方向必将没有出路的。唯有去除彼得之"堡垒"，俄罗斯才能拥有新的和谐。小说第八章（也是最后一章）的最后一句话值得

---

① См. : Силард Л. Андрей Белый// *Русская литература рубежа веков* Ⅱ. （*1890 - е—начало 1920 - х годов*）. ИМЛИ РАН. М. : Наследие. 2001. С. 167.

② ［俄］普希金：《普希金长诗选》，余振译，外国文学出版社1984年版，第349页。

③ 李幼蒸：《理论符号学导论》，中国人民大学出版社2007年版，第655页。

④ Andrey Biely, *St. Petersburg.* Translated with an introduction by John Cournos, New York: Grove Press inc. , introduction ⅩⅦ, 1959.

注意："尼古拉·阿波罗诺维奇则到父亲去世也没有回到俄国"（672 页）。尼古拉最终离开彼得堡标志着"彼得堡"模式的完结。在小说尾声中，"彼得堡"再也没有出现，而代之以"埃及""乡村"。对比小说开场白从对彼得堡的详细描述到尾声中彼得堡彻底在小说中消失，小说模拟了彼得堡思想模式的影响并指明其发展方向。

概言之，《彼得堡》中的彼得堡是俄罗斯历史乃至世界历史不和谐发展的一个化身，彼得堡的命运、俄罗斯的命运乃至整个世界的发展前景在这里具有了共性。它也体现了 20 世纪初人类文明出现的普遍危机和绝路。别雷将彼得堡这个能指的意义无限深化和扩大了。它代表了人心的分裂、人世的混乱、人类的命运等。巴尔特在《关于符号的想象》中说："象征意识把世界体验成一种表面形式与多形式的、庞大的和强有力的深渊之间的关系，而形象则是带有一种非常强大的动力。"[1] 彼得堡便是这样一个具有深度象征意识的符号化表征，也构成了文本结构符号化的基础。

二

彼得堡的文化代码所蕴含的模式图有如"阿里阿德涅之线"，它既能引导我们进入关于彼得堡模式的信息系统，又能帮助我们分解其中交错复杂的叙事谜团。

《彼得堡》的故事层面情节线索纷繁杂乱，在故事讲述者的大量倒叙和插叙中呈现出无序性与可逆性。读者可以从每一页的任何一个叙事点加入阅读。这种情节布局方式给予读者最大的阅读自由，同时也最大限度地挑战着读者的阅读能力。莫丘里斯基认为："这是在文学上前所未有的梦呓的记录。……要理解这个世界的规则，读者必须将自己的逻辑素养抛在门外。"[2]

---

① ［法］罗兰·巴尔特：《文艺批评文集》，怀宇译，中国人民大学出版社 2010 年版，第 251 页。

② Мочульский К. В. *Андрей Белый*. Томск：Володей，1997. С. 169.

随着叙述人七零八落的叙述，在读者的头脑中可以还原出故事的基本内容。故事发生在1905年9月底到10月初的俄国都城彼得堡。参政员阿波罗·阿勃列乌霍夫是"一个重要机构"的首脑，他冷酷地管理着一切。他的妻子安娜·彼得罗夫娜因为他的冷漠无情而离家出走。他的儿子大学生、新康德主义的信仰者尼古拉总喜欢谈论革命、进化，并且在一些场合抨击身为国家参政员的父亲的许多做法。

爱情风波使尼古拉在冲动之下向革命党许下消灭父亲——参政员的诺言。一天，尼古拉在家中收到他的同学、革命恐怖分子杜德金送来的一个藏着炸弹的包裹。接着假面舞会起了催化作用。假面舞会上，革命党又转交了一张要求他实践诺言的纸条，催促他行动。这一切行动都是由一个双面奸细利潘琴科策划的，他的目的是制造混乱，投机革命。

尼古拉在冲动之下，拧动了炸弹的定时装置，但随后他改变了主意。在他想把装有炸弹的罐头盒扔到涅瓦河里的时候，不料却无法找到罐头盒，原来它已被父亲无意间拿到自己的书房。最终，出走的母亲回到家中，一家人团聚。晚餐后，罐头盒不慎自己爆炸，所幸并未伤到人。从此阿波罗退休，与安娜一起隐居乡间，尼古拉则离开了俄罗斯。

然而这个故事模式并非一个简单的故事，它由众多的微型故事组成。按照系列微型故事的发展再进行梳理，可以发现其中的两条叙事主线索，一条是围绕尼古拉行动的明线。另一条是围绕恐怖活动的暗线。在这两条明暗相间的线索上继续整理，又可以找到，在尼古拉身上又交织着两条线索，一条是弑父线，一条是爱情线。同样，暗线中又可以分出两条线索：革命党人行动线和奸细活动线。若是再细化，同样还可以继续分化出潜藏在这四条线索中的若干线索。其中每一条线索都连接着一个微型故事。因此小说情节层面的容量显得十分巨大。

从各个微型故事的交集中可以发现它们共有一个标志性记号"一盒装有炸药的沙丁鱼罐头"。儿子尼古拉要用炸弹弑父，革命党要用炸弹暗杀参政员，奸细要利用炸弹来投机革命。爆炸还是不炸？是尼古拉面临的哈姆雷特式的"生存还是死亡"的自我拷问。炸弹首次出现在小说第一章第七小节中革命者杜德金的"脏兮兮的方巾包着的包裹"里面，直至最后一章最后一节"炸弹自己……爆炸了……在阿波罗·阿波罗诺维奇……的书房里"。关于"炸弹"的故事占据了小说的正文共八章。所以，整部小说各个情节面可以概括成：炸弹出现→炸弹爆炸。

借用托多洛夫的逻辑层次和人物关系概念对小说继续进行补充分析。在《彼得堡》各条情节线索中的各个节点散布着各种各样的小说人物。由作为小说中基础人物的阿波罗生成三种人：儿子尼古拉、恐怖分子亚历山大（阿波罗幻想中产生的人物）和密探（自称是尼古拉的同父异母兄弟）。我们分别以三种人为中心，来考察小说中的人物关系。首先以尼古拉为中心，在他身上纠结着四条关系线：家庭关系线——父亲和母亲；朋友关系线——索非亚和利胡金；同学关系线——革命者亚历山大；社会活动线——密探利潘琴科和莫尔科温。如果以革命者亚历山大为中心，可以看到他和尼古拉是同学关系，和密探是上下级关系，和失业者、看院子的人是邻居关系。以利潘琴科为中心，则可得知他是参政员的手下，尼古拉弑父阴谋的策划者，尼古拉暗恋的朋友的妻子索非亚的座上客，另一个密探莫尔科温的同谋，还是混入革命内部、与革命恐怖主义者亚历山大单线联系的大人物，并且和支持革命的法国人往来，又是具有东方人外貌的卓娅的丈夫。

小说复杂的人物关系分布在数个层面上，如主动的与被动的，现实的与虚幻的，表面的与背后的。但是从其中每个人物的关系线所展现出的逻辑联系分析，其中表现出来的主要是对抗与合作，杀害和被杀的关系。可见，在彼得堡的思想模式影响下之下的彼得堡人"要么杀人，要么被杀"。在此模式下，"炸弹"是实施恐怖和革命的手段，自杀和杀人的武器，情节模式的主要道具。"炸弹出现"→"炸弹爆炸"的情节模式实则为"彼得堡"模式的代名词。它的出现将俄国引入绝境，最终只能以自我"爆破"为结局解除危机。

由此，彼得堡模式是《彼得堡》语义建构中的重要中心，由此衍生出的炸弹模式构成了小说基本的表意框架。巴尔特认为："聚合意识不再从符号的深度上看待符号，而是从符号的透视法中去看待符号。"① 别雷动用了这样的想象，将所有外在叙事序列视作"彼得堡"符号储存库中的储备符号，共同建构了彼得堡这个超时空聚合体模式。

三

那么俄罗斯将如何面对以彼得堡为代表的反对力量呢？走出彼得堡模式的"平衡力量"又在哪里？在混乱的外在情节层面之下，作家设计了一种严整的逻辑模式。这场"俄罗斯所面临的三重奏"，构成了小说的深层叙述结构。

格雷马斯将文本结构分为深层结构、表层结构和外显结构。他提出符号矩阵概念②对小说的深层结构进行分析。

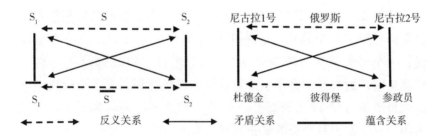

根据格雷马斯的符号矩阵我们拟出《彼得堡》的结构语法关系图，它体现了小说深层意指的结构组织形式。"三重奏"中的父辈——参政员，是"彼得堡"模式的绝对维护者，彼得堡中毁灭性

① ［法］罗兰·巴尔特：《文艺批评文集》，怀宇译，中国人民大学出版社 2010 年版，第 251 页。

② ［法］格雷马斯：《论意义：符号学论文集》（上），吴泓渺、冯学俊译，百花文艺出版社 2005 年版，第 141 页。

民族精神生活的艺术呈现

黑暗力量的代表。"三重奏"中的子辈以尼古拉和杜德金为代表。在尼古拉的心中，蕴藏着青年俄罗斯的力量，同时又有着父辈遗传的毁灭性黑暗力量。杜德金是尼古拉身上隐藏着的暴徒，革命恐怖主义的代表。彼得堡所象征的分裂力量渗入了他们的心灵，力图控制他们，分裂他们的思想和意识。

在语义层串联着两个相反的义素，即以尼古拉一号的思想和尼古拉二号的思想为代表。这两个义素的对立项分别是参政员的思想和杜德金的思想。尼古拉一号的思想、尼古拉二号的思想与杜德金、参政员的思想既有矛盾同时又存在蕴含关系。在此矩阵中，俄罗斯的出路和发展前途与彼得堡和以彼得堡为代表的思维方式互成对立面。小说共分八章。每一章都反映出此图示中的各个符号结构的语法状态，要么"分离"，要么"合并"。

第一章即以"讲一位可敬的人，他的智力游戏及存在的飘忽无定性"为题，大篇幅描绘了阿波罗的脑袋所迸发的智力"反对着整个俄国"，他的思想就是"痛苦、威严、冷酷地压制一切"。而杜德金"这个陌生人也有无聊的思想……和同样的特点"（50页）。第一章共20节，从第1节到第15节交替描绘着参政员的思想和杜德金的思想，一个是中心，一个是边缘；一个是直线，一个是曲线；一个"想着暴力压制恐怖"，一个想着"以恐怖反抗压制"。作品从这样的思想交锋中引出尼古拉的思想意识，显示出他意识中的两难境地（第17节"潮湿的秋天"）。此章以阿波罗的思想意识为中心点，引出杜德金的意识和尼古拉的意识。

第二章以杜德金的意识为描述的中心点。杜德金受到彼得堡的象征——铜骑士的追逐，似乎进入一种幻觉，"杜德金看到铜骑士幻影，顿时，一切都清楚了……"（152页）。他的幻觉指明了彼得堡是造成俄罗斯历史劫运的根本，而他们，则是历史劫运的牺牲品。在这一章里阿波罗感觉到"俄罗斯——是狼群在上面跑来跑去数百年的冰天雪地……"（119页）。而尼古拉"认为决定世界的是火与剑"（113页）。

第三章着重描写了意识中的父子对决，展现了尼古拉思想和参政员思想的对立意义。此章以尼古拉意识分裂（第一节）为叙述起点。尼古拉一夜没睡，完成了对自己的恐怖行为。他的意识分裂为尼古拉一号和尼古拉二号。"尼古拉·阿波罗诺维奇一号战胜了尼古拉·阿波罗诺维奇二号……冷酷战胜了亲情"（167 页），他决定弑父。本章叙述的终点止于参政员出现幻觉。他想象儿子是很坏的蒙古人，感觉出想象的危机已经逼近（最后一节）。

第四章继续交代父子间意识的交锋。尼古拉一号决定弑父，使尼古拉二号意识到自己处境的全部可怕。而阿波罗自从儿子的行为闯入了他的意识之后，他的心灵就感受到真正的恐慌，感到自己的生命已经被击成碎片。

第五章是全书的中心篇章。尼古拉一号和尼古拉二号决战。尼古拉二号对自己的灵魂进行了拷问。他"特别敬仰佛，认为佛教无论在心理学和伦理方面都超过其他的宗教；在心理学方面——它教导人们连动物都要加以爱护；在伦理方面：西藏的喇嘛怀着爱心发展了逻辑学"。他的心灵"经受着零下两百七十三度严寒的考验"（"可怕的审判"一节）。他也看清了尼古拉一号的命运："这些都是为了完成蒙古人的事业，他只是一枚古老的图兰炸弹，他的使命就是爆炸。"在一号和二号的意识交锋中，象征着炸弹的尼古拉一号在尼古拉心灵里爆炸了，自我意识被唤醒，尼古拉结束了心灵的分裂。

第六章叙述的重点又转向杜德金。尼古拉经历了狄俄尼索斯式的死亡后在精神上复活了。与之相对的是他身上的另一个暴徒——杜德金却只能走向精神上的死亡。杜德金的意识和心灵已经完全被魔鬼控制，他陷入了噩梦般的梦呓。在噩梦中彼得堡的象征——铜骑士来看望他，告诉他："……时间周期已到"（493 页），他才明白"白白跑了一百年"却仍未跑出彼得历史之环圈。杜德金视彼得堡的象征——铜骑士为自己的精神之父，他别无选择，只能随着彼得堡一起灭亡。

在第七章中，精神复活后的尼古拉"对——他那颗被所发生的事儿烤热的心，开始慢慢融化了：心上冰冷的一团——终于成了颗心脏"（506 页）。他拥有了真正完整的心灵，"彻底摆脱了原始的动物本能的恐惧，成了无所畏惧的人"（601 页）。而相较之下杜德金却彻底疯了。

第八章写老阿波罗摇着摇椅有意识地告别，象征他所代表的一切彻底退出历史舞台；而尼古拉经历了心灵的复活，彻底地摆脱了"彼得环圈"的控制。

总体看来，在这八章中别雷有条不紊地展示了俄罗斯所面临的问题：如何对待彼得大帝以来的俄罗斯历史，如何摆脱历史的劫运，走出彼得堡模式？正是这样的思考统一了小说。小说把彼得堡作为一种特殊的力量，它存在于尼古拉、杜德金、阿波罗和小说中的其他人物的内心，使他们的心灵产生混乱。每个人如何对待这一特殊的力量，以及他们内心的思考、斗争和成长是以符号矩阵为基础组合的各个章节传递出来的信息。

如巴尔特所言："……这里涉及的是一种'结构系统化的'想象力，即链条或网系的想象力。"①《彼得堡》展示了以彼得堡为桥梁的符号化过程，构成了小说的深层结构，同时这种整合式模型的结构实现了符号体系之间的互动，走向了意义的多重实现。

四

格雷马斯认为，行动者是"各种叙事结构、话语结构、语法成分和语义成分的相互作用的交会点"②。巴尔特在探索任务结构模式时，提出过一个双重主体的问题："什么是一个叙事的主语呢，是否有——或者是否没有——一个特殊的行动者呢?"③ 巴尔特对众多理论家的二项对立的人物模式提出疑问。在《彼得堡》的众多人

---

① ［法］罗兰·巴尔特：《文艺批评文集》，怀宇译，中国人民大学出版社 2010 年版，第 251 页。

② 李幼蒸：《理论符号学导论》，中国人民大学出版社 2007 年版，第 458 页。

③ ［法］罗兰·巴尔特：《符号学历险》，李幼蒸译，中国人民大学出版社 2008 年版，第 101 页。

物中就不存在二项对立关系。作品中没有绝对的主角，也没有真正的配角，或者说每个人物既是主角也是配角。

别雷擅长展现的是事物的多种层次。《彼得堡》中真实与幻觉、日常生活与存在、神话与现实彼此交织。为了分析这种多重性，我们先来分析一下小说中的人物杜德金。杜德金就是一个多重存在的人物。这个人物产生于作者大脑游戏中的一个人物阿波罗的大脑游戏之中。这使他首先与阿波罗有着紧密的联系。他是在阿波罗的高压恐怖政策下诞生的，并与后者在恐怖行为和恐怖思维上有着相同之处。杜德金的现实身份是恐怖分子。他直接受既是密探又是恐怖主义者的利潘琴科的领导，而实施恐怖、制造混乱是利潘琴科的行为特征。

杜德金和尼古拉一号更有着惊人的相似性。他们都成长在"冰冷"的世界，受到"残酷"方式对待，他们的心都被厚厚的"冰"包围。他们的想法类似：尼古拉认为"决定世界的是火和剑"，杜德金发表了"摧毁文明和兽化的理论"。甚至在对待共同的"父亲"阿波罗时，两人也一致使用了恐怖的方式：尼古拉许下弑父诺言；杜德金为他提供了弑父的炸弹。杜德金就像是尼古拉的影子。尼古拉在一号和二号的斗争中培育心灵，经历了"可怕的审判"后，二号获得胜利，心灵复苏。在第六章的"启示录"一节，"他们终于分手了"，尼古拉彻底解脱，摆脱了"影子"般存在的杜德金。

日常生活中的杜德金是个着了魔的人，他常常会陷入无法摆脱的梦呓之中。自从发表过"摧毁文明和兽化理论"之后，他的心魔恩弗郎希什就一直跟随着他，使他脱离了正常的生活，让他生活在"影子"的世界里。杜德金不仅受到魔鬼的纠缠，还时常受到彼得堡精神之父铜骑士的追踪。杜德金具有小说所有人物所显示的基本特征：分裂、梦呓、恐惧症。他构成一种底色，通过调色形成其他人物的特色。他具有一种基本意义，这也是彼得堡所具有的基本意义所在。在"铜客人"一节，他的这种意义被显示出来："你好，孩子！"……"老师！"（492—494 页）

　　杜德金是"彼得堡"的精神之父——铜骑士思想的最直接的继承者和实施者，或者说他的灵魂就是铜骑士的思想。奥尔加·库克认为："杜德金是《彼得堡》唯一的主人公。"① 从他为自己伪造的姓杜德金看（他原名阿列克谢·阿列克谢耶维奇·波戈列尔斯基），"дудкин"来源于"дудка"②，"дудка"指管子、笛子，只是吹奏他人乐曲时使用的一种工具。小说中的杜德金就是"彼得堡"思想的传声筒，他居住的顶层亭子间就是整个彼得堡市的缩影，而他自己则是彼得堡居民的缩影。"彼得堡将要下沉！"可怜的杜德金也彻底毁了。

　　换个角度看小说中的其他人物，我们会发现他们的许多相似性。每个人既有自己的本色，又成为其他人物的背景色烘托其他人物；既是前景，又是背景；既是主角，又是配角。如上文中举的几个例子"他们终于分手了"（415 页），"老师"（494 页），还有"把我们联系在一起的关系——是一种神圣的关系……"（329 页），"我啊，……是您兄弟……"（329 页），"我们共同的父亲"（320 页），等等，这些隐喻性语言中都暗含了对人物的行为、思维方式甚至存在价值的评价。它们把小说中的所有人物都联系在一起，制造出多种图片的叠加效果，形成小说多重意义的发生机制。

　　《彼得堡》中的人物都显示出这样的多重性特征。别雷说："《彼得堡》——这是在俄国的西方，即阿里曼的幻想，在那里，技术主义——即逻辑之赤裸裸的抽象，创造出了罪恶之神的世界。"③ 在这个"潘多拉魔盒"式的世界里，男人不是男人，他有着"滑腻的肌肤，还以为是个女人"（中译本，43 页）；女人不是女人，她是"大胡子女人"（中译本，103 页）；革命党不是革命

---

① Кук О. Летучий Дудкин: шамнство в «Петербург» Андрея Белого// *Андрей Белый. Публикация и исследования*. М.: ИМЛИ РАН. 2002. С. 221.

② Силард Л. Андрей Белы // *Русская литература рубежа веков* II. (*1890 – е — начало 1920 – х годов*). ИМЛИ РАН. М.: Наследие. 2001. С. 168.

③ ［俄］安·别雷：《银鸽》，李政文、吴晓都、刘文飞译，云南人民出版社 1998 年版，"序言"第 9 页。

党，他可能是密探；密探不是密探，他可能是奸细；儿子可能是敌人，父亲可能是对手。

所以，《彼得堡》中的行动者模式是一个展现彼得堡思想影响的游戏模式。它似乎超出了巴尔特提出的人物"双元性"概念，不是"两个平等的对手企图获取被裁判放入循环过程内的一个对象"①，而是出现了多个平等的选手。在这个模式中没有真正的主角，唯一能够决定他们角色的是他们共有的思想——"彼得堡"的思想。"彼得堡"的思想笼罩着此行动者的时候，行动者被主角化。《彼得堡》的多重人物结构转换模式及由此而导致的相互转换的可能性的提出使这种人物结构模式具有游戏的、"开放的"而非封闭的性质。

五

皮斯古诺夫认为，《彼得堡》提供了"在地点与时间的象征之中描写残破的想象形式的下意识生活"②。如果说陀思妥耶夫斯基在展现人物思想意识交锋时运用多声部对话模式，那么与之相较，别雷在《彼得堡》中展现彼得堡思想意识影响时所运用的模式则发生很大变形。此前的分析表明，彼得堡的思想模式决定了人物的命运，它通过人物的意识和人物相连，但是它已经不是和某个固定的人物紧密相连了。它能够从一个意识转入另一个意识，独立存在。彼得堡思想发展的环形轨迹在叙述层次上由一个"讲故事的人"统领。

《彼得堡》借用一个传统的"讲故事的人"开始小说的叙述。在作品第一章结尾叙述者交代小说中的人物和人物的思想"是作者想象的产物：无用的、无聊的大脑游戏"（84 页）。由此而知，作

---

① 参见［法］罗兰·巴尔特《符号学历险》，李幼蒸译，中国人民大学出版社2008 年版，第 101 页。

② Пискунов В. Громы упадающей эпохи// Андрей Белый, *Петербург*. М.：Республика. 1994. С. 428.

者的大脑游戏产生了故事人物，故事人物再进行大脑游戏，又产生了新的故事人物，他们分别以各自的大脑游戏方式存在。那么，在整个环环相连的游戏中，叙述者是什么角色呢？在第一章"我们的角色"一节中，叙述者交代"我们"的角色，"我们向参政员迎面走去，……我们来充当密探"（53 页）。这表明叙述者跟随作者，出现在所有主人公的日常生活的事件中，见证着各种事件。叙述者不仅见证人物的外部事件，也可以钻入人物的内心，可以预见人物的未来，也可以知道人物的过去。多尔戈波洛夫指出，"他是唯一知道他们的所有一切的，甚至他们自己还不知道的。不仅他们生命的历史，还有前历史——甚至他们的种族和社会特征的宇宙关系。"①

可见，叙述者虽然不是小说"大脑游戏"的原创，但是叙述者跟随游戏、观察游戏、记录游戏、评价游戏。所以，在《彼得堡》中，叙述者近乎一个真实的人物，直接出现在小说中。他有时以"第一人称"出现（比如"我看这个问题提得十分不妥。"中译本，59 页）；他和人物之间也有着直接的联系（他称杜德金为"我的陌生人"，称呼阿波罗阿勃列乌霍夫为"我的参政员"）；他直接评价主要人物（他同情杜德金而对利潘琴科明显怀有敌意）。

叙述者作为 1905 年秋天彼得堡系列事件的见证人，与人物共处于彼得堡的时空体内。在所有的场景中，他一直处在"彼得时期"的时间环圈之内，处在铜骑士的统治之下。可以说，叙述者的思想和形象也是彼得堡的总体时空的一部分，同样符合彼得堡思想性"大脑游戏"的原则。正如波克丹诺娃所说，如果说"每个主人公和大脑游戏的某个方面相联系"（杜德金和革命—恐怖思想相连，参政员和理性思想相连，儿子和弑父思想相连），那么，叙述者则是在总体上贬损"大脑游戏"——"围绕着以俄国历史'彼

---

① Долгополов Л. К. *Андрей Белый и его роман «Петербург»*. Л.： Сов. писатель. 1988. С. 80.

214

得时期'为标志的思想而构建的无出路的圆圈"。①

　　叙述者绝非一个平面的叙述传声筒。他对小说的各种思想观点忽而讽刺，忽而同情，忽而评论；他深入每个人物的思想，但又绝不与任何一种思想融合。他在"大脑游戏"中干预了整个叙述过程，完全不按照"大脑游戏"的本来顺序记录游戏，而是力图凸显出自己的思维模式——一种受到彼得堡模式影响的思想分化后的游戏模式。因此，波克丹诺娃认为，别雷的小说在结构上既不能纳入"传统意义上的多声部的类型"，也不属于"独白类型"。②

　　实际上叙述者的既非"多声部"又非"独白"的游戏叙述模式是通过多角度人物视角叙事表现出来的。叙述中叙述者借用多角度人物视角呈现人物的思想意识活动，并以此建构起一个个叙事的循环，但是叙述的话语权却始终由叙述者掌握，叙述的话语也统一在叙述者的风格、语调之中。《彼得堡》中同样一封信，尼古拉第一次读后感觉恐慌（260 页），之后反复读（286 页），"读完纸条后最初的一分钟，他心里好像有什么东西可怜地哼哼叫着：叫得这么可怜……"（287 页），再反复读（288 页），后来找到亚历山大，明确表示不愿意，拒绝这样的任务。索非亚第一次读信（210 页），幸灾乐祸，"就让血淋淋的多米诺的道路是血淋淋的残酷吧"，使尼古拉"成为盖尔曼"即"把一个爱情胆小鬼变成英雄"（263 页）。在信转交以后，索非亚"想象着一切意味着什么"，"打了个寒战"（265 页）。利胡金读到信后，想着借机敲诈。他逮捕了瓦尔瓦拉，跟踪尼古拉，企图找出炸弹并将事件通报阿波罗。亚历山大在得知信中纸条的内容是无名人写的时候，对利潘琴科产生了怀疑。在这样的循环中，叙述者的叙述游戏也因此展现出丰富的层次和角度。

　　与《彼得堡》中的叙述者及人物不同，小说中的作者是超出了彼得堡时空体之外的。只有他在言语层面上不受叙述者的制约。作者

---

① 　См.：Богданова О. А. Идеологический роман//*Поэтика русской литературы конца XIX - начала XX века. Динамика жанра. Общие проблемы. Проза.* М.：ИМЛИ РАН. 2009. С. 305.

② 　Там же. , С. 306.

的话常常表现为诗意的拔高，或者激情的告白（比如，关于彼得堡下沉后俄罗斯的未来命运的插笔）。如果说叙述者的言语是幽默的，双声的，那么作者的言语则是坚定的、独白的。《彼得堡》中作者的言语追求的是出离彼得堡思想领域的效果。波克丹诺娃认为，《彼得堡》中的作者"超越了彼得堡时间和空间的范围"，体现出另一种不为"彼得堡时期"所知的"思想类型"①。也许这可以看作《彼得堡》中的作者针对叙述者的游戏叙述模式和游戏思想的一种反拨。

可见，叙述层面上由叙述者形象表现出的纯理性的思想——"大脑游戏"原则和作者形象产生了形式的对照。在叙述者建构的封闭的叙述环圈里，没有一个思想是真正属于人物的。思想从一个人物转入另一个人物，构成了一个思想的循环，而这个思想的循环（革命和反动）都有一个共同的源头——那就是"铜骑士"（彼得堡的象征物）。

综上所述，别雷借助观念层上的彼得堡转化出来基本编码模式，组织了《彼得堡》各层级的结构。列娜·西拉尔德认为："别雷为《彼得堡》设置了语义结构等级，……组织起小说的意义场。"② 换言之，《彼得堡》的意义场产生于《彼得堡》多层次的叙事结构。《彼得堡》文本艺术构造中呈现出多元程式结构动态交叉过程和能指的多元转换及其相互运动过程不仅使作品产生了独特的艺术魅力，也为未来的读者提供更大的可阐释空间。

（作者单位：南京师范大学外国语学院）

---

① См.：Богданова О. А. Идеологический рома.//Поэтика русской литературы конца XIX - начала XX века. Динамика жанра. Общие проблемы. Проза. М.：ИМЛИ РАН. 2009. С. 306.

② Силард Л. Андрей Белый// Русская литература рубежа веков II．（1890 - е — начало 1920 - х годов）．ИМЛИ РАН. М.：Наследие. 2001. С. 174.

时间田埂上的诗人——曼德尔施塔姆

胡学星

曼德尔施塔姆是一位难以读懂的诗人。之所以谓之难懂，一方面是由于他很博学，谈起古希腊以来的历史文化时经常津津乐道，如数家珍，并且对人文和自然科学领域的最新进展了如指掌；另一个方面，似乎更为重要，在于他改变了人们观察和理解各种现象时习惯采用的视角，对时间和空间构成的坐标系作了调整，将空间摆在首要的位置。因此，不妨称之为"时间田埂上的诗人"。

曼德尔施塔姆认为，庸俗进化论并不适应于文化艺术领域，强调艺术上的创新具有偶然性。纵览人类业已走过的历史，审视不同时代留下的文化奇迹，曼德尔施塔姆反对厚此薄彼，提倡将人类创造出来的所有文化珍宝都放在一个共时的空间里加以欣赏，并希望促成彼此之间的相互借鉴。在他的散文和诗歌作品中，人们看到的是他自得其乐漫步于人类文化历史之中的身影。阅读他的作品，在读者面前呈现出的是人类文化的圣殿，不同历史时期的人类创造物琳琅满目，绚丽多彩，各自闪烁着智慧的光芒，令人目不暇接，其丰富的程度甚至会让人感到眩晕。曼德尔施塔姆本人则不然，他兀自坐在时间的田埂上，从现在望向过去，从过去回望现在。

生活寂寥之时，人生未必不堪。1891 年曼德尔施塔姆出生于华沙的一个犹太人家庭，6 岁时随父母举家迁移到彼得堡。经商的父亲很重视孩子的教育，将他送到彼得堡最好的商业学校读书，并让他出国游学。在国外，曼德尔施塔姆接触到柏格森等为代表的生命哲学新思潮，并与后来成为阿克梅派创始人的诗人尼古拉·古米廖夫相识。回国后，古米廖夫与曼德尔施塔姆等一起创立阿克梅派。曼德尔施塔姆在日常生活中的表现就像个孩子，没有什么心机，更不懂什么世故。在严酷的年代，由于不懂得保护自己，他常常惹出一些令人啼笑皆非的麻烦事。有一次，他特别想吃用蛋黄和糖搅拌而成的一种甜点，就到街上花 7 卢布买了一个鸡蛋，但在回家的路上又遇到一个卖巧克力的，而且那个牌子的巧克力恰是他特别喜欢的。一块巧克力要价 40 卢布，而他随身仅剩下 32 个卢布。于是，他想出了一个自以为聪明的办法，用 32 个卢布加上刚用 7 卢布买来的那个鸡蛋，交换一块巧克力。有人发现并告发了这件事，认为他在倒买倒卖，给他扣上了投机倒把的帽子。还有，他曾经带着布尔什维克方面开具的介绍信闯到敌占区，在被白军当作间谍抓起来时，他还信誓旦旦地宣称自己天生不是坐牢的人。在众人噤若寒蝉的年代，他好似《皇帝的新装》中的那个孩子，无所忌惮，曾抢走契卡人员随意填写的逮捕名单并撕掉，还曾写过一首讽刺斯大林的诗，并读给别人听。屡屡闯祸的曼德尔施塔姆能够幸存下来，多亏了他的妻子，多亏了一直关心他的阿赫玛托娃、什克洛夫斯基、布哈林等人。每当曼德尔施塔姆惹出麻烦，这些友人每每不顾个人安危，多方奔走，为之求情。在曼德尔施塔姆 1933 年写了那首讽刺斯大林的诗之后，帕斯捷尔纳克曾接到斯大林亲自打来的电话，事关曼德尔施塔姆的生死。尽管帕斯捷尔纳克与曼德尔施塔姆不曾有过深交，但他还是冒着受牵连的危险，客观地承认了曼德尔施塔姆的杰出才华，这才保住了后者的性命。死罪可免，活罪难逃，曼德尔施塔姆于 1934 年和 1938 年两次被捕，最终死于远东的劳改营。1987 年曼德尔施塔姆得到彻底平反，1991 年联合国教科文组织为了纪念他，将这一年确定为曼德尔施塔姆年。

诚然，在那个特定的历史时期，曼德尔施塔姆蒙受了不少冤屈，但这并不能用来否认他对革命的欢迎态度，否定他对社会主义建设所持有的信心。在审视历史人物时，我们应该采取审慎的态度，既不能轻易地将一个人捧到神仙所处的高位，也不能贸然将一个人贬至妖魔所在的底层。曼德尔施塔姆确实写过讽刺斯大林的诗，但也写过颂扬列宁的诗，甚至后来也写过颂扬斯大林的诗。顾此失彼，必然会有失公允。何况早年，曼德尔施塔姆曾热衷于马克思主义学说，读过马克思的著作以及《爱尔福特纲领》，还一度想与自己的同学鲍里斯·西纳尼参加革命组织。在十月革命胜利后的第二年，即1918年，他创作了《自由的黄昏》一诗，对列宁开创的事业表示敬意："大地在浮动。勇敢些，男子汉……"1937年，仍在流放中的曼德尔施塔姆写出了颂扬斯大林的诗篇，在诗中他称斯大林为"斗士"，呼吁人们："艺术家，帮帮那个人，他全身心与你在一起，/他在思考、感受和建设。"如果说1933年写的那首讽刺诗指出了斯大林的缺点，那么在1937年写的诗中则肯定了斯大林领导下的苏联所开创的未来。因此，在考察曼德尔施塔姆对待革命的态度和所持的立场时，不应急于给他贴上某种意识形态的标签，以免影响到对其文学观点和诗歌成就的客观评价。

实际上，曼德尔施塔姆本人曾明确地表述过他与时代的关系。1928年，他宣称自己是"革命的债务人"，并坚信他正在做的事情会对革命的未来有好处。从他的自我定位中，我们可以看到，诗人身处时代生活之中，但心思并不在此。带着特有的那股痴气，曼德尔施塔姆希望借助诗歌，揭示出俄罗斯文化与其他文化之间的关系，并促成人类不同文化之间的有机联系，维系传统与创新的统一。此外，曼德尔施塔姆之所以坚信自己正在做的事，必将有益于革命的未来，是因为他看到了俄罗斯文化正面临着断裂的危险，这种忧患意识可见于他1922年写成的一首诗："我的世纪，我的野兽，/有谁能窥探你的双眼，/并能用自己的一腔鲜血/把两个百年的脊柱粘连？"①

曼德尔施塔姆诗歌创作不仅成就斐然，而且独具品格，被誉为阿克梅派的"第一小提琴手"（阿赫玛托娃语）、"文明的孩子"（布罗茨基语）。难能可贵的是，曼德尔施塔姆的诗论和创作相辅

① 顾蕴璞编选：《俄罗斯白银时代诗选》，花城出版社2000年版，第156—157页。

相成，相互辉映，真正做到了"言与行守一，论与述不二"，对俄罗斯乃至世界诗歌影响深远。我们知道，俄国诗人布罗茨基于1987年、爱尔兰诗人谢默斯·希尼于1995年获得诺贝尔文学奖，而这两位诗人都深受曼德尔施塔姆诗学观的影响。

从文学或文化的意义上，"把两个世纪的脊柱粘连"，这是曼德尔施塔姆自觉承担起来的神圣使命。当时，不少人鼓吹历史虚无主义。譬如，未来派就曾公开发表宣言——《给社会趣味一记耳光》，叫嚣要把普希金、托尔斯泰等人从现代轮船上扔下去。与此同时，文化阵线上的激进分子也采取庸俗进化论和机械因果论的立场，对历史文化传统采取轻蔑的态度，认为传统文人、传统文化已经过时，应该自觉退出历史舞台。在这种特殊的历史背景下，曼德尔施塔姆能坚守传统，根植于全人类的历史文化，寻求不同文化之间的联系，并致力于促成不同民族、不同文化之间的相互借鉴，自然会给人留下不合时宜的印象。当时代走出那个文化建设的误区之后，迷雾散开，人们才逐渐认识到曼德尔施塔姆所言非虚。

曼德尔施塔姆将文学语言比作上帝造人所用的泥土，文学是一种创造活动，语词是其"基石"。他认为，语言本身就是历史，并且是通向历史之门。每一个词的意义都会随着时代更替而不断丰富，就像建筑物之中的石头一样见证着人类历史的变迁。因此，在进行文学创作时，应保持语词原本具有的"物性"，这也是曼德尔施塔姆将第一本诗集冠名为《石头》的原因。由此，在语言观上他必然要反对象征派掏空语词本义的做法，更不会赞同未来派等提出的自造新词的主张。在承认象征派的历史贡献的同时，他也指出了其不足："形象似标本一样被开膛掏空，并用其他内容来填充。"[①]为了克服象征派的这一缺陷，曼德尔施塔姆像其他阿克梅派诗人一样，特别强调诗歌用词或形象的"物性"。在《给了我躯体，我该怎么处置》（1909）一诗中，曼德尔施塔姆力求将深刻而复杂的思

---

① Мандельштам О. Э. *Проза поэта*. М. : Вегрис. 2000. С. 205.

想形之于直观之物，以哈气留在玻璃上的"纹理"来象征生命的意义："给了我躯体，我该怎么处置，／如此唯一并属于我的躯体？／享受呼吸与生活的平静乐趣，／告诉我，我该对谁表示感激？／我既是花匠，我也是花朵，／在世界的牢笼里我并不孤独。／在永恒的玻璃上早已／留下了我的体温，我的气息／在那上面留下的纹理，／刚过不久已经无从辨识。／任由瞬间的浊流淌下来吧，／但不要将这可爱的纹理抹失！"① 应该说，曼德尔施塔姆的艺术世界之所以给人以明晰透彻的印象，这得益于其对语词"物性"的强调。为了让所描摹对象呈现出清晰的轮廓，甚至对本非实体的存在物也会赋予固态的形状，如诗句"你的气息带有棱角"（《威尼斯生活》）、音符恍如"水晶一般"（《静默》）等。

人类的历史文化是曼德尔施塔姆诗歌创作的土壤或田野。在弘扬文学和文化传统方面，他采取的立场极为开放，不仅对普希金等俄国作家和其他国家的经典作家一视同仁，而且希冀促成人类各种文化之间的有机联系，在相互启发和借鉴中开创未来。为此，他仿佛站在时间的田埂上，目光穿越不同的历史时空，检视着人类不同文化留下的奇珍异宝，并试图在不同的时代、文化或思想之间建立起某种和谐的联系，进而创造出新的奇迹。1914年，曼德尔施塔姆创作了《阿赫玛托娃》一诗，第一部分似乎阿赫玛托娃就坐在作者面前，而作者在为之画像，第二部分则由眼前戴着一条"仿古典主义披肩"的阿赫玛托娃联想到了 17 世纪的拉辛及其名作《费德尔》、19 世纪扮演费德尔的法国著名演员拉歇尔。诗人跨越三个世纪，将三位杰出女性的命运和故事联系到了一起，以此来描摹阿赫玛托娃的美貌、气质、才华，进而对这位女诗人的命运做出预言。

从曼德尔施塔姆的作品看，似乎他过多地专注于人类的历史文化，给人以游离于现实生活之外的印象。实则不然，只不过他喜欢将每件事都放在历史文化这一宏大视野中进行审视而已。他的每一

---

① 参见顾蕴璞编选《俄罗斯白银时代诗选》，花城出版社 2000 年版，第 147—148 页。

首诗歌作品几乎都缘起于日常生活中的所见所闻，读者凭着诗人在字里行间留下的蛛丝马迹，仍可以还原出这些见闻最初的形态。

1915 年，曼德尔施塔姆创作了《失眠。荷马。涨满的风帆》一诗，起因是这一年他在黑海岸边见到了一块古船残片，这让他想到了 1914 年 7 月俄国军队渡过黑海支援塞尔维亚一事，但他马上就由此联想到了古希腊历史上的特洛伊战争，开启了他对人类史上所有战争之意义的思考："楔形的鹤群突入异国的疆域，/国王们头顶着神圣的浪花，/你们要去哪里，阿卡亚的勇士，/不是为了海伦，特洛亚有何意义？/大海，荷马，一切都受爱的驱使。/我该听谁的？荷马沉默不语，/黑色的海水激情澎湃，喧嚣不止，/伴着沉重的轰鸣，向着床头奔去。"[①] 又如，1922 年创作的《温柔的唇边泛起疲倦的玫瑰色泡沫》一诗："温柔的唇边泛起疲倦的玫瑰色泡沫，/公牛在狂怒地翻卷绿色的波涛，/打着响鼻，不喜欢爬犁——贪恋女性，/脊背不习惯有重负，劳作很辛苦。……"[②] 这首诗的起因是诗人看到了当时展出的一幅名画，画作的名字是《劫掠欧罗巴》，该画由著名画家瓦连京·谢洛夫于 1910 年完成。显然，这幅画给诗人留下了非常深刻的印象，掀起了创作的欲望。在诗的开头，诗人描述了画面上讲的神话故事：宙斯因为爱上了腓尼基台洛斯国的公主欧罗巴，就变成了一头公牛。贪玩的美女欧罗巴骑上牛背，被驮到了克里特岛上，之后与宙斯生下三个儿子。在这首诗中，我们能感觉到，从油画到神话，从地理上的欧洲（欧罗巴）到神话中的美女欧罗巴，从当代诗人到古希腊的女诗人萨福，多种文化现象遥相呼应，相互交织。在曼德尔施塔姆的诗歌作品中，历史人物或事件不受时间壁垒的限制，随时可以呈现在今人的生活和讨论之中。正像他本人所说的那样，"诗歌是耕犁，它能将时间翻起来，让时间的深层、黑土层翻到上面来"。

在对诗歌创作的理解上，曼德尔施塔姆的认识有别于传统上的

---

① 汪剑钊译：《俄罗斯白银时代诗选》，云南人民出版社 1998 年版，第 211 页。

② 参见汪剑钊译《曼杰什塔姆诗全集》，东方出版社 2008 年版。

"作诗"，也不同于马雅可夫斯基所说的"做诗"。曼德尔施塔姆将建筑学原理引入诗歌，提出了一种可称为"建造诗"的创作观。由于深受法国生命哲学家柏格森之创造进化论的影响，他对诗歌创作乃至人生的意义都有着独特的理解。他认为，像巴黎圣母院这样的建筑是人类创造出来的奇迹，它耸立在大地之上，以自身的存在填充了原本虚无的空间，其价值和意义也在于此。从他的一首诗中，我们不难看到诗人的这种信念："石头，请你化作饰绦，/请你变成蛛网，/用你的细针去刺伤/苍天那空荡荡的胸脯。"①（《我恨这种星光……》）在文化艺术领域，如同建筑师拿起石头进行建造一样，诗人使用语词"建造"诗歌，目的也是以自己的创造去填补空白。建筑师手中掂量着每块石头，将之用于建筑，不同形状、不同重量的石头经由建筑师的巧手而砌成一道道墙。石头之成为墙，必须彼此之间相互挤压，相互协调。就一座教堂而言，相对于普通的墙壁，高耸的拱门尤其让曼德尔施塔姆感到不可思议：拱顶上的石头巧妙地排列着，相互挤压着，形成一道美妙的弧形，悬在空中。在曼德尔施塔姆看来，除了特有的美感之外，拱门较之一般的墙壁还富有另一种价值意义，即它以有限数量的石头"圈占"了最大限度的空间。而所有这一切的基础，就在于建筑师让石头之间建立起了一种关系，让它们彼此相邻和挤压。按照这种理解，曼德尔施塔姆坚信："为了道出语言中尚没有命名的东西（诗人要表达的正是这个），需要从已经存在的词中挤出所需要的意义，为此而将词推向它不期而至的邻居。"对建筑之美的这种理解，主导着曼德尔施塔姆在诗歌创新方面的各种尝试。在创作诗歌时，曼德尔施塔姆力求促成不同语词之间的联系，他通过使用多义词、专有名词以及普通名词概念化等手段，增大每一个语词自身的"重量"，此外还扩大了词与词、意象与意象、相邻诗行之间的联想空间。《车站音乐会》一诗写于 1921 年，主题是钢铁世界与音乐精神之间的冲突。我们仅从其中的一个诗节，就不难看出曼德尔施塔姆让每一个意象

---

① 智量译：《贝壳——曼德尔施塔姆诗选》，外国文学出版社 1991 年版，第 35 页。

或诗行表达了多么丰富的含义："我走进车站的玻璃森林，/提琴的旋律渗进眼泪和慌张。/夜间的合唱那野性的开端，/腐烂的温床上玫瑰的芳香，/亲爱的暗影在玻璃天空下过夜，/它躲在游牧人群的中央。"① 在 1930 年完成的文论集《第四散文》中，诗人曾强调："对于我来说，在面包圈中有价值的是那个洞孔。"② 面包圈的价值和拱门一样，都在于以有限的材料去克服空白，实现了对空间的"巧取豪夺"。我们不妨来看一下创作于 1935 年的一首诗，其中的每一行诗都似乎独立存在，可见诗行之间的跨度之大："我应该活，尽管我死过两次，/而洪水已让这座城市失去理智：/它那么美，多么快乐，颧骨多么高，/犁铧下，肥沃的土层多么可爱，/四月耕耘中的草原多么安谧，/而天空，天空——你的布奥纳罗提……"③在我们试图揭开曼德尔施塔姆诗歌的奥秘时，尤其是在研究其诗歌意象的特点时，需要意识到，他的系列革新主要是在诗歌内部展开的。就其诗歌意象的构建而言，在一定程度上，类似于水墨画风格，每一笔下去都落脚于一个核心，但笔墨会浸染扩散开来，在核心的外围渲染而成一种光晕一样的东西，与相邻的"光晕"既保持着独立的姿态，又存在着相互交融的趋势和倾向。这正是曼德尔施塔姆之诗歌意象所独有的创新与魅力。

　　1938 年曼德尔施塔姆在远东的一处劳改营中凄惨地死去，他那颗历经磨难而不曾改变的"童心"停止了跳动。或许有所预感，诗人在去世的前一年写下了《我在天空中迷了路，怎么办?》一诗（1937 年 3 月）："请别给我的额头上，请别这样/扣上一顶非常舒服的桂冠，/最好还是，请你来把我的心房/撕成一堆发出蓝色声响的碎片！/当我鞠躬尽瘁，与世永远别离，——/我活着时曾和一切人友好，——/我要用我胸膛中所有的元气/把天堂的回声会传播得

---

　　① ［俄］奥·曼德尔施塔姆：《时代的喧嚣》，刘文飞译，云南人民出版社 1998 年版，第 33—34 页。

　　② 同上书，第 138 页。

　　③ 智量译：《贝壳——曼德尔施塔姆诗选》，外国文学出版社 1991 年版，第 129 页。

更高更远。"① 不用说令人欣慰的是，时至今日，他当年带着痴气讲出的那些真理开始为人们所接受，他的诗歌拥有了越来越多的知音，他的声音正变得"深沉而高远"。

（作者单位：山东师范大学外国语学院）

---

① 智量译：《贝壳——曼德尔施塔姆诗选》，第 134—135 页。

卑微而真实的存在

——普拉东诺夫笔下的"外邦人"形象

宋秀梅

　　安德烈·普拉东诺夫作为 20 世纪俄罗斯文学中的一位重要作家，其作品曾经因为政治、社会等原因被尘封了半个世纪之久。直到苏联解体前后，他的作品才作为"回归文学"重新回到了人们的视野。人们才有机会逐渐走近这位曾经让斯大林"震怒"的作家，才看到他对自己所生活的苏联乌托邦时代以及这个时代个人生存与命运的思考。在宣扬国家利益高于一切的 20 世纪 20—30 年代，普拉东诺夫选择"亲身"参与其中，倾听和关注发自普通人内心的声音和感受，关注个体的命运。他刻画了一系列人物形象，通过他们"对待存在的形形色色的态度"①，深刻地揭示了时代对个体的压抑、戕害和扭曲，迫使我们认真思考个体生存这个永恒的话题。

　　普拉东诺夫的创作中有一类"外邦人"形象，他们是 1920—1930 年苏联乌托邦时代无名无姓的社会底层流浪者、群氓。在普拉东诺夫看来，"外邦人"是一群远离革命、远离体制的流浪者或者社会底层人，他们无意接受革命的真理，凭借着自己的心灵和感受自由自在地生活，但是，乌托邦王国不允许这样一群无思想意识的人的存在，在这个王国中所有人都需要接受思想和意识的熏陶，无一例外地成为王国公民。

---

① Фоменко Л. П. *Человек в философской прозе А. Платонова.* Калинин. 1985. С. 21.

普拉东诺夫在小说《切文古尔镇》和《江族人》中对"外邦人"的生存和命运进行了深入的思考和审视。《切文古尔镇》中，切文古尔执委会主席切普尔内伊和普罗科菲等人认为切文古尔已经建成进入共产主义社会，急需寻找一些社会公民。于是，他们派人去外面搜罗了一群人，他们"……形形色色，各不相同……是一些没有姓氏的流浪汉，他们毫无意义地生活着，没有自豪感，与日益临近的世界革命格格不入。连他们的年龄也令人难以捉摸，但有一点儿很清楚，他们都是穷苦人，只有一个不由自主生长着的血肉之躯"①。这是一群在俄罗斯大地上四处流浪漂泊的流浪汉、乞讨者，"彻底的无产者"，但是，切普尔内伊和普罗科菲不会允许这样一群"无思想意识""无信仰"的人存在，在切文古尔这个空想的乌托邦王国中所有人都需要接受思想和意识的熏陶，这些"外邦人"自然成为切普最适合充当切文古尔社会无产阶级居民的理想人选，普罗科菲宣称，"我把外来人组织起来。我已经发现：在有组织的地方，最多是一个人动脑子，而其他的人都头脑空空地活着并跟着第一个人"②。他认为给这些看似浑浑噩噩的流浪汉们食物、住房和平静的生活后，他们就会心甘情愿当作机器人，由他这个统一的"大脑"来发号施令指挥他们建设一个全新的社会。

但是，"从土冈上下来的无产者和其他人朝城里走去，他们对切普尔内伊的演说毫无反应，更不必说利用它来提高自己的觉悟了"③，这些人被命运折磨得已经只靠生存的本能还存留在这个世界，任凭世间风雨的摔打和蹂躏，根本不会再去想所谓的思想和信仰。而令切普尔内伊和普罗科菲更加意想不到的是，这些"外邦人"在满足了基本的生活保障之后不再如行尸走肉般混沌，他们开始对外界有了反应，开始对情感有更多的需求，他们不仅需要共产主义的兄弟友爱，更需要妻子，需要家庭的温暖。于是，几个人默

---

① 〔苏〕普拉东诺夫：《切文古尔镇》，古扬译，漓江出版社1997年版，第273—274页。

② 同上书，第333页。

③ 同上书，第275页。

默无闻地走进已经降临的黑夜深处，他们一起来到了切文古尔，然后又孤零零地各奔前程了。切普尔内伊和普罗科菲不理解这些流浪汉的做法。其实，在普拉东诺夫看来，这些"外邦人"最初之所以愿意到切文古尔，是因为"人在自己的孤立无援和被遗弃状态里自然要到集体里寻找解救。人同意放弃自己的个性，为的是使自己的生命更有保障，他在人的集体里寻找拥挤，为的是更少些可怕"。①但是最后他们又选择了离开，是因为尽管他们四处流浪，缺乏亲情和温暖，过着食不果腹的困苦生活，但他们也不愿意接受普罗科菲们试图把他们这些"没名没姓、苟延残喘的可怜虫"改造成对"组织"俯首帖耳的"木偶人"、言听计从的"螺丝钉"。

　　普拉东诺夫笔下的"江族人"也是他刻画的"外邦人"形象之一。他们生活在中亚腹地，他们自称"江族人"，因为这个词"表示的是心灵或者可爱的生命"，"而这个民族除了心灵和可爱的生命什么都没有"。他们生活在自然条件恶劣的中亚沙漠，一直以来由于贫穷、饥饿他们这个民族都处于困顿之中。"江族人"的后代恰卡塔耶夫回到中亚试图用社会主义来挽救岌岌可危的同族人。此时的江族人在恰卡塔耶夫眼中已经失去了对生活的兴趣，"很多双黯淡无光的眼睛紧张地望着恰卡塔耶夫，不想掩饰自己的虚弱和冷漠"。恰卡塔耶夫担负起了摩西的重任，他要带领江族人走出沙漠，他要"帮助他们活下来，让他们在地平线外实现幸福……"②似乎这样他的民族就像这个国家所有其他民族一样享受社会主义的幸福了。

　　但是，江族人走出沙漠，第一次搬进了"能够坚固地阻挡狂风、严寒和一些蜇人的飞虫"的房子，"他们中的一些人长时间不习惯睡在密不透风的墙里面——经过一段短暂的间隙后他们走到外面，呼吸够，看够自然，深呼吸一口后才返回房中"，于是他们抛弃了在恰卡塔耶夫看来"幸福"的生活，纷纷选择离开定居点，继

---

　　① ［俄］别尔嘉耶夫：《论人的奴役与自由》，张百春译，中国城市出版社 2001 年版，第 236 页。

　　② Платонов А. *Джан*. http：//imwerden. de/pdf/platonov_ dzhan. pdf.

续去漂泊流浪。

在恰卡塔耶夫找到江族人之前，尽管他们与寒冷、暑热、饥馑为伴，尽管在恰卡塔耶夫看来，他们是麻木不仁、浑浑噩噩地过活，但是他们的心脏是温热的，心灵是自由的，他们享受着这种无拘无束的生活，心灵与他们同在。而在接受了恰卡塔耶夫的给予和施舍之后，他们却不能支配自己的生命了，他们失去了最后的自由——自由自在的生存自由、心灵的自由。这正是曼德尔施塔姆的夫人娜杰日塔·曼德尔施塔姆说过的那样："普拉东诺夫这个优秀的人和作家有一部关于快要饿死的民族的小说。当他们被喂饱了，他就不再是一个民族了……因为谁喂饱了他，谁就给了他别人的心灵。"① 于是他们用自己的选择真真切切地告诉恰卡塔耶夫："自由是幸福必不可少的条件。"② 这些江族人虽然是一群被苦难命运所折磨的人，但他们在普拉东诺夫眼中也都是作为个体单独的存在，他们有权选择自己的生活，而不是成为唯命是从的顺从者、螺丝钉。普拉东诺夫想通过"江族人"的命运告诉我们："无论人如何想利用自己的生命，首先他必须拥有自己的生命：如果别人掌控着人的命运，也就是说人是不自由的，那么他不仅仅是在作为一个个体为高尚的目的来利用自己的生命时是非常无能为力的，而且整体上来说他是不存在的；存在的只有那些控制着奴隶、奴隶的心灵、性格和行为等特征的人。"③

不论是《切文古尔镇》中的"外邦人"还是"江族人"，他们都是苏联乌托邦时代最不起眼、最容易让人遗忘的人群，但是恰恰是他们成为普拉东诺夫人物画廊中不可或缺的一类。普拉东诺夫迫

---

① Мандельштам Н. Я. *Вторая книга.* М.：Изд – во Московский рабочий. 1990. С. 284.

② Геллер М. Я. *Андрей Платонов в поисках счастья.* Paris：YMCA – PRESS. 1982. С. 332.

③ Полтавцева Н. Г. *Критика мифологического сознания в творчестве Андрея Платонова.* Ростов. 1977. С. 26.

切希望"存在的记忆和意义把人从无声无息和不幸的状态中解救出来"①，让社会底层流浪汉、江族人一样意识到自己个人的存在，珍惜心灵和个体的自由，提醒人们不要忘记自己作为个体的存在。总之，普拉东诺夫作品中这些"外邦人"的存在蕴含着普拉东诺夫关于个体生存的思考和追求，就像福缅科所说，"普拉东诺夫作品中甚至那些偶然出现的人物都负载着特殊的象征性意义，他们要传达关于人的深刻思考"②。

（作者单位：东南大学外国语学院）

① Фоменко Л. П. Человек в философской прозе А. Платонова. Калинин. 1985. С. 22 – 23.

② Шубин Л. А. Поиски смысла отдельного и общего существования. Об Андрее Платонове. Работы разных лет. М. : Советский писатель. 1987. С. 32.

《日瓦戈医生》与勃洛克文本的对话

汪　磊

　　"鲍里斯·帕斯捷尔纳克整个一生都对亚历山大·勃洛克深怀敬重之情。在谈话和创作中他总会直接或间接地提到勃洛克。"[1] 1944 年，在纪念法国象征派诗人保尔·魏尔伦（Paul Marie Verlaine，1844—1896）的文章中，帕斯捷尔纳克首次提到了史诗《十二个》的作者，并指出自己的同时代人没能够真正理解这位俄国诗人的作品，"我们并未充分认识到勃洛克雄鹰般的清醒，他的历史分寸感和天才所特有的那种如鱼得水的感觉"[2]。1946 年帕斯捷尔纳克曾打算撰写札记——《人物走笔：勃洛克》，可惜未能完成心愿。有研究者指出，正是这些未写完的札记激发了作者对于小说《日瓦戈医生》的构思与创作。作家与友人通信时，每每谈及小说《日瓦戈医生》，便会提到这位伟大的俄国诗人，"战后我打算写写勃洛克，我已对他的处女作——组诗《黎明前》作了一些眉批"[3]，"我现在正创作一部散文体长篇巨制，小说的主人公既有勃洛克，也有我（或许还有马雅可夫斯基和叶赛宁）的影子"[4]。

　　《日瓦戈医生》最初的名称为《男孩和女孩》，这一书名即取

---

　　① Озеров Л. А. *О Борисе Пастернаке*. Москва：Знание，1990. С. 23.

　　② Пастернак Б. Л. *Собрание сочинений в 5 – ти томах*. Т. 4. Москва：Художественная литература，1991. С. 398.

　　③ Пастернак Б. Л. *Собрание сочинений в 11 – ти томах*. Т. X. Москва：Слово，2005. С. 357.

　　④ Пастернак Б. Л. *Собрание сочинений в 5 – ти томах*. Т. 5. Москва：Художественная литература，1994. С. 460.

自勃洛克诗作《褪色柳》的开篇："男孩和女孩，/把蜡烛和褪色柳儿，/统统搬到家里。"谈到《日瓦戈医生》的创作动因时，作家本人坦言："我非常希望写一篇关于勃洛克的文章，所以就想写这部小说来代替关于勃洛克的文章。"① 在这部文学经典中，勃洛克直接出现在了小说的艺术世界里，他如同一尊神，是主人公们推崇、膜拜的对象。"戈尔东所在的系里，出了一种胶版油印的大学生刊物。戈尔东任主编。尤拉早就答应给他们写一篇关于勃洛克的论文。彼得堡和莫斯科的青年都狂热地崇拜勃洛克，尤拉和米沙尤其如此。"② 在圣诞节之夜，尤拉和冬尼娅怀着激动的心情乘雪橇去参加斯文季茨基家的舞会，沿途两人看到莫斯科街道美丽的夜景：

> 猛然间，尤拉想到，勃洛克难道不正好比是圣诞节景象吗？他是俄罗斯生活各个领域里的圣诞节，是北方城市生活里和现代文学中的圣诞节，是在今天的星光下大街上的圣诞节，是二十世纪客厅中灯光通明的松枝周围的圣诞节。他心想不必写什么论勃洛克的文章了，只需要像荷兰人那样画一幅俄国人膜拜星象家的画，再衬上严寒、狼群和黑黝黝的枞树林。（99—100 页）

将勃洛克比作俄罗斯的圣诞节，把他在进步青年中的受欢迎程度与圣诞夜欢快、繁华的景象联系在一起，言下之意是指这位诗人的出现唤醒了俄罗斯文学的复兴，帕斯捷尔纳克的这种表达正是勃洛克最主要的艺术创作手法——象征主义。"……在帕斯捷尔纳克小说《日瓦戈医生》中能感受到与象征主义传统的对话。这部作品

---

① Борисов В. М., Е. Б. Пастернак Материалы к творческой истории романа Б. Пастернака «Доктор Живаго». *Новый мир.* 1988. № 6. С. 221.
② ［苏］帕斯捷尔纳克：《日瓦戈医生》，白春仁、顾亚铃译，上海译文出版社2012 年版，第98 页。本文以下凡引用该译本，仅在引文后标页码，不再加注。

汲取了象征主义美学的特征,因而或许有理由被称为象征主义小说。"① 对这位象征主义者文学遗产的思考,自然就反映在作家的创作中,其晚年诗《风》(1956)即专为勃洛克而作,这位文学先驱笔下的主题、形象和语句也常常成为《日瓦戈医生》互文的对象。

"永恒之女性"

女性的主题贯穿着勃洛克的整个创作活动。诗人早年曾在日记中写道:"收集'神话'素材时,我早就想确立我精神的神秘哲学的基础,我大胆地将所确定的最基本的要素仅用一个词——'女性'来称呼。"② 1904年勃洛克在彼得堡出版第一本诗集《美妇人集》,诗作以俄国宗教唯心主义哲学家索洛维约夫"永恒之女性"这一思想为创作基调,赞美女性的圣洁、柔美,表达出诗人对"永恒之女性"世界的无限向往与热爱。"在诗人眼里,外在世界是污浊的、丑恶的,他要虚构一个理想的彼在世界,用诗歌来构筑这个虚幻世界,用神秘而真挚的爱情来寄托自己的感情。"③ 勃洛克早期的诗作颂扬女性的"神秘之美",抒情主人公一直崇敬而虔诚地等待"美妇人"的召唤,期盼圣洁纯真的爱情。后来随着时间的推移,俄国革命的热潮和动荡的社会现实将诗人从虚幻的彼在世界之中拉了出来。"永恒之女性"在勃洛克笔下逐渐演变为饱受屈辱的俄罗斯祖国妻子(恋人、新娘)的形象:"啊,我的罗斯,我的爱妻!我们深知/道路多么漫长!/我们的道路——犹如古时鞑靼人的

---

① Клинг О. К. Эволюция и "Латентное" существование символизма после Октября. // Вопросы литературы. 1999. № 4. С. 64.

② Блок А. А. Собрание сочинений в девяти томах. Т. 7. Москва: Советский писатель, 1962. С. 11.

③ 李辉凡:《俄国"白银时代"文学概观》,中国社会科学出版社2008年版,第363页。

利箭/射穿我们的胸膛。"①

　　青年帕斯捷尔纳克曾是勃洛克的忠实追随者，早在 20 世纪
10—20 年代，"永恒之女性"主题就已经出现在帕斯捷尔纳克诗作
之中。1946 年，帕氏打算写一篇有关勃洛克的文章，当他阅读这
位诗人的第一卷诗集时，在《屋里又黑又闷……》一诗处眉批道：
"《云雾中的双子星座》即源于此诗。"②

　　《日瓦戈医生》中的拉拉便是一位"永恒的"女性，她的形象
与勃洛克"永恒之女性"思想拥有众多共通之处，在小说中她仅同
男主人公日瓦戈进行真正意义上的对话，即便与丈夫安季波夫也相
谈甚少，犹如超凡脱俗的"女神""仙子"，对诸如日瓦戈此类
"苦闷""孤独"的知识分子而言，是他们的精神支柱和思想寄托。
拉拉充满着勃洛克诗歌中的女性美——温柔聪慧、美貌善良："她
聪慧，性格随和，长得水灵俊俏……拉拉是世界上最纯洁的人……
她举止文雅娴静。她身上的一切：轻盈迅速的动作、身材、声音，
灰眼睛和浅色秀发，都非常和谐、雅致。"（30 页）"她神韵高洁，
无与伦比。她的双手犹如高尚的思想那样令人惊叹不止。她投在墙
纸上的身影，仿佛是她纯真无邪的象征。"（56 页）除了美丽的外
貌，在拉拉身上还展现出女性饱经风霜、坚韧不屈的魅力："而这
个远方，便是俄罗斯，是她那无与伦比的、在海外名声显赫的母
亲，是受难者也是倔强者，乖僻任性，爱胡闹而又受到溺爱，总是
干出无法预料的致命的壮举！……这便是拉拉……她身上的一切，
恰恰是那么完美无缺！"（475—476 页）"永恒之女性"在拉拉身
上主要表现为两方面的特征，一是对主人公尤拉精神上的吸引，两
人纯洁的爱情；二是俄罗斯女性饱尝忧患、忍辱负重的人生经历，
乃至祖国俄罗斯所遭受的苦难。

---

　　① 本文所引的勃洛克诗句，均出自汪剑钊译《勃洛克抒情诗选》，河北教育出版社
2002 年版；郑体武、郑铮译《勃洛克叶赛宁诗选》，人民文学出版社 1998 年版。个别地
方有所改动。

　　② Пастернак Е. В., Е. Б. Пастернак. *Жизнь Бориса Пастернака. Документальное
повествование.* Санкт - Петербург: Издательство журнала «Звезда», 2004. С. 103.

不过，拉拉不同于勃洛克笔下不食人间烟火、虚无缥缈的"朝霞姑娘""法伊娜""菲娅仙子"等形象。勃洛克强调"永恒之女性"的精神指引，其诗作女主人公犹如高高在上的女神，遥不可及，是痴心忘我的男主人公的理想寄托与爱情信仰；帕斯捷尔纳克继承了这位文学先驱"理想牵引前行"的思想意蕴，但并没有局限于创作主体个人的情感体验，而是将"永恒之女性"的内涵提升到个体与时代，苦难与救赎的道德层面之上。一方面，日瓦戈迷恋拉拉，爱的是她身上所散发出的不同寻常的女性气质与魅力，她那纯洁的灵魂与崇高的美德，"我想，倘若你没有这么多苦难，没有这么多抱憾，我是不会这么热烈地爱你的。我不喜欢正确的、从未摔倒、不曾失足的人。他们的道德是僵化的，价值不大。他们面前没有展现出生活的美"（485 页）。他与拉拉的爱情是灵魂的融合，精神的寄托，"使他们结合在一道的，不只是心灵的一致，更为重要的是他们俩与其余世界的鸿沟，两人同样地不喜欢当代人身上非有不可的那些典型特征，不喜欢当代人那种机械性的兴奋、大喊大叫的激昂，还有那种致命的平庸"（480 页）。另一方面，作为日瓦戈精神伴侣的同时，拉拉还是一位母亲。当害怕自己即将被捕，她第一时间想到的是女儿，"那时卡坚卡怎么办呢？我是母亲，我必须防止这种不幸，得想想办法"（497 页）。母亲的角色在拉拉身上以无私奉献、勇于自我牺牲的道德传统表现出来，这也是她最后无奈追随科马罗夫斯基前往远东的原因。拉拉的母性情怀不仅通过对女儿与丈夫的情感获得了直接体现，作者还有意通过梦境、日瓦戈的幻觉将她提升至俄罗斯大地母亲的高度。在拉拉还是少女之时，小说就提到她所做的梦："她安息在大地下面，身上除了左肋、左肩和右脚掌外，别的荡然无存。左边的乳房下长出一束蓬草。"（60 页）后来日瓦戈被俘期间由兽医库巴丽哈的咒语联想到心上人拉拉，"仿佛拉拉裸露出左肩。像用钥匙打开藏在大柜中的小铁箱的秘门，人们用长剑插进划开了肩胛骨……别人的城市，别人的街道，别人的房屋，别人的天地。它们如一卷卷彩带，流了出来，舒展开来，连绵不断"（447 页）。广袤的大地上生长着青草，坐落着城市、街道与房屋，拉拉的乳房、肩胛骨呈现出与大地同样的景象，毫无疑问，女主人公被作家描绘成了大地母亲的形象。而这一形象过早地遭受摧残与伤害，"一辈子带着创伤"（484 页），正如俄罗斯祖国的命运一样，遭受过深重的苦难。

总之，在动荡不宁的峥嵘岁月守卫个体的尊严和人类的真善美，勇于面对艰难困境，不屈从命运摆布，是帕氏"永恒之女性"的精神特质。帕斯捷尔纳克在给格鲁吉亚诗人塔比泽的书信中，曾这样写道："……我从童年时代对女性就怀有羞怯的敬慕之情，我一生中为女性的美、为女性在生活中的地位、为对她们的怜悯和对她们的恐惧所挫伤所震惊。"[①] 1958 年帕斯捷尔纳克在给一位友人的信中直陈："二战后我认识了一位年轻妇女——奥丽佳·伊文斯卡娅。她就是我小说里的主人公拉拉。她是美好生活和自我牺牲精神的化身，从她的表面你看不出她在生活中忍受了多少苦难……"[②]这种坚韧不拔和顽强抗争的女性精神正是作家对勃洛克文学思想的推演与发展。

城市的主题

城市是俄国革命的策源地，与 20 世纪初俄国社会思潮的转型、风起云涌的工人运动息息相关，因而在白银时代，城市成为小说家与诗人创作的一个重要主题。当然，随着城市所发生的变化，不同作家对它所持的态度也各不相同，例如被称作革命"同路人"的皮里尼亚克、叶赛宁、克留耶夫、"谢拉皮翁兄弟"等作家对代表革命的城市表现出隔膜和忌惮，较多地依恋质朴宁静的乡野村落；而勃留索夫、勃洛克、马雅可夫斯基等城市诗人则对都市彼得堡、莫斯科表现出极大的人文关怀，他们担忧工业的发展、生活的变化会使俄罗斯的城市丢失古老的文化传统、崇高的精神价值。"从

---

① ［苏］帕斯捷尔纳克：《人与事》，乌兰汗译，新星出版社 2012 年版，第 122 页。
② 桑德拉·别特丽尼娅：《伊文斯卡娅谈〈日瓦戈医生〉续集》，路茜译，载《苏联文学联刊》1993 年第 4 期，第 69 页。

1903—1904 年起，城市主题开始在勃洛克创作中占据重要位置。"①
因此勃洛克被同时代人、著名文学评论家丘科夫斯基称为"城市诗
人"②。

　　勃洛克笔下的城市主要是彼得堡，诗人生于斯，卒于斯，他本
人就曾说过，彼得堡是他最钟爱的城市。然而作为抒情诗中主人公
的活动背景，这座城市的名胜古迹与建筑风貌却很少被诗人详细地
描绘，读者感受更多的是它的精神气质与文化品格。无论是寒冷冬
日肆虐的暴风雪，抑或是黄昏时分陌生女郎走进喧闹的小酒馆，勃
洛克笔下的彼得堡仿佛总是充满着彷徨、惶恐与失落，诗人展现的
是 20 世纪初俄罗斯人的辛酸境遇，城市居民身上的一幕幕悲剧，
一如他的艺术创作理念——"悲剧性的东西是理解世界复杂性的钥
匙"③。在这一"可怕的世界"里充满了各种各样尖锐的社会矛盾。
在这里，"穷人又被侮辱，被欺凌，/富人又占了上风，得意洋
洋"；"黑夜，街道，路灯，药房。/毫无意义的昏暗的灯光。/哪怕
再活四分之一世纪，/一切仍将如此，没有终场。"城市里还充满了
不安的革命力量，人们从"黑暗的地窖里爬起"，冲向腐朽的旧世
界，"于是在空中蔓延开来的语言，/成了我们红色的旗帜一面"。
然而人民的革命之中并没有知识分子的位置，"他们扬帆而去，/驶
向很远很远，/只剩下我们。——真的，/带我们同行，他们不愿"。
勃洛克笔下的城市主题，表达出诗人对革命年代彼得堡的担忧和不
安。不过，即使在一系列忧郁的城市形象中，诗人也未曾感到过绝
望。他有意避开对现实的具体描绘，将城市置于幻想抑或神秘的氛
围中（有时甚至是"启示录"的形象），令读者感受到希望，诗人
坚信，"俄罗斯注定要经受苦难、屈辱、分裂；不过，从这些屈辱

---

　　① 郑体武：《俄国现代主义诗歌》，上海外语教育出版社 1999 年版，第 162 页。

　　② Грякалова Н. Ю. *Александр Блок*: *pro et contra.* Санкт‐Петербург: Издательство
Русского Христианскогогуманитарного института，2004. С. 12.

　　③ Блок А. А. *Собрание сочинений в девяти томах. Т. 6.* Москва: Советский
писатель，1960. С. 105.

中脱颖而出的将是一个崭新的、伟大的俄罗斯"①。

　　莫斯科是《日瓦戈医生》中最重要的城市。小说开篇下葬尤拉母亲的背景是莫斯科，作品结尾处戈尔东与杜多罗夫阅读日瓦戈诗作的场景同样发生在莫斯科。这座城市犹如空间上的一个圆，将小说的情节线索串联起来，成为所有主人公"交织的命运"的起点与终点，它是俄罗斯民族文化的中心和灵魂的归宿，是俄罗斯精神家园的象征。

　　莫斯科的形象在小说的开头具有神秘、童话的色彩，这与勃洛克早期城市诗的特色十分吻合。勃洛克曾喜欢用"城市在雾中消隐""只有那城市的烟雾／萦缠在我们的心间""十月的首都／多么阴沉、迷茫！"等诗句来形容自己心爱的城市彼得堡，突出这座城市中所笼罩的氛围。"勃洛克的彼得堡是'充满战栗的轰鸣的城市'，在这里，'餐厅像教堂一样明亮，教堂像餐厅一样开放。'……这个城市具有浪漫色彩，能够创造奇迹，由白雪姑娘——'另一时间的夜的女儿'主宰。"② 帕斯捷尔纳克在《日瓦戈医生》中则常常将莫斯科置于秋冬抑或初春时节，无论是莫斯科城里的铁路罢工、人民游行，斯文季茨基家的圣诞舞会，抑或是日瓦戈从西线战场归来后莫斯科城的巷战和十月革命，这座城市的上空总是笼罩着秋冬季节里独有的凄凉、悲伤氛围。然而尽管如此，帕氏却并没有对莫斯科表现出哀怨之情，莫斯科在小说中如同童话中的主人公一样，虽历经苦难和不幸，却充满着生机，例如"蒙霜的窗子上灯光融融……里面充溢着莫斯科圣诞节的温馨气氛，圣诞树上烛火熠熠，宾客如云，身着舞服，笑闹着捉迷藏或寻指环"（99 页），"医生和瓦夏来到莫斯科……太阳照在救世寺院的金黄圆顶上，反射出无数光点，返落在方石铺成的广场上，石缝中杂草丛生"（574 页）。换言之，无论是革命前的欢声笑语，还是革命后的晴空高照，莫斯科呈现给读者的总是它的默默坚守与独自承受。

　　① Блок А. А. *Интеллигенция и революция.* Москва: Художественная литература, 1989. С. 307.

　　② 郑体武：《俄国现代主义诗歌》，上海外语教育出版社 1999 年版，第 167 页。

不仅如此，帕斯捷尔纳克还在审美表达方面进行了创新。彼得堡在勃洛克笔下常常以"街道""灯火""钟声"等物象被呈现出来，而莫斯科作为俄罗斯命运的中心、社会革命的发源地，在小说中完全被人格化了，拥有了人的命运和情感：

> 莫斯科展现在眼下和远处，这是作者日瓦戈出生长大的城市，他的一半生命同莫斯科联系在一起。现在他们两人觉得，莫斯科已不是这些事件的发生地，而是这部作品集里的主人公……面对这个神圣的城市，面对整个大地，面对直到今晚参与了这一历史的人们及其子女，不由得产生出一种幸福动人的宁静感。（627 页）

毫无疑问，莫斯科在作家眼中已不仅仅只是一个地理名词，而是历史的见证者，小说的主人公之一。这座"神圣的城市"很容易令人联想到圣城耶路撒冷，《尤里·日瓦戈诗作》中多次提到耶稣进入耶路撒冷时的情形，莫斯科对于日瓦戈，犹如耶路撒冷对于基督耶稣。在小说中，莫斯科的精神氛围通过舅舅韦杰尼亚平的哲学而进入读者的视野，日瓦戈接受舅舅的历史学说：从基督以后才产生真正意义上的历史，"只是在基督以后人类才开始了生活，人们不再倒毙在大街的栅栏旁，而是瞑目于历史进程中……"（13 页），莫斯科是俄国人眼中的"第三罗马"，东正教的中心，是连接大地与"天国"的纽带，这就注定了它与耶路撒冷一样，必须忍受痛苦的煎熬，经历受难的全过程："窗外是静悄悄、黑漆漆、忍饥挨饿的莫斯科……望着这个在不幸中痛苦呻吟的伟大的俄罗斯城市。为了美好的未来，他（指日瓦戈——笔者注）愿意做出牺牲，然而他却是束手无策。"（223 页）

显然，帕斯捷尔纳克笔下的城市主题延续了勃洛克的不安、焦虑与期望，将俄国的城市与人民的命运紧密联系在一起。作家书写的城市不仅是俄国人的安身立命之地，更是一座"上帝之城"——面向人类历史、面向整个世界开放的都市，只不过，这座城市从勃洛克的彼得堡变成了帕斯捷尔纳克历经一生的莫斯科。

"我们是俄国可怕年代的产儿"

社会革命汹涌澎湃，俄国思想界产生"世界末日"情绪之时，勃洛克在《我将目睹宇宙和我的祖国》中悲叹道："我将目睹宇宙和我的祖国/如何毁灭，如何匿迹消踪，/……是的，我，作为世上绝无仅有的伟人，/将为这宇宙的毁灭提供见证。"思想转型的痛苦激发了诗人的创作，他给斯坦尼斯拉夫斯基的信中写道："……我正要写我的一个主题，是关于俄罗斯的主题，我自觉地、坚定地将一生献给这个主题。"[①] 这位白银时代文学巨匠将俄罗斯的命运与基督的牺牲精神结合到了一起。史诗《十二个》中带领 12 名赤卫队员的正是耶稣基督，在这里，基督并非高高在上的神之形象，而是手擎红旗走在赤卫队前面的引路人，他的意义在于牺牲、博爱与行善，在于精神革命应先行于社会革命。帕斯捷尔纳克《日瓦戈医生》的思想题旨与此不谋而合。这部"诗人的小说"第 17 章《尤里·日瓦戈诗作》中就有 6 首与《圣经》的内容有关，《圣诞夜的星》《神迹》《受难之日》《抹大拉的玛利亚 I》《抹大拉的玛利亚 II》和《客西马尼园》都直接体现基督耶稣仁爱、牺牲的教义。不仅如此，帕氏在作品中还同勃洛克一样，创作了《哈姆雷特》[②]一诗，而《冬夜》与《十二个》的开篇在内容与创作形式上则非常相似，从两诗的首句"Мело, мело по всей земле/Во все пределы."（风雪席卷着整个大地/席卷每个角落。）"< ... > Ветер, ветер — /На всем божьем свете!"（< …… >风呀，风呀——/吹遍整个神佑的大地！）可以看出，两首诗不但出现了相同的韵脚，而且创作主题与音节旋律都如出一辙。

在《日瓦戈医生》中，帕斯捷尔纳克书写了自己以及同时代的

---

① 周启超：《白银时代俄罗斯文学研究》，北京大学出版社 2003 年版，第 36 页。
② 勃洛克早年曾以哈姆雷特和奥菲丽娅为主题创作组诗《哈姆雷特》。

知识分子革命前后的历史命运，描绘了俄苏人民半个世纪的沧桑生活与悲惨遭遇。在作品的末尾作家借戈尔东之口对勃洛克的历史观、革命观作了回应：

> 你读一读勃洛克的诗句"我们是俄国可怕年代的产儿"，立刻会看出两个时代的差异。勃洛克说这话的时候，应该作为转义、象征意义来理解。产儿并非儿童，而是子孙、后代、知识分子。可怕也不是指恐怖，是指天命、默示的意思；这两者是不同的东西。如今呢？所有象征意义都变成了字面意义：产儿就是孩子，可怕就是恐怖。区别就在这里。（626 页）

勃洛克眼中的社会变革不可避免，具有破坏性，但它"力图使一切变得崭新起来：使我们那虚伪的、污秽的、苦闷的、不成体统的生活变成公正的、纯洁的、愉快而美好的生活"。换句话说，诗人对革命的态度是包容的，他既看到革命中的泥沙俱下与破坏力量，也认识到革命的正能量，它那摧枯拉朽磅礴气势："革命与大自然是难兄难弟。革命就如同龙卷风，如同暴风雪，总是带来新的、意外的东西……改变不了潮流的大方向，也丝毫不能淹没潮流所发出的令人敬畏的隆隆轰鸣。这轰鸣始终预示着伟大。"[1] 勃洛克从历史进步、人文主义发展历程中感受到俄罗斯文化转型、社会制度变革的必然性，呼唤知识分子理解革命、接受革命，乃至投身革命；同时他又具有典型的理想主义色彩，常常从人道主义、道德价值的角度质疑、反思社会变革中有悖于文化传统、破坏精神建构的过激行为。

作为帕斯捷尔纳克内心世界的表达者，日瓦戈医生在其短暂的生命中从未直接否定过俄国革命。相反，他曾欢天喜地地热烈颂扬

---

[1] ［俄］勃洛克：《知识分子与革命》，林精华等译，东方出版社 2000 年版，第 161 页。

过社会变革。早在梅柳泽耶夫战地医院，尤里就曾对拉拉说这是一个前所未有的时代，如同《福音书》里所写的圣徒时代，"每个人都复苏了，新生了……我觉得，社会主义是个大海洋，所有个人自身的革命都应该像江河入海，汇入其中，流进这生活的海洋，特色鲜明的海洋"（177页）。十月革命前夕，日瓦戈深刻地体会到史无前例、闻所未闻的事变正在逼近，此后五年或十年的经历将会比其他人一百年所经历的还要丰富，在家庭聚会上他激昂地谈道："我也认为，俄罗斯注定会成为有史以来世界上第一个社会主义王国。"（221页）十月革命发生以后，日瓦戈医生大声地自言自语说："一次绝妙的外科手术！一下子就出色地把发臭的旧脓包全切除了！对于几个世纪以来人们顶礼膜拜而不敢抗争的不公正制度，这是一个直截了当的简单明了的判决。"（236页）这些颂扬之词与勃洛克的革命观是相一致的，主人公对社会革命的理解纯粹是人道主义、非功利性的，它们来自日瓦戈对祖国人民的热爱，对美好未来的渴望，对真理正义的追求。这也是革命以后主人公依然愿意留在莫斯科的医院为苏维埃政权服务的原因，作家借医生之口表达了自己的信念："我为自己的艰苦感到自豪，并且尊敬那些虽使我们艰苦却更给我们荣誉的人。"（239页）

然而，"可怕年代"里的血腥场景与人性的扭曲使日瓦戈对社会革命产生了质疑、恐惧与逃离。主人公在残酷的现实面前内心充满了矛盾与痛苦，丧失了直面生活的勇气。知识分子的教养与人文主义关怀令他无法接受白军与红军的残暴（白军砍掉了一名游击队员的右手和左腿，并逼他背着自己的残肢断臂爬回游击队营地；红军队伍用装甲车炮轰不服从动员令、赶跑了贫农委员会的下凯尔梅斯村民），无法接受游击队战士在极度恐惧之中用斧头砍死自己的亲人，更无法理解舅舅为了逃命而陷害自己的外甥，老安季波夫在革命胜利之后不念亲情，冷酷对待自己的儿子帕沙与儿媳拉拉。总而言之，革命之后的所有一切距离曾经美好的愿望已经越来越远，正如岳父格罗梅科所言："然而这样的法令只是在制定者的头脑里才能保持原有的面貌，即使这样恐怕也只是在公布的头一天里。政治的狡诈可以在第二天就把它完全推翻。"（294 页）日瓦戈由希望转为失望，由颂扬革命变成逃离莫斯科，偏安一隅，内心独自坚持着对人性、自由与道德的追求，"我本来很倾向革命，但现在我认为靠强力是什么也得不到的。只有用善行才能引人向善"（320 页）。

"暗淡岁月里出生的人们/不记得自己的道路。/我们是俄国可怕年代的产儿，——/什么都无法忘记。"① 暴力革命使俄罗斯的传统文化土崩瓦解，分崩离析。知识分子们曾经所珍爱与追求的一切——高尚的道德情操、人道主义的济世情怀、对美与自由的极力推崇——统统绝迹于现实之中。人民生活的内容就是挨饿、染病、流放、撒谎、破坏……高尔基的"大写的人"历经了从肉体到精神的毁灭。这已经远远超过了勃洛克所指的"可怕年代"。在这样的年代中，人道主义、仁爱的思想显得尤为可贵，俄罗斯知识分子更有责任将它们薪火相传。

1956 年，帕斯捷尔纳克在自传体散文《人与事》中写道：

> 我，和我的部分同龄人，伴随勃洛克一起度过了自己的青年时代……勃洛克具备了形成伟大诗人的一切——火热、温柔、深情、自己对世界的看法、自己独特的才能，这才能触及什么，什么就会发生变化，还有他那矜持的、隐蔽的、吸收一切的命运。有关这些品质以及其他许多品质……因此我觉得它最重要——这就是勃洛克式的急切性，他那彷徨的注意力，他观察事物的敏捷性。②

显然，帕斯捷尔纳克在《日瓦戈医生》中继承了勃洛克的文学表现手法和创作思想，对这位诗人"永恒之女性"、城市的主题以及革命观都进行了吸收、深化与发展。作家把女主人公拉拉的柔

① 郑体武、郑铮译：《勃洛克叶赛宁诗选》，人民文学出版社 1998 年版，第 231 页。
② ［苏］帕斯捷尔纳克：《人与事》，乌兰汗译，新星出版社 2012 年版，第 25 页。

美、善良升华到祖国母亲的高度，悲鸣俄罗斯人民所历经的痛苦；将莫斯科城当作历史进程的见证者，使它获得了与圣城耶路撒冷一样的精神象征意义；并对俄国社会革命与精神生活进行了思考，倡导以善引导善的仁爱思想。

（作者单位：南京大学外国语学院）

后苏联小说中的生存焦虑

薛冉冉

俄罗斯年近花甲的文学工作者克留科夫（Владимир Крюков）在《身份认同之经验》一文中写道："曾有个国度，在那里我找不到适合自己的位置。后来，过去被切断并被抹去。但我并没有迈着精神饱满的步伐进入新生活。我成了一名渐渐老去的出局者。或者说是自己过去废墟上的'二手'人。现实是冷酷无情的，在这里贫困、贪婪、污浊和奢华甚嚣尘上。于是今天又出现了这种对另一国度的思念。"①

经历过苏联到俄罗斯社会转型的人们，大都有着克留科夫的焦虑：找不到适合自己的位置；对自己的身份仅仅用出局者一词概括。可以说，苏联的解体改变了原苏联人的生存状态，将所有人都抛入一种异质性的时空中，使每个人的生存方式都被动地转换为重新探索的状态，进而引发生存焦虑。后苏联时空里的俄罗斯作家也是与生存焦虑一同诞生的焦虑主体。与苏联旧时空的分离，与新时空的疏离所引发的复杂的生存感受：恐惧、愤懑与痛楚等成为他们不约而同的叙事素材。他们在作品里聚焦身份焦虑、生存焦虑这一主题，重新探寻个体的自我认同，重新考量个体命运与时空存在的关系，在呈现生存困境的同时努力寻找解脱之路。这也在一定程度上赋予了后苏联小说以历史文本与文学文本的双重价值，从中我们既可以看到后苏联特殊历史时期的文化生态，又可以感受到以作家

① Крюков В. "Опыт самоопределения." //Знамя. 2009，№ 8. С. 199.

为代表的知识阶层进行存在探索的心路历程。

一

　　苏联社会主义国家在成立之初便为本国的居民打造了一个社会认同身份——苏联人（советский человек）。正如马雅可夫斯基（Владимир Маяковский）在著名诗篇《苏联护照》（"Стихи о советском паспорте"）里所写的那样："我由宽大的裤袋中/掏出它，/好像掏出一件/珍品。/看吧，/羡慕吧，/我是/苏联的/公民。"① 1991 年苏联解体，俄罗斯重新选择了资本主义国家体制。正如英国学者拉雷恩（Jorge Larrain）在其著作《意识形态与文化身份》（Ideology and Cultural Identity）中所写的那样："身份要成为问题，需要有个动荡和危机的时期，既有的方式受到威胁。"② 在后苏联时空里，苏联公民身份随着苏联解体消解全无，既有的在社会主义国度里的生存方式受到了威胁甚至是全盘否定。在这"社会身份和民族身份最不明确和剧烈变动"③ 的时期里，后苏联小说的叙事线索多围绕民众的公民身份被剥夺和重新找寻而展开。

　　"我怎么就不是公民啦，啊?! 怎么会这样?! 我从 1987 年就在俄罗斯住了！那时俄联邦还没有影呢，而是所有人的苏联！真是?! 那我现在是谁？谁呀？哪国的公民?"④ 这是古茨科（Денис Гуцко）具有自传色彩的长篇小说《无迹寻踪》（Без пути - следа）中主人公米佳迷茫的追问。米佳出生在格鲁吉亚的第比利斯，自 1987 年起生活在顿河畔罗斯托夫。苏联解体后，他陷入了两难的

　　① ［苏］马雅可夫斯基：《苏联护照》，见余振编《马雅可夫斯基诗歌精选》，北岳文艺出版社 2010 年版，第 152 页。
　　② ［英］拉雷恩：《意识形态与文化身份：现代性和第三世界的在场》，戴从容译，上海教育出版社 2005 年版，第 194—195 页。
　　③ Дубин Б. "Риторика преданности и жертвы: вождь и слуга, предатель и враг в современнойисторико - патриотической прозе"//Знамя. 2002. No. 4. С. 211.
　　④ Гуцко Д. "Без пути - следа."//Дружба народов . 2004. No. 11. С. 12.

尴尬境地，格鲁吉亚不接受在俄罗斯联邦的居民；而俄罗斯联邦却因为米佳的苏联旧身份证没有登记而不承认他是俄罗斯的公民，不发给他护照。小说的主线是米佳想方设法搞护照。2005 年，当这部《无迹寻踪》问鼎俄罗斯文坛上历史最悠久、最权威的文学奖项俄语布克奖时，身为评委主席的作家阿克肖诺夫（Василий Аксенов）曾质疑："护照怎会是个问题呢，搞到护照这个问题又怎会成为小说中的问题？"[1] 如果说护照并不能成为小说主人公米佳的主要问题，那么从任何角度来讲，解决社会转型而带来的认同危机，找寻自我和认同空间，都是米佳，甚至说作者本人古茨科，绕不过的问题。

另一位 20 世纪 70 年代出生的俄罗斯作家普里列平（Захар Прилепин）在长篇小说《萨尼卡》（Санька）中塑造了一位惋惜苏联公民身份被剥夺，质疑俄罗斯居民身份的同龄人形象，名叫萨尼卡。普里列平给《萨尼卡》中文版译者的信中写道："这本书是一部关于年轻人在充满危机与残酷的环境中成长的作品，讲述了年轻人在国家分崩离析之后性格上的断裂。"[2] 萨尼卡加入了名为"创造者联盟党"的组织。这个组织不能容忍苏联解体后的俄国现状："一个混蛋的、虚伪的、愚蠢的国家，欺凌弱小，让无耻和庸俗大行其道——这样的国家为什么还要忍受它？生活在这样一个每分钟都在背叛自己以及自己臣民的国家里又有什么意义？"[3] 质疑"为什么要忍受现在的国家"的萨尼卡们自信有种与生俱来的印记召唤着自己参加光复祖国的革命中去。

在后苏联时空里仇视俄罗斯居民身份，试图恢复苏联人身份的还有普罗哈诺夫（Александр Проханов）的《黑炸药先生》（Господин Гексоген）中的退休情报部门将军别洛谢尔采夫。他与原

---

① Кормилова М. "Победил плохой романист." //Люди. 22 июля 2005. Web. 11 Jan. 2016.

② 王宗琥：《"新的高尔基诞生了"——俄罗斯文坛新锐普里列平及其新作〈萨尼卡〉》，载《外国文学动态》2008 年第 2 期，第 5 页。

③ ［俄］普里列平：《萨尼卡》，王宗琥等译，人民文学出版社 2008 年版，第 112 页。

先的战友们一道以秘密组织"同盟成员"的身份试图复苏祖国。

> 重建国家……完全重建……领土完整……保全民族,恢复
> 人口数量……恢复伟大的空间……我们要重新发挥我们的伟大
> 强国在国际社会中的作用,既然从前那些盟友全都完好无损,
> 在等待我们返回世界……我们要清除政界和文化界中的叛徒,
> 要清除以前的政党体系遗留下来的所有寄生虫……在军界,在
> 意识形态领域,在经济界,在每个领域,都将安插进我们的干
> 部……国家将重新获得自己的未来,但是将不再有那个出卖人
> 民的腐朽政党,不再有腐朽的官僚体制和心理反常的自由知识
> 分子……这就是对同盟成员所面临任务的一个简单解释……①

小说主人公萨尼卡与别洛谢尔采夫直白的光复激情,与作家本
人的政治主张和政治身份不无关系。普罗哈诺夫在文坛上颇被诟病
的便是他极端的大国沙文主义和极端民族主义情绪,普里列平另外
一个不能被作家们接受的身份是被俄罗斯当局所禁的左翼激进组织
"民族布尔什维克党"(Национал - большевистская партия НБП)
的党员。此处无意批评他们的政治主张,这已超出本篇论文的论述
范围。我们需要注意的是,他们的作品与《无迹寻踪》一样,都具
有浓重的自传色彩。他们革命热忱的深层叙事线索也是他们如何面
对苏联人这一社会认同身份的缺失以及如何对待俄罗斯人这一新身
份的态度。他们塑造了与自己身份和经历都有许多吻合之处的人
物,并将自己在现实生活中的政治姿态赋予这些人物,让其激昂地
谈论着"光复""革命"等敏感的社会公共议题,试图在作品中对
后苏联时期的光复活动进行呈现或者说是演练。

2007 年俄罗斯文坛颇具代表性的长篇小说《马蒂斯》
(*Матисс*) 可以说也是一场演练,是被剥夺了苏联公民身份的科罗

---

① [俄]普罗哈诺夫:《黑炸药先生》,刘文飞译,人民文学出版社 2003 年版,第
35 页。

廖夫等 20 世纪 70 年代人在后苏联时空里的境遇演练。作者伊利切夫斯基（Александр Иличевский）坦言："这部小说有相当多的自传成分。"[①] 与米佳相比，科罗廖夫更为无助，更为迷茫。因为恰恰是在思想逐渐成熟，生活开始独立时，社会转型的烙印无情地刻在了科罗廖夫 18—20 岁的花季雨季，搅乱了他的人生规划。但是，与萨尼卡和别洛谢尔采夫有所不同，科罗廖夫并没有刻意去确认自己是苏联公民而非俄罗斯公民。他所关注的是这个社会到底怎么了。"不管是否情愿，我们自身的成长反映了周遭环境的发展或者毁灭……不断形成的意识能够最好地记录现实的变化，就好像在地质学里，经过了漫长期限之后再去研究时间，就可以指望最终能得出关于它的结论。在小说中我便进行了这种尝试……最近十到十五年间，在自己和朋友们身上都发生了一些什么？"[②]

美国传记研究专家依金（Paul Eakin）指出："叙述和身份是如此紧密地联结在一起，以至于它们始终不断而又恰当地被吸引到对方的概念领域中去。因此，叙述不仅仅是一种文学形式，也是一种现象学的、认知性的自我体验方式……叙述不仅仅是身份表达的合适形式，而且它就是身份的一个内容。"[③] 在后苏联小说中，作家在叙述中选择与自己年龄和身份都相近的人物，通过他们来呈现苏联解体、社会巨变这种冲击力所带来的生存焦虑，探寻个体身份和认同空间的活动。俄罗斯作家关于生存焦虑的书写在很大程度上是一种自我书写，是一种寻找自我的过程。在叙事过程中各自侧重点不同。借用历史学家古米廖夫（Лев Гумилев）观察社会的方法来说，有的用显微镜的方式放大个体的心理困境，有的用肉眼去观察周遭环境，还有的则用望远镜的方式将社会百态一览无余。可以说，上述自传色彩浓重的小说是后苏联时期个人情志与集体记忆的

---

① ［俄］伊利切夫斯基：《马蒂斯》，张俊翔等译，译林出版社 2009 年版，"前言"第 2 页。

② 同上。

③ Eakin, Paul. *How Our Lives Become Stories*: *Making Selves*. Ithaca: Cornell UP, 1999, p. 100.

最佳载体与叙事策略。

<h1 style="text-align:center">二</h1>

后苏联小说青睐自传色彩的叙事策略，那么，"身份焦虑"及"生存焦虑"在后苏联小说文本中是如何被讲述的呢？具体的叙事活动又是如何展开的呢？上文中我们已经提到，身份焦虑和生存焦虑的出现多源于动荡和危机所引起的既有方式受到了威胁。让我们来看一下后苏联小说里"既有方式受到威胁"的主要表现形式。

《无迹寻踪》中米佳之所以在护照成为问题之后才发出自己的追问，是因为他不曾主动与苏联的政府机关打交道，以至于错过了登记身份证信息。他也不曾去揣摩苏联公民带给他何种权利，直到苏联解体，他突然意识到一个强大的能够将俄罗斯与格鲁吉亚黏合在一起的国家体瓦解了。这一不复存在的国家体一同把他的公民身份也吞噬掉，将他赤条条地留在新的时空里。俄罗斯社会公共空间对米佳的排斥使得米佳既有的生存方式受到威胁，这是米佳生存焦虑和身份焦虑的原因，也是其具体呈现。

《马蒂斯》中的科罗廖夫也被动地陷入世变的旋涡和乱流中，脱离了自己惯常的生活轨道。他在各种奔忙之后获得了一份稳定的工作，买了一套房子，但是他仍然无法融入俄罗斯现实时空中，他对周遭的感受仅是社会的阴暗、世间的冷漠、日常生活中无处不在、无孔不入的恐惧和无奈。如果说米佳对社会公共空间的感受可以用无奈来概括，科罗廖夫对社会公共空间的感受则是真切的恐惧。

苏联解体，社会转型，米佳和科罗廖夫既有的生存方式因此受到社会公共空间的冷漠忽视，甚至残忍排斥。他们无奈地、被动地、不无恐惧地在社会公共空间里探寻生存的可能性。萨尼卡和创联党的其他成员，别洛谢尔采夫及同盟成员则因苏联国度的坍塌而陷入黑夜和深渊的体验之中。他们愤恨地、决然地主动与异己的社会公共空间搏斗。萨尼卡们经常冲出维持游行队伍秩序的栅栏，用垃圾箱砸橱窗；将漂亮的进口车推个底朝天；跳上沿街停靠车子的车顶，欢呼雀跃。这些接近平日里侮辱谩骂、寻衅滋事、打架斗殴等扰乱社会正常秩序的流氓暴动行为在他们的理解里便是革命，并为此正名：他们"俄罗斯人不欠任何人的"；波罗的海三国的独立是非正义的；在俄罗斯境内的车臣人、亚美尼亚等国的外来人都威胁着俄罗斯社会的安定和发展；西欧国家的钞票具有腐蚀性；西欧国家传来的"新年"节日和圣诞老人、"狗食生产商"麦当劳快餐店以及进口车等都是需要仇恨和消灭的。[①] 比起萨尼卡和创联党的任性打闹，别洛谢尔采夫和同盟成员的光复活动更为沉稳，更具谋划性，他们将俄罗斯政坛的所有动荡都化解为复国计划之中：收买、暗杀使得总理更替频繁，新政府举步维艰，而后以普京为小说人物原型的"代表"取代傀儡总统成为国家领导人。

在《黑炸药先生》《萨尼卡》等政治议题凸显的小说中，我们还会发现，原本可以让主人公免受社会公共空间排斥之苦的家庭私密空间慢慢萎缩，直至被公共空间冲挤、吞噬完毕。在这些高呼革命的小说人物的理解里，家的概念便是组织的概念，传统意义上的家在他们看来只是组织活动的工具，家庭关系或家庭身份是否维系取决于它们能否帮助革命者完成组织交给的任务。这种革命意识形态里的工具论在最初的时候便已经让个体自我否定了主体性，用组织身份取代了家庭身份。这也是为什么萨尼卡在被通缉的时候，他跟妈妈的通话仅仅是为了了解官方对他们采取的行动。

在其他后苏联小说里，家庭私密空间与社会公共空间的界限也变得模糊不清。《无迹寻踪》中的米佳原本已经成家立业：大学毕业后在物理和有机化学研究所做项目，被戏称为诺贝尔先生；妻子玛琳娜在实验室上班并为其生有一子万尼亚。当时局变动，他们一家人赖以生存的收入来源——研究经费、助学金——经常被拖欠，基本生活难以维持。米佳无法融入和参与八仙过海、各自求生的

---

① ［俄］普里列平：《萨尼卡》，王宗琥等译，人民文学出版社 2008 年版，第 334、70、210、298 页。

"独联体"的生活;妻子仅靠在市场上卖自己编织的衣物也无法支撑起这个三口之家。她迫不得已选择了离开:答应了德国教授第四十七次请求去了德国,三年后将儿子也带走了。小说《这些房子》(Эти квартиры)中的主人公自苏联时期便租住合法抑或不合法的房子。妻子疲惫于迷茫不定的生活,留下衣物离开了。在小说《天堂一年》(Один год в Раю)中,5月9日胜利日那一天,"我"观看着革命影片突然想到二战时爷爷牺牲的地方,醉醺醺地坐上了莫斯科到斯摩棱斯克州的火车。"我"稀里糊涂地在斯摩棱斯克的天堂村买了一间破烂的土房子,一住便是一年。小说的开篇便是"上个星期,岳母来把东西拿走了,所以现在整个楼道都知道我的妻子离开了我"①。

覆巢之下安有完卵。在苏联解体、社会变动的过程中,家庭也变得脆弱。当个体的人在社会狂流中被击打得疲惫不堪时,原本可以让他暂时忘却对社会身份的追问而真切地以家人身份歇息片刻的港湾也不复存在了。生存的压力压断了维系家庭成员的家人身份纽带,进而使得个体在经受了社会公共空间的冷漠和残忍之后,又困顿于与家庭私密空间的疏远。

对社会公共空间的倦怠、恐惧甚至试图逃离的尝试,对家庭私密空间的无力、无奈甚至漠然,在很大程度上是人物灵与肉,心与身,内心与行为的分离的外显。换句话说,社会公共空间的排斥,家庭私密空间的疏远使得个体心与身不可愈合地分离,从某种程度上来说,这也是个体在时空里摇摆不定的物理姿态的外显。特别鲜明的例子便是小说《马蒂斯》中的科罗廖夫。他心向神往的地方只有火车站、飞机场和墓地。因为一列列火车、一架架飞机之于他代表着出走,代表着离开,或者说是逃离的希望;墓地则是地下的呼唤,是对一切焦虑的消解。最后,科罗廖夫从地面上逃到了地下,在废弃的地铁隧道中徘徊。对他而言,自己的住宅与其他任何处所、都市与乡村,甚至于无生命和生命之间都不存在不可逾越的界

---

① Ключарева Н. "Один год в Раю." // Новый мир. 2007. No. 11. C. 76.

限，他会在地下隧道里一连沉睡多日而唯一的体力活动仅是想象或回忆。

在上述后苏联小说中，作家们通过将人物放置在洋溢革命热情的任性活动中，荒僻的天堂村，废弃的地下隧道，甚至放置在妻离子散的回忆里等来勾画他们的活动轨迹，在问询与剖析焦虑成因的过程中引入"既有的存在受到威胁"的三重呈现：在社会公共空间里的无奈与愤怒；在家庭私密空间里的缺位，自我身与心的纠结及个体在时空里摇摆不定的物理姿态。从某种程度上，天堂村、地下隧道还有其他的革命空间都是作家们为人物自造的时间和空间，以此来传达主体对客观世界的异己感受。这也是作家对苏联解体所引起的社会断裂和无序状态的主观态度。

三

英国学者怀特布鲁克（Maureen Whitebrook）在《身份，叙事与政治》（*Identity, Narrative and Politics*）一书中曾对身份的建构进行了概述：身份的建构由两部分组成，一部分是主体自我展现给外界的东西，另一部分是外界对自我的辨认。在完整的身份构建中这两者缺一不可。① 拉雷恩也认为，主体的自我展现与世界对自我的辨认是一种相互影响的关系，"自我不是给定的，而是作为他或她的社会经历的结果，在个体身上发展起来。正是因为这一点，自我的形成预先假定了群体的存在"②。当代哲学家泰勒（Charles Taylor）在《自我的根源：现代认同的形成》（*Sources of the Self: The Making of the Modern Identity*）一书中也曾提到，想回答"我是谁"，必须把"我"放在社会对话中，"一个人不能基于他自身而是自我。只有在与某些对话者的关系中，我才是自我……自我只存在于

---

① Whitebrook, Maureen. *Identity, Narrative and Politics*. London: Routledge, 2001, p. 4.

② ［英］拉雷恩：《意识形态与文化身份：现代性和第三世界的在场》，戴从容译，上海教育出版社 2005 年版，第 199 页。

我所称的'对话网络'中。通过对我从何处和向谁说话的规定，提供着对我是谁这个问题的回答"[①]。

在办理护照的过程中，米佳一再追问或被问及"我是谁"这一问题，他发现这并不是一个他自己能给出答案的问题。也是在办理护照的过程中，米佳一次次寻找那些对"获得自我定义有本质作用的谈话伙伴"以及那些"对我持续领会自我理解的语言目前具有关键作用的人"[②]。他感受到，现行政府机关与已经成为历史的苏联政府机关一样，将自己的公民拒之门外，弃之不顾。由此，米佳失去了从国籍意义上回答"我是谁"的勇气。当官方途径申请护照宣告失败之后，他极不情愿地采取了左门旁道，托关系找熟人等。米佳在与这些潜在的谈话伙伴的交往中，发现他无法理解或是苟同这些人的求生术。他所能融入的仅是社会最底层——雅皮士乐团。

《黑炸药先生》《萨尼卡》等小说里的别洛谢尔采夫、萨尼卡等愤恨现实社会颠倒黑白的无序百态，他们主动去组建对话者群体创联党、同盟成员，营造共同语言氛围。他们将呼唤革命信念的别洛谢尔采夫与萨尼卡放置在后苏联时空里，让这些人物去点燃复兴革命激情的炸药。然而，他们也无力将已散落的后苏联空间黏合成符合他们价值意义的政治国度，更无法将仇恨对象变成自己的对话者。在《黑炸药先生》小说的结尾，遗老之一布拉夫科夫说出了所有人不自信的担忧："我们毕竟不应该忽视'代表因素'……在一年之后我们还能控制住'代表'？他是否还会履行自己的诺言，按照我们的意愿行事？"[③]《萨尼卡》的结局让血气方刚的呼唤革命者过了一把瘾——攻占了市政府办公楼，但是等待萨尼卡们的是特种部队的围攻与政治判决。他们都深刻地体会到"我是谁"是一个迫切需要解决但又无法从公共空间里找到对话者的问题，无法感受到

---

① ［加］泰勒：《自我的根源：现代认同的形成》，韩震译，译林出版社 2001 年版，第 50—51 页。

② Гуцко Д. "Без пути - следа." //Дружба народов . 2004. No 11. С. 44.

③ ［俄］普罗哈诺夫：《黑炸药先生》，刘文飞译，人民文学出版社 2003 年版，第 561 页。

自我主体性。就连坚持苏联遗老遗少身份的呼唤革命者，也愤怒于在公共空间里无法找到共鸣。

找寻对话者的尝试在社会公共空间里以失败而告终。作家并没有就此止步让人物放弃对话者的寻觅和消解焦虑的应对策略。他们选择让个体退回到家庭这一主体性感受最为明显的时空里，试图从家人这一私密空间里的身份辐射到社会公共空间去。然而，在后苏联时空里，个体的家人身份和"在家的感觉"随着家庭的破裂而丧失，这也让个体缺失了去爱的动力。小说《这些房子》中妻子留下衣物离开了，丈夫想对妻子说的不是挽留之词，而是"这是仅是我们的储备室，我也早已不在这里了"①。换句话说，他的心早已不在家里了，妻子离去与否对他已经名存实亡的"在家感"没有任何影响。在小说《天堂一年》中，丝毫没有提及"我"对妻子有何愧疚或有何挽回的努力，即便是提到妻子之处，也尽是妻子的叫喊和嘲讽。这从侧面也表达了"我"已不把妻子当作家人，不会为了妻子去改变的内心状态。

斯拉夫尼科娃（Ольга Славникова）在长篇小说《2017 年》（2017）中构建了 1917 年百年之后的时空。在十月革命百年后的城市纪念日的化妆表演中，各种身着沙俄军团、俄国白军、苏联红军等服饰的人群像着了魔一般厮杀在一起。恰是在这个喧闹的节日上主人公钻石切割师克雷洛夫与他倾心的神秘的塔季扬娜被人群冲散失去了联系。之所以如此，是因为两人像过家家一样以万尼亚和塔尼娅相称，隐瞒了自己在现实生活中的身份。两人手里都有着一份相同的城市地图，每次见面都会随意标出下一次见面的地点，除此之外两人全无牢靠的联系方式。成功的女实业家塔玛拉努力为前夫克雷洛夫提供没有任何物质忧虑的生活，克雷洛夫并不彻底拒绝前妻的安排，却也无法跟她重构家庭。可以说，这两对人物的情感经营都遵循着自己独特的游戏规则，谁也没有勇气明确自己的家人身份。

---

① Голованов В. "Эти квартиры" // Новый мир. 2004. № 11. С. 79.

上文中已经提到，在后苏联小说中，大多数主人公或主要人物的生活里，家已不复存在。在主体性最为明显的家庭这一私密空间里，小说主人公们也无法维持自己的家人身份，人的"内在感、自由、个性和被嵌入本性的存在"① 即人的主体性，随着"在家感"的破灭而失落。后苏联小说叙事的忧郁和沉重之处还在于个体无力去重新建构"在家感"。

《马蒂斯》中，科罗廖夫身边偶尔有过女人，但是他像呵护妻子一样照顾的是一座女性石膏雕像。科罗廖夫扮演着常规意义上的爱人、丈夫角色，而他所爱的对象却是永远只能站在那里，罩着蕾丝面纱，没有任何回应、没有任何要求的雕像。此外，科罗廖夫虽然满意雕像的形体和雕像表现出的忧郁性格，但是他却无法言传出"所爱的她"应该具有的特性，也没有勇气赋予她更多的生活气息。也正因为此，他无论如何也不想给她取名字。与其说科罗廖夫不想滥用这一命名权，使其心仪女性形象明了化，不如说家庭缺失得太久，他已不知道自己心仪的女性家人该是什么样子，更不知道该如何扮演自己的家人角色。

美国学者罗洛·梅（Rollo May）解析现代人孤独和焦虑的根源时，提到一个很重要的因素，那便是自我感的丧失，即自我价值感、自我意义感的丧失等。② 上述后苏联小说铺叙了个体在社会公共空间和家庭私密空间里对对话者和家人身份的探寻过程，从中我们发现，主人公们的自我价值感和自我意义感已被消磨殆尽，生存焦虑渗透到了个体存在的每一个角落。然而后苏联小说对生存焦虑的书写仍旧没有就此止步，而是让人物听从内心的呼唤，寻找和坚守自我意义感。

《无迹寻踪》中的米佳面对社会翻天覆地的变化和家庭的慢慢破裂不知所措："难道他为这些做过准备吗？难道有谁提醒过吗？他觉得自己像网球运动员，却跑来参加重量级的骑士比武——紧张

① ［加］泰勒：《自我的根源：现代认同的形成》，韩震译，译林出版社 2001 年版，"序言"第 1 页。
② 参见梅《人寻找自己》，冯川等译，贵州人民出版社 1991 年版，第 37—45 页。

地备战，不是为生而是为死战斗，他坐在更衣室里，当时间过去，他站起来，跳着迎合观礼台的呼喊，却发现自己在篮球场上，在两米高的黑人包围之中比赛。"在这些混乱和无序中，他并不想苟且地去适应各种规则，而是默默地接受陌生人、局外人这一身份："他是另外的人，而非俄罗斯联邦的俄罗斯人。"①

在小说《天堂一年》中，生活在后苏联莫斯科的"我"，内心里也总有一种想出走的冲动。而"我"之所以选择天堂村，是因为二战时爷爷是在这个村子附近牺牲的。"我"的出走是为了缅怀爷爷，更是为了找寻先烈那种奋不顾身的精神源头以及生活的意义。"我早就暗中想过类似的情况，我想过出走，勾画过另外一种完完全全的真正的生活。"天堂村里老姐妹俩托玛和柳霞的搬离，村里最后一个老太太莫佳的离世，村里的混混"插条"偷东西搞破坏等让"我"怀疑起自己来到天堂村的意义所在。"我知道，留在天堂村是正确的。需要如此去做。我当时也是平静地接受这件事。但是遭遇'插条'之后我不再坚信这是冥冥之中的命运安排，快春天的时候更是彻底怀疑了。我再次陷入了在城里时的经常状态，搞不清楚生活需要我做什么？"②不过，小说的结尾则给出了明晰的回答：坚守在天堂村，哪怕它萧条不堪；守卫着小屋里的俄罗斯地图，把脱落的版图拼贴回去。

在后苏联时期里，对自我价值感与自我意义感的重新建构，即个体在后苏联时期的存在探索，这是每一个后苏联人都面临的问题。用俄罗斯社会学者杜宾（Борис Дубин）的话来说，这是每个人都要医治的"生存综合症"："这是数千万俄罗斯人所患有的生存综合症。他们承认，生活并不是属于他们自己，他们也无力左右生活，改变生活。正因为如此他们稀里糊涂地接受了 21 世纪第一个十年的社会秩序，不是因为它好，而是因为没有第二个选择项，

---

① Гуцко Д. "Без пути – следа."//Дружба народов. 2004. No 11. С. 59, 65.

② Ключарева Н. "Один год в Раю."//Новый мир. 2007. No 11. С. 80, 84.

也是因为习惯性地担心一切都会变得更糟糕。"① 在某种程度上，上述后苏联小说中的主人公在存在探索的过程中多选择主动出局，成为一名"局外人"。他们明知无序的社会公共空间和家庭私密空间已不再珍视他们的自我价值感和意义感，却宁肯主动出局，也不违背内心的呼唤。"焦虑把人扔回了他自己在尘世的存在可能性之中，使人在焦虑中被迫退回到自身。"② 这种将自己隔离在社会公共空间与家庭私密空间之外的出局定位，与其说是他们对生存焦虑的逃避，不如说是无奈与绝望之后的坚持。

生存焦虑是后苏联小说中一种凸显的精神状态，它并不是单个人的生命体验，而是经历社会剧变的整整一代人纠结于心的生存悖论。经历过苏联解体的作家们以文学创作的形式回顾往昔抑或瞻望未来，他们的故事讲述均无法绕开"生存焦虑"这一主题。在自传色彩比较浓的叙事中呈现生存焦虑的内涵并对其根源进行挖掘。社会转型期的无序带来了社会公共空间的混乱和排斥、家庭私密空间的萎缩和漠然，进而使得个体被动或主动地成为出局者，由此带来了生存焦虑。其根源是社会公共空间中对话者的缺席，家庭私密空间中的家人身份的缺失等。然而，后苏联小说中的存在探索并没有就此止步，小说主人公多选择听从内心的呼唤，寻找和坚守自我价值感。

（作者单位：浙江大学外国语言文化与国际交流学院）

① Дубин, Борис. *Россия нулевых: политическая культура – историческая память – повседневная жизнь.* Москва: РОССПЭН, 2011. С. 1.
② 卡斯特：《克服焦虑》，陈瑛译，生活·读书·新知三联书店2003年版，第5页。

中俄文学关系研究

重建中俄人文思想的对话

——从《俄罗斯人文思想与中国》想到的

王志耕

中国 20 世纪的文化建设总体而言是开放式的，在某种意义上说，它是救亡语境的逼迫所致。鲁迅在《摩罗诗力说》中说"置古事不道，别求新声于异邦"①，反映了那个时代在中国文化更新的过程中对异域文化的渴求。由于特定的历史境遇的相通，那时俄国的文学成为中国人的救世良药，而十月革命的成功，则给了中国人改造社会的极大启示。自此之后，俄苏文化，不仅仅是文学、文论，也包括哲学、科技、政治及经济体制等，整体性地影响了中国社会近一个世纪的发展，直到今天，这种交互惯性仍然存在。那么这个影响的具体过程是如何发生的，它到底给我们带来了什么呢？以往我们在这个问题上的研究多集中于文学间的影响，而对作为文化建设核心内容的人文思想的交互影响则研究不够。因此，当我读到陈建华教授主编的《俄罗斯人文思想与中国》一书时，心下感到十分振奋。

俄罗斯文化对中国社会产生了巨大的影响，就其人文思想而言，它带给我们的首先是"为人生"的基本价值观。但我们对"为人生"的理解却带有独特的"期待视野"，我们理解的是"救亡"、拯救他人，但我们无法理解到，在"为人生"中蕴含着深刻

---

① 鲁迅：《摩罗诗力说》，见《鲁迅全集》第 1 卷，人民文学出版社 2005 年版，第 68 页。

的"对话"性内容，当我们在极力推崇果戈理对"黑暗"的揭露时，却忽略了，在果戈理的小人物身上展示着基于俄罗斯基督教人道主义的平等对话精神。这种精神或许直到巴赫金的出现才以显性的方式昭示给中国人。《俄罗斯人文思想与中国》一书以较大篇幅梳理和分析了巴赫金在中国的传播与影响过程，向读者揭示了"对话"精神是如何介入中国当代文化的建设过程之中的。这一部分的论述在我看来是本书最重要的内容之一，书中就巴赫金对中国文论话语的建构性作用，以及巴赫金理论在中国批评实践中的具体形态等问题的辨析，都富有启发意义。

在新时期的中国社会文化语境中，文学批评与文学理论研究一直充当着先驱者的角色。幸运的是，巴赫金的理论在 20 世纪 80 年代中期即来到中国，随后引起广泛关注，并在很短的时间内被中国学者抽绎出三个关键词：对话、复调和狂欢。可以这样认为，中国的文论话题一直保持着中国学界的前沿热度，与巴赫金对话理论的普及密切相关。正如本书作者所说的，巴赫金对话理论是在苏联专制土壤上以反拨的形式而诞生的，而中国新时期之前的语境也恰如巴赫金时代一样，长期的意识形态控制在"文化大革命"之后一旦开放，中国学界急于寻找一种新的理论支撑，来填补恢复话语后的言说真空，因此，中国当代文论的领军人物，无论是否具有俄罗斯文论研究背景，都不同程度地参与到以"对话"精神重建中国文论的对话中来。本书作者不仅系统梳理了中国文论家对"对话"理论的接受过程，还重点解析了代表性个案。如在论述钱中文的"新理性精神文学论"时，作者指出，这"实际是对话理论结合本土语境的改造深化"，"他从巴氏的对话理论得到启发，思考人的生存和交往的本质问题，无论是文学理论现代性的诉求，还是新人文精神、新理性精神，都深深渗透了巴赫金对话思想的精髓：差异性、平等性、开放性、独立性"①。正因为钱中文是中国最早译介巴赫

---

① 陈建华主编：《俄罗斯人文思想与中国》，重庆出版社 2011 年版，第 102 页。本文以下凡引用该书，只在引文后标明页码，不再一一加注。

金的学者之一，其俄语学术经历又恰好造就了他对俄国人文思想的亲近，所以他的中国文论建设思想就成为巴赫金与中国当代话语的中介。从这个意义上说，本书对这一个案的选择和评述是必要而精当的。

巴赫金对中国文论的影响，除了基本的"对话"精神，大概莫过于复调和狂欢这两个范畴。可以说，在我们新时期文论与域外文论交流的过程中，这两个范畴的普及程度不亚于任何其他西方舶来品。本书在论述这两个范畴在中国批评实践中运用的情况时，系统评价了它们对本土文论话语的介入作用，就其如何扩展我们的批评视野、丰富我们的言说方式做了细致的评析。一方面，这些范畴在小说文本、诗歌文本以及新媒介文本等艺术形式的批评实践中，为我们提供了全新的颠覆性视角；另一方面，它们激发了国内批评界文化批判的热情，有了"狂欢"性，各种否定性话语便获得了有力的理论和语式支撑；此外，它们不仅影响了以往惯于接受新思想影响的外国文学、现当代文学批评，而且也为一贯"保守"的中国古典文学研究带来了新的活力。难能可贵的是，本书作者在为读者条分缕析地描述这种影响的分布图景的同时，也以独创的目光发现了中国学者的误读，如对"复调"的滥用和对"狂欢"体式的表面理解。作者敏锐地指出："巴氏所说的复调小说，侧重小说中各种思想的独立性，复调就是指这些各自言说的思想主体在思想的交锋中互相并存的状态。"（119页）而这一点恰恰是常被中国的批评家所忽视的。其实这种"忽视"是一种文化制约的结果。在我们的本土文化结构中，独白话语始终占据着主导地位，尤其是20世纪以来，先是救亡语境消解了人文主义兴起的势头，后是意识形态的强迫性一言堂化，这种长期的文化制约，使得我们的知识分子丧失了对真正的复调精神的理解，因此也难以创造出具有平等思想交锋的复调艺术形态。因此，"对西方理论这一异质事物的消化融解和妥帖运用的过程还很漫长，需要我们在批评实践中不断地总结和探索"（135页）。本书作者对这一问题的揭示，将为我们自身的文化结构转型提供一种值得深思的眼光。

《俄罗斯人文思想与中国》的上编除了对巴赫金进行了重点评述，还对别尔嘉耶夫、艾亨鲍姆、洛特曼在中国的传播与影响做了梳理和阐释，尽管这些思想家对中国的影响远不如巴赫金的影响，但本书对他们的理论及传播过程的记述，也将推动学界对其做更深入的研究。当然，在我看来，本书更有分量的部分还在于下编的"史实"演绎与价值评判。俄罗斯的人文思想到底是通过哪些途径和具体方式进入中国并产生影响的？这个传播过程的媒介，包括期刊、书籍出版的情况如何？翻译家作为传播主体，其传播动因、存在状况、传播效果到底如何？厘清这些事实，将为该领域以后的研究提供一个基础平台。做过此类工作的人都深有体会，它是一种繁重、枯燥、看上去缺少"创新性"的事务，但它实质上是从事跨文化研究的基石，因此，所有后续的研究者都应当对此项工作保持足够的敬意。

实际上，本书的事实研究，并未停留在事件的罗列与描述上，而是从中做出了一些重要的价值判断，特别是关于俄苏文化在中国的负面影响问题，本书更是提出了独到的见解。

在 20 世纪中国文化的发展过程中，俄苏元素起过极为重要的正面作用，如"为人生"的启迪、强烈的爱国主义与牺牲精神，以及前述的对话思想等。但不可否认的是，我们所走过的弯路，也都处处留下了俄苏影响的痕迹。如本书在论述译介性期刊对中国早期新文学运动的影响时，在肯定其强化了文学论争的理性色彩和建设性意义的同时，也指出，苏联文学界的"宗派主义"和"关门主义"思想的进入，导致论争的粗暴化，甚至"造成同一战线中的盟友一度反目成仇"（366 页）。当时饥渴的中国文学界在十月革命的鼓舞下，把苏联的东西一概奉为圭臬，往往在论争中以自己为"苏"字号正宗而排斥异己，这不能不说是一种"接受"的悲哀。然而，一旦当我们与苏联的国家意识形态发生冲突，我们又一边倒地将所有苏联的东西都视为"修正主义"毒草，包括像肖洛霍夫等伟大艺术文化中所包蕴的人文精神，都一概被我们抛弃了。本书在这些重要问题上，本着尊重历史的态度所做出的评判，在今天看来显然是发人深省的。

值得一提的是，本书下编还专门对巴金、戈宝权、查良铮等俄苏文学翻译家的翻译活动、译作及文学创作做了全面的评述，这在国内相关研究领域也是具有首创意义的。对译介者的考察和研究，不仅是对译介过程的一个历史描述，重要的是探究俄苏人文思想是如何作用于译介者、并导致译介主体精神状态的变化，从而使之借助于译介过程将这个经过译介者过滤的"新质"传达给受众的。如书中在评述巴金一节中，集中在巴金对赫尔岑的译介活动上，具体考察了二者的交互关系及其影响效果。巴金在早期文学生涯中接触较早且印象最深的外国作家便是赫尔岑，这种印象也就促成了他的翻译行为的发生，而翻译的过程无异于一个哺乳的过程，当他转而从事自己的创作之时，赫尔岑的乳汁便潜移默化地进入巴金的作品中来，不仅是赫尔岑的那种激情、思考和悲剧意味，甚至题材选择、句式表达，都以巴金的方式再度传达出来。因此，我们可以说，中国读者看到的巴金形象其实也叠印着赫尔岑的身影。另一位翻译家兼诗人的查良铮也是如此，他所翻译的普希金和丘特切夫一直是诗人译诗的范本，也正是因为他对二位风格迥异的诗人有着同样深刻的浸润，他自己的诗风之中也才既具有普希金的"浓烈情感""热烈而纯粹的心灵"和"无情的批判"，同时也具有丘特切夫的"沉静，深思"和"深深的忧伤"（511—517 页）。查良铮的诗带给当代中国的是一种深切的人文关怀，是 20 世纪中国文化——尤其是当这种文化在沉沦中时——的一缕亮色，而这缕亮色同样闪烁着俄罗斯人文精神的光芒。

对跨文化沟通课题的研究是一种复杂的学术活动，它大致上应包括三个方面的工作：一是对他者文化异质性的准确辨析，这对我们本土学者来说是一个艰苦的基础性工作，没有对他者对象的深入理解和明确定位，接下来应用于我们自身文化建设的环节就无从谈起；第二个方面的工作是对我们身处其中的同质文化加以深切体认和外位性审视，这一点看似容易，实际上难度很大，因为体认虽然顺理成章，但真正做到对其加以反省和观照，则难度不亚于认识一种异质文化；第三个方面的工作便是所谓的"比较"了，"比较"既要考察不同异质文化的接触动因，也要揭示二者在交互过程中的错位，并进而说明发生错位的内在原因。《俄罗斯人文思想与中国》一书在这三个方面都做了大量值得称道的努力，其优长已如上所述。在我看来，这一工作的进一步完善还应延请中国文化专家来共同深入探讨俄中文化交流的两个重大问题：一是俄罗斯人文思想中的"正能量"在影响了我们社会文化某些领域（如文学批评）之外，在多大程度上遏止和冲销了我们本土文化中的"负能量"；另一个问题则是，为什么我们在接受俄苏文化影响的过程中会发生负面效应，其内在原因到底如何。当然，我的这个想法正是在本书工作的推动之下产生的。从这个意义上说，《俄罗斯人文思想与中国》在俄中文化关系研究领域，既是一部内容赅备的整体性论著，也是为后续研究开拓出更多空间的奠基性成果，期待由此展开的研究将为我们 21 世纪的文化建设带来更强大的活力。

（作者单位：南开大学文学院）

论"文革"时期俄苏文学在中国的命运

董 晓

俄苏文学在中国"文化大革命"时期的命运是极为特殊的。一方面，作为自"五四"前后起便对中国开始产生深刻影响，并为中国广泛接受与认同的异域文学，俄苏文学在"文革"时期的中国遭受到了前所未有的批判。虽然在"文化大革命"时期的中国，整个外国文学都难逃此噩运，但没有哪一个国家的文学像俄苏文学那样遭到如此严厉的批判。俄苏文学在"文革"时期的遭遇，可以说在文学关系史上是罕见的，一个国家的文学在另一个国家里被如此贬斥，这是史无前例的文化现象。然则另一方面，对俄苏文学的这种几近疯狂的批判却又分明显示出"文化大革命"时期的中国与俄苏文学，尤其是苏联文学的异常隐秘的近缘关系。回顾这段奇怪而有趣的历史，审视俄苏文学在"文化大革命"时期的中国的命运，同样也是对"文化大革命"时期中国文化心态的审视。

"文化大革命"时期中国对俄苏文学的全面批判其实始于"文化大革命"前夕的"反修防修"时期。一时间，曾经的理论界的旗帜"别车杜"成为中国文艺理论界批判的靶子，以至于"没有哪个西方美学流派竟如别、车、杜那样被十年动乱蛮横地钉在耻辱柱上"[①]；曾经的红色作家之楷模肖洛霍夫成为最反动的修正主义作家。对俄苏作家的史无前例的批判盖因中苏两党政治上的分歧。只有革命文豪高尔基和当时在苏共"二十大"后颇不得志的《十

---

① 智量等主编：《俄国文学与中国》，华东师范大学出版社 1991 年版，第 309 页。

月》杂志主编柯切托夫在中国能够免遭批判。这也不难理解，柯切托夫在当时的苏联已经成为"解冻"思潮的批判者，与当时苏联的主流社会思潮格格不入，自然也就顺应了当时中国的主流思潮。也就是说，柯切托夫的小说"因其所谓的揭露了苏共20大后修正主义思潮在苏联泛滥的现实而在中国受到格外推崇"。① 因此，这便不难理解，为什么柯切托夫可以在中国免遭批判了。出于政治分歧的文艺批评决定了"文革"时期对俄苏文学的彻底批判始终带有强烈的政治功利主义色彩。不过，将政治功利主义性带入文学批评中，这倒不是"文革"时期的发明，早在"十七年"间，这种文学批评模式就已存在，只不过，"文革"时期将这种批评方式发挥到了极致：将对俄苏文学的批判与对苏联的政治上的批判联系起来，并以后者为根本目标。譬如，作为当时中国政治上最大的敌人，苏修成为包括文艺批评在内的中国一切政治和文化领域内批判的对象，只要能够达到批判苏联的目的，可以不顾及其他。20世纪70年代初，正值苏联与日本的北方四岛领土争端日趋紧张之时。然而翻开当时的《人民日报》《解放军报》等重要报刊，你会读到许多令今日的中国人瞠目结舌的话语：如"坚决支持日本人民正当的领土要求""北方四岛是日本不可分割的领土""中国人民将与日本人民站在一起"等。这种典型的政治实用主义立场，贯穿在"文革"时期中国的文艺批评中。然则，"文革"时期对俄苏文学的批判作为异常独特的文化现象，毕竟体现出与"十七年"时期对俄苏文学的解读颇不相同之处，毕竟，在"十七年"间，俄苏文学，尤其是苏联文学，是被作为中国文学的样板而加以阐释的，赞美之辞不绝于耳。因此，"文革"时期对俄苏文学的解读颇具特色。其中最鲜明的特征便是对俄苏经典作品的"歪打正着"式的解读。

"文革"时期在中国被批判得最厉害的苏联作家当属肖洛霍夫，而他的代表作《静静的顿河》也自然地成为中国人眼中最大的

---

① 倪蕊琴主编：《论中苏文学发展进程》，华东师范大学出版社1991年版，第7页。

"大毒草"。从"十七年"间的楷模式作家一夜沦为最反动的作家，其间的变化体现了时代的巨变。肖洛霍夫及其代表作《静静的顿河》在中国"文革"时期的遭遇颇具典型性。因此，剖析这一历史文化现象，对于我们理解"文革"时期整个俄苏文学在中国的阐释，意义自然不言而喻。

《静静的顿河》作为一部"红色经典"，在"十七年"间早已被盖棺定论。这是一部反映了布尔什维克政党领导顿河地区哥萨克农民克服重重困难，战胜暗藏的敌对势力，以血的代价带领人民走向社会主义集体化道路的壮丽诗篇，是表现了苏联顿河地区农业集体化的艰难历程的宏伟史诗。小说主人公葛里戈利的悲剧历程体现了一个颠扑不破的真理：只有走社会主义道路，只有跟着布尔什维克政党的脚步，才会有光明的前程，否则必将被历史前进的洪流所吞噬。对作品的这种权威诠释可谓逻辑严密，顺理成章。这套批评话语自然不是当时中国批评家的发明，实乃苏联老大哥钦定的基调。由于在那个时代，人们对作品的阅读和理解已经习惯于不由自主地顺从于意识形态的要求，故而逻辑推演替代了文本解读，对文本进行政治编码替代了对文本的本真的审美体悟，从而可以堂而皇之地不顾文学文本的本来面目而任意地进行意识形态化的"过度诠释"。这就形成了颇为滑稽的现象：一方面，普通读者在进行纯粹个人化的民间阅读时可以尽情地畅游在文本的艺术世界里，读者可以私下里醉心于葛里戈利·麦列霍夫与情妇阿克西妮娅激情喷涌、荡气回肠的爱情故事，可以为男主人公不幸的悲剧结局而暗自唏嘘；而另一方面，读者并无心理障碍地欣然接受官方正统批评话语对作品的框定。《静静的顿河》这部社会主义现实主义的典范之作就这样被钦定了下来。

然而，从"文革"前夕的"反修防修"时日起，《静静的顿河》的典范地位由于政治局势的骤变而被撼动。新一轮政治实用主义的解读将此前的政治实用主义的诠释彻底颠覆，"红色经典"顿时摇身一变，成为"大毒草"。对同一部作品实现这一转换实属不易，解读的策略必然要调整。如果说此前的"讴歌式"解读由于先行的意识形态之定论而不得不对作品文本采用"视而不见"的"宏观把握"方式，那么后来的"批判式"解读则由于意识形态新的要求而主动地回到文本，直接从作品文本中寻求批判的靶子。

一旦真的回到文本，那么，阐释者必须面对文本的真实。于是，《静静的顿河》真实的文本内容首次在中国评论者笔下得到展示。从"反修防修"开始至"文革"时期的批判文章中，《静静的顿河》此前从未被正视过的真实内涵终于浮现出来：肖洛霍夫以极大的同情态度表现主人公葛里戈利·麦列霍夫的命运悲剧。从这个人物的悲剧遭遇中折射出整个民族的历史悲剧。一个自由奔放、充满着强大的原始生命力的哥萨克，像一粒尘沙一样被卷进了历史动荡的旋涡中。农业集体化的车轮无情地碾碎了哥萨克人过自由自在的生活的梦想。淳朴的葛里戈利无论在红军还是在白军阵营里，都无法找到能够使他过上自由生活的保证。哥萨克人最基本的生活准则也已成为不可获得的奢望。葛里戈利最后抱着冤死的阿克西妮娅的尸体走向无望的未来，等待他的只能是悲剧性的毁灭。他的毁灭是注定的，因为流淌着自由之血液的哥萨克人无法认同历史进程强加于他的紧箍咒，葛里戈利所有的动摇、徘徊不是由于他认不清历史的正确方向，而是他无论在哪个阵营里都找不到自由和善的影子。葛里戈利的灭亡再明显不过地意味着集体化进程的残酷性。小说文本的这一内涵一旦被明确地阐释出来，那么整部小说的"政治身份"无疑将被彻底颠倒过来：肖洛霍夫对伟大的十月社会主义革命，对集体化运动的刻骨仇恨昭然若揭，这部小说就是作家攻击革命历史的恶毒诽谤。从逻辑推演的角度来看，对《静静的顿河》的批判显然要比此前对它的颂扬有说服力的多，因为这种批判至少保证了其逻辑的连贯性，而不像"十七年"里的诠释那样，无视文本的真实存在，肆意地张冠李戴，指鹿为马，全然不顾文本内涵与诠释之间巨大的不一致。可以说，"文革"时期对《静静的顿河》的批判性诠释基本做到了结论与推演过程保持一致。而恰恰是这种"一致性"体现了对该作品的"歪打正着"式的解读。所谓"歪打",乃是指批评者理论前提的极端荒谬性。对人道主义,对人性的全盘否定,以高度乌托邦式的政治偏狭否认普遍的人性。其实,这种批评的理论前提与"十七年"间的批评并无二致,只是更加极端化而已。但从"反修防修"起开始的对苏修的政治实用主义式批判这一目的使得中国的批评者们把批倒批臭当时苏修的主流作家肖洛霍夫作为根本的政治性目的。这一政治实用主义的目标在当时特殊的历史语境下却成全了批评者们将作品真实的内涵诠释出来,从而成就了"歪打正着"式的批评。在今天看来,一部经典之作的真正价值直至"文革"里的全面批判中方才被从批判的立场揭示出来,这一颇为滑稽的文化现象不啻为对"十七年"文学批评的嘲讽。

"歪打正着"式的批评在"文革"时期中国批评界对苏联文学的全面批判中是极为普遍的现象。很多时候,这一"歪打正着"式的批评不是"歪打正着"地揭示出作品真正有价值的内涵,而是"歪打正着"地揭示了一批当代苏联文学作品的荒谬之处。这同样是"文革"时期(包括"文革"结束之后的两三年内)独特而有趣的文化现象。

苏联作家邦达列夫的长篇小说《岸》出版的时候正值中国"文革"当中。"文革"刚一结束不久,该小说就被译成中文。之所以出版发行,是为了"了解苏修文艺的新动向","为了能够准确地揭示出苏修反动作家的真面目"。也就是说,组织力量翻译这部作品,正是为了批判所用,即"为了了解敌人"①。对这部小说的批判,主要集中在两个方面:第一个方面,对小说所宣扬的"人性论""人道主义"的批判。这种性质的批判自然是"文革"时期中国文艺批评的常态化举动,是自"反修防修"以来一贯的价值尺度。而这部作品也的确提供了足够的批判理由。作为当代苏联文学作品,邦达列夫的小说《岸》典型地体现了大多数苏联当代文学作

---

① 汪介之:《选择与失落:中俄文学关系的文化观照》,江苏文艺出版社 1995 年版,第 322 页。

品，特别是战争题材作品所具有的共同审美特点，即对战争之残酷性的反思，对人性的思考，对人道主义价值观的推崇。站在今天的角度上讲，这应当体现了当代苏联文学对斯大林时期的主流文学的反拨，是创作观念上的进步，很显然，这种文艺观与同时代"文革"时期的中国文学的观念相比，是大大超前的。因此，以《岸》为代表的这批作家在"文革"刚结束之际被中国文艺界严厉地批判，是理所当然之事，且按照"文革"以来的逻辑，中国批评界对这部小说的批判性阐释往往是"令人啼笑皆非的解读"①。然而另一方面，中国批评家的眼光是很"毒"的，能够透过这部作品抒情的外衣，透过人道主义情感的层面，揭示出作品隐含着的内在的"大国沙文主义倾向"。这又不啻为"文革"时期中国文艺批评最敏锐之处。小说中德国少女爱玛的那一段煽情之辞"让战争再爆发吧，让苏联红军再开进柏林吧，让他们再强奸我吧，只要还能再见到他……"遭到了中国评论界的讥讽挖苦，邦达列夫骨子里的沙文主义情绪被批得体无完肤。今天回过头去看，"文革"刚刚结束时对这部作品的批判的确有其独到之处。因为对作品中沙文主义立场的揭示与批判，确实是后来我们在"新时期"里重新解读苏联文学时未曾做到的。"文革"结束很多年以后，当我们重温被批为"毒草"的苏联文学，当我们重新以人道主义价值观去接受苏联文学时，我们虽不再像"十七年"时那样对之顶礼膜拜，但骨子里似乎对之有一种莫名的"负罪感"，仿佛我们曾伤害过它，因而仍然有意无意、或多或少地带着一份崇敬去接受它，异常自觉地割除我们自身的"文革"思维，还人道主义、人性论以应有的价值，自然也就忽略了这些作品中隐藏着的大国沙文主义的毒瘤。1985 年，当苏联电影《岸》在中国的电视台播放时，人们惊诧于电影感人的抒情和对人道主义情感的渲染而对电影赞不绝口，却全然不顾影片中沙文主义情绪的宣泄。这与"文革"后期形成了鲜明的对照。

的确，大国沙文主义是 20 世纪 60—70 年代苏联官方文学中普

---

① 陈建华：《20 世纪中俄文学关系》，学林出版社 1998 年版，第 248 页。

遍存在的思想倾向，尤其在一批以苏德战争为题材和表现苏联军人在战后的"卫星国"（如波兰、东德、捷克斯洛伐克、保加利亚、罗马尼亚等）的所谓"国际主义精神"的作品中，这种大国沙文主义思想较为明显。这种思想倾向在"文革"后的中国很少为批评家所关注（原因如前所述），但在"文革"时期的文艺批评中，这种倾向遭到了猛烈的开火。这正是"文革"时期中国文艺界批判苏修文艺的独到之处。其中某些批判文章语言措辞之精准、犀利，简直让人难以想象这是出自"文革"时期的文章："当你们的坦克开进布拉格，用枪炮残酷镇压了捷克斯洛伐克人民对自由的向往时，你们那沾满鲜血的双手还有什么资格高举自由和人道的旗帜？"①这种批判的锋芒不仅透着"文革"时期中国文艺批评特有的锐气和霸气，而且正中这些作品的软肋。然而，虽然这些掷地有声的铿锵之语霸气十足，一针见血地将那些作品披着人道主义美丽外衣的沙文主义倾向揭示了出来，但仍然属于"歪打正着"式的批评。因为在霸气之下分明显示出我们自身逻辑的混乱与自相矛盾：一方面，"文革"时期中国文艺界对苏联文学的批判主要集中在所谓"人道主义和资产阶级人性论"这一点上，尤其是对"解冻"以来苏联文学中日益明显的人道主义价值观，更是大加鞭挞。然则另一方面，由于高度的政治功利主义之故，只要能够"批倒批臭"苏修文艺，便不顾自身逻辑的一致性了。于是，便出现了同情捷克斯洛伐克"布拉格之春运动"的话语，全然不顾"布拉格之春运动"与"文革"话语在价值观念上的巨大相悖性。这正是"文革"时期中国批评界批判苏修文艺的一大特点。

同样，20世纪70年代初，当利帕托夫的小说《普隆恰托夫经理的故事》、德沃列茨基的剧本《外来人》、盖利曼的剧本《一次党委会记录》和沙特罗夫的剧本《明天的天气》等作品在苏联文坛不断获得好评，且陆续获得官方颁发的各类国家奖项时，中国文艺界照例对这批"修正主义"之作给予了严厉的批判。客观而言，

---

① 参见《学习与批判》1973年第2期。

这批获得苏联官方高度认可的作品与过去斯大林统治时代主流文学相比，的确在艺术水平上有了不小的改观，最起码不再是以那种面目可憎的直接的意识形态灌输的方式书写而成，而是竭力凸显人情味。这不能不说是当代苏联文学的进步，与十年"解冻"的滋润分不开。然而，"人情味"之下掩盖着的是骨子里对苏联官方宣扬的"科技革命"的宣传。也就是说，抒情性、人情味背后隐含着的是对官方话语的宣扬。从这一点来看，与过去苏联文学的主流之作并无根本的区别。人情味成为"文革"时期中国文艺批评的靶子，这是再自然不过的事了。而对这些作品中"透着资产阶级情调的所谓人性与人情"的批判却又揭示了这些作家"卖力地充当苏修当局之谎言的吹鼓手"的事实。这一点其实说得很准，"文革"结束后在"新时期"里，中国批评界还从未对此有过类似的批评，甚至中国"新时期"早期兴起的所谓"改革文学"还一度仿效过这类作品。"文革"时期中国文艺批评眼光的"敏锐"固然与"文革"时期中苏两国意识形态之间的对立有关，批判苏修当局的政治言论自然是当时中国文艺批评的核心任务。然则这一政治功利主义的批评却又一针见血地揭示出这类作品本质的缺陷，不能不说是"歪打正着"的奇特现象，因为与苏联文学开始正面表现人道主义情感相比，中国"文革"的文艺观毕竟是更为愚昧的。

"歪打正着"式的文艺批评是"文革"时期中国批判苏修文艺的一种常态，而无论是对作品真正的艺术价值的"批判式、诋毁式的发现"，还是对作品之糟粕的揭示，其实都是"文革"时期中国文艺批评意识形态先行的政治功利主义的表现，其间的自相矛盾正体现了"文革"时期政治功利主义对文艺批评的统摄。

虽然"文革"时期中国文艺界对俄苏文学"歪打正着"式的解读深深地打上了时代的特殊印记；虽然"文革"时期中国文艺界对俄苏文学的批判是以"十七年"间对俄苏文学顶礼膜拜式吹捧为靶子的，但就其本质而言，"文革"时期中国文艺批评的指导思想与原则和"十七年"时期并无根本区别，而是"十七年"文艺观的延续与极端化体现。

"十七年"间对俄苏文学的顶礼膜拜，就其出发点而言，并非对俄苏文学的艺术价值的珍视，而是出于意识形态立场的考虑，政治实用主义倾向已经很明显。正因为此，"十七年"间我们才会跟着苏联亦步亦趋，讴歌那些不值得称颂的伪艺术品（如《幸福》《远离莫斯科的地方》等斯大林时期绝大多数主流文学作品），鞭挞那些我们并不熟悉甚至一无所知的所谓"毒草"（如《日瓦戈医生》），对苏联文学中众多艺术珍品视而不见，缄口不言；正因为意识形态的需要，我们才会对《静静的顿河》有如此滑稽的评论与阐释：无视文本的真实内涵而任意妄加诠释，生生地扣上"社会主义现实主义典范之作"的帽子。而到了"文革"时期，同样出于彻底批臭苏修文艺的政治实用主义的目的，才会正视文本的真实内涵。对作品文本的诠释虽然大相径庭，但至少有两点是相通的：其一是政治实用主义的指导原则；其二是价值观念的一致性。对人性的漠视，对人道主义情感的否定是"十七年"与"文革"时期中国文艺界共同的价值取向。正是这一共同的前提，使得中国文艺界在两个时期不同的政治策略的驱动下对文本采取了"视而不见"和"彻底还原"的截然相反的做法。

自"反修防修"起至"文革"时期对俄苏经典作家及批评家的批判，其指导思想是"十七年"间业已成为主流的思想价值观，而这种价值观的形成离不开对斯大林时代苏联主流文学及文学批评的全盘接受。就此而言，"文革"时期对俄苏文学的全面批判，其骨子里又恰恰是对过去苏联文学价值观念的继承。这里显示出一种时间差："文革"时期的当代苏联文学已经是经历了"解冻"时期之后的文学，在艺术理念、价值观等诸多方面已与此前的苏联主流文学有了不小的变化。而当时中国的文艺界却依然抱残守缺，对苏联文学中出现的新动向抱以敌视的态度，于是便形成了对当代苏联文学的全面否定。固然，出于政治意识形态批判的需要，对当代苏联文学的批判时常会"击中要害"，但正如前文所述，这种"歪打正着"式的批评终究难掩其自身逻辑的混乱。"理直气壮""霸气十足"的批评背后掩饰着的是与"十七年"一脉相承的意识观念，是在斯大林时代苏联主流文学滋润下形成的价值观念，只不过由于政治环境的变化，无须再像"十七年"间那样"遮遮掩掩""羞羞答答"地表露了，而是可以放开手脚地极端化地表达了。俄苏文学经典的审美价值从被阉割、被扭曲、被变形地肯定到被正面地批判，从政治意识形态批判入手的对业已发展的当代苏联文学的彻底否定，无视苏联文学新的文化中的有益之处，着实体现了从"十七年"到"文革"的逻辑演化过程。对俄苏文学的这种态度其实为将来整个中国文艺界对俄苏文学的淡漠和忘却埋下了祸根，因为非客观的评论，无论是吹捧还是鞭挞，都无益于俄苏文学真正价值的真正体现。也就是说，从"十七年"到"文革"，无论俄苏文学在中国是被捧到了天上还是被抛入了地狱，我们都未曾真正领略其真实的风采。

（作者单位：南京大学文学院）

契合与误读：面向中国的托尔斯泰

——读吴泽霖《托尔斯泰和中国古典文化思想》

王志耕

19 世纪末到 20 世纪初是欧洲的一个文化危机时代。他们一方面陶醉于工业文明的巨大进步，一方面感受着神与人的相继失落。托尔斯泰以一个先知的姿态预言了欧洲文明的失范，同时也对基督教会的教义加以否定。因为，文明在带来火车和电力的同时，也带来了传统伦理的沦丧；而基督教在带给人们救赎希望的同时，也带来了智性的寂灭。因此，托尔斯泰在晚年的时候致力于建立一种能够拯救欧洲、并在全世界实现乐园的新学说，他在 70 岁之后几乎放弃了文学创作，醉心于在世界文化的范围内寻找这种新学说的依据，就是在这一过程中，他发现了中国的思想。其实早在他 63 岁时所开列的曾给他留下深刻印象的一个书单中，最后便是孔子、孟子和老子的名字，并注明孔孟给他的印象"非常深刻"，而老子给他的印象则是"强烈"。从此，托尔斯泰一边千方百计搜罗中国的哲学著作，一边辗转移译这些著作，如《中庸》《道德经》等，而在他为建立自己的学说所撰写的《天国在你们心中》《阅读圈》《生活之路》等书中，则将中国的传统哲学思想融入其中。在致力于恢复基督本真面目的托尔斯泰心目中，在中国人的身上，较之欧洲人，"他们远为深刻地贯彻着基督教的真正精神，或者更确切地说，是对万众同一的永恒真理的意识，这种真理是一切宗教学说的基础"①。

关于托尔斯泰与中国思想的关系，自 1925 年俄国人比留科夫的《托尔斯泰与东方》开始，迄今已有大量文字论及。但系统而详尽地对这一课题加以深入研究的其实并不多。这有多方面的原因，主要的是，不论托尔斯泰的宗教学说，还是中国的哲学思想，都复杂而深奥，研究者若不下大力气且具备相应的深厚素养，便难以承担这一重任。因此，当吴泽霖先生选择这一课题来做他的博士学位论文的时候，他无疑是选择了一种挑战。面对前人的纷繁著述，面对中俄两种思想的交锋，他经过数年努力，终于交出了一份圆满的答卷。难怪答辩委员会的评委们说，这个论文可以申请两个博士学位，一个是俄国文学思想的，一个是中国哲学思想的。其实，当这部著作——《托尔斯泰和中国古典文化思想》——摆在我面前时，我意识到，它的最重要的学术成就或许并不在它对托尔斯泰思想的辨析或对中国哲学思想的把握，而在于它对托尔斯泰在接受中国哲学思想的过程中的"契合"与"误读"的深刻阐释。

有一种普遍的观点，即托尔斯泰是在否定历史基督教会的同时，试图建立自己的新宗教。但实际上，托尔斯泰所热衷的不是宗教，而是一种世俗的生命哲学，只不过他借用了一整套的宗教语汇来表述这一哲学思想而已。一般宗教都具有相信来世和信奉超自然神秘力量的特征，而托尔斯泰的哲学恰恰缺少这些特点。他的思想体系的焦点集中于人的现世生命，以及替代了神学造物主的现世伦理准则——爱。或者说，他的哲学首先具有的是一种伦理意义，其次才是作为把握世界方式的本体意义。他的哲学带有强烈的改造现实、服务现实的目的。因此这种哲学有一个基本命题：现时的生活即幸福。托尔斯泰否定时间的连续性，在他看来，时间并不存在，存在的只是"此刻"。他说："我们无法想象死后的生命，也不能回忆起降生前的生命，因为我们无法想象任何超乎时间之外的东

---

① Толстой Л. Н. Письмо к Чжан Чин Туну（1905 г. Декабря 4）// *Полн. собр. соч. в 90 томах. Т. 76.* М.：ГИХЛ, 1956. С. 63.

西。然而我们却比对任何东西都更清楚超乎时间、而存在于现在之中的我们的生命。""我们对于未来生活的想法是混乱的。我们常常问自己，死后将是什么样子？但其实这是无须考虑的——其原因是，生活与未来是一对矛盾：生活只存在于现在之中。我们觉得，生活是存在过和将会有的——实际上生活只是现存的。应当解决的不是有关未来的问题，而是现在，此刻该如何生活。"① 基于这一思想，托尔斯泰对基督教进行了个性化的改造，他借助《四福音书的汇编和翻译》《生之道》等著作，否定了上帝的实在性和耶稣的神格意义及种种神迹，致力于把基督塑造成一个现世生存的榜样，而把爱视为上帝的精神性存在，把作为救赎手段的基督教义改造为现世生命的终极准则。《托尔斯泰与中国古典文化思想》在对托尔斯泰思想的准确把握之上，发现了它与中国古典理念的相通之处，即托尔斯泰世俗哲学的精髓就是"经世致用"。书中指出："托尔斯泰想要建立的，是许诺现世幸福，重视人生意义，不排斥其它'异教'的全世界统一的宗教；是否定了人格化的上帝的，道德化、精神化的宗教；是把上帝引入人们心中，从而把上帝和人紧紧地联系在一起的宗教。显然，这个宗教是服务于他的通过自我道德完善拯救社会的治世方策的，而要完成这样一个和基督教传统教条大相径庭的工程，仅仅靠重新发明原来的基督教义还是远远不够的。而我们将看到，中国古典文化思想在这方面恰恰是非常契合托尔斯泰主义的要求的。"② 托尔斯泰认为，中国人是最懂得如何生活的民族，其根源就在于中国具有深厚而博大的文化理念，这理念的代表人物就是老、孔、孟、墨等先秦诸子。尽管这些中国思想家的学说价值体系不尽相同，但在托尔斯泰看来，都是指导人如何完成现世生活的教理。在这一问题上，托尔斯泰对中国古典思想的接受既是一种契合，也是一种误读，如吴泽霖书中所说，是"极明显

---

① Толстой Л. Н. Путь жизни // Полн. собр. соч. в 90 томах. Т. 45. М. : ГИХЛ, 1956. С. 332, 342.

② 吴泽霖：《托尔斯泰与中国古典文化思想》，北京师范大学出版社 2000 年版，第 69 页。本文以下凡引用此书，仅在引文后注明页码，不再加注。

地合于托尔斯泰本人所一再宣扬的观点的'误读'"（78 页）。

人们也许会提出这样的疑问：如果说托尔斯泰的思想不是一种宗教，那他为什么又极力主张舍弃人的肉体生活呢？在托尔斯泰一生的活动中，无论是艺术的创作，还是哲学理论的阐释，都贯穿着对人的肉体生活的否定。肉体在托尔斯泰辞典中的解释是"罪恶的渊薮"，因此，人如果想过上幸福的生活，只有舍弃自己的肉体生命，进入纯粹的精神生命之中。但是我们应该注意到，托尔斯泰否定人的肉体生命，并不是要人们把幸福的希望寄托于未来。他对天国的企盼仍在现世。他希望的是人们能够意识到天国就在现世，就在我们每个人的心中，只有这样，我们才会在肉体存在的前提下过上精神的生活。因此，托尔斯泰是把上帝的国与此在的人联系起来理解的。他在其著名的《天国在你们心中》一书中指出："让动物性的肉体服从理智的规律，这就是我们的生命。"人的理性意识是人与上帝结合的中介，生命意义的重建就在于这一意识的觉醒："我只知道，从前在我看来，我的生命和世界的生命是毫无意义的恶，而现在则是统一的理性的整体，并通过服从我在自身中知道的同一个理性规律来追求同一个幸福。"[1]《托尔斯泰与中国古典文化思想》在对托尔斯泰这一思想做出阐述之后，揭示了它与中国哲学的基本命题——天人合一——的隐秘相似。托尔斯泰所谓"统一理性的整体"说摆脱了神学中上帝本体的思想，而与儒家的"天"或"天理"、道家的"道"达成类似。"天理"或"道"作为先在的理式却不是孤立存在的，它依附于人心而显现；人作为被造物如果逆天理而行，则如王阳明所说，因"间形骸而分尔我"而成为"小人"（走向恶），人的理想境界应该是与天地万物为一体。即人"通过知己而知天，由于知天而配天，从而到达主动地'赞天地之化育'，追求'与天地参'的和谐幸福的境界"（91 页）。而在托尔斯泰的接受中，这也就是在自己心中实现天国了。

---

[1] 托尔斯泰：《天国在你们心中》，李正荣译，上海三联书店 1988 年版，第 58、97 页。

　　然而，如《托尔斯泰与中国古典文化思想》中所说的，"基督教把生命的终极目标超越于现世人生的思想，仍在困扰着托尔斯泰走向中国人积极的现世主义"（96 页）。中国古典文化思想的整体倾向是入世的，或者说是倾向于建立一种严格秩序的，尽管这种秩序不是西方的物质主义秩序，但它仍是有碍于心性与天理的统一。因此，在中国的传统意识中也同样存在着不可调和的矛盾。然而，这却并不妨碍托尔斯泰积极地去接受它，去有意识地以误读的方式强调其中的某些因素。托尔斯泰的理想是废除除了处于统一理性整体中的人之外的一切外在秩序。在这一问题上，他承袭了卢梭的主张，认为物质进步是现代罪恶之源。在《生之道》中他说道："只要看一下如今人们过的日子，看一下芝加哥、巴黎、伦敦，看一下所有的城市、所有的工厂、铁路、机器、军队、大炮、军事堡垒、教堂、印刷厂、博物馆、三十层的高楼大厦等，就会产生这样的问题：即为了让人们过上好日子，首先应当做什么？答案大约只有一个：首先应当放弃今天人们正在做的这一切多余的事。而在我们整个欧洲，这样的多余的事占了人们活动的百分之九十九。"[1] 正是基于这样的接受视角，托尔斯泰发现了老子的"无为"思想。欧洲的"有为"造成了横流的物欲，造成了国家机器对人的制压，造成了精神的沦丧，因此"无为"便成为托尔斯泰理想中的一种生命状态。无为不是无所作为，也不是游手好闲；无为其实是为所当为，不为所不当为。无为是针对欧洲的现状而言，放弃了这种"为"，便会进入自由的无为的精神境界。他在 1893 年专做《无为》一文，指出："人们的一切不幸，按照老子的学说，与其说是因为他们没有为所当为，毋宁说是因为他们为所不当为。因此，人们如能恪守无为之道，便能摆脱一切个人的，尤其是社会的不幸。"[2] 托尔斯泰在强调老子的学说时，是把"无为"视为终极的存在方式，而忽

---

[1]　Толстой Л. Н. Путь жизни // Полн. собр. соч. в 90 томах. Т. 45. М.：ГИХЛ，1956. С. 352.

[2]　Толстой Л. Н. Неделание // Полн. собр. соч. в 90 томах. Т. 29. М.：ГИХЛ，1954. С. 173.

略了中国的儒家学说中把"淡泊"无为作为入世手段的观念。《托尔斯泰与中国古典文化思想》一书对此有精彩的分析，即，淡泊固然是为明志，也就是说精神的提升，似乎也是要达到一种生存的境界，但这一境界不是终极性的，它仍只是一个阶段，是"济天下"的一个必要条件，"是不离世间的超越"（251 页）。托尔斯泰也许并非意识不到他与中国思想的区别，但他坚信，东方的观念是拯救西方世界的精神源泉，他在东方观念之上所建立的学说必将为世界上所有的人指出一条在现世达于天国的坦途。

吴泽霖先生的《托尔斯泰与中国古典文化思想》采取的是一种学者的角度，他对托尔斯泰与中国这一课题的研究是建立在大量考据和辨析之上的，以此做出公允的论断。如许多人都指出过托尔斯泰的理想是一种空想，但这一论断的根据是什么，却多付之阙如。而吴泽霖从"修身、齐家、治国、平天下"的逻辑关系中发现其间的对立统一关系，从而指出托尔斯泰仅择其"修身"一说，则等于"砍断了中国文化中作为建立太平盛世、现世天国的根本方策的'修齐治平'的完整环节，"，因此，他的"联合一切人走向幸福的社会理想，就变得如空中楼阁般，没有社会实践的'可操作性'了"（142 页）。但是，托尔斯泰也并不因此而丧失其崇高的价值，他在物质理性膨胀的 19 世纪末 20 世纪初所做的重建人类精神维度的努力，在今天仍具有完足的意义。他同时也提醒了我们，中国古典文化思想中对人自身生命价值、对现世人生意义、对天人关系、对个人与整体关系的独特阐述，将在人类的复活之路上，对整个世界发出振聋发聩的旷野呼告。

（作者单位：南开大学文学院）

关于契诃夫戏剧在中国的影响

董　晓

一

安东·契诃夫作为俄国经典戏剧家，其对 20 世纪现代戏剧的深远影响已是不争的事实。关于中国现代剧作家对契诃夫戏剧艺术风格的自觉接受，也是学术界近 20 多年来时常论及的话题。田本相、童道明、朱栋霖、王文英、胡星亮、王璞、李辰民等学者均曾探讨过这一话题，初步总结了契诃夫戏剧风格在曹禺、夏衍、老舍、吴祖光等中国现代剧作家创作中的体现，以及在接受契诃夫的过程中，每一位中国剧作家所表现出来的"接受的差异性"。但笔者认为，由于没有深刻地领悟契诃夫独特的戏剧精神，因此，对契诃夫戏剧在中国的影响仍只是浮于表面的理解，尚未真正触及影响的实质，因而也无法准确描述中国现代剧作家在接受契诃夫过程中所发生的变形与缺失。

关于契诃夫对中国现代剧作家的影响，中国学界已基本达成三个方面的共识。第一，在中国社会剧烈的转型时期，中国现代剧作家在契诃夫戏剧里找到了赖以支撑的精神资源。契诃夫戏剧中的人道主义及自由精神，与中国现代剧作家的精神世界产生了共鸣，激发了中国现代剧作家去揭露并批判那个摧残美的黑暗生活，帮助了中国现代剧作家现代意识的产生。诚如当年巴金所言，"在我们这里，特别是旧社会崩溃、反动统治把人压得透不过气来的时候，我到处都发见契诃夫所谓的'霉臭'，到处都看见契诃夫笔下的人物，他们哭着，叹息着，苦笑着……"① 契诃夫的戏剧因此而获得了中国戏剧家的深深的共鸣。第二，契诃夫作为19—20世纪之交的艺术家，对传统现实主义戏剧进行了独到的改革，对现实主义文学的发展与深化起到了无可替代的作用。这一点对中国现代剧作家影响甚大。契诃夫戏剧着意于情节、结构的淡化处理，注重从日常生活琐事中挖掘内在戏剧性，将传统戏剧激烈、紧张的外部冲突转化为人物之间以及人物自身隐秘的内心冲突；转化为人与环境的冲突，而与之相应，刻意渲染舞台的抒情氛围，表现平淡生活中蕴藏的诗意美。这种戏剧观念大大开拓了中国现代剧作家的艺术视野，并促进了某些剧作家创作风格的发展演变。第三，契诃夫戏剧中悲喜交融的艺术表现方式，启发了中国现代剧作家对戏剧体裁和美学样式的革新，赋予了他们更深刻地体悟生活的艺术眼光。

中国现代剧作家接受契诃夫过程中的个体差异性亦得到大体相似的描述：夏衍性尚恬淡，感情细腻，学工科的经历使他形成了崇尚客观求实的精神。这种审美个性使他有可能选择契诃夫作为自己的精神导师；老舍小说家与剧作家的双重身份使他也能够像契诃夫那样，将小说叙事方式融进戏剧冲突结构之中；而曹禺性格中的忧郁气质，也使他最终从奥尼尔、易卜生走向契诃夫。中国剧作家创作个性的不同导致他们与契诃夫之间差异性的形成。譬如，曹禺戏剧那平淡幽远中又深藏着紧张的艺术风格，老舍那京味十足的环境氛围的烘托，夏衍剧中对梅雨时节压抑忧郁气氛的营造，均是契诃夫艺术风格与中国剧作家自身艺术个性的有机结合。同时，中国现代剧作家在接受契诃夫的过程中形成的某些遗憾与缺陷也得到了部分揭示。例如，有学者认为，作为最具契诃夫戏剧风格的剧作，曹禺的《北京人》终究未能具有契诃夫"没有主题的主题"的深意："抒情氛围仍然是出于理性思考的人为效果，而不是情感的自然表露"②，而老舍的《茶馆》虽然在突出舞台整体的恬淡抒情氛围、

① 巴金：《谈契诃夫》，平明出版社1955年版，第47页。
② 王璞：《契诃夫与中国戏剧的"非戏剧化倾向"》，《外国文学评论》1989年第4期，第112页。

淡化紧张的直接冲突等方面部分地接近了契诃夫的艺术风格，但整部作品的内在意蕴与契诃夫戏剧仍相去甚远。然而，对于造成这些缺陷的深层原因，却未能予以揭示。

由此可见，中国学术界在探讨契诃夫戏剧对中国话剧的影响时，基本描述出了契诃夫艺术风格在曹禺、夏衍、老舍、吴祖光等人的创作中留下的痕迹，并试图探究这些中国剧作家接受契诃夫的内在心理动因，比较他们在接受契诃夫艺术风格过程中所呈现出来的程度的不同以及造成这种接受程度不同的原因。不过，从上文概括出的契诃夫戏剧对中国现代剧作家产生的三个方面的影响来看，中国学界主要是从戏剧艺术观的层面和创作主题的角度来进行论述的。创作主题（以人道主义情感对庸俗的现实世界进行讽刺和批判，以及对未来新生活的渴望）涉及的仅是创作题材倾向问题，并未触及艺术的实质；而戏剧冲突的淡化、舞台氛围的抒情诗化，以及悲喜交融的戏剧艺术观念虽然比创作题材更深了一层，但仍属于艺术手段范畴。文学影响的研究不仅仅要揭示艺术风格的影响，更应探究艺术风格背后所隐藏着的本质的艺术精神。只有观照内在的艺术精神，方有可能更准确地认识产生影响的本质因素，以及这种影响在接受过程中产生变异的根本原因，从而能够回答：为什么契诃夫与中国现代剧作家之间会形成特定的差异。

二

契诃夫作为19、20世纪之交的经典剧作家，其鲜明的艺术风格往往被我们描述为淡化舞台外部的冲突，渲染舞台整体的抒情氛围，充分运用潜流（即潜台词）等所谓"非戏剧化倾向"。然而，所有这些外部艺术特征背后隐含着的，是契诃夫深刻的喜剧精神。喜剧精神乃是他的戏剧艺术世界最根本的特质。

契诃夫是一位天生的幽默大师，但他的喜剧才能的最高体现却并非是他的那些幽默诙谐的轻松独幕喜剧（如《求婚》《蠢货》《在婚礼上》等），而是《海鸥》《万尼亚舅舅》《三姊妹》和《樱桃园》这几部代表了契诃夫最高戏剧创作境界的作品，正如作为短篇小说家的契诃夫，其喜剧精神的最高体现也不是那些纯粹逗乐的滑稽幽默笑话，而是诸如《带阁楼的房子》《带狗的女人》《套中人》《姚内奇》等作品。在《海鸥》《万尼亚舅舅》《三姊妹》和《樱桃园》这几部剧作中，契诃夫将他天生的诙谐才能与他的另一个禀赋——忧郁完好地结合在一起，将幽默的天赋与对人生的无奈感受相交融，从而深化为契诃夫式的独特幽默，即一种内敛的幽默。从外显的诙谐转化为内敛的幽默，实则体现了喜剧精神的升华与深化，即从对事物表面的滑稽性的观照深化为对生活之本质的喜剧式观照。这几个剧作中呈现出来的戏剧冲突的淡化和抒情氛围的营造这些对后辈戏剧家产生明显影响的戏剧观念并没有体现在他的那些轻松独幕喜剧中。而这些戏剧观念又恰恰促进了这几部戏中内在喜剧性的生成，体现出剧作家观照人生的深刻的喜剧精神。

以契诃夫的绝笔《樱桃园》为例，美丽庄园的易主这一戏剧事件所必然引发的庄园新、旧主人之间激烈尖锐的矛盾冲突被契诃夫作了淡化的、抒情化的艺术处理。契诃夫的这一艺术处理方式是与他当初对剧本的艺术构思分不开的。早在写作该剧本之前，契诃夫就曾明确地说过，"那将是四幕喜剧"①。美丽庄园的无奈逝去自然是悲剧性的，庄园女主人朗涅芙斯卡娅与新兴暴发户洛巴辛之间的矛盾冲突无疑也是悲剧性的。这就意味着，契诃夫必须赋予悲剧性的事件以喜剧性的观照。一方面，契诃夫独幕轻松喜剧的艺术技巧作为一个艺术成分融进这部戏的艺术框架之中，使人物的滑稽言行作为轻松喜剧因素，对该剧主题本身所蕴含的悲剧因素起到抑制的作用。另一方面，更为重要的是，契诃夫必须将人物间悲剧性戏剧冲突加以弱化处理。因此，契诃夫对戏剧主人公的精神特质给予了独特的艺术观照。在契诃夫笔下，女主角朗涅芙斯卡娅在厄运面前并没有丧失对现实的感受，没有绝望，而是坦然地面对生活的重

---

① Переписка А. П. *Чехова и О. Л. Книппер.* Т. 1. М: . Изд - во Дом искусство. 2004. С. 172.

压。应该说，樱桃园的衰败与丢失同女主人个人的弱点有很大关系。但她却从不刻意掩饰自己的弱点。她在面对厄运的消极抵抗中通过自我的解嘲、弱化乃至消解，超脱了现实的压力，避免了悲剧性毁灭。她能够不时地游离于命运的紧张压力与她自身坦然的超脱态度之间，在严酷生活的受压者和这一现实的旁观者这两种角色之间相互转换。正是这种角色的转换使她背负起命运的沉重的十字架。黑格尔指出，"喜剧性一般是主体本身使自己的动作发生矛盾，自己又把这矛盾解决掉，从而感到安慰，建立了自信心"。[①] 朗涅芙斯卡娅对樱桃园的眷恋与她不合时宜的感伤，与她的不识时务构成了滑稽性矛盾冲突。在她身上固然有柏拉图所说的因无自知之明而显得可笑的滑稽喜剧因素，但这个人物的内在的本质喜剧性的生成则是因为她以对未来的坦然，建立起了继续生活下去的信心，与命运达成了某种和解，以一种随遇而安、逍遥自在的态度，获得了精神上的自由。女主人公本身所具有的内在的喜剧性特质和暴发户洛巴辛的"非典型化商人"的特性大大弱化了这两人之间悲剧性的戏剧冲突，凸显了整体的抒情性。可见，《樱桃园》戏剧冲突的淡化、抒情氛围的营造的根本旨归是为了全剧的喜剧性特质，是为了以喜剧精神吟唱关于美丽庄园一去不复返的伤情挽歌。庄园的逝去是令人伤感的，是悲剧性的，但契诃夫在《樱桃园》中对美的消逝的无奈与忧郁是与他的另一天性——幽默紧密融合的。忧郁与幽默在《樱桃园》中结为互相诠释的关系：离开了对忧郁的理解，也就无法领略契诃夫式的幽默，反之亦然。在《樱桃园》里，美丽而富有诗意的庄园的消逝虽然具有悲剧式感伤的情调，但在契诃夫独特的喜剧精神的烛照下，悲剧的色调被消解了，契诃夫对人类命运的忧郁体悟与他的喜剧性幽默表达浑然一体，构成了契诃夫戏剧独特的艺术韵味。当年斯坦尼斯拉夫斯基作为最先将《樱桃园》搬上舞台的导演，其对该剧的舞台阐释之所以引起契诃夫的不满，正是因为没有理解契诃夫深刻的喜剧精神，而将该剧诠释为地道的感伤主

---

① 黑格尔：《美学》（第三册下），朱光潜译，商务印书馆 1981 年版，第 315 页。

义抒情悲剧。对人生悲苦的喜剧式的观照，这确是《海鸥》《万尼亚舅舅》《三姊妹》和《樱桃园》最本质的艺术观念。

论及曹禺对契诃夫的接受，人们惯常总要提及曹禺在创作完《雷雨》之后心态的变化："写完《雷雨》，渐渐生出一种对于《雷雨》的厌倦。我很讨厌它的结构，我觉出有些'太像戏'了。技巧上，我用的过分。……我很想平铺直叙地写一点东西，想敲碎了我从前拾得的那一点点浅薄的技巧，老老实实重新学一点较为深刻的。我记起几年前着了迷，沉醉于契诃夫深邃艰深的艺术里，一颗沉重的心怎样为他的戏感动着。"① 曹禺的这番话说明了他从易卜生走向契诃夫的着眼点在于对戏剧动作和冲突的表达方式。概括而言，他所谓的《雷雨》"太像戏"大约有四层意思：其一是佳构剧之风，有过于明显的"做戏"之痕迹，不够自然朴实。其二，对戏剧冲突和矛盾是刚性处理而非柔性处理。其三，注重戏剧结构的"戏之流"而非"生活之流"，故情节往往大起大落，跌宕起伏，缺乏平淡日常的生活气息。其四，注重外部的行动，忽略了人物内心情感的波澜。显然，所有这些都属于戏剧艺术技巧和戏剧艺术观念的范畴。于是，诚如学术界已经指出的那样，曹禺在《日出》里摈弃了《雷雨》的结构形式，既没有突出主要的情节，也没有区分主次人物，而是展现了生活中的若干片段，从而将传统的戏剧冲突模式转化为更隐秘的人与社会、人与环境的冲突。同时，学术界也一贯认为，《日出》仅仅是曹禺接受契诃夫影响的第一步，即"契诃夫戏剧只是部分地影响了《日出》的创作，还没融合进这位中国剧作家的整个创作个性中"②。《日出》里多少还保留着《雷雨》显在的激情，还缺乏契诃夫戏剧中那真正"深邃艰深"的温和与平静。当方达生明白过去的竹筠再也不会回来时，他慷慨激昂的言论表明，曹禺在处理

---

① 曹禺：《〈日出〉跋》，见《曹禺全集》第 1 卷，花山文艺出版社 1996 年版，第 387 页。

② 朱栋霖：《曹禺戏剧与契诃夫》，载《中国现代文学研究丛刊》1983 年第 3 期，第 30 页。

人物的情感时，还没有充分领悟到艺术上的节制。对契诃夫戏剧风格的生硬模仿的缺陷，在《北京人》中得以弥补。由此，《北京人》不仅被公认为曹禺最成熟的作品，同时也被视作中国现当代话剧中"最契诃夫化"的作品。从《日出》到《北京人》，曹禺完成了对契诃夫戏剧艺术风格的借鉴。

就显在的戏剧风格而言，《北京人》的确成功地借鉴了契诃夫戏剧平淡幽远的艺术特色，并且依旧保持着曹禺自身的艺术特长，即在平淡幽远的诗意氛围中仍旧隐藏着曹禺戏剧所特有的内在的紧张感。这一点亦是学术界所公认的。但是，就淡化外部紧张的戏剧冲突，渲染忧郁的抒情氛围而言，夏衍的《上海屋檐下》也是做得很到位的，并且也被学界公认受到了契诃夫戏剧风格的影响。那么，究竟是什么因素使得人们将《北京人》而不是《上海屋檐下》视为中国话剧史上"最契诃夫化"的作品呢？笔者以为，这是因为《北京人》隐含着某种内在的喜剧性。尽管《上海屋檐下》中也具有喜剧性的因素，这些喜剧性因素片段式地出现在戏剧情节结构中（如报贩李陵碑醉醺醺地哼着"盼娇儿"，如林志成面对前来寻妻的匡复时的尴尬心情），但《上海屋檐下》整体的喜剧性色彩的确要比《北京人》淡得多，尤其是就剧作家的主体观照精神而言。在《北京人》里，曹禺试图以一种喜剧的精神观照他所表现的对象。正是这种喜剧式的观照方式使曹禺在创作《北京人》的过程中能够比其他中国剧作家更加贴近契诃夫。曹禺本是一位天才的悲剧作家。他的悲剧精神在其成名作《雷雨》里得到完好的彰显。古希腊命运悲剧、莎士比亚以及易卜生的悲剧情愫与曹禺本人的艺术天性的完好糅合，形成了《雷雨》典型的悲剧性内涵，由此，评论界出现一种看法，即曹禺的悲剧精神从《雷雨》始，一直贯穿在他的戏剧创作中，在《日出》《原野》《北京人》《家》《王昭君》等不同时期的剧作中都有不同程度的体现。不过，曹禺自己说过："《北京人》可能是喜剧，不是悲剧。里面有些人物也是喜剧的，应该让观众老笑。在生活里，老子死了，是悲剧；但如果处理成为舞台上的喜剧的话，台上在哭老子，观众也是会笑的。"① 也有学者早就指出了《北京人》的喜剧性质："喜剧性是《北京人》的主要特征。"② 的确，善写悲剧的曹禺确实有过对喜剧的兴趣和追求。他对喜剧艺术的自觉探索在《日出》《蜕变》等剧作中已经表现出来。而在《北京人》中，曹禺对喜剧艺术表现方式的探索达到了新的高度。曾浩对棺材的留恋、曾文清多余无用的才气、曾思懿的自恃聪明、江泰的半疯半醒，乃至整个曾家在行将崩溃之际所显现出的败落与挣扎，均显示出曹禺的喜剧性观照。正是全剧整体的喜剧性倾向使得人物之间的对立关系没有呈现出《雷雨》剧中那样环环相扣、层层递进直至最后总爆发的紧张性，从而避免了戏剧冲突的外显与张扬。由于喜剧性的增强，《北京人》里曾文清最后的自戕已经没有了《日出》中陈白露最后的自戕所具有的明显的悲剧色彩了，悲剧色彩的淡化同时也淡化了曾文清与其妻曾思懿、其父曾浩之间的矛盾冲突。总之，悲剧色彩的淡化，使得《北京人》消磨了剑拔弩张的悲剧冲突，为全剧呈现出契诃夫式的平淡幽远的抒情意蕴创造了条件。这说明了《北京人》作为曹禺艺术风格最成熟的作品，之所以成为中国学者眼中"最契诃夫化"的剧作，关键在于其平淡幽远的抒情意蕴中透出某种喜剧性特征，其淡化外部戏剧冲突的背后实则是喜剧性特征的彰显。这正是契诃夫影响的本质体现，是曹禺相对于其他中国现代剧作家对契诃夫戏剧风格更加到位的接受。

与曹禺略有不同，夏衍创作《上海屋檐下》时艺术观的调整虽然容易使人想起契诃夫的艺术风格，以至于人们长期将该剧也视作具有契诃夫戏剧风格之作，但是，夏衍的艺术动机却与曹禺有所不同，他所反省的并非是过于戏剧化、过于悲剧化的表现理念，而是不满于自己过于"很简单地把艺术看作宣传的手段"，企图"更沉潜地学习更写实的方法"③。因此，他的自我反省，诚如有学者所

---

① 张葆莘：《曹禺同志谈剧作》，《文艺报》1957年第2期。
② 田本相：《曹禺剧作论》，中国戏剧出版社1981年版，第193页。
③ 夏衍：《〈上海屋檐下〉自序》，《上海屋檐下》，戏剧时代出版社1937年版。

指出的，"可以视为对整个 30 年代左翼剧运的反思"，是"对前阶段政治宣传剧作模式有所突破"①。这与曹禺创作完《雷雨》之后的反思显然是有区别的。因此，在夏衍以《上海屋檐下》回归艺术创作而非政治图解时，他的细腻情感、含蓄内向的性格、恬淡从容的气质，使他在艺术趣味上有可能选择契诃夫戏剧的表达方式。于是，我们在《上海屋檐下》中便看到了现实主义戏剧朴素自然的描写：淡化戏剧冲突，消除突兀离奇的情节。匡复、杨彩玉、林志成三人之间本该得到紧张表现的关系得到了淡化的处理，剧作家潜入人物内心世界里，透过五家小市民那平庸的日常生活的琐事，表现了人的丰富潜流。显然，这一切戏剧表现方式都具有契诃夫的烙印，但笔者认为，夏衍个人精神气质的特点在这一艺术特征生成过程中起到了更显著的作用，而不像曹禺那样源于自觉的艺术观念的探索。或许正是因为这种不同导致夏衍对契诃夫戏剧艺术的理解更偏于表面的抒情情调的营造，而忽略了契诃夫戏剧表现方式背后所隐含着的深刻的本质的喜剧精神。夏衍并非没有领略到契诃夫戏剧中的喜剧因素，但《上海屋檐下》中片段式的喜剧因素并没有对全戏的整体风格产生根本影响。这也表明了夏衍对契诃夫戏剧的喜剧精神的理解更多地具有了外在性。

至于老舍，虽然他与契诃夫一样，具有幽默诙谐的才能，并且也是兼具小说家与戏剧家的双重身份；虽然他对《茶馆》中戏剧冲突的艺术处理揉进了他的小说笔法，使得戏剧冲突的展示有了小说叙事的风格，改变了传统戏剧冲突模式，从而使得学术界也认为《茶馆》或多或少有了点儿契诃夫戏剧的味道，以至于人们也将《茶馆》的艺术风格归于契诃夫的影响，但有一点是肯定的：老舍在《茶馆》里并没有将幽默诙谐的才华化作内在的喜剧观照方式。在浓郁的北京民俗风味的背景下，《茶馆》展示了各色人物的生活片段，整合出一幅浓缩的中国历史的画卷。深沉的历史感蕴藏在片

---

① 朱栋霖：《论中国话剧艺术对契诃夫的选择》，载《戏剧艺术》1988 年第 1 期，第 28 页。

段的舞台叙事之中。老舍独特的戏剧处理方式赋予了《茶馆》不朽的艺术生命力，但其与契诃夫戏剧艺术风格的相似性应该说是极其表面的。

可见，契诃夫戏剧对中国话剧的影响之本质因素是他独特的喜剧观照方式。独特的内在喜剧性是契诃夫戏剧影响中最根本、最重要的因素。其实，中国学术界并非没有注意到契诃夫戏剧中独特的喜剧风格对中国话剧所产生的影响，只是对契诃夫独特的喜剧精神的理解尚有偏差。中国学术界习惯于将契诃夫戏剧的喜剧风格描述为"悲喜交融性"，即契诃夫戏剧人物的重要审美特征是悲剧性与喜剧性的交融，契诃夫戏剧风格的重要审美特质是悲剧性与喜剧性的有机结合，即悲喜剧风格。

人们已经注意到，曹禺的《日出》《北京人》等剧作中，已经有了悲喜剧的风格。"《日出》和《北京人》都已经不是纯粹的悲剧或纯粹的喜剧，而成为喜剧中的悲剧或者悲剧中的喜剧。"① 在《日出》里，既有表现下层社会穷苦人的生活境遇时的悲剧性情愫，也有表现上流社会人士（如顾八奶奶、潘月亭、胡四、张乔治）的喜剧性情愫；在《北京人》中，曾文清与愫方之间的情感关系被染上了一层悲剧性色彩，愫方的形象更是唤起人们对美被摧残的悲剧性感伤，而曾浩、江泰、曾思懿则成为剧作家喜剧性观照的对象，引起观众滑稽性的审美感受。悲喜交融的艺术方法的运用促进了曹禺更好地接受契诃夫的艺术风格。

应该说，悲喜剧风格的确是深刻影响了中国现代剧作家创作的重要因素。但是，笔者以为，对契诃夫悲喜剧艺术特质还存在着理解上的偏差，导致了人们难以认清中国现代剧作家在选择契诃夫艺术风格的过程中，究竟发生了哪些艺术上的缺失。

人们常常提及的所谓"悲喜交融性"其实存在着认识上的误区。"悲喜交融"往往被解释为悲剧性与喜剧性的融合，亦即悲剧中的喜剧或喜剧中的悲剧。具体到契诃夫的艺术风格，即隐含的喜

---

① 王文英：《曹禺与契诃夫的戏剧创作》，载《文学评论》1983 年第 4 期，第 27 页。

剧讽刺性被融进了悲剧性之中。对悲喜剧的这种理解容易导致将悲喜剧中的悲剧因素与喜剧因素并列、等量化。虽然早已有学者提出不可将"悲喜交融"理解为"悲、喜混杂",但这种阐述方式仍会导致将悲喜剧视为处于悲剧与喜剧之间的"混血儿",因而仍逃脱不了将之理解为悲剧与喜剧相叠加的危险。

美国戏剧理论家理查德·皮斯在论及《樱桃园》时提出:"眼泪与笑本来就是紧密相连的。……契诃夫在剧中将行动置于笑和眼泪的犹如刀刃的交界上。但契诃夫并不想在两者中寻求中立,而是要使同情和怜悯在喜剧性中增强,或者使喜剧性通过哭而加强。"① 这就是说,契诃夫强调对悲与痛苦的喜剧化表达。契诃夫的这一观念正是典型的悲喜剧艺术观。悲喜剧并非悲剧与喜剧的简单叠加,并非滑稽喜剧因素与悲剧式体悟的叠加和并列。悲喜剧就是一种真正意义上的喜剧,而不是介于悲剧与喜剧之间的"混血儿",它从本质上深刻地体现了喜剧的精神。自 17 世纪意大利戏剧家瓜里尼首创悲喜剧之后,它作为喜剧的一种特殊形态,在 19 世纪末以来的一百多年时间里获得了长足的发展。作为新型的喜剧精神的体现,悲喜剧始终伴随着人类对生活的荒诞体验的不断深化。认识不到这一点,也就无法更深地认识契诃夫戏剧艺术世界的本质,从而难以准确地描述契诃夫艺术风格在中国现代话剧中的体现及变形。

契诃夫的悲喜剧是带着深刻忧郁之悲剧感的喜剧。他的戏剧所具有的独特的内敛的幽默——饱含着深沉的忧郁的幽默体现了契诃夫的冷酷。契诃夫正是以这种暗含痛苦的幽默诙谐笔调,构筑了他的戏剧艺术世界。他以过人的睿智,看透了生活中的荒诞与滑稽,在对人的弱点的淡淡的嘲弄中,为这荒诞与滑稽统治下的可怜的善良的人们掬一把同情之泪。这是契诃夫整个艺术创作的基本内涵。以他的绝笔《樱桃园》为例,该剧写成于 1903 年末,离契诃夫的辞世也

---

① Richard Peace, *Chekhov: A Study of the Four Major Plays*, Yale University Press, New Haven and London, 1983, p. 119.

仅有半年多的时间。契诃夫是在深知自己不久将辞世，正在忍受着肺痨病折磨的日子里构思并创作这部剧作的。然而，他却坚称这是一部"令人愉快的喜剧"，其间分明体现了他的写作观念：微笑地面对苦难，以一颗饱尝了痛苦的心去化解苦难，超越苦难，赋予人们以喜剧精神的眼光观照生活的苦难、荒诞与无奈。因此，契诃夫的冷酷并不像当年某些与他同时代的批评家所言，体现为一种绝望之情，而恰恰证明了契诃夫眼光的深邃。正因为契诃夫透彻明察了人类自身荒诞的生存状态，所以，他才有了那份忧郁和冷酷。

敏锐的眼光使契诃夫在《樱桃园》里对人类生存状态进行了冷峻的思考。他无意为樱桃园的逝去唱挽歌，因为他知道，那是人类历史进程的必然：一切企图挽救这座美丽庄园的努力均是徒劳的，滑稽可笑的；而面对这历史的必然，他却又透出深沉的忧郁：这毕竟是美的永远消逝，是人类为自身的进步而无奈付出的代价。忧郁的契诃夫由于对人类自身的弱点有太多的认识，由于对人类的生存方式的无奈有深刻的体察，他对人类未来的美好期待无法在《樱桃园》里化为一幅明确的美好图景。在《樱桃园》里，契诃夫只能通过那位"永远毕不了业的大学生"之口，异常模糊地展望未来的景象，正如《三姊妹》中威尔什宁与三姊妹对二百年后的幸福生活的模糊展望。契诃夫之所以无法为人们描绘一幅明确的美好图景，并非如我们过去所说的那样，是由于他的世界观的局限性之缘故，是因为他对当时俄国社会思潮运动的无知的缘故。恰恰相反，正是由于深沉冷峻的契诃夫根本不会沉溺在肤浅的乌托邦幻想之中而为人类不负责任地描绘廉价的美好蓝图。契诃夫是自觉地克服了俄国19世纪中后期乌托邦思潮影响的艺术家。他要超越具体政治思潮的局限。他深知人类进步的艰难，深知人类自身生存状态的不幸与荒诞。所以，契诃夫远离了廉价的乐观。他曾说："这个世界上没有一件事情弄得明白。只有傻瓜和骗子才什么都知道，什么都懂。"[1] 透着抑郁和无奈的冷峻与他崇尚科学进步的理性观念相结

---

① ［俄］契诃夫：《契诃夫论文学》，汝龙译，安徽文艺出版社1997年版，第80页。

合，使契诃夫既对人类荒诞的生存境遇发出悲伤的感叹，也为人们送上默默的祝福。以深刻冷峻的眼光观照人的生存境遇，使契诃夫戏剧的喜剧性特征超越了外在的喜剧性而获得了真正深刻的内在喜剧性本质。当代俄罗斯学者鲍·津格尔曼在论及契诃夫的绝笔之作时指出，"契诃夫在晚年最痛苦的时日里更敏锐地发挥了自己一贯的才能：从戏剧事件本身发现喜剧性的方面——不，确切地说，不是方面，而是喜剧性本质"①。从审美角度而言，生活事件本身并无悲剧、喜剧之分，关键在于艺术家以何种主体精神去加以审美的观照。王国维在他的《人间嗜好之研究》中曾借用英国18世纪作家沃波尔·霍勒斯的一句话说："人生者，自观之者言之，则为喜剧；自感之者而言之，则又为一悲剧也。"② 这句话的意思即是指理性对待生活与情感对待生活的不同结果。前者是喜剧性观照，而后者则为悲剧性观照。以《樱桃园》为例，樱桃园的无奈消失本身足以让人伤感哀叹，但契诃夫却是以一个局外人的视角，站在高处，以独特的幽默精神，俯视这荒诞的人生。在《樱桃园》里，契诃夫是带着忧郁，但同时也是带着希望和微笑看待受伤的樱桃园主人的。这正是喜剧精神的本质体现。柏格森说过，"当您作为一个旁观者，无动于衷地观察生活时，许多悲剧就会变成喜剧"③。在《樱桃园》中，契诃夫作为一个睿智、冷峻的旁观者，审视着荒诞的生活进程，这使他具有了超越对生活的悲剧性感怀，领略对事物的滑稽性审视，从而获得对事物的喜剧性把握的可能。契诃夫正是凭借那种内敛在忧郁之中的深层内在的喜剧精神，那种饱含着冷酷与无奈的喜剧精神，赋予了悲剧性事件以喜剧性的本质。

---

① Зингерман Б. *Театр Чехова и его мировое значение.* М. Изд – во. Рик Русанова. 2001. С. 347.

② 转引自董健、马俊山《戏剧艺术十五讲》，北京大学出版社2004年版，第98页。

③ 转引自［法］让·诺安《笑的历史》，果永毅等译，生活·读书·新知三联书店1992年版，第56页。

三

契诃夫这一独特而深刻的喜剧精神，对 20 世纪现代戏剧的发展产生了深远影响。伴随着人们对自身生存状态的理性认识的不断加深，20 世纪西方现代剧作家愈来愈深刻地认识到契诃夫戏剧艺术的价值，其中尤以荒诞派剧作家们最典型。他们自觉地汲取来自契诃夫深沉的喜剧精神之养分。将契诃夫这位带有某种象征主义意味的写实主义剧作家与荒诞派戏剧联系起来，这本身看似颇为"荒诞"。其实，契诃夫这位崇尚写实风格的剧作家与荒诞派戏剧家之间并没有不可逾越的鸿沟。契诃夫戏剧中所表现出来的对人类生存境遇的忧患意识，的确引起了后辈荒诞派剧作家们强烈的共鸣。这种影响正是因为美学理念的差异而变得更具内在性，因而也更为深刻。笔者以为，正是契诃夫戏剧对喜剧艺术的独特贡献成为影响荒诞派戏剧的焦点。贝克特、尤奈斯库、阿尔比等荒诞派戏剧家无不从契诃夫的这种带有深刻忧郁之悲剧感的喜剧中得到过启发。譬如，尤奈斯库在谈到《樱桃园》对他的启发时说："《樱桃园》揭示的真正主题和真实性的内容并不是某个社会的崩溃、瓦解或衰亡，确切地讲，是这些人物在时间长河中的衰亡，是人在历史长河中的消亡，而这种消亡对整个历史来说才是真实的，因为我们每个人都将要被时间所消灭。"[1] 荒诞派戏剧家们自觉地将契诃夫戏剧中的深沉内在的喜剧精神延续至他们对 20 世纪人类自身生存境遇的更加冷酷的反思当中，由此创造性地发扬了契诃夫戏剧中蕴含着的对人生的痛苦、冷峻和荒诞的艺术感悟：贝克特在《等待戈多》里将《三姊妹》中的"等待主题"更加抽象化、形而上地表现为人对主宰其命运的时间的无奈，如罗伯·吉尔曼所言，"等待，即生活，本来就没有意义"[2]。将

---

[1] 转引自黄晋凯主编《荒诞派戏剧》，中国人民大学出版社 1996 年版，第 76 页。

[2] 转引自《荒诞派戏剧集》，上海译文出版社 1980 年版，第 6 页。

《樱桃园》中主人公面对厄运时那滑稽的"无畏"所包含的对命运的超越更冷峻地表现为主人公"掩住挫折，站在高处俯视死亡"的态度。而尤奈斯库在《秃头歌女》中将契诃夫戏剧里人与人之间语言交流的"阻滞"更加荒诞化地表现为语言交流的彻底失败、人与人沟通的彻底无望。马丁·艾斯林指出了荒诞派戏剧的反乌托邦性："荒诞派戏剧使现代人面对真正的人类状况，使他们免除幻想。"[①] 本着彻底的反乌托邦性，荒诞派戏剧家将契诃夫喜剧精神的冷酷性发展到极致，直视人类面对荒诞生活的无奈。尤奈斯库说："只有无可解决的事物，才具有深刻的悲剧性，才具有深刻的喜剧性"，"由于喜剧就是荒诞的直观，我便觉得它比悲剧更为绝望。喜剧不提供出路……"[②] 这说明荒诞派剧作家将本质的喜剧精神与人类对存在的荒诞体验联系在了一起。这正是当年契诃夫在《樱桃园》中所隐约感到的。荒诞派戏剧家以荒诞的艺术形式，将契诃夫戏剧中那最后一点理性之光彻底消磨掉，但透过他们绝望的冷笑，依稀可见契诃夫那温柔抒情掩饰下的面对人类命运的忧郁眼神。这便是契诃夫喜剧精神对荒诞派戏剧的深刻影响所在。

而这一层面的理解与接受却没有体现在曹禺、夏衍、老舍等这些与契诃夫有着相近的写实主义风格的中国现代剧作家的戏剧创作中。这不能不说是一种遗憾。与西方荒诞派戏剧家相比，中国现代剧作家对契诃夫的理解与接受更多地是倾向于戏剧表现的艺术手段，而契诃夫戏剧中蕴含着的体现了荒诞意识的深刻的喜剧精神，却基本没有在中国现代剧作家那里得到体现。

仍以中国人眼中"最契诃夫化"的《北京人》为例，该剧往往被学术界称作中国的《樱桃园》。之所以会有这样的类比，盖因这部戏里也写到旧式大家庭的无可挽救的衰败和社会大转型时期人们对新生活的期待。戏剧冲突的淡化、潜台词的运用、忧郁

---

① 转引自《荒诞派戏剧集》，上海译文出版社1980年版，第38页。
② 同上书，第343页。

的抒情诗化氛围的营造使这两部戏呈现出极为相近的艺术风格。同时，曹禺对喜剧性的自觉追求也加大了这两部戏的相似性。然而，也恰恰在喜剧性这一点上体现出这两部戏内在的差异性。曾浩、曾思懿、江泰无疑是《北京人》中最具显在喜剧色彩的人物。面对曾家的败落，这一群无用之废物只能做出滑稽可笑的挣扎。他们的喜剧性也正是通过这滑稽可笑的徒劳的挣扎显现出来。人物这种外显的喜剧性虽然在《樱桃园》人物身上也都不同程度地存在着，但樱桃园的女主人朗涅芙斯卡娅身上却少有外在的滑稽可笑性而具有一种内在的更为本质的喜剧精神特质：坦然面对悲剧性厄运，随遇而安、逍遥自在的超脱精神。这种气质在《北京人》的主人公身上是没有的。曾文清与朗涅芙斯卡娅一样忧郁而感伤，也有着与朗涅芙斯卡娅相似的高雅之气质和丰富细腻的内心情感，也与朗涅芙斯卡娅一样毫无实际的行动能力，并且都对自己的这一弱点有着清醒的认识。然而，他身上恰恰缺少了朗涅芙斯卡娅那种内在本质的喜剧性精神气质——对厄运的超然态度。对悲剧性厄运的坦然消解了悲剧性命运与主人公之间的对峙，使主人公得以避免悲剧性的覆灭。于是，朗涅芙斯卡娅并没有随着樱桃园的消逝而毁灭，但曾文清却随着曾家大院的不可避免的衰落而死亡了。因此，朗涅芙斯卡娅具有内在的喜剧性精神气质，她的无用的天真优雅与忧郁虽然无法拯救樱桃园，但却拯救了她自身。而曾文清的忧郁与感伤却相反地促成了他与家庭的共同衰落乃至最后的死亡。因此，曾文清并不能算作真正的喜剧式人物。有学者将他一并划入喜剧性人物的行列，乃是出于一种外在逻辑的推演：他是旧式生活方式的缩影和写照。旧式生活方式不可避免地要消亡，那么曾文清的结局势必也是可笑的。在这里，剧作家的艺术处理方式为一种政治意识形态的阐释提供了理由：《北京人》的喜剧性在于描绘了一个行将崩溃的王国。曾家大院的必然衰败预示着新生活的必然来临。曾文清身上虽然没有呈现出明显的喜剧色彩，但他与曾家旧式生活的本质上的血肉联系决定了他是这个行将崩溃的旧式生活的一分子。他的灭亡是注定的，因而也将是可笑的。在这里，马克思的那句名言时常成为阐释喜剧性的根据。马克思在《〈黑格尔法哲学批判〉导言》这篇文章中说过，"人类能够愉快地和自己的过去诀别"①。中国学者曾用这句话来诠释《北京人》的喜剧性。应该说，曹禺对人物的艺术处理方式为这样的诠释提供了理由。《北京人》的喜剧色彩的确来自对曾家旧式人物的嘲笑，来自对他们腐朽的生活方式的嘲笑。问题是，这个层面意义上的嘲笑更多地具有政治意识形态性而不是艺术上的体悟，从而缺乏艺术层面上的深刻性。由此，我们会发现，曹禺的忧郁与他的嘲笑在《北京人》中是分离的，并没有融合到一起。这与契诃夫戏剧中那独特的融忧郁于幽默中的喜剧精神有着明显的区别。曹禺在创作《北京人》时，如他自己所说："朦胧地知道革命在什么地方了。"② 愫方的结局正体现了曹禺给全剧增添的亮色。曹禺对新生活的信心赋予了用马克思的名言来阐释该剧之喜剧性的合理性理由：愉快地嘲笑过去，迎接未来。然而有趣的是，马克思的这句话也曾被苏联文学史家叶尔米洛夫用来阐释《樱桃园》的喜剧性本质。在他看来，《樱桃园》的喜剧精神有两方面的内涵：它既包含在对未来"愉快的、纵情的展望"中，也包含在对"腐朽的人和过时生活方式的嘲笑"中，人应当带着微笑，愉快地向业已变得可笑的腐朽而过时的旧生活方式告别。叶尔米洛夫的这一过于政治意识形态化的诠释与中国人对《北京人》的阐释有着逻辑上惊人的相似性。但是，契诃夫的剧本却没有赋予这种阐释以合理的根据。叶尔米洛夫显然没有理解契诃夫在《樱桃园》中对人类生存境遇无奈的痛苦体验，而是将契诃夫的喜剧性世界观庸俗化地理解了。他延续了 1905 年高尔基的政治化阐释：主人公朗涅芙斯卡娅和她的哥哥加耶夫"像小孩那样地自私，像老人那样地衰老。他们到了应该死的时候而没有死，他们悲叹着，对他们四周的一切完全看不见，完全不了解，

---

① 《马克思恩格斯选集》第 1 卷，人民出版社 1972 年版，第 5 页。
② 《曹禺选集·后记》，人民文学出版社 1978 年版。

他们是一群不能再适应生活的寄生虫"①。叶尔米洛夫政治意识形态化的诠释旨在指出《樱桃园》中男女主人公所显现出来的滑稽荒诞性，但却恰恰掩盖了《樱桃园》真正的荒诞性特质——对生活本身，对人类生存方式的荒诞性的表现。《樱桃园》的喜剧精神并不是叶尔米洛夫所阐释的这种廉价的乐观主义，而是笑看人生的无奈选择的冷酷严峻的喜剧精神。契诃夫并非仅是与旧生活含笑告别，而是笑与泪的交融，其中饱含着作者的无奈。愫方的形象常常被中国学者视为曹禺笔下的三姊妹或者索妮娅（《万尼亚舅舅》中的主人公）。然而，愫方的光明结局与三姊妹和索妮娅的无奈境遇之间又有着多么大的区别！愫方的形象从艺术上讲塑造得很成功，但曹禺由此而显示出的乐观的憧憬与契诃夫的冷酷严峻的无奈感形成了鲜明的对照。契诃夫的无奈中透出他对人类生存境遇的荒诞性体悟，这种荒诞体验在曹禺的《北京人》中是体会不到的。这也就决定了曹禺的《北京人》中的喜剧性并不是契诃夫戏剧中那融于痛苦与荒诞体悟中的冷酷的喜剧精神。

有学者指出，即使是《北京人》这部"最契诃夫化"的剧作，也缺乏契诃夫戏剧中"没有主题的主题"的深意。② 其实，"没有主题的主题"恰恰体现出契诃夫深刻内在的荒诞意识。有当代俄罗斯学者指出，"契诃夫作品中的人物是没有社会等级属性的"③。所谓人物"没有等级属性"指的是人物不再成为某个社会阶层所特有的思想意识的载体，不再典型地体现这个社会阶层所特有的思想情感和性格特征。譬如，《樱桃园》中的朗涅芙斯卡娅虽然多少还保留了一点儿传统贵族的精神气质，但她身上根本的特质——天真、忧郁、坦然，是完全个性化的；商人洛巴辛作

---

① ［苏］高尔基：《回忆契诃夫》，巴金等译，人民文学出版社 1962 年版，第 501—502 页。

② 王璞：《契诃夫与中国戏剧的"非戏剧化倾向"》，载《外国文学评论》1989 年第 4 期，第 112 页。

③ Линков В. Я. *История русской литературы X IX века в идеях.* Изд - во. Московского университета. 2002. С. 155.

为新兴暴发户阶层的人物，也根本缺乏我们习惯中想象的那些性格气质而成为完全意义上的"非典型化商人"。契诃夫的这个创作特点使得他的作品（无论是小说还是戏剧）脱离了俄罗斯传统现实主义文学作品通过人物的阶级、社会形态特征来展示社会思想的演变，思考历史发展轨迹的模式，对 20 世纪现代文学影响极大。这一创作倾向超越了传统的理性观念，将人在生活发展进程中的尴尬、无望、不可认知、无法把握的状况鲜活地表现出来，鲜明地表达了对生活的荒诞体悟。而在中国现代剧作家笔下，无论是陈白露、方达生、曾文清、曾浩，还是林志成、匡复，都鲜明地体现了那个时代、那个阶层所特有的思想和情感的烙印，曹禺抑或夏衍也正是通过对人物所具有的社会属性特质来展开对社会的反思与批判的。这与契诃夫可谓差别甚大。总体而言，契诃夫的荒诞意识在曹禺、夏衍、老舍对契诃夫的借鉴与接受中始终是不在场的。这是一个遗憾，但也是中国现代戏剧发展中的一个无法避免的政治的，同时也是历史的、文化的局限。20 世纪 30—40 年代是中国现代剧作家自觉借鉴、接受契诃夫影响的时代。然而，那个时代中国历史文化所呈现出来的总体趋势却决定了中国现代剧作家难以真正地去体验荒诞意识。时代的总体意识趋向于对欧洲传统的现实主义创作模式的接受，而契诃夫恰恰是这一模式的背离者。这也就决定了对契诃夫的接受很难超越皮相的层面，只能停留在对具体艺术手段的借鉴方面。中国现代社会浅层的政治导向性"启蒙"将文学、艺术（包括戏剧艺术）高度政治化、意识形态化，艺术家们则自觉或不自觉地将缪斯之神灵依附于政治功利性的总体趋势上，于是，不仅现代戏剧文学被单一化、贫困化了，而且同步地，所谓喜剧精神也被单一化、贫困化了。中国当时发展的是以陈白尘为代表的"政治讽刺喜剧"（如《升官图》）。在这样的历史文化背景下，中国现代剧作家是很难深入体会契诃夫的喜剧精神的。契诃夫喜剧精神中的荒诞意识不仅为中国现代剧作家所隔膜，即使是到了 20 世纪 70 年代末，中国新时期早期荒诞派戏剧家（如当时的高行健）也只能皮相地模仿荒诞的表象，无法学到契诃夫那种荒诞的喜剧精神。从这个意义上讲，契诃夫逝世一百多年后的今天，对于当今中国戏剧，契诃夫依然是一个值得体味的名字，而关于"契诃夫戏剧在中国的影响"这一话题的讨论，也应当指向对这一问题的反思：中国现代剧作家们在接受契诃夫的过程中所发生的缺失，如何能够在今天的戏剧中得以复归？

（作者单位：南京大学文学院）

中国读者今天怎样看待高尔基？

汪介之

今年是高尔基诞辰150周年。3月28—30日，俄罗斯科学院世界文学研究所在莫斯科隆重举办主题为"高尔基的世界意义"的国际学术研讨会，参加这次会议的，除俄罗斯本国学者之外，还有来自法国、英国、德国、意大利、美国、中国、日本等16个国家的学者，共110余人。下设于俄罗斯驻华大使馆的俄罗斯文化中心，也于3月28日在北京举行纪念作家诞辰150周年专题晚会。我国的人民文学出版社，则于前不久推出新版精装本20卷《高尔基文集》。这一切都表明，人文科学研究领域并不像时局和市场那样变动频繁。这里所显示的，更多的是一种对于文化遗产的沉静守护。时光的流逝和历史风云的变幻并没有使人们都像一些与时俱进的评论者那样，认定高尔基及其作品早已过时，而是依然认为他的文学遗产具有独特的思想与艺术价值。

然而，一个毋庸讳言的事实却是，时至今日，高尔基的作品似乎已淡出中国一般读者的视野。这种现象事实上从20世纪80年起即已出现，随后则愈来愈明显。那一时期迅速高涨的对极"左"路线的激烈否定情绪，必然投射到文学上来，于是便有对极"左"文学思潮的大力反拨。而过去的庸俗社会学评论，恰恰把高尔基描画成了一个最符合极左文学路线的典范，认定他是一位严格遵循"文学为革命服务"原则的作家，他运用他本人为之奠基的"社会主义现实主义"创作方法，在《母亲》等作品中塑造了一系列高大的革命英雄形象，热情歌颂十月革命和苏联社会主义建设，因此他便成为苏联文学的代表，并为无产阶级文学创作树立了光辉的榜样。这种评价和定位，把一个被片面化、偶像化了的高尔基形象，牢牢定格于人们的心目中，并经由从小学语文课本中的注释到大学外国文学教科书的各种出版物的反复宣传，先入为主地制约着一代又一代读者对高尔基的认识。"无产阶级作家"——"社会主义现实主义的奠基人"——"代表作《母亲》"——"高大的英雄形象"——"热情歌颂革命"这类和高尔基的名字紧紧相连的评论话语，建构出一种相当牢固的认知框架，在高尔基作品和读者之间树起了一个巨大屏障。无论是高尔基的作品文本，还是重新评价高尔基的所有努力，都难以再度进入人们的接受视野。

笔者对高尔基的看法，在很长一段时间内，同样没有超出上述框架。这种认识和对极左文艺路线的厌恶结合起来，曾使我对他的作品产生过一种隐隐约约的排斥情绪。直到在系统地读过国内出版的 20 卷《高尔基文集》（1981—1985），以及俄文版《论俄国农民》《不合时宜的思想》和他的大量书信[①]之后，我才逐渐意识到自己对高尔基的理解是多么肤浅和片面，而以往对他的评价同作家的实际面貌之间又存在着多么明显的偏差！造成这些片面印象和肤浅认识的根源在哪里？通行评论的偏差是何以产生的？我们究竟应当如何看待高尔基？这些问题曾使我困惑，也成为我进一步研读高尔基的动力。这一持续 30 多年的研读，使我形成了对于高尔基的一些重新认识，主要涉及以下几个方面。

一 高尔基的创作高峰究竟在哪里？

历来的外国文学史、俄罗斯文学史教材都认定《母亲》是高尔基的代表作，列宁也曾说过《母亲》是"一本非常及时的书"。但是，这并不意味着这部小说是高尔基全部创作的高峰。作家本人曾

---

① 俄文版《高尔基全集·书信集》共 24 卷，从 1997 年开始出版，至 2018 年已出版 20 卷。

在《母亲》法译本序言中称自己的这部作品写得匆忙，有缺点。如果说，"代表作"指的是最能代表作家的思想深度和美学追求的作品，那么，《母亲》就很难说是他的代表作了。读者接受这部小说的实际状况也能说明这个问题。

全面阅读高尔基的作品就不难发现，他最成功的作品是写于"民族文化心理研究时期"（1908—1924）的"奥库罗夫三部曲"、自传体三部曲，以及《罗斯记游》《日记片断》《1922—1924年短篇小说集》等系列作品。这几组作品以开阔的艺术视野，着力描写俄罗斯生活中蛮荒阴暗的现实，提供了社会各阶层的人物众生相，绘制出一幅幅令人目不暇接的民族风情画，不仅呈现出本民族文化心理特征与民族命运之间的内在联系，在艺术上也达到了炉火纯青的高度。其中，《童年》《在人间》《我的大学》三部曲艺术成就最为突出。作品浓郁的生活气息，行云流水般优美自如的语调，纯熟洗练的描写艺术，常带抒情色彩和沉思性质的叙述文字，体现着作家忧患意识的沉郁的风格，均给读者以极大的审美享受。三部曲自问世以来，吸引着一代又一代读者，不仅至今仍是在我国印行量最大的高尔基作品，而且赢得了西方批评界几乎一致的好评。如法国《拉罗斯大百科全书》认为高尔基的几部自传体小说是"俄罗斯文学的杰作之一"；英国《大英百科全书》称《我的大学》是"俄文中最好的自传作品之一"；意大利都灵版《俄国文学史》认为自传体三部曲和回忆录《列夫·托尔斯泰》等构成高尔基全部创作中"卓越的阶段"；瑞典学者托·柴特霍姆和英国学者彼科·昆内尔合编的《彩色插图世界文学史》则肯定自传三部曲是高尔基"最伟大的文学贡献"①。直到晚近，审美趣味高雅、目光甚微"苛刻"的美国批评家哈罗德·布罗姆，也在《西方正典》中把高尔基的自传体三部曲和《回忆托尔斯泰》列入20世纪俄罗斯文学"经典书目"中。自传体三部曲无疑是高尔基创作中的一座高峰。

---

① ［瑞典］托·柴特霍姆、［英］彼科·昆内尔编著：《彩色插图世界文学史》，李文俊等译，漓江出版社1991年版，第216页。

如果从思想的丰富、对俄罗斯民族灵魂的洞察之深入、对这个民族精神生活史的艺术概括的广度来看，高尔基的晚期巨著、四卷本小说《克里姆·萨姆金的一生》应当是他的总结性作品。关于这部长篇的深广意蕴和鲜明特色，笔者在《伏尔加河的呻吟》、新版20卷本《高尔基文集》总序、《克里姆·萨姆金的一生》中译本序中都有详细的论述，此处不复赘言。这里只引征国外评论者的一些评价意见，从中可以见出各国学界对这部作品的重视程度。如《美国百科全书》称这部长篇为"1917年革命前40年中俄国社会、政治和文学生活的缩影"；德国学者尤·吕勒在其《文学与革命》一书中，专辟一章"知识分子的安魂曲"论《萨姆金》，称它是"现代最伟大的作品之一"，"理解那个时代的俄罗斯、特别是那个时代的一般人的钥匙"。日本《万有百科大辞典》则认为这是一部"空前规模的长篇叙事诗"，"堪称20世纪的精神史"，"作为思想小说，达到最高成就"。①

显而易见，各国评论者都没有否认高尔基作为一位作家的艺术成就，但都不认为长篇小说《母亲》在他的创作中有什么重要地位，而是几乎一致地给予他的自传三部曲和长篇巨著《克里姆·萨姆金的一生》以肯定性评价。

二 关于《不合时宜的思想》的评价

长期以来，高尔基的《不合时宜的思想》，一直被说成是作家"思想错误的产物"，相关的文学史著作和教材，或压根儿不提这本书，或把它作为高尔基思想"动摇"、犯了政治错误的例证。这究竟是一本什么样的书呢？

1917年，从俄国二月革命到十月革命的历史巨变，把革命与文化的关系问题注入高尔基的思索之中。他针对当时的社会现实，

---

① 参见高尔基著作编辑委员会《英、美、法、德、意、日等国家大百科全书高尔基条译文》，翟厚隆、杨志棠、高慧勤等译，大连全国高尔基学术讨论会资料，1981年6月。

在《新生活报》上连续发表了 80 多篇随笔，其中有 58 篇使用了"不合时宜的思想"这个统一标题。这些文章后来结成两本互为补充的文集：第一本名为《革命与文化：1917 年论文集》，共收录 34 篇文章，1918 年在柏林出版；第二本名为《不合时宜的思想：关于革命与文化的札记》，收有 48 篇文章，同一年在彼得格勒出版。后来人们往往把这两本书合称为《不合时宜的思想》（1917—1918）。在苏联国内，这两本文集一直被严密封存，30 卷本《高尔基文集》也未收入。直到 1988 年，《不合时宜的思想》才在苏联重见天日。十年后，《不合时宜的思想》中译本在我国出版。

我国研究者大都是从 20 世纪 90 年代初才开始注意这部著作的，但仍有一些评论者坚持认为《不合时宜的思想》是"高尔基整个创作中的败笔"，"集中反映了作家的错误思想立场"，并断言"历史已经证明高尔基错了"。但只要我们阅读这本书，就必然会得出与此完全相反的结论。书中，作家对于提高民族精神文化素质问题的忧心关注，对知识和知识分子历史作用的高度重视，对政治与文化之关系的卓越见解，对民族文化心理条件与民族命运之关系的深邃思考，等等，不仅显示出一种思想家的目力，而且至今对于我们仍然具有启迪意义。高尔基特别强调文化的道德价值。他写道："文化的真正实质与意义，在于从生理上厌恶一切肮脏的、卑鄙的、虚伪的、粗野的事物，厌恶一切贬低人、使人痛苦的东西。……对于文化的真正感悟和理解，只有在对自身的和外在的一切残酷、粗野和卑鄙都同样有一种生理上的厌恶条件下才有可能。"[1] 对于思想文化领域中矛盾的特殊性、规律性，高尔基有着深刻的洞察，认为"思想是不能用肉体上的强制手段战胜的"，言论的力量不是可以机械地消灭的。若能让各种不同意见尽可能充分地发表出来，那么，在各种思想的公开交锋中，错误的思想终究会暴露其蹩脚之处，很快就会失去市场；相反，被人为地驱逐的思

---

① Горький М. *Несвоевременные мысли. Заметки о революции и культуре.* Москва: Издательство «Советский писатель», 1990. С. 144 – 145.

想，却常常会获得某种"高尚的色调，并引起同情"，"被封锁的言论常常具有特殊的说服力"。他还指出："不理解或没有充分估计知识的力量，这是'通往文明之路'上的一个最大障碍"；"无论国家政权掌握在谁手中，我都保留着批评它的权利"；"哪里政治太多，哪里就没有文化的位置"。① 这些格言警句式的文字，穿透浩瀚的历史风云，至今依然闪耀着思想的光华。《不合时宜的思想》不仅体现了高尔基这位正直知识分子的强烈社会使命感，而且已成为关于那个历史转折时期的一部独特的编年史，一部关于革命与文化的忧思录。

就在写作《不合时宜的思想》前后，在十月革命和国内战争的严酷年代，高尔基还凭借自己的声望和影响，为保护"理智的力量"做了大量鲜为人知的工作，为拯救文化、保护知识分子付出了极大努力，如为作家伊万·沃尔科夫被错捕一事致电列宁请求公正处理；写信请人民教育委员部发给"颓废派"作家索洛古勃"保护证书"；为身患重病的诗人勃洛克申请出国治病四处奔走，写信给卢那察尔斯基并转列宁请求尽快解决；为阿克梅派诗人古米廖夫因莫须有的"塔冈采夫阴谋事件"而被错捕一事直接到莫斯科去找列宁；给贫困交加中的宗教哲学家、作家罗赞诺夫寄去一大笔生活费。他还创办世界文学出版社，建立"艺术之家"，使包括曼德尔什塔姆、霍达谢维奇、什克洛夫斯基、楚科夫斯基等人在内的一大批文艺界人士免于饥寒。后来在高尔基的协助下出国的作家扎米亚京曾写道："在俄罗斯，特别是在彼得堡，许多人都怀着感激之情回忆作为一个人的高尔基。不止十个人的生命和自由多亏有了他。"②

然而高尔基本人却常常处于痛苦之中。1921年秋，他再度离开俄罗斯，先后在德国、捷克逗留，1924年迁往意大利索伦托。在国外，高尔基曾创办《交谈》一刊，致力于"恢复俄罗斯和西

---

① Горький М. *Несвоевременные мысли. Заметки о революции и культуре.* Москва: Издательство «Советский писатель», 1990. С. 100, 166, 145, 177, 159.

② Замятин Е. «М. Горький». // *Литературная Россия*, 26 июня 1987 г., № 26.

方知识界的联系"，并在俄罗斯国内文学界和域外文学界"两岸"之间搭桥。在柏林出版的高尔基的随笔《论俄国农民》（1922）以及那一时期他致列宁、致罗曼·罗兰等人的一系列书信，也和《不合时宜的思想》一样表现了作家忧国忧民的思想。

三 高尔基是"社会主义现实主义"的奠基人吗？

一提到高尔基，人们立刻就会想到他是"社会主义现实主义"的奠基人，《母亲》是"社会主义现实主义"的奠基作。这种判定不仅早已成为各种文学史教材中的似乎无可非议的结论，而且也给出了人们认识高尔基的基本思维框架，成了一个不可变更的"符码"。然而，随着苏联解体以来各种文学档案的逐渐披露，这一几乎是天经地义的传统结论已受到怀疑乃至否定。拂去岁月的风尘，越过当年极"左"思潮和话语所设置的屏障，高尔基与"社会主义现实主义"的关系以及他对这一"主义"的真正态度，便清晰地呈现出来。

"社会主义现实主义"这一概念最初出现于1932年。它是进入30年代以后高度集中统一的苏联政治经济体制要求文学一统化的必然结果。"社会主义现实主义"概念的提出和苏联作家协会的建立，是斯大林在文学领域推行极左政策的两大措施。这两件事都由苏联作家协会组织委员会主席格隆斯基负责实施。1932年4—5月间，斯大林曾问格隆斯基："如果我们把苏联文学艺术的创作方法称为社会主义现实主义，那么您以为如何？"格隆斯基随即无条件地表示赞同，5月20日便在莫斯科文学小组积极分子会议上宣布苏联文学的基本方法是"社会主义现实主义"。这一史实清楚地说明：首创"社会主义现实主义"这一概念的，不是别人，恰恰是斯大林本人。

1932年10月26日，斯大林在一次由苏联领导人和作家参加的座谈会上公开表明自己提倡"社会主义现实主义"。这次座谈会是斯大林利用高尔基在国内的时机，在莫斯科小尼基塔街高尔基寓所召开的。参加这次会议的，有联共（布）中央政治局委员 5 人，作家、诗人和批评家 45 人。如果说，前述斯大林对格隆斯基所说的话，具有为苏联文学创作方法定名的意义，那么他在座谈会上的讲话，则是要通过一大批作家向整个文学界传达他个人的意见。这显然比 5 月 20 日格隆斯基的宣布更具权威性。至此，"社会主义现实主义"这一提法已取得不可动摇的地位。座谈会召开地点的选择，给人们造成了高尔基和这一提法密切相关的印象。

这期间有两件事值得注意：其一，10 月 26 日的文学座谈会，虽然是在高尔基寓所举行的，但在整个晚上他却始终没有谈过苏联作家应当运用什么创作方法的问题，更没有使用过"社会主义现实主义"的概念；其二，10 月 29 日，苏联作家协会组织委员会召开第一次全体会议，委员会秘书吉尔波丁做论证"社会主义现实主义"的报告，高尔基恰恰在这一天离开苏联，重返意大利。

至 1934 年 5 月，作家协会组织委员会召开第三次全体会议总结这场讨论时，已经在《苏联作家协会章程草案》的理论部分，对"社会主义现实主义"做了"完整的表述"，后来被人们经常引用的、为人们所熟悉的那一段"社会主义现实主义"的定义，至此已完全成型。三个多月后召开的第一次苏联作家代表大会，只是对其履行程序上的通过手续而已。"社会主义现实主义"定义被正式载入《苏联作家协会章程》。

第一次苏联作家代表大会于 1934 年 8—9 月在莫斯科举行。高尔基是这次大会的主持人，并在此次大会上当选为苏联作家协会主席，"社会主义现实主义"又是在这次大会上被正式确立为苏联文学的"基本方法"的。这一切似乎为"高尔基是社会主义现实主义的奠基人"提供了某种证据。但是，透过这些只有形式意义的表象，却可看到一些更具实质性的内容。实际上，在第一次苏联作家代表大会上以文学主管的身份对"社会主义现实主义"进行阐释的，不是高尔基，而是联共（布）中央书记日丹诺夫。高尔基始终没有附和后者的意见。相反，对于同日丹诺夫的演讲形成鲜明对照的布哈林的发言，高尔基却表示赞同。高尔基本人在大会的报告和讲话中，也反复强调要重视文学的美学特性，呼吁"提高散文和诗歌创作的质量"。这一切同样与日丹诺夫强调"以政治为指针"的演讲形成鲜明反差。作为这次作家代表大会的主持人，高尔基在大会上先后致开幕词（8月17日），做长篇报告（8月17日），发表讲话（8月22日），致闭幕词（9月1日），还在大会结束后随即召开的作协理事会第一次全体会议上讲话。但是，在所有这些发言中，他总共只有两次使用过"社会主义现实主义"的概念，而完全没有就这个概念、定义及其特点展开论述。这种情况绝非偶然。

假如高尔基果真是"社会主义现实主义"的奠基人、创始人，假如他确实从1906年创作《母亲》起就创立了这一方法，那么，28年以后，当这一方法终于被苏联作家代表大会正式确立为整个苏联文学的"基本方法"时，他本人却对此避而不谈，没有表现出任何"历尽千难万险，终于取得成功"的喜悦，好像这是一种和自己的漫长创作生涯毫无关系的"创作方法"，那就是不可思议的事情了。

1935年2月19日，高尔基在给作协理事会书记谢尔巴科夫的信中，对"社会主义现实主义"的提法提出怀疑。他写道："关于社会主义现实主义，过去和现在都写过不少东西，但是还没有一致的和明确的意见，这说明了这样一个可悲的事实：在作家代表大会上，批评没有显示自身的存在。……我怀疑，在社会主义现实主义——作为一种方法——以完全必要的明确性显示自身之前，我们已经有权来谈论它的'胜利'，并且是'辉煌的胜利'。"① 由此不难看出高尔基对于"社会主义现实主义"的真正态度，也有力地表明他既不是"社会主义现实主义"概念的发明者，也不是"社会主义现实主义的奠基人"。

关于高尔基本人所遵循的创作方法究竟是不是"社会主义现实

---

① Горький М. *Собрание сочинений в 30 томах*, Т. 30. Москва: Государственное издательство художественной литературы, 1956. С. 381, 383.

主义",只有从他的作品出发,才能得出符合实际的结论。系统阅读高尔基的作品,就可发现他的早期创作是现实主义与浪漫主义交融,又在一定程度上采用了象征主义、自然主义手法(早期浪漫主义作品和流浪汉小说等);他的中期创作,则显示出清醒、冷峻的现实主义风格,体现了作家深刻的忧患意识(也即前文提及的"民族文化心理研究时期"的作品);他的晚期创作,在坚持现实主义的基础上,积极追踪西方现代主义文学创新发展的潮流,博采众长而熔铸一新(《克里姆·萨姆金的一生》等)。统而观之,不难看出现实主义始终是高尔基艺术地把握生活的基本方法,但他在不同时期、不同程度上又分别借鉴了其他文学流派的艺术经验,为自己的思想探索不断寻求新的艺术表现形式。

在高尔基的作品中,很难找到在题材内容和表现手法上与《母亲》相近的作品。在完成《母亲》之后,高尔基还进行了 30 年的创作活动,写下了大量作品。这些作品没有一部符合"社会主义现实主义"标准。显然,高尔基并不是什么"社会主义现实主义"作家。

四 怎样看待 1928 年以后的高尔基

高尔基评价中的要害问题,是如何看待他的晚节。苏联解体前后陆续出现的对高尔基形象的颠覆,从那时起就不断地随着北风吹到我国来。对高尔基的否定性评价,主要集中于 1928—1936 年这 8 年时间内他的所作所为。有人指责他从意大利回国期间对残酷的现实一声不响,将保卫人民、文化和正义的大事置于一边,却忙于参观视察、会见权贵和出席各种庆典活动。也有人认为他参与了 30 年代个人崇拜的鼓噪,赞许当时那种分裂、敌对和仇恨的氛围。还有人说他好像有两个脑袋、两副面孔,这只曾经呼唤革命风暴的海燕,晚年竟在证明斯大林主义的正确性,甚至支持恐怖手段、暴力和屠杀。更有人断言他是"幸福的幻影"的制造者,而在幻影破灭时则保持沉默,甚至不惜对自己说谎。上述评价意见,一度使人真伪莫辨。

索尔仁尼琴在《古拉格群岛》中写道："为此书提供资料的，还有以马克西姆·高尔基为首的 36 名苏联作家，他们是俄国文学史上破天荒第一次颂扬奴隶劳动的关于白海运河的那本可耻书籍（指阿维尔巴赫根据雅戈达的指令主编的《斯大林白海—波罗的海运河》一书——引者注）的作者"；"我一向把高尔基从意大利归来直到死前的可怜行径归结为他的谬见和糊涂。但不久前公布的他 20 年代的书信促使我用比那更低下的动机——物质欲——解释这种行为。高尔基在索伦托惊讶地发现，他既未获得更大的世界荣誉，也未获得更多的金钱（他有一大帮仆役要养活）。他明白了，为了获得金钱和抬高荣誉，必须回到苏联，并接受一切附带条件。他在这里成了雅戈达的自愿的俘虏。斯大林搞死他其实完全没有必要，纯粹是出于过分的谨慎：高尔基对 1937 年也会唱赞歌的。"① 由于索尔仁尼琴的特殊身份，从《古拉格群岛》被译介到我国来之后，他关于高尔基的这些评说，极大地改变了广大读者对晚期高尔基的原有印象。许多读者在对这位"高尔基的揭露者"深表钦佩之余，几乎毫无怀疑地接受了他的评价，而丝毫没有注意到他如何（用他自己的话来说）"十分成功地熏黑了历史的真相"。于是，所有那些与索尔仁尼琴的评价相左的意见，包括法国作家罗曼·罗兰、英国思想家以赛亚·伯林、俄国流亡作家霍达谢维奇、扎米亚京等人的看法，便较难进入人们的接受视野了。

国内有人在书中写道：1928 年高尔基"从海外归来后就一头扎进了肉麻吹捧斯大林体制的队伍中"，成了"卖身投靠权势的看家犬"，"斯大林制度的维护者"。作者是在对高尔基进行"政治鞭尸"。笔者尊重的一位著名评论家也认为高尔基是"两截人"：前半截是伟大的人道主义作家，后半截却支持斯大林的反人道行径，实际是一个"双头鹰"。

但历史事实却不是如此。1929 年 11 月 27 日，也即高尔基结束

---

① ［俄］索尔仁尼琴：《古拉格群岛》（中册），田大畏等译，群众出版社 1996 年版，第 57 页。

第二次回国、返回意大利之后不久，就给斯大林写了一封信，表达了自己对于国内正在发生的"大转折"的看法。高尔基反对"党内摩擦"，认为青年们会把党内矛盾"理解为两个派别为了权力而进行的斗争，甚至还理解为反对您的'个人专制'的斗争"①。由此不难看出，高尔基希望能够阻止斯大林排除异己、迫害"敌对分子"的一系列行动。在 20 世纪 20 年代末 30 年代初个人崇拜泛滥时期，高尔基为保护一大批受到不公正批判的作家挺身而出，与极"左"思潮展开了针锋相对的斗争。他对扎米亚京、皮里尼亚克、普拉东诺夫、叶赛宁、帕斯捷尔纳克、左琴科等诸多遭受批判的作家的高度赞扬，同样具有抵制极"左"路线的意义。

高尔基还坚决反对把苏联作家协会实际上变成扩大了的"拉普"，力求阻止原"拉普"的一批领导人进入并控制作家协会理事会，进而称霸整个文学界。1934 年 8 月初，在第一次苏联作家代表大会召开前，高尔基直接写信给斯大林，直截了当地表示不能赞同由原"拉普"批评家、苏联作家协会组织委员会书记尤金提出的作协理事会建议名单，同时推荐另外 9 名理事人选。但是高尔基的意见却未能改变由原"拉普"成员构成作协理事会主体的格局。对此，高尔基十分不满，又于代表大会闭幕当天给联共（布）中央委员会写信，公然发出激烈的抗议，盛怒之情溢于言表。直到 1936 年逝世前不久，他还写信给斯大林为横遭批判的音乐家肖斯塔科维奇辩护，对"批判形式主义"运动提出怀疑。

还有一个重要事实是：正是在 30 年代初，高尔基拒绝给斯大林写传记。1931 年 10 月，斯大林通过国家出版局局长哈拉托夫向高尔基转达了自己的意愿，希望作家为他写一部传记。高尔基先是对此事采取了回避和推脱态度。年底，哈拉托夫又写信追问已回索伦托的高尔基。他立即回了信，列举自己近期要尽快完成的十来件事情，唯独避而不谈为斯大林写传。1932 年，高尔基把给他寄来

---

① Спиридонова Л. А. （отв. ред.）*Вокруг смерти Горького. Документы, факты, версии. М. Горький. Материалы и исследования. Выпуск 6.* М.：ИМЛИ РАН, Издательство «Наследие», 2001. C. 292.

的有关斯大林的材料全部退回。如果高尔基真是"个人崇拜的奠基者""卖身投靠权势的看家犬"，那么为斯大林作传，不正是向领袖献忠心的最好机会吗？他怎么会放弃这个求之不得的为主人歌功颂德的"天赐"良机呢？

高尔基对待联共（布）党内"反对派"的态度，也表明他绝不是什么"斯大林制度的维护者"。例如，1933 年 9 月 9 日，在看过卡冈诺维奇寄来的《联共（布）党史简明教程》之后，高尔基写信给他说："第 57 页上称托洛茨基为'最可恶的孟什维克'。这很好，但是不是过早了？实际上不是过早，只是读者可能会提出问题：'最可恶的'怎么就不仅进入了党内，而且还占据了党的领导岗位呢？……我担心，书中所提供的对于加米涅夫、季诺维也夫、布哈林及其他某些人的评价，同样也会在读者那里产生类似于关涉托洛茨基的问题。姑且不论，依我看来，这些评价其实是对以上诸人永远关闭了党的大门。"①

高尔基对"领袖至上主义"的抨击，更有力地证明他不仅不是"个人崇拜的奠基者"，而且正是它的坚决反对者。1933 年，高尔基在一次谈话中指出："领袖至上主义是一种心理病症，当自我中心主义扩展起来，它便像肉瘤一样毒化、腐蚀着意识。患领袖至上主义疾病时，个人因素膨胀，集体因素衰竭。领袖至上主义无疑是一种慢性病，它会逐渐加剧……为领袖至上主义所困者，都患有好大狂，而在它背后便是如同黑色阴影般的迫害狂……"②

透过这些言论，不难看出高尔基对于个人崇拜和专制主义及其后果的警觉和反对。如果高尔基真的支持斯大林的反人道行径，还会发出这样的声音吗？

俄罗斯的高尔基研究专家、世界文学研究所高尔基文献保管、

---

① Спиридонова Л. А. （отв. ред.）*Вокруг смерти Горького. Документы, факты, версии. М. Горький. Материалы и исследования. Выпуск 6.* М.：ИМЛИ РАН, Издательство «Наследие»，2001. С. 293.

② Баранов В. И. *Огонь и пепел костра. М. Горький：творческие искания и судьба.* Горький：Волго - Вятское книжное издательство，1990. С. 327.

研究与出版部主任斯皮里东诺娃在她的《马·高尔基：与历史对话》（1994）一书中，曾根据大量的实证材料得出了如下结论：晚年的高尔基"试图阻止斯大林恐怖，谴责强制性的集体化运动，为大写的人而斗争，其积极主动并不亚于在十月革命的如火如荼的年代。与索尔仁尼琴的断言相反，他不会歌颂 1937 年，不会为其辩护，也不会忍耐屈服"。作家的"人性的真诚和真正艺术家的内在嗅觉，不容许他成为斯大林时代的御前歌手"①。这段话可视为对索尔仁尼琴观点的最好回应。

英国著名的思想家以赛亚·伯林也写道："高尔基直到 1936 年才逝世；而只要他还健在，就会利用其巨大的个人权威和声望保护一些杰出的引人注目的作家免受过分的监管与迫害；他自觉地扮演着'俄国人民的良心'的角色，延续了卢那察尔斯基（甚至是托洛茨基）的传统，保护有前途的艺术家免遭官僚统治机构的毒手。""高尔基的逝世使知识分子失去了他们唯一强有力的保护者，同时也失去了与早先相对比较自由的革命艺术传统的最后一丝联系。"② 这是对高尔基晚期活动和作用的公正评价！

高尔基并非完人，他在自己的晚年所说的和所做的一切，无疑不是完美的。但高尔基的全部不足、迷误和缺陷，除了表明极权政治体制操控作家和文学的可怕力度和结果之外，还有他个人认识上难以避免的局限性的原因，但这些局限丝毫不带有趋炎附势、卖友求荣、见风使舵、助纣为虐的性质，丝毫无损于他的人格光辉。他个人的经历、修养、知识结构和他对于世界的理解，他当时所处的国际国内条件，决定了他在自己的晚年只能那样说、那样做，也使得他时时充满着思想矛盾与精神痛苦。这些矛盾与痛苦的根源在于：作为俄罗斯母亲的儿子，他要力图维护自己的祖国在世界上、特别是在西方民主知识分子面前的形象，但是 20 年代末期以后的

---

① Спиридонова Л. А. *М. Горький: диалог с историей*. Москва: Изд - во «Наследие», 1994. С. 300, 301.

② ［英］以赛亚·伯林：《苏联的心灵》，潘永强、刘北成译，译林出版社 2010 年版，第 5、8 页。

苏联现实却不断破坏着这一形象；他始终怀抱着一种可以称之为"集体理性"的社会主义理想，但是斯大林"实现"社会主义的途径与方式却是直接同专制主义、践踏民主的行径联系在一起的；他一直冀望科学和文化的振兴与繁荣，但是反科学、反文化的因素却不断从外部强有力地牵制着科学与文化的发展。面对这一切，高尔基始终不渝地在力所能及的范围内保护文化、保护知识分子；但是他既不可能从根本上阻止个人崇拜的蔓延和极"左"路线的推行，更无力拯救所有受到不公正对待的人们；既不可能超越时代，也不可能超越人类的认识水平去解决那些不断困扰着他的矛盾和问题。事实上，高尔基的晚期思想和精神特点，对于过去一个世纪中追求人类进步的知识分子来说，应当说具有某种典型性。这也就是高尔基至今仍然使包括中俄等国在内的几代忧国忧民的知识者感到亲切的根本原因。

（作者单位：南京师范大学文学院）

阿斯塔菲耶夫与中国

杨　正

　　1934 年 4 月 19 日鲁迅先生在致版画家陈烟桥的一封信中写道："……现在的文学也一样，有地方色彩的，倒容易成为世界的，即为别国所注意。打出世界上去，即于中国之活动有利。可惜中国的青年艺术家，大抵不以为然。"① 俄国作家维·阿斯塔菲耶夫当然不会读过这封信，但与鲁迅先生同时代的那些中国艺术家们不同的是，这位外国作家的创作历程表明他无意中遵循了鲁迅先生的这一建议。可能正因为如此，他的文学作品不但为我国读者所注意，而且一定程度上影响了新时期我国一批优秀的青年作家。

一　阿斯塔菲耶夫的创作在中国

　　维克多·彼得罗维奇·阿斯塔菲耶夫（1924—2001）是 20 世纪后半期俄罗斯著名作家，曾与瓦·拉斯普京一道被认为是"最纯粹"的两个俄罗斯作家。因其作品中反映的乡村和道德主题，阿斯塔菲耶夫常常被归为"农村散文"或"道德——哲理"一派作家。无论从作品语言还是内容上看，他都是一位极富俄罗斯乡土气息的传统作家。作家一辈子都是在乡下生活和创作的，大多数作品中的主人公都是他所熟悉的西伯利亚人。他的创作继承了俄罗斯文学的优秀传统（列夫·托尔斯泰和陀思妥耶夫斯基，高尔基和列昂诺夫

---

① 鲁迅：《鲁迅全集》第 13 卷，人民文学出版社 2005 年版，第 81 页。

等），同时又不难看出西方作家的影响（比如海明威、马尔克斯
等）。阿斯塔菲耶夫在一次访谈中坦陈：

> 开始写作的时候，除了高尔基，我的偶像和理想是维切斯
> 拉夫·希什科夫，后来是列斯科夫。外国作家中有史坦贝克、
> 希梅内斯、哈波·李。还有爱尔兰作家瓦尔特·马可肯，我的
> 《鱼王》就是受到他的一部短篇的启发。最使我受到震撼的是
> 特朗勃的长篇《约翰尼上战场》。但我不久就明白了，要成为
> 一个作家，必须要有自己的面孔，自己的风格，自己的特色。
> 于是我开始朝自己的方向努力①。

可以看出，阿斯塔菲耶夫在创作上走出了一条从兼容并蓄、博
采各家之长到形成自己独特风格的道路。正是因为作家独特的创作
风格，才使得他的作品为我国读者所接受和喜爱。

阿斯塔菲耶夫在我国的成名是从 1982 年《鱼王》的汉译单行
本问世开始的。早在 1979 年《外国文艺》第 5 期选登出了《鱼
王》中两个短篇的译文，它们分别是《在黄金暗礁附近》（夏仲翼
译）、《鱼王》（张介眉译）。在其后的 30 多年时间内，国内还陆续
翻译了他的一些重要作品，比如《牧童与牧女》《陨石雨》《偷窃》
《悲伤的侦探》《树号集》《俄罗斯田园颂》等。其中，他的许多微
型散文作品更受到我国读者的欢迎。例如，由陈淑贤、张大本译的
《阿斯塔菲耶夫散文选》（以下简称《散文选》）自 1995 年第一版
起至今已再版了两次，最近一次是 2009 年正值作家诞辰 85 周年。
作家庞余亮在随笔《泪水浸湿大地》中写到自己读这部《散文选》
的切身感受：

> 读完了这本散文选，我仿佛看见了阿斯塔菲耶夫在他的西
> 伯利亚大草原的深处引吭高歌……我知道，跟着阿斯塔菲耶夫

---

① Никакой я не пророк и не судья // *Красноярский рабочий* , 9 сентября 2005.

不会迷路，所以他把一辈子的作品取名为《树号》，而他留下的树号却像蜂蜜的斑点一样闪着亮光。那些像萤火虫一样的斑点啊，总时时在我面前浮现。每当我遭遇挫折或心情忧郁时，我想起的是我读过的几篇文章，例如巴金的《灯》，柯罗连科的《灯光》，冰心的《小桔灯》，此外还有阿斯塔菲耶夫的《树号》，那树号与那些灯一起生动而友善，引导我，召唤我，继续走向生活的深处……在《俄罗斯田园颂》阿斯塔菲耶夫出色地将苦难转化为"田园交响曲"。[①]

如果说在《悲伤的侦探》之前国内对于阿斯塔菲耶夫的创作是一片赞许之声的话，那么在这部作家自称为"奇特的书"的中文译本出版后，研究者的观点立即出现了极大的分歧。而当长篇战争文学《被诅咒的和该杀的》在俄罗斯《新世界》杂志连载之时，国内的研究者更是出现了严重的分化[②]。根本原因就在于这两部作品中阿斯塔菲耶夫对苏联人的民族性格、伟大卫国战争、斯大林体制等一些重大问题做了深刻的反思和剖析。两部作品的诞生分别与当时苏联戈尔巴乔夫改革和苏联解体后出现的反思潮流密切相关。

值得一提的是，在今天，阿斯塔菲耶夫优美散文的中国读者中不仅有成年文学爱好者和专业的文学研究者、作家，更有许多年纪尚轻的读者。比如，他的《禁忌》和《女歌手》等被收入苏教版高中选修《现代散文选读》，这意味着阿斯塔菲耶夫的作品正被一批年轻的中学生读者所阅读。

尽管如此，上述译作只构成了作家文学遗产的一小部分，仍有许多优秀作品至今没有译介到国内。如作家本人"最钟情"、也被俄国文学评论界公认为阿斯塔菲耶夫最优秀的小说《最后的致

---

① 庞余亮：《泪水浸湿大地》，载《诗刊》2002 年第 14 期，第 62 页。

② См.："Солдатский" роман и правды войны // *Вопросы литературы*. 2011. № 6. С. 487 – 495.

敬》① 就没有完整的中文译本，其中仅有三部短篇②的译文散落于我国 20 世纪 80 年代的外国文学期刊。

不过，让阿斯塔菲耶夫在中国获得极大知名度的还是他的《鱼王》。国内批评界和文学研究界也是从该作品开始重视起这位"起初默默无闻，嗣后日臻佳境"③ 的西伯利亚作家。出现了许多有关这部作品和作家创作的文章，他被誉为"大自然的歌者""道德作家和人性诗人""俄罗斯心灵的表达者""俄罗斯生态文学的守望者"等。《鱼王》在结构上并不是一部连贯的长篇小说，而是由作家在不同时期创作的 12 个短篇④所构成。

《鱼王》在苏联国内也引起了巨大的反响，该作品获得了 1976 年的苏联国家文学奖。作者在作品中歌颂了故乡西伯利亚大自然的庄严和魅力，一定程度上继承了屠格涅夫、列昂诺夫和普里什文等人的传统。同时，作家对工业文明毁坏人的心灵这一现象十分痛心。《鱼王》中不同的主人公身上体现了三种完全不同的对待大自然的态度，即野蛮掠夺型、冷眼旁观型和百般呵护型。小说《鱼王》集中体现了作家的和谐生态观和道德观。作家展示了人类如何在破坏大自然的同时也在道德上沦落，将人与大自然的关系视为衡量人类道德水准的试金石。小说夹叙夹议的风格延续了托尔斯泰的传统，也逐渐发展成为阿斯塔菲耶夫后期创作中的主要特点。

对于大多数中国读者来说，《鱼王》是阿斯塔菲耶夫的代表作，是作家的名片。这部作品对我国新时期的文学产生了不小的影响，直接或间接影响了一批中国青年作家的创作道路。其中，在不同场

---

① 小说《最后的致敬》由作家在不同时期（1958—1992）写成的 32 部独立的短、中篇小说构成，共分为三部，每部分别由 12、9、11 小说组成。

② 《译林》1984 年第 2 期刊登了廖鸿钧翻译的《最后的问候》一篇；《俄苏文学》同年第 6 期登出了由杨懋辉等人根据杂志版翻译的《最后的问候》《远方正在激战》《遥远而亲近的故事》等 3 篇。

③ Астафьев В. П. *Посох памяти*. М.：Современник，1980. С. 202.

④ 事实上，最初阿斯塔菲耶夫将手稿交付出版社的时候一共有 13 篇。其中的一篇《缺乏善心》由于涉及苏联 20 世纪 30 年代的肃反扩大化而没有通过审查，直到苏联解体前夕的 1990 年才由《我们的同时代人》杂志刊出。我国的《外国文艺》在 1994 年第 4 期刊登了张草纫先生的译本，译名为《缺乏善良的心》。

合公开提到受到《鱼王》影响的我国著名作家有阿来、莫言和张炜等。

藏族作家阿来在一次访谈中坦陈阿斯塔菲耶夫对其文学创作的直接影响，并不吝称他为自己的"精神之父"。他说："其实我写小说最早受的是《鱼王》的作者阿斯塔菲耶夫的影响。当然，在不久之后我就改变了我的'精神之父'。"① 的确，在阿来的早期作品中无论是从作品名称还是从主题上都可以明显地觉察到阿斯塔菲耶夫的痕迹。比如短篇《奔马似的白色群山》的篇名很容易让人联想到《鱼王》中的一篇《白色群山的梦》，而短篇《已经消失的森林》在主题上则是和《鱼王》相似，两部作品中均抨击了人类对大自然不计后果的破坏和掠夺，以及这种破坏和掠夺所带来的严重后果，不仅是物理生态上的，更是精神生态上的。当然，任何一个真正的作家都不会始终在他人的影响之下创作，而是应该在不断的文学实践中找到自己的位置。在上面提到的那次谈话中，阿来接下来补充道："写作是逐渐从模仿到独立的漫长过程……但每个作者的影响，换言之，对每个作家的喜欢都是阶段性的。"② 与阿斯塔菲耶夫一样，阿来也及时地认识到形成自己的独立创作风格对于一个作家的重要性。

作家莫言在《我与"译文"》一篇中列举了其在解放军艺术学院文学系就读期间读过的四部外国文学作品，其中他写道："第二本书是阿斯塔菲耶夫的《鱼王》。我只读了其中的《鱼王》和《鲍加尼耶村的鱼汤》③。我认为，新时期好多小说是跟《鱼王》学的，其中不乏'名篇'。我也写过一个人狗对峙的细节，应该承认是受了《鱼王》的影响。"④ 这里莫言提到的"人狗对峙的细节"指的是他的《红高粱家族》系列中的《狗道》。小说中描写了一个异常

---

① 冉云飞、阿来：《通往可能之路——与藏族作家阿来谈话录》，《西南民族学院学报》（哲学社会科学版）1999 年第 5 期，第 10 页。

② 同上。

③ 此处应为《鲍加尼达村的鱼汤》的笔误。

④ 莫言：《演讲创作集：恐惧与希望》，海天出版社 2007 年版，第 319—320 页。

血腥的人狗大战的场面，人因为战争而变得残忍和兽性化，而作为兽类的狗则摆脱了其身上的奴性，恢复其本性，与人类展开了一场殊死的拼杀。可以说，这个场景在表现手法上受到了《鱼王》中人鱼大战的启发。

对作家张炜而言，阿斯塔菲耶夫的影响主要体现在对人与自然关系的处理和道德主题的认同上。关于《鱼王》他赞叹道：

> 这是一部极少见的好作品之一，曾是新时期里对中国作家构成了较大影响的一本书。整部书像一曲长长的吟唱。长久的、在夜色中不能消失的叹息、对悲剧结局深深的恐惧和探究都使人感到这是一部杰作。它的主题指向绝不新奇新鲜，中外作家都写过不少类似的东西。但问题是它的色调、它难以淹没的音韵。俄罗斯文学的伟大传统强有力地援助了它，它继续了它的余音，让其在冻土带上久久环绕。这是社会主义国家所能产生的最好的诗篇了，他的诗篇留有当代深刻明晰的印记，摩擦也是枉然。这样的诗意底气充盈，不像某些好看的泡沫，只浮在水流之上。①

张炜早期的某些作品如《九月寓言》《海边的风》中明显有阿斯塔菲耶夫式的道德关注，具体表现为人与自然的关系的主题与道德主题的融合，对狭隘的人类中心主义的批判，对工业文明产生的人类心灵的危机、道德沦落的关注和忧虑。

作家之间的文学影响是个十分复杂的现象，因此我们很难精确地衡量阿斯塔菲耶夫对中国文学的影响究竟有多大。而且，大多数情况下，文学影响都不是表现为被影响者对影响者创作方式、表达手段、故事情节等的直接挪用，而更多的是从创作理念、哲学思想、审美价值取向等方面加以借鉴。难怪作家刘醒龙将《鱼王》视为"书写乡村的典范"和"关于乡村的圣经"，并称阿斯塔菲耶夫

---

① 张炜：《心仪——域外作家：肖像与简评》，山东画报出版社1996年版，第60页。

为"曾经影响一批堪称精英的当代中国作家审美倾向的俄罗斯同行"。这里他指的应该就是《鱼王》的影响力，这种影响力植根于作品中体现出的作者"对乡土乡村无边无际的眷恋和深爱"①。也正是因为《鱼王》作者的世界观一定程度上启发了莫言，所以尽管只读过该作品其中两章的他却能记住《鱼王》结尾大段关于时代特点的精辟论断，而且多次在自己的演讲中加以引用。比如 2011 年在香港中文大学的一次演讲中，莫言说道：

> 大概上个世纪 60 年代的时候，前苏联的作家阿斯塔菲耶夫写了一本小说《鱼王》，在这本小说结尾的时候，他也罗列了一大堆这种风格的话语，来描述他所生活的时代。我只记得他那里面写"这是建设的年代，也是破坏的年代；这是在土地上播种农作物的年代，也是砍伐农作物的年代；这是撕裂的年代，也是缝纫的年代；这是战争的年代，也是和平的年代"等等。那我就感觉到要我来描述我们现在所处的时代，我实在是想不出更妙的更恰当的话语来形容。②

虽然，此处的引文只是原文的一小部分，而且与原文有出入（"这是建设的年代，也是破坏的年代"这是莫言自己的发挥），仍然能够表明，莫言的时代观在一定程度地受到了阿斯塔菲耶夫的影响。

当然，《鱼王》在国内的接受并非只有赞扬，没有批评。著名作家王小波在自己的随笔《掩卷：〈鱼王〉读后》一文中就对《鱼王》的结构安排提出了质疑。在文章的开头，他列举了《鱼王》的许多优点，认为这是"一本了不起的书"，而且还对其中的精彩段落做了精彩的分析。之后，开始抛出自己的疑点。首先，他对《黑羽翻飞》一章里作者的逻辑产生了质疑："细查作者的逻辑，

① 刘醒龙：《一滴水有多深》，作家出版社 2009 年版，第 212 页。
② 莫言：《文学与我们的时代》，载《中国作家（旬刊纪实）》2012 年第 7 期，第 219—220 页。

似乎仅仅为了糊口的杀戮是可以的，而为了贪欲的杀戮是不可以的。这就让人想起朱熹对'饮食男女人之大欲存焉'和'存天理、灭人欲'的调和处理：人要吃饭，是为天理；人要美食，是为人欲。这种议论简直贻人以笑柄。"这里王小波显然误解了阿斯塔菲耶夫批评无节制地破坏生态的野蛮行径、主张向大自然适度索取的初衷。在小说结构和体裁上王小波也同样提出了自己的想法。他认为："《鱼王》虽然被称为长篇小说，实质上是集长篇小说、中篇小说、抒情散文、道德议论于一体的东西。其优点是容量非常之大，劣点是结构荡然无存。"① 小说的结构松散，没有一个贯穿始终的主人公。这点上王小波的观点是正确的。阿斯塔菲耶夫本人其实早就意识到了这一点，并且多次公开表示过对《鱼王》的结构不太满意。用他自己的话来说，这是一本"参差不齐的书"，"组织结构很糟糕，没有连贯性"，因为各部分之间"没有统一的创作构思"②。也正是考虑到上述因素，阿斯塔菲耶夫从来不将《鱼王》称为长篇小说，而是用了一个副标题"寓于短篇的叙述"。王小波的质疑可能受到了中文译本的"误导"。一方面，译本没有将副标题译出来；另一方面，译本的序作者、同时也是译者之一的夏仲翼先生在序言中将《鱼王》界定为长篇③。

二　阿斯塔菲耶夫作品里的中国形象

当然，阿斯塔菲耶夫与中国文学的关系并非只是单方面的。中国文学，尤其是中国古典文学也对阿斯塔菲耶夫的思想和创作产生了一定的影响。1990 年 10 月 31 日至 11 月 15 日阿斯塔菲耶夫作为苏联作家代表团成员访问了中国的北京、上海和南京。苏联解体后

---

① 王小波：《思维的乐趣》，重庆出版社 2009 年版，第 246、247 页。

② Ростовцев. Ю. *Страницы из жизни Виктора Астафьева*. М.：Энциклопедия сел и деревень，2007. C. 128.

③ 参见夏仲翼《阿斯塔菲耶夫和他的长篇〈鱼王〉》，见《鱼王》，夏仲翼、肖章、石枕川等译，上海译文出版社 1982 年版，第 1—16 页。

他在多家俄罗斯报刊上发文赞扬中国的发展道路，赞扬"如蚂蚁般勤劳的中国人民"和"古老但却充满活力的中国文化"。阿斯塔菲耶夫还对中国的古典诗歌十分推崇。他喜欢随身携带一个笔记本，里面不仅有俄罗斯诗人普希金、阿赫玛托娃、叶夫图申科、阿赫玛多琳娜等人的诗歌，还有生活在好多世纪以前的中国诗人杜甫的诗。除了自己阅读，他还为本国的文学爱好者开设过杜甫诗歌的讲习班。在一次访谈中阿斯塔菲耶夫提到自己非常喜爱中国的古典文学。他对采访者说了这样的话："你们拥有如此伟大的文化，如此优秀的诗人和作品，理应依托过去，创造未来。"① 阿斯塔菲耶夫尤其推崇杜甫的诗歌，在给我国《苏联文学》（现名《俄罗斯文艺》）编辑部的一封信中阿斯塔菲耶夫一口气引用了他的两首诗《捣衣》和《江亭》便是最好的证明。其中完整引用了《捣衣》的全文：

> 亦知戍不返，秋至拭清砧。
> 已近苦寒月，况经长别心。
> 宁辞捣熨倦，一寄塞垣深。
> 用尽闺中力，君听空外音。

这首诗写于一千多年前的唐朝，但它的不朽诗意仍然打动着这位上过前线、参加过苏联伟大卫国战争的俄罗斯作家。阿斯塔菲耶夫写道：

> 当伟大诗人以其瑰丽诗篇《捣衣》从八世纪向着二十世纪发出他那恻隐之声……的时候，这声音使我感到，自己仿佛在读一位俄罗斯妇女寄往前线的信，而那前线也正是我曾经作为普通一兵与法西斯搏斗并献出过自己鲜血的地方啊。

---

① Настоящему искусству нужно учиться… // Стародуб: астафьевский ежегодник, 2009, № 1. С. 211.

当我读到杜甫那高山小溪般清澈流畅的诗句"水流心不竟，云在意俱迟"时，我的心为之颤栗，我痛切地感到他就是我的同时代人，我像受到魔力（诗的确也是魔力）指引似地不由得低声吟诵起我最爱戴的俄罗斯诗人谢尔盖·叶赛宁的诗句来——"我不惋惜，不哭泣，也不召唤；一切均将逝去，像果树枝头那轻烟；凋零的金秋已把我心充满；我将不再是个稚气青年"。①

虽然这并不表明杜甫的诗影响了阿斯塔菲耶夫的文学创作，但可以认为，作为一种古老的异域文化，中国的古典诗歌熏陶着这位俄罗斯作家，潜移默化地影响着他对中国文化的理解和作家作品里中国形象的塑造。

阿斯塔菲耶夫在作品中多次写到中国和中国人。作家笔下的中国人勤劳淳朴、彬彬有礼、微笑待人。在作品集《树号》的一个短篇《轭》中作家这样描写中国人："颜料是以前从满洲里的中国人那里用三袋小麦换来的。这些满洲里人虽然个头不大，却非常精明能干。"② 在另一篇《富人庇护穷人》中描写了一对在哥伦比亚开餐馆的中国父子。这家餐馆是苏联使馆工作人员最爱去的地方，当作家来访的时候，他也被带进了这家餐馆：

> 在一片翠绿的胡同里坐落着一家不大的中国餐馆。……庆祝胜利日的那天使馆工作人员就是推荐的这家，因为这里的中国菜很有名，环境也很安静，绿化好，人也少。餐馆里还会播放俄罗斯音乐，甚至可以听到伟大卫国战争时期的歌曲。……给我们上菜的父子俩都是中国人，不知不觉间就将可口的饭菜上齐了。……这些中国人，似乎很欢迎我们俄罗斯人，欢迎我们的胜利，高兴地听着我们的谈话。当我们准备唱俄国歌曲的

---

① 《维·阿斯塔菲耶夫给本刊的信》，载《苏联文学》1985 年第 4 期，第 45 页。

② Астафьев В. П. *Затеси*. Красноярск：Красноярское книжное издательство，2003. С. 238.

时候，他们点了点头，露出微笑。……他们始终冲我们微笑，微微鞠躬，邀请我们以后多多光顾。①

在阿斯塔菲耶夫的作品中，中国是个美丽又神秘的国度，充满了异国风情。可能正因为如此，作者给《牧童与牧女》中的女主人公起了个漂亮的、"花一般的中国名或日本名——柳霞"②。作者在《鱼王》中描写了一位爱好幻想、带有浪漫主义情调的图书管理员柳朵奇卡，她在聆听戈加·盖尔采夫口若悬河的说辞时入了迷，"自己也没察觉竟像一只上好发条的中国洋娃娃那样一个劲地点着头"③。

中国商品总是与物美价廉联系在一起。西伯利亚当地人在集市上常常首选买中国货。小说《最后的致敬》里的外祖母就答应外孙"在集市上从中国人那买一个相框将照片裱起来"④。这部小说里还有一段关于中国商品对当地生活影响的描写："听说，与许多奇缺的商品一样，生铁和铁锅都是从中国运到西伯利亚的。瓷器、玛瑙、水晶、陶瓷和玻璃器皿也是从中国运来的。还有什么东西是从中国来的，已经无人知晓。但是很想了解：外婆的铁首饰盒是如何进入她的箱子里去的？中国人是如何出现在克拉斯诺亚尔斯克的？他们又是如何度过那些混乱年代的？"⑤

作家在《最后的致敬》的第三部对上述问题进行了艺术性探索，并专门介绍了中国人在西伯利亚的生活史以及对西伯利亚当地人产生的深远影响："中国人在内战以后留了下来。他们来到我们村为的是弄到大粪。中国人很少闲逛，干很多的活，从来不喝得酩酊大醉。……中国人和外来人教会了西伯利亚人很多东西，尤其是如何育种和翻土。教会了如何用手磨子将谷物和豌豆磨成粉，如何

---

① Астафьев В. П. *Затеси.* Красноярск: Красноярское книжное издательство, 2003. С. 468 – 469.

② Астафьев В. П. *Соб. соч. в 6 тт. Т. 1.* М. : Молодая гвардия, 1991. С. 365.

③ Астафьев В. П. *Царь – рыба: повести, рассказы.* М. : Эксмо, 2010. С. 341.

④ Астафьев В. П. *Последний поклон.* М. : Эксмо, 2010. С. 147.

⑤ Там же. С. 241 – 242.

从土豆片中提取淀粉……"① 当 20 世纪 20—30 年代苏联开展农业集体化时，"中国人从这里被清除了，为的是既不碍谁的眼，也不让自己显得难堪。中国人迁移到布加奇附近的郊区，他们在那里开辟耕地，建造房屋，又和从前一样生活着。不过，慢慢地就在当地的西伯利亚人中消融了，在与当地人的通婚中逐渐被同化了，越来越少，几乎觉察不到他们的存在"②。在这段对西伯利亚中国人坎坷命运的描写中，能够感觉到作者深深的同情。虽然，中国人最终在这块土地上"消融了"，却永远留在了当地人的记忆中。在阿斯塔菲耶夫的长篇小说《被诅咒的和该杀的》中，一名来自西伯利亚的战士在困难时刻喊道："上帝和三十三个中国人和我们在一起！"③ 虽然这句话的最初来源无从考证，但据阿斯塔菲耶夫本人说，这句话在西伯利亚曾经非常流行。我国俄国文学研究者余一中曾做过这样的设想："故事出现在俄国近现代史的某个动乱时期，这三十三个中国人英勇善战，为保卫西伯利亚某地的居民创造了特殊的功勋，所以人民才一直记得他们，即使在他们的具体业绩已经被人们淡忘了的时候。"④

当然，作家也不回避谈论中国人的缺点。在给我国著名俄罗斯文学研究者余一中的信中，他指出："中俄两国人民都不容易适应重大的灾难和社会动荡。"⑤ 应该说，如果阿斯塔菲耶夫不具备一定的中国历史和文化知识，他很难对中俄两国人民的民族性做出这样的比较。同时在这一比较中我们听到的可能不是指责和批评，而是一种善意和同情。

经过以上陈述和分析可以看出，阿斯塔菲耶夫作为一个"纯粹

① Астафьев В. П. *Последний поклон.* М. : Эксмо，2010．С. 496.

② Там же．С. 497.

③ Астафьев，В. П. Прокляты и убиты // *Новый мир.* 1994，10．С. 90.

④ 余一中：《作家·人·朋友——纪念俄罗斯作家维·阿斯塔菲耶夫逝世二周年》，载《当代外国文学》2003 年第 4 期，第 173 页。

⑤ Астафьев В. П. Нет мне ответа… // *Эпистолярный дневник.* Иркутск：Издатель Сапронов，2009．С. 526.

的"俄罗斯传统作家，能够在 20 世纪的后半叶对中国文学产生一定的影响，很大程度上应归功于作家作品中的世界性因素：对世纪末人类命运的普遍关怀，对人和自然关系、生态和谐、道德人性等一系列全球性重大问题的独特关照。然而，这一切首先都是建立在作家对祖国、对故乡的热爱基础之上的，建立在其作品中独有的西伯利亚乡土气息，俄罗斯人特有的民族性格基础之上的。陀思妥耶夫斯基在 1863—1864 年的日记中曾经这样写道："我们不认为民族性是人类的最终话语和最终目标。只有世界性才具有完全的生命力。但世界性唯有依靠每个民族自身的民族性才能获得"①。陀氏的这一观点十分贴切地说明了阿斯塔菲耶夫创作之于中国文学的关系。同时，阿斯塔菲耶夫也不忘学习世界文学中的宝贵经验，从阅读中国古典文学中的汲取养分，对中国文学和历史的了解使得阿斯塔菲耶夫在作品中塑造了独特的中国形象。今天，我国的读者仍在阅读阿斯塔菲耶夫，一如既往地受到其作品的熏陶和启发。他的《鱼王》《牧童与牧女》《树号》等在豆瓣网上仍被国内读者所推崇。阿斯塔菲耶夫的创作早就超越了自身民族的界限而获得了广泛的世界意义。

（作者单位：南京大学外国语学院）

---

① Неизданный Достоевский. *Литературное наследие.* Т. 83. М.: Наука, 1971. С. 186.

俄罗斯文学史研究

民族精神回溯和自我认识的史书

——苏联科学院版《俄国文学史》翻译与研究的学术意义

汪介之

在我们的北方近邻俄罗斯那一片广袤无垠的土地上诞生和发展的文学，是这个民族思想文化的艺术载体，也是世界文学史上奇特的精神文化景观。早在公元 12 世纪，古代罗斯的长篇史诗《伊戈尔远征记》，就在欧洲中世纪文坛熠熠生辉，但在此之后，俄罗斯文学却似乎沉寂了 500 余年。18 世纪初彼得大帝厉行改革，大大推动了俄国经济文化的发展，文坛上开始出现一批有建树的诗人和作家，不过在整个这一世纪中，俄罗斯仍未能产生出足以和同时期西欧文学的突出成就相媲美的作品。直到 19 世纪初，情况才发生了根本的变化：俄国文学仿佛从沉睡中一跃而起，以诗人普希金为先导，形成了一个名家辈出、群星灿烂的局面，迅速成为最具影响力的文学之一，且一发而不可收。值得注意的是，这种变化不是在西欧各国文学走向衰落的背景下，而恰恰是在整个欧洲文学的黄金时代出现的。

俄罗斯文学显示出鲜明的民族特色。杰出的思想家尼古拉·别尔嘉耶夫说过："俄罗斯文学不是产生于令人愉悦的创造力的丰盈，而是产生于个人和人民的痛苦与多灾多难的命运，产生于对拯救全人类的探索。"[①] 家国不幸诗人幸，民族的苦难与摆脱这种苦难的

---

① Бердяев Н. А. *Истоки и смысл русского коммунизма.* Москва: Издательство «Наука», 1990. С. 63.

追求，积淀为独特的民族历史文化传统，由其所孕育的俄罗斯文学便具有了深厚的人道主义内涵、"为人生"的主导意向和强烈的社会使命感。由于俄国传统哲学的不发达，文学不得不承担在别的国度通常是由哲学或其他社会科学所担当的任务。对于俄罗斯人来说，"文学是唯一的讲坛，可以从这个讲坛上诉说自己愤怒的呐喊和良心的呼声"。① 文学也就因此而显示出与历史、伦理、哲学、宗教的不可分离性。作家们的使命意识和人文情怀，使俄罗斯文学始终是一种"介入"的文学。文学所造成的"精神气候"，不仅对特定时期社会价值观的形成和演变产生了直接影响，而且往往作用于社会政治、经济和文化的运行。19—20 世纪俄罗斯文学作为民族现代化进程的重要组成部分，面临着这一进程中始终不可绕开的一系列根本问题，如东西方之间的道路选择，政治变革与文化转型的轻重缓急，统一意志与个性自由的冲突和兼顾，知识阶层价值与作用的认定和发挥，以及同关于现代化的过程、方式和后果的反思相关的忧患意识与乡土情结的体认和疏泄，等等。俄罗斯文学对这些问题的探索、呈现和表达显示出它在现代化进程中不可替代的作用，不仅成为现代化运动的生动艺术录影，而且为总结和反思这一行程的历史经验提供了最有价值的参照，并由此而获得了它那特有的思想含量、史诗般的厚重感、沉郁苍凉的底色和永恒的艺术魅力。

回望中外文学交往史，人们不难发现，俄罗斯文学和中国文学的关系最为密切。那是一种"剪不断，理还乱"的关系，一种无论你怎样淡化、它都客观存在的史实。这种关系的形成有其内在的必然性。中俄两国在地理上是近邻，国情彼此相近，两大民族的文化心理结构也有很多相似之处；进入 20 世纪，都有一批志士仁人在为民族的命运而思虑，都欲唤起民众意识的觉醒，推动本民族走向现代。我国五四运动时期新文化的开拓者们就敏锐地注意到了俄罗斯文学的特点。李大钊曾经指出："俄罗斯文学之特

---

① ［俄］赫尔岑：《赫尔岑论文学》，辛未艾译，上海文艺出版社 1962 年版，第 58 页。

质有二，一为社会的色彩之浓厚，一为人道主义之发达。"① 现代文学史家郑振铎也曾写道："俄国文学所以有这种急骤的成功，绝不是偶然的事。她的真挚的与人道的精神，使她垦发了许多永未经前人蹈到过的文学园地，这便是她博人同情的最大原因。"② 正因为如此，中国新文学在吸取外来文学的养分、建构自身之初，便像鲁迅先生所说的那样，认定"俄国文学是我们的导师和朋友"③，特别注重摄取俄罗斯文学。于是，中国新文学中便清晰地显示出俄罗斯文学的渗透与滋养，呈现出与俄罗斯文学相似或相近的精神、基调和特色。

俄罗斯文学不仅直接影响了中国新文学的格局与进程，也极大地改变了中国读者的阅读习惯与审美情趣，培养了一代又一代优秀读者。20世纪中国的文学翻译史表明，在我国出版的全部外国文学翻译作品中，从国别的角度而言，俄罗斯—苏联文学作品在长时期内一直占有最大的比重。这些作品不仅滋养了我国几代文学工作者，而且曾经广泛影响了成千上万普通读者的精神生活和人生道路。有许多优秀的俄罗斯文学作品，和这个民族所提供的同样出色的戏剧、电影、绘画、音乐、芭蕾舞作品一样，在中国几乎成为家喻户晓的艺术经典。

然而，毋庸讳言，时至今日，中俄文学关系的蜜月期似乎已经过去。这或许是中国文学摆脱极左文艺思潮制约的一种表征，因为它难以忘却十七年间实行"一边倒"所带来的负面后果。中国当代作家和读者都把目光投向了更广阔的世界，注意吸收各国作家的艺术经验。于是，从20世纪80年代中期起，俄罗斯—苏联文学对中国文学的影响开始呈现出衰落的趋势。在世纪晚期的苍茫暮色中，这种曾拥有强大艺术吸引力的文学仿佛渐渐淡出我国一般读者的视野。造成这种局面的内外因素固然是多方面的，却不能排除我国学界以往对俄罗斯文学的译介和评论较为片面、而目前的解读和阐释

---

① 李大钊：《俄国文学与革命》，载《人民文学》1979年第5期。
② 郑振铎：《俄国文学史略》，上海商务印书馆1924年版，第1—2页。
③ 鲁迅：《鲁迅全集》第4卷，人民文学出版社1981年版，第460页。

仍然不够全面与深入这一缘由。文学研究的重要功能之一是引导读者舆论。在中国当代文学语境中，摆在我国俄罗斯文学研究者面前的一个不可回避的课题，就是完整认识、系统描述和科学评价俄罗斯文学的历史进程。延绵十个多世纪的俄罗斯文学，究竟为人类提供了哪些真正的经典，留下了哪些应当珍视的宝贵遗产？当代读者是否还可以从俄罗斯文学中继续获取精神给养与审美愉悦？中国读者显然有理由希望通过研究者、评论者们的言说得到对于这些问题的解答。但是，截至目前，国内学界尚未能满足读者的这一需求。我们至今甚至还没有一部完整的俄罗斯文学史著作。在国别文学史著述领域，已先后问世的有柳鸣九主编的 3 卷本《法国文学史》（1979、1981、1991），李赋宁、王佐良等主编的 5 卷本《英国文学史》（1994—2005），刘海平、王守仁主编的 4 卷本《新编美国文学史》（2000—2002），范大灿主编的 5 卷本《德国文学史》（2006），叶渭渠、唐月梅合著的 4 卷 6 册《日本文学史》（2004），等等。相比之下，我们还缺少多卷本的"科学院版"《俄国文学史》。

"科学院版"这一概念，借用于俄罗斯—苏联学术界。在俄罗斯或苏联，代表某一学科领域在特定阶段的国家水平的大型权威性著作，往往都是由俄罗斯科学院或苏联科学院组织实施，由"俄罗斯科学院出版社"（Издательство РАН）、"苏联科学院出版社"（Издательство АН СССР）等下属出版社出版的。如 10 卷本《世界文学史》（1983—1994，已出版前 8 卷）、10 卷本的《俄国文学史》（1941—1956）、6 卷本的《苏联多民族文学史》（1970），等等。"苏联科学院出版社"于 20 世纪 60 年代中期改名为"科学出版社"（Издательство《Наука》），但仍隶属于苏联科学院和后来的俄罗斯科学院，继续出版许多大型的权威性学术著作，"科学院版"的提法也沿用至今。

围绕编撰多卷本《俄国文学史》的问题，国内学者自 20 世纪 90 年代起就展开过多次讨论，却由于种种原因一直未能正式启动。在这一背景下，为一种学术紧迫感所驱使，我们决定选择由苏联科学院俄罗斯文学研究所（普希金之家）所长、俄国文学史研究专家尼基塔·普鲁茨科夫（1910—1979）主编、苏联科学出版社出版的4卷本《俄国文学史》（1980—1983），将其完整地翻译为中文，并进行系统而细致的研究，以期全面呈现苏联时期一流学者所描述的从公元 10 世纪至十月革命前俄国文学的发展进程，展示这一千年间俄国文学的历史演变、艺术成就、思想价值、文化蕴含和美学特色；在和国内外同类著作的比照中，深入揭示这套具有代表性的文学史著作所体现的文学史观念、主导思想和编撰原则，发现其结构方式、方法论特点和话语特征，探明文学史研究、文学理论建构和文学创作之间的互动关系，为我国学界和广大读者进一步全面认识俄国文学的成就、面貌和特色，为更新文学史观念、优化文学史研究方法和推动文学史编写水平的提升，为建构科学的、完善的文学史学、文艺理论与文学批评话语体系提供有价值的参照。

文学史研究是文学研究的最高境界，文学史著述具有培育一代人甚至几代人的文学观念，影响他们的精神心理、文化素养、价值观念、审美水平和鉴赏能力的巨大作用。普鲁茨科夫主编的《俄国文学史》表明，编写者们是胸怀自觉的使命意识和高度的责任感投入结撰工作的，绝没有把它降格为一般的教材编写。全书鲜明地体现出这套著作的文学史观念，即始终注意在与社会运动和时代思潮及其流变的紧密联系中考察与审视文学现象，将文学视为民族精神文化生活的艺术表现予以评说，从而把文学史著述提到了民族精神史的描述和建构的高度，最终完成了一部民族精神回溯和自我认识的巨著。

认真翻检国内外 100 余种俄国文学史著作（其中俄罗斯学者的著作 60 余种，西方学界的著作近 20 种，国内 20 余种），经过反复梳理、对照、考辨和讨论，可以确认普鲁茨科夫主编的《俄国文学史》是目前国内外俄国文学史著作中的最优成果之一，具有很高的学术价值和鲜明的特色。这套文学史著作的主编、编委会成员均为苏联、俄罗斯学界在俄国文学史研究领域享有盛誉的第一流学者（包括德·利哈乔夫院士等），所有撰稿人也都是文学史研究各个具体研究方向上的著名专家，具有丰富的前期研究成果和厚实的学术积累。由这些学者联手编写的这套著作，和俄罗斯本国学界文学史著述与研究的成果进行纵向比较，可以说是系统地总结了自1755 年俄罗斯第一部俄国文学史著作——瓦·特列佳科夫斯基的《论俄国古代、中期和最新的诗歌创作》问世以来一代代学者积累的丰富经验，积极吸收国内外同类著述和研究的新成果，弥补了以往文学史著述（包括米·阿列克谢耶夫、尼·别里奇科夫主编的10 卷本《俄国文学史》、德·勃拉戈依主编的 3 卷本《俄国文学史》、弗·克尔德什主编的两卷本《世纪之交的俄罗斯文学（1890 至 1920 年代初)》等科学院版文学史著作）的不足，有着诸多新的发掘和新的创见；和西方学界的俄罗斯文学史著作（包括法国学者乔治·尼瓦等主编的 6 卷本《俄国文学史》、美国学者查理斯·A. 莫瑟主编的《剑桥俄国文学史》等）做横向比较，则可以看出它成功地避免了国外学者难以克服的局限和观点上的偏差，显示出学术研究上的原创性、科学性和稳妥性。

普鲁茨科夫主编的《俄国文学史》，全面而清晰地描述了从公元 10 世纪至 1917 年俄罗斯文学的发展历程，对这一漫长进程中出现的重要作家、作品、文学团体、思潮、流派和运动等给予科学的评价，体例严谨，线索分明，立论公允，剪裁精当，分析透彻，论述充分，具有其鲜明的特点。首先，全书以马克思主义文学观和文学史观为主导思想，体现了对于文学的本质、意义和文学史著述的特有价值的理解，认为文学是特定时代的生活和思想感情的艺术表达，文学史的结撰过程则应当成为民族精神回溯和自我认识的过程。其次，这套文学史著作以知识分子与人民的关系为论述主线。高尔基在他编撰的《俄国文学史》中曾认为俄国文学是俄国知识分子的"思想体系"，并把知识分子的命运、知识分子与人民的关系视为文学史的主线，普鲁茨科夫主编的《俄国文学史》继承了这一观念并加以发挥，始终致力于从文学与社会思想、特别是知识阶层精神生活的联系中揭示文学的动力源、独特性、主要倾向和发展规律。再次，编写者始终坚持历史观点和美学观点相统一的方法论原则。这套著作评价文学史中一切现象和问题的基本视角，并非单一的社会历史批评，而是遵循恩格斯所说"从美学观点和历史观点"来衡量作品的标准，同时还体现了对丹纳《艺术哲学》、勃兰兑斯《19世纪文学主流》批评传统的卓越继承。最后，全书的内容表明编写者具有高度的责任感、良好的学术素养、丰富的文学感性积累、纤敏的审美眼光和严谨的治学态度，又掌握了丰富而可靠的第一手资料，因此这套文学史著作不仅生动地勾画出千年俄罗斯文学的历史进程，更深刻而准确地揭示出这一文学的灵魂、精神和风格特征。

长期以来，西方学界存在着一种偏见，认为俄罗斯、特别是苏联时期的文学史研究乃至整个文学理论与批评，都是社会政治的附庸、某种政策的图解。"社会历史批评"成为某些人贬抑和否定俄罗斯—苏联学者文学研究的理论倾向、评价尺度和方法论的术语。这种看法在我们国内学界也有一定的影响。普鲁茨科夫主编的4卷本《俄国文学史》的存在，体现于其中的美学观点和历史观点相统一的视角以及运用这种视角所取得的学术成就，有益于纠正上述偏见，从一个侧面为俄罗斯文学史研究和理论批评正名。第一次把这套著作完整地翻译过来，直接展示苏联—俄罗斯学界俄国文学史研究领域的优秀学者共同创造的一流成果，呈现出这套文学史的学术水平，并通过深入细致的研究，揭示它所贯彻与体现的文学史观念、主导思想、研究方法和论述方式，这对于我国学界提升俄罗斯文学史建构和俄罗斯文学研究的总体水平，乃至对于一般文学史研究领域观念的更新、研究方法的优化，对于推进外国国别文学研究、比较文学与世界文学研究以及整个文学研究领域的话语体系建设，都具有不容忽视的启发、借鉴和参照意义。

（作者单位：南京师范大学文学院）

俄罗斯—苏联学界俄国文学史
建构的学术历程

汪介之

俄罗斯文学在世界文学格局中独树一帜，影响深远，俄国文学史研究也为各国学界所高度重视。对俄罗斯学界的《俄国文学史》著述作一历史的回顾，勾画出其发展的学术进程，对其间出现的若干代表性著作予以扼要评述，有助于我们深刻认识俄罗斯学者的文学史观念、主导思想和编撰原则及其演变，为我国学界更新文学史观念、优化文学史研究方法和推动文学史编写水平的提升提供有价值的参照。①

——

在俄罗斯学界，俄国文学史著述和研究开始于 18 世纪中期。作家瓦·基·特列季亚科夫斯基的《论俄国古代、中期和最新的诗歌作品》（1755），可以说是第一部俄国文学史研究方面的著作。特列季亚科夫斯基考察了俄国自古以来作诗法发展的主要因素，论证了"重音作诗法"适合于俄语的特点，并对英雄长诗、喜剧和颂诗等体裁样式的发展做出了历史的评论。他所运用的按年代顺序来把握文学现象的方法，以及他依据作诗法形式的变化而提出的俄国

---

① "俄国文学史"通常是指从古代到 1917 年十月革命前的俄罗斯文学发展进程，因此本文的学术史梳理不含 1917 年以后的俄罗斯—苏联文学史著述。

诗歌史分期法，呈露出"以时代为经、以体裁为纬"的文学史方法论的萌芽。

随后出现的亚·安·沃尔科夫的《若干俄国作家的消息》（1768），按出现的年代顺序对费奥凡·普罗科波维奇、特列季亚科夫斯基、罗蒙诺索夫和编者本人等活动于18世纪的42位俄国作家和诗人进行了评介。这似乎表明，在编者沃尔科夫看来，俄国文学作品事实上是在这个世纪才开始出现的。在各类体裁的作品中，沃尔科夫最为注意的是戏剧，因此连那些仅仅写过或翻译过一部戏剧作品的作者或译者，也都被收入这部编著。

如果说《若干俄国作家的消息》带有作家词典的性质，那么俄国启蒙学者、作家和批评家尼·伊·诺维科夫则确实编辑了一本词典：《俄国作家历史词典试作》（1772）。这部词典中收录了从"斯拉夫人中第一个有名望的作家"、《俄罗斯编年序史》（《往年故事》）的编者涅斯托尔到18世纪70年代俄国一系列作家的宝贵资料，并含有编者对这些作家及其作品的言简意赅的评价。整部词典展示出早期俄国文学多方面的成就，勾勒出它的发展进程，因此便在一定程度上获得了类似于文学史著作的价值。别林斯基后来曾指出：诺维科夫编写的这部词典是"那个时代所特有的文学批评的完美实例"，它"在俄国批评的历史评述中是不能忽略的"[1]。

1771年，俄国诗人和剧作家米·马·赫拉斯科夫发表了长诗《车斯米湾海战》；次年，该诗的法译文在法国出版时，诗人自己为它写了一篇序言《论俄罗斯诗歌创作》（1772）。这篇序文绘制出俄国早期诗歌史的动态画幅。作者以俄罗斯民间口头文学作品为起点，把俄国诗歌的发展进程划分为三个时期，即"鞑靼人入侵之前"、"鞑靼人入侵至18世纪初"和以罗蒙诺索夫的颂诗《攻克霍丁颂》（1739）发表为标志的"真正的"俄国诗歌创作开始的阶

---

[1] Белинский В. Г. Полное собрание сочинений: В 13 т., Т. 6. Москва: Издательство Академии наук СССР, 1955. С. 321

段。① 这种分期法很快就被广泛接受，并在 19 世纪初期的文学史著作中得到了更为详尽的论证。在这里，甚至可以发现后来别林斯基的"我们的文学始于 1739 年"② 这一说法的源头。

出现于 18 世纪的上述文献表明，"俄罗斯民族文学"的观念已在那个时代的学者和作家们的头脑中开始形成，但他们的著述还只是限于简要介绍作家的生平与作品，或概括描述俄国诗歌的成就，尚未鲜明地体现出为本民族文学写史的意识。

二

进入 19 世纪，在文学迅速发展的背景下，民族文学史的自觉意识在俄罗斯学界开始萌生。伊·马·鲍尔恩编写的《俄国语文学科简明教程》（1808），提供了一部包括俄语语法、文学理论和俄国文学史等内容的教科书。书中关于文学史的部分，沿着时间的自然顺序编排，把俄国文学史分为三个时期：公元 10 世纪初至 15 世纪中期，15 世纪后期至 18 世纪初，当前的俄国文学。这种分期法与赫拉斯科夫分期法有所不同，即认定第二个时期开始于罗斯从鞑靼人统治下解放出来之后。鲍尔恩既肯定俄国文学在遥远的古代就已很繁荣，又承认重要的文献流传下来的不多，表达了努力挖掘古代文学遗产的愿望。

这一时期的俄国文学史研究呈现出两个特点。其一，分期问题受到关注，如瓦·尼·奥林的《诗歌史一瞥》（1818）、亚·亚·别斯图热夫—马尔林斯基的《俄国新旧文学一瞥》（1823）等文章，都就此发表了见解。这是和学者们关于如何把握俄国文学史实际进程的思考密切相关的。其二，一些研究者开始把注意力集中到某一时期的文学史研究上来，代表性论文有尼·费·格拉马京（1786—

---

① *Литературное наследство*, T. 9 – 10. Москва: Журнально – газетное объединение, 1933. C. 287 – 294.

② ［俄］别林斯基：《别林斯基选集》第 2 卷，满涛译，上海译文出版社 1979 年版，第 658 页。

1827）的《论古代俄罗斯文学》（1809）、阿·费·梅尔兹里亚科夫的《论俄国文学的现状》（1812）、维·卡·丘赫尔别凯（1797—1846）的《论近十年我国诗歌、特别是抒情诗的趋向》（1824）等。其中，格拉马京的论文着重探讨古罗斯文学的形成与发展，标志着古代文学已被确立为文学史研究的重要对象。梅尔兹里亚科夫的《论俄国文学的现状》，则是最早研究彼得一世以后俄国文学的文章。作者论及颂诗、抒情诗、叙事长诗、诗体悲剧和寓言等诗歌的各种样式和类型，第一次对18世纪俄国作家的作品做出了历史的概括。梅尔兹里亚科夫还指出，民族精神、意愿、追求和生活方式等都影响着文学，已涉及俄国文学民族风格的独特性及其形成因素的问题。丘赫尔别凯则明确地提出了"文学趋向"的概念，认为当时的俄国诗坛存在着模仿德国及英国诗歌和显示出俄罗斯民族独创性这两种不同趋向，而文学作品呈现出什么样的趋向，乃是评价其价值的主要依据，表达了俄国文学发展的民族独特性的思想。

及至尼·伊·格列奇的《俄国文学简史试作》（1822）出现，为本民族文学写史的意识已在俄罗斯学界逐渐明确。在著者看来，文学发展的主要源泉是民族生活，民族精神和历史必然反映在文学中，而文学的状况又能说明民族的特性、品质与缺陷。这些认识成为他结撰《俄国文学简史试作》的思想基础。他把俄国文学的发展分为四个阶段：基督教传入以前（10世纪），11—14世纪末，15—18世纪初，从彼得一世即位到19世纪10年代。该书侧重于俄国历史发展过程的描述，文学本身的发展淹没在这种描述之中；但它毕竟是第一部真正的俄国文学史著述，尽管还只是一部"简史"和"试作"。

19世纪30—40年代，俄罗斯民族意识的进一步觉醒有力地推动了文学史的编写和研究。批评家别林斯基在他的长文《文学的幻想》（1834）中，"对于从第一个天才罗蒙诺索夫起到末一个天才库柯尔尼克君为止的我们文学的进程加以匆遽的一瞥"[1]，依次评

---

① ［俄］别林斯基：《别林斯基选集》第1卷，满涛译，上海译文出版社1979年版，第12页。

述了罗蒙诺索夫时期、卡拉姆津时期、普希金时期、散文—民族性时期和斯米尔津时期的俄国文学，提供了近百年间文学发展史的概要。别林斯基极为重视文学的民族性问题。他写道："文学中的民族性是什么？那是民族特性的烙印，民族精神和民族生活的标记。"① 这篇长文对文学创作和文学史研究都产生了有力的影响。从 1840 年起到去世前的 1847 年，别林斯基连续发表了 7 篇俄国文学年度评论，还为从康捷米尔到屠格涅夫的一系列诗人和作家写过专论，这些文章彼此衔接，勾勒出 18 世纪以来俄国文学的演进轨迹，因而被同时代的学者们认为在一个长期中实际上代替了俄国新文学史的教程。

从那时起，一些较为系统的文学史著作也陆续出现。H. 斯特列卡洛夫在《18 世纪俄国文学纲要》（1837）中指出，只有从这个世纪起，俄国文学中认识自我的民族精神才开始增强，文学才成为民族生活的独具一格的表现。著者把文学视为民族理性生活和精神生活的语言表现，是民族的自我认识。这一思想是他这本书立论的基础。基辅大学俄国文学教授米·亚·马克西莫维奇的《古代俄国文学史》（1839），第一次廓清了蒙古—鞑靼人入侵之前那个时期的文学史与民间口头文学遗产的紧密联系，并使古代俄国文学成为专门的研究对象。莫斯科大学教授、文学史家斯·彼·舍维廖夫编撰的两卷本《以古代文学为主的俄国文学史》（1846，1860），被学界认为是第一部系统的古代文学史著作。该书贯穿着鲜明的历史意识，注重在同本民族社会生活的紧密联系中，研究有价值的文学作品。舍维廖夫的另一著作《诗歌史》（1835），也同样运用了"历史叙述"的方法，诗人普希金曾于 1836 年撰文给该书以好评。②

彼得堡大学教授亚·瓦·尼基坚科的《俄国文学史试作》

---

① ［俄］别林斯基：《别林斯基选集》第 1 卷，满涛译，上海译文出版社 1979 年版，第 107 页。

② Пушкин А. С. *Полное собрание сочинений*: *В 16 т.*, *Т. 12.* Москва – Ленинград: Издательство Академии Наук СССР, 1949. С. 65.

（1845），是在他的一系列论文与讲座的基础上编写成的，这些文章和讲座所表达的文学史观念与方法，都体现于他的这部著述中。尼基坚科提出把美学、哲学的方法和历史的方法结合起来研究文学史，尝试确立俄国文学史分期的原则和方法，致力于探讨文学发展的规律，强调彼得一世改革对于俄国历史和文学进程的重大意义，论证了文学的民族内容和全人类内容之间的平等价值和互相提升的作用。他注重考察形成本民族文学的各种内外因素，重提斯特列卡洛夫的观点，强调俄国文学史应成为俄罗斯民族"自我认识的圣书"。这一见解从民族文化精神建构的高度对待文学史的编纂，给后来的俄国文学史研究者以很大的影响。

19 世纪 50 年代以后，随着神话学派、历史文化学派、历史比较学派和心理学派的相关理论见解的出现，俄国文学史研究呈现出一些新的特点。

首先是各学派的学者都十分注意文学史资料的发掘与整理，于是就有亚·尼·阿丰纳西耶夫的 8 卷本《俄罗斯民间童话》（1855—1863）、尼·萨·吉洪拉沃夫的 5 卷本《俄罗斯文学与古代编年史集》（1859—1863）、彼·亚·叶弗列莫夫的《俄国文学史资料》（1867）、列·尼·迈科夫的《古代俄罗斯文学资料与研究》（1890—1891）、谢·阿·文格罗夫的 7 卷本《18 世纪俄国诗歌》（1893—1901）等的问世。同时展开的从古至今的作家作品集的整理和出版，也取得了厚实的成果。这一切都为编撰更完备的文学史著作提供了必要的准备。

其次，各派理论家、批评家们都相当重视文学史研究的方法论。历史文化学派的代表人物之一亚·尼·维谢洛夫斯基的《论文学史作为科学的方法与任务》（1870），尼·萨·吉洪拉沃夫的《文学史的任务及其研究方法》（1876），尼·伊·卡列耶夫的《何谓文学史？（谈谈文学和文学史的任务）》（1883），文格罗夫的《俄国当代文学史的基本特征》（1899），构成这一领域的代表性成果。这些论文侧重探讨文学史研究和编撰的意义、任务和方法，视角与观点各有不同，却都给当时和以后的文学史著述以有益的启示。

　　在上述学术背景下，这一时期出现了一系列侧重于某一时代或某种体裁类型的文学史著作，如亚·尼·佩平的《俄罗斯古代故事与童话文学史纲》（1857），费·伊·布斯拉耶夫的《俄国民间文学与艺术史纲》（1861），阿·德·加拉霍夫的《古代和现代俄国文学史》（1863—1875），谢·阿·文格罗夫的《俄国最新文学史：从别林斯基去世到当代》（1885），列·尼·迈科夫的《17—18 世纪俄国文学史纲要》（1889），亚·伊·基尔皮奇尼科夫的《俄国新文学史纲》（1896），等等。弗·伊·梅若夫的《俄国文学史与总体文学史》（1872），具有历史比较学派把俄国文学放置于世界文学的场域内予以观照的意识。19 世纪后期最有分量的文学史著述，是俄罗斯科学院院士亚·尼·佩平的 4 卷本《俄国文学史》（1898—1899）。佩平认为：诗人永远是自己时代的忧虑和理想的表达者，任何文学都是"民族的"，文学作品是历史文化发展中某个时代的文献，文学领域的一切现象和任何变革，都是总的历史倾向与作用的合乎逻辑的结果。在他看来，一个民族的文学就是表现该民族精神的作品，可以通过文学来考察社会自我意识的增长，因此他的主要着力点便是在文学中寻找对历史事件和历史状况的反映。这样，他的这部两千余页的文学史著作事实上更是一部基于文学资料而写成的文化史教程，其中缺少的是对于文学作品的美学的、艺术的分析。佩平的文学史观念与方法，对后来的文学史著述影响明显。

三

　　20 世纪初，对以往的俄国文学发展进程进行总结、同时高度关注当代文学的意识，使得这一时期的文学史研究出现了繁荣局面。承接 19 世纪后期学者关于文学史研究方法论的思考，这一时期出现了瓦·米·伊斯特林的《19 世纪俄国文学史中的方法论引言初稿》（1907）、瓦·瓦·西波夫斯基的《作为科学的文学史》（1911）等著作。文学史家文格罗夫在前一个时期已出版文学史著作，这一时期在文学史研究和资料整理两方面继续做出了较大的贡献，编辑了诸多作家作品的文集。他编纂的 6 卷本《俄国作家和学者传记评介词典（从俄国文明开始至当代）》（1886—1904）、3 卷本《20 世纪俄国文学：1890—1910》（1914—1918），对于文学史编写具有重要意义。其中，后者第一次把 1890 年作为 20 世纪俄国文学的开端，这一创见为后来学界所广泛认同。奥·弗·梅济耶尔主编的《从 11 世纪到 19 世纪末的俄国文学》（1899，1902），同样为文学史的编撰提供了丰富的资料。

20 世纪之初出现的影响较大的著作，有叶·安·索洛维约夫的《19 世纪俄国文学史纲要》（1902），瓦·阿·克尔图亚拉的两卷本《俄国文学史教程》（1906—1911），德·尼·奥夫相尼科—库里科夫斯基主编的 5 卷本《19 世纪俄国文学史》（1908—1910），彼·谢·柯岗的 3 卷本《俄国当代文学史纲要》（1908—1912），西波夫斯基的《俄国文学史》（1917），等等。这些文学史著作均各有特色。如叶·安·索洛维约夫把国家政权对个性的压制和个性解放的要求之间的冲突作为检视 19 世纪文学发展的主线，揭示出文学史与社会思想史的密切联系。克尔图亚拉的著作着重研究俄国民间创作和 17 世纪以前的文学。奥夫相尼科—库里科夫斯基注重从"社会心理典型"的出现和交替这一角度来考察文学的发展，在各代人精神心理和思想观念的变化中发现文学演变的原因。

值得注意的还有批评家尤·伊·艾亨瓦尔德的论著《俄罗斯作家剪影》（1906—1910）。全书按年代顺序评论 19 世纪和 20 世纪初的俄国作家，共 60 余篇评论文字，分则各自独立成篇，绘制出几乎所有俄罗斯重要作家的个性肖像；合则连缀成"史"，在总体上勾画出 19 世纪以来俄国文学发展的基本轮廓。作者不留意于具体作品的深入分析，而是力图发现每一作家的心理本性，提供他们的精神传记，常常能够发前人所未发。不过，该书毕竟只是一部"俄国作家论"汇集，并非严格意义上的文学史著作。高尔基的《俄国文学史》（1909）高屋建瓴地缕述自 18 世纪后半期至 19 世纪末的俄国文学，对从茹科夫斯基到托尔斯泰等一系列大作家均设专章评论，提出了一系列富有创见的观点。他把知识分子的命运、知识分子与人民的关系看成文学史的主线，他关于俄国文学作为"问题文学"之特点的概括，关于浪漫主义不是一种世界观和文学创作理论，而是"一种情绪"的论述，关于"多余的人"并不多余，而是"留给我们以绝好的遗产"① 的见解，都显示出眼光的敏锐和深刻。但这本著作只是一部讲稿，有些内容仅有提纲挈领式的提示。

20 世纪 20 年代以后，俄国文学史研究在苏联时期变动的社会文化语境中继续获得进展，也呈现出一些新特点。早期苏联文坛已确立马克思主义文学批评的主导地位，文学史编撰的观念与方法也随之发生变化。在 20 年代相对宽松的氛围中，与理论批评领域一度出现流派纷呈的多元格局相似，历史文化学派、心理学派、俄国形式主义理论等，在文学史研究中仍然发出自己的声音。然而，以庸俗社会学为理论基础的"无产阶级文化派""拉普"的极左文学观，却日益明显地侵入文学史研究中。及至 30 年代个人崇拜盛行，40 年代后期日丹诺夫主义猖獗，更给文学史著述设置了重重桎梏。

从 20 年代到 50 年代初期，俄国文学史编撰领域出现了各种断代文学史著作，如拉·瓦·伊万诺夫—拉祖姆尼克的《20 世纪俄国文学：1890—1915》（1920）、《从 70 年代至当前的俄国文学》（1923），米·涅·斯佩兰斯基的《俄国古代文学史》（1920—1921），伊斯特林的《前莫斯科时期的俄国古代文学史概要（11—13 世纪）》（1922），鲍·瓦·米哈依洛夫斯基的《20 世纪俄国文学：从 19 世纪 90 年代到 1917 年》（1939），格·亚·古科夫斯基的《18 世纪俄国文学》（1939），亚·谢·奥尔洛夫的《11—16 世纪的俄国古代文学》（1937、1945），等等。值得注意的是，伊万诺夫—拉祖姆尼克和鲍·瓦·米哈依洛夫斯基都认同文格罗夫的观点，把 19 世纪 90 年代作为 20 世纪俄国文学的起点。前者的《从 70 年代至当前的俄国文学》，是著者早年的《俄国社会思想史——

---

① ［苏］高尔基：《俄国文学史》，缪灵珠译，上海译文出版社 1979 年版，第 306 页。

19 世纪俄国文学和生活中的个性主义与市侩习气》（1906）一书的修订本。这是一部以文学创作与批评的发展为基本材料来考察知识分子"思想体验"的历史的著作。著者认为，俄国知识分子的历史乃是个性主义和市侩习气两种因素斗争的历史。他从这一理解出发，描述了从 18 世纪到当代的社会思想、文学和文学批评的演变过程，着重揭示以知识分子为载体的俄国社会思想的发展在文学中的反映。这部文学史著作在当时批评界引起了广泛的反响。

20 世纪 40—50 年代陆续问世的 10 卷本《俄国文学史》（1941—1956），是迄今为止规模最大的俄国文学史著作。这套共有 10 卷 19 册的著作，作为苏联科学院俄罗斯文学研究所的集体研究成果，由苏联科学院院士米·帕·阿列克谢耶夫等担任主编，多位著名文学史专家担任各卷主编和参与撰写，苏联科学院出版社出版，成为第一套"科学院版"俄国文学史著作。全书沿着俄国文学产生和演进的顺序，分卷论述公元 11 世纪至 13 世纪初、13 世纪 20 年代至 16 世纪 80 年代、16 世纪 90 年代至 17 世纪末、18 世纪、19 世纪上半叶、19 世纪 20—30 年代、19 世纪 40 年代、19 世纪 60 年代、19 世纪 70—80 年代、1890—1917 年的俄国文学发展史，内容涵盖自俄国文学产生之初到十月革命前的整个文学进程，资料翔实，论述充分，可视为对此前全部俄国文学史研究予以总结的一项重要成果。但该书在体例安排上存在着某些混乱，如第 3—5 卷的卷册设置就显得头绪不清；第 5 卷论述 19 世纪上半叶文学，第 6 卷和第 7 卷又分论 19 世纪 20—30 年代文学、40 年代文学，在内容上有交叉重复之处。由于受到成书年代日丹诺夫主义的影响，这套著作中还存在需要进一步探讨或商榷的问题。全书过长的篇幅，诸多非文学内容的纳入（特别是第 1—4 卷），使这套文学史著作的阅读和使用范围实际上很有限。

50 年代中期至 80 年代，苏联的俄国文学史著述逐渐摆脱日丹诺夫主义的制约，以阶级冲突的视角检视文学思潮的交嬗更替、衡量作家作品的价值，不再是唯一的研究方法。文学史编写开始呈现出努力返回文学自身的迹象。这一时期出版的主要文学史著作有：

阿·安·沃尔科夫的《19世纪末与20世纪俄国文学概论》（1955）、《20世纪俄国文学：十月革命前》（1970），德·德·勃拉戈依主编的3卷本《俄国文学史》（1958—1964），尼·伊·克拉夫佐夫的《19世纪后半期俄国文学史》（1966），尼·卡·古德济的《古代俄罗斯文学史》（1966），弗·弗·库斯科夫的《古代俄国文学史教程》（1966，1977），伊·彼·叶廖明的《古代俄国文学讲稿》（1968），亚·尼·索科洛夫的《19世纪俄国文学史》（1970），格·潘·马科戈年科的《18世纪俄国文学》（1970），弗·亚·扎帕多夫的《18世纪俄国文学：1700—1775》（1979）、《18世纪最后25年的俄国文学》（1985），德·谢·利哈乔夫的《10—17世纪俄国文学史》（1980），亚·谢·库里洛夫等合著的《11—20世纪俄国文学史概述》（1983），列·康·多尔戈波洛夫的《在世纪交界处：论19世纪末—20世纪初的俄国文学》（1984），阿·格·索科洛夫的《19世纪末—20世纪初俄国文学史》（1988），等等。

结构文艺学专家、塔尔图学派的代表人物尤·米·洛特曼在60年代也推出了一系列文学史著作，如《俄国现实主义发展的基本阶段》（1960）、《1800—1810年间俄国散文发展的道路》（1961）、《18世纪俄国小说的发展》（1963）、《18世纪俄国文学史论稿》（1963）等。根·尼·波斯彼洛夫早年曾写有《基于18—19世纪俄国文学史的研究》（1945），在这一时期又发表了《19世纪俄国文学史：1840—1860年》（1962，1972）等文学史著作。

德·德·勃拉戈依主编的3卷本《俄国文学史》，是在苏联科学院出版社更名为"科学出版社"之后由该社出版的，也是"科学院版"俄国文学史著述之一。这套著作分论公元10世纪至18世纪文学、19世纪上半叶文学、19世纪下半叶至20世纪初期文学，体例安排工整，论述简洁明了，在某些方面避免了10卷本《俄国文学史》之弊，却既为篇幅所限而导致对一些重要文学现象的评价不足，也因文学观念方面的原因而造成对一些作家作品、特别是关于19世纪末20世纪初期文学的论述有着明显的片面性。

350

正因为如此，新的、更为完善的"科学院版"俄国文学史著作的编写，才有了很大的必要性。尼·伊·普鲁茨科夫主编的 4 卷本《俄国文学史》（1980—1983），正是在这样的背景下应运而生。这套文学史著作同样是"普希金之家"的一项集体研究成果，主编普鲁茨科夫是苏联时期的著名俄国文学史专家，长期担任苏联科学院俄罗斯文学研究所所长。编委会则由阿·谢·布什明、德·谢·利哈乔夫、格·潘·马科戈年科、克·德·穆拉托娃等一流学者组成，其他撰稿人也都是文学史研究领域的知名学者。这套著作由科学出版社列宁格勒分社出版，也是"苏联科学院《俄国文学史》"之一。该书的编写吸收了以往文学史研究的丰富经验，成为对此前俄国文学史著述的一种总结，也是苏联时期俄国文学史建构领域的代表性成果。从它的主导思想、论述线索、体例安排、基本观点和行文风格等方面来看，可以说这是一部较为成熟的、高质量的俄国文学史著作。这是这套书多年来受到国内外俄国文学史研究者关注的主要原因。

四

20 世纪最后十年中，苏联解体之后的现实使得俄罗斯学界把更多的注意力转向了对于 20 世纪俄罗斯文学史的重构。莫斯科大学语文系 20 世纪俄罗斯文学史教研室编写的《20 世纪俄罗斯文学史课程大纲（1890—1990）》（1993），在这方面开风气之先。接着便出现了由俄罗斯科学院通讯院士费·费·库兹涅佐夫审校，柳·阿·斯米尔诺娃、安·米·图尔科夫、维·安·恰尔马耶夫等专家合作编写的两卷本《20 世纪俄罗斯文学概观·作家肖像·简论》（1994），柳·阿·斯米尔诺娃等编著的《俄罗斯文学：20 世纪》（1995），弗·维·阿格诺索夫主编的《20 世纪俄罗斯文学》（1996），等等。这类文学史著述，虽然以论述 20 世纪俄罗斯文学为主，但其前四分之一左右的内容，均用于论述 1890—1920 年之间的文学，从时段划分和内容上看仍属于以往"俄国文学史"的范畴。致力于呈现白银时代俄国文学的完整面貌，对这一时期的现代主义思潮及相关作家作品做出科学的评价，放弃过去长期使用的"颓废派"这一带有贬抑色彩的称号，也给同一时期活跃于文坛的其他各流派作家以重新评价，是这一类文学史著作的共同特点。

　　20世纪90年代出现的集中论述18—19世纪俄罗斯文学的文学史著作，则有瓦·伊·费奥多尔夫的《18世纪俄国文学史》（1990），П. А. 奥尔洛夫的《18世纪俄国文学史》（1990），B. H. 阿诺什金娜、C. M. 彼得罗夫主编的《19世纪俄国文学史：1800—1830年代》（1991），H. H. 斯卡托夫的《19世纪下半叶俄国文学史》（1992），瓦·伊·库列绍夫的两卷本《19世纪俄国文学史》（1997），以及自19世纪末期以来出版的多种文学史著作的重版本或修订补充本。这些著作中的一部分，是作为俄罗斯高等院校专业教材出版的，其总体水平未能超越尼·伊·普鲁茨科夫主编的4卷本《俄国文学史》。只有瓦·伊·库列绍夫的《19世纪俄国文学史》具有某些新特色。该著以思潮和流派为线索展开论述，但划分过于琐细，一些新提法也值得推敲。书中论述的内容，如各章标题所示，分别为"浪漫主义的各种类型"，"从浪漫主义到现实主义—作为艺术方法的现实主义—作为倾向的现实主义"，"批判现实主义的各种类型"，"'纯艺术'诗歌"，"现实主义—自然主义—新浪漫主义—前象征主义"，"多样化的、混合的现实主义"；所论各位作家，则被分别列入各种"主义"之下。这样，事实上就把一部活生生的文学史变成了以各种经不起推敲的术语标出的文学思潮和流派的前后更替，无法清楚地说明每一具体作家在美学倾向、创作方法、表现手段和艺术风格等方面所具有的复杂性和变化，而在试图解决这一类"归属困难"时，则往往不得不削足适履，但其结果却难免捉襟见肘。在"批判现实主义的各种类型"一章中，编著者还做了更细的划分，把屠格涅夫、奥斯特罗夫斯基等作家列在"生活形式中的现实主义"之下，说赫尔岑显示出一种"激愤的人道主义思想形式中的现实主义"，谢德林被列为"讽刺—荒诞和政论形式中的现实主义"，陀思妥耶夫斯基和托尔斯泰属于"哲学—

宗教、心理学的现实主义",而车尔尼雪夫斯基的小说则被称为"社会乌托邦型的"现实主义①。这就不仅令人感到著者对各种"现实主义"的解说颇为勉强,还会引出一系列疑问。书中的一些重要观点也缺乏必要的稳妥性。

进入 21 世纪,俄罗斯学界对于俄国文学史的研究继续向前推进,主要著述有 И. П. 谢布雷金的《11—19 世纪俄国文学史》(2000),奥·鲍·列别捷娃的《18 世纪俄国文学史》(2000,2003),阿·格·索科洛夫的《19 世纪末—20 世纪初俄国文学史》(2000),弗·亚·克尔德什主编的两卷本《世纪之交的俄罗斯文学(1890 至 1920 年代初)》(2000,2001),В. Н. 阿诺什金娜、Л. Д. 格罗莫娃主编的 3 卷本《19 世纪俄国文学史》(2001),Ю. И. 米涅拉罗夫主编的《19 世纪俄国文学史:1800—1830》(2007)、《19 世纪俄国文学史:40—60 年代》(2003),В. Н. 阿诺什金娜、Л. Д. 格罗莫娃和 Л. Д. 卡塔耶夫主编的《19 世纪俄国文学史:70—90 年代》(2001),В. И. 柯罗文等主编的 3 卷本《19 世纪俄国文学史》(2005),В. Я. 林科夫的《19 世纪下半叶俄国文学史》(2010),叶·伊·安年科娃等主编的 3 卷本《19 世纪俄国文学史》(2012),А. С. 亚努什克维奇的《19 世纪初叶俄国文学史》(2013),维·瓦·佩捷林的两卷本《20 世纪俄罗斯文学史》(2012,2013),弗·维·阿格诺索夫主编的《20 世纪俄罗斯文学史》(2015 年修订本),等等。在文学史分期问题上,В. И. 柯罗文等主编的 3 卷本著作把 19 世纪俄国文学分为如下三段:1795—1830 年代,1840—1860 年代,1870—1890 年代,与 Ю. И. 米涅拉罗夫、В. Н. 阿诺什金娜、Л. Д. 格罗莫娃、叶·伊·安年科娃等人的观点均有所不同,体现出编者的一种新眼光。

上述几种关于 20 世纪文学史的著作中,均含有 19 世纪末至 20 世纪初文学的论述。其中,弗·亚·克尔德什领衔主编的两卷本

---

① Кулешов В. И. *История русской литературы XIX века.* Москва: Издательство московского университета, 1997. C. 623.

《世纪之交的俄罗斯文学（1890 至 1920 年代初）》，由俄罗斯科学院高尔基世界文学研究所的五位资深学者组成编委会，共有 26 位对相关专题有深入研究的专家参与撰稿，完稿后由该科学院下设的遗产出版社出版。这套厚达 1700 余页的两卷本文学史著作，是该所计划编写的大型《20 世纪俄罗斯文学史》的第一部，也是计划中的多卷本俄罗斯文学通史的一部分。编者认为，书中所论 19 世纪末至 20 世纪初的俄罗斯文学（也即白银时代文学），是 20 世纪俄罗斯文学的开端期。这一时段划分和普鲁茨科夫主编的《俄国文学史》的划分有所不同，后者是把这一段绵延 30 年左右的文学视为俄国传统文学的延续，而有别于 1917 年十月革命后的文学。《世纪之交的俄罗斯文学》的内容分为五大板块，除"总论"外，分别论述这一时期的现实主义、自然主义、新现实主义、象征主义、后期象征主义、阿克梅派、未来主义、"新农民诗人"和各流派之外的作家，设专章论述的作家共 24 位。这与普鲁茨科夫《俄国文学史》（第 4 卷）的选择也有较大的区别，全书的篇幅也大大增加。遗憾的是，该书只是呈露出多卷本俄罗斯文学通史的一角，暂时还未看到这套文学大型通史的全貌。

维·瓦·佩捷林的《20 世纪俄罗斯文学史》是这位学者个人所写的学术专著，其第 1 卷论述的是 19 世纪 90 年代至 1953 年的文学，即 20 世纪俄罗斯文学的前半段，也即我们国内学界习惯上所称的俄罗斯文学史的现代部分。国内学界通常把 1954 年爱伦堡的《解冻》发表视为俄罗斯当代文学的起点，而该书第 2 卷所论述的即为 1953—1993 年的文学，与我国学界的习惯分期法相近。第 1 卷的 10 个大部分，前 6 个部分的内容大都属于普鲁茨科夫主编的《俄国文学史》第 4 卷所论的范畴，在文学史分期上和弗·亚·克尔德什主编的《世纪之交的俄罗斯文学》相一致；设专章论述的作家为 25 位，无论和《世纪之交的俄罗斯文学》相比，还是和普鲁茨科夫《俄国文学史》第 4 卷相对照，均有很大的区别。

全面系统地论述从诞生之时起到十月革命前的俄国文学发展史

的著作,只有在 20 世纪 20 年代之后才有可能出现。但 40—50 年代问世的 10 卷本《俄国文学史》却由于其文学史观念等原因而显示出其陈旧性。50 年代中期以后社会氛围的变化把新的文学史观念带入苏联学界,孕育出了尼·伊·普鲁茨科夫主编的 4 卷本《俄国文学史》这样的较为成熟和稳妥的著述。苏联解体到进入 21 世纪以来出现的多种文学史著作,尽管其中有一部分有不同程度的创新,但均为断代文学史著述,有的还存在着一些值得商榷和探讨的问题,有的则属于高等院校专业教材,在覆盖面、系统性、体例安排、论述深度和观点的稳妥等方面,都有某些不足之处。弗·亚·克尔德什主编的两卷本《世纪之交的俄罗斯文学(1890 至 1920 年代初)》,虽然具有明显的学术创新性,也是作为俄罗斯科学院版多卷本《俄国文学史》的一部分率先出版的,但是截至目前我们仍未能窥见这套大型文学书著作的完整面貌。在这一学术背景下,只有尼·伊·普鲁茨科夫主编的 4 卷本《俄国文学史》,才特别受到国内学界的青睐,而它本身所存在的难免的局限与不足,也将为今天的研究者们提供不容忽视的借鉴。

(作者单位:南京师范大学文学院)

俄罗斯的目光

——《西欧各重要时期文学史》

王志耕　许　力

　　在我们看来，卢那察尔斯基由于其政治身份的缘故，是一个被忽视的伟大批评家。他的许多批评著作及理论创见具有鲜明的前瞻性，如他对疯癫与艺术的论述，早于法国的福柯半个世纪。在 20世纪的俄国，就其学识的丰富与深刻，堪与巴赫金相媲美；而与巴赫金不同的是，卢那察尔斯基的批评具有更为典型的俄罗斯特性，即整体的历史观、社会观与自然观，这与西欧的分析式的理性哲学思想形成重大差异。

　　本文就卢那察尔斯基的《西欧各重要时期文学史》来重新审视这位伟大文学家的批评理念及文化立场，以期对俄罗斯思想有一个更为明确的理解。

一

　　基于其特殊的宗教文化结构，俄罗斯形成了以有机整体观为代表的历史理念。其代表人物索洛维约夫曾对此有系统的阐述，他认为，从历史发展来看，所有看似孤立的因素，都是整体的一个部分，它必然源于事物的原初有机体。[①] 卢那察尔斯基虽然是一个自

---

　　① Соловьев В. С. Филосовские начала цельного знания // Сочинения в 2 т. Т. 2. М. : Мыстль, 1988. С. 146.

觉的马克思主义者，但在他的批评实践中，融合了俄罗斯的整体性历史观，于是，我们看到，在其《西欧各重要时期文学史》中，他力图寻找到一种有连续性的、有内在规律的、有既定目的的整体性文学发展线索，这是他解读所有文学发展史的基点。

如果从马克思主义的角度看，文学艺术作为一种文化形态，或者说一种意识形态，一种上层建筑，它是建基于经济基础之上的。这是卢那察尔斯基所自觉遵守的哲学定理，他将其融合于自己的整体历史观。他认为，文学艺术的产生是物质条件发展到一定阶段的产物，即"艺术，同样也是社会生活的文化上层建筑之一，而社会生活的基础乃是人类的经济生活；艺术、哲学及所有其他上层建筑构成了人类文化的总体现象。"① 总之，社会生活的第一要素是物质生产，人类首先必须满足其最基本的生存需求，而当人类物质生产超越了这一基本需求，即进入"奢侈"生存阶段时，这种经济生活便衍生出了另一种生存行为，艺术的生存。他将其概括为，"物质生产超越了经济这个词的狭义含义，于是人类社会的艺术活动便产生了。""当人类的所有基本需求都得到满足，并且还有未全部消耗的储备时，显然，人们就将致力于利用这些剩余劳动来生产另外的产品，从而获得与生命的存续无关的享乐活动。"②

在整体历史观中，部分是参与整体构建的要素，因而具有相对的能动性与对话性。因此，认识文学艺术的发展规律需从整体机制的辨析着手。文学艺术固然是文化系统中的上层建筑，但它并非完全受制于经济的发展程度，它有着自身的独特规律。也可以说，文学艺术是人类发展到特定阶段的精神产物，它是人类思维发展的必然。人具备了将客体世界与自身区别开来的思维能力，于是人类可以按照更完美的理想来规划自我的生存处境，于是一种较现实生活更为理想化的精神形态出现，这就是文学艺术。人类在其发展过程

① Луначарский А. В. История западноевропейской литературы в ее важнейших моментах // Собрание сочинений в 8 томах. Т. 4. М. : Художественная литература, 1964. С. 11.

② Там же. С. 14.

中不但学会与自然环境和谐相处，而且人类自身所构成的社会也是人类所需面对的另一个更为重要的对象，而在与社会这一对象相处的过程中，当人类在现实处境中无法以改造自然条件的速度来改造社会条件时，他们便学会了以创造性的方式在思维中构造一种新的社会形态。因此，文学艺术是符合于人类理想和生存目的的一种文化显现方式。

卢那察尔斯基由上述对文学艺术发生及文化定位的理解，对文学艺术的功能也给以辩证的阐释。从本体论上来说，卢那察尔斯基是认同于"游戏说"的，即艺术在某种意义上说起源于游戏，因此，艺术也就带有了天然的游戏功能，消遣娱乐。早在1905年发表的《关于艺术的对话》中卢那察尔斯基就说过："我认为，艺术在其起源上和发展上，是双重的，虽然我说的两种艺术，是错综交织的……艺术的第一个起源——是游戏。即使游戏、娱乐……只是消磨时间和医治无聊的手段，就是这样这也是可敬的事情。……您在劳动人民中间也会发现唱歌、跳舞、画着彩画的容器和绣花的或者装饰鲜艳的衣裳。……艰苦的劳动也需要娱乐。所以，即使艺术具有只是由于无聊或者劳动辛苦而娱乐的目的，就是这样它也是可敬的事情。"[①] 在《西欧各重要时期文学史》中，卢那察尔斯基仍然肯定了文学艺术的游戏功能，但他更多地强调了文学艺术更为重要的社会功能，即作为一种"严肃事业"的艺术功能。其实早在《关于艺术的对话》中卢那察尔斯基也已明确指出了艺术的教育与宣传功能，他以陀思妥耶夫斯基为例说明了艺术的严肃性："陀思妥耶夫斯基的艺术已经不是艺术—游戏，而是艺术—事业，并且是非常严肃的艺术—事业。……艺术—事业的起源，我觉得是力图使上帝和人们信服的意愿。人的语言要使人信服，应当是形象的、热情的，或者至少说服人的渴望在语言艺术家那里，在假定某个部落会议上的智叟那里，不知不觉地产生——提高声音、语言有韵律和

---

① ［苏］卢那察尔斯基：《关于艺术的对话》，吴谷鹰译，生活·读书·新知三联书店1991年版，第14页。

动作；他在寻找论据时引用例子，讲神话或者过去的事，力图把它们描画成好像现在亲眼所见的那样。宣传不仅仅用口头的和文字的语言进行，而且用雕塑、绘画和伴随语言的音乐进行。宗教、道德、政治都利用艺术，在艺术中找到自己的表现。这只是因为强烈的感情抓住整个机体，一切都发动起来，通过所有一切通道狂热地寻找出路，同样地通过所有一切通道企图深入到被说服者的心灵里去。伟大的宣传者——往往是艺术家，而真正伟大的艺术家——往往是宣传者。"① 而到了20世纪20年代，在经历了与形式主义的斗争之后，卢那察尔斯基更为突出地强调了艺术的思想内涵与社会作用。形式主义者宣称："艺术是永远脱离生活而自由的。"他们的艺术理论在当时有很大的市场，而这与苏维埃政权的意识形态观念是相左的。当然，卢那察尔斯基不仅仅是从其政治立场来看这一问题的，他是基于自己的整体历史观来理解文学艺术与社会现实的相互关系的。也就是说，作为文化构成部分的文学艺术，不可能不受社会现实的制约，同时也不可能不对社会现实形成干预。因而，真正的艺术家应当是对生活充满热情、具有对生活的敏锐感觉的人，只要他描写了生活，也就干预了生活。就此而言，卢那察尔斯基对形式主义和唯美主义的"为艺术而艺术"理论进行了反驳，与其说体现了其马克思主义辩证唯物主义立场，不如说体现了他的整体性历史文化观。

也正是在这种整体历史观之中，卢那察尔斯基的批评具有了强烈的社会性。以往的研究者都是从苏联的政治背景来理解这一问题的，这妨碍了我们从更深层的意义上来看待卢那察尔斯基的社会学批评性质。如果从整体历史观来看，作为历史文化系统要素的文学艺术，乃时代、社会与作家个性意识发生共振的结果。卢那察尔斯基也是从这样的角度来重新阐释欧洲文学史的。

资本主义理念的失败对19世纪欧洲文学的影响是深刻的，它

---

① ［苏］卢那察尔斯基：《关于艺术的对话》，吴谷鹰译，生活·读书·新知三联书店1991年版，第15页。

使得文学不得不面对社会危机的现实，也使得批评理论更加重视考察与文学发生互动的其他因素，从而导致真正的文学批评理论形态的生成。法国的丹纳和圣伯夫可被称为这种成熟的文学艺术批评的先驱，此后的社会历史学批评也往往把他们视为此类批评的开先河者。但丹纳的批评主要是从环境和各族的角度来看待艺术，而圣伯夫虽然对丹纳的批评表示了不满，并以传记式批评模式补充完善了后者的社会批评方法，但仍然没有把至关重要的时代—社会因素给予足够的重视，而此后的西方批评则更多地受到非理性哲学影响而放弃了社会批评的维度。

在俄国虽然有别林斯基、车尔尼雪夫斯基和杜勃罗留波夫斯基等形成的社会民主主义立场的现实主义批评流派，但 19 世纪的批评强调的是一种现实的品格，对作品更多的是从其与现实生活的接近程度来给予评判，由此出发，他们往往将作品的"人民性"提高到一个首要的位置，并以此衡量作品的美学价值。或者说，他们的批评还未能把社会现实作为一个与文学艺术关系最为密切的有机系统来看。可以说，是卢那察尔斯基基于其整体历史观，完善了所谓的社会学批评。

在《西欧各重要时期文学史》中，卢那察尔斯基的社会学批评模式的特征主要有几下几点。

（一）对一种文学现象的批评首先从其生成的历史环境作具体的考察，从而将文学视为整个社会历史进程中的一个构成性事件。首先，决定着创作主旨的作家的立场是受制于复杂的时代政治环境。如在谈到 18 世纪后期的法国文学时，卢那察尔斯基开篇则用了大量的篇幅来详细解说当时法国社会的阶级力量对比情况，以及资产阶级的内部分化状况。如果仅仅看这一部分，没有人会想到这是一种文学批评的著作内容。但这种对历史事件的关注，正是卢那察尔斯基社会学批评的基础，即首先应当对文学赖以产生的社会语境做出准确的价值判断，如他自己所说："我所有这些论述的目的是，让大家有个明确的印象，谈到法国革命，不能忘掉它作为一种资产阶级革命的总体性质。"而了解当时社会政治运动性质的目的，则是为了更加准确地理解那个时代的文学的总体特征。例如，他考察了法国资产阶级中的部分知识分子中的浪漫派是革命的，而占据优势的富裕大资产阶级对自由、平等和友爱的梦呓则丝毫不感兴趣，他们想的只是做生意，赚钱。在这样的土壤上艺术当然是鄙陋的。① 却也产生一种特殊的艺术，带神秘色彩的浪漫主义，其代表人物就是夏多布里昂："从已消亡的贵族气息和从被抛弃的小资产阶级这两个方面而言，涌起了一种天才的浪花。"② 这种从阶级状况解读文学倾向的批评正是此后风靡整个欧洲的文化批判理论的先声。

（二）考察作家在时代的政治历史进程中个性的发展，以及由此而形成的对历史事件以及现实的态度。如在谈到欧洲浪漫派的政治倾向时，卢那察尔斯基是将其还原至各自的历史背景之中，以确定他们的立场以及对整体文学事件的意义。他认为，德国的浪漫派是在一个并不成熟的资产阶级之中产生的，他们没有坚实的政治力量作后盾，也没有魄力建立一个新的政体，因此，他们始终是既妥协又激进的。而法国的浪漫派则要复杂得多，因为较之德国而言，法国的资产阶级构成与发展历程相对复杂，因此其对历史事件的态度也有较大的差异。如前所述，他们既有以小资产阶级为主体的知识分子群体，也有对王权持暧昧态度的大资产阶级。而文学中的浪漫派则是在这种夹缝之中发生的，因此也带有如夏多布里昂那样的病态的特征。卢那察尔斯基对作家个性的考察体现在书中对许多作家的解析之中，例如他对莫泊桑的评价。他认为，莫泊桑的作品与巴尔扎克时代的文学已经有了重大的区别，因为，"资产阶级到了莫泊桑的时代已经分化瓦解为一个个的个体存在，以至于人与人之间彼此完全隔膜，而莫泊桑作为资产阶级最末阶层的一员，对此理解得十分深刻"。莫泊桑写了相当多的农民题材的作品，然而他尽

---

① Луначарский А. В. История западноевропейской литературы в ее важнейших моментах // Собрание сочинений в 8 томах. Т. 4. М. : Художественная литература, 1964. С. 259.

② Там же. С. 260.

管是资产阶级最底层的一员，并且对农民有着某种程度的亲近感，却仍然不能深切地体会农民的真正的内心感受。这也就导致他尽管有着对农民心理的深刻刻画，但更多地却是着眼于他们的"精明、狡黠、自私以及对老婆孩子的对待家畜般的物质态度"。① 将作家个性与其创作特性在整体联系中考察，体现了卢那察尔斯基一贯的批评品格。

（三）对作品的评价更多地着眼于作品相对于当时社会现实的意义。如上所述，文学艺术作为整体历史文化的一构成因素，必然与其相邻系统发生互动、介入。因此，对一部作品的理解，其社会意义也就成为阐释的主要切入点。如他对法国作家福楼拜的评价。福楼拜是一个美文家，其作品的艺术形式在法国 19 世纪的文学中堪称最高成就。卢那察尔斯基并不否认这一点，他说："他被认为是有史以来最伟大的作家之一。他对待自己的行当怀有苦行僧式的神圣感；句子的结构，字眼的音节，页面和章节的布局，整部小说的构思——对待这些问题，他都怀着深深的虔诚。一位大师对待自己亲手所做的事怀有虔诚感，并且淡泊名利，显然是很好的。福楼拜对名利一向淡然处之。像那些创造宏伟事业的大师一样，热衷于营造其作品的辉煌壮丽，制造出他的那些代表性作品。"② 当卢那察尔斯基谈到《圣安东尼的诱惑》这篇小说的俄译本时，称作家扎依采夫的译文十分出色，但尽管如此仍然无法转达原文的那种音律和谐之美，言谈之间对福楼拜的美文相当推重。然而我们也注意到，他在谈到福楼拜的这些艺术成就时所使用的多是中性词，如"行当""制造"等，显然，这说明他更看重的不是福楼拜作品形式上的成就，他所关注的仍然是这位法国美文家的时代与社会意义。所以，他对其作品的评价也只是从其社会意义的角度展开。甚至就《圣安东尼的诱惑》这篇小说的分析，卢那察尔斯基分析的还

① Луначарский А. В. История западноевропейской литературы в ее важнейших моментах // *Собрание сочинений в 8 томах.* Т. 4. М. : Художественная литература, 1964. С. 319.

② Там же. С. 315.

是其对科学的嘲讽与拒斥。

因此，我们说，卢那察尔斯基的社会批评观与其说是"苏联的"，不如说是"俄罗斯的"，因为它是基于俄罗斯的整体历史观而形成的，而非简单的对艺术的社会功能诉求。

二

从某种意义上看，欧洲的历史，尤其是近代史，是一种理性主义的发展史，从文艺复兴的人文主义到 18 世纪的启蒙理性，这一传统越发强化和稳固。在这一传统的延续过程中，西欧的物质主义理念不断膨胀，人的自我意识迅速增长，随之而来的就是，人与自然的和谐关系不断被瓦解，人也逐渐地被自己亲手所创造的物质世界所异化，人对信仰和坚守、人对精神世界的追求也渐次被销蚀。在这样的背景之下，西欧的文学史就成为这一历史进程的见证。所以，揭示文学在其存续过程中抗拒理性主义对人类生存及道德状况的侵蚀这一特质，就成为既作为一个马克思主义理论家，同时又作为一个俄罗斯文化代言人的卢那察尔斯基义不容辞的责任。

在俄罗斯的宗教文化语境中，俄罗斯思想具有鲜明的反理性主义特征，它不重物质的创造，更重精神的和谐。正如别尔嘉耶夫所说的，"精神文化"才是俄罗斯生活的核心，它的精神力量可以改变西方的精神生活。①

卢那察尔斯基的文学史观也正是在对人类"精神文化"的肯定之上确立起来的。

从文艺复兴时期的人文主义开始，人的文化就与自然世界形成对立关系。而卢那察尔斯基在对西欧文学史进行描述之前，首先澄清了有关这一问题的迷雾。他说："文化不仅仅与那些在大自然中被人所利用、所加工过的对象物、可见的物质元素相关，文化同时也是这样一种现象，它有时在对象物上反映和表现出来（不过，它

---

① Бердяев Н. А. *Судьба России.* М.：ACT, 2004. С. 2.

的本质并不包含在这些对象物中），有时又完全与这些对象物不相干。为了界定文化中的这一部分，有时用一个词来表示它——精神文化。虽然'精神的'是个很令人反感的词，因为它有着形而上学的意味，并且让人想到'宗教精神'，但我们知道，马克思也使用过它——'精神的文化'（geistliche Kultur），现在很难想出其他的表达形式。"① 显然，卢那察尔斯基在这里并非使用的马克思的原本用义，他所强调的恰恰是精神文化的形而上含义，即文化既可以在对象物上体现，也可与之毫不相干，这表明精神活动其实是一种独立的生存状态。

但这种生存状态虽与对自然的改造行为可以不相干，却与自然的原初完整性密不可分或者说，真正的精神活动是人在精神层面回归自然性的状态。在《西欧各重要时期文学史》中，我们注意到，卢那察尔斯基对德国诗人荷尔德林给予了特别的关注。他称"诗人荷尔德林是德国第一个伟大的浪漫主义者"②。荷尔德林像同时代的许多思想家一样，把古代的希腊视为人类最美好的生存境况，并幻想着这一时代的回归。荷尔德林是个"疯癫者"，而在他的眼中，他所处的那个时代的一切才都是不正常的。卢那察尔斯基说，"他把当代生活的败坏归咎于人与自然的脱离"。卢那察尔斯基后来在其《艺术史中的社会学因素和病理学因素》一文中对荷尔德林的疯癫做了非常细致的分析，并且得出了诗人的精神失常是对不正常社会的生理反应的结论。在他看来，荷尔德林始终保持着与自然的亲近和对人类理想的憧憬，而这却成为他不见容于时代社会的根本原因。因此，荷尔德林的疯癫正是其伟大理想与现实无法调和的矛盾所导致的，或者说，在失去了伟大理想的现实中，具有对人类美好期望的荷尔德林成为非正常状态的人。

俄国之所以能在他的政治结构刚刚稳定不久便成为文学大国，

---

① Луначарский А. В. История западноевропейской литературы в ее важнейших моментах // Собрание сочинений в 8 томах. Т. 4. М. : Художественная литература, 1964. С. 12.

② Там же. С. 245.

这与其文化中对"精神活动"的推崇关系密切，而这个精神活动的主要内容便是文学。

上面谈到，卢那察尔斯基认为"宗教精神"这个词有些"令人反感"，显然是基于当时的特定语境，然而尽管如此，他还是承认没有别的词能代替它。当然，更重要的是，卢那察尔斯基所强调的是文学超越现实与物质的理想主义精神。在《西欧各重要时期文学史》中，作者用大量的篇幅来论述浪漫主义文学，全讲稿一共12讲，而浪漫主义文学所涉及的就有4讲，这充分说明作者对文学理想性的推崇。我们说，卢那察尔斯基对文学的这种期待同样是基于俄罗斯文化对精神的肯定、对肉体的否定这一核心理念的。由于俄罗斯文化这样的特质，使得它在19世纪的时候对德国的谢林哲学情有独钟，因为谢林的哲学明确地将灵魂与肉体相对立，而这种哲学早已成为浪漫主义文学的一种哲学基础。卢那察尔斯基在讲稿中谈道："谢林创造了'同一论哲学'。但实质上这背后隐藏着的是深刻的二元论，肉体与灵魂的分离。对谢林来说，现存的世界是坏的，而未来世界是光明而崇高的，它或许不会实现，但我们必须尽力争取。这里还有另外一种分法：肉体（它的生命是虚幻的）和灵魂（它是真实存在）。肉体存在于现世之恶中，而为了使生活幸福，就应当出乎肉体领域而达于灵魂领域。显然，实现这些没有什么现实的途径。达到这一目的或许只有一条路：抛弃肉体，弘扬精神；应当赞美的不是生命的成长，相反，应当赞美的是死亡，只有死亡会打开通往彼岸世界的大门。"[①] 卢那察尔斯基认为，浪漫主义文学的意义也正体现在对罪恶现实的批判和对未来世界的向往。如对荷尔德林的分析，卢那察尔斯基所看重的除了人与自然的和谐观之外，还有对现实的失望和对理想的期盼。《许佩里翁》的主人公是一个现代的希腊人，但他深感自己在现实中的迷茫，宣称是"科学败坏了我的一切"，科学使他将自己变为失去精神只有理智

---

① Луначарский А. В. История западноевропейской литературы в ее важнейших моментах // Собрание сочинений в 8 томах. Т. 4. М. : Художественная литература, 1964. С. 244.

的人，使他在本来应当十分美好的世界上变得孑然一身，而他的理想就是回到古希腊的雅典时期，因为雅典人出类拔萃的原因就在于他们有着充分的自由，而这一点就来源于他们的高尚精神品格。当荷尔德林否定科学的时候，所指涉的就是当时在欧洲启蒙主义盛行中的"理性"，他借助于许佩里翁之口说："从单纯的知解力决得不出明智，从单纯的理性决得不出智慧。……理性没有精神之美和心灵之美，就像监工，主人把他置于群奴之上。"① 因此，卢那察尔斯基在否定荷尔德林弘扬宗教的同时，却肯定他对科学和理性的抨击。

对科学与理性的否定，同样也体现在卢那察尔斯基对西欧批判现实主义作家的阐述之中。比如对法国作家福楼拜的分析，卢那察尔斯基既没有集中探讨《包法利夫人》主人公死亡的原因，也没有讨论当时法国社会庸俗之风的形成，当然也没有在福楼拜的艺术形式上有过多的着墨，而是主要揭示了福楼拜对"科学"的批判。比如，他专门提到《包法利夫人》中的药剂师欧麦这一角色，因为"他就是资产阶级科学的化身"，他把所有的问题都用所谓廉价的科学真理来加以解释。有意思的是，我们在中国人所写的法国文学史中，如夏炎德所著《法兰西文学史》（商务印书馆 1936 年版）中，根本就没有提到这个人物，而在柳鸣九主编的《法国文学史》（人民文学出版社 1981 年版）中，对这个人物的分析仅是把它视为一个招摇撞骗的"自由资产阶级"的代表来看，而对作者在这个人物身上寄寓的讽刺科学的意味却仍然未置一词。由此可见，卢那察尔斯基特意将这一重含义揭示出来，是显示了他反理性主义的立场的。出于这一立场，他放弃了对福楼拜另一重要作品《情感教育》的讲述，而选择了福楼拜毕生未完成的长篇小说《布瓦尔和佩居榭》，其原因也就是因为这部作品的主题是反科学。小说从艺术上看虽然乏善可陈，"然而这是何等勤奋的成果啊，它正是产生于对

---

① ［德］荷尔德林：《许佩里翁》，戴晖译，见《荷尔德林文集》，商务印书馆1999 年版，第 79 页。

新兴资产阶级世界的憎恨，而他把科学也归咎于此！"① 卢那察尔斯基关注的另一篇小说是《圣安东尼的诱惑》，这部小说其实是福楼拜对人类各种宗教思想的一种考察和思考。我们看中国人是如何理解这篇小说的，上述《法国文学史》对它的评价只有一句话："通过中世纪埃及的一个圣者克服魔鬼种种诱惑的故事，表达作者对社会贪欲的极端厌弃。"② 人民文学出版社 1987 年的中译本有一个出版说明，其中一段话是对这篇小说的一个概括："本书通过基督教古代隐修院创始人圣安东尼抵制魔鬼的种种诱惑一事，表达了作者在其所在时代科学发展的水平上，对宇宙万物的认识与思索。这篇奇特的哲学玄想，反映了西方思想文化发展的某个侧面，书中众多的异教神祇，实际上表达了人类的某种意识或宇宙间的某一物质，实为人类思想认识发展到某一阶段的体现。"③ 应该说，这些理解都是有道理的。然而，卢那察尔斯基在这篇小说中看到的仍然只是作者对科学和物质主义的否弃。在小说中，对圣安东尼的最后一个诱惑是魔鬼，后者对圣安东尼的游说表明了与上帝相对立的近代科学理念，比如日心说、宇宙无限说、上帝不可证说等。因此，卢那察尔斯基认为："最终撒旦来了。在福楼拜这里，它就是作为一种世界观的物质主义的明确而十足的代表。物质主义在福楼拜看来是令人十分沮丧的。它的真相是致命的。世界对于物质主义而言，就是全能的无生命的物质粒子的组合，在某些组织结构中它拥有创造宇宙和意识的特性，而后又将这个世界吞噬。"④

从今天来看，所谓文学史不是文学发展所构成的历史，而是文

① Луначарский А. В. История западноевропейской литературы в ее важнейших моментах // Собрание сочинений в 8 томах. Т. 4. М.: Художественная литература, 1964. С. 318.

② 柳鸣九主编：《法国文学史》（中册），人民文学出版社 1981 年版，第563 页。

③ ［法］福楼拜：《〈圣安东尼的诱惑〉出版说明》，刘方译，见《圣安东尼的诱惑》，人民文学出版社 1987 年版，第 1 页。

④ Луначарский А. В. История западноевропейской литературы в ее важнейших моментах // Собрание сочинений в 8 томах. Т. 4. М.: Художественная литература, 1964. С. 316.

学史撰写者的个人叙事，他会在文学史的撰写中灌注进自己的选择与立场，因此，卢那察尔斯基对福楼拜创作的评价都集中于同一个主题，而这个主题是他基于自身所处的语境所预先设定的。也就是说，当他在谈及福楼拜的创作理念的时候已经为其定了基调："他觉得，资产阶级带来了一片灰色的阴翳，遮蔽了天空，使整个生活都变成一种丑陋的骗局，它扼杀了宗教和各种激情，扼杀了深挚的爱。十分典型的是，福楼拜无法容忍科学，他认为科学与物质主义纯粹是资产阶级的产物，科学扼杀了全部精神，将其全部用原子和肉体细胞和枯燥无味的相互关系所取代。在他看来，科学就是梦呓和胡言乱语。"① 我们说，与其说这是卢那察尔斯基对福楼拜创作理念的归纳，不如说，这实际上也是卢那察尔斯基本人基于俄罗斯思想的批评理念的预设。

（作者单位：南开大学文学院）

---

① Луначарский А. В. История западноевропейской литературы в ее важнейших моментах // *Собрание сочинений в 8 томах. Т. 4.* М. : Художественная литература, 1964. С. 315.

18 世纪：俄罗斯诗歌的开元时代

王立业

　　俄罗斯文学的第一面貌是诗歌。正如现代文学史家巴耶夫斯基所言，19 世纪 40 年代以前的俄罗斯诗歌是俄罗斯文学的同义词，而小说只是附带，是边缘。果戈理的出现，文学的格局才发生了根本性变化，诗歌让步于小说。但即便是果戈理，也同样没有遮挡得住俄罗斯诗歌的光芒，正是在素被称为"果戈理时期"的 19 世纪 40 年代，俄罗斯文坛出现了以费特与涅克拉索夫为首的诗歌的对峙与繁盛，且呈后浪推前浪之势，由此被俄罗斯本土称为与以普希金为首的俄罗斯诗歌"黄金时代"相承接的俄罗斯诗歌的"白银时代"。但俄罗斯诗歌的强势是发轫于 18 世纪基础之上的，可以说，没有 18 世纪俄罗斯诗坛仁人志士的上下求索，一代代诗人的奋力拼搏，则不会有后世俄罗斯诗歌的勃兴；没有他们全力打造的俄罗斯诗歌学，则很难有 19 世纪至今的俄罗斯民族诗律体系。

　　以下诸原因促成了 18 世纪俄罗斯诗歌的开元时代：近十个世纪的口头诗歌的蓄积使得 18 世纪俄罗斯诗歌的诞生水到渠成；罗马天主教音节体诗的波兰引进，后通过基辅东正教传入俄罗斯，促成了 18 世纪 30 年代始真正意义上的俄罗斯书面诗歌的形成；俄罗斯诗歌的崛起源自彼得大帝改革时代，通往欧洲的窗口被打开，催生出一代又一代自觉排解人的心灵之困惑的诗人，明确了他们借西风东渐而培植本民族文化的求索目标，同时也给俄罗斯提供了重要的审美依据，即古希腊罗马文学；彼得大帝的出现带动了俄罗斯文化的腾飞，为诗人歌颂帝王与国家提供了强大主题；当时的俄罗斯文学语言中古斯拉夫语、俄罗斯语、外来语等混杂，要想让俄罗斯诗歌走向规范，达向更高水准，引进古典主义也就成为必然。

作为一种文学思潮，古典主义在俄罗斯的行进路程伴随着 5 位代表诗人的思想与创作，可以分三个阶段，即在康杰米尔身上的初现端倪，特列季亚科夫斯基、罗蒙诺索夫、苏马罗科夫从理论到实践的全面引进，最终在杰尔查文身上有了全方位图新。

一　康杰米尔：俄罗斯诗歌的序幕

用库列绍夫的话说，康杰米尔（1708—1744）是第一位欧洲型作家，别林斯基称他"独自开始了俄罗斯上流社会文学的历史"①。彼得大帝打开通往西欧的窗口，为康杰米尔接纳西方提供了条件，但同时他又与 17 世纪俄罗斯文学遗产相剥离，与波洛茨基诗歌体系相脱节，与俄罗斯民间文学相断裂。他自认为，新型俄罗斯文学是从他的诗歌创作开始的，这里面没有民族传统与范例，甚至对俄罗斯文学巴洛克持鄙夷态度。"在康杰米尔的创作中第一次显露出俄罗斯文学对法国古典主义艺术成就的开发。"② 在他看来，唯有法国的古典主义作品才担当得起文学典范之职。在整体创作中，康杰米尔表现出对古罗马诗人贺拉斯，抒情诗人和文艺批评家朱文纳尔的拿来主义，尤其对写有大量讽刺诗的法国古典主义诗人布瓦洛的忠实借鉴，用自己的创作开创了新型的西欧化俄罗斯文学。

素被称为俄罗斯文学第一位诗人的康杰米尔是以讽刺诗开启新型俄罗斯文学的，顶峰作品为 8 首讽刺诗（5 首写于俄罗斯，1729—1731；自 1732 年起有 3 首写于巴黎和伦敦）。我国学者多认为他写了 9 首，其实第 9 首是否存在，至今还在争议之中，这些诗作被誉为俄罗斯新文学的第一批艺术成果。在这些作品中，除了布

① Белинский В. Г. *ПСС*：*в 13 т.* М.，1955. Т. 8. С. 614.

② Моисеева Г. Н.，Стенник Ю. В. Литературно‐общественное движение 1730‐х‐начала 1760‐х годов. Становление классицизма. //*История русской литературы*：В 4 т. Т. 1. Л.，1980. С. 501.

瓦洛，还有对英国作家理查德·斯逊尔与启蒙主义诗人乔杰夫·艾迪逊、法国讽刺浪漫主义诗人列萨日和古典主义喜剧作家莫里哀手法的直接袭用。康杰米尔逝世后 5 年，即 1749 年，法国天主教神父古阿斯科将他的讽刺诗译成法语散文在伦敦出版，并于第二年再版，并根据这个法文译本译成德语。在全俄文坛对欧洲文学广采博纳的 18 世纪中叶，康杰米尔成了俄罗斯文学中享誉欧洲的第一位诗人。但康杰米尔带给欧洲的并不是俄罗斯文学，而是对欧洲文学的膜拜与模仿。但是，康杰米尔的讽刺诗无视为教堂所支持的政治的高压，勇敢讽刺与揭露封建保守势力与社会弊端，对道德败坏的贵族的揭露成为 18 世纪俄罗斯文学的一个重要主题，为冯维辛、诺维科夫、拉吉舍夫和克雷洛夫所继承，以至于别林斯基惊叹其为"俄罗斯第一个将诗与生活糅杂于一体的诗人"。讽刺诗中康杰米尔主张将俄罗斯科学并入欧洲科学成就，在为讽刺诗所作的序中，诗人阐述自己的思想与审美主张，即思想大于艺术，语言是用来表达思想的。"文以载道"成了他的诗歌创作航向，由此备受别林斯基激赏，称"俄国文学应该从康杰米尔和罗蒙诺索夫写起，是他们给文学充实了新的内容，为以后文学的发展指明了方向"[1]。这一方向也正如 20 世纪著名诗学理论家布拉戈依所指，康杰米尔最早体现了俄罗斯文学的战斗精神和公民气质。他的精神与气质在主题上为普希金、涅克拉索夫的公民诗唱响了前奏。

在作诗法改革上，康杰米尔并没有采纳罗蒙诺索夫在第一批颂诗里创立的四音步抑扬格，身处伦敦与巴黎的康杰米尔因意大利和法国的诗作影响，倾向于音节诗，但康杰米尔的音节诗却不是波洛茨基音节诗的继承，在康杰米尔的诗中坚持 13 个音节，同时一行诗中必须有多处停顿，且重音有规律地落在第五和第七个音节上。当代诗歌学理论家季莫费耶夫正是由此得出结论，音节诗也是重音诗[2]。

---

① Белинский В. Г. *Собрание сочинений в 4 томах*. Т. 2. М., 1948. С. 732.
② 参见徐稚芳《俄罗斯诗歌史》，北京大学出版社 1989 年版，第 18 页。

二　特列季亚科夫斯基与罗蒙诺索夫：
与诗歌一起腾升的双子星座

　　尽管康杰米尔的诗歌"不仅是俄罗斯语言，而且是俄罗斯智慧"（别林斯基语）① 写成，但他的诗歌形式是照搬了欧洲的，是人为背离民族根基的，唯有特列季亚科夫斯基与罗蒙诺索夫对诗体的改革，为俄罗斯诗歌民族化进程迈开了关键性一步。

　　1730 年出版的瓦·特列季亚科夫斯基（1703—1768）的译作《爱岛之行》（Езда в остров любви）素被视为俄罗斯作诗法改革的开山之作。作品译自法国 18 世纪古典主义三流悲剧作家波利·塔尔曼的长篇小说《爱岛之旅》《Путешествие на остров любви》。译者将这部小说译成了诗，且保持了原作的风格，夹杂着散文文字，为诗歌后继者开辟了前行的道路，对普希金的长诗叙事诗（也叫诗体中篇小说）和他的诗体长篇小说《叶甫盖尼·奥涅金》，还有帕斯捷尔纳克的《日瓦戈医生》产生了重大影响，同时也为延绵至今的俄罗斯诗歌散文化提供了借鉴。《爱岛之行》的翻译相对于俄罗斯文学而言，其象征意义在于，俄罗斯文学就此开始的是一次"爱岛之行"，它的民族与文学意义还在于有文化学识的人率先从中读到了俄语写成的爱情诗，并将其同古罗马诗人奥维德的《爱的艺术》作比较。诗人摈弃了以往诗歌的说教与思想意义，摈弃七百年间俄罗斯诗书面文字中语汇与语法的繁文缛节，从而奠定了俄罗斯爱情诗的基础，以及加深了同时代人对这一诗歌体裁的认识与理解。

　　《爱岛之行》汇聚了各种各样的情感与心理描写，为日后的俄罗斯爱情诗与爱情小说提供了极好的范本。同时，在爱情描写中，正如诗人自己在《前言》中所写，他有意识地不把作品翻译成教会斯拉夫语，而译成俄语口语，并发明了一种悦眼词

---

① Кулешов В. *История русской литературы.* М. , 1989. С. 82.

（глазолюбоство）以替代法语的矫情，第一次将当时频繁使用"любовник"一词润色成"恋人""有情人"的意思，虽然"悦眼法"作为一种手法并没有保留下来，但对 любовник 所赋予的新词义在后世诗人中得以使用，例如我们在普希金的《致恰达耶夫》中可以读到：

> Мы ждём с томленьем упованья
>
> Минуты вольности святой,
>
> Как ждётлюбовник молодой
>
> Минуты верного свиданья ...

译诗《爱岛之行》中自由生动的语言不仅描写出复杂细腻的情感，而且描画出了可视可触的情色场面。

《爱岛之行》是特列季亚科夫斯基诗学主张的生动诠释。在这部译诗中，特列季亚科夫斯基第一个指出了俄罗斯诗歌未来诗体必是重音音节诗律。他在翻译过程中发现以音节数量为标准的诗律与俄语诗句的实际节奏运动有矛盾，即如果删去诗行末尾的韵，则不成其诗，而成散文，于是，他结合拉丁文、法语、德语和意大利语的诗律与俄罗斯民间诗歌相比较，得出结论，俄语诗体必须适合俄语的本质特征，于是立志改革诗体，并于 1735 年在俄罗斯科学院会议上提出建立"诗歌学"。同年，特列季亚科夫斯基出版了《新俄文诗律简论》，成为俄罗斯诗歌史上第一部诗律专著，俄罗斯诗体改革的第一块基石。他指出，17 世纪以来从波兰引进的音节诗律不符合俄语的特点，它遏制了俄罗斯诗歌的发展，使其只停留于散文，因而主张用重音诗代替音节诗。但同时，特列季亚科夫斯基主张保留波兰诗歌的韵脚特点，即每行音节数相同，重音不限，重音一定落在倒数第二个音节上，即阴韵。他的诗作《格但斯克移交颂》（1743）实践了他提出的重音音节诗律，正如大家所知，这一诗律在罗蒙诺索夫手里得以进一步实现。特列季亚科夫斯基还发明了专用于歌颂英雄的诗歌——六音步扬抑格，并身体力行，将其运用至两部大型叙事诗《阿尔盖尼德》与《忒勒玛科斯》中，这一不对称原则与当时流行的诗歌节律全然不相符，因为他的诗行中必须是13或11个音节，并主张一切细节都服从于总体构思，而在当时，法语作诗法中占统领地位的恰恰是对称的12音节诗。特列季亚科夫斯基这种改革招来一片非议，被视为破坏了诗的和谐。打造俄罗斯诗歌的不和谐还在于诗人发明了诗歌语序的倒装手法，故而《忒勒玛科斯》的问世在诗坛引起轰动与争议，因诗韵的参差不齐与词序的颠三倒四而成为笑谈。但也正因为此，特列季亚科夫斯基以自己诗歌的不和谐"陌生"吸引着一代又一代诗人，类似的"不和谐"和"奇异性"，我们在杰尔查文和拉吉舍夫那里，在丘赫尔别凯和莱蒙托夫的诗里，及至在20世纪诗人马雅可夫斯基与茨维塔耶娃笔下都能读到。

特列季亚科夫斯基将古罗马诗学术语引进自己的诗学理论中，如扬扬格、抑抑格、扬抑格与抑扬格等。他要求，在六音步扬抑抑格和五音步诗中重读音节与非重读音节有序交替，构成其音节作诗法向着重音音节诗律改革的本质要素。另外，当时，特列季亚科夫斯基认为，写诗由扬抑格音步构成的诗更好一些，他发现，俄罗斯绝大部分的民间口头诗歌都是扬抑格。在他看来，最不好的诗是由抑扬格组成，扬扬格诗与抑抑格诗有着有限的长处。我们发现，这两种诗格没能在俄罗斯诗律学中作为一种固定形式存留下来，而只作为表达特殊情感时其他诗格的一种辅助手段，原因也不外乎于此。另外，三音节音步对于特列季亚科夫斯基来说是不屑一顾的。短诗他不认为要由音步组成，在这种情形下，同样要朝民间文学上发展。于是在他的理论中，奇数音节的诗——由9、7、5音节组成被他称为正确可行的，而偶数则被他认为是不正确的。在法国研读过语文学，熟知法国诗歌并按照素朴且不占主流的法国奇数作诗法写诗的这位俄罗斯诗人，坚定地打造优异于法国的只属于俄罗斯自己的作诗法。

特列季亚科夫斯基的成就远不局限于情诗，他还植入了自古希腊罗马时期就已在欧洲各国相当流行的田园诗，也就是说，俄罗斯第一首田园诗是特列季亚科夫斯基写下的，是对贺拉斯的自由模仿。在特列季亚科夫斯基的田园诗中，一切都可感，可触，可视，可闻，一切都细腻传神。田园诗在俄罗斯诗歌史中最终成为一种自生自灭的题材，是卡拉姆辛的感伤故事和果戈理对乡间地主卑污生活的描写击碎了田园诗的梦想，但田园诗成为 18—19 世纪之交"轻松小诗"的立意基础，并作为一个重要的美学元素活跃在屠格涅夫、叶赛宁等乡间景色描写中。此外，特列季亚科夫斯基奠定了爱国主义抒情诗的基础，他的 1728 年写下的《献给俄罗斯的赞美诗》流露了在国外学习的游子对祖国母亲的热爱。

特列季亚科夫斯基当属一个诗歌天才，他率先冲破旧式樊篱，发明了新的情感语言，为俄罗斯诗歌开掘了诸多新的体裁与题材。尽管诗人在世时因其诗歌和诗学理论让人难以理解和接受而饱受羞辱，但他的"诗的纯金"很快就被后代诗才发现与珍视，他的许多诗作被谱写成歌曲，被后人吟唱，并不断以诗集和坎特歌集①的形式一版再版。

米·罗蒙诺索夫（1711—1765）最初的人生经历是特列季亚科夫斯基的复演，都在差不多年龄背着父母到莫斯科求学，并考入同一所大学，即斯拉夫—希腊—拉丁科学院，而后均出国留学（后者徒步赴荷兰，前者赴德国）；二者的承继还在于当年的罗蒙诺索夫是特列季亚科夫斯基的忠实追捧者。如同侨民诗人霍达谢维奇逃亡时空手上路，行囊里只装有普希金的八卷本文集，并视其为"我全部的祖国"一样，罗蒙诺索夫离家出走也是一无所有，除了特列季亚科夫斯基的《新俄文诗律简论》。但时隔不久，罗蒙诺索夫便对特列季亚科夫斯基的专题论文予以评论性研读。罗蒙诺索夫先是充分评价《新俄文诗律简论》的主要优点，如对音步与重音音节诗的问津，剔除旧有传统强加给巴洛克诗歌的繁文缛节，但自 1739 年起，诗人从德国致信俄罗斯科学院，并寄来他的诗作《攻打霍丁颂》，另附论文《论俄文诗律书》，就诗律与语言与特列季亚科夫

---

① Кант：17—18 世纪流行于俄罗斯、乌克兰、白俄罗斯的一种诗体歌曲。

斯基展开公开论战。与特列季亚科夫斯基的扬抑格相对立，罗蒙诺索夫坚持认为抑扬格，或抑抑扬格最好，法国的阳韵最好。论战之初，苏马洛科夫观点折中，主要偏向于后者。斗争的结果双方都有所妥协，诗歌的格律开始中性化，与内容和题材有关但是并不绝对，各种形式高下难分。

为确证自己的诗学主张，罗蒙诺索夫身体力行，他的大部头诗作《攻打霍丁颂》（280 行）就是四音步抑扬格写成的，以庆祝俄军攻克霍丁城，诗歌韵律和谐，文字优美，广受好评；尽管这首诗并不是第一篇四音步抑扬格诗，但因为四音步抑扬格的最终确立依旧可视为罗蒙诺索夫最大的诗歌发明。更重要的是，四步抑扬格成了俄罗斯民族诗歌节律体系的基础。在杰尔查文的《费丽察》、普希金的《叶甫盖尼·奥涅金》、普希金的《致凯恩》、莱蒙托夫的《诗人之死》、勃洛克的《陌生女郎》、帕斯杰尔纳克的《二月。一碰墨水就哭泣……》及霍达谢维奇的四步抑扬格颂诗（较为典型的为 1938 年的未完诗作）等诗作中，都可见到四步抑扬格的典型运用，尽管到了 20 世纪揉进了若干新的东西，但基本上也都衍生于罗蒙诺索夫所创立的这一诗学体系。罗蒙诺索夫的诗歌作品以及他死后才得以出版的《论俄文诗律书》与特列季亚科夫斯基的《爱岛之行》《新俄文诗律简论》以及当时其他诗歌和文学论文一道，将俄罗斯诗歌从巴洛克式向古典主义，向新的"大文体"过渡阶段推进了一大步。

罗蒙诺索夫在接受既有诗歌传统的基础上设想着扬抑格诗、抑扬格诗、三音节扬抑抑格和抑抑扬格诗，同时还有扬抑诗段和扬抑抑格或者抑扬格和抑抑扬格的混合。这六种格律的每一种（扬抑格，抑扬格，扬抑抑格，抑抑扬格，扬抑格加扬抑抑格，抑扬格加抑抑扬格）具有五个音步。但是，我们发现，罗蒙诺索夫还没有确立抑扬抑格，是后来者苏玛罗科夫将其补足。但同时，罗蒙诺索夫仍旧对抑扬格情有独钟。在他看来，唯有抑扬格才是加强诗歌内容的高尚与崇高的有力手段，最适用于他所喜爱的颂诗，而扬抑格则适宜于表现各种感情，"敏捷而又轻盈的行为"。依据古罗马的诗歌表达定式，罗蒙诺索夫如是框定着俄罗斯诗歌，即抑扬格表象思想，扬抑格表达感情；抑扬格重于书面语体，而扬抑格则偏重于民间文学与口头创作，是他所界定的低级语体。至于韵律，最终他允许阳韵和阴韵以及扬抑抑韵结合使用。

作为古典主义代表诗人，罗蒙诺索夫诗歌遗产中占中心地位的是他的庄严体颂诗，并赋予其古典主义诗歌的特有主题与内涵。诗人一生共写下 20 首大型颂诗，这些颂诗奠定了为国家歌功颂德的诗歌的开端。国家主题成了他颂诗中的观念体系。在《与阿那克瑞翁的对话》（1747—1762）中，罗蒙诺索夫提出了对诗歌任务的看法，主张颂诗最主要的是具有爱国主义因素，个人情感要服从于国家大利益，即爱沙皇、爱大俄帝国等，去称颂沙皇的文韬武略以及科学成就。进入 18 世纪中期，俄罗斯社会现实经常和罗蒙诺索夫的颂诗理想发生尖锐冲突。女皇伊丽莎白迥别于其父，但是罗蒙诺索夫颂诗歌颂俄罗斯军队胜利，歌颂皇帝诞生日与登基日和加冕的崇高激情并没有减弱。罗蒙诺索夫的颂诗对俄罗斯诗歌的发展起到了重要的作用。18 世纪下半期，甚至 19 世纪初效仿者趋之若鹜，而后其传统中断百余年，以至于好几代人都认为颂诗就此绝迹，直至 20 世纪一二十年代在马雅可夫斯基的创作中猝然复活，尽管转义为《革命的颂诗》，也就是说十月革命后再次出现了为某种统治歌功颂德的时代和与之相配套的诗歌，"社会订货"的诗歌，再次出现了国家的思想为一切思想的最高准则，绝对主义抬头，对那些轰轰烈烈的日子只能大唱赞词。

罗蒙诺索夫在俄罗斯率先懂得，诗人写诗，在选择词汇时，不仅按词义，而且按声音。探究其思想艺术目的，力求用声音的意思巩固词的意思。依罗蒙诺索夫之意，"俄语中，字母 A 的重复出现意在描写壮观，描写伟大的空间，深度与高度；И，E. Ъ. Ю 描写温柔、爱抚，哭泣，以及渺小的东西，通过 Я 可以展示舒心、快乐、温柔和偏爱；借助 O. У. Ы 描写一种可怕的和强烈的东西，包括愤怒、嫉妒、痛楚与忧伤"①。罗蒙诺索夫在自己的《攻克霍丁

---

① Цит. по: *Риторика*, 1748.

颂》诗作中带头践行了自己提出的作诗主张，不同的字母分别表达着俄土战役、霍丁城的宏大敞阔以及一个俄罗斯人面对战争的愤怒、哀伤等多种复杂情怀。罗蒙诺索夫的这一发明对俄罗斯诗歌的影响无异于开闸放水，莱蒙托夫、费特、一大批象征派诗人，不仅仅注重声音的意思，同时还注意字母音乐性的开掘，如素被称为"俄罗斯的帕格尼尼"的巴尔蒙特，勃洛克的《陌生女郎》也因不同声响的字母的组合而达到"不用作曲也能吟唱"① 的神奇效果，抒发着诗人对"双重世界"的特定认知，甚至许多小说文本也通过字母的发音塑造人物，如果戈理的《外套》②，通过主人公姓氏内含的大量刺耳的表"令人生厌"之义的后舌音 K，让人对这个小人物（可怜、可嫌、可悲）的社会地位无论如何也敬重不起来，却也怜悯不起来。

罗蒙诺索夫不仅善写庄严体颂诗，还善于写哲理颂诗，如《夜思上天之伟大》《晨思上天之伟大》，并写有英雄颂诗《彼得大帝》、富有特色的哲理长诗《论玻璃的妙用》，以及两幕悲剧、讽刺诗和情歌等。

1758 年，罗蒙诺索夫在他的文集第一卷中写了篇序，题为《为俄罗斯语言中教堂书籍的益处而作》，在这篇序中，将在俄国的古典主义由两级细化成三级，对高中低文体以及对应使用的语言作了明确划分，如英雄长诗和颂诗用高级体语言，悲剧、寄言诗、讽刺诗、牧歌，哀诗用中级体语言，而喜剧、碑文歌谣则用低级体语言，罗蒙诺索夫排除了陈旧的古斯拉夫语，但没能给口语以应有的地位。就这样，诗歌语言的第一次改革于 18 世纪中期实现，并且在由罗蒙诺索夫奠定的三种语体的理论中得以定型。混乱无序的原生态得以吸纳入严格的规范，并将体裁、诗歌形式、语言文体相互糅合。然而，以中级文体为方向，对被作为标记的情感语汇，非民族语化的外来词汇和仿造词语予以极大关注的新的改革实现则于

---

① Ван Лие. Незнакомка. Газ. // День литературы. М., С. 15.

② 参见王立业《裹在"外套"里的"死魂灵"》，载《国外文学》2010 年第 3 期。

先前浪漫主义时期。

1752 年，特列季亚科夫斯基出了第二版《新俄文诗律简论》。在这一版中，特列季亚科夫斯基已经完全接受了罗蒙诺索夫的所有新学理论。经过一个世纪的拼搏，俄罗斯诗歌诞生了，并很快以昂扬的精神走上了自己的发展道路。索洛维约夫在他的 25 卷本《自远古起始的俄罗斯历史》中指出，罗蒙诺索夫与特列季亚科夫斯基的艰辛求索，乃彼得大帝打通通往西方的窗口，实行国家文化教育改革的结果。

三　苏玛罗科夫：高度古典主义文学缔造者

如果说，特列季亚科夫斯基完成了俄罗斯文学的巴洛克，罗蒙诺索夫将俄罗斯文学导向古典主义，而亚历山大·苏玛罗科夫（1717—1777）则在俄罗斯创造了高度的古典主义文学。

论年龄，特列季亚科夫斯基与罗蒙诺索夫都是他的诗歌先辈，苏玛罗科夫起先也的确视二位为自己的师长，但师生情义抵不过苏玛罗科夫对真理的追求，他最初与罗蒙诺索夫结成联盟，就诗格与语言问题同特列季亚科夫斯基展开论争，再后来又奋起反对罗蒙诺索夫，称其为"金丝笼子里的小鸟"，并写诗嘲笑其颂诗大而不当，华而不实。1748 年苏玛罗科夫发表了他的《作诗法书简》，可以说是对布瓦洛《诗艺》的改写，并学习布瓦洛，论文配有掷地有声的诗行，但成功运用了大量的俄罗斯格言箴语。诗中对罗蒙诺索夫一味追求文体的崇高壮丽而忽略形象的鲜明性、用词的准确性及其概念的抽象性展开宣战，其所用语言不可谓不激烈尖刻。诗人有所指地强调，诗人的情感应该真挚、自然，内容要鲜明，主题要明确，语言要流畅。

苏玛罗科夫一生共写下 9 部悲剧，12 部喜剧，还有歌谣、寓言、温柔的抒情诗和尖刻的讽刺诗。他的创作标志着俄罗斯文学开始向全面发展，并走向成熟。1759 年他办起了俄罗斯第一个个体杂志社，名为"勤劳的蜜蜂"，虽仅存一年，但影响巨大。据记载，"人们翘首以盼每一期杂志的面世，等着聆听杂志里的精辟话语"，且杂志文章多为苏玛罗科夫本人之作。那时候，文人们言必谈苏玛罗科夫，他代表了一个时代的辉煌，无怪乎库列绍夫言道："离开苏玛罗科夫很难想象 18 世纪俄罗斯文学。"[1]

苏玛罗科夫剧本创作的最大成就是悲剧创作，和罗蒙诺索夫的"颂诗"一道，常常被认为是俄罗斯文学的真正开始，且为古典主义鼎盛之作。在理论建树上，苏玛罗科夫关注的是如何为古典主义诗学奠定理论基础。他模仿布瓦洛的《诗艺》，写下了《文学书简》《论俄罗斯语言》《论作诗》，与布瓦洛一样，坚信思想与语言的强大艺术功用。

苏玛罗科夫是俄罗斯寓言的缔造者，诗人称自己的寓言是醒世警言，并有着不菲的创作成就，这些寓言广受欢迎，模仿者趋之若鹜；另外，他的讽刺短诗寓意尖刻。诗人以非凡的勇气和诗艺挣脱 5 种当时被奉为经典的重音音节诗律，对民歌做了杰出模仿，并创立了自由诗体，对 19—20 世纪的俄罗斯诗人产生了极为重大的影响。评论苏玛罗科夫的诗歌成就不可忽略他的歌谣创作，他的爱情歌谣明显是对罗蒙诺索夫只讲求理性而反对描写个人感情的诗学主张的反拨。情歌强调爱情对于人的重大作用，有警醒人、重铸人的巨大力量，是一种真挚热烈，而又不盲从于理智的感情。苏玛罗科夫的情诗是俄罗斯诗歌史上的创新，用库列绍夫的话说，他比任何一个古典主义诗人都更接近于民间的诗文化。当年追随苏玛罗科夫诗学主张的名诗人有哈拉斯科夫（1733—1807）、迈科夫（1728—1778）、鲍格丹诺维奇（1743—1803），构成了苏玛罗科夫流派。这些古典主义诗人，创造性地用中级体写抒情诗，有的诗人诗作对后代产生了重大影响，如哈拉斯科夫的《新诗颂》，他同样与罗蒙诺索夫的崇高体相对立，用中级体作诗，坚持"阿那克瑞翁体"写诗，后衍变成巴丘什科夫所奉行的"轻松小诗"。另外，鲍格丹诺维奇的《宝贝儿》被公认为由古典主义向感伤主义过渡的作品。

---

[1] Кулешов В. *История русской литературы.* М. , 1989. С. 91.

　　苏玛罗科夫非常精湛地运用了重音音节诗律，由此写成的爱情诗是当时的创举，被谱上曲子，深得宫廷达官贵人的喜爱。牧歌的体裁形式在当时的古典主义诗学中还鲜为人知，可以说是苏玛罗科夫第一个以牧歌形式细腻描写牧童与牧女的爱情。诗人深谙外在简朴的情歌体裁，他用质朴无华的，无丝毫做作的情感语言传达恋人的内心感受，这在 18 世纪中期唯有他一人做到。诗作中恋人的怨诉之情为 19 世纪的哀歌体情歌预定了基调。苏玛罗科夫的情歌强调爱情对于人的重大作用，它不是嬉戏，而是一种真挚而强烈的感情，它不屈服于理智。此等爱情描写在俄罗斯诗歌中还是空前的，所以诗歌史上认为这是苏玛罗科夫的创新，后世的屠格涅夫等爱情描写一定程度上继承他的风格。诗人同时善于用钟情的男子和被他所爱恋的女子的视角来描写，歌谣的男主人公努力进入女主人公的情感世界，并以自己的苦苦哀求来打动她，以爱情女主人公身份写出来的诗行更让人叹为观止。这种牧歌体塑造出来的女性堪为《叶甫盖尼·奥涅金》中塔吉娅娜的祖先，苏玛罗科夫的牧歌式爱情以人物的心理描写的准确而征服文坛，同时很难不说苏玛罗科夫的对女性形象的出色塑造与心理刻画是 20 世纪女性诗歌的源头。

　　当特列季亚科夫斯基与罗蒙诺索夫的"扬抑格与抑扬格"著名诗歌之争难决雌雄时，苏玛罗科夫也参与其中，三人将同一个第 143 首圣诗译成俄语，苏玛罗科夫认定，抑扬格自身含有"崇高"、高尚和生存，扬抑格则含有"温柔""令人喜爱"之意。因为第 143 首圣诗在夸赞教会人作战，救出沙皇，救出人民，同时还救出唱圣歌者达维德的上帝，要达到这个目的，靠的是抑扬格。有别于其他论敌者，苏玛罗科夫认为，俄罗斯诗歌的音步与诗格应补上抑扬抑格。苏玛罗科夫不仅参加了第 143 首圣诗的翻译，而且独自翻译完成达维德的 150 首圣诗，同时每一首诗都配上精美的诗艺形式，用诗人的话说，挑选最适合于圣诗主题的形式，除此而外，他还创立了自由体诗，使之成为一种诗律体系，这种体系由 19 世纪诗歌中的偶尔得见，成为 20 世纪诗歌中一种得以定型而普及的诗律。

　　就诗歌主题而言，从 18 世纪初，先行主题乃国家与朝廷，即赞美沙皇就是赞美俄罗斯，而且国家被认为至高无上的讴歌对象，服务于国家常常与效力于朝廷混为一谈，但是进入 18 世纪下半期，首先是在苏玛罗科夫的诗行中，而后在穆拉维约夫、卡拉姆辛等诗人笔下，诗歌吟咏对象发生了巨大变化，变为个体的人的这一思想主张日渐成熟，但是这种思想在杰尔查文诗行中得以光大而盛行，与真正意义上的普及还是在 19 世纪。

　　苏玛罗科夫的创作是丰富多彩的。巴洛克、古典主义笼罩着当时的所有文化——不仅仅是诗歌，还有音乐、戏剧、绘画、建筑、舞蹈等。在苏玛罗科夫包罗万象的创作中，高级古典主义达到了最为充分的体现。他的许多诗作奠定了俄罗斯新型诗歌的基础，在所有体裁中，他努力给予的不是个别的范例，而是大量奠定新型俄罗斯诗歌基础的作品。他是功勋卓著的第一个俄罗斯戏剧家，第一个个体文学杂志的创办人，俄罗斯文学史上第一个文学流派的创建者。

四　杰尔查文：流向后世诗歌的最大支流

　　1777 年，苏玛罗科夫去世，诗坛一片沉寂，人们似有"除却巫山不是云"之慨，总以为俄罗斯的竖琴从此喑哑。两年间，苏玛罗科夫留下的诗坛宝座无人敢问津，然而，就在 1779 年，一位年 36 岁，名叫加弗利拉·杰尔查文（1743—1816）的诗人以一首《梅谢尔斯基公爵之死》（1779）让自己迈向诗歌之皇的文学宝座。正如别林斯基所生动形容的："在诗歌顿失生机之际……杰尔查文是年少的俄罗斯诗歌的第一个生动有力的动词"[①]；"从杰尔查文起开始了俄罗斯诗歌的新时期，如同罗蒙诺索夫是俄罗斯诗歌的第一个名字，杰尔查文就是俄罗斯诗歌的第二个名字。杰尔查文……生

---

① Белинский В. Г. *ПСС: в 13 т.* М. . 1953. Т. 6. С. 603.

就真正的艺术家，公认的诗人，他的作品充盈着作为艺术的诗的元素。"①

杰尔查文虽没能像罗蒙诺索夫那样为俄罗斯诗歌创立一种诗歌语言的新范式，没能界定出俄罗斯诗歌的韵律学、诗节构造学，没能提出词尾和韵脚相结合学说和语体规范理论，没能像苏玛罗科夫创建了一个文学流派，但杰尔查文的诗风至今仍是俄罗斯诗歌中独一无二的现象。在他独具特色的诗歌语言中充盈着一种能够让后继俄罗斯诗歌广为受益的思想与审美气场，缺了这种气场，俄罗斯诗歌就如同缺了罗蒙诺索夫式的音节重音诗律而难以为继。如果说，罗蒙诺索夫给了俄罗斯诗歌诗律与诗韵的形式，如同给了其身体与外壳，那么杰尔查文则为俄罗斯诗歌填充进鲜活的灵魂，而且在他迥别于古人的诗体中，明显感觉得到是他为未来俄罗斯抒情诗夯实了博大而坚实的基础。就此等层面而言，他与罗蒙诺索夫比肩，以不同的创作追求一同打造了俄罗斯诗歌。

《梅谢尔斯基公爵之死》就文体而言是高级体与低级体的融合，就艺术形象而言是平淡无奇与理想诗意的糅合，就体裁而言是颂诗与哀诗②的合璧，更准确一点说，是一首将颂诗与哀诗融为一体，体裁形式独特的诗歌。仅就这一点，不能不说是俄罗斯诗歌史上的一大创举。诗歌说的是一位名叫梅谢尔斯基的公爵，非常富有，沉湎于生活享受，他既未扬名于军界，也不效力于国事，在当时看来并没有什么可歌颂的。但他是个人，是个普普通通的人。主人公的逝世揭示出一个深刻的哲理含义：人世间一切都转瞬即逝，人只是历史长河的一朵浪花，不管经历过辉煌或曾可歌可泣，或者活得无声无息，平淡无奇，一切都将无情逝去，死是人的最终结局。这首

---

① Белинский В. Г. *ПСС：в 13 т.* М. . 1953. Т. 7. С. 117.

② 哀诗，也译哀歌，作为体裁术语，源于公元前 7 世纪的希腊，最初主要是政治道德内容，而后转变为古希腊罗马诗歌中的爱情主题。最初意义为怨诉歌（жалобная песння），是一种抒情诗体裁，篇幅中长，多含沉思或悲伤之情，常常用第一人称写就，没有鲜明的结构。俄罗斯文学自苏玛洛科夫和杰尔查文之后，卡拉姆辛、巴丘什科夫、茹可夫斯基乃至普希金、莱蒙托夫都写过哀诗，特别是茹可夫斯基的《乡村墓地》（1802）被誉为俄罗斯哀诗"黄金时代"的标志性作品。

诗写得既惆怅，又壮美，同时发人深省，在俄罗斯文学中第一次开启了永恒主题的探索，以及"生""死""青春""理想""荣誉"等的叩问。整首诗在反衬与对立中写成，看上去构思是矛盾的，文笔却是稳健的，观念是明确的。好多诗行写得非常精细，比方说，对一去不返的青春的哀歌式叹息为普希金日后的哀诗思维作了直接意义上的准备：

> Как сон, как сладкая мечта,
>
> Исчезла и моя уже младость;
>
> Не сильно нежит красота,
>
> Не столько восхищает радость,
>
> Не столько легкомыслен ум,
>
> Не столько я благополучен ...

> 像梦，像甜美的空幻，
>
> 我的青春也已消散，
>
> 美的温存正在柔弱，
>
> 喜悦并不那么让人赞叹，
>
> 智慧并不那么呼之即来，
>
> 我并不那么顺利平安……

这很快就使人想起普希金《致恰达耶夫》：

> Исчезли юные забавы,
>
> Как сон, как утренний туман.

> 儿时的嬉戏消散了，
>
> 像梦，像朝雾。

　　在这首诗里，我们分明感觉得到杰尔查文所描写的那种心灵生机的冷却。同样，在普希金的《致恰达耶夫》里，我们分明感觉得到普希金因少年"平静的光荣"一去不返而流露出几分失意、悲观和哀歌式的叹息，只是随着一个转折词"但是"，消极陡生积极，哀诗让位于颂诗，于失意处腾升起对祖国的激情歌颂与献身的美好向往。杰尔查文将颂诗与哀诗融为一体的新型体裁，在普希金的《致恰达耶夫》《致大海》中得以完美再现。

值得一说的是，《致恰达耶夫》原本属于寄言诗，本是朋友间倾吐友情，互道珍重的一种日常书信诗体表达方式，但到了普希金笔下却变成了一首政治诗，亦即"热爱自由体"抒情诗（《Вольнолюбивая》 лирика），不仅如此，通过选词择义，譬如гореть①上，通过场景设置，气氛营造，还有爱情诗才有的神来诗句："如同年轻的恋人/等待忠实的约会"，与其是说"燃烧"欲火，倒不若说"燃烧"一种报效祖国的激情。可见普希金诗作的体裁特色，从源头便已涌入杰尔查文的一脉，普希金写给恰达耶夫的第一首寄言诗即已融合了杰尔查文的体裁特征，即哀诗与颂诗的糅合。

写完《梅谢尔斯基公爵之死》三年后，杰尔查文写下了他最有名的庄严体颂诗《费丽察》（1782）。这首诗最大限度地沿袭了罗蒙诺索夫的颂诗形式，四音步抑扬格，但用的是十诗行诗段，АБАБВВГДДГ韵式。杰尔查文的颂诗没有停留于罗蒙诺索夫对皇上的一味歌功颂德上，而是用相同的诗律形式糅进罗蒙诺索夫式颂诗所不具备的内涵与文体风格，更主要的是糅合进康杰米尔的讽刺诗手段，从而再次颠覆了古典主义的框范，为后来现实主义诗歌的产生扫清了道路。这首颂诗是献给女皇叶卡捷琳娜二世（1762—1796在位）的。诗中以庄严辉煌的颂诗为底色，夸大歌颂理想中的君王，但同时却又运用多向度的反衬与对比，把当今的君王与先前的君王，理想的崇高与现世的低俗，君王的贤明与文武百官的龌龊并

---

① Гореть 原意为燃烧，在普希金时代，多喻意爱情、情欲，而在这首诗频繁使用，第一次转义为政治激情，表达了诗人报效祖国的热望。

列呈现，罗蒙诺索夫的歌颂与康杰米尔的讽刺自然融入，亦即颂诗与讽刺诗的相互糅合，创立了艺术的美与思想的真的空前高度。

费丽察的名字取自拉丁语，意为"幸福"，意在歌颂能给人类带来幸福的君王，同时在"我"看来女皇乃一部教人生活与做人的宝典。诗人用如下诗句反衬或对比的方式来讴歌与夸大女皇："你不效法那些大臣，/你经常徒步而行，/当你进膳的时候，/饭食也总是普普通通；/你不拘靡于自己的安闲，/坐在桌边又读书又是撰文，/于是从你的笔端/给平民百姓带来无限欢欣……"① 全诗以叶卡捷琳娜二世反衬先皇，即被罗蒙诺索夫和苏玛罗科夫歌颂着的伊丽莎白·彼得罗芙娜。同样是国家政权的统治者，但伊丽莎白是专横残暴的"圣君"，而叶卡捷琳娜二世则是启蒙君主的理想化身，通情达理待人宽厚的统治者；此刻被杰尔查文歌颂的女皇不是不食人间烟火的天上的神，而是品质卓越的活生生的人。歌颂女皇的诗作《费丽察》为 20 世纪初诗人马雅可夫斯基歌颂领袖的长诗《列宁》提供了范本，诗中的列宁不是不食人间烟火的神，而是普通平凡的人，既是人民的父亲，也是人民的儿子。不同的是马雅可夫斯基诗中的双方对比有一方融贯了诗人的美好理想，而杰尔查文则有了真实存在过的前朝女皇作为反衬，所以更可信也更有说服力。在这首诗里，杰尔查文通过叶卡捷琳娜二世的塑造创新性地完成了古典主义的理想人物的创造。颂诗中还引进了"我"的形象，却是荒淫无耻、挥霍无度的三个大臣之一，以"我"在令人敬畏的帝王面前的自我剖析和坦白，交代了包括"我"在内的官员们的丑恶形象："费丽察啊，我是如此放荡！可所有的上流社会都和我一样。/不管谁以贤明著称，/那都是一个弥天大谎"②，从而赋予了古典主义全新式样，即利用颂诗来针砭腐败，外带一份戏谑。其后的《致君王与法官》（1780），《大臣》（1794）中，这种风格更加明确化，为马雅可夫斯基的利用颂诗写讽刺诗提供了极其重要的参照。

---

① 朱宪生：《俄罗斯抒情诗史》，山西人民教育出版社 1993 年版，第 34 页。
② 同上书，第 36 页。

　　杰尔查文打破了国家间古典主义的壁障，他的颂诗的高超笔法和中级甚至是低级语体的词语表达是交织在一起的。在《费丽察》这首颂诗里，杰尔查文虽然使用罗蒙诺索夫的四音步抑扬格，但没有亦步亦趋，而是将罗蒙诺索夫的第一个音步为重音演变成第一音步着重点的减弱，并在韵式（рифмовка）、韵脚（рифма）上予以了极大的丰富，同时，由于词汇的数量的降低，由于句法的变化（比方说，大量转义句法的出现），杰尔查文的颂诗偏离演讲鼓动型音调，让音调结构因口语句式而复杂化。杰尔查文对古典主义作诗法的颠覆还表现于对精确韵脚的拒绝，在他的诗行中，клохчут – хохочут，согласье – счастье，царевна – несравненна 都属于同韵，这种改革在当时可谓大逆不道，但也正是这种创新为 20 世纪俄罗斯诗律中的"近似韵"奠定了基础，如在帕斯捷尔纳克的著名诗作《二月。一碰墨水就哭泣》中这种韵得到了一定程度的体现。.

　　早在苏玛罗科夫时代，罗蒙诺索夫对"阿那克瑞翁体"所持的贬斥态度就已经遭到了无情挑战。如果说，苏玛罗科夫的阿那克瑞翁常常现身于歌谣，民歌，而杰尔查文则直接将这种诗体引进诗，构成了对罗蒙诺索夫的截然反拨。杰尔查文不主张压抑个人的情感，他的爱情诗大胆调动人的多种感觉器官，与作品人物一同体验爱情的美好：我将尽情享受人生的欢乐，／频频同我的爱人亲吻，／常常倾听夜莺的歌声。这样的诗句无疑为俄罗斯爱情诗篇掀开了重要一页。他的抒情诗《俄罗斯少女》当属俄罗斯爱情诗史上的肇始之作。他将爱情、少女的美丽与青春置于古典庄园，学着罗蒙诺索夫的颂诗，运用大量的色彩形容词，第一次描绘庄园的五彩春图，借此衬托少女服饰的华丽典雅，去写少女明媚双眸中因爱的情愫汇成的盈盈秋水，描写爱战胜恶的巨大力量，通篇洋溢着对青春与美丽的赞美，这种活力与美丽纵是丘比特再世，也会对此望而却步。

　　杰尔查文自 18 世纪末至 19 世纪初一直在俄罗斯诗坛独执牛耳，是俄罗斯诗歌领袖人物。但他的诗歌改革不仅仅在于他创新了俄罗斯颂诗，将其与哀诗相糅合，与讽刺诗相糅合，而是在这一种崇高文体中，写足了平淡无奇的日常生活，运用写生活细节的艺术将平淡无奇导入诗歌，给后世极大影响。我们在普希金的诗体小说《叶甫盖尼·奥涅金》中，在白银诗人霍达谢维奇的诗歌里，甚至在当今诗人库什涅尔笔下随处可见平淡无奇之物，却丝毫不因这些平淡无奇而减低诗作品的诗意。如果说，杰尔查文将平淡无奇导入诗歌，茹科夫斯基则将平淡无奇引入对大自然的描摹，付之于乐感，那么自普希金抒情诗开始则让平淡无奇焕发出诗意。俄罗斯学者普斯托沃依特曾如是评说屠格涅夫，说作家继承了普希金的传统，任何平淡无奇之物，一经艺术家妙笔点染，便随即诗意粲然。其实，这番定论恰到好处地点明了普希金等一代诗杰对杰尔查文、茹科夫斯基传统的师承和极大发展。另外，也正是汲取了杰尔查文的艺术养分，"白银"诗人霍达谢维奇为自己建立了一种美学信念，即"从那个时候起，布伦塔，我就爱上了生活与诗中的平淡无奇"，乃至19—20世纪之交的"白银时代"，"杰尔查文体诗文"成了当时诗歌领域的专有名词，为一大批文人所效仿[1]。在杰尔查文看来，诗可以歌颂的不仅仅是女皇、忠臣、上帝，还可以是平民百姓；在他的诗中，人的衣食住行，头疼脑热，及至不起眼的景物，都可能是他所描写的对象。他的同时代人惊讶地发现，在他的《悼梅谢尔斯基公爵》中，可以读到偏远乡村的村民如何在打牌赌博，因为一个铜币而欠债和赖账，但这一切并不妨碍人们的审美视觉，彰显的恰恰是罗蒙诺索夫颂诗所不具备的生活之美。

与罗蒙诺索夫一样，杰尔查文写过哲理颂诗，如《纪念碑》《天鹅》等。长期以来我们对他的《纪念碑》予以了足量的褒誉，普希金为表敬重，竟模仿杰尔查文写下自己的《纪念碑》，那种自信，那份自我称颂与杰尔查文如出一辙。时隔百年，杰尔查文与普希金的崇拜者，侨民诗人霍达谢维奇同样用庄严体写下了只属于自己的《纪念碑》，但有别于杰尔查文与普希金，霍达谢维奇《纪念

---

[1] Горелова М. А. *Творчество В Ходасевича в культурной парадигме серебряного века: «Державинский текст»*. Автореферат д. к. н. . Самара, 2006.

碑》写得谦虚、低调、矜持，对自己在文学史上所处地位有着清醒的认识，且意境深远，以别样的形式重塑着俄罗斯诗歌的纪念碑。其实，杰尔查文的这首仿作（原作贺拉斯）写得过于直白、外向，算不得诗人巅峰之作，而更具艺术生命力，可谓"天鹅之唱"的作品当属《天鹅》。在《天鹅》中，杰尔查文预见到在他死后他的诗歌功绩将变得更加鲜明，他的艺术成就更加弥足珍贵，但这种高傲的意识并非升华为贺拉斯颂诗中的辉煌的思想，而是具现出一种平实的、可歌可感的艺术形象。60 岁的老人杰尔查文将自己看作正在变为强有力的美艳无比的天鹅，向理想艺术的巅峰不懈地飞翔着。

杰尔查文是 18 世纪对后代诗人影响最大的诗人，正如洛特曼所指出的，"正是他在自己的诗作中摈弃了古典主义传统，非常自如地将'高级体'与'低级体'两种语言相互糅合，将日常生活的鲜明画图导入诗歌"[1]。就政治观点而言，杰尔查文是一位保守主义者，在他看来，俄罗斯需要的不是国家的改革，而是诚实的人，这些人身居国家之高位，为人民服务，而不是为一己私利。面对身边的贪官污吏，他奋起与之斗争，甚至是对女皇。这种政治情绪与观点促使杰尔查文将公民诗人理想引入俄罗斯诗歌，去大胆揭露高官显贵的伪善凶恶。正是有感于此，雷列耶夫将自己的一首专门写公民诗人的诗定名为《杰尔查文》。

杰尔查文凭借着自身的艺术努力与思想主张，让俄罗斯诗歌就此接近生活，接近社会，同时也更是接近诗的本质，就这点而言，杰尔查文是加速俄罗斯诗歌新时期到来的第一位诗人。

18 世纪俄罗斯诗歌的起步得益于彼得大帝改革，新型俄罗斯文学的诞生得益于"诗歌源头康杰米尔"[2]，"俄罗斯文学彼得大帝"罗蒙诺索夫（别林斯基语），"俄罗斯诗人之父"杰尔查文（普希金语）等一代代文学巨匠广纳百川与锐意革新，使得俄罗斯

---

[1] Лотман Ю. М. *Учебник по русской литературе для средней школы.* М.，2000. C. 41.

[2] Лебедева О. Б. *История русской литературы XVIII века.* М.，2003. C. 61.

诗歌学在他们手中就已经定型，毫不夸张地说，俄罗斯诗歌由最初的世界文学的后殿一跃成为 19 世纪世界文学的翘楚，全然离不开 18 世纪俄罗斯诗歌的奋力托举。

（作者单位：北京外国语大学）

双重叙事的典范之作

——评《捍卫记忆》

冯玉芝

　　传记的真实性经常受到质疑，尤其是当传主为名人或者为人所共知的人物的时候，写作者的主观立场并不因写作的文字水平较高而获得更多的赞誉。但有些传记并不着意于介绍与倾诉，而完全是以重建记忆为己任的时候，主观立场就有可能演绎为不同寻常的个人记忆，穿过集体记忆的屏蔽而走上前台。利季娅·丘科夫斯卡娅的书（Из дневника . Воспоминания，2010）① 就是一个很好的例子。

　　利季娅·丘科夫斯卡娅（1907—1996），俄罗斯作家，批评家。在俄国文学界被誉为伟大的记忆书写者。由于一家三代（父亲、兄弟、本人和女儿）均为作家，在俄国的文学艺术界有着广泛的影响。利季娅·丘科夫斯卡娅曾在 1926 年被捕，因"传单事件"（她在自传中认为自己并未参与任何事件，只是误用了别人的打字机而已）被判流放萨拉托夫；由于人脉甚广的父亲科尔涅伊的奔走，只服刑十一个月就回到国家出版社儿童部继续工作。但由此开始"获得自己的公民原则与立场"②；她的第一任丈夫为文史学家，后离婚。1941 年战死于列宁格勒前线；第二任丈夫为物理学家布

---

① 中译本为利季娅·丘科夫斯卡娅：《捍卫记忆》，蓝英年、徐振亚译，广西师范大学出版社 2013 年版。

② Лидия Чуковская. *Из дневника. Воспоминания.* Москва：Изд‐во Русский текст，2010. С. 9.

隆施泰因，1937 年被逮捕，1938 年被枪决，但没有告知亲属，只是说剥夺十年通信权。这些大起大落的人生际遇，对丘科夫斯卡娅的文学命运产生了巨大的影响，在她的生活和写作中"永远与鸡蛋站在一边"的胆识成为最明显的特色。1928—1931 年她发表了《列宁格勒—敖德萨》《伏尔加河上》和《塔拉斯·舍甫琴柯的故事》等儿童文学作品。自 1939 年开始撰写传记色彩浓厚的文学作品。先后写出小说《索菲娅·彼得罗夫娜》（1939—1940）、《米克鲁霍—马克莱》（写于 1948—1954 年，主人公为俄罗斯民族学家）、《下水》（1972，纽约）；应著名诗人阿赫马托娃本人之约，历时 18 年，完成了《阿赫马托娃札记》。其他作品还有《一次起义史》（1940），《十二月党人：西伯利亚研究者》（1951），《鲍里斯·日特科夫》（写于 1957 年，主人公为苏联儿童文学创始人之一），随笔集《在编辑的实验室里》（1963），诗集《死亡的这一边》（1978）。20 世纪 60 年代以公开信的方式（《人民的愤怒》《致肖洛霍夫》《不是处决，不是思想，而是言论》）支持萨哈罗夫、索尔仁尼琴、西尼亚夫斯基、达尼埃尔、布罗茨基等受到打击迫害的文化名人；1974 年被开除出苏联作家协会，1988 年恢复作协会员身份和名誉。80 年代，以自己长达数十年的日记为基础，她陆续写出关于茨维塔耶娃、萨哈罗夫、帕斯捷尔纳克、加别、弗丽达、曼德尔施塔姆等人的回忆录，轰动一时。1989 年，她还出版了为其父亲撰写的回忆录《童年的回忆：纪念科尔涅依·伊丘科夫斯基》。丘科夫斯卡娅于 1980 年获得法国科学院颁发的"自由奖"，1990 年获得以沙哈罗夫院士命名的"公民勇气奖"，1994 年获颁俄罗斯联邦国家奖。目前，她五卷本选辑仍是俄国人钟爱的图书首选。

利季娅·丘科夫斯卡娅的创作，尤其是日记与回忆录书写了在盛行思想钳制的苏联社会以及以"大清洗"为特征的破碎时代里，肩负着神圣使命的一代人完整的精神思考和抗争。在文本层面上，自传与他传有机地结合在一起，使个人记忆与民族文化生活互为显影，洞微烛幽地展现了赤裸无隐的真实记忆史。

一　自传：个人记忆中的血雨腥风

《被作协开除记：文学伦理随想》1977 年截稿，1979 年在巴黎出版。如果说《下水》还只是具有自传的色彩的文学作品的话，那么，这部书稿就是完全是用记忆之斧刻下的最清晰的精神史年轮的真实自传。

这篇回忆录共有 13 章以及题为《补充的一章》作为附录。作为自传中的传主和叙述人，丘科夫斯卡娅以亲历者的切肤之痛来传达自己的文学操守。她的小说《索菲娅·彼得罗夫娜》与当时的作家出版社签订了出版合同，1963 年收到出版社预付的 60% 稿酬。在别样的社会氛围中，她自己也认为"简直是奇迹"![1] 但是风云突变，"有人感觉到'上面'改变路线了，对文学深入揭露'个人崇拜的后果'不满……"[2] 拒绝出版逐渐演变为内部审查、思想批判、文学官司、写作权利剥夺直至"行政处罚"——"开除出作家协会并在报刊上广泛报道[3]。沿着这个线索，传记以很大的篇幅记述了"我"与作家出版社社长卡尔波娃的谈话、"我"在法院进行的答辩、"我"对报刊出版界肆意为文学杰作做加减法的愤怒以及在父亲去世后作家协会对"我"所采取的行动……字里行间充满了针对文学伦理思想分歧的激烈交锋，对研究那个特殊历史时期苏联的文学文化语境和当代文学发生发展的理念生成过程具有重要的历史意义。

在丘科夫斯卡娅的一生中，这是一个最为重要的精神上升时期，也是人生最为艰难困苦的时刻。文中处处可见其文学家的上下求索的精神追寻、作家创作时缜密的智慧，不仅以饱含激情的语言，更佐以详尽的数字与资料，阐述了其与出版界、文化界和

---

① ［俄］利季娅·丘科夫斯卡娅：《捍卫记忆》，蓝英年、徐振亚译，广西师范大学出版社 2013 年版，第 66 页。

② 同上书，第 67 页。

③ 同上书，第 120 页。

文学活动家们息息相关的密切联系。特别是在解读 20 世纪 60—80 年代苏联报刊、特别是引述"各级文化部门领导"的"声嘶力竭的吆喝和恐吓"以及"陈词滥调"时，回忆录毫不隐讳地"指认"了真人、真事，许多评述都依据了当时的报刊和出版物提供的准确的标题和评论。在细节架构方面，由于传记主题厚重而深邃，作者把纪实和自己尖锐而毫无妥协的抨击结合在一起，既站在大历史和思想的高位评价个人精神生活的遭遇，又把"我"的每一项活动的依据（比如自己的小说出版的理由，自己与同时代人文学追求）和为记忆和话语权而作的不懈抗争（"斯维尔德洛夫区人民法院以俄罗斯共和国的名义宣布：出版社应支付作者 100% 的稿酬，因为手稿是通过后否决的。……小说呢？法庭无权判决小说出版。"）[1] 详细写出，使读者就像在一股巨大的历史洪流中，看到了以"我"的人生际遇切片为标志物的纵横的坐标系，从而增强了对这一时期历史文化的认知与想象还原。90 年代，俄国文学史教科书"十年三变"以及近 30 年来的学术与文化多视角观照与多维度解读，都有力地佐证了丘科夫斯卡娅独特而深邃的历史眼光和文学情怀。

　　这篇回忆录具有地道的原生态特点。从材料类型来分析的话，会有一个惊人的发现：书中引用的纪实性文本（会议纪要）传达了生活与艺术、传记与文学创作之间的微妙而隐秘的联系。正文和附录中各有一份，这些完整到连时间、地点、参加人员都丝毫不差的会议记录读起来不仅不枯燥，而且两组对话发生在才华横溢的伟大作家和空话连篇平庸至极的作协书记处及为开除作家而设的小组成员之间，充满了斗争的激情与强烈的戏剧性（中文译者蓝英年说，"读起来津津有味"[2]），在荒谬的人性炼狱中托举出文学认识论的新高度：那些和丘科夫斯卡娅一样在作协"第八会议室"被开除的索尔仁尼琴、帕斯捷尔纳克、布罗茨基、沃伊诺维奇、科尔尼洛夫

---

[1]　［俄］利季娅·丘科夫斯卡娅：《捍卫记忆》，第 70 页。
[2]　［俄］利季娅·丘科夫斯卡娅：《捍卫记忆》，代译序，第 20 页。

等不正是俄国现代文学重要思潮和流派的代表吗！述说并记录他们的（创作史和作品的发表史）的蒙难和为此所作的抗争具有无可置疑的文学史价值。至于书中那力透纸背的情感表达力，丘科夫斯卡娅在自传中对"越界的阐释"是这样说的："我跑题了，脱离了我简要的叙述。我只想谈自己，谈我如何被作家协会开除。但没有办法：'我'的概念不仅包含我个人的传记。而我被开除出作协呢？难道只是我个人的经历？"① 她不承认个人境遇的偶然性质，而写下来，这是所有人共同的命运与事业。她不仅保留了记忆，而且突破了作家自我表达的局限，成为庇护和坚守文学事业的一代人的代言者，成为历史记忆的捍卫者。

二 他传：大师群雕中耀眼光芒

由于选材的特殊性，即一般生平并不在作者的视域之中，所以叙述人所面对的就不再是外在时间的变化，即使是在日记体的回忆录中，也出现了"时间性绽露为此在的历史性"② 的效能，通过了解作为对象的知识分子的创作和遭遇，将自己的人格内设于这一时间之中，并在其中获得一个不再拘泥于时间的位置，而是专门关注两个极其重要的方面：丘科夫斯卡娅作为作家同道和庇护人，一方面最珍视的是文学家们宁折不弯、毫无禁忌、勇敢且十分紧张的精神生活；而另一方面，也是回忆录最为精彩的部分：对俄罗斯当代作家文学实践的关注。现在看来，这两个方面或多或少都弥补了当代文学批评史的缺憾。

首先，还原大师们应有的"大写的人"的尊严。可以套用陀思妥耶夫斯基的小说标题，在风雨如晦的年代，各路文化大师们都是"被侮辱和被损害的人"，从精神和到肉体都受到严重的摧残与戕害。这在俄国的专制史中一点都不新鲜。然而，在建构（我

---

① ［俄］利季娅·丘科夫斯卡娅：《捍卫记忆》，第125页。

② ［德］海德格尔：《存在与时间》，陈嘉映、王庆节译，生活·读书·新知三联书店1987年版，第443页。

与世界）这个自我身份的过程中，曼德尔施塔姆们身体因监禁、流放而成了"旅游者"，但是精神世界的升华一刻也未有停止。《临终》用大量的笔墨写在战争中，在贫病交加中，"什么都怕"的茨维塔耶娃以"独自作战的孤独"朗诵隽永的诗篇《思念祖国》；埋头莎士比亚翻译工作的帕斯捷尔纳克对另一名译者马尔夏克的译文赞赏有加，对契诃夫戏剧的无限推崇和对其戏剧编排具有高水平的鉴赏——"这就是艺术，即使落到庸才手里也还是艺术"[1]；丘科夫斯卡娅在 1961 年 1 月 1 日的日记中写道："布罗茨基很有才气，很聪明，近乎天才，但始终穷困，不受人喜欢，到处碰壁——就像曼德尔施塔姆，因为他不谙人情世故，也不想弄明白，除了写诗，他不愿意干别的事，翻译——仅仅是谋生的手段，从事翻译只是迫不得已"[2]；她用直觉来记录索尔仁尼琴的意志和力量，暗暗称他为"经典作家"（那还是 1967 年!），对他"按照日程表过日子"的紧张的精神探索与写作生活非常理解："就让他领受上帝的启示吧。我将力所能及地为他效劳——值得为他这样做，总之，为他做任何事都是值得的。"[3] 确实，与后来的柳·萨拉斯金娜所写的索尔仁尼琴生活传记相比，其时间与事件的真实性毫不逊色，比如，1966—1967 年索尔仁尼琴的创作生活是如此丰富：1 月为创作《古拉格群岛》再次去爱沙尼亚；1 月 20 日《新世界》发表《扎哈尔的贴身吊袋》；2 月 10 日，苏共中央致信西蒙诺夫《关于索尔仁尼琴的长篇小说〈第一圈〉》；4 月 10 日创作小说《复活节宗教游行》；4 月中旬到五月中旬写作《癌症楼》；6 月 18 日《新世界》杂志讨论《癌症楼》；7 月 19 日《新世界》杂志第二次讨论《癌症楼》；8 月 3 日致信特瓦尔多夫斯基，拒绝到杂志社解释创作；8 月末至 9 月初，乘车在南方旅行，出发线路：罗斯拉夫里—切尔尼科夫—敖德萨—克里木—阿斯卡尼亚—新地—雅尔塔—阿鲁普卡—老克里木—科克捷贝尔—菲奥多西亚；返

---

① ［俄］利季娅·丘科夫斯卡娅：《捍卫记忆》，第 284 页。
② 同上书，第 348 页。
③ 同上书，第 357 页。

回路线：哈尔科夫—库尔斯克—奥廖尔—帕斯鲁多维诺沃。11 月
24 日在科学院原子能研究所演讲；12 月初为写《古拉格群岛》再
次去爱沙尼亚；1967 年 2 月底为付印《古拉格群岛》到列宁格勒；
3 月 27 日致信苏联作协第二十四次代表大会；4 月 7 日至 5 月 7 日
写作《牛犊顶橡树》；5 月 31 日致作协的公开信发表；苏共中央和
苏联作家协会讨论索尔仁尼琴的思想观点；索尔仁尼琴拒绝认错，
要求停止诽谤和污蔑；沿自己的老部队的行军路线，进行为期两
周的旅行；9—10 月写出《牛犊顶橡树》补记（一）；12 月《癌
症楼》付印……①但在准确的和赤裸裸真实背后，丘科夫斯卡娅务
力要进入的是大师们的内心世界，关注他们的精神探索在多大程
度上使每一个人生来就萌芽的永恒形象保持不模糊、不颤动、不
歪曲，这种传记作者的类似独白，以非感官联想、非下意识跳跃、
非一般时空绵延的方法，高高地托举起了作家、诗人、社会活动
家们的内心自由；在《捍卫记忆》中绝少夸张和虚饰，即使像布
罗茨基这样稍显"偏激"的人物，在丘科夫斯卡娅的笔下也是诗
意无限，生机盎然！他们的内心世界决不因为外界的侵扰而寂寥
无声，缺乏生气或充满恐怖狂乱，相反，在她的笔下中他们总有
一种安静，有一种从容，有一种气定神闲。慌乱、怪诞、歇斯底
里、胡言乱语、狂想梦呓没有占据整个"他传"叙事的哪怕是较
小的篇幅。许多片段成为凝结人物精神历史的来源与归宿的总结。
这种主观传记中难得的磊落心胸，得益于她深厚的文学修养、对
才华与天才的深刻认识以及作为知识分子的伟大品格，她的观察
和思考没有停留在生活表面的世俗之扰，恐惧之忧，而是表现出
对救赎人性、建构精神家园可贵的历史担当。

其次，作为读者、编辑和评论家，丘科夫斯卡娅在阅读和点评
"倒霉"的作家和诗人们的文学作品时，其文学观点严谨、尖锐，
判断力惊人。日记中对索尔仁尼琴的作品《癌症楼》《第一圈》

---

① 参见 ［俄］柳·萨拉斯金娜《索尔仁尼琴传》，任光宣译，人民文学出版社
2013 年版，第 626—650 页。

《古拉格群岛》都有精彩的点评，如"我拜读了第三卷。这比什么都高级。殿堂已经建成，已经完工，宏伟，非人工所造。我边读边背诵，印数少是罪过。这是奇迹……"但她毫不客气地指出："索尔仁尼琴的（某篇政论）文章很枯燥，似乎完全是败笔。"① 她写道："我还有一个想法：索尔仁尼琴式的俄罗斯道路：从艺术走向道德。果戈理、托尔斯泰、陀思妥耶夫斯基，赫尔岑（殊途同归）。"这已经是对整个文学批评史的历史诗学研究了！又如，"1971 年 10 月 25 日，读到（布罗茨基）《从边缘到中心》的时候，不禁失声痛哭。许多东西撼人心魄，也有许多东西我无法理解……"这些，固然是其文学知识渊博，经历丰富使然，但是，《阿赫玛托娃札记》② 却远不能以此来解释。这是丘科夫斯卡娅接受了阿赫玛托娃这位"俄罗斯诗歌的月亮"本人的托付，从 1938 年至 1965 年间收集整理她的诗作，历时数年的工作在她的日记中多处提及。其第一卷是丘科夫斯卡娅从自己 1938—1941 年的日记中编选出来的有关诗人阿赫玛托娃的生活与创作状况的记载。在漫长的岁月里，她拖着病体，从不懈怠，多次与帕斯捷尔纳克、布罗茨基等交流整理阿赫玛托娃诗作的情况，这是研究文学史嬗变的生动珍贵的资料，这是她致力于为当代作家、文学活动家建立永恒的纪念碑的壮举。

在札记、日记、随想等各文体中，饱含了丘科夫斯卡娅深邃的美学见解和她一以贯之的文学价值观。她几乎从少年时代就开始了对文学的追求与审视。她的创作和批评活动贯穿整个俄国当代文学史。在一个不寻常的社会语境中，当一个人（或时代中的大多数人）无力审视时代，无力鉴别文学主流，不能对流行的价值观和各种蒙尘的标尺作更深刻的追究与评估、轻易放弃个人判断，甚至不能包容和理解文学及其文学活动的时候，丘科夫斯卡娅清醒的文学评鉴越发凸显出她作为一个精神书写者，在人类信仰失落的危机

---

① ［俄］利季娅·丘科夫斯卡娅：《捍卫记忆》，第 418 页。
② ［俄］利季娅·丘科夫斯卡娅：《阿赫玛托娃札记》（三卷：《诗的隐居》《诗的蒙难》《诗的朝圣》），林晓梅等译，华夏出版社 2001 年版。

中，在社会理想庸俗化的环境中，在文学的人道主义精神被政治意识形态无情逆扭的夹缝中，不屈不挠地坚持俄国现实主义讲究真实的美学批评方法，立足俄国古典文学传统，直面俄国现当代文学发展过程中的坎坷与扭曲，不遗余力地全面理解和把握俄国现当代文学的本质特征和创作规律，义无反顾地肩负起评判与"去弊"的文学使命。可以说，丘科夫斯卡娅对一个伟大文学传统的尊重、阐释和趣味传播，深化和丰富了俄国当代文学批评史，完全契合了20世纪俄国当代文学的应有的审美价值取向。

她的心迹袒露在 1964 年 6 月 5 日的日记中："他们什么也改变不了——指现状。世界走的是自己的路，并不是由他们推动的。但是，一切创造性的东西——则来自于他们；文化的接力棒靠他们传递。他们往往被打得头破血流——但永远是胜利者。"①

三　使命：文字对时代的超越

在最初写作《纪念加别》这篇文章的时候，马尔夏克就对丘科夫斯卡娅的写作体裁予以确认，他说："（это и есть ваш　жанр！）这就是您该用的体裁！"② 这在她的写作史上很有意义。和所有的日记体的所具有的实录特征一样，丘科夫斯卡娅的作品也有向内的，隐秘的和个人化的一面，以及由于时间线索而具有的普通编年外观。但是，显然，她融合了诸种"私家著述"的过渡体裁，比如札记（записи）、回忆录（мемуары）、日记（дневник）等；并且在观察社会与时代方面，表露出自己对社会与时代境况的深刻理解，对自己的见闻以及各种思想政治事件和文艺界活动情况的评述，在某种程度上已经超越"私密文体"的承载量，而成为依据日记的"非虚构的潜在写作"，即"许多被剥夺了正常写作权利的作家在哑声的时代里，依然保持着对文学的挚爱和创作的热情，他们

---

① ［俄］利季娅·丘科夫斯卡娅：《捍卫记忆》，第 323 页。
② *Знамя.* 2001. No5.

写了许多在当时客观环境下不能公开发表的文学作品。……这类写作含有多种意思，第一种是非虚构性的文类，如书信、日记、札记等私人性的文字档案。作者写作的最初目的不是为了公开发表，但这些作品却具有某种潜在性的文学因素，在一些特殊环境下被当作文学作品公开发表出来，不仅成为某种时代风气的见证，也包含了作者个人气质里的文学才能被认可和被欣赏。第二种是自觉的文学创作，或抒情言志，或虚构叙事，但由于某种原因，作品要在若干年以后才能公开。……但它们同样反映了那个时代知识分子的严肃思考，是那个时代精神现象的一个不可忽视的有机组成。它们是已经存在的文学现象"。①

　　由于作者与其他人物的交互式的关系，形成了丘科夫斯卡娅创作上体裁的独树一帜，即"我"在"他传"中的内在线索意义。形态上更具有内向化和精神化的特征。对她来说，小说《索菲亚·彼得罗夫娜》是对个人生平蓝本的切片研究，是"自觉的文学创作"；而她在诸种不同文体之间转换出的"历史空间谱系"充分说明，她融合了直觉解释和精神分析解释，并且转换自如。不仅如此，为了把"他传"中大师们的思想和理念刻画得更充分，她采取了向主观感受倾斜的手法，作家、诗人、社会活动家们的思想、言语、行动、情感具有尖锐的个人化特点，她在介绍萨哈罗夫时，诗歌和插入文本占据整整第一部分，这时候，第一人称"我"显然进入了叙述。对叙事流程来说，这些片段的可信性正如《被作协开除记：文学伦理随想》中冰冷的邮件内容一样，由读者验证，它们的受众都是读者，而不是传记中的其他人物。与众不同的是，丘科夫斯卡娅更能进出自由，总是从外及内来扩展故事，大师们的心事是如此的隐秘，但她链接了读者，扩大了历史知音的范畴！从叙述结构上认识叙述的隐蔽程度，就会发现，伟大的写作者永远不必粉饰，她"那体验过的情感"和大师们的"内在的自由"倾诉的对象是读者，叙述者意在强化的是受述者（读者）的地位。尽管丘科

---

① 陈思和：《诗的隐居》，《文汇读书周报》2006 年 3 月 6 日。

夫斯卡娅开始文学创作之初的困惑并不是写作背景缺失，而是在深刻的人生体验基础上，对文学现状即时代的认知格局产生了焦虑。文学袒露对她和同时代人竟是生存境遇的最可能方式。如果说，她产生了"自我探问式"的写作欲望，那么，通过阅读《捍卫记忆》这部作品，我们会发现，她没有拘泥于"小我自传"，而是不断地在自我力量的壮大中，提出自我与世界的关系问题，对生活的种种疑问不仅会回复到自身，更能够扩大到对整个人生困境的人类化解决的希望之中。在敏锐捕捉到传统价值的现代失落之后，在对生活和文学政治化进行了不懈批判的同时，通过"他传"，转而在大师们身上寻求人性与道德力量的确证。

丘科夫斯卡娅叙事方面的双层架构还体现在常常使用比照的方法来突出对文字、文学、文化的理解。她对极权政治野蛮封杀文学和文学创作者的质疑之声不绝于耳，往往一针见血地指出当权者对待文学艺术及其创造者的逻辑上的荒谬与失常；她直率的批评精神不仅针对"反智阶层"，就是对自己庇护的文学家也常常旗帜鲜明，也不讳言个人好恶："我不喜欢布罗茨基，但他是诗人，应该救他，为他辩护。"① 至于对当时的报纸、杂志、广播等掩埋记忆的行径，她总是毫不留情地用"活下去，记下来"坚强面对。她写道："我无力拒绝撬门、信件检查。但我觉得还有能力完成我所以活下去的使命。不管如何干扰。我——'每天都写作'，而他们'每周都找我的麻烦'。"②"读者会找到我们，阅读我们的书，理解我们的意愿，倾听我们的声音——我们只有忠于自己，才能忠于读者。"③

这里，写作者—写作对象—读者这个共时性链条一经出现，形式就已经战胜为公众所写的宗旨（内容），演化为日记体文学了。在这个语境中，写作者和写作对象那种文学使命叠加的记忆越来越清晰，倒是作为背景和喧嚣杂音的那个时代却已经渐行渐远了！文

① ［俄］利季娅·丘科夫斯卡娅：《捍卫记忆》，第 313 页。
② 同上书，第 135 页。
③ 同上书，第 173 页。

字超越了时代。

　　《捍卫记忆》中有名为《"孤寂的威力"——忆萨哈罗夫》的篇章。关于萨哈罗夫的孤独与不被理解（непонимание）至今仍然可以用"誉满天下，谤满天下"来概括。丘科夫斯卡娅何以能够进入高能物理学第一人的思想深处进行如此有洞见的采掘呢？这就来源于她对历史语境的检视能力。萨哈罗夫是一种思想反思与人类自省的模板。他和她都不认为自己是历史文化流变中的局外人——"局外人对一切都无所谓，因为他们是局外人。他们是音乐、生物、语言学、物理学和文学的局外人。他们被剥夺了爱……他们既不珍惜诗歌，也不爱惜诗人。在他们身上小肚鸡肠的和记仇报复代替了文化基础。……"① 萨哈罗夫不看重自己在生存领域的成功，义无反顾地投入了艰苦卓绝的拒绝遗忘的斗争直至献出生命。丘科夫斯卡娅秉承且严肃阐释了这种精神并同时身体力行，"她从不试图妥协"②，不顾"差一点把一颗跳动的心赶进棺材的危险"，赶紧，"把自己的石头铺垫在基石上，只要来得及，其余的都不重要"③。如果日记以及日记基础上的回忆录曾经是"个人"文学的典型文本，主要聚焦的是情感表现力，那么，《捍卫记忆——利季娅作品选》的思想和艺术冲击力就已经是登峰造极的"呐喊篇"，是结合了"自我"与"他我"的典范之作。至于说到作品的"复调"——它超出了个人纪事备忘的功能范畴而演绎为个人自察内省再升华至民族历史中"文化要时时更新"的珍贵自觉——"在俄国人们等待诗人来做最后的裁决。（没有其他地方文学这么重要）④"。借用以赛亚·伯林对朋友评价阿赫玛托娃的话来评价丘科

---

　　① ［俄］利季娅·丘科夫斯卡娅：《捍卫记忆》，第130页。

　　② Елена Чуковская：О судьбе Лидии Чуковской и её сочинений // Коммерсант. 2014. 18 апр.

　　③ ［俄］利季娅·丘科夫斯卡娅：《捍卫记忆》，第130页。

　　④ ［美］戴维·里夫编：《苏珊·桑塔格日记与笔记（1964—1980）》，姚君伟译，上海译文出版社2015年版，第621页。

夫斯卡娅，再合适不过了："她是表率：对于那些相信个体不足以
对抗历史进程的人来说，她的勇气是不可亵渎，不可征服和道德上
不可谴责的。"①

（作者单位：解放军国际关系学院）

---

① ［英］伊莱因·范斯坦：《俄罗斯的安娜》，马海甸译，上海译文出版社 2013 年
版，第 344 页。

20 世纪俄罗斯文学史编撰的基本思路

汪介之

进入 21 世纪之后，关于 20 世纪外国文学史（国别文学史）的编撰，已成为我国外国文学研究界的热门话题之一，其中自然也包括 20 世纪俄罗斯文学史的编撰问题。相对而言，这一建构具有更为重要的学术意义，也更具有某种迫切性。解决这一问题，不仅需要认清"20 世纪俄罗斯文学"与"苏联文学"的复杂关系，明确"20 世纪俄罗斯文学"的有机构成，更涉及文学史编写的观念与方法的更新。只有厘清编撰 20 世纪俄罗斯文学史的基本思路，才能使这一研究工作有条不紊地顺利展开。

"20 世纪俄罗斯文学" 概念提出与使用的必然性

"20 世纪俄罗斯文学"这一概念，是 20 世纪 90 年代才开始在我国学术界出现的，它和苏联的解体密切相关。过去我们通常按照苏联学界的做法，以 1917 年为界，把这以前的文学称为"俄罗斯文学"或"俄国文学"，十月革命之后的文学则被叫作"苏联文学"。以往的俄罗斯—苏联学者也使用过"20 世纪俄罗斯文学"（即"20 世纪俄国文学"）概念，但那是指 19 世纪末期至 1917 年间的文学，如谢·阿·文格罗夫（1855—1920）、拉·瓦·伊万诺夫—拉祖姆尼克（1878—1946）、鲍·瓦·米哈依洛夫斯基（1899—1965）等学者，都编写过关于这一时段文学的著作。苏联解体后，俄罗斯学界开始以"20 世纪俄罗斯文学"的概念指称这一个世纪中的整个俄罗斯文学，我国学界也随之广泛使用。

"苏联文学"和"20 世纪俄罗斯文学"，是两个在内涵上虽然有某些交叉，却又完全不同、不能彼此替代的概念。"苏联文学"首先是一个具有特定时空限定的区域文学概念和断代文学史概念，它包括十月革命后、特别是 1922 年"苏联"（苏维埃社会主义共和国联盟）正式成立后苏联各民族、各加盟共和国的文学，其主要部分是苏联时期的俄罗斯文学，也即海外学者所说的"苏俄文学"。这一意义上的"苏联文学"的俄语表述是 Литература СССР。它当然不能包括 19 世纪末至十月革命绵延近 30 年的白银时代文学，以及苏联解体以后的俄罗斯文学。

其次，"苏联文学"还是一个带有浓厚意识形态色彩的概念。以往的苏联文学史家们认为，十月革命导致了一种"新质"文学的出现，即"苏维埃文学"（Советская литература）。它从诞生之日起就带有鲜明的政治倾向性。并非所有在苏联时期生活于各加盟共和国的作家所写的作品，都有幸进入这一文学的范畴。在苏联存在的 70 余年时间内，凡是没有得到苏联官方认可的作家和作品，都不能进入"苏联文学"。作家是否拥护苏联政权，是否被承认为"苏联作家"，是其作品能否被纳入"苏联文学"的先决条件。由于极左政治和个人崇拜的恶劣影响，充斥于这一文学中的是大量的公式化、概念化的作品。以往的多种苏联文学史著作所讲述的也主要是这一类作品。显而易见，这个意义上的"苏联文学"，即"苏维埃文学"，是一个政治色彩浓厚的概念。所以人们习惯于把"苏联文学"视为或等同为"苏联革命文学"，认为所谓"红色经典"大都产生于这一文学之中。

到 20 世纪 50 年代中期"解冻文学"出现后，"苏联文学"的覆盖面才得以扩大，其意识形态色彩在一定程度上被淡化，但并没有完全消失。从 20 世纪 80 年代中期开始，随着苏联社会政治生活的变化，过去被埋没的大量文学作品、文学档案纷纷破土而出，文学史图像被整个地刷新。这样一来，"苏联文学"的概念就显得狭小了，因为它既不能包括从 20 世纪 20 年代起先后兴起的俄罗斯域外文学的三次浪潮，也不能涵盖苏联时期受批判、遭查禁、被搁置的本土作家的作品。

概而言之，"苏联文学"不仅不能指代"20 世纪俄罗斯文学"，也不等同于"苏联时期的俄罗斯文学"。作为一个断代文学史概念，它小于"20 世纪俄罗斯文学"；作为一个区域文学概念，它则大于"苏联时期的俄罗斯文学"；作为一个意识形态色彩浓厚的概念，它既小于"20 世纪俄罗斯文学"，也小于"苏联时期的俄罗斯文学"。于是，从 20 世纪 80 年代中期起，在"苏联文学"的原有图像刚刚开始被刷新时，"20 世纪俄罗斯文学"的概念就呼之欲出，顺理成章地被提了出来。没过多久，这一概念就被广泛采用。它几乎无须作任何界定。这一概念的提出，无论从文学进程本身的变化，还是文学史构建的学术层面和技术层面的要求来看，都具有无可置疑的必然性和必要性。重新认识、重新描述"20 世纪俄罗斯文学"的艺术成就和发展进程的课题，无可回避地摆到了学术界面前。

"苏联文学"和"苏联文学史"仍有其独特价值

对"苏联文学"和"20 世纪俄罗斯文学"这两个概念做出辨析，并不意味着否定"苏联文学"。事实上，无论是作为具有特定时空限定的区域文学概念和断代文学史概念，还是作为带有浓厚意识形态色彩的概念，"苏联文学"以及对于"苏联文学史"的研究，其价值依然是客观存在的。尽管关于"苏联文学"的界定存在着许多困难，它的边缘也始终较为模糊，但是它的内涵却是丰富的。不仅"解冻"以后的当代苏联文学、20 世纪 80 年代中期以后"回归"的文学，其价值不容忽视，即便是早期的"苏维埃文学"，20 世纪 50 年代中期以前的苏联文学，也具有某种不可取代的历史价值、认识价值、审美价值或文献价值。毋庸讳言，"苏联文学"中的许多作品，如今已经被人们淡忘了，但这是世界各国文学阅读和接受中都不可避免的现象，而不是任何外力作用的结果。时间是严格而又贤明的评判者，任何一部文学作品都要经受它的考验，经受一代又一代读者长时期的集体检视。人为的吹捧和压制只能在短期内起到极为有限的作用。世界各国文学、包括全部"苏联文学"，经过历史的筛选，其中那些如今仍然有人阅读、能够获得人们喜爱的作品，就是"苏联文学"的精华所在。这些作品将继续拥有自己的生命力。

近几年来，往往听到一种说法：有人要全盘否定、猛烈批判或彻底清算"苏联文学"，这样做似乎已成为一种时髦，但这是绝对错误的，也是完全行不通的！持这种说法的人们，其实是给自己树立了一个假想的论敌。因为迄今为止，并没有谁要全盘否定、猛烈批判或彻底清算全部"苏联文学"，也完全没有必要要这种时髦；而且，如果真的有人试图这样做，那也一定完全做不到。当然，对于"苏联文学"中的某些作品做出不同的解读和阐释，这种现象是存在的，正如人们对待其他各国文学一样。冷静地思考一番，就可以发现：如果说不同观点的提出者们确实要"否定""批判"或"清算"什么的话，那么他们所针对的并不是全部"苏联文学"，而只是以往的某些文学史家、文学评论家们对"苏联文学"的某些阐释。这些不同见解能够发表出来，正是思想深入、文学进步的表征，我们大可不必过于紧张、反感甚至愤怒。对于"苏联文学"的反思，并不是否定"苏联文学"，而是对它的重新评价。《苏联文学史》是帮助人们系统了解苏联存在的 70 余年时间内文学的成就与特点的基本指南和资料，同样具有认真建构的必要性，当然它本身也需要重写。不过这属于另外一个问题，这里讨论的主要是关于"20 世纪俄罗斯文学史"的建构和编写。

"20 世纪俄罗斯文学史"的构成

"20 世纪俄罗斯文学史"的建构，理所当然地应当依据 20 世纪俄罗斯文学本身的发展历程。纵观这一进程，可以发现它呈现出鲜明的阶段性特征，即一个大三段，两个小三段。所谓"大三段"，是指十月革命前白银时代的文学、苏联存在时期的文学、解体后的文学这三段；所谓两个"小三段"，是指苏联存在的70余年时间内，俄罗斯文学分为苏联本土文学和俄罗斯域外文学两大板块，其发展各自都经过了三个阶段。试分述如下。

一　白银时代文学（1890—1917）

20世纪俄罗斯文学的历史起点并不是1900年，而是在19世纪90年代，这是前文提及的文格罗夫、伊万诺夫—拉祖姆尼克和米哈依洛夫斯基等文学史家先后认定，随后被俄罗斯学界广泛接受的。正是从那时起，俄罗斯民族的现代意识开始觉醒，文坛连续出现了一系列引人注目的新现象。知识界开始大量引入以"重估一切价值"为特点的现代西方社会哲学思潮，以及象征主义、唯美主义、自然主义、未来主义等新的文艺思潮，同时重新解读与发现本民族的古典作家，重新审视民族历史与文化，在思想文化和文学艺术领域大胆探索，积极创造，推出了一批具有开拓意义的成果。人文科学和艺术各领域，都出现了一批成果卓著、极有影响的人物。文学是这一密集型文化高涨时代的成就突出的领域，又同哲学、宗教、艺术等彼此渗透、互相影响。俄国象征主义、"阿克梅派"、未来主义及其变体，具有自然主义倾向的作家先后出现，一批不属于任何流派的诗人和作家坚持独立的艺术探索，同变化发展了的现实主义一起，构成一个多种思潮和流派并存发展、争妍斗艳的文坛新格局。联翩出现在文坛上的这些现象，标志着一个崭新的文学时代——"白银时代"的到来，宣告了俄罗斯文学历史新纪元的开始。这是一个诗歌与理论批评繁荣，小说成就显著，散文和戏剧获得长足发展的文学时代。在这个时代活跃于文坛的一批优秀作家，给整个20世纪俄罗斯文学的发展以深远的影响。

二　苏联存在时期的俄罗斯文学（1917—1991）

20世纪第二个十年，白银时代作为一个文学时代走向终结，完整的俄罗斯文学开始分成两大板块：俄罗斯域外文学与苏联俄罗斯文学（本土文学）。这一分裂状态一直延续到 1991 年苏联的解体，前后共 70 余年，几乎横贯整个 20 世纪。在这一大阶段中，两大文学板块分别经过了三个小阶段，显示出不同的走向，也具有不同的特色和成就。

（一）国内板块（苏联时期的俄罗斯本土文学）

1. 苏联早期文学（1917—1929）。这一时期的文学生活打上了这个纷繁驳杂的变迁时代所特有的以交叠、繁复、过渡为特点的印记。文学团体林立，各种新口号层出不穷。文学的创作主体，既包括那些在白银时代登上文坛、赞同十月革命的作家，也包括在革命后成长起来的新一代作家；还有一些留在国内的白银时代作家，他们对新政权多少持保留态度；最后是一些起步于革命前后的年轻作家，他们不能认同流行的文学观念，与"主流文学"有所隔膜。但就总体情况而言，这一时期国内作家还有幸置身于相对宽松的文化氛围中。思想倾向不同的文学团体的存在，允许作家出国并在国外逗留、发表作品的事实，等等，都是苏联政府一度实行开明文艺政策的表征。因此在当时，理论批评方面的多种文学流派还能够并存；在创作领域，作家们在艺术上的探索和试验，在创作方法的选择上还有一定的自由度，苏联文学在这一特殊的时空中获得了进展。然而，极"左"思潮在这一时期已现端倪，对文学的行政干涉也已开始。"无产阶级文化派"思潮和庸俗社会学的盛行，"拉普"以文学总管身份对作家进行监控的做法，对众多作家的批判，都表明苏联文学的上空正在聚集把阶级斗争引入文学的浓重乌云。

2. 30—50 年代初的苏联文学（1930—1953）。进入 20 世纪 30 年代后，随着个人崇拜的形成与泛滥，文艺指导思想的急剧"左倾"化，俄罗斯本土文学进入了一个从总体上看是黯淡的时期。从思想上、组织上、对作家和文学创作实行一统化控制的结果，是使各种文学团体思潮、运动和流派荡然无存。作家们有的遭到迫害和清洗，有的受到批判与谴责，不得不避开文学领域，转向翻译或其他研究；有的强行改变自己的艺术风格，被迫收敛讽刺和批判的锋芒；有的加入或试图加入屈从和遵奉的时潮中去，有的事实上失去了进行艺术创作的可能性。这一切导致文学的大面积滑坡，而一批为极左政治路线和个人崇拜唱赞歌的低劣作品却充斥于文苑。卫国战争爆发后，在民族危亡的特殊历史年代，对文学的行政干预有所收敛，文坛氛围稍显宽松。在爱国主义的主题下，作家们在题材范围、体裁样式和表现手法等方面，曾被允许有某种选择的自由。30 年代被迫搁笔的一些作家，也能够发表他们的新作了。一时间，人们透过弥漫的硝烟，似乎看到了文学复兴的希望。然而，极左文艺思想并未因战争而得以根除。战后，个人崇拜达到高潮，日丹诺夫主义猖獗，文艺指导思想达到"左"的顶峰，以扣帽子、打棍子、政治宣判为特点的讨伐性批判在理论批评领域横行，一大批作家艺术家横遭批判和迫害。幸存的作家们或委曲求全，或检讨认错，或被迫沉默。日丹诺夫主义还直接导致了伪现实主义和伪浪漫主义的流行，回避矛盾，粉饰生活，为个人迷信和极左政策唱赞歌的作品充斥于文坛。只有那些突破日丹诺夫主义制约的作品（其中大部分在当时未能发表，或遭到猛烈批判），成为这一时期俄罗斯本土文学的真正成就。

　　3. 苏联当代文学（1954—1991）。20 世纪 50 年代初兴起的"解冻文学"把苏联国内文学带入了一个新阶段，也即"苏联当代文学"时期。这期间，"社会主义现实主义"定义因一些作家的质疑而得到了修改。文学开始突破日丹诺夫主义的钳制，现实主义传统得以回归。但这一时期文学的发展并不是平静无波的。从 1957 年初开始，文艺主管部门号召开展"反对修正主义"的斗争，于是又有许多作家作品受到批判，或被打入冷宫。在随后而来的"停滞时代"，连篇累牍的关于文艺问题的中央决议和报纸社论，反复批判"非英雄化"倾向，号召作家对资产阶级思想发动进攻，"歌颂今天的现实"。文学理论上则提出了"社会主义现实主义的开放体系"。与此同时，还对文学界的"持不同政见者"进行了严厉惩处。被批判、被禁止发表的作品较前一个时期大有增加。直到 20 世纪 80 年代中期，文学生活才发生了具有根本意义的变化。新的文艺政策支持文学领域的"公开性"和"透明度"，强调文学创作"无禁区"，号召作家"填补空白"。对文学的行政干涉的停止，使创作自由真正得到了实现。一大批过去受到不公正处理的作家获得平反，流亡作家则得到了请他们回国的呼吁。在上述背景下，出现了"回归文学"。从1986年起，苏联各主要文学报刊、各出版社除了重新发表、重新出版白银时代的作品、三代流亡作家的作品之外，还不断推出自20年代至80年代的漫长岁月中由于种种原因被禁止在苏联国内发表、被"搁置"或在遭到批判后被封存的作品，以及一批当代作家反思本民族20世纪历史生活的新作品。这些作品构成了70余年间苏联国内文学中最有价值的一部分成果。

（二）国外板块：俄罗斯域外文学

在苏联存在的70余年时间内，与俄罗斯本土文学同时存在的俄罗斯域外文学，也即与国内板块对应的国外板块，从十月革命后开始形成，先后经历了以下三次浪潮。

1. 域外文学的"第一浪潮"（1920—1940）。"第一浪潮"与1917年的历史变动密切相关。二月革命后，知识界曾普遍欢呼俄罗斯"与自由联姻"，将这一历史变动视为民族振兴的契机。但是对于从二月革命到十月革命的迅速转换，一些知识分子却缺乏精神心理准备，且难以接受革命中出现的一系列现象，于是陷入困惑、怀疑和忧虑中。从1918年起，就陆续有许多在白银时代已蜚声文坛的作家离开故土，构成第一代流亡作家队伍的主体。这一代流亡作家分布于俄罗斯周边国家的广大地区，柏林、巴黎先后成为他们的活动中心。他们迁居国外后继续进行创作活动，造成俄罗斯域外文学的"第一浪潮"。一些较为年轻的作家，则更多地吸收了西方现代主义的新鲜经验，投身于欧美文学的新潮流之中。"二战"爆发后，这一代流亡作家开始向大西洋彼岸迁移，在那里继续展开文学活动。但是，作为域外俄罗斯文学一个阶段的"第一浪潮"，已随着"二战"的开始而走向终结。

2. 域外文学的"第二浪潮"（20世纪40年代）。"第二浪潮"形成于第二次世界大战期间。这一代流亡作家大都对战前的苏联现实、特别是30年代的大清洗有着深刻的印象。战争使他们获得了脱离这种环境、并从一个新的视角反顾这种现实的可能性。由于这一代流亡者中知识分子的比例偏低，具有一定稳定性的文化活动圈并未形成，因此第二代流亡作家的创作成就远低于第一代。不过他们却比后者更了解国内新近的真实情况，在新的创作素材的占有上具有一定优势。"第二浪潮"的兴起，给域外俄罗斯文学注入了新鲜的细流，拓宽了它的表现领域，并架设起连接"第一浪潮"和"第三浪潮"的桥梁。

3. 域外文学的"第三浪潮"（20世纪60—80年代末）。"第三浪潮"开始形成于60年代末。早在50年代末，由于一些作家的作品在苏联国内不能公开发表，"地下出版物"便应运而生。从60年代后期起，一些作家设法将他们的作品寄往国外发表。这类行动激起了苏联当局的强烈反应。作家们或受到猛烈批判，或被开除出作家协会，乃至被逮捕、判刑和驱逐出境。70年代初，苏联当局开始放松对公民出国的限制，于是许多作家便离开本土。他们与被驱逐出境的作家一起，造成域外文学的"第三浪潮"。80年代中期以后，苏联社会政治生活再度发生变化，这一代流亡作家的旧作陆续回归祖国，新作也有了在国内发表的可能性，于是，"第三浪潮"也走向平息。

1991年苏联解体后，对作家进出境的种种限制不复存在，俄罗斯域外文学和苏联本土文学之间的界限最终被打破，两大文学板块在分离70余年后重新合而为一。20世纪俄罗斯文学也由此而进入它的第三阶段，也即最后一个阶段。

三　苏联解体后的俄罗斯文学（1991—2000）

解体后的俄罗斯文学，也即20世纪90年代文学的基本特点是创作倾向和艺术方法上的多元化。首先，一些老作家依旧没有放弃对历史的思考和对现实的关注，在艺术方法上也大致继续沿着传统现实主义的道路前进，但又程度不同地借鉴了现代主义文学的艺术经验，推出了一批具有思想深度和创新意识的作品。这些作品往往显示出一种反思历史和社会批判的激情。其次，自80年代后半期出现的"另一种文学"，在进入90年代后进一步演化为后现代主义思潮。后现代主义作品以其新颖的表现形式、对传统模式的大胆背弃、和西方文学观念及叙述方式的接近等特点，在全部90年代文学中占有重要地位。再次，宗教对文学的广泛渗透，也成为一种引人注目的文学和文化现象。俄罗斯的东正教传统在这方面起了很大的作用。在宗教书籍大量出现的同时，以宣扬宗教教义或宗教哲学为主旨的文学作品，渗透着浓厚的宗教意识的文学作品，也在图书市场上占有自己的地盘。在旧有的信仰破灭、人们的价值尺度发生重大变化之际，这类作品显示出一种特殊的优势。最后，通俗文学作品，包括渲染个人隐私和各种"秘闻"、宣扬暴力和色情、煽动狭隘的民族主义情绪的作品，也有其量的优势，并拥有自己的读者群。这些文学现象纷然并存，一起改变着20世纪末俄罗斯文学的基本格局，使得这一时期俄罗斯文学的总体图像变得斑驳陆离。

以上对20世纪俄罗斯文学的构成所进行的宏观描述，初步勾画出百年文学发展的基本脉络，同时呈现出20世纪俄罗斯文学史的编撰思路。

构建文学史的观念与方法的更新

关于20世纪俄罗斯文学史的构建，国内外学者已陆续推出一些有影响的著作。在俄罗斯，苏联解体后不久的1993年，莫斯科大学语文系便拟定了一份"20世纪俄罗斯文学史"教学大纲，作为对通行多年的《苏联文学史大纲》（最后一版为1990年）的一种取代；此后，多种"20世纪俄罗斯文学"教科书也陆续出版。2000—2001年，作为俄罗斯科学院世界文学研究所的集体研究成果、多卷本《20世纪俄罗斯文学史》的一部分，弗·克尔德什主编的《世纪之交的俄罗斯文学（1890—1920年代初）》（Ⅰ，Ⅱ）出版，后面的几卷估计也将陆续问世。其中，克尔德什本人撰写的长篇引论"作为复杂整体的'白银时代'俄罗斯文学"①，对白银时代文学做了系统的概括性描述，给人以诸多有益的启示。

在西方，由瑞士日内瓦大学教授乔治·尼瓦等主编、西方15国学者合作编写的6卷本《俄罗斯文学史》，从1987年开始陆续出版，其中的第4至第6卷为论述20世纪俄罗斯文学的。专门论述白银时代文学的第4卷，同样把1890年作为20世纪俄罗斯文学的起点。②更值得注意的是，该书在体例编排上甚为灵活。书中既有对19世纪最后十年的文学、第一次世界大战时期的文学的综论，也有对两世纪之交诗歌、散文、戏剧、文学批评的分别描述；既有对俄国象征主义、阿克梅主义、未来主义等文学流派的专门论述，也有对这个时期俄国知识界在宗教—哲学、美术、音乐等领域的建树所作的介绍与评价。本书可以说是提供了一幅白银时代——俄罗斯的"文艺复兴"时代的文化图景，不是一部普通的文学史，而是一部"大文学史"甚至文化史。从中可见西方研究者的取舍目光。

在我国，除已翻译出版了俄罗斯学者弗·阿格诺索夫主编的《20世纪俄罗斯文学》之外，还有李辉凡、张捷合著的和李毓榛主编的两种《20世纪俄罗斯文学史》先后面世。通过对上述著作的比较阅读，我们在此拟就更新构建"20世纪俄罗斯文学史"的观念与方法提出几点看法。

文学史重构的关键是文学史观念的更新。长期以来，我们所遵循的思路可以叫作"三股潮流"说。它的最初来源是苏联学者列·伊·季莫菲耶夫初编于20世纪40年代的《苏联文学史》。编者认为，从19世纪末期开始，俄罗斯文学中存在着三股潮流：一是传统的批判现实主义，二是颓废派文学，三是无产阶级文学。其中，传统的现实主义发展到这个时期，已经开始衰落，不能够适应新的时代要求，必然要退出文学舞台；颓废派文学则反映了贵族资产阶

---

① Келдыш В. А. *Русская литература рубежа веков(1890 – е – начало 1920 – х годов) . Книга 1.* ИМЛИ РАН. Москва: «Наследие», 2000. С. 13 – 59.

② Нива Ж. и т. д. *История русской литературы: XX век: Серебряный век.* Москва: Издательская группа «Прогресс» – «Литера», 1995. С. 11.

级的"恐惧、颓唐的心理和对革命的仇视",自然不可能有任何前途;唯有新兴的无产阶级文学正在成长壮大。到"十月革命"以后,前两种文学都不可避免地走向衰亡,而无产阶级文学则发展为"社会主义现实主义"文学,它是苏联文学的主体、主潮,甚至是唯一的文学品种。① 上述观点被我国的文学史研究者几乎全盘接受,一度成为我国学界认识和描述文学史的基本框架。然而,文学发展的实际进程,却突破了这一框架。显然,"三股潮流"说无法概括20 世纪俄罗斯文学的发展。

与"三股潮流"说相近的观点是把 20 世纪俄罗斯文学划分为"主潮"文学与"非主潮"文学。这种二元对立的文学史模式,其实质是关于符合主流意识形态要求的文学和不符合这一要求的文学两者的划分。从文学发展史的角度、从艺术成就和影响的深广度来看,"主潮"文学未必真的可以视为"主潮",实际情况有时可能恰恰相反。放弃上述观点,就必须清除庸俗社会学的影响,不再把阶级冲突及其演变作为考察文学史进程的内在认识线索,不再做无产阶级文学和资产阶级文学、社会主义文学和颓废派文学、革命文学和"国内侨民文学"及"同路人"文学、苏维埃文学和白俄文学等政治上的划分。

文学史作为文学的历史描述,应当遵循根据文学自身的变化来划分文学史的分期原则。韦勒克认为:文学史上的一个时期,"就是一个由文学的规范、标准和惯例的体系所支配的时间的横断面"。② 他所提倡的是一种历时性的分期原则,依据这一原则而划分出来的文学史上的每一时期,都是为某种特定的"文学的规范、标准和惯例的体系"所支配的。韦勒克不主张根据社会政治斗争的发展阶段来划分文学史,或按照文学思潮和流派、按照文学体裁来

---

① Тимофеев Л. И. *Русская советская литература.* Москва: Государственное учебно – педагогическое издательство министерства просвещения РСФСР, 1954. C. 121 – 123, 126 – 129.

② [美] 韦勒克、沃伦:《文学理论》,刘象愚等译,江苏教育出版社 2005 年版,第 318 页。

划分文学史。这一观点，可成为我们构建文学史时的一种参照。

另外，20 世纪俄罗斯文学的编写，也同一般文学史的结撰一样，应当摈弃单一的作家论体例，强化"史"的意识，加强对于艺术形式及其演变的研究，重视艺术分析和审美评价。文学史的任务不在于提供按照一定次序排列的作家论，而在于：

（1）描述作为艺术的文学的发生、演变与衰亡，考察不同时代、不同作家的多样艺术风格（温克尔曼）；

（2）厘清作家之间相互影响的关系、作家作品与传统的关系（勃兰兑斯、T. S. 艾略特）；

（3）确立每一部作品在文学传统中的地位（别林斯基、韦勒克）；

（4）描述不同时代的读者、批评家和艺术家对作品的解释、批评和鉴赏的过程（接受美学），从而系统地"探索作为艺术的文学的进化过程"（韦勒克）。

韦勒克曾经感叹："编写一部总的文学艺术史仍然是十分遥远的理想。"① 编写出一部 20 世纪俄罗斯文学的艺术史也是如此，即这不是指日可待的事情。但是，只要我们树立了这样的理想，不放弃学术追求，这一目标就一定能够实现。

（作者单位：南京师范大学文学院）

---

① 韦勒克、沃伦：《文学理论》，刘象愚等译，江苏教育出版社 2005 年版，第 322 页。

《俄罗斯现代文学史》编撰中的
若干思考

汪介之

　　外国国别文学史的建构，在我国已取得了很大的进展。目前国内已有多种内容丰富的国别文学史著作纷纷问世，如李赋宁、王佐良等主编的 5 卷本《英国文学史》，范大灿主编的 5 卷本《德国文学史》，柳鸣九主编的 3 卷本《法国文学史》，刘海平、王守仁主编的 4 卷本《新编美国文学史》，叶渭渠、唐月梅合著的 4 卷 6 册《日本文学史》，等等。相比而言，我们还缺少多卷本的《俄罗斯文学通史》。因此，建构这种可以称之为"学术版"或"科学院版"大型《俄罗斯文学史》的话题，就被顺理成章地提了出来。从 20 世纪 90 年代后期起，国内研究者就多次讨论过编写多卷本俄罗斯文学史或多卷本 20 世纪俄罗斯文学史的问题，但由于种种原因，这项工作一直未能落实。在这一背景下，笔者选取了俄罗斯文学史进程中自己较为熟悉的一段，即从 19 世纪末到 20 世纪前半期这一阶段，尝试结撰了一本《俄罗斯现代文学史》（2013），希望它能成为多卷本俄罗斯文学通史的引玉之砖。这就是这本书的缘起。这里我想谈一谈在这本书写作过程中所考虑过的一些问题，和各位学者交流。

一　关于"现代"与"当代"的提法

　　《俄罗斯现代文学史》（Современная русская литература）书

名中的"现代（的）"这一提法，笔者曾权衡再三。在俄语表述中，современный 一词，其实既指是"现代的"，又是指"当代的"。但是在汉语的表述中，"现代（的）"和"当代（的）"却是有区别的。如在 20 世纪中国文学史研究中，国内学术界通常把从五四运动前后至共和国建立这一段文学称为"中国现代文学"，而新中国成立以来的文学则被称为"中国当代文学"。与此相似，国内俄罗斯文学研究界通常也把 50 年代初爱伦堡（И. Эренбург）的《解冻》（Оттепель，1954）发表、"解冻文学"出现视为"俄罗斯当代文学"的起点。笔者正是由此而联想到，20 世纪初至 50 年代初的俄罗斯文学，可以称为"俄罗斯现代文学"（современная русская литература），而 50 年代初期之后的文学，则还是叫作"俄罗斯当代文学"（русская литература нашего времени）。

不过，"俄罗斯现代文学"的起点，却并不是作为 20 世纪起始年份的 1900 年，而是 1890 年。因为从 19 世纪 90 年代起，俄罗斯民族的现代意识即开始觉醒，一批具有现代特色的作品也是从那时开始出现的。19 世纪 90 年代既是俄罗斯文学"白银时代"的起点，也是整个 20 世纪俄罗斯文学史的开端。这种划分法，可与俄罗斯学者维·彼捷林（Виктор Петелин）的《20 世纪俄罗斯文学史》（第 1 卷，19 世纪 90 年代至 1953 年）（История русской литературы XX века. Том I. 1890 – е годы – 1953 год）一书彼此参照。顺便说说，彼捷林的这本文学史是 2012 年在莫斯科出版的，拙著《俄罗斯现代文学史》则是于 2012 年 12 月底完稿交出版社的，但笔者第一次读到彼捷林的大著，已是 2013 年 3 月。一看到封面，笔者便为拙著的划分与俄罗斯学者相同而欣慰。

二 关于白银时代的终结

在编写《俄罗斯现代文学史》的过程中，笔者还对几个具体问题进行过认真思考和推敲。首先是关于白银时代文学终结于何时的问题。

　　"白银时代"是 20 世纪俄罗斯文学史的伟大开端。这一文学与
文化时代起始于 1890 年初，这一点基本上已成为国内外学术界的
共识。但是关于"白银时代"的终结，学界的看法却远不是一致
的，有的认为它结束于 20 年代中期，有的认为它终止于 20 年代
末，我国出版的一套"白银时代文学丛书"甚至收入了十月革命前
就已步入文坛的俄罗斯作家 30—40 年代在国内外发表的作品。如
果这一观点成立，那么，20—40 年代俄罗斯作家在苏联境内发表
的作品，是否也属于"白银时代"呢？对于这一问题，显然不能给
出令人觉得可以接受的答案。

　　美国斯拉夫学者、衣阿华大学（Айовский университет США）
教授瓦季姆·克莱德（*Вадим Крейд*）指出：白银时代的起点不一
定有具体的时间，但它的曙光无疑是出现于 19 世纪 90 年代初；而
它的终结则是有明确年限的，即 1917 年。他的理由是：既然白银
时代即俄罗斯的文艺复兴时代，而"文艺复兴需要民族的土壤和自
由的空气"，那么，在侨民艺术家失去前者、国内艺术家失去后者
的条件下，俄罗斯的文艺复兴——白银时代也就不可能再延续下去
了。瓦季姆·克莱德把那种认为白银时代延伸到 20 世纪 20 年代甚
至 30 年代的看法，叫作"下意识的或潜意识的黑色幽默"。他还特
别指出：虽然 1917 年以后，原先白银时代的作家、艺术家、批评
家和哲学家们还在写作，"但时代本身已然结束"。这里不妨把他
的原话引用如下：

　　Ранняя заря серебряного века занялась в начале
девяностых годов... Все кончилось после 1917 года, с началом
гражданской войны. Никакого серебряного века после этого
не было, как бы нас ни хотели уверить. В двадцатые годы ещё
продолжалась инерция... но сама эпоха кончилась.

　　Ренессанс нуждается в национальной почве и в воздухе
свободы. Художники – эмигранты лишились родной почвы,
оставшиеся в России лишились воздуха свободы.

... Поэтому включение в серебряный век двадцатых и тридцатых годов, как это всё делается, − − невольный или подневольный чёрный юмор. ①

当代俄罗斯的文学史专家们认同这种观点。高尔基世界文学研究所的研究人员合编、1995 年出版的《20 世纪俄罗斯文学（参考资料）》的卷首，有一篇由柳·斯米尔诺娃执笔的文章《白银时代文学中的艺术发现》。文中写道："'白银时代文学'的概念，近年来得到广泛传播。从时间上说，这一时期甚至还不满 30 年：从 1890 年至 1917 年。"② 在这里，白银时代的时限被十分清楚地划了出来。

由尼·瓦·班尼科夫（*Н. В. Банников*）编选、莫斯科的教育出版社 1993 年出版的诗歌选集《俄罗斯诗歌的白银时代》（*Серебряный век русской поэзии*）一书，共选入 60 位诗人的诗作。入选的全部诗作除少数几首系写于 19 世纪 80 年代之外，其余均写于 1890—1917 年之间。编选者心目中关于白银时代的时限同样是十分清晰的。

西方学术界在进行俄罗斯文学史研究时，大都沿用别尔嘉耶夫及其后俄国学者的观点，把世纪之交至十月革命前的文学称为"白银时代"文学。对于这一时代的上限，西方学者的看法不尽相同；而对于这一时代的下限，意见却几乎完全一致，即大都认为它结束于 1917 年。例如，英国学者哈里·穆尔和艾伯特·帕里在他们合著的、在西方各国流传甚广的《20 世纪俄国文学》一书中写道："俄国文学 19 世纪是黄金时代，20 世纪（1917 年前）是白银时

① Крейд, В. *Воспоминания о Серебряном веке.* Москва: Издательство «Республика», 1993. С . 6 – 7.

② Смирнова, Л. А. *Русская литература: XX век.* Москва: Изд – во «Просвещение», 1995. С. 3.

代。"① 上文已提到的、由乔治·尼瓦等主编的 7 卷本《俄罗斯文学史》，更显示出西方学术界关于"白银时代"的较为一致的看法。这套文学史由法国法伊雅尔出版社出版，其中的第 4 卷为专门论述白银时代文学的。这一卷的俄译本已于 1995 年在莫斯科出版，书名为《俄罗斯文学史·20 世纪：白银时代》。该书计 12 章，论述自 1890 年至 1917 年的文学。② 从其内容看，西方研究者对于俄国文学白银时代的时限的看法，是十分明确的。

因此，"白银时代"（1890—1917），就是俄罗斯文学史、文化史上的一个时代，一个阶段；白银时代的俄罗斯文学，就是 19 世纪 90 年代至 1917 年之间的俄罗斯文学。拙著《俄罗斯现代文学史》正是基于这样的认识来论述白银时代俄罗斯文学的。

三 关于"俄罗斯域外文学"与"俄罗斯侨民文学"

众所周知，十月革命后，原先活跃于白银时代的知名作家，约有一半陆续迁往国外，使得向来作为一个整体的俄罗斯文学由此而被分成两大板块。移居境外的俄罗斯作家在异邦的土地上热心于创作和其他文学活动的展开，在本土文学之外开辟了一片蔚为大观的文学天地，取得了举世瞩目的艺术成就。"二战"爆发之后和 70 年代，又先后出现过两次类似的文学现象。这一存在和发展于俄罗斯疆域之外的文学，无疑是 20 世纪俄罗斯文学不可分割的组成部分。

对于这一文学，俄罗斯学术界一般称之为"俄罗斯域外文学"（литература русского зарубежья）；相应地，从事这一文学创作的作家，也被称为"俄罗斯域外作家"（писатель русского зарубежья）。我国研究者则习惯地称这一文学为"俄罗斯侨民文

---

① 转引自薛君智主编《欧美学者论苏俄文学》，社会科学文献出版社 1996 年版，第 309 页。

② Нива Ж. и т. д. *История русской литературы: XX век: Серебряный век.* Москва: Издательская группа «Прогресс», 1995.

学"（русская литература эмиграции），并相应地使用"俄罗斯侨民作家"（русский писатель эмиграции）的概念。在西方评论家和文学史家的著述中，还常常可以见到"俄罗斯流亡文学"（русская литература в изгнании）的提法。由于在特定的历史语境中，"俄罗斯侨民"的称谓往往带有某种政治意味，通常是指那些由于不拥护苏联政权而迁居于国外的俄罗斯人；而十月革命后流落域外的俄罗斯作家，并非都对苏联政权抱有激烈的政治对立情绪，并不都是由于政治原因而离境的，有的在国外从未发表过反苏言论，有的则一直保留着苏联护照，因此，尽管"俄罗斯侨民作家"是存在的，但"俄罗斯侨民文学"的概念却不能用以指称整个"俄罗斯域外文学"，前者的范围明显地小于后者。当今俄罗斯研究者娜·普里莫奇金娜曾就此写道：

> Русское литературное зарубежье – явнение более широкое, чем литературная эмиграция. Оно включает в себе всех российских литераторов, оказавшихся в силу разных причин после октябрьской революции за границей. Эмиграция в её классическом определении – это осуществление вполне сознадельного намерения покинуть родину и жить в изгнании из – за своих политических разногласий с новой властью. Таких《настоящих》, идейных эмигрантов среди русских литераторов было не так много... Для нас предпочтительнее менее идеологизированный термин《зарубежье》, нежели《эмиграция》.

俄罗斯域外文学是一个比俄罗斯侨民文学更为宽泛的现象，前者包括在十月革命后由于各种不同原因流落到国外的所有俄罗斯作家。侨民，在其标准意义上，指的是那些由于和新政权的政治分歧而完全有意识地离开祖国、生活于流亡状态的人们。这种"真正的"、思想上的侨民在俄罗斯作家中并不是那么多。……对于我们来说，较少意识形态化的"域外"的概念，要比"侨民"的概念更合适些。①

笔者赞同这一见解，认为对于在 20 世纪的不同阶段由于各种原因流落到本国疆域之外的俄罗斯作家以俄语创作的作品，都应依照俄罗斯学术界的一般用法，称之为"俄罗斯域外文学"。因此拙著《俄罗斯现代文学史》没有沿用"俄罗斯侨民文学"这一旧有概念，但确认"俄罗斯侨民作家"的存在，同时对"俄罗斯流亡文学"的提法表示认同。笔者同时认为，"俄罗斯域外文学"和"俄罗斯本土文学"是 20 世纪俄罗斯文学的两大板块，彼此之间并没有高低、主次之分；俄罗斯本土文学和俄罗斯域外文学这两大板块构成了俄罗斯文学的整体，俄罗斯域外文学绝不是整个俄罗斯文学的一个可有可无的附加物。这种认识，已体现在《俄罗斯现代文学史》的结构体例之中。

四 几个具体问题

另外，在《俄罗斯现代文学史》的编撰过程中，笔者还思考过以下几个具体问题。其一是文学史著作中应当有文学批评史的内容。20 世纪俄罗斯文学史，既可以分别编写俄罗斯诗歌史、小说史、戏剧史、批评史等，也可以把这些体裁史整合在一起。文学批评方面的内容，关于批评家们的重要著作的描述和评价，文学批评和文学创作、文学思潮与流派、文学运动等之间的关系，应当出现在完整的文学史著作中。既然国内外学界的多种 19 世纪俄罗斯文学史著作中都含有包括别林斯基、车尔尼雪夫斯基和杜勃罗留波夫等批评家在内的文学批评的论述，那么，20 世纪俄罗斯文学史著作中，也就应当有关于这一世纪中俄罗斯文学批评的发展进程和实

---

① Примочкина Н. Н. *Горький и писатели русского зарубежья*. Москва：ИМЛИ им. М. ГорькогоРАН. 2003. С. 9.

际成果的内容。这一点，笔者在编写《俄罗斯现代文学史》时曾有过考虑，但后来由于种种原因，还是没有纳入文学批评方面的内容。这也是笔者在写这本书时留下的一点遗憾。所以后来我又撰写了一本《俄罗斯现代文学批评史》（История современной русской литературной критики，2015），试图做一些补偿性的工作。

其二是，拙著《俄罗斯现代文学史》中设专章予以重点论述的作家，依次为：安德烈·别雷、马克西姆·高尔基、伊万·布宁、安娜·阿赫玛托娃、米哈伊尔·肖洛霍夫、鲍里斯·帕斯捷尔纳克，共6位。笔者的这一选择，是在大量阅读20世纪俄罗斯文学作品的基础上反复思考的结果。笔者的基本观点，其实已反映在陆续发表于国内报刊的《非人工所能奠造的纪念碑——我心目中的20世纪俄罗斯文学经典》（2000）、《20世纪俄罗斯文学"经典重读"的若干问题》（2005）、《关于20世纪俄罗斯文学经典的再认识》（2009）、《诺贝尔文学奖与俄罗斯文学》（2013）等文章中。这种选择可能会有争议，如前不久《文汇读书周报》（2014年2月28日）关于索契冬奥会开幕式的报道，就显示出另一种选择。这一问题关系到对于20世纪俄罗斯文学的成就与高峰的认识，可以而且应当继续讨论。

其三是翻译方面，有一些细节问题需要注意。如诗人安娜·阿赫玛托娃的一本诗集 *Anno Domini MCM XXI*（1922），曾被我国一位诗歌译者译为《耶稣纪元》，于是，后来很多提到这本诗集的文章、教材等出版物，也都随之把它叫作《耶稣纪元》。实际上，阿赫玛托娃的这本诗集是以拉丁文命名的，书名中的 Anno Domini，意为"（在）耶稣纪元"、"（在）公元"，而 MCM XXI 则是罗马数字1921的表示法。所以，*Anno Domini MCM XXI* 应译为《（在）公元1921年》。"公元"即"耶稣纪元"，在表示年份时可以略去，但"XX年"却是万万不能略去的。又如俄罗斯域外文学"第一浪潮"中出版于巴黎的大型期刊《现代纪事》（Современные записки，1920—1940）的刊名，取自19世纪俄罗斯的两大名刊《现代人》（Современник）和《祖国纪事》（Отечественные записки）。由于这两个译名早已固定下来，所以 Современные записки 应译为《现代纪事》，而不应译为《当代札记》、《当代纪事》或《现代论丛》等。拙著《俄罗斯现代文学史》在涉及类似的细节问题时，都尽量予以充分的注意，努力降低差错率，兹不一一赘述。

《俄罗斯现代文学史》仅限于对 19 世纪 90 年代到 20 世纪 50 年代初期俄罗斯文学的论述，没有涉及 20 世纪后半期的文学，即"当代俄罗斯文学史"，这是笔者的又一遗憾。但个人的时间和精力有限，对当代俄罗斯文学史缺少深入系统的研究，因此也意识到不能勉强去写。编写任何一部文学史著作，都应当对相关的文学现象和问题进行过系统的研究，熟悉学术史，有相当的积累，拥有一定的发言权。只有这样，才能担当撰写高质量的文学史的任务。从事俄罗斯文学史的编写，应当对这一著述怀抱一种"敬畏"的态度。曾有学者写过一本书叫《文学史的权力》。如果文学史确实有一种隐性的"权力"，或曰"话语权"，并且希望得到读者"敬畏"的话，那么我想，参与这种"话语权"制作的每位学者，都应当抱有对这种"话语"的一种"敬畏"的态度和心情。

（作者单位：南京师范大学文学院）

编 后 记

　　呈现于学界同仁和读者诸君面前的这本学术论文集，是 2016 年国家社会科学基金重大项目"苏联科学院《俄国文学史》翻译与研究"的阶段性成果。收入文集中的 30 余篇论文，除了作为项目主持人的我个人在立项之后陆续撰写的几篇文章之外，均为这一项目下设的五个子课题的负责人、课题组成员近年来的研究成果。把这些论文汇编成册，不仅是为了展示一下课题研究的部分学术基础和进展状况（不包括《俄国文学史》翻译方面的成果），也是希望借此机会表达课题组关于俄罗斯文学和文学史研究的一些思考。

　　论文集中所含的"俄罗斯经典作家作品研究""俄罗斯文学与文化研究""中俄文学关系研究""俄罗斯文学史研究"四个板块，事实上已经显示出课题组的基本研究思路。其中，经典作家作品研究是任何国别文学史研究的基础与前提。这方面的研究，显然不能停留于对以往评论者研究成果的不必要的重复或简单综合，而是在"重读经典"之后的一种再解读；但这种再评价并不有意无意地回避前人的观点与结论，而是在把握已有研究成果的基础上，和以往及同时代学者展开对话，或反拨，或匡正，或补充，或推进，有破有立，立在破中。对于晚近问世的一些新作品，即便它们产生了较大的影响，当然还不能匆忙地将其视为"经典"，正如美国著名批评家哈罗德·布罗姆在开列 20 世纪以后（他称之为"混乱时代"）的"经典阅读书目"时表示自己"缺乏信心"那样，因为对文学与文化做出预测是困难的，而经典的形成与确立必须经历一个漫长的积淀和筛选的过程。然而，研究者却可以依据自己的阅读体验和艺术感受力发现某些新近作品的经典品格，而不必等待它们被确认之后再去做自己的解读，这种发现的努力与尝试本身就属于经典形成的历史过程。本论文集在"俄罗斯经典作家作品研究"系列中收有论及当代俄罗斯文学新作的文章，其学理根据正在于此。

文学是文化的重要组成部分，文学作品的文化意蕴是决定作品的品位与分量的主要因素，而揭示这种意蕴，也是对文学作品进行阐释的一个重要方面。俄罗斯文学与俄罗斯文化的关系尤为密切，这种关系本身也具有其民族独特性。俄罗斯民族深厚的历史文化传统（包括东正教文化传统），不仅制约着俄罗斯文学的形成、内涵和风格特色，而且影响着它的演变与走向。文学既是民族文化的主要载体之一，又是传播民族文化的一个重要渠道；既全方位地参与了民族文化的历史转型，也成为这一转型的过程与结果的艺术见证。全部俄罗斯文学都打上了这个民族别具一格的精神文化印记，成为民族精神文化的生动艺术呈现。因此，只有了解俄罗斯文化，才能读懂俄罗斯文学作品，反之亦然。这就使本论文集的作者们，也即本课题组的成员，注重从俄罗斯文化的视角解读俄罗斯文学，成为一种理所当然的选择。

事实上，在作为文学研究最高境界的文学史编撰与研究领域，俄国文学史家们对上述关系很早就有清楚明确的认识。19世纪的俄罗斯学者就已把文学视为民族理性生活和精神生活的语言表现，视为民族自我认识的主要方式。彼得堡大学教授亚·瓦·尼基坚科（1804—1877）则曾进一步强调俄国文学史应成为俄罗斯民族"自我认识的圣书"。他从民族文化精神建构的高度看待文学史的编纂并付诸实施，给后来的俄国文学史研究者以深远的影响。这一见解不仅是本论文集"俄罗斯文学史研究"板块中的各篇文章立论的依据，也成为本课题组正在进行中的"苏联科学院《俄国文学史》研究"的思想资源之一。显而易见，俄罗斯文学史著述不仅是关于这个民族文学发展历程的描述与评说，更是民族精神回溯与自我认识的史书。

也许有人觉得，论文集中的"中俄文学关系研究"这一板块，收进这本以"俄罗斯文学与文学史研究"为书名的集子中，似乎有些勉强。这种看法的根源在于把外国文学研究和比较文学研究截然分开的意识，而本书作者和编者则倾向于认为比较文学研究其实是外国文学研究的一种自然延伸。我们中国人所做的任何外国文学研究，其实都显示出一种中国立场，中国文化与文学的眼光，因此也就完全不同于外国学者对本国文学的研究。如果说，比较文学研究本身就包含"阐发研究"，也即以一种外来理论模式解释本民族的文学现象，那么，从中国文化—文学的立场与视角去阐释外国文学，自然也应当属于比较文学研究的范畴。19世纪法国著名学者泰纳的《英国文学史》建构，当然不同于英国学者自己编写的任何一种《英国文学史》。丹麦文学批评家勃兰兑斯的六卷本《19世纪文学主流》关于法、英、德等国文学的描述与评论，当然也不同于这三个国家的学者对本国文学的评价。作为一名丹麦学者，勃兰兑斯在谈及自己为什么"放下"丹麦文学而去研究西欧文学时曾经写道："整个说来，我间或偶然地提到丹麦文学。……这倒不是我忘却了或者忽略了丹麦文学。相反，它一直在我的心中。既然我试图陈述外国文学的内在历史，我就在每一点上都对丹麦文学做出了间接的贡献。"不言而喻，勃兰兑斯所从事的外国文学研究，其实也是比较文学研究。《19世纪文学主流》无疑既是关于19世纪西欧文学研究的一部经典，又是一部出色的比较文学研究巨著。它不仅雄辩地说明了真正的外国文学研究必然具有比较文学研究的意识和视野，而且也告诉我们：这种研究本身就是比较文学研究。因此在我们看来，中国学者所进行的外国文学研究，其实都是一种比较文学研究。不忘自己身份的中国学者在阅读俄罗斯文学作品，考察一位俄罗斯作家的创作，或注目于一种俄罗斯文学现象时，不能不想到它在我国的解读与接受，同它的本来面貌、同它在俄罗斯本国批评界及本国文学史著述中的地位之间有何差异，不能不想到它对中国文学是否产生过影响或产生过何种影响，进而追问造成这些差异与影响的原因。本论文集的作者们作为中国的俄罗斯文学研究者，普遍关注中俄文学关系，同样清楚地表明中国文学始终存在于我们心中。

　　各篇论文的作者，都是我熟悉的同行师友，其中有的我已与之共事30年，有的是在本专业的各种学术和教学活动中陆续结识的，有的则是以文会友，在阅读出自他们笔下的文字时注意到其睿智与才华。这种学术上的认同与共鸣，是我当初申报国家社科基金重大项目时邀请他们参与和支持的牢固基础。正如本课题由于诸位师友的真诚协作而获批立项那样，这一课题研究的最终完成也将因各位的潜心投入而有了可靠保证。我谨借此机会向诸位师友表示由衷的感激！

汪介之
2018 年 6 月于南京